下册

可回收之家

陆雾

著

浙江文艺出版社
Zhejiang Literature & Art Publishing House

目录

第十四章　红鸾

虽然亲近，但苏妙露的家事，柳兰京不便多干涉，知道她焦头烂额的，可既然她没开口求助，他也就没再插手。谭瑛的婚礼也忙，不拿来烦她，他就只身去彩排。

到了场地，柳兰京也是倒抽一口冷气，兵荒马乱的一片，哪里有个要办大事的样子。谭瑛也不见踪影，忙里忙外的只有林棋同她的母亲，两个人意见又总是相悖，婚礼公司的人也摸不着头脑。一群人茫然无措地把做完的事情再推翻，当真是花了钱的大型行为艺术。

林棋从一堆吵吵嚷嚷的人里钻出来，小跑着到他面前，尴尬笑道："柳先生，你怎么这么早就来了？我本来还想派车去接你的。我还以为你后天才来，你看，这里还乱糟糟的，都没安排好。"她随手抚了抚头发。柳兰京忽然想到以前有人玩笑般说过一个结论，女人在喜欢的异性面前会下意识理头发。他不敢当真。

柳兰京道："我没记错的话，你是下周就要办婚礼了吧，怎么什么都没准备好？花也就光秃秃几朵，地毯也没铺出来。菜单和酒水单估计也没定，我看你刚才还在试吃。谭瑛呢？他自己结婚，怎么像是别人的事情一样？你又不是冥婚。"

林棋小心翼翼朝身后瞥了一眼，怕母亲听到这句话要多心，解释道："谭瑛他公司比较忙，抽不开身。主要他什么都不会，过来也是添乱，所以还是我来吧。"

"不会那就学啊。抽不开身那就别结婚好了，什么大忙人啊。"柳兰京冷哼一声道，"既然是你来安排婚礼的事，那你妈在这里做什么？虽说结婚是两家人的事，她倒也不用现在就急着插手。那边那朵红花真难看，你妈选的吧？"

"毕竟自己妈妈来帮忙，我也不好意思拒绝她的好意，只能帮忙各方面协调着。"

"明显你很不擅长协调啊。"柳兰京看林棋眼神一黯，便知道这话说重了，放柔了口气说道，"我去给谭瑛打个电话，把这里的情况和他说一下，你先在这里和我说一下，需不需要他过来帮忙做决定。"

"那你觉得呢？我其实不太有主意。如果让谭瑛过来，好像我什么都做不好的样子，他本来工作就忙了。他把婚礼的事全权交给我，是对我的信任。可我好像越是不想让他失望，越是弄出一堆乱子。"她顿了顿，微笑着故作开朗道，"还是你替我决定吧。"

柳兰京一点头，转身就去阳台打电话，劈头盖脸把谭瑛骂了一顿，说道："上次你还问我要不要出来喝酒，怎么现在就忙得连自己的婚礼都不去管了。我现在在现场，说好的明天婚礼彩排，周末正式举办，结果你这里哪里像婚礼现场，简直是战乱现场，一塌糊涂呢。"

谭瑛诧异道："可是我昨天问林棋，她说情况还好啊！而且不是有婚庆公司在做吗？"他多少有些做贼心虚，前几天他算不得忙，只是想抓紧金善宝在国内的时间与她约会，所以把婚礼的事全盘托给了林棋，也是避免与林太太再生争端。

"林棋是在这里,可是她妈也在这里啊,反正我听下来林棋说东,她妈一定要说西。婚庆公司的人再厉害,也要有个人拍板做决定啊。你总不能让他们做两个方案吧。你最好快点来,你再不过来,你就在废墟里结婚吧,跟在阿富汗似的,也算是体验异国风情。"

谭瑛道:"好,我手边的会都在下午,我马上过去。"

不出半个小时,谭瑛就到了,还顺便买了奶茶和蛋挞,在场工作人员人手一份,也算是安抚人心。在为人处世上,他一向是妥帖的,只是因为太妥帖,反倒显不出亲疏有别。他用公事公办的态度向林棋问了话,大致了解了情况便去找林太太。

林太太单看面貌,并不是个嚣张跋扈的悍妇。她戴一副金丝边眼镜,个子不高,身材微微走形,但好在身姿挺拔,衣着得体,倒也不显得臃肿,反倒有一种雍容的贵气。她说话的声音不响,可是语速又急又快,没个准备根本插不进话来。

谭瑛原本是劝她别对婚礼插手太多,却让她反将一军道:"小谭,你也算是我女婿了,有些话我当你是一家人,我就和你说了,你也别嫌我啰唆。你觉得我在这指手画脚地帮倒忙了,我也是没有办法啊。婚姻的事情虽然是交给婚庆公司了,可是终究没有自己人细心。里里外外的事总是要有人看着,不然一不小心就要多加钱。林棋年纪小,没经验,难免给人骗。你又太忙,要求又那么高,到时候不满意怎么办?只能我这个老太婆厚着脸皮过来帮衬着。"

"对不起,是我不好,确实抽不开身,所以让林棋负责这些事,主要我实在不懂,怕添乱。"

"这我明白的,你这么细心的人,刚才连这里的搬运工都顾及了,可是连林棋有没有吃过饭都不问一句,一看就是拿她当自己人了,也不着急了。"

谭瑛被堵得哑口无言,只能低着头,连声赔不是,说这段时间是自己疏忽了。林太太扫他一眼,淡淡道:"你觉得我在这里碍事,那我也先走了。怎么说呢,我以前看你是个老实人,现在怎么越看越滑头。"

谭瑛装作听不懂的样子。

他还想着留林太太一起吃午饭,与她缓和些关系。林太太却摆手道:"不了,我回去吃,我一会儿叫辆出租车回去就好了,虽然外面有点小雨,但也不碍事,我在公交站等等就好了。"

谭瑛自然坚持要送,就只得先把林太太请上车,再扭头叮嘱柳兰京照顾着林棋,找个地方与她先去吃午餐。

车子上,林太太坐后座,一条腿跷起来,身体坦坦荡荡地往后靠。她问道:"你爸爸妈妈也不过来看一下吗?婚礼毕竟是两家的事,我们这里负责了,到时候他们那头不满意,反而要觉得我不讲道理了。"

谭瑛道:"我爸爸这几天身体不好,我妈妈在照顾,抽不开身。"其实从订婚开始,谭家就没怎么出过力,跑前跑后的都是林棋。林家这头早有怨言了,只是明面上不铺张开,现在拿话敲打谭瑛,显然也是忍了一番时间。

"那你怎么不和我们说啊,早知道就去看看了。"

"没事的,都是老毛病了。"

"早去晚去都是要去的,明天我让林棋抽空去看一趟,都是一家人了。就是她这个身体也一般,筹备婚礼弄得也很累了,要是她再病了,那真的是没法收拾了。我们也不能给你添麻烦啊,你工作又这么忙。"林太太叹口气道,"可惜请柬都已经送出去了,不然要我说延期几日反倒更舒服点,我们也能松口气。"

话递到这份上，谭瑛也不得不低头，急忙道："婚礼不会有差错的，以后我每天都会过来看着，不会让林棋累着。你尽管放心吧。如果我没空，我朋友柳兰京也在，林棋对他评价也不错。"

谭瑛大大方方把未婚妻交给了柳兰京，他是问心无愧，柳兰京倒有些尴尬。不知是他自信心太足，还是确有其事，他总感觉林棋盯着他的眼神别有深意。

婚礼本来定在酒店办，闹中取静的一处地方，就近找一间商场就能吃饭。柳兰京问林棋的意见，她只微笑着说随便。他本想开几句玩笑，说随便是最麻烦的一种意见。可一想到林棋的身份，他还是收敛了嬉笑神色，一本正经地选了家面店。

地下一层的商城在做促销活动，罐头自下而上叠成金字塔形状。走在林棋前面的男人神色匆匆，没留意，一转身，就把这金字塔撞塌一个角。他察觉到动静，只扫了一眼，没停留就走了。林棋倒是好心上前，把滚落的罐头一个个捡起来，放回桌面上。

销售人员赶来，误以为是她添的乱，不耐烦道："你走路小心点啊。"

林棋小声辩解道："不是我撞翻的。"

"不是你撞翻的，你干吗要帮忙捡？"

柳兰京看不过眼，冷笑一声道："说得对，那我们就不帮忙，你自己想办法吧。"他从底下抽出个罐头，摆到一边，拉着林棋头也不回就走。他们身后金字塔摇摇欲坠，销售人员想把底下一罐塞回去，轻轻一碰，稀里哗啦就全塌了。

林棋道："谢谢你为我出气。可是刚才那个人大概也是心情不好，随口一说。"

柳兰京道："这个世界不是这么客气的，不是你想当个好人就能当的。

很多时候别人不过是把你的好当作软弱可欺罢了。"

面店里人头攒动，声音嘈杂，柳兰京与林棋要说话，却听不清彼此。他觉得这样也好，省却些无谓的寒暄。他对异性的态度一贯很放松，可林棋身份尴尬，由不得他松弛。

他直截了当道："你不用刻意找话题和我聊，也不用装作对我说的话很感兴趣，自己做自己的事情就好。"

"为什么这么说我？"

"因为你就是这样的人，总想着讨好所有人，倒也不用这样。至少在我面前不用这样。你一直是这样的性格吗？"

生怕他觉得自己傻，林棋急急辩解道："也不总是这样，我以前是个很叛逆的人，喜欢和家里人对着干，可是后来我闯祸了，伤害了身边的人，我就决定再也不这样了。我想一个家里总是要有人让步，那还是我让步吧。"

"我觉得你矫枉过正了。"他掏出手帕在桌面上抹了一把，林棋见了，便有些好奇，讨过去看了几眼。

这年头带手帕的人已经不多，柳兰京的手帕倒是很普通，灰白格纹，角上绣着一只燕子。别人拿着的话，林棋顶多觉得这人老派。可正因为是柳兰京的东西，物似主人，她竟然觉得有一丝古典式的优雅。

"你的手帕挺好看的。现在很少人会随身带手帕。"

"这是我妈送我的。"林棋把手帕还了回去，柳兰京叠好，塞回口袋里由着性子发了一会儿呆，歪着头，有一搭没一搭听邻座的客人聊天。是两个午休溜出来打牙祭的上班族，一男一女，抱怨了单位的食堂，又抱怨起领导和加班。男的忽然说了句俏皮话，女人笑得花枝乱颤。

柳兰京眼尖，瞥见男人手上的婚戒，也是微微一笑。他沉浸在别人的故事里，一时间倒没察觉，林棋正盯着他看。他单手托着腮，亚麻衬衫卷到手肘处，小臂肌肉线条绷紧，是个很寻常的姿势，可在她眼里，却有一种漫不经心的性感。

林棋叫来服务员，叫了杯加冰的饮料。柳兰京凑近她，眨眨眼，关切道："你不吃辣吗？辣得都要吃冰了。"

林棋是个无辣不欢的人，可为了他唇边的一丝笑意，故意咳嗽了两声，道："是啊，辣得我都喉咙痛了。我原本以为上面写的是微辣，应该不要紧的。"

"那一会儿我请你去吃冰激凌吧。"

林棋微微一笑，心底泛起一种酸涩的甜蜜。吃完饭，到就近的甜品店买冰激凌，柳兰京倒还体贴地追问了一句："你今天可以吃冷的吧？"这一层细心，是谭瑛从没顾及的。

柳兰京自己不吃，只是给她买，过马路时侧目看她，让她小心车，几乎是一种端正的凝视。林棋既是心慌意乱，又是心猿意马，忽然听到身后有人在叫他们。

"你们在吃冰激凌啊，怎么不带上我啊？"这声音太熟悉了，柳兰京不用扭头也知道是苏妙露。他是坦坦荡荡的，可斜着眼睛去瞥林棋，却是整个人僵住了。他心里猛地一沉。呜呼哀哉，大事不妙，她对他好像是认真了。

苏妙露大大咧咧冲他们挥手，似乎并不在意男友和别的女人一起吃饭。林棋倒是莫名心虚，朝后躲了躲。柳兰京迎上前，说道："没想到你会过来，饭吃过了吗？早知道带你一起去吃饭。"

苏妙露笑道："我在家里吃过了。不过早知道你今天请客，我肯定要来敲你一笔，不管怎么说总有冰激凌吃。"

柳兰京笑道:"那你去敲诈林小姐吧,看她愿不愿意。"

　　林棋自然是愿意,苏妙露倒也不客气,一大口咬掉一个角,又笑着去和林棋聊天,很随意地把柳兰京甩在身后。林棋从旁看着,百感交集,摸不准她是有意在面前炫耀幸福,还是无心为之。要是无心,反倒更让她嫉妒。她不敢奢望的人,苏妙露反而能随意对待,而这点幸福,她也曾是有机会把握的,失之交臂最可恨,可她也怨不得别人,要恨只能恨自己软弱。

　　苏妙露其实没察觉到林棋的细微心思。她是个漂亮的女人,便有漂亮女人常有的粗心大意,对异性的心思更敏锐些,对同性反而不敏感。只瞧见林棋无精打采的样子,以为她是让婚礼的筹备搅得焦头烂额,就想着自己有空也要多来帮忙才好。

　　苏妙露道:"刚才听柳兰京说,你这里人手不够,正好我这几天没什么事,要是有需要的话,我就来帮忙吧。"

　　林棋单独请柳兰京来当伴郎,就是希望多一些与他独处的机会,苏妙露一到场就是另一重打算。盛情难却,林棋便勉强笑笑,说道:"那麻烦你了,其实也没什么事情,让婚庆公司安排就好了。"

　　"如果没什么事,那我来陪你说说话吧。我看刚才你和柳兰京一起,都不怎么吭声,你不喜欢他吗?他这个人可能有的时候是挺奇怪的,你不要太在意。"

　　柳兰京在她们身后,不紧不慢走着,偷听着她们的对话,忍不住要笑。乱拳打死老师傅,说的就是苏妙露这种人。她这人总是在极迟钝和极敏锐的两个极端徘徊。对男人,总是戒备十足;对女人,倒是极粗心大意。

　　接下来几天,柳兰京原本担心苏妙露会和林棋闹得不开心,没想到倒是他多心了。苏妙露本就对林棋有好感,陪着她说说笑笑,讲了个自己小时候用酒精擦妈妈脚心,被一顿打的故事,逗得林棋笑出声。之后两天她们都结伴去吃饭，俨然一对密友。

林棋对苏妙露的态度复杂，又不忍心拂了她的好意。她暗暗愧疚，只能给苏妙露买些礼物补偿。苏妙露这头也不好意思起来，愈发和她走得近了。她们一有空就凑在一起聊林棋的狗，是只六岁多的金毛，林棋在国外留学时领养的，颇费了一番功夫才带回国，平时她也视若珍宝。

林棋的婚礼原本是她妈妈决定的，出于老年人的保守审美，选了一件全包裹式的泡泡袖长裙。苏妙露望着直翻白眼，说像是十二岁小姑娘去迪士尼会穿的。林棋原本中意一件抹胸鱼尾裙，被林太太否定掉，心里也有点遗憾。苏妙露就鼓动她撒个小谎，两件礼服都订下来，婚礼上穿喜欢的一套，到拍照时再换下去，两头都讨好。她还特意叫来谭瑛坐镇，谭瑛的审美也与未婚妻趋同，于是这个主意就这么定下了，就算林太太事后追究起来，也能往谭瑛身上推。

苏妙露玩笑道："反正丈夫的一大作用就是接黑锅。"

谭瑛挠挠头，好像是把这个玩笑当真了，小声道："这样说不好吧，我是不要紧，兰京听到会多心的。"

苏妙露脱口而出道："听到就听到，反正我也不准备嫁给他。"这虽然是玩笑话，可她心底似乎也隐约有一个结论，她与柳兰京是不可能结婚的。不单是有家庭的阻力在，潜意识里她也觉得柳兰京不是个合适的丈夫人选。

柳兰京在不远处扭头看过来，面色阴沉，快步走来。谭瑛原本以为他让苏妙露的玩笑话恼到了，不料他直接冲着自己来，揪着谭瑛就往外走。到了无人的僻静处，他劈头盖脸就骂道："你把金亦元叫来做什么？是觉得我来你婚礼丢你脸了？急着要赶我走？我就这么低声下气，不配攀你这门亲戚，所以你哭着喊着也要把他请过来？"

谭瑛这几天一直提防着别让柳兰京看到完整的宾客名单，没想到还是疏忽了。新印出来一叠姓名牌，柳兰京一眼就看到了金亦元的名字。

　　谭瑛自知理亏，只得装傻充愣道："哦，这件事不是过去很久了吗？你还在意啊，不好意思，我还以为你看到以前的朋友会开心的。是我不好，我太粗心了。"

　　"得了吧，你真当我是你老婆，这么好骗。我知道你和金善宝私下里见过面了，你上次特意给我送请柬来，我就觉得不对劲，给我阿姨打电话问了一下，就说看到金善宝的车在附近开过。你让我说你什么好，初恋就这么忘不掉吗？"

　　"这里面有很复杂的原因，不是你想的那样子。我只是更多地想和过去和解。"

　　"我没工夫听你解释，你到底想不想结婚？你现在反悔倒还来得及，别把事情弄得不可收拾。"

　　"结婚肯定要结的，现在请柬已经发出去了，而且我爸妈都很满意林棋。她也比较适合结婚，心思安定，人也不错。"谭瑛顿了顿，忽然发觉自己在用评价员工的标准考核着未婚妻，而他的心意似乎是无关紧要的。他略显刻意地岔开话题，说道："你要是真的不想见到金亦元，那我就让他别来，到时候随便找个理由和他说一下。"

　　"算了，请柬都已经发出去了，我也不让你为难了。你要是真的不让他来，反而要得罪人。到时候我尽量避开他点就好。"

　　"对不起啊，我是个挺迟钝的人，还以为这么多年，你和他闹不和都是小孩子的事，已经过去了。你现在反应这么大，是还有我不知道的内情吗？"

　　柳兰京冷笑一声，说道："金亦元就是条疯狗，除了他家里人，他是见人就咬。我说他差点杀了我，你信吗？不开玩笑，就是你和我疏远的那段时间，我大约二十岁出头，有一次当众说了点金善宝的坏话，金亦元知道了，为了维护他姐姐，就约我去打猎。打猎的时候，他故意朝我的头顶开了一枪，就差几厘米。他说误射，以为我是只野兔。你说我要不要信？他这个人肆无忌惮惯了，只要逆着他，他就是什么事都敢做。"

谭瑛疑心这话有夸大的成分，事已至此，再后悔也迟了，他也只能小心着应付，走一步看一步。先要稳住的还是柳兰京这头，惹他生气是一回事，真要闹翻倒也没必要。他小心翼翼地哄着柳兰京，才让他脸色稍霁。

柳兰京忽然问道："你有个远房亲戚是不是不能生孩子，把他弟弟的儿子过继成自己的了？以前你和我说过，他们现在怎么样了？"

"十多年前的事情，你怎么突然问这个？他们现在挺好的，之前还一起吃年夜饭了。"

"没什么，我就随便问问。"柳兰京说完话就走，之后也没再发难。谭瑛虽松一口气，暗地里却是愤愤不平。到底是他的婚礼，柳兰京一来就处处指手画脚，当真还是旧习难改，一点没把他放在眼里。

金亦元是在地板上醒来的，身边丢着四五个空酒瓶，昨天通宵开派对，疯玩了一夜，一瓶香槟洒在地毯上，地毯到现在还是湿的。他摇摇晃晃起身，去浴室洗脸，一抬头却看到有人用口红在镜子上写下"我永远恨你，我永远爱你"。

金亦元愣了愣，倒不是有所动容，而是根本记不清是哪个女人写的。昨天带回家的女人有四个，其中三个和他有过关系，他懒得费心去辨认了。他下楼去遛狗，狗正绕着游泳池打转。昨天的派对上一群人在泳池边烧烤，落下了一地狼藉。到处都是鱼子酱和各色酱汁，一块半熟的牛排也落在地上,狗凑过去吃。

金亦元急忙叫住它,呵斥道:"不准吃,很脏。"在他脚边,有一个被丢弃的Gucci(古驰)包,里面灌满了香槟。

遛完狗,简单冲了澡,看了眼时间,再有半小时就可以出发去机场。临出发前,他接到了最小的妹妹金喜玉的电话。他们虽然是同父异母的兄妹,但金亦元对家里的姐姐妹妹倒是一视同仁,都算得上体贴。毕竟他们都有个俗气的名字,也共有一个难缠的父亲,也算是同仇敌忾。

金喜玉在电话里哭丧,说道:"怎么办,我这次的成绩单出来了,有两个F,姐姐已经知道了,她会不会告诉爸爸啊?"

金亦元故意逗她,压低声音一本正经道:"我估计她肯定说了,老头子早晚要知道的,估计要让你禁足。"

"那我怎么办啊? 我成绩从来没这么差过,爸爸要骂死我了。"

金亦元慢条斯理道:"那你就先别回来,我先回去,等我被爸骂过一顿,他就记不得骂你了。"

"你认真一点啊。我是真的要完蛋了。"

金亦元笑道:"我也是认真的,你先在巴黎玩几天,考试得个F也没什么大不了的,我以前那么多F也没什么,你还是要趁着年轻多玩完。手边的钱还够吗? 不够我给你打一点。"

"那你过来陪我一起玩吧。"

"这几天没空,我要回中国一趟。有场很无聊的婚礼要参加。"

"既然无聊,你为什么要去?"

"大人的世界就是有很多无聊的事要去做,所以才让你趁着未成年好好玩一会,别把日子过得太闷,会变成白痴的。总之,成绩的事你别担心,我一会儿去问问姐姐,看她有没有和爸说,没说的话我试着帮你瞒下来。

其实说了也不要紧,你妈给你怀了个妹妹,爸这几天还在高兴着,不会怎么生气的。"

"谢谢,我真的最爱你了。"

"爱我的女人太多了,你需要先排队,宝贝。"

他随手翻看社交网络上的新消息,有个临时女友今天凌晨给他留言,哭诉他这段时间太冷淡。换在往日,金亦元还能耐着性子哄她,可今天他宿醉未消,头疼得厉害,心烦气躁之下就直接和她提了分手。

女友一个电话打来,哭诉道:"可是我们才在一起三个月。"

金亦元冷淡道:"三个月已经很久了,这三个月里,你又老了许多,而我又认识了许多新的女人。"他打了个哈欠,直接挂断电话。

金亦元坐头等舱,在飞机上睡了一觉,隐约梦到了小时候的事。他是第一眼就讨厌柳兰京。苍白的女孩子一样的脸,带着戒备的眼神,沉默寡言的性格,爱哭鼻子,也爱找家长告状。每次欺负他,他总睁大了眼睛瞪回去,有种不服气的倔强。一直到了那次,他把点燃的烟头放在柳兰京的书包里,原本只是想吓唬他,但没想到他忽然倒在地上口吐白沫。后来他才知道,这是癫痫发作了。那一次之后,柳兰京就主动避开他,对他来说,得胜的喜悦太淡了,总觉得有些扫兴。

金亦元下了飞机,和姐姐金善宝打了个电话,知会一声自己到了,顺便问一下妹妹的成绩单她有没有收到。金善宝说有。他就履行了对妹妹的承诺,连哄带骗终于让金善宝同意不把这事告诉父亲。她这次对金亦元的态度格外好,可能是有把柄落在他手里的缘故,毕竟他是去参加那个傻子初恋的婚礼。

金亦元对柳兰京和谭瑛一视同仁,都看不起,只觉得他们像是喜剧故事里的笨蛋搭档,一个又瘦又刻薄,一个又壮又呆板。

出机场时，天已经黑了，他在酒店休息了一晚。第二天上午开车参加婚礼。他在国内也有套房子，并不常去住，更多地起一个停车场的作用，停着他的五辆车。他懒得给谭瑛面子，就没有开自己的跑车去，只选了最不起眼的一辆奔驰。

车停进地下停车场，找空位时他发现有个女人在哭。看背影是个纤瘦的年轻女人，把高跟鞋都脱了，就赤脚踩在地上。他忍不住停下车来细看。女人也察觉到他了，狼狈地转过脸来，金亦元隐约有些失望。她并不十分美丽，打扮得倒是很精致。瘦脸，小五官，像是绘本故事里的小耗子，偏于讨喜的一类，有点机灵。她全身都是香奈儿，穿套装，拎格纹包，衣服的前襟和裙子却有一块大的污渍，看样子是摔倒了。

看惯了女人，他大概猜到她流泪的原因了。一个不太起眼的年轻女人，为了一个大场合特意打扮一番，结果出师不利，所有的心机全泡了汤，难免觉得委屈。金亦元摇下车窗，探出头对她说道："单纯为了一件衣服哭，可实在是不值得，你的眼泪比衣服值钱，再买一件就好了。"

"我不认识你，你是哪位啊？"徐蓉蓉皱眉，慌慌张张穿上鞋，略显戒备地后退一步。这一退，又险些摔倒。她的高跟鞋跟太细了。

金亦元把车门拉开，笑道："你不用认识我，只要知道我是和你一起来参加婚礼的就好。"他把自己的请柬拿出来晃了晃。徐蓉蓉的那一份她就捏在手里，金亦元一眼就瞥见她的名字，说："原来你姓徐啊，名字很可爱。我姓金，朋友都叫我安东尼。快上车吧，现在出去买一件新衣服还来得及。"

徐蓉蓉懵懵懂懂坐上副驾驶位，忽然觉得自己像是故事里的灰姑娘，泪痕未干就上了南瓜马车。可她的神仙教母是男的，且能归于英俊一类。整张脸都是用尖锐的线条画就的，容长脸，偏细长的眼睛，薄得不近人情的嘴唇。她倒还没有天真到相信一见钟情，身边男人明显有一张酒色熏出来的脸，眼底青灰，略带倦容。

但他搭在方向盘上的一双手着实纤细修长，徐蓉蓉望着，忍不住心猿意马。她又带点恶意地比较起柳兰京的手来，太干燥，没有养尊处优的余裕感，像是拿起扳手就能修水管。

徐蓉蓉忽然相信起所谓的命运。否极泰来，她今天倒霉了一天，原来都是为了遇到这个男人。原本她出门前就憋了一肚子的火。她为了今天在婚礼上能艳光四射，特意去美容院保养，没想到昨晚潘世杰打呼打得像是诺曼底登陆，她没睡好，早上一照镜子，脸和眼睛都浮肿着。

潘世杰对这场婚礼也是满怀期待。他最近准备辞职创业，要去做儿童早教行业，连场地都已经物色好了，就等着拉人入股。他把计划书随身带着，准备在酒宴上遇到合适的投资人，就当场拿给对方看。可他只顾着拿计划书，倒把手机给忘了，车开出去一公里，才急着回去拿，路上耽搁一阵，就撞到了早高峰，堵得人心头邪火直冒。

徐蓉蓉对他的创业计划嗤之以鼻，强忍着不发作，为的是在苏妙露面前挣个面子。她还有一种已婚女性的幻想，希望自己在在场的男宾心里留下一抹情影，让他们既好奇她的来历，又惋惜她已经结婚。为此她特意穿上跟最高的一双红底鞋，走起路来摇摇晃晃，无端生出一种弱柳扶风感。于是风一吹，就把她吹倒了，一拉车门走了两步就摔得四仰八叉，正巧溅了一身污水，昨天刚下过雨。

潘世杰一边抱怨她，一边急忙开车回去给她拿换洗的衣服。徐蓉蓉留在原地，蹲下身，心底一片荒凉，她知道全完了。鬼知道潘世杰会给她拿什么衣服来，兴许抓着一件冲锋衣就来了。她原本以为自己的人生还是个未完待续的故事，高潮留在后面，没想到早就结束了，现在已经到了索引环节。她百感交集，忍不住脱下高跟鞋哭了，这一哭却哭出了意外的转机。

金亦元带着徐蓉蓉驱车去门店买衣服。她选了一条奶油色的金扣连衣裙，配真丝衬衣给他看。他微笑着说好。她的目光扫到一件收腰的羊毛长大衣，他也笑着让她试试，一样说不错。到付账前，他转身去拿了一件紫色绸缎底子，配黑色蕾丝的吊带衫，说道："穿一条黑裙子的话，应该也会好看。"

徐蓉蓉看一下尺码，正好合身，有些诧异道："你怎么知道我的尺寸。"

"用眼睛看就能估计了，你身材挺好的。"

徐蓉蓉带着点窘迫，别过头笑了。她是以良家妇女自居的，这样有些出格的调情手段，她是第一次经历，难免脸上发热，却也并非不受用。

一共买了三套衣服，内搭外搭的都有了，一刷刷掉七万多块，徐蓉蓉有些不好意思，推辞道："不好意思让你破费了，一不小心衣服也买得太多了。"

金亦元笑道："喜欢的话就都买了，反正婚礼有两天，总是要换衣服的。"他本可以给徐蓉蓉买一双软底的鞋，却故意没买。他喜欢看她穿着高跟鞋，摇摇晃晃，可怜兮兮的样子，像一只马戏团的动物。她原本不会成为他的目标，但是她穿着一双不合适的鞋，过着一种不合适的生活，那种强撑门面的劲头让他觉得可笑又有趣。

一个礼拜能把她搞上床吗？他问自己。

徐蓉蓉不清楚他的心思，只是暗暗松了一口气。虽然七万块她是能拿出来的，但是现在当了家庭主妇，这样大笔的开销，总是会惹丈夫不高兴的。

金亦元开车送徐蓉蓉回去，在地下停车场搭电梯去酒店，一出电梯就撞见了潘世杰，旁边还站着个女人，起初徐蓉蓉没认出来，定睛一看，才发现是苏妙露。

她把头发松松垮垮梳起来了，戴一副细边眼镜，白衣黑裤，打扮得很朴素，想来是不愿抢新娘风头。可看惯了她妩媚的扮相，此刻倒别有一番风情。徐蓉蓉咬着后槽牙不愿承认，长得美终究是不用费心打扮的。因为有了比较，潘世杰就相形见绌了，虽然他的蓝色领带是她亲自挑的，现在看来却也格外是一副蠢相。

苏妙露上下打量着金亦元。生面孔，衣服穿得不错，可盯着人的眼神总像条蛇。金亦元并不认识苏妙露，可落在她身上的眼神却久久不曾挪开。三方打量的眼神在一处交汇，苏妙露率先开口，她略带指责地问徐蓉蓉，道："你刚才跑到哪里去了？打你的电话也不接。我们正要去找你。"

"我衣服脏了，去买了一身新的。"

金亦元笑着接话道："请问你是徐小姐的朋友吗？"

"我是她的表姐，金先生。"

"我们认识吗？"他的嘴角微微勾起，像是忍不住要笑了。再多情的男人都是乐意让漂亮女人关注的，虽然他记不清在哪里见过她，按理说这样的漂亮女人他会有印象的。

苏妙露淡淡道："我认识你姐姐，在你姐姐家里见过你的照片。"

"那我有荣幸认识你吗？"

"我没有这个荣幸，还是算了吧。"说罢，苏妙露转身离开。金亦元倒不觉得受冒犯，饶有兴致地用眼神描摹她的背影，按经验估计，她的腰围不会超过一尺八。

徐蓉蓉在旁暗暗恼火，苏妙露总是这样，像是头顶自带探照灯，很轻易就把周围人的目光吸引过去了。她本来也该习惯了，可以暗自宽慰自己，苏妙露不过空有皮囊，让男人眼睛上占点便宜，心里却不会多尊重她。可是因她对金亦元有几分朦胧的好感，这一丝嫉妒便显得尤为尖锐。

而潘世杰听到他姓金，便急忙问他姓名，近于谄媚地与他握了手，热情道："金先生，你好啊，真没想到你也会过来。我之前和你姐姐有一面之缘，当时也聊得很投机。最近她还好吗？"

金亦元不耐烦道："还好。其实你自己问她会比较方便。"

"金先生是刚从国外回来的吧，那实在是辛苦了，昨天有好好休息吗？我去给你拿点喝的东西吧。"

"不麻烦了。你是徐小姐的丈夫吧？"金亦元忽然瞥向徐蓉蓉，唇边蓄起一丝笑意，意味深长道，"嗯，看着挺般配的。"

徐蓉蓉不吭声，却把头低了下去。她第一次真真切切对潘世杰生出了鄙夷之心。她虽然不指望和金亦元发展些罗曼蒂克的故事，且也想给他留下个好印象，为此说话走路处处小心。没想到潘世杰一出现，把那点暧昧气氛全搅碎了，她再矜持，落在金亦元眼里不过是个癞皮狗之妻。

金亦元的眼神在徐蓉蓉脸上轻轻一扫，故意问道："刚才你的那位表姐叫什么？还单身吗？"

徐蓉蓉道："她啊，叫苏妙露，现在是柳兰京，也就是小柳先生的女朋友。"

金亦元轻轻咦了一声，没料到昔日的爱哭鬼竟有这样的艳遇。他心思微微一转，无端生出个狭隘的念头来，想着如果自己抢走柳兰京的女友，他会不会气得当场癫痫发作？他整一整衣领，毫不在意地甩开潘世杰夫妻，大跨步走进礼堂，准备去见柳兰京一面。

婚礼办得很气派，请柬几乎广发出去，有头有脸的人物和自觉有身份的人都到场了。但在昂首挺胸的一群客人里，最尊贵的还是柳兰京与金亦元。双方都是代表家庭而来，送的礼也不轻。柳兰京送了两个古董花瓶，金亦元是一对钻石胸针。

新人自然也回以慷慨，在招待上绝不吝啬，光是供客人吃的自助甜点，就摆出十五桌。雪白的桌布一路铺出去，像是延绵的一条白色雪路。金亦元找到柳兰京时，他正在长桌前吃点心，手指上还沾着奶油。

金亦元笑着一拍他肩膀，故作热络道："好久不见了，Lily。"

柳兰京神色一僵。Lily是以前金亦元故意给他取的诨名，笑话他总穿着带绣花的白衣服，又爱哭鼻子，像是个女孩子。小时候这是金亦元孤立他的一个手段，柳兰京一听就哭，可现在大了，他反倒持无所谓的态度。一来，他本就和金亦元那群狐朋狗友混不熟。二来，像女孩也不是什么坏事，至少佐证了他的容貌清秀，性格文静。

柳兰京道："是啊，好久不见了，我很想你啊，我们这么熟了就不握手了，来抱一抱吧。"不等金亦元推辞，柳兰京已经环住他的腰，故意把食指上的奶油蹭在他西装下摆上。金亦元察觉了，也不声张，只觉得他的报复手段太孩子气，不值得当真。

他们口不对心地说了一会儿闲话，金亦元见苏妙露不在，就故意说道："我刚才见到你的女朋友了，我之前没见过她，她倒看过我的照片，竟然能认出我。"

柳兰京面不改色道："哦，可能是因为我一直在她耳边说你坏话吧。"

"你比以前有幽默感了。"金亦元微微眯起眼，他们之间的记分牌翻过一页，暂且是零比一。他不得不承认柳兰京比以前成熟了许多。

"你是要找她？她应该和新娘在一起。我带你去吧，顺便给新人当面送点祝福。谭瑛见到你也会很高兴的，毕竟大家以前也一起玩。"他轻飘飘地就把些难堪的往事带过去，金亦元也不便多说。

往内间继续走,金亦元见到了新娘。她有那种平淡的美丽,耐得住细看,但金亦元绝不会选这种女人。她是一眼可知的乖乖女,抽半包烟就算是逆反了。她是在框里生活的人,也在框里找男人,对恋爱没有经验,生活在自成体系的幻想中。很容易勾上手,但很难甩开,她能毫无怨言地为你洗衣做饭,生两个孩子,也会一声不吭在你家里上吊。一样都是为了家庭。

金亦元打量完新娘,连带着对谭瑛也多了份鄙夷神色。他娶了这样一个女人,就是选了一条最容易走的路,但是又和金善宝纠缠不清,就是想要两头兼顾。既要世俗上的方便,又想要精神上的安慰,胃口大过了能力。他准备冷眼看谭瑛倒霉,倒也不急于一时,至少不是今天。

他客客气气地道了贺,说漂亮话,称赞新娘,感谢招待,这一类流程他也很熟练,只是多少有些漫不经心。今天他的兴趣不在这对新人上,更多留心的是苏妙露。她是少见的一类猎物:漂亮,嚣张,桀骜不驯,驯服后又格外温驯。柳兰京进来时有半个衣领没折进去,她都温柔地替他翻出来。他笑着朝金亦元捎了个眼神,显然很受用。

金亦元与新人在房间里寒暄着,苏妙露则偷偷把柳兰京拉出来,略带埋怨道:"你把他带过来做什么?他姐姐不是和谭瑛以前好过吗?你就不怕他来捣乱。"

"你应该问为什么谭瑛要把他请来。但既然人都来了,说要当客人来祝贺,那就让他场面功夫做足,好好尽一个客人的本分,给新人道贺。不过你也不用太紧张,他估计不会给谭瑛捣乱,顶多给我捣乱。"

"没事啊,他要是再欺负你,我替你打架。"

柳兰京失笑道:"好啊,你可不能赖账。"

他们说笑间,金亦元推门从房里走出来,转向苏妙露,理直气壮地邀请道:"苏小姐,今天中午有空吗? 不如一起吃个饭。"

苏妙露倒让他打了个措手不及,支支吾吾道:"不用麻烦了,这里不是供餐了吗?"

"今天不过是迎宾晚宴,明天还有一场,都是这家酒店供菜,吃得都要腻死了。这里人也太多了,出去吃比较好。Lily也一起吧。"

苏妙露一时间没反应过来他口中的Lily是哪位,柳兰京已经接口道:"你们两个人去就好,不用算上我。"他那少见的绅士风度倒在这时候显现,含笑对她道:"你尽管去玩好了,不用顾及我。好好帮他挑个餐馆。"

旋转餐厅,钢琴鲜花,按理该是柳兰京送上的浪漫约会,倒是由金亦元代劳了。他为苏妙露开了一瓶玻尔科夫香槟,她这才第一次知道贵价香槟的盒子自带加湿器和湿度表。

金亦元笑道:"这个盒子还是不错的,有些节约的人会把盒子拿回去当雪茄盒,改一改就能用。"

"这么好的酒你请我喝倒是可惜了,我只是爱喝酒,但是不会喝。"

"大多数人都不会喝酒,装得会喝罢了,为你的坦诚,我就应该敬你一杯。"

金亦元举杯,只抿了一口杯中酒,苏妙露则一饮而尽,侍者近前为她斟上。金亦元则带点赏玩的目光细细看她面颊上的红晕。改头换面的化妆技巧他见识过不少,所以初次约会他都格外留神。

有些俗气的人爱请女方吃火锅,让热气熏脸,汗一出,妆就花了。他觉得不好,没必要让衣服上有一股烟熏火燎的气味。他一般请女方喝酒泡吧,酒精作用下脸发红,再一跳舞,微微发汗,妆就花了,本来面目就藏不住了。他请人喝酒故意让人空腹喝,就算不喝醉,人也会更兴奋些,藏不住话就更好拿捏。不过夜店里通常光线太暗,他还要特意去亮堂的地方看。不如在白天找个开阔的靠窗位置，也是一目了然。

金亦元看出苏妙露的妆化得很淡，面颊与脖子上的红晕连成一片，眼底微微泛着水光。眼线没有化，否则她刚才一揉眼睛就要晕开。用他的标准看，十分制里她能有七分，百里挑一倒也算得上，性格还能再多加半分。开得起玩笑，喝得了酒，脾气有些倔，给某地的暴发户儿子当一房娇妻还是绰绰有余的，就是金亦元也愿意把她收为三月女友。

苏妙露让他盯得有些发毛，毕竟吃人嘴短，也不方便发作，就开着半真半假的玩笑道："怎么了？和我在一起都没话说了吗？"

"我不是没话和你说，是在想一件关于你的事。我猜我说出来，你应该会生气。"

"你先说说看。"

"我在想，你和柳兰京分手吧。他能给你的，我也可以，并且能比他做得更好。"金亦元把车钥匙丢给她，说道，"我看你挺喜欢我的车，就送给你了，也不要嫌弃是二手的，毕竟才认识你第一天，没空准备更好的礼物。"

苏妙露笑了笑，眼神带点怜悯的讥嘲，像是高年级学生看幼儿园孩子胡闹。她把汽车钥匙捏在手里把玩了一圈，说道："如果你要睡我，那这辆车就太贵了；如果你要追我，那这辆车还不够。"

金亦元微微挑眉，兴致盎然道："我不否认有这样的考虑，不过你也不用看低自己，你很漂亮，也很有个性，是个能带出去的女人。"

"我也不会说什么客套话，大家不如坦白一点。你看上我，无非是觉得我方便上手，而且又是柳兰京的女朋友，从他手里抢人很有挑战性。不过看起来你也就玩玩，正经恋爱的话，我没什么能和你做交换的。你看不上我的。"

"够坦白，不过你既然已经看得这么清楚了，就应该知道柳兰京也看不上你,不会和你结婚,顶多也和我一样睡睡你。不过他比我更抠门,睡完了也不会有补偿。这样你都不在乎?"

"在乎啊,不过反正都要被伤害,我倒不如选一个我喜欢的人来伤害我。"苏妙露随手把车钥匙丢还给他,抬手把杯中酒一饮而尽。

"你果然够好玩,不过你到底看上柳兰京什么? 要钱吧,他也没多少,人也够闷。文凭也不过一张纸,没什么用处。看起来在床上也是个无精打采的人,估计时间不长吧。"

苏妙露眯起眼,轻佻一笑,说道:"这么好奇的话,你让他来睡一睡你不就知道了。"

金亦元嘴角抽了抽,隐约要动怒。这时失了体面,反倒像恼羞成怒,他稳了稳,倒还是勉强笑了一声,说道:"既然你觉得凡事都有代价,那我今天请你吃了这顿饭,该得到什么回报才好?"

苏妙露抬头望定他,泛出些悠然的神色,一本正经道:"我对你笑一笑,就够配得上这顿饭了,既然你这么看得起我的话。"她抬头,冲着他敷衍微笑。

"你就这么舍不得他?"

"大家都是体面人,有些话就不适合摆在台面上说了。"

"例如?"

"例如我就不会当着你的面说,你从头到尾,没有一个地方能和柳兰京相提并论。"

金亦元虽然不情不愿认了输,倒也发挥绅士精神,又开车把苏妙露送回了酒店。他不愿再与她有纠葛,闲来无事,就去酒店提供的室内游泳池里游泳。他原本就有每天游泳的习惯。泳裤是去附近的商城买的,入水时他多少还有些嫌弃,觉得消毒设施做得不够完善,淋浴间又太简陋。淡淡的氯的味道，像是浮上来一阵死气。

金亦元在泳池里简单游了一个来回，心里稍稍松快些了。女人，他自然是不缺的，真要下功夫追求苏妙露，她也翻不出他掌心，只是最近家里的老头子停了他的卡，姐姐金善宝也三令五申，让他暂时不要惹事。他只能安分些过完这段日子，就是看不到柳兰京哭鼻子，实在有些可惜。他准备找些别的乐子替代。

他正这么想着，有个乐子就自觉自愿，兢兢业业，小跑着来到他面前。潘世杰穿着西装，赤脚踩着拖鞋闯进游泳池，手里拿着他的企划案，显然是来谈投资的。金亦元隐隐皱眉，不觉得他诚心，只觉得厌烦。他一生中得到的东西，全没有一个是争取而来的，于是便觉得努力是一件荒唐可笑的事。

潘世杰摆着笑脸，弯腰屈膝站在金亦元身边，手里抱着他的计划书，生怕弄湿。他那张谄媚的脸，金亦元很熟悉，围在他身边的男男女女总是这样的神态。他其实对商场上的事一窍不通，但总装出兴致勃勃的样子，逗着人玩。

说到底是五六岁孩子的心态，今天给蚂蚁一点饼干屑，明天月开水冲蚂蚁窝，全看心情。他今天心情不好，想稍稍看个热闹。

潘世杰恭恭敬敬叫了一声金先生，就不说话，等着金亦元开口。他确实是个机灵人。金亦元略带指责道："你干吗穿着西装过来？把这里的水都弄脏了。"

"不好意思，我想稍微正式一点。如果不适合，我立刻就去换一身。"

"没关系，我不计较这个。"

"不知道金先生您有没有空，能不能听我谈一下投资的事？我现在手边有个好项目，不知道您或者您家人感不感兴趣？这几年国内的一线城市中产对教育投入越来越大,很多家长虽然愿意花钱,但是不知道怎么花。市场划分也不够细致,我觉得这是一片蓝海,很有投资价值。我的计划是针对六岁之前的儿童进行早教,做一个介于幼儿园和小学之间的教育机构……具体的方案和设想,我都写在计划书里了,不知道您愿不愿意赏光看一下?"

"噢,我知道了。"金亦元心不在焉地听着,他手上戴着克罗心的戒指,随手捋下来,往泳池里一丢,说道,"帮我捡一下,谢谢。"

潘世杰犹豫了片刻,就放下手中的计划书,一猛子扎进水里。他没有游泳,而是两脚踩在泳池底,慢慢蹲下去摸索,像是一个盲人在寻找落在地上的麦穗。池子里浮力太大,他一个没站稳,呛了一大口水。金亦元看到他的狼狈样,倒是忍不住笑了。

潘世杰见到他的笑脸,倒像是得了某种首肯,带着份故意的笨拙慢慢走上岸。他知道自己是来扮演丑角的,便要把戏演到位。可还没等他把戒指递还回去,金亦元就起身,随手把他的计划书丢进水里。

金亦元居高临下道:"你讲得太无聊了,我没有兴趣听,如果你一定想让我给你个机会,一个小时后让你妻子来我房间给我讲吧。"他走出几步,回过身来补上一句道:"对了,还有一件事,我从来不觉得有中产这一类人,只不过是假装自己不太穷的穷人罢了。"

潘世杰不声不响,也没有追上去。他目送金亦元走后,把浸在水里的计划书又一张一张捡起来,放回文件夹里。纸已经泡得皱了,带着一丝疲软,轻轻一碰就要烂,像是他的自尊心。

他离开泳池时,在门口还遇到酒店的工作人员。因为穿着西装入泳池违反规定,他还多付了两百块罚款。他隐忍着不发作,却偷偷记下了这人的姓名,一扭身就去投诉他。

这样做自然不道德,可这个世界从不是以道德规则运转的。大鱼吃小鱼,笑贫不笑娼,金亦元可以挥挥手摧毁他的自尊心,他也可以一弹指让个员工扣掉这个月的奖金。

新婚夫妇给来参加婚礼的客人都订了房间,只是许多人在本地都有房,不愿留下,但潘世杰夫妇是留下的。他身上滴着水回到酒店套房,脸色惨白,眼神幽幽,像是黄浦江里捞起来的一个水鬼。徐蓉蓉打开门,吓了一跳,急忙拿毛巾给他擦头发,问道:"怎么了?你没事吧?"

潘世杰不吭声,只是一把将她搂在怀里,久久不愿放手。他浑身湿透,衬衫贴着肉,像一层死掉的皮,一冷冷到骨子里,连心都在震颤。他忽然笑了笑,像是脸上用刀子划出来的一道伤口,徐蓉蓉看得毛骨悚然,以为他要发火。他却牵着她的手,温柔道:"听说今天来的路上,你遇到金先生了,他给你买衣服了,对吗?"

徐蓉蓉低头,急忙解释道:"你不要误会,真的是意外,我也不认识他,是他主动拉我去的。我不好意思拒绝。你要是不开心,我把衣服还给他。"她原本还在恼火自己在金亦元面前丢了面子,可一旦要真刀真枪担嫌疑,她就忙着撇清关系。精神上的遐想是一回事,真要出轨她还没这个胆子。

"没事啊,金先生家里有钱呢,你和他多接触接触蛮好的。你看柳兰京平时人五人六的,在金先生面前也一句话都不敢说,我们要是能搭上他的线,做什么事情都很方便。"

"可是人家也不一定愿意理睬我,又不是谁都像苏妙露一样,敢放下身段和男人肉搏,脸都不要了。"

"你到底和她不一样。金先生看起来也很有绅士风度,说不定就是和你聊聊天。就是,就是……"他说着竟哽咽起来,把脸埋进膝盖里,泣不成声了，"他们凭什么这么对我啊？我又没想着一步登天，只是想让他们帮忙。这个世界为什么没有一点公平？之前的业务合伙人像猪头一样，什么都不会，什么都要我帮忙擦屁股，就这样，他的分红是我的十倍。就凭他有个能撒钱的爸。我是真的不甘心啊。"

见到他哭，徐蓉蓉多少也猜到些前情。并不惶恐，也不同情，只是冷眼看着，她是站着的，多少有些居高临下之感。先前她对潘世杰还残存些敬意，到底是体面的工作、体面的人，现在让这眼泪一浇，面颊两边的肉颤抖着，她只嫌他窝囊。

"你能先坦白和我说吗？你是不是在外面有女人了？"她问这话的口气倒不是咄咄逼人，而是极温柔的。

"是有几个出格的，可已经好久没联系了。"

"这些话要是平时和你说，你大概要生气。其实你也就是有点小聪明，平时你在女人啊，交际啊，这种事情上花太多心思了。你觉得金亦元没能力，对你不公平，其实别人也是这么看你的。你的工作之前也是你爸托关系搞定的，所以现在人一走，你也待不下去了。"她忽然把身上的吊带一拨，极尽妩媚地笑道，"既然你都这样了，那小金住在几号房，我过去就是了。"

"不是，你先等一等，我不是这个意思。"

"你放心好了，这件事我有分寸。不会太出格，一看形势不对，我就立刻回来。你既然觉得自己缺一个机会，我就帮你争一个机会。"

"我不是这个意思，你要是不情愿，真的还能再想想。"

潘世杰抓住徐蓉蓉的胳膊，她一皱眉，用力甩开，轻蔑道："我今天不去，你以后想起来会怪我的，你就记得我是为了这个家好了。"

半个小时后，徐蓉蓉洗了澡，卷了头发，喷了香水，换上新买的蕾丝吊带,敲响了金亦元的房门。

金亦元开门见她,倒也一愣,失笑道:"我开玩笑的,你倒还真的来了,那请进吧。"

他给她倒酒,她也接过来喝了,手里拿着他丢在泳池的那枚戒指,说:"我是来把东西还给你的。"她低头往下望,耳根子略泛着红,倒已有些没底。她是下定了决心要搭上这条线,婚姻不幸福的家庭主妇找情人是常有的事,金亦元还不是寻常小白脸,风度翩翩,家财丰厚,春风一度后各自都不为难。于情于理,她其实都不吃亏。

但仅凭几眼,她并没有把握拿捏住他,在他的房里过夜是她的胜利,可要是被轰出去就太难堪了。

喝完酒,他弯下腰,凑近着,很一本正经地打量着她,笑道:"有没有人告诉过你,你长得很不好看?"

"我知道。"

"可是你有一点可爱的地方,小老鼠走钢丝。"她起先还不懂,他便拉着她到镜子前。那是一张紧绷的脸,眉目间透出些决绝,嘴却是媚笑着。"小老鼠走钢丝,明明很害怕,却假装不要紧,一走就走到底了。"

他扳过她的脸,笑着道:"把舌头伸出来。"

她照做,他把威士忌浇在她舌头上,继而狂乱而粗暴地吻了她。她被他搂在怀里,虽然是第一次,却不觉得陌生,好像在幻想中他们已经发生过千万种故事了。

第十五章　追心

苏妙露找到柳兰京时,他正和一个光头聊得火热。这人实在太引人瞩目了,倒不是褒义的方面。损有余而补不足。他显然没有领会这含义,他在外貌上是极不平衡的。个子极高,一米八还有余量,头发却是一根都没有,坦坦荡荡一个大光头,搭配起来像是电线杆上架着一个灯泡。古代人囊萤映雪也是生错了时代,放到现在,光照在他的光头上就足够一个房间的照明了。

他们似乎是同事,一样在大学任职。苏妙露隐约听到他们聊今年的科研形势不好,经费减了一半,学界搞紧缩,学生就业也困难。柳兰京也是一副忧心忡忡的样子,在惋惜一个有天赋的学生去了企业任职,没有继续留在学校。

这是苏妙露全然不了解的话题,她也不便上前插嘴,只隔着几步路,盯着那个光亮的后脑勺一阵走神,宋凝就从后面拍她的肩膀,满脸柔情蜜意,笑道:"那个和柳先生说话的是我男朋友,还不错吧?"

苏妙露暗暗吃了一惊,没想到竟会是这样的配对。她虽然对宋凝不熟悉,但也知道她条件优越。外貌姣好,工作体面,性格干练果断,这样的人就算一时半会儿找不到合适的恋人,也断不会凑合。她能这样大大方方介绍男友,自然是对他满心欢喜的。

苏妙露便顺着她的心意说道:"挺好的,你男友看着一身正气。"

"他看着有些凶,其实很温柔的,一会儿介绍你们认识一下就明白了。"

这话倒是不假,宋凝挥手把莫雪涛叫来,苏妙露简单同他聊了几句,便对他顿生好感。莫雪涛性情温和,举止彬彬有礼,学识渊博却不盛气凌人,与急性子的宋凝恰好凑成一对。他见苏妙露盯着自己的光头愣神,也乐得自嘲,道:"头顶是有点亮,对吧? 也算是增加照明了。"

苏妙露不作声,只得低头微笑,又看着莫雪涛给宋凝拿了些点心,两人说说笑笑着走了。他们一走,柳兰京才像是刚瞧见她一眼,只笑着打了个招呼,一副漫不经心的态度,似乎早在她脖子上系好了一根绳,很笃定地不怕她跑了。

这虽然是一种信任,但她总觉得别扭,赌气似的去找柳兰京,也不正眼看他。柳兰京倒也会意,亲自给她端了一杯酒,笑道:"你和金亦元的饭吃得怎么样?"

"挺好的,还请我喝了上万元的香槟,比你出手大方多了。"

"那你是生我气了?"他微微歪着头,垂着眼睛,眨巴眨巴着望她,带着股孩子气的楚楚可怜劲,可苏妙露偏偏吃他这一套,恻隐心一动,一点半真半假的怒气就烟消云散了。

"确实有点生气,凭什么只有他能叫你Lily,我以后也要这么叫你。"

"好啊,这个名字确实很可爱,你想叫就叫吧。原来你为了这个生气啊,我还以为你是觉得我没有吃醋,觉得我不在意你呢? 可是我想,看得上我的人,是看不上他的。你说呢?"

苏妙露绷不住笑了，道："你还真是得了便宜就卖乖，就不怕我真的和金亦元跑了？他追女人可是很舍得花钱的，刚才准备送我一辆车。"

柳兰京脸色微变，问道："你应该没有收吧？"

"你拿我当什么人啊？当然是没有收的。反正他对我献殷勤，只是为了羞辱你罢了。"

"那就好，收不收倒不是感情问题，是会惹很多麻烦。金亦元其实是有未婚妻的，他爸给他找的，女方也知道他在外面有女人，反正是各玩各的。他可能是真的对你感兴趣，也很会讨人欢心，但是一旦陷进去就会很麻烦。他的家庭关系复杂着呢，不单有个厉害的姐姐，还有一个厉害的继母，两个女人其实争权争得很厉害，互相在抓对方把柄。金亦元又和他姐姐是一派的，以前他继母收买过他的女友，帮着通风报信，闹得很难看。所以千万不要和他有太多瓜葛。神仙打架，小鬼遭殃。"

"你怎么对他们家的事这么了解？我还以为你们都不来往。"

"圈子就这么大，律师、用人、中介，人来人往的，其实有什么大事，全藏不住的，都是一群人盯着。我爸妈对我和我哥的态度有偏差，这事我们也没有到处宣扬啊，你看大家不也都知道了？稍微有点丑事，就像是不穿内裤走光，你以为没人知道，其实都在偷偷笑你。"

"我总觉得你想多了，你一直是个心思很重的人，心思重到我都不知道你看上我什么。"

"因为你人好啊。"

"这话可太敷衍了吧？"

"我是认真的。对上不谄媚，对下不傲气，这就比很多人要好了。除了有点傻，有点莽，爱意气用事，做事没有长远规划，没什么大缺点。"

"真谢谢你处心积虑来骂我。"

柳兰京耸耸肩，不置可否，只是让她把手伸出来。苏妙露不知道他要要什么花招，倒还是照做了。她的手还没伸直，柳兰京就一把抓过她手腕，把他手上的那块劳力士绿水鬼扣了上去。他笑道："你戴了我的表，以后可是要代表我了。"

　　"这表真土，不过看在你的面子上，我就收下了。"她暗笑，想着他到底还是吃了醋，也懒得理他，一溜烟跑去后台看新娘子了。剩下柳兰京落了单，便有几个认识却不熟悉的生意人围上来，要同他喝酒聊天，柳兰京虽明白是攀关系，但一时间也推托不得，就笑着喝了几杯香槟，陪着寒暄了几句。他酒劲上头，面颊微红，隐隐有些后悔，太早放苏妙露走了，她的另一个优点就是能代他喝几杯。

　　聊了几句，对方看柳兰京态度不热络，也就散开往一边去。柳兰京正准备找个安静的地方待着，却又让金亦元拦住了。

　　金亦元身上的酒味比他还重，笑着解释道："刚才在房间里陪人喝了一点威士忌。"

　　柳兰京不愿同他多纠缠，却还是忍不住呛声道："是同女人喝的酒吧，你还真是离不开女人啊。"

　　"这个世界上不是男人就是女人，总是离不开的。你不是也有女人吗？我今天和你女朋友吃饭，聊得还挺开心的。"

　　"那不错，我和她在一起也挺开心的。"

　　"只是现在而已，反正几个月的新鲜期，到时候你要是腻了，转手给我也行，反正你看着也没花什么大钱，她还挺价廉物美的。"

　　柳兰京隐忍着怒气不发作，冷淡道："你喝醉了。去醒醒酒吧，不要再胡言乱语了。没有别的事，我先走了。"

　　"别生气嘛，我开个玩笑，看样子你们认真的啊。"金亦元笑着轻拍他肩膀,柳兰京冷淡地挥开他的手。金亦元倒是不以为意,继续道:"那挺好的,不过她知道你有癫痫吗?就是那个羊痫风,一抽一抽的那种。这个病其实还蛮适合你的,可以有个正经理由不结婚不生孩子,倒也不错。"

"你真的是醉得不轻了。"柳兰京转身就要走,金亦元急忙拦着他,嬉皮笑脸道:"别急,我再说最后一句话,说完就让你走。"

他捏着柳兰京的肩膀,力气不算大,但柳兰京忍不住皱眉,过去金亦元霸凌他也是这样的动作,手一搭,把他拦住,四五个人围着他,笑嘻嘻地骂他,说和他开个玩笑,把他的东西藏起来,用笔画他的脸,也不真动手,欺负完还请他吃点心,像是逗小猫小狗。

金亦元贴在他耳边,笑道:"那个啊,你发病的时候要是尿裤子,要不要你的女朋友给你洗内裤?"他带点玩味态度细瞧柳兰京的脸,他眼眶微红,看着像是要哭。

柳兰京怒极反笑,倒也不作声,只快步走到一边拿了杯酒,仰头一口饮干。他低声道:"你跟我出来一下,我有事和你说。"

金亦元吃定他不爱惹事的脾气,倒也不起疑,仍旧笑着跟他往外走。柳兰京把金亦元领到酒店外面的花园里,趁着他没反应过来,朝着他的脸,一拳挥了上去。

谭瑛得到消息赶来时,柳兰京和金亦元已经打到喷泉里去了,四五个酒店工作人员在旁干看着,知道他们身份不一般,也不敢上前拉架。谭瑛只能急急忙忙找了个口风紧的男傧相,一前一后好歹把人拉开。

两人脸上都挂了彩,浑身湿透。柳兰京原本穿一件亚麻西装,半个袖子扯了下来,一截胳膊裸在外面,内搭衬衫三颗扣子全崩飞了。金亦元也不算好,左边眼睛青了一块,对着地上啐血唾沫。谭瑛暗暗想,柳兰京看着瘦,没想到打架倒能小胜半场。如果不是场合不对,他倒应该给老朋友喝彩了。

闹到这地步了,他们依旧不愿停,勉强分开一段距离,金亦元还摘了手腕上的一块表,攥在手里,朝着柳兰京脸上一掷。柳兰京歪过头,堪堪避开,表就打在后面拉架的谭瑛脸上。

柳兰京见状匆匆道:"我帮你打回来。"说着他一把挣开谭瑛,一个箭步上前,按着金亦元的肩膀,猛地一记头槌,狠狠撞了他的头。

这一下倒把两个人都砸蒙了,柳兰京淌着鼻血,也摇摇晃晃往一边歪,谭瑛急忙把他扶住,朝同学使了个眼色,一人一边,从不同方向避开大厅,把两人扶回酒店房间。

先顾着柳兰京这头,谭瑛让他在床上躺下,看着他的头发滴着水,满脸的狼狈,笑他是个沉不住气的,又想起是在自己婚礼上闹出的事,也笑不出了。柳兰京还醉意蒙眬地耷拉着眼,谭瑛扶着他喝了点热水,又把湿衣服换下。看他情况尚可,就急急忙忙跑出去,先是和酒店方面交涉,赔偿平事,再偷偷把林棋叫来照顾柳兰京,自己则跑去看金亦元那头的动静。

他敲门进去,金亦元的房间里有个女人,正扶着他的脸帮着上药。金亦元醉得更厉害,手臂交叠在桌上,头已经埋进了臂弯里,像是小学生在课间打盹。那个女人怕他难受,正小心翼翼地哄着他去床上睡,金亦元只是不耐烦地挥挥手,让她别吵闹。

谭瑛道:"我和你一人一边,把他扛上床吧。"谭瑛不认识徐蓉蓉,以为她是金亦元外面叫来的情人,也就没有多想。徐蓉蓉偷偷打量他的神情,见他没有起疑,也就暗自松一口气。

两人搀扶着把金亦元弄到床上,徐蓉蓉亲自为他脱了鞋,整理枕头,掖好被子,服侍着他睡下了。谭瑛见她尽心尽力,也就放心了一些,低声道:"那就麻烦你继续照顾他,要是他酒醒了还要闹,就让他到1304来找我,我姓谭。"

徐蓉蓉点头,不愿多说话,心底存着一丝侥幸,房间里的灯光不够亮,希望谭瑛没看清她的脸,这样以后见了面也不至于认出来。

料理完金亦元,他又急匆匆往柳兰京房间赶,生怕柳兰京喝多了发酒疯,林棋一个人照应不来。可他推门进去,却见柳兰京在沙发上睡得好好的,林棋正用热毛巾给他擦脸,满眼的柔情蜜意,一只手轻轻拨开他额前的乱发。

谭瑛暗暗有些吃味,他就算再迟钝,也能察觉这一丝若有若无的暧昧。林棋绝不是因为柳兰京是他朋友,才如此体贴入微。

林棋见他进来,也有些拘束,肩膀绷紧着,压低声音道:"小声说话,他已经睡着了。"还有半小时晚宴就要开始,她已经上了妆,脸上浓墨重彩的,凑近看太凄艳,在灯影下反倒有一种影影绰绰的美,看着不真切,也不太像她。

谭瑛道:"就这样吧,你先去准备着,我一会儿叫苏小姐来照顾他。"

林棋说道:"不用叫她来了吧,万一她生了气,找金亦元算账,把事情闹大就不好了。我再待一段时间,反正还有时间。"

"这样就可以了,他这么一个人,在房间里待着也不会出事的,先走吧。"谭瑛强硬起来,拉着她的手往外拖。

"可是……"

"没有可是,今天是我们结婚,你不要因为别的事情分心,大家都已经到了,你稍微去准备一下,或者再和你妈妈说说话。柳兰京这里我来看着。"

林棋走得依依不舍,谭瑛站在柳兰京面前,望着他睫毛投下的一小片阴影,轻轻叹了一口气,百感交集。柳兰京这样的人,吸引异性似乎是一种天生的本事,旁人就算嫉妒也学不来。原本以为只有浪子才能治浪子,没想到他还能把金亦元打了。

可还能怎么样呢?对林棋,对柳兰京,谭瑛都做不到理直气壮地责怪。出轨这事上,片刻的心猿意马总比不上真刀真枪。谁都不干净,就睁一只眼闭一只眼罢了。

只是谭瑛忽然不想忍了,不单是因为要和林棋结婚,光是结婚一事,就让他精疲力尽。请柬、饮食、交通、会场、宾客、礼金、各类的人情往来,这还只是开一个头,结婚之后,生活的琐事就要扑面而来。大事上有怀孕生子、孕期的照顾、医院的选择、孩子出生后的教育、学校的选择、入学名额的争取,小事上有家具的挑选、餐具的购置、每天饮食的搭配、家里保姆的选择、偶尔的请客吃饭备菜。这些大大小小的事,林棋真的能独立应付吗?谭瑛是不信的,到最后少不了由林太太代办,两个人的婚姻里,还横生出个第三者,还是赶不走的那种。

他心烦意乱的,正巧房间里有个苹果,就随手拿来吃了。柳兰京则悠悠转醒,有气无力道:"那是我买的水果,你怎么就吃了?"

谭瑛白他一眼,说道:"你给我惹了这么多麻烦,吃你个苹果怎么了?这么小气。"

柳兰京稍稍回过神来,低声道:"对不起啊,把你婚礼闹成这样子。"

"算了,没闹大,顶多酒店方面以后把我列入黑名单,别的倒也无所谓。反正这事没闹大,连你女朋友都不知道。不过你可喝得真够醉的,都打架了。"

"没喝酒我也要揍他,这个王八蛋。"柳兰京揉着太阳穴说话。

"你就不怕金亦元把事情闹大?"

柳兰京冷笑道:"他敢?要说怕,他比我更怕闹大。我是有正经工作的,不像他,他年纪活到狗身上了,三十多岁了还靠家里养活。他老头子还没断气呢,真闹出事情来,把他的钱一断,他还不是要一把鼻涕一把泪地回去求饶。我有什么好怕他的。"

"我要是有你这点胆子倒好了,那我也不结婚了。"

"为什么啊?"

"还能为什么,结婚没意思。"

柳兰京酒意未散,斜坐在沙发里,咯咯发笑道:"那好啊,你干脆别结婚好了,和我私奔算了。"

"那好,你等着我,一会儿来找你私奔。"

"这个不着急,你有空帮我找一下我的手帕,我妈给我买的,原本放兜里不见了,是不是掉在喷水池里了?"

"是不是灰白格子,绣着一只燕子的?"柳兰京点头,谭瑛敷衍道,"那估计是掉在外面了,我有空问问工作人员。"他神色黯淡了片刻,这块手帕他刚才擦身而过时,见林棋攥在手里。

谭瑛从柳兰京房里出来时,正巧撞见苏妙露来找人。他劝她安心,避重就轻道:"他喝醉了,我扶他到房间先睡了,你去了容易吵醒他,先去大厅里参加晚宴,结束了再找他也不迟。"

苏妙露勉强让他说服了,看着她远去的背影,谭瑛忽然觉得身心俱疲。酒店里禁烟,他只能去露台边上抽了一根。他望着夜风撕碎那一缕白烟,忽然觉得人的一生也不过如此。

谭瑛知道柳兰京不喜欢林棋,如果真喜欢,就不会是现在的态度。林棋是单相思,倒也很正常,毕竟柳兰京确实惹眼,她再怎么躁动,也一样是要结婚的。规规矩矩嫁进门,生个孩子,三年五年后还是人人称赞的好太太。谭瑛的一贯态度是妻子是用来生活，不是用来爱的。他倒也不吃醋，只是心底不是滋味，像是买了个包装漂亮的蛋糕回家，打开一看，离保质期还有两天，总有些别扭。

不过也不意外，他隐约听到过风声，说林棋过去脾气很野，惹出了事才收敛，在精神上当清教徒，现在不过是她压抑本性了，关键是让她一辈子压抑下去……

他对柳兰京的态度很复杂，轻视又嫉妒。其实成年人早就没什么友谊了，少年时代的意气之交，做不得准。柳兰京读书时就聪明，在国内是跳级读的小学，后来为了不耽搁他才送出了国，倒不是像外面传言的那样是父母不喜欢他，反而是寄予厚望。但他的性格因此古怪了不少，没日没夜地哭。谭瑛去加拿大，名义上先学语言，再读预科，其实就是陪太子读书，那一年半的钱就是柳家父母出的。

当年留学可不比现在，中产阶级都能随意把人塞出去。高中、大学、研究生，每隔一层，难度就翻倍。柳兰京的高中以课外活动出名，为的就是充实简历，结交人脉。可他一门心思窝在家里，不是哭得抽抽搭搭，就是闷头看书。西方社会不比国内，最看不起的就是书呆子。要不是他父母花重金找校友给他写推荐信，他的藤校未必能申请上。学的还是数学，明面上看着光芒万丈，真毕业了，前途就是悬而未定，搞研究竞争太激烈，去企业未必施展得开。家里没底子的，很少会出国学这种专业。他也就是仗着家里有钱，到研究生再转变赛道也不迟，总有口饭吃。

谭瑛旁观着，酸得咬牙切齿，觉得自己但凡有他一半的条件，就能向上攀个高峰。在加拿大时，柳兰京比他小，一岁两岁的差距格外明显，他凡事都喜欢跟在谭瑛后头，他乐得当个哥哥照顾他。可是柳兰京一成年，温情底色全撕破了。柳兰京到底高出他不止一头。家里有钱，人又聪明，长相体面，完全不必受生活磋磨。

可谭瑛不一样，他很用功地读书，很用功地工作，才能抓住这一丝机会往上爬。在英国读大学，步行到牛津街不过二十分钟，他去购物的次数寥寥可数。四年里他只回国三次，出去旅游是一次都没有，也没有找过女友。他不留在国外，不少人都觉得可惜。他暗自笑他们见识短，一样是当中产阶级，去华尔街，去硅谷还要顶着个玻璃天花板，还不如回来，撞个头破血流，兴许还能撞出一丝缝来。

回国后，他拼了命创业，加班加到凌晨三点，好不容易事业上小有成绩，可人已经三十多岁了，紧接着又要结婚养育孩子。人生最好的青春，他都过得紧绷绷的，一点乐子都享受不到，难免不甘心。

说到底，成也老实，败也老实。如果可以选，他又何苦要假装老实人，柳兰京这样的日子多潇洒。可不当老实人，他又得不到柳兰京这样的好处。

生活里的鸡毛蒜皮，柳兰京还没领教过，谭瑛已经是精疲力尽了。他的公司刚起步，几个合伙人已经面和心不和了，领导层在内斗，底下的员工又吵着要涨薪。他的父亲又有糖尿病，母亲身体也不好。他急着结婚，一个原因是想让林棋多去照顾他们。可是真的结了婚，林太太那边又不好对付，她是一门心思想拿这个女婿当投资品，是要捞尽好处的。可是如果不是为了婚后的回报，谭瑛又何必与她结婚？

光是这次的婚礼，花的钱就远超他的预算。他也不过是花钱买个名声，可金亦元敢在这样的场合闹事，说到底就是没把他放在眼里。阶级这条河，还是横亘在他和金善宝面前。他的人生注定要让高不成低不就折磨着。

要说他的位置低，自然不是。他这样的学历，这样的能力，手头还有一家公司，普通人快马加鞭也赶不上，只能仰望。可要说他位置高，在真富豪面前还是小心翼翼的，混不进顶尖的圈子。真正出人头地，机遇和运气缺一不可。不单是事业，女人也是这样。既要温柔贤惠，又要家境优越，这样的女人是不能兼得的。

但凡他愿意放低身段，伏低做小，给金家当上门女婿，和金善宝结婚未必不幸福。又或者他愿意彻底市侩化，只把妻子当雇员看待，和林棋结婚他也不会觉得不甘心。可他现在两边都觉得不是滋味，过得又烦又累。也不是别人强逼着他，是生活推搡着他向前。

他对着夜空吹出一口烟，忽然间倒是释然了，带着一种好学生不愿考试的心态，自暴自弃想着，倒不如跑了算了。谁又能真的怪他？妻子、情人，两个女人他都要。这是生活欠他的。

苏妙露因为柳兰京缺席，一顿饭也吃得心不在焉。她偷偷朝周围打量，金亦元和徐蓉蓉也不在，潘世杰倒是一副热火朝天的样子，和身边人搭话。新郎新娘盛装出现，说了一些场面话，又向双方家人敬酒，单看神情也有些魂不守舍的。礼节性的场面一过，就正式开始晚宴。婚礼的重头戏在明天，所以这顿饭还是自助餐，不过菜品上不惜血本，连龙虾、刺身和鱼子酱都是随意自取。

苏妙露随意吃了点肉，隐约觉得谭瑛夫妻有事瞒着她。但他们都在场，她一时间也不方便脱身。桌上有一整盘新鲜的草莓，时值秋天，草莓又小又涩，苏妙露尝了一个就皱眉。

正巧有个男人过来同她搭话，寒暄道："这个草莓不太好吃，是吧？看着就不行。"

是个四十多岁的中年人，说话带福建口音，脸像三四块橘子皮拼凑出来的,有一种粗糙的质感。他带着一点讨好的笑,看着倒是个圆滑的人。苏妙露不认识他,只含糊笑笑,说道:"现在想吃一点草莓都没办法,只能等冬天。"

男人递了一张名片过去,介绍道:"这样啊,我姓洪,你要是现在想吃草莓,我倒可以想办法。我正好做外贸生意,可以从新西兰进口几箱草莓送过来,也不麻烦。新西兰的草莓挺好的,又大又甜,也不打膨大剂。"

苏妙露笑笑,婉拒道:"不用麻烦了,我也就随口一说。"

"我看之前你和柳先生在一起,他现在怎么不在?"

"他喝多了,先去休息了。"

男人继续追问道:"那柳先生现在还住在静安吗?"

苏妙露还记挂着柳兰京,没留神,就脱口而出道:"没了,我们现在住在浦东。"话一出口,她才察觉失言,对方似乎在套她的话。柳兰京这次回来,格外小心着不让人知道他的住址。她隐约觉得不妥,就寒暄了几句,找了个借口,匆匆走开。

到晚上八点半,客人都散得差不多,新人也已经回房休息,苏妙露就急忙去找柳兰京。她敲了一通门,却不见他回应,以为他先睡下了,就不再打扰。到第二天早上八点,再去找他,却也不见有人开门。

苏妙露试探着打了个电话过去,柳兰京倒是接了,他那头吵吵闹闹的。她急忙问道:"你在哪里啊?"

柳兰京道:"我不知道,谭瑛带着我逃婚了,我们好像开到杭州去了。"

半晌没回过神来,她呆呆道:"嗯。哦?啊?什么?那现在怎么办啊?新郎跑了,那怎么结婚啊?"

"你先别着急,先想办法安抚林棋,别让她知道这件事,实在不行,锅往我身上甩。你先尽量把事情瞒住。"柳兰京听声音正烦躁着,强压着怒气在说话。

苏妙露正想问他找什么借口拖延，就见林太太朝她迎面走来。她本来想躲开，林太太却拦住她，问道："你是来找小柳的是吗？我来找谭瑛的，不知道怎么的，今天就没见到他的人，打他电话也不接。小柳和他挺熟的，他们是不是一起出去了？"

苏妙露顿了顿，说道："谭瑛他，拐着柳兰京跑了。"

电话没挂断，柳兰京听到她说话，气得骂道："苏妙露啊苏妙露，你争点气好吗？法国人都没你这么快投降啊。"

她没理睬他，直接把电话掐断。和盘托出，倒不是迫于林太太的气势，主要是为了林棋考虑。无论谭瑛会不会回来，这婚能不能结下去，林棋都应该知情。欺上瞒下地把她往洞房里一塞，和盲婚哑嫁又有什么差别？

林太太的气质很好，仪态端正，背挺得比二十岁的年轻人还直，脸上是一副拒人于千里之外的表情。昨天一整天，她连微笑都显得很勉强，只是矜持地点点头，偶尔嗯两声。她好像对婚礼的方方面面都不算满意。柳兰京偷偷说，林太太其实是很满意的，只是在给谭瑛下马威，让他觉得林棋嫁给他是一种将就，以免他婚后得意忘形。

这让苏妙露更加看不起林太太，觉得她又蠢又固执，拿女儿婚后的幸福做无谓的赌气，很容易弄巧成拙。很难想象，林棋这么温和的人，竟然有如此讨厌的母亲，又或者说，正因为母亲难以取悦，林棋才不得不变得格外讨喜。

逃婚的事刚说完，林太太就怔住了，立在原地，露出慌乱的神色，道："那现在怎么办啊？"原来她不过是个寻常的老太太，并不像看起来那样，有指点江山的能力。

苏妙露这里焦头烂额的,另一头,柳兰京也在车里气得火冒三丈,谭瑛倒是气定神闲,说道:"既然都到杭州来了,要不要去吃葱包桧?你昨天都没吃晚饭,估计饿了吧?"

柳兰京瞪着他,咬牙切齿道:"吃什么葱包桧?我现在恨不得把你给烩了。"

昨天晚上,柳兰京醉意蒙眬地趴在床上睡觉,谭瑛就拿了房卡,溜进房间来,把他叫醒,随意给他披了件衣服,把他扶上车,让他在后座继续睡。清晨,柳兰京一觉醒来,已经被载到杭州来了。谭瑛坐在驾驶位平心静气地喝豆浆,吃生煎,说自己不想结婚了,反正还没领证。

听了半截话,他头脑里嗡嗡作响,气得险些癫痫发作,走下车,大口深呼吸才平静下来。他把谭瑛叫下车,质问他到底想怎么样。

谭瑛喝了一口豆浆,说道:"你别那么紧张,我跑出来只是想一个人静一静。"

"你这么想静一静,往月球发射嫦娥5号的时候怎么没把你带上?你想什么时候安静都可以,可是你现在跑了算是什么事情?"

谭瑛道:"我会处理好的,我现在就是很累。你不会明白我的感受的。柳二,你的日子过得太顺了。你不懂像我这样的人有多大的压力,我必须做选择,可是选择之后就要舍弃一些东西。林棋很不错,当妻子很合适,可是她太听话了,听她妈妈的话,真的结婚的话,我会很累,受两个女人的累。一年两年还好,时间长了让人厌烦。和金善宝在一起很刺激,可是刺激之后没结果的。"

柳兰京挑眉斜他,道:"所以呢?"

"所以这就是生活啊,你不要太责怪我,我就是个普通人,有时候抵挡不住诱惑,我也知道我错了。我不像你,我真的不是个聪明人,很多事我是发生了才知道伤害到了别人的，我也不想啊。"

"我可不这么觉得，我发现你远比你表现出来的要聪明。谭瑛，你就是在装傻。"

"你这么说也可以，可是我也没办法啊，不是所有人都有你这样的爸爸。你是无所谓，想做什么都可以。可是我不行啊，我的家庭对我寄予厚望，我必须循规蹈矩地过日子，我要顾及名声。"

"你要是不想结婚，也没人会逼着你。你干脆开回去，对林淇坦白说。你不能这样一走了之，很不负责任。"

谭瑛多少也带了点恼，讥嘲道："为什么我要听你说责任？你可比我不负责任得多，女人、钱、地位，你都有了，风凉话说得真好听。之前还找同学谈恋爱，现在是越睡越年轻了，听说这个苏小姐是你妈找来的，这么关照了，你还嫌不够？"

"你什么都不懂，蠢货！你嫉妒我就直说，藏着掖着算什么寻？你想和我换吗？我谢谢你还来不及。我被金亦元霸凌，你在和他姐姐谈恋爱。我毕业了，我爸妈都不来看我，你咳嗽一声，你全家都飞来国外照顾你。你还想要什么？人活在世界上，谁又是完全甘心，不都是堵着一口气吗？"

第一次见柳兰京这样大动肝火，谭瑛看他面红耳赤的，倒也有些慌。可话赶话说到这地步，也不愿主动低头，就不咸不淡道："你别生气啊，怎么急了？又不是你结婚，不要这么紧张。难不成你心虚啊？"

"什么心虚？"

"林棋对你挺有好感的，你别说你不知道啊。所以你急着让她和我结婚，也是担心节外生枝，到时候我的问题变成你的问题。"

柳兰京抿着嘴，不作声，扭头叹出一口气，走到一边抽起烟来。

过了一阵，谭瑛走过来拍拍他，问道："还有烟吗？给我抽一根。"柳兰京原本不想理他,可还是没绷住,就冷着脸,抽了一支烟递给他,却故意没给火。谭瑛也不在乎,穿过马路去对面的杂货铺买打火机。等他回来时,车上已经给贴了张罚单,柳兰京在一旁幸灾乐祸地笑。

抽完烟,谭瑛淡淡开口道:"那我们回去吧。"

柳兰京狐疑着瞥他一眼,不信他当真想通。他怕又生事端,便把车钥匙夺了去,自己坐在驾驶位上,系好安全带,说道:"我来开车,你坐稳一点,可能有点快,你准备个垃圾袋,不行就吐里面。"话音未落,他已经一脚油门飙出去掉头。

苏妙露接到柳兰京的电话,说已经载着谭瑛往回开,紧赶慢赶应该能赶上中午正式的结婚典礼。她把这个消息转告给林太太,两人都是大大松了一口气。林太太原本已经坐在沙发上,就着水吃降压药了,这下倒又来了精神,起身去大堂看布置情况了。

林棋还蒙在鼓里,安心在化妆间做一个新娘应有的准备。婚礼对女性来说,总是有点神圣性的。婚纱、化妆、摄影、掌声、高飞的气球,一切梦幻般的细节装点了这一天,然后积攒起这天的回忆,就能用来苦熬婚姻里长长久久的琐碎。

林太太说,林棋不必为这点小事分心。但苏妙露知道林太太有自己的盘算,并不把女儿的感受放在第一位。她是拿林棋当朋友的,自觉有义务告诉她。她直接闯进化妆间里,把发型师叫出去五分钟,直截了当道:"林棋,谭瑛跑了。"

林棋愣了愣,扭头望她,嘴角带着一丝困惑的笑意,像是听到个并不有趣的笑话,不知道该不该笑。她顿了顿,才缓过神来,喃喃道:"跑了?那就是不想结婚的意思了?那大概是他看不上我吧。"

"这我不知道,他已经准备回来了,应该赶得上婚礼。我觉得你还是应该知道这件事。"

林棋不声响,凝神望着镜子里。婚礼的妆化得比平日浓一些,她平日里素净的脸上忽然多出一双大而茫然的眼睛。她倒不是很难过,反倒有种如释重负之感。她淡淡道:"那就这样吧,其实他也不用回来了。我也不想和他结婚。"

因为不知她说的是不是气话,苏妙露只沉默地站着。林太太又从外面闯进来,一见林棋脸色,就知苏妙露来通风报信了。她强忍怒气,说道:"苏小姐,我知道你是好心,不过一家有一家的情况,这是我们家里的事情,你不知道内情,就不要掺和在里面。"

苏妙露没回嘴,林棋倒抢先恼了,同林太太呛声道:"如果不是她告诉我,你还准备瞒我多久? 谭瑛既然不想结婚,那就别结好了,他人都跑了,也不用回来了。"

"什么叫不结婚? 不结婚,你以后怎么办? 新郎跑了,这事情传出去,别人怎么看你? 都以为你有什么问题。还有房子都已经装修好了,车子也买了,婚礼花了这么多钱,你轻飘飘一句不结婚了,那是把人叫过来看笑话啊。"

"我本来就是个笑话,也不差这一点了。"林棋恼了,竟然猛地起身,撩起袖子,一把拽过林太太的衣领,拖到角落里。她之前说自己学生时代打过同学,苏妙露本以为是玩笑话,看来倒不是假的。

她的粉底很厚,可还是气得面红耳赤起来:"你之前和谭瑛发了什么消息,真以为我不知道啊。我有心脏病不能生孩子,你竟然和谭瑛说这是假的,你让我以后怎么和他交代?"

"这种事随便说说的,你结了婚,就算不要孩子,谭瑛也不能硬离啊。我这是为你好。"

"如果你为我好，当初就不该说你眼睛看不见了，把我骗回国。"

"骗就骗了，我是你亲妈，还做不得这种事吗？你不想想你以前多混蛋啊？"林太太一把挣开林棋，扭头到苏妙露跟前，让她细看自己的眼睛，左眼比右眼浑浊些。她哀怨道："苏小姐，我左边的眼睛视网膜脱落了，你看得出来吧。我这只眼睛是差一点就瞎了。你既然是林棋的朋友，那就问她做了什么事啊？"

"是我推了她一把，磕到桌角上。你是不是要把这件事说一辈子。"

"本来就是你的错。你一辈子记着也是应该的。我就是命苦啊，怎么有你这样的女儿，竟然和自己的妈妈动手。"林太太一低头就落下泪来，抽抽搭搭诉说起为人父母的委屈来。

林棋站在一旁，咬着下唇生闷气。她爸当年就不时对家里人动手，母亲为了维护她，也不是没挨过耳光。她耳濡目染，在学校与家里都是硬碰硬的脾气，很是桀骜不驯。一次她帮母亲，险些和父亲动起手来。母亲竟然看不过眼，来拉她，林棋一时气急，失手把母亲推倒，撞到桌角上，以致左眼视网膜脱落。

后面她再怎么痛改前非，母亲都不解气，之后每每遇到她忤逆的境地，就把这事拿出来说，引出她的愧疚心，强要她低头。最恨的却不是这个，是她提及此事时却不说父亲的责任，好像他们才是一家人，她强出头是当了个傻子。

林太太呜呜哭个不停，林棋抱着肩膀不愿服软。苏妙露夹在这对母女的矛盾里，走也不能走，留也不能留，一时间进退两难。

三人正僵持着，走廊里忽然传来一阵凌乱的脚步声。一开门，柳兰京拉着谭瑛狼狈不堪地回来了。

这场重头戏的主角回来了，站在门口，三双眼睛齐刷刷地审视着他。

谭瑛倒也能招架，只轻飘飘说道："哦，大家都在这里啊。"他快步走到林棋身边，带点哄孩子的口气，轻声细语道："你妈妈怎么哭了？你快去安慰一下啊。"

林棋冷冷道："不用去管她，一会儿就没事了。你不是逃婚了吗？不想结就算了。"

"哪有的事啊，我就是出去散散心，正好柳兰京在，就让他陪陪我。"谭瑛抽了两张纸巾递过去，林太太也化了妆，轻轻一蹭，就刷下来一层粉，他似乎自言自语道："纸巾是不是太粗糙了？拿手帕擦脸好了。我看林棋昨天正好拿了柳兰京的手帕。"

谭瑛说话的声音不大，可房间里的人都听清了，心头一震，知道他这是把难堪摆到台面上来，逼着所有人朝他低个头。柳兰京暗暗指望林棋不要认，这种事咬死了不承认，谭瑛也是无可奈何。

林棋果然不应声，把手指捏得咔咔作响，面无表情地望向谭瑛。谭瑛低头一笑，很自然地把林棋的钱包从口袋里掏出来，放零钱的夹层里就藏着柳兰京的手帕。

这下倒是柳兰京与苏妙露面面相觑，林太太则连哭声都止了。局势顿时逆转过来，谭瑛倒成了苦主。万籁俱寂，都知道谭瑛在演戏，可又戳穿不了。

这个没人说话的当口，还是苏妙露义不容辞地出来打圆场，笑道："多大点事啊，谭瑛，你一个大男人，怎么就这么多心。他们也没什么啊，不就是一块手帕的事。林棋估计也不知道是谁的，觉得好看就捡起来了。你不至于为这点事吃醋吧？那心眼太小了，他们要是真的有什么，我会不知道吗？"她是柳兰京的正牌女友，连她都不当一回事，这事按理就能轻轻揭过了。

谭瑛恍然大悟道："原来是这样啊，本来也不是什么大事。是我傻啊，都是我不好。其实啊，你们一个是我的好友，一个是我的未婚妻，又都是正派的人，我当然不会怀疑你们。之前是我莽撞了，这么贸然离开，事情传出去，别人估计不知道怎么说你们。现在弄得这么尴尬，你们不会怪我吧？"

柳兰京假笑道："当然不会。"

"唉，实在是怪我，我这个人处处不如柳兰京，又不聪明，长得也不好，家里也就这样。林棋喜欢我，我自然是很感动的。我就是太在意她了，才把事情弄成这样，都是我不好。"这话说着，他险些要抹起泪来了。

柳兰京冷眼看着，紧咬着后槽牙，一言不发，明白他为谭瑛两肋插刀，谭瑛倒又把刀插回去了，一套过程行云流水，倒让他佩服起谭瑛的手段来。

谭瑛的闹，是有的放矢地闹，看着是胡来，其实全没有出格。他逃婚，是给林太太一个警告，证明自己随时能甩脸子走人。再把林棋的一点隐晦心思袒露，顺便把柳兰京也算计了。虽然他和林棋清清白白，可一旦事情闹出去，面子上都不好看，少不了让人背后非议。柳兰京倒是无所谓，别说他没做，就是做了，这世道勾搭人妻也不至于把他浸猪笼。但林棋就难办了，她不是彪悍的个性，一个循规蹈矩的人，肩膀上担不起太多的流言。谭瑛已经抢先抓到了她这个把柄，以后就算他和金善宝的事暴露了，也是有恃无恐。

林棋也看穿了谭瑛的谋算，莫名觉得讽刺，宛若昨日重现。发生在她和母亲身上的事又来了一遍。又是她犯错，对方道德绑架，迫使她不得不低头。要怪就怪她自己，当好人忍不下这口气，当坏人又狠不下心。

她的人生转折于一场事故，一次病发。在误伤母亲后，她虽然悔改，却不至于彻底醒悟。在又一次争吵中,她心脏病突发休克了,再醒来已经是在医院了。她的病房里另有一个病人,差不多年纪的高中生,远比她乖巧,却并非家里的独女,下面另有一个要花钱的弟弟。她得了白血病,在父母一顿哭劝后放弃了治疗,说是转院,其实就是回家等死。她旁观了全程,在濒死的恐惧中,痛哭着承认了错误。父母这头没什么其他表示,只是急匆匆把她送出了国。

她寄宿的家庭信仰天主教,并不强迫她信教,但每周去教堂都会邀请她。有一整年,父母除了打生活费,与她全无联系,几乎是彻底将她放弃了。隐约有风声传来,他们宁愿被罚款,也要再生孩子,只是年纪太大,林母流产了一次。

因为她整日郁郁寡欢,寄养家庭便劝她去找神父。她语无伦次地用英语忏悔,把过往和盘托出。她先天病弱,父母又轻视,还因为搬家多次转学。怕被人欺负,怕没有朋友,她装出强势性格,在小团体里成为风云人物。可她为了姐妹团强出头,误伤了一名同学,惹出事后,她们又迅速与她撇清关系。她性格是装出来的,但遇事爱动手的习惯却养成了。争吵时伤到了母亲,就彻底沦落到了众叛亲离的地步。

林棋痛哭流涕道:"我只是想让所有人喜欢我,支持我,我很害怕会突然发病,我怕我会死在一个没人知道的地方。我想要朋友,想要爸爸妈妈关心我,我不想孤单一人,可是为什么每次我总会把事情搞砸?"

神父道:"只要对自己的错误认真悔改,努力赎罪,就会获得真正的平静。你要把你的疾病当成一种考验,你要忍耐生活中的痛苦,宽恕他人的过错,他人自然也会宽恕你。"

她没有信教,但自此开始教徒一样恪守。不动手,不争吵,默默忍耐,等待转机。转机很快来了,她第一次回国时,父母对她的改变都很是赞许,似乎又爱着她了。只是他们的爱另附条件,近于得寸进尺。既然能不吵架,那就不要争论。既然能忍耐,就要彻底顺从。她一步步后退,终于走到了这条路上。

她忽然恍惚了,宛若在镜中回望,她所求的是平静还是容忍,求来的是尊重还是欺压?她不甘心地望向柳兰京,他们是一样的苍白瘦削,一样在少年时被送往异国他乡,一样没有家庭做后盾,为什么他能这样毫无让步地生活?

柳兰京对上林棋的眼神,又默默扭开了头。他莫名其妙成了从犯,也是心有不甘。他没受过这种气,不愿让谭瑛牵着鼻子走,索性下定了决心,彻底与他们撇清。他清清嗓子道:"先等等,我也有一件事想同你们说一下,我准备和苏小姐订婚了。"

这一下又把所有人打得措手不及,半晌,林棋才反应过来,说道:"那真是恭喜了。"

"谢谢。"柳兰京一面点头,一面从口袋里掏出枚戒指,要往苏妙露手上戴。苏妙露头脑还蒙着,手攥成拳头,捏得紧紧的。柳兰京捏着她的手腕,一根根把手指掰开,硬塞了上去,拖着她就往外走,颇有种强抢民女的气势在。

等出了门,她才对柳兰京发作,戒指捋下来丢给他,道:"你和谭瑛怄气,和我有什么关系?你真想证明自己和林棋没牵扯,那你干脆出家好了,反正本来你就是要出家的。"

柳兰京由着她骂,只是微笑。等她发完了脾气,又把戒指重新给她戴上。苏妙露再要拔下来,柳兰京就把她压在门上吻,单手按着她肩膀,腾出的一只手掏她口袋,用房卡开门。又推又拉,一路吻到房间里,他右腿一勾,就把房门带上。

"长进了？学会先上车后补票了。"她推开他，对着光张开手，戒指很素，就是个银环，一点钻石都没有。

"生气了？"柳兰京忽然一扭头，作势要咬她的手。苏妙露笑着把手抽开，只微微叹气道："你在这种场合求婚，也是不给林棋面子，她很难堪的。"

"他们家的事还是让他们自己处理吧，现在已经够麻烦了，我们还是离远一点。"柳兰京带着点佯装的委屈，问道，"你怎么不问这戒指哪里来的？"

"哪里来的？难不成是你偷来的？"

"我买了一段时间了，只是一直没找到机会和你说。正好今天也是个机会，就直接说了。订婚不比求婚，还有可以后悔的余地，订婚以后过上一年再结婚也不迟。主要是和你确定关系，要不然别人总觉得你和我在一起不清不楚的，我也觉得烦。"

"我又不在乎这个。"

"可是我在乎啊。我虽然不是什么正经人，但也不至于在这种地方不正经。早早地和你订婚，今天这样的麻烦也可以少一点。你到底还是个好女人，还是要让你身边人放心。"

"单纯为了少一些麻烦订婚，倒也不必。"

"如果是因为喜欢你而订婚呢？你不喜欢我吗？"

"喜欢，只是我还没有考虑好，让我等一段时间再给你答复。"

"等多久？"

"可能一两天，可能一两百年。"

"要是我明天被车撞死了怎么办？"

"那你给我托梦，梦里我告诉你答案。"

这便是婉拒了，柳兰京不应声，只低头苦笑。意料之中，求婚没成功，不过也不急于一时。兜兜转转，他们又回到原点，只是位置颠倒过来，当初是苏妙露处心积虑要他动心，现在他要费尽心思让她点头。

或许又有些差别。恋爱的把戏，是一根带子，两人各持一端，一拉一松，趣味在可望而不可得。婚姻的入局，是把筹码推上桌挨个算，权衡利弊，要义在墙倒众人推。

因想通了这一层，柳兰京也就胜券在握，他抬起眼，凝视着苏妙露，顿一顿，再微微往下瞥，柔声道："这件事你可以慢慢想，但是别生闷气不和我说话，也不要不理我。"

苏妙露眼神动容，轻轻一转戒指，凑到柳兰京耳边，道："那我答应你了，才怪。你这个大骗子，别以为我看不出来，你撒娇卖可怜，想骗我稀里糊涂同意。可惜我这个好女人比你这个坏男人更坏，不会上当的。"

"你把我想得这么坏，我可是很难过的。"

"想要我点头，你要再努力些，现在比分是一比零，柳先生。"

"可是我看你都紧张得出汗了，你还是在意的吧，一比一噢，苏小姐。你可是和我住一起的，来日方长啊。"柳兰京笑着吹乱她耳畔一缕头发，一股薄荷味。他嚼着口香糖，随手带上门，脚步轻快地往外走。

柳兰京走后，苏妙露心不在焉的，胡乱换了身衣服就往外走。在走廊上迎面撞向徐蓉蓉，她面无表情地扫了一眼，提醒道："你拉链没拉到头。"

苏妙露这才回过神，急忙把裙子一侧的拉链拉上，随口道："谢谢了。"

徐蓉蓉冷冷哼出一声，绕开她，径直就要往前走。苏妙露急忙叫住她，说道："你等一等，我有些事要和你说。"

"你说。"徐蓉蓉眼神游移。

"其实也没什么事，就是之前你结婚的时候，我去闹了一场，现在想来不太好意思,是我莽撞了。我也是这次才知道结一次婚,前期要准备这么多,稍微有一点闪失都有很大的影响。所以那是我不对,对不起了。虽然你和你妈真的很气人。"

"我当你要和我说什么呢?这个啊,已经无所谓了,我早就忘了。婚礼嘛,弄得再豪华都是假把式,结婚以后开不开心才是真的。"她说完就快步走开了。

谭瑛有个念念不忘的初恋女友金善宝,这事是金亦元和徐蓉蓉说的。他还把当年谭瑛做的一系列傻事都翻了个底朝天,连带着说了卿兰京有癫痫的事。他是有恃无恐的,反正徐蓉蓉也没地方可以泄密。

那个晚上,金亦元睡得很沉,他喝了不少酒。徐蓉蓉蹑手蹑脚起身,坐在镜子前。她以为自己身上会有一种彻底的改变,要么是彻底堕落,要么是焕然一新,但其实什么也没发生。她坐在镜子前梳头时,里面出现的还是那个熟悉的女人。她隐约有些失望,但胆子也大了起来。

她就算要当贞节烈妇,为潘世杰这种人扛个贞节牌坊也丢脸。她并不觉得有罪恶感,顶多承认自己又傻又软弱。可是这也很正常,像她这样的人有很多,多数还不愿意承认自己的浅薄。她的家庭,她所受的教育也没有教她怎么承担责任,怎么奋起反抗。

她从小就被教育要走最简单的一条路,过舒适安逸的生活,她沦落到这地步,恰恰证明了她是双亲的好女儿。她的母亲在家里是不受重视的,没读过大学,人又发福,在家里当了太久的家庭主妇,多少带点蠢钝相。徐蓉蓉在家对她是直呼其名的。

母亲在别的地方也没有发言权,只能尽力打扮她,装点她,把她当成一个奶油蛋糕,趁着新鲜时推出去。

她二十岁之后,家里人就开始有意无意地把她往外引荐,似乎已经定下了一个目标,要在二十五岁之前让她结婚。他们并不把这种行为等同于相亲,相亲是小市民会做的,以交配为目的。他们这是交际,以互惠互利的婚姻为结果,通过她的婚姻,让整个家庭向上爬一爬。徐蓉蓉对这些事并不强烈反对,也不完全支持。她并不太明白阶级,只知道要依靠个不错的男人过好日子。

父母领着她从高到低地一路相看男人。最高一档自然是柳兰京这样的,可见了一次面,就杳无音信,显然是看不上她。然后找上了些年纪的有钱人,也是没指望。到选中潘世杰,已经是降了两档。

徐蓉蓉想,要是没有结婚的话,现在她躺在金亦元的床上,父母会觉得是一个天大喜讯吧。

她只想一辈子过轻松的生活,没想到是轻轻松松失去了尊严。她有许多后悔的事,后悔留学时没有好好读书,后悔实习时得过且过,后悔没有认真找工作,后悔失业后当了家庭主妇。后悔没有攒下钱,她没想到自己这么能花钱,一年用去三十万,离婚的话,她除了衣服和化妆品,就真的是一无所有。

路走到现在已经成了绝路。她一直以为父母是爱她的。可结婚后,她哭丧着脸回家,父母也一样摆出不耐烦的神色来。她这才明白,爱是有条件的。她的父母在物质上从不会亏待她,可在精神上完全不在乎她的想法,像是一个古董花瓶,装在丝绒的盒子里,等时候到了,就移交到丈夫手里。

她想要自尊,但是真的让她放弃一切去过苦日子,她也舍不得。金亦元此时出现得恰到好处,他像是她命中注定的出轨对象:英俊多金,浪漫叛逆,肆无忌惮,一下子就把她从所有的困局中解救出来。在这样一个命中注定的晚上,她甚至觉得自己爱上了他。

金亦元和柳兰京打架回来,躺在房间里,都是徐蓉蓉照顾着。他醒来倒也没什么表示,只是满肚子的气无处发泄,不愿久待,连夜就要走。徐蓉蓉问道:"那我以后还能见到你吗?"

金亦元咧着嘴一笑,反问道:"怎么?你还想见我?是觉得我比你丈夫好太多了,对吧?"徐蓉蓉点头。他继续道:"我要回加拿大了,难不成你还要跟去啊?"

"也不是不可以。"

"那可就太乱来了。"金亦元哈哈大笑,略带赞许道,"不过你要是有这个胆子,我也是很佩服的,你不妨试试。"说着就把地址抄给她,又和她在社交账号上互加为好友。

"你为什么选我?"这句话她犹豫了许久,还是忍不住问出口。

"因为你身材不错,皮肤也好,还不是那种先丑再假装漂亮的女人。"

"什么意思?"

"我讨厌两类女人。一类是以前长得丑,后天努力装饰了一番像点样子,又心虚又张扬,和暴发户没什么差别。还有一类是长得无聊,却假装自己性格有趣的,看着真可怜,像是只癞皮狗学跳舞,以为别人都盯着她跳舞,其实我只看到了癞皮狗。"他扭头望着徐蓉蓉散漫一笑,说道,"对了,我觉得你剪短发比较好看,可以试一试。"

金亦元走后,徐蓉蓉在他房间里睡了一夜,不理睬潘世杰发来的成串消息。她到婚礼时才勉强坐到潘世杰身边,敷衍着尽一个妻子的义务。

这场婚礼极尽梦幻,白的粉的玫瑰,由香槟色的缎子装饰着做成拱门,中间穿过一条长长的红毯,蓝色的绣球花在两侧铺开,更外层是白色的蝴蝶兰。若说有人会在这花海中溺毙,倒也是可信的。两个花童托着新娘的婚纱,往外撒花瓣和喜糖。新郎掀开新娘头纱,俯身去吻她。新娘落泪了,脸上晶莹一片。

潘世杰对徐蓉蓉说:"这里正对着风,你小心着凉。"说着就给她披外套。台上台下,都是伉俪情深,恩恩爱爱。

第十六章　日升

柳子桐知道弟弟订婚的消息时,正与王雅梦在一起。他们带着柳志襄出来骑马,外人看来倒也是和睦的一家三口。他们是第一次来这个马术俱乐部,王雅梦担心这里资质不够,接连问了不少问题,显然来之前做足了功课。

马术俱乐部的人宽慰她道:"这位妈妈别担心,我们这里是获得BHS认证的,马房管理和骑乘也有相关资格证书。这里的马也有血统证明,而且您的儿子之前有过相关的基础,不会有事。您放心在场外观看就好,或者可以去休息室等着,喝点饮料。"

王雅梦刚想纠正自己不是柳志襄的母亲,柳子桐悄悄拍着她的手,将错就错道:"她啊,就是这样,有事没事要瞎担心。"

"毕竟母子连心嘛,当妈妈的都是这样,您妻子又比较负责。"

这一番恭维话,柳子桐听得很是舒心,这段时间王雅梦对继子照顾得很周到,衣食住行,找家庭教师的事,她都一手包揽,毫无怨言。走出场外,他笑着对王雅梦说:"这里的工作人员很机灵,会看眼色。"王雅梦刚要和他细聊称呼的事,柳子桐就接到柳兰京的电话,他打了个手势,就去一旁接电话。

柳子桐聊了几分钟就回来了，面上笑吟吟的，王雅梦问他是什么好事。柳子桐道："我弟弟和苏小姐订婚了。等找个时间，就回去见我爸妈，正式确定关系了。"

事情进展太快，王雅梦倒是一愣，问道："我还以为你反对他们在一起。"

"不是反对，是不希望我弟弟这么不清不楚地混日子。我对苏小姐也不了解，看她这么漂亮，不像是个正经过日子的，我弟弟又比较孩子气，脾气不好，但是人不坏，没什么心机，比较单纯，我怕他被骗。不过既然他们要订婚了，那就是正经过日子了，我肯定支持。他到时候早点结婚，生个小孩，那爸妈也就放心了。"

都说情人眼里出西施，没料到柳子桐看柳兰京也是眼神迷离的。王雅梦想破脑袋也想不出柳兰京如何和单纯扯上关系，但她也不好意思明说，只得说道："这当然是好事，可要是你爸妈不同意呢？毕竟苏小姐和你们家差距还挺大的。"

"这倒是一个问题，不过如果他们都是认真的话，还是不要拆散比较好，我弟弟难得安定下来。我妈要是不同意，我去和她说。"

王雅梦处心积虑地就是要柳兰京和家里闹起来，要是把柳子桐牵扯进去，就是弄巧成拙了。她急忙道："我虽然对你妈妈不如你了解，但是也算是认识。我觉得你妈妈很有主见，凡事都喜欢自己拿主意。要是她真的和你弟弟闹矛盾，你上去劝了，她反而更加生气。你不如稍微让他们冷一冷，说不定反而没事。"

她意味深长顿了顿，压低声音道："听我的同学徐蓉蓉说，苏小姐好像风评挺差的，脾气又蛮大，我觉得她和你弟弟多磨合一段时间比较好。不过徐蓉蓉这个人挺小心眼的，说的话倒也不能全信。"

柳子桐略一思索，说道："你说的也有道理，这事确实应该先缓一缓。反正他们到时候要回家吃饭，我再仔细观察一下。对了，你干脆邦天也和我一起回去吧，我也把我和你的事情和我妈说一下。"

王雅梦点头，不多说话，只是笑，依偎在柳子桐怀里。

柳志襄跑完马，热出了一身汗，王雅梦怕他着凉，特意带了一身替换的衣服，催促着柳子桐带儿子去更衣室换上。

柳子桐随口道："你陪他去就好了。"

王雅梦笑他太粗心，解释道："我是女的，你是男的，又是他爸爸，你比较方便。他这个年纪，已经有性别意识了，在我面前脱衣服，他要害羞的。你不能把他完当小孩子看待，他也有自己的小心思。"

柳子桐笑道："还是你考虑得周到，倒比他亲妈都想得细。"他领着儿子穿过走廊去更衣室，王雅梦百无聊赖地抽空检查手机里的消息，正巧徐蓉蓉有事留言，知道她外面门路广，问她有没有克罗心的项链便宜卖。特意附了一张照片，专要这一款，说是要买给她丈夫。

虽然不过是件小事，可她还是暗暗生出疑心，她认识潘世杰 品位无趣得很，不像是喜欢这种牌子的人。虽然这事与她无关，但别人的把柄和钱一样，总是不嫌少的。她面上不动神色，故作随意道："你怎么突然想到买这个了？你老公生日要到了吗？"

徐蓉蓉含糊道："主要他以前那根链子断掉了，我就想买个新的给他。你有认识的人没有？我现在急着要，价钱方面倒能商量。"

"你们果然恩爱，我记得有这么个人，卖高桥吾郎，克罗心卖不卖我要去问一下，要是可以的话，我托他给你代购。这两天给你答复。"徐蓉蓉忙不迭道谢，王雅梦也不多追问，故意话锋一转，问道："对了，你表姐和柳兰

京要订婚了。你要不要也买个礼物给她？我正巧可以让代购一起给你找
找。"

徐蓉蓉回道："不用了，我也不知道她订婚，没人和我说过。而且订婚
不是结婚，就不用送礼了。"

"其实也差不多的，订婚也就是走个过程，见见家长，看顺眼之后就可
以结婚了。"

"就是结了婚也还能离，反正他们也不会有孩子。要散是很容易的。"

"为什么这么说？你表姐看着不像是丁克啊。"

"不是他，是柳兰京这头。"

"柳兰京看着也不像是不要孩子的，他还挺喜欢他侄子的。"

"他哥没告诉你吗？柳兰京有癫痫，不能要小孩的。"徐蓉蓉自知失言
了，只得找补道，"你也别说出去啊，自己偷着乐好了，你的继子肯定是名
正言顺的继承人，要么就是你再生一个。"

"你从哪里知道这件事的？"

"还能有谁，苏妙露啊。不过你可别说出去是我说的。"

"放心，我绝对保密。我听过就忘记，不过你也记得提醒你表姐，别把
这件事再往外说了，毕竟是个人隐私。"

王雅梦刚从对话页面退出去，还来不及细想，柳子桐就领着儿子出
来，嘴里还在嘱咐道："你以后要主动和她打招呼，知道吗？"

柳志襄垂着眼睛，只一个劲盯着自己的鞋尖，不应声。王雅梦见状，
急忙打圆场道："你先去开车，我和你儿子说些悄悄话。"

柳子桐道："好啊，你倒把我当司机了。什么悄悄话啊，可不要说我的
坏话啊。"

柳子桐一走，柳志襄就避开王雅梦，独自坐在看台的台阶上。台阶上

太凉，王雅梦知道他不愿听自己说话，就把外套脱下来，为他垫在身下。她则穿着裙子与他坐在同一级。

王雅梦道："你爸爸刚才是让你主动和我打招呼吗？"

柳志襄点头，手环住腿，把下巴搁在膝盖上。他垂着眼睛，落落寡欢的样子有些像柳兰京，侄子像叔叔，这话还是有些道理的。王雅梦从不对孩子动气，大人的战场上炮火再凶猛，也没必要波及孩子。她试探着问道："我能坐得离你再近一点说话吗？"

这孩子嗯了一声，声调像小狗。王雅梦就往他身边挪了挪，继续道："你不要因为我和你爸爸在一起，就一定强迫自己亲近我，或者叫我妈妈。我能明白你现在的心情，因为我很小的时候，我妈妈也过世了，我爸后来又结婚了。我到现在都叫她阿姨。"

柳志襄道："我不叫你阿姨，你比我妈小好多，爸爸让我叫你姐姐。"

"叫姐姐也好，叫姐姐更好了，那我就能一直来找你玩了。"

"你和爸爸还会再生孩子吗？"

王雅梦坦白道："我不知道，这不是我能决定的，要看你爸爸的想法。你想要个弟弟吗？"

"不要弟弟，我想要妹妹。要生妹妹的话，你们要快一点了，我明年就要去读小学了，再大一点妹妹就不能和我一起玩了。"他把手指交在嘴里，小心翼翼道，"你们可不可以不要小孩？你们要了小孩，爸爸说不定就不喜欢我了。"

王雅梦语塞，要哄骗个孩子很方便，可她不愿意说谎。她望着柳志襄的眼睛，像是穿过一条幽深的小径，一走，就径直走到自己的童年里去了。她也曾有过这么卑微的企盼吗？她记不得了，她的童年回忆模糊在怨恨中。

王雅梦把他扶起来，郑重道："我不能答应你我以后一定不要小孩，我也不能保证你爸爸以后会怎么想。可是我答应你，只要我没有孩子，就一定会拿你当自己的孩子。我也不用你叫我妈妈，因为嫁给你爸爸的话，照顾你就是我的责任。"

台阶上人来人往，王雅梦一起身，裙子后臀的位置就多出一块黑的印子。她也无所谓了，只顾着用湿纸巾给柳志襄擦手。柳志襄说痒痒的，不愿意她多碰，小跑出几步，又停下来等她，犹豫了片刻，就主动去牵她的手。

只是这样，就够她心头一热，眼眶发红，自己都说不清原因。她只蹲下身，与柳志襄拉钩，说下次柳子桐不在家时，她偷偷带他出去吃点心。

回去的路上，柳志襄玩得累了，趴在后座打盹。王雅梦把他搂在怀里用衣服一裹，细看之下，愈发觉得他的眉眼像柳兰京。她冷笑，觉得有些嘲讽，柳兰京的眼睛，她第一眼看见就讨厌，心机深沉，阴鸷冷漠。可这样的五官长给一个孩子，还是她的继子，她又觉得眉清目秀，讨喜可爱。人的标准就是这么随心所欲。

王雅梦试探道："子桐，你弟弟身体怎么样？有什么慢性病吗？"柳子桐先前从没和她提过柳兰京的癫痫，不知是他故意隐瞒，还是他也不知情。

柳子桐在开车，没留心，只随口道："我弟弟身体挺好的啊，年纪也小，平时伤风咳嗽都不太有。为什么突然问这个？"

"没什么，正巧有人给我介绍个老中医，说调理身体很不错。我想着要不要介绍给你弟弟，要是他真的和苏小姐结婚，那估计就能要个孩子了。"王雅梦想，看柳子桐的反应，也像是被蒙在鼓里。要是确有其事，那柳子桐的继承权倒是稳妥了。他再不济，也不至于让个病鬼上位。

柳子桐大笑道:"你这也太心急了,他们八字还没一撇,你倒不如多关心我们自己。早点给我儿子生个弟弟妹妹,他也就不孤单了。"

"不着急,我觉得还是要多给你的儿子接受的时间。"

"对了,兰京虽然脾气挺古怪的,但你还是要多包容他点。有件事我同你私下里说一声,你在外面不要透露。其实原本我爸妈是不想要这个孩子的,属于意外怀孕。我妈那时候都准备去上班了,计划之外有了他,也是考虑了很久,才没有打掉。可是生他的时候又难产,为这事,她对兰京是有点意见的,还有就是她一直想要个女儿。"

王雅梦讷讷,强忍着才没有笑。

婚礼后一连串的事弄得苏妙露焦头烂额。苏母的病情倒是稳定,也不用女儿整日去陪床,就是自己和自己在怄气。离婚和分居都是她主动提的,可是老头子一扭头当真拥抱新生活了,她又觉得自己被看低了。她一个劲地打听苏父新欢余阿姨的情况,又抓住苏妙露的手语重心长道:"我和你爸离婚,不要房子,是想着不管怎么样,以后都是你的。可是现在不对劲了啊,你爸要是拎不清,房子就要给外面人了。那不行,你注意盯着你爸。"

苏妙露敷衍着应下了,抽空回家看了几趟老父亲。他是要退休的人了,迟到早退单位也是睁一只眼闭一只眼。每周五下午两点,他都雷打不动溜出去,到KTV里搞团建。

KTV早就是老年人的地盘了,有空调,有怀旧金曲,还能偷偷带去瓜子、毛线和水果,一坐能坐一下午。有一次苏妙露去找父亲,还找错了一个包厢,每扇门推进去,里面都是一群红光满面的老人。苏妙露找到父亲时,包厢里气氛正热烈,一群人正怂恿着苏父和余老太对唱情歌。

苏妙露招招手，打断他们。苏父不耐烦地走出来，问道："什么事啊？不能在电话里说吗？我这里正忙着。"他还不忘扭头往包厢里喊道："先别切歌，等我回来唱。"

苏妙露皱眉，道："你要在这里待一下午啊？"

"是啊，挺有意思的。KTV有时候还管饭，能叫一碗馄饨吃。"苏父扭过头，眼睛频频往包厢里扫。许是包厢里太热，他面颊微微泛着红，有种罕见的喜气洋洋，像是颗在家庭生活里风干的枣子，泡在水里又鲜活起来了。

苏妙露看他魂不守舍的样子，也不便多说，就只叮嘱了几句小心诈骗，别在外面逗留太晚，小心过马路一类话。苏父又兴冲冲地拿起话筒高歌，苏妙露听着，倒颇感意外。她还真不知道自己的老父亲歌唱得不错，还会唱粤语歌。

回家整理东西时，她还从邻居那里听来个消息。说苏父和余阿姨的暧昧里还有另一个老头的身影，是对面楼的老林，前两年刚丧偶，儿子在北京，他一个人住一套房，百无聊赖，主要在棋牌室消磨时光。余阿姨现在一天赶两个场子，上午陪老林打牌，下午找苏父唱歌，也没挑明和哪个老头更亲近。

她失笑，事情到了这地步，父母各有各的心思，她也无从调解，索性随着他们的心意去了。这份默许里带着悲观主义，觉得男人总是比女人更想得开。别说是她的父亲，就是柳兰京，将来他们分手了，过上一两个月，她还忘不了旧情，柳兰京估计早有新女友了。

话虽如此，这几天柳兰京向苏妙露求婚的攻势很猛烈，整天用挨踢小狗一样的眼神凝视她。苏妙露虽然不想伤他的心，但这事决不能半推半就。

她背地里找谢秋诉苦，谢秋则是一摊手说风凉话，道："我觉寻柳兰京挺好的，别人杀猪盘里骗子的条件都没他好。你到底不满意什么？"这是违心话，谢秋对柳兰京一向敬而远之。但他们在热恋期，谢秋又承了他的情，许多话便不方便明说。

"你看，柳兰京的哥哥和小王要结婚了，我再和柳兰京订婚，那我的嫂子不就比我小几岁。多尴尬啊。"

"你会在意这个？你在我面前还不说实话，不至于吧。"

"我有一种奇怪的感觉。我不喜欢他得意的时候，太傲慢了，很不舒服。可是每次他失落、出事的时候，我都觉得很安心，他那时候是完全依赖我的。这样好像不太好。"

"我能说点难听话吗？"

"我就想听难听话。"

"你们不合适，主动权完全在他手里。你没有安全感，又不愿意承认。现在你们好着，矛盾不凸显，哪天他对你没感情了，你死都不知道怎么死的。"

"这话有点太难听了。"

"更难听的我还没说呢。他这个人面热心冷，和家里关系这么差，不可能他自己一点错都没有。他爸妈都搞不定的人，你也别指望自己能搞定。"

苏妙露沉默半晌，倒也反驳不了她。仔细一想，好像从回国到订婚，一切都是有计划的，她让他要得团团转。先是同居，生米煮成熟饭，得到父母承认。再让她申请研究生，要是申请上了，有个名校背景，他父母那头也不方便反对了。好心好意自然也是有的，可总像是被算计进去了。

"虽然如此，我也不能去问他，更不想伤他的心。我现在全部的希望都在柳太太身上,她一定会努力拆散我们的。加油啊,阿姨,我相信你。她只要表示反对,我就可以为了不伤害母子感情,把这事先拖拖,拖一天是一天。"

"要是柳太太同意了呢?"

"不可能,你没看到她嫌弃我的表情。她要是同意了,我给你表演胸口碎大石。"

谢秋苦笑,说道:"胸口碎大石倒是不急,这事情不能一直拖延下去。你知道路易十六和曼特农夫人吗? 其实,越是有权势的人,越不在乎伴侣出身怎么样,因为也不需要另一半对自己有帮助。要是柳太太同意,你该怎么办? 我的建议肯定是干脆分手好了,一了百了。你不用陪他,抽出空还能和我一起吃个饭。"

换作别人,这话听着是泛酸,可谢秋倒是真心的,她是真想开了。原本苏妙露担心王小年的事对她有影响,一直小心翼翼的。没想到谢秋从家里搬出来,一剪断和母亲的精神脐带,整个人都松弛下来,又恢复了往日冷静自持的气度,倒像是因祸得福。

毕业后的一段日子,对谢秋来说简直是发了一场癔症,人恍恍惚惚的,做了许多荒唐的事,蹉跎了大把时间。她本就不是能创业的人,偏要硬着头皮上马,摔个人仰马翻。创业失败后,工作本就难找,还不愿降低标准,活该没有机会。至于王小年,她第一眼就看不上这人,要是尽早摆出狠面孔赶人走,事情也不至于闹得不可收拾。她醒悟过来,恢复正常的方法就是少受些母亲的影响。

她的前二十年,是让"出人头地"这四个字绑住了,当不了第一名就是不合格。人才的"才"字,一横一竖,就是个十字架,把她钉得死死的。可这野心不过是母亲强加给她的,她算是看透了,她和母亲的观念差了太多，再怎么拼命，都不会让她称心如意。现在谢母拆迁有了钱，只要不被骗，后半生总是衣食无忧的。谢秋还是留些力气顾着些自己。

谢秋的工作是潘世杰介绍的，在证券公司当资产配置研究员，实习三个月就转正。她的学历和能力，要想当百里挑一的富豪是有些难的，可想养活自己，总是绰绰有余的。

面试时对方告诉她："你实习期的工资是税前一万二，可能对你的学历来说有点少，希望你不要介意。"

谢秋道："不要紧，只要你们愿意给我一个机会，我会证明我的能力可以配上更好的薪资。"

她在公司附近租了一套房，骑自行车只花二十分钟。九点上班，她每天到八点半才起，不加班的周五还能有闲心坐地铁去喝一杯。她的物欲很低，只要有张床，有独立的卫生间就能过日子。手边的日用品都是在十元店买的，唯一的奢侈就是在周末看展览和演出，闲下来还能读两本书。自由的生活很快意，光是这样，她就心满意足了。两周才回家看望母亲一次。谢母误以为她还在生气，也不敢贴得太近。

潘世杰是公司合伙人的大学同学，谢秋沾了点光，勉强也算是皇亲国戚。她一样也是笔试、面试了进来的，从没有外泄这一层关系，但不到两周，基本同一个楼层的同事都知道内情了。公司里女少男多，没有吸烟室，男同事就躲在楼道口抽烟。谢秋一直走楼梯下去送文件，有一次就听到他们在讨论她和潘世杰的关系。

有人说，已婚男人和年轻女人还有什么关系？总不见得是失散多年的兄妹。听完一群人都在笑。笑了一阵转过身，看到谢秋站在后面，也冲他们笑笑，他们就都不作声了。

其实谢秋也抽烟，但是瘾不大，也不爱和男同事一起吞云吐雾。她后来就故意去楼道口抽烟,一天一根,抽完了就看风景。她装傻不说话,旁边的同事也尴尬,聊了几句闲话就走了。

这之后同事们对谢秋的态度微妙了起来,有些轻视,又有些畏惧,但面上还是客客气气,该布置工作的时候不手软,加班的时候也没忘记她,就是叫外卖一般不会算上她。

谢秋倒也无所谓,她是出来打工的,不是出来交朋友的。活尽量少干,钱尽量多拿,别的都无所谓。她虽然是实习生,公司里的食物链底层倒不是她,而是二十九岁的基金经理助理孙铭。孙铭是三线城市出身,普通家庭的普通一本毕业,毕业后考了一堆的证,跳了几次槽,才从社招进了公司。那也是他运气好,那一次急着招人,不然他的简历在初筛时就会被丢掉。就算是这样,他当初实习期也有半年。

公司里的同事不是有学历,就是有人脉,要么两者都不缺,自然明里暗里都看不起孙铭。孙铭待人又有股认真劲,过于讨好反而更显得尴尬。有一次,他和别组的同事出差,一路上对他嘘寒问暖,又特意请他出去吃饭、喝酒,可对方只想安静待着补觉,出差回来就骂孙铭不会看眼色。

孙铭每周抽一天请同事喝奶茶。谢秋只喝白水,就让他别把自己算在内。可拒绝的次数多了,反倒有了误会。孙铭特意找了个机会和谢秋搭同一班电梯,言辞恳切地问她是不是对自己有意见。

谢秋道:"我对谁都没有意见,尤其是你。我是真的不能喝奶茶,我有乳糖不耐,又对茶多酚过敏。你再不相信,我就只能去医院开个证明给你看。你找领导准我个假,我就去。"

孙铭道:"行,白担心了,说出来你大概还不信,我最近一直在想这事,昨天差点睡不着,本来想买两包软中华给你送过去。"

"不麻烦了,我的烟抽得不凶。"

孙铭在公司不讨人喜欢,另有一层原因,就是他说话无所顾忌,脏字乱蹦。谢秋来的第一天,就听到他在电梯口讲电话:"你他妈的,也请你吃饭,你就去啊,那我请你吃屎,你去不去啊?"

谢秋起先对他印象一般,可是后来发现他是个热心肠的家伙,主动帮着同事分担了几次分外的工作,面上别人对他都是笑眯眯的,背地里自然说他傻,连带着他请奶茶,也说他是小恩小惠收买人心。他其实听到了些风声,也不当一回事。

公司里跟红顶白,连带着前台和保安都会看人下菜。大小领导进大楼时,前台会特意走出来帮着拉门。等轮到谢秋这样的实习生和孙铭这样不起眼的人,就懒得搭理。不止一次,前台一边涂着睫毛膏,一边回孙铭的话。

谢秋对孙铭有同情,兴许是他的底层做派让她想到了自己的母亲。像是狗尾巴草一样的人,粗糙得很,随风吹得乱七八糟,又比谁都更坚韧。

她一想到家里,就犹豫着要不要打电话回去。号码刚拨到一半,她就挂断了,说上了话又能怎么样?她们早就没有共同话题了,聊多了又要吵,徒增烦恼罢了。不想待在出租屋里胡思乱想,她索性出门吃饭去。

谢秋常去一家小馆子吃饭,做的都是家常菜,价廉物美,是家夫妻店。丈夫做菜,妻子招待客人,一个门面里只摆了四张桌子。菜单贴在墙上,没有服务生,点单要自行去收银台找老板娘。老板娘一边嗑瓜子,一边写单子。

这天她来得晚,只能和人拼座,眼睛四下一搜索倒看见了熟人。孙铭看见她也是一愣,自己珍藏的馆子让同事发现了,既觉得英雄所见略同,又隐隐觉得不甘心。谢秋低头,等着菜上来,发现有两道菜点的都是一样的。

孙铭道："你也点了这个鸡啊，那快吃，真的好吃，今天吃完，我明天暴毙都可以。"

"那倒不至于吧。"

"你是没吃过难吃的鸡，我有一次吃的炸鸡，老得要死，那炸的简直不是鸡，他妈的是坦克。"

谢秋忍不住笑，又同孙铭闲聊了几句，平日里在公司不过是点头之交，详谈之下才发现原来两人的喜好很接近，都吃甜口，也吃辣。真没想到，他这样一个人，竟然喜欢一个北欧的独立乐队，周末还去看艺术展。

孙铭道："我知道有家猪排店不错，套餐比较便宜。你要不要和我一起去吃？就是路有点远，不过我们公司附近的猪排真难吃，狗都不吃。他妈的，我上次吃了个五十块的套餐，那肉老得都能用来修长城了。"

谢秋同意了。起先为了避嫌，她还特意叫上个女同事，后来交情熟了，索性就两人面对面吃饭了。她说不清对孙铭是什么感受。很奇怪，听他脏话连篇的倒也不讨厌，反而觉得相处起来很舒服，他是个听别人说话不会轻易打断的人。

约完饭，他们会走一截路散步消食，说说笑笑的，倒嫌天黑得太早。谢秋回到房子里时，有快递打电话来，是苏妙露给她寄了一大箱草莓。虽然她没特意说明什么，但谢秋一看品相，就知道是托柳兰京的面子，也不便说什么，只是愈发担心起苏妙露来，怕她越陷越深。

草莓是婚礼上姓洪的男人送来的，苏妙露早就把他抛在脑后了。送上门时还以为是柳兰京的书，等打开箱子才发现是草莓，她脸色微变，知道自己不留心的一句话，惹了个麻烦。

柳兰京听到动静出来，也是一脸的不明所以，苏妙露小心翼翼同他解释了。他轻描淡写道："既然收下了，那就吃吧，不过草莓容易烂，你可以

"送一些给你朋友。"

"你不是一般不收别人的礼吗？"

"不主动收，但是既然送来了，也没必要退回去。我和他也有点交情，送点水果给我也是应该的。"

"不好意思，这次是我粗心大意了。"

"没事的，谁都有不留神的时候。有水果吃也不是什么坏事。"柳兰京装了篮草莓放去厨房洗，扭头问道，"你喝不喝草莓奶昔？冰箱里好像还有牛奶。我看老莫整天喝那个，说不定能长头发。未雨绸缪嘛。"

苏妙露笑着推搡了他一把，道："这么宽容可真是不像你，你说我要不要上你的当呢？"

"我可不明白你的意思。"

"装傻就不好玩了，Lily，你最近对我特别好，不就是想让我同意订婚吗？此一时彼一时啊，现在主动权在我手里，我可没那么容易上钩。"苏妙露学着他的样子，笑着耸耸肩。

柳兰京一把抓过她的手，道："你要这么想，那就去把拖把和扫帚拿上，电磁炉也带着，带你去个地方。今天在外面过一夜。"

他原本就是想一出是一出的人。苏妙露也不奇怪，只是好奇他要耍什么花招。本以为是去农家乐，车倒是往城市的心脏位置开。到近环贸的一处旧小区，柳兰京让她提着拖把下车，上到三楼，用钥匙开门，灰尘味扑面而来。这是一套三室两厅的房子，带露台，家具基本都搬空，只剩床、两套桌椅和沙发，墙倒是新粉刷过，不至于太斑驳。

柳兰京卷起袖子和裤管，拎着个红色塑料桶打水，解释道："今天就在这里过夜，水电和燃气费我都交着，不过灶头最好别用，时间太久可能有危险。每个月有人来打扫，但我们还是要自己动手，桶里倒点水，我一会儿来拖地,你把桌子擦一下。"

苏妙露叉着腰道:"带我到这里来做什么？过够了好日子,想参加《变形计》了?"

"这里是我小时候住的地方,我想在我的家体验一下,和你有个家是什么感受。好了,抹布好像在抽屉里,你自己找找。我上次让保洁留下来的。"

苏妙露心念一动,家庭忽然变成一个有吸引力的字眼。维持家庭总是操劳的,让她回忆父母间的抱怨和争吵,可组建家庭却让她跃跃欲试,一个从无到有的过程,像是从宜家买家具来拼。她还不至于动摇,只笑道:"你到底是少爷,过日子都不会。没有被褥和枕头,我们睡哪里？没有锅子,怎么做饭？你先去商场,我给你列张单子,你去把东西买齐。我留下来打扫卫生。"

管家婆算不得是个好称呼,但苏妙露确实在天性上就善于理家。柳兰京回来时,整间房子已经焕然一新,少了家具倒显得空旷自由了。自成一派的屋檐完全是他们的天地。

"估计没空做饭了,我们叫外卖吧。"

"那我来做菜,你先歇着吧。"

"你可不要逞强。"苏妙露稍稍直起身,"我吃了万一食物中毒怎么办?"

"那我抱着你去洗胃,反正这里离医院很近。"柳兰京脱了外套,转向她抬起双臂,示意她帮着系围裙。

油盐酱醋一字排开,砧板和菜刀都是新买来的,摆上一块五花肉。苏妙露将信将疑往厨房瞥一眼,他切菜的样子倒还煞有其事。他先淘米,再热锅,给红烧肉收汁时,盖上锅盖,打开电饭煲。等饭煮好的间隙还炒了一盘青菜。

菜端上来,苏妙露夹了一筷子尝味道,惊叹道:"你做菜倒还不错。"

"不然呢?"柳兰京理直气壮道,"做菜和做实验一样,按步骤来就好,本来就没难度。不过我只会这两道菜。"

苏妙露笑他太自以为是,又一边把菜里的葱夹去。柳兰京道:"你不吃葱吗? 我特意为你放的。"

"你不是不吃葱吗? 所以我给你夹了。"话出口,他们对视一眼,不约而同地微微一笑。

房子没有无线网,也没有电视,他们饭后穷极无聊,就结伴下楼去散步。其实也没有什么地方想去,也没有什么话可说,就那么隔着些距离,一前一后地走着。午后的日头晒得人头昏脑涨,路上的行人寥寥。苏妙露也微微出汗,觉得他们这样有些傻,一点道理都没有,就从家里出来,到一个连电视都没有的旧房子里来。

可是恋爱中的人,做些傻事又好像是天经地义的。她想到这里,就忍不住笑了起来。柳兰京瞥她一眼,手从衣兜里伸出来握她的手。像第一次那样,悄悄地握着她的手,塞进自己口袋里,像是把什么好东西藏起来一样。

他们走了两条街,觉得这样空手而归有些可惜,就买了个收音机回去。柳兰京找了个听古典乐的电台,音量调高,听着巴赫换枕套。

收拾了一天,到黄昏时,房子才算勉强能住人。苏妙露刚歇下来,手机的电量就告急,她没带充电线。虽说不过跑一趟便利店的事,她却索性把手机用到自动关机,料想也不至于有什么要紧事。手机的屏幕一黑,时间一下子就空下来,完全就只能供他们独处了。

柳兰京蜷缩在沙发上打瞌睡。苏妙露在房子里玩寻宝游戏,刚才收拾柜子时,她发现里面有几本笔记本没拿走。

　　一共有三本。绿色的一本最薄,里面都是简单的数学题,字迹早就模糊不清了,不过旁边有红笔批改过的痕迹,似乎是全对。红色的一本是剪报,从报纸和日历中剪下来的生活小妙招,应该是柳兰京奶奶的东西。最后一本,打开都是蜡笔画的涂鸦,算不上多有童趣,他小时候就爱用红色、黑色涂成一片,看着就压抑。

　　苏妙露一页页翻过去,虽然完全看不懂,但依旧咯咯发笑。柳兰京醒来,绕到她身后,一把夺过去,问道:"这是什么东西啊?"

　　"这是你的小画册啊。你自己都不记得了吗?"

　　"不准看。"柳兰京赌气着把手举高,"这是我的日记,属于个人隐私。"

　　"反正又没有字,估计你自己都不记得是什么了。"苏妙露起身又抢了回来,翻到中间一页,问道,"你这画的是什么? 哥斯拉吗? 那画得挺像的。"

　　"这是长颈鹿啦。我小时候最喜欢看长颈鹿了。"

　　"我看你现在也挺喜欢长颈鹿的。"她笑着翻过一页,继续问道,"那这是什么? 蝙蝠还是蝙蝠侠?"

　　"这是蝴蝶啊,旁边不是有拼音吗? 你一点艺术审美都没有。"

　　"谁才没有审美啊。"苏妙露站起来吻了他的面颊,两手环住他脖子。柳兰京一把托住她的臀部往上提,她只得顺势两腿勾住他的腰,由着他抱,往卧室去。

　　"你知道为什么以前的人总是很早就生孩子吗? 一个是结婚年龄早,一个是避孕手段少,还有就是晚上的娱乐活动太少。"他轻轻巧巧朝她一眨眼,笑道,"你说对不对啊?"

　　"你不要嫌背痛就好,这里的床可没有床垫。"苏妙露的食指点着他的皮带,打了个圈。

柳兰京起身时背倒不算痛,就是下面铺着凉席,他的后腰上有一棱一棱的印子压出来,摸上去微微发麻。苏妙露靠在他腿上发愣,她刚洗过澡,怕这里有蚊子,身上一股花露水的味道,蓬松松的香气,一个夏天的绵长余韵。

他半开玩笑道:"好像又没事做了,早知道把书带过来了,在这里继续教你,看着你做题。"

"你放过我吧,参加《变形计》已经够惨了,还要做题,简直不是人过的日子。"她勾勾手指,让柳兰京把图画本拿过来继续看。他们依偎着一页页翻过去,许多画连当事人都记不清了,只凑在一起猜,胡言乱语着,又一齐发笑。

苏妙露道:"你父母还是很在意你的,不然不会把这本日记保留这么久。"

"他们可能只是忘了丢而已。"

"别总把他们想得那么坏。你既然愿意回到这里来,说明还是怀念这里的日子的。"

"确实怀念,但我那时候不是和他们住的。我妈因为生我难产,卧床休养了半年,又恢复一年多的时间,那段时间都是外婆外公照顾她,他们住在另一套房子里。我就住在这里,由我奶奶和保姆照顾。我哥就是两头跑,不过和我妈在一起的时间比较多。后来我爸的生意做大了,就又买了房子,大家搬到一起住。不过没几年,他们就把我送走了。"

他微微垂眼的神情,在苏妙露看来,总带着些自怜自伤。他继续道:"其实我和我妈不熟,我在国外的时候会哭着写她的名字,做梦想着要是她在,会怎么照顾我。但是我幻想的她和真实的她不一样。她不是那么温柔的人,也不是特别在意我。"他飞快地笑了一下,自嘲道:"你看,我就是很擅长卖惨吧。"

"我还没傻到分不清什么是真话,什么是拿出来卖惨的。我知道你很不容易,我也很想照顾你。"苏妙露轻轻吻了他的面颊,"但是我没有爱你爱到鬼迷心窍,我很清楚你是个成年人,还是个有手段的成年人,我担心的就是你把你的不幸作为报复其他人的动机。"

"难道不该如此吗?"

"只要你是这样想的,我就很难同意和你订婚。"

"那我们各退一步吧,你这周末和我去见一下我的父母,吃个饭怎么样?王雅梦和我哥也会到场,带着我的侄子。"

"你是不是又在这里算计着我?"

柳兰京笑着耸耸肩道:"谁知道呢? 我就当你答应了。"

苏妙露跟着柳兰京回去,临走前,他把钥匙给了她一把,笑道:"有机会还能再过来。"

这点柔情蜜意她自然受用,只可惜一回到浦东那套房子,她就忍不住起疑心。柳兰京已经把一切都预备好了。她的衣柜里塞得满满当当的,全是长的短的半身的裙子,保守些的裙摆长到脚踝处,露骨些的锁骨和后背都暴露着,还有几件藕色的米白色的真丝罩衫,用来搭配斜裁的吊带长裙。裙子能一路穿到深秋,所以连内搭也准备好了,真丝的羊绒的吊带衫各一打。底下还有七八个鞋盒,高跟低跟,羊皮牛皮底,一样都是她的尺码。

柳兰京还在门口嘱咐道:"衣服都是让买手店的人准备的,你有不喜欢的,我下次转告他们。有空就试一下鞋,有的鞋码不准,你穿着说不定脚痛。"

苏妙露不悦道:"你一早就知道我会答应你去吃饭,所以早就把衣服准备好了?"

"是啊。"

"你真的又自大又混蛋。为什么你总能这么轻易地让我喜欢你,又轻易地让我痛恨你?"

"因为人们总是一边互相理解,一边彼此伤害。"柳兰京满不在意地转过身,还不忘补上一句道,"你要是觉得脖子上太空,还能再补点首饰。"

苏妙露一把甩上门,倒在床上生闷气。躺了一阵,又忍不住起身去摸衣柜里的衣服。有两件真丝混羊绒的开衫,上手像水一样滑。她上身试了几件,款式都很经典,颜色又不相冲,搭配起来很方便。她在镜子前转了一圈,暗暗埋怨自己没骨气。明明在和男人生气,却又没办法和男人买的衣服置气,简直是女人的天性。

正巧柳兰京推门进来,靠着门,饶有兴致地打量她,笑道:"衣服果然要穿在你身上才好看。"

"我这样子和被你包养有什么差别?别人会怎么看?"苏妙露觉得比不穿衣服让他看到更羞耻。

"他们爱怎么想是他们的事,我们高兴就好。你这么年轻,不穿些漂亮衣服,以后就要后悔了。我没给你买冬装,怕你不喜欢,下次我把卡给你,你自己选两件吧。"

苏妙露闷声不理他,柳兰京也不勉强,只笑着另起一个话题,道:"你要是在选见我父母穿的衣服,那就别穿绿色的,因为会和王雅梦撞衫。"

苏妙露一愣:"你怎么知道的?"

"我自有我的消息来源。"苏妙露盯着他一阵看,他才无可奈何松了口,道,"我哥身边的助理是我的朋友,会帮我注意着我哥点。"

苏妙露睨他:"你就不怕柳子桐发现了,到时候和你翻脸,或者把他开除了?"

"那就开除吧。难道你真觉得我只安排了一个人?"

苏妙露不敢细看他的笑意,心头微微冷了冷。柳兰京就是这样,给她似近似远的感觉,就像穿着塑料拖鞋踩在湿瓷砖上,总担心要滑倒。倒不是男女之间的事,柳兰京在这方面很可靠,一旦确定了关系,就绝对不三心二意。他又太聪明,什么勾引手段都能一眼看穿。把戏玩得太拙劣,兴许还要遭他嘲笑。

但事情就坏在他的聪明劲上。谢秋的话不是没有道理,他是个心机深沉的人,连自己的家人都提防。要是哪天他翻了脸要对付她,也不过是掸去身上灰尘的工夫。一个礼拜的真心有多可靠,她也吃不准。

他们的关系中有些荒唐的意味在,如果她只是为了钱和柳兰京在一起,这样的结果再好不过了。等结了婚,就算离婚,也能捞到几年贵太太的生活。可她偏又是一本正经地爱着他,钱和婚姻反倒成了阻碍。另一重讽刺的地方在于柳兰京是狡猾的人,如果真的是别有用心,也根本近不了他的身。说到底,他实在是太贪心的一个人,要别人爱他爱得死去活来,他的真心才掂量着施舍些。

柳兰京见苏妙露愣着神,不说话,脸色僵僵的,多少猜到她的心思。他转过身,牵着她的手,轻声问道:"怎么了,你在生我的气吗?觉得我和你订婚太随便了?"

"没有,我哪舍得生你的气?我在生自己的气罢了。每次生气只要你稍微低个头,我就对你一点办法都没有。一开始和你去加拿大,后来回来找我,现在去见你父母。见过之后我再怎么否认,别人都当我们订婚了。反正你赌气,我就被你耍得团团转。"

"不是赌气,只是时机恰好,就这么做了。"他扭头想吻她,苏妙露微微侧过脸别开。他笑笑，也不勉强，只是把下巴靠在她肩上撒娇。

"你这样太快了。"

"苏小姐，男人不可以被说快的，我可以告你诽谤。"

苏妙露还想严肃些，可终究绷不住脸，笑了，无奈道："你就是这样子，一说正经事就岔开话题。我认识你的时候，所有人都知道你不想结婚，现在你疯了一样要和我订婚。虽然我承认我魅力无穷，但你应该还是另有图谋。坦白点，你到底想要什么？"

"有三个理由。第一，林棋的事不能再糟下去了，早点撇清早点好，如果没个明确伴侣，有什么倒霉事第一时间想到我，已经好几次了。第二，和你相处确实挺愉快的，有个明确身份，大家面子上都过得去。第三，我想要个孩子。"

"你是说领养吗？"

"我的情况只能是领养，既然要坦白，我就开诚布公地和你说清楚。癫痫不一定会遗传，但我不会赌这个运气，我不能和你有孩子，必须领养。我的领养申请刚被拒了，癫痫病人不方便领养，必须结婚。"他的后半句是个谎话，但不碍事，苏妙露一时间还觉察不到，他真正想要的孩子是谁。

"你是想让我和你结婚，让你能领养个孩子。然后呢？然后我再和你离婚吗？那我算什么，你的工具人吗？"苏妙露顿时恼火起来，又急又乱，起身就要往外走，柳兰京一把拉住她，一扯，就直接揽进怀里搂着。

苏妙露起先还挣扎，但柳兰京把她抱得稳稳当当的，等她平静下来，才笑道："你冷静一点，稍微认真想一下，要是我们真的结婚了，那没什么事情，为什么要离婚呢？"

"你这算是求婚吗？"

"可以这么想，但也不着急，我说过了，订婚后隔上一年两年再结婚也不迟,你还是能反悔的。"听到肯定的回答,苏妙露手心都在发汗,算不上多激动,她是真的慌了。说她不识好歹也行,不想认账也罢,她是真的不想和柳兰京结婚,一时间心乱如麻。

"我现在就后悔了,可不可以? 我没准备好,孩子也好,结婚也好,都太突然了,我也不想去吃饭。"苏妙露想推开他出门,一挣,却没挣脱开,在他怀里扭了扭,反倒像是欲拒还迎。

"给我个机会好不好?"柳兰京从后面紧紧环住她,说道,"我还没有彻底让你失望,那就别放弃我。"

"为什么是我? 我知道你有很多女人可以选,为什么突然想到要和我结婚?"对她来说,最好的回答是说爱她,但柳兰京真这么说了,反倒显得敷衍。

"可以说是运气,但浪漫点可以说是缘分。之前的女友都不知道我有癫痫,这事很保密,你是唯一一个。我没办法知道她们对这病的态度,但我知道你的态度。你总把我当成一个得了病,又可怜又任性的小孩子看。这是一种误解,但我喜欢你的误解和你的爱。"

"我知道你缺乏安全感,但你也要想想,我也不是个太有安全感的人。你太任性了。"

"可是你拿我的任性没办法,承认吧,你是个母性很足的人,这可能就是丰满的坏处。你一看到脆弱又孤独的倒霉鬼就忍不住怜爱,可不管怎么样,爱就是爱了。"

苏妙露推开他,朝前走了几步,说:"别以为说得这么好听我就会妥协,我告诉你,柳兰京,我现在有出息了,不吃你这一套了。我不能和你回家吃饭,要是你到时候直接和你爸妈说什么,就全完了。你肯定做得出这种事,你这样和人贩子有什么差别? 不行,我要回家了。"

"饭还是要吃的,都已经说好了。我发誓,我绝对不乱说话。你就把我爸妈看成一对可怜的老头老太吧,住在偏僻的余山山脚下一所旧房子里,周末早早准备一下,就盼望着自己的倒霉儿子带个美女回家,让他们看看。"

"如果我不是见过你妈,我说不定真信了你这些鬼话。"苏妙露把嘴抿了抿,不想太轻易让他逗笑,一笑,就忍不住要让步了。

"这样吧,我们打赌好了。飞镖还玩吗?"柳兰京忽然又摆出他的孩子气笑脸来,苏妙露最看不得这个。他从柜子里找个飞镖靶子来,和当初在金善宝家一样,竖起放在柜子顶上,扭过头来,说道:"还是三局两胜。我赢了,你就和我吃饭去;你赢了,就随便你提什么条件。"

苏妙露是吃软不吃硬的脾气,她也恨透了自己这点,而柳兰京又拿捏得死死的。就他这个狡猾劲,还有余力多读两个学位出来。苏妙露接过飞镖就知道自己要输,果然柳兰京赢她赢得毫不费力。

"多谢承让,你就当哄哄我了。"柳兰京把飞镖靶子放回去,侧身而过时,顺便从她面颊上偷个吻。

柳兰京低声下气到这地步也着实少见,苏妙露半推半就还是从了。只是她阳奉阴违,背地里还是找谢秋支招,谢秋只把草莓记在苏妙露的账上,理直气壮地挖柳兰京的墙脚,说道:"你看看网上有什么见婆婆注意的事项,你都反着来,本来他妈妈就不喜欢你,这样一来,肯定不同意。"

苏妙露深以为然,潜心学习了一番,见家长的技巧总结下来无非是:嘴要甜,手要勤,人要知书达理,温柔贤惠。不知怎么的,她眼前莫名浮现出林棋的脸,心头笃定,想着惹麻烦倒是她的拿手好戏。

第十七章　月落

到星期六早上，柳兰京自己开车带苏妙露回家，他穿得随意，又让她坐后座。苏妙露笑他这样子像司机，柳兰京道："那你记得要给我小费。"

到了地方，苏妙露先下的车，柳兰京想去牵她的手，但她正巧要理衣服，便错过了。他们向前走了几步，苏妙露又觉得该去拉他的手，这次是他抬手朝柳子桐示意。他们的指尖擦着，又没有碰到。他们扭头对视了一眼，都觉得好笑，就十指相扣着往前走。

从地下车库上楼，用人为他们把门拉开，苏妙露在门厅换鞋，一时间没弄明白鞋柜的门是往里推的，捏着把手用力往外拉。正巧柳兰京进来，想帮她的忙，却没留神她正脱了一只鞋单脚站着，从后面撞了她一把。

苏妙露朝前一摔，跪倒在地毯上。柳太太正好下楼，站在前面，轻轻皱了皱眉，说道："人来了就可以了，倒不用行大礼。"

柳兰京急忙把她扶起来，见她不说话，以为她摔得蒙住了，叫了人去拿医药箱，搀着她去沙发上看伤口。其实不过是虚惊一场，额头上有个红印。苏妙露这才想起说没事，又起身同柳兰京父母问好，但脸已经丢尽了。柳太太就抄着手看她，脸上有淡淡笑意。

柳子桐听到动静也出来，上次见面闹得不欢而散，他倒也不尴尬，很随意地同她说了几句闲话，又一次把王雅梦和柳志襄介绍给她，这次便是正式的了。

王雅梦穿一条浓绿色的真丝长裙，化着淡妆，极尽青春之娇嫩。她同柳志襄也亲近了不少，原本他们在玩具室里玩乐高，这个再拼接的一家三口玩拼接的玩具，也是不亦乐乎。

王雅梦寒暄道："苏小姐的口红真好看。"

苏妙露的妆是刻意化得浓了，客厅的采光好，落地窗透出的光把脸照得敞亮。长卷发，挺胸脯，飞扬的眉与眼，梅子色的嘴，活脱脱一个妖妇，能让二十个士大夫抬棺死谏，骂她祸乱朝纲的脸。

当事人不应声，柳兰京倒是接口道："确实好看，所以我特意带来给你们看看。"

柳兰京给父母哥哥都没带礼物，只给侄子买了无人机，领着他去花园试飞，很轻易就把他从父亲身边勾走了。苏妙露上门带了点茶叶，虽然觉得柳家未必看得起这点薄礼，但至少也是份心意。

柳东园收下了说好，当场就让人拿去泡了。只喝了两杯茶，寒暄几句，他上楼回书房办公，柳子桐去花园找弟弟和儿子，客厅留下三个女人对坐，电视里放着戏，电视外也演着戏。王雅梦陪着柳太太说话，又贴着她坐，苏妙露插不进去，就一个人躲在角落里，低头玩手机太不尊重，就随手抓了块桌上的点心吃，是绿豆桂花糕。

沙发那头聊得热络，苏妙露这头吃得也很热络。她对柳太太还是有些怕，柳太太瞧着很难取悦，好在本就不想讨她欢心。她生出一种坦荡的自暴自弃，像是考场上看着考卷一道题也不会，前座的好学生在奋笔疾书，她就索性趴着睡大觉。

她喝茶的杯子搁在桌上，原本吃得干了，想喝一口茶，却听柳太太叫道："不要喝。"可她话说迟了，苏妙露的嘴唇已经抵上去了，带着些赌气的念头，想着偏不听她的，索性把茶饮干。

等她放下杯子，柳太太一脸无可奈何笑道："茶什么味道？"

苏妙露误以为是笑她的茶叶不上品，就梗着脖子道："挺好的。"

"它估计也觉得挺好的。"柳太太甩了个眼色，就见她的猫跳上桌，头埋进杯口，就把一只爪子伸进去洗。苏妙露同它大眼瞪小眼的，也是无计可施。

王雅梦从旁解释道："刚才猫碰了碰你的水，你没注意，本来想提醒你，不过你喝应该也不要紧，反正是家里的宠物。"

"谢谢啊。"苏妙露面上带点燥，微微低下了头，为了掩饰尴尬，又抓了块点心吃。

"你不要一直吃啊，吃多了中午饭就要吃不下了。"

苏妙露点头，一抬眼，盘子已经空了，手里的那块糕已经让她咬了一口。

柳太太道："你喜欢的话，回去的时候让厨子给你们带一盒走，老二也喜欢吃这个。他尤其喜欢桂花味道的东西。你今天擦的这个香水是不是也是这个味道？"

"对，是他以前送我的。"苏妙露手边没别的香水，就姑且把这瓶拿来用了。本以为是柳兰京故意笑她俗，原来单就是他没品位。香水也好，女人也好，他都要挑俗的。她嘴角松动，忍不住要笑。

柳太太使了个眼色给她，说道："你帮我出去看看，让他们别玩得太凶了，一会儿出了一身汗，受了冷，小孩子要生病了。"

苏妙露如蒙大赦，急急起身往花园走，手里还捏着那半块糕，迎面撞见柳兰京就问道："你吃不吃这个啊？你妈说你喜欢。"

柳兰京笑道："你咬了一口给我，是什么意思？拿我当垃圾桶啊。算了，算了，也不要浪费。"倒也接过去，丢到嘴里吃了。他一贯是个不用别人碰过的东西的人，到这种时候好像又不顾及了。

柳志襄跟着柳子桐研究无人机的说明书，一大一小两个脑袋凑在一起，聊得热火朝天。叔叔再亲也比不过父亲，终究是隔了一层。柳兰京也懒得横插进去，就领着苏妙露绕着泳池散步。泳池边上有个秋千架，柳兰京伸手一指，笑道："你要不要去玩？我给你推秋千。"

"今天不行，我穿裙子了。"

"那我过去玩，反正我不穿裙子。"说着他当真坐上去，让苏妙露在后面给他推。秋千是给孩子玩的，柳兰京再瘦也是个成年男人，晃得秋千架子咯吱作响。苏妙露怕他直接坐塌，就急忙把他拉开。

柳兰京像是没尽兴，悻悻起身，自言自语道："下次我是不是该找人加固一下？"

"你别指望了，原本就不是给你玩的。你多大人了，荡来荡去有什么好玩的？"

柳兰京冷不防出手，两手飞快地往她腰下一抄，一抬，单膝竖起一托，直接打横把她抱了起来，轻轻晃了晃，作势就要把她丢到泳池里，笑道："你说荡来荡去不好玩吗？"

苏妙露笑他人来疯，又笑又闹带求饶，柳兰京才把她放下来。她站直，偷偷瞧旁边柳子桐的神色，皱着眉，似乎很不喜他们这样胡闹。

柳兰京闹过，倒也静下来了，拿着手机站到旁边去检查邮箱。柳志襄想吓唬他，就操控着无人机在他脑后打转。柳兰京当真被吓到了，肩膀一耸，手一松，手机掉进泳池里。

苏妙露见状,一个纵身跳进泳池里,给他捞了出来。她从水里爬出来,把手机递回去。柳兰京没接,只一把拉她到怀里,用外套一裹,又气又笑道:"你真是有毛病啊,一会儿让人用网兜捞出来就好,干吗自己去捞,弄得一身水。"

"手机早点捞出来还能抢救,你快点拿吹风机去吹吹。"

"不急,反正都进水了。"柳兰京穿着件亚麻的衬衫,把下摆扯出来,扣子一松,当毛巾给她擦了脸上的水,笑道:"我看你现在怎么办,裹着床单和我爸妈吃饭好了。"

"没办法,实在不行叫人去家里给我拿一件,或者我干脆回去算了。"

"想得倒美,我找我妈去借两件衣服,反正她好几柜子衣服,年轻时那些穿不下的,也拿来压箱底了。"柳兰京的手环在她腰上,搂着她就往楼上去。

柳太太倒也慷慨,没多说什么,翻箱倒柜找出一件藕紫色的裙子借给她,让她也不必还了。这种旧衣服经不得几次洗了。柳太太偏瘦,年轻时应该和柳兰京一样,是个清瘦的人。裙子很宽松,但苏妙露也没稳稳当当把胸塞进去,只能把身后的拉链稍稍松开些,好在有头发挡着。

柳兰京进来见她倒是一愣,斜了斜才有话说:"你把头发绑起来让我看看,我妈妈以前穿这件衣服都是绑起来的。"

苏妙露闻言照做,她的妆一入水就花,早就卸了。她素着一张脸,头发也打直,衣服又紧张,往镜子里一看,低眉顺眼的,倒确实像个贤妻。

他的脸色也微变,轻轻摩挲着衣服上的花边。裙子领口上有一圈奶油色的蕾丝,只是时间久了,蕾丝泛黄,奶油也成了过期奶油。他道:"算了,还是放下来吧,你是从头到尾都不像我妈。不过这样也好。这件衣服你穿是不是小了点?我让她换一件给你。"

"不用麻烦了,这样就好,我觉得你妈不太喜欢我。"

"她谁都不喜欢,也不喜欢我。难道你就觉得她喜欢王雅梦了? 你要这么想,那等着看好戏吧。"

"我不喜欢你这样子,特别幸灾乐祸,你等着别人倒霉,别人说不定也在等着你倒霉。"

"那不是更好,看热闹就是越热闹越好。"

话正说着,"热闹"倒确实送上了门。彬彬有礼的敲门声传来,一开门,外面站着的正是王雅梦。她见两人都在,眼神闪了闪,小心翼翼道:"方便说几句话吗?"

柳兰京倒也客气,上前替她把门关上,笑道:"不方便也方便.你来找我肯定是有不得不说的话。快点说吧,说完我还要去换身衣服."

王雅梦抬头盯着柳兰京,直截了当道:"你有癫痫吗?"

柳兰京眯了眯眼,苏妙露听着也是一惊,抢先道:"没有的事,你听谁胡说八道的?"他摆摆手拦住她,道:"不用这样,有就是有,也没什么好瞒的,又不是艾滋。对,我是有癫痫,这事我爸妈也知道,不过我哥不知道,所以你是从哪里听来的?"

王雅梦眼神一转,扫了眼苏妙露,顿一顿,才说道:"是徐小姐无意中和我说漏嘴的。"

"她从哪里知道的?"

"她说是苏小姐说的,但我想苏小姐不是这样的人,所以还是来求证一下。"

苏妙露急忙否认道:"没有的事,我从来没和人说过。"她还要再解释,柳兰京就轻轻拍拍她肩膀掐住话头。他转向王雅梦,轻声道:"好的,谢谢你来提醒我,麻烦你回避一下,我有点事想单独和她聊聊。"

王雅梦道："好,我想里面肯定是有什么误会,苏小姐好好说清楚就没事了,不过你也要注意身体,太操劳很容易发病的。"她前脚刚走,柳兰京就沉着脸,反锁上了门。

苏妙露见他不应声,以为他要冲自己发火,柳兰京却抬起眼,直直望定她,扑哧一笑道："我看着那么像笨蛋吗? 我知道你不会乱说的,你啊,顶多就是被人骗掉二十块钱,把这事写在牌子上,找棵树挂上去。"

"你怎么还揪着这事不放,大不了我下次不去了,本来我就不常去。"苏妙露转念一想,问道,"既然不是我,那是谁告诉徐蓉蓉的呢?"

柳兰京说道："估计徐蓉蓉不知道吧,反正你也不会去找她求证。估计就是我妈告诉我哥,我哥告诉王雅梦,她就是故意来挑拨一下我们,你也不用太在意。"

苏妙露将信将疑道："真的是这样吗? 我怎么觉得不太对劲。"

"反正这也不是惊天大秘密,多一个人少一个人知道,也没什么。好了,你也走吧,让我一个人待着。"

"你是不是还不相信我? 干吗赶我走?"

柳兰京笑道："我是真的要换衣服啊,这是我的房间啊,我借给你换衣服,你怎么还鸠占鹊巢不肯走。给我一点隐私好吗? 我没有脸皮厚到当着你的面脱裤子。你真的要看吗?"

苏妙露半真半假地骂他色坯,一猫腰就溜了出去,倒也记得给他把门带上。

门一关,脚步声一散,柳兰京的脸色就阴阴地发冷,他坐在床边思索了一番,唇边泛起一抹笑。那点笑意像是碎掉的玻璃碴,隐隐闪着光,触手一碰,却是要流血的。

略一细想,就能猜出是谁泄的密。癫痫本就是他的隐痛,知情人不多,无非是苏妙露、杰西卡、莫教授、大学的校医,包含金亦元在内的几个同学,连他父母都是最近才知晓的,更不要提柳子桐。苏妙露随口提过,她表妹是和金亦元一起到的。谭瑛也说婚礼的第一个晚上,金亦元房里有个女人。如此,前因后果就有一根线穿起来了。

他站在窗帘后面,背光的一个位置,嘴角勾了勾,忍不住要笑。他想到了一个好计划,运气来得这么及时,他自己都觉得稀奇。

他在联络人里找到个名字,发了条消息过去。她应该还在加拿大,和国内有时差,没办法第一时间回复。柳兰京也不着急,这步暗棋下得早,七八年他都等得起,自然不急于一时。

反正他是得不了诺贝尔和平奖,也学不会以德报怨的。积怨多年,他早就想搞垮金家姐弟,只是找不到好时机。金横波不死,金家就乱不起来,他只能等着,像是藏在花园泥土里的一条蛇。冬天姑且睡着,等春暖花开了才钻出来咬人。

金家在温哥华表面看着光鲜,实际不过是个空壳,飘荡着过了时的荣光。温哥华的华人圈子其实不大。2008年之后还在国外发展的华商,多半不是不愿回来,而是回不来。做生意无非是市场和政策,国内的市场早就打开了,海外的政策常又反复,回不来的那些生意人无非是位子被霸占了。体量小的,一回国,脚跟还没站稳就被吃了;体量大的,几个对手听到风声抢先就把门堵了。

柳家做实业,也是本地企业,有地方政府扶持,多年来小心经营,上下关节都打通了,经得起大风浪。旁人看姓金的有钱,柳兰京看他们却不过是对遗老遗少,故纸堆里生出一缕青烟来。一旦哪天落了势头,痛打落水狗,就得打到翻不了身才行。

眼前就有个机会,他已经得到准确消息,金横波的肾病找不到可配型的肾源,对外还没有声张。老人越是得了病,越是对继承人起疑心。他的小娇妻又给他怀了个男孩,也有自己的盘算。金亦元还在外面勾搭人妻,留了个把柄在他手里。他们家很快就要闹起来了,若是想个一箭双雕的计划,就能把金家和柳子桐的事一并料理了。

柳兰京出房间时,苏妙露正蹲在走廊陪猫玩。兴许她的衣服上有柳太太的味道,猫倒愿意跳到她膝盖上由着她摸。柳志襄就站在旁边揪猫尾巴玩,也没惹出事,猫顶多扭头瞅他一眼。

因他换了件海军蓝的衬衫,调子定得深,在暗处就近于黑色了。苏妙露倒是第一次见他穿这种颜色,衬得一贯苍白的面颊泛着柔光。她忍不住称赞道:"你这么穿很好看。我发现你穿深色倒比浅色好。"

柳兰京愣了愣,道:"是这样吗? 我妈倒说我穿这件衣服不好看,显得郁郁寡欢的。"

这话倒不是他随口胡诌,吃午饭时,柳太太只扫他一眼就皱眉,说道:"这件衣服原来还在,我还以为早就丢掉了呢。"

柳兰京毫不客气回呛道:"我觉得这颜色不错,苏小姐也觉得好看,我以后要多穿穿这件衣服。"

苏妙露本以为柳太太要在餐桌上对自己发难,结果一顿饭吃得四平八稳的。柳太太问的都是无关紧要处,无外乎父母身体还好吗,多大年纪了,饭菜吃不吃得惯一类的话。苏妙露都如实答了,连自家父母闹离婚的事都坦白了。

柳太太倒是一愣,笑道:"你妈妈倒是很时髦嘛,也不错,过不下去了能离就离也是好事啊,多少人牵牵绊绊的还离不了。"

柳东园插嘴道:"年纪大了,这么折腾没什么意思。"

"你这话就是折腾要趁年轻时折腾了?"柳太太斜睨丈夫一眼,带点意味深长。她顿了顿,转向柳兰京问道:"你们准备什么时候结婚啊?"

苏妙露原本在喝汤,就噎住了,柳兰京替她答道:"不着急.过个一两年再说吧。"

"一两年可拖得太长了。我看你们现在已经挺好了。"这次接话的是柳子桐。

柳兰京道:"本来认识也就不到三个月,不着急结婚,再熟悉一下,多磨合几天。就算真的要结婚,也要到年底了。等假期一结束,我还是要回新加坡教书的。"

"异地恋总是不方便,你这样苏小姐说不定对你有意见。"柳太太这话像是对柳兰京说的,眼睛却往大儿子身上瞟。

柳兰京看穿她的心思,顺势道:"她没有意见,异地也挺好,只要有感情,怎么样都好,保持些距离反而会有新鲜感。"

"缘分来了就是挡不住,之前柳先生还说不结婚的,遇到苏小姐立刻就反悔了。"王雅梦听出弦外之音,攻势是往自己这头来的,就急急把话题岔开。

柳子桐道:"哪里还叫他柳先生,多生疏,叫他名字就好了。"

柳兰京刻意把话曲解着来,借口道:"王小姐叫我全名就好,反正名字取了就是让人叫的。你叫我柳二也成,反正都这么叫了。"

柳子桐暗示王雅梦叫柳兰京名字,柳兰京却让她叫全名,一字之差就隔着亲与疏。王雅梦被架着,一时间进退两难,不知该不该开这个口。她心念一转,索性道:"我还是叫你英文名Antony吧。"

"我现在不叫这个了,改叫Lily了。"柳兰京说完,逗趣似的朝苏妙露投去一瞥,与她相视一笑。

柳东园看见他这一抹笑,心底倒笃定起来,多少明白柳兰京的恋情是稳定了。他之前是很少在餐桌上笑的一个人。柳东园自认是一家之主，就出面打了个圆场，也算是给事情定个调，说道："苏小姐年纪轻，王小姐就更小了，许多事情都不必急于一时，倒是吃饭要着急一点，别光顾着说话，不吃菜。今天的鲥鱼还是不错的，给小孩子也弄一筷子，小心鱼刺。"

话说到这地步，明眼人都该噤个声，可柳子桐偏偏有恃无恐道："我倒觉得有些事要抓紧点，我儿子这个年纪很尴尬，总要有个妈妈照顾他。我和王雅梦恋爱也有一段时间了，我觉得也应该定下来了。"

柳太太明知故问道："你们是要结婚还是订婚啊？"

"我们就不订婚了。"

柳太太笑道："你弟弟都没结婚，你又要结婚了，让他给你包两次红包，你好意思吗？到时候他又要回家哭穷了。"

"那我现在哭穷好了。"柳兰京会意，歪着头，半真半假一笑，朝柳太太摊手，说道，"稍微给点钱花花，我最近揭不开锅。"

"三十多的人了，还好意思问爸妈要零花钱。"话说完，整张桌子的人都笑。柳太太继续招呼道："吃菜吃菜，菜要趁热吃，但是别吃太急，小心烫到舌头。"

苏妙露暗暗松口气，又觉得怅然若失。柳家自诩是个体面人家，多大的事都不能闹出声来，可唇枪舌剑总少不了。虽然这次火没烧到她头上，可旁观着柳太太的来回招架，王雅梦的左支右绌，她也一样觉得累。

午饭后众人都闲散着，柳太太上楼睡午觉，柳东园回书房，柳兰京躺在沙发上看书，唯独柳子桐在兴致上，要教儿子读书。柳志襄本就是学习障碍，读书认字都比寻常孩子慢，柳子桐又没耐心，教了几遍都不见有进展，顿时恼了，调子拉高要训话。柳兰京在旁看不过眼，就说自己来教导侄子功课，可一转身就把他带去家庭影院看电影了。柳志襄有些怕，觉得骗了爸爸不太好。

柳兰京笑道："没事的，出什么事你往我身上推就好。你爸小时候读书也放羊，在你面前才装模作样的，别管他。"看的还是黑白电影，小孩子嫌无聊，看到中途就睡过去，柳兰京为他盖上毯子，守在旁边，思绪万千。

他哥哥算不得什么聪明人，于是巴巴地对儿子有期望，难免想着要青出于蓝，希望落空了又有些埋怨。他是聪明惯了，也吃够了聪明的苦。小时候把他送出国就是因为他聪明，读书时老师就让他学奥数参赛，得奖后方便推优进大学。父母一商量，真走这条路，大学读完后也是要去国外留学，赶早不赶晚，干脆在大学前送他出国，免得辜负了他的天赋。这一走，他再回来时已经得了癫痫，说不清是福是祸。所以他对孩子只有一种期望，健康快乐就好。

这个侄子他自然很喜欢，乃至于觉得交给柳子桐抚养是一种浪费。现在再加上王雅梦这位继母，他就更是有意见，还不如自己接过来养。

兄弟间过继孩子，虽然是老传统了，却也不是没有先例。谭瑛的舅舅无法生育，就过继了一个侄女当亲生女儿养大。逢年过节，一家人倒也能心平气和地同桌吃饭。反正对他父母也不吃亏，怎么样都是自己的孙子，换个人照顾罢了。父母本就想让他待在国外，免得和哥哥闹得不死不休，把家都拆了。要是他真的过继了柳志襄，自然就要避着些哥哥，也算了却父母一桩心事。

单这些还不够，他至少要安定下来，有和苏妙露修成正果的迹象。再要给柳子桐挑个错处，让他主动找自己帮忙，最后再使苦肉计，帮他花钱平事，于情于理都要让他同意让出儿子。

他完善这计划时全无愧疚。如果孩子判给母亲，他倒也认了，可是柳子桐凭什么，他可没有补天之功，躺在床上折腾一阵就平白多了个父亲身份？家人对他似乎是个轻而易举的概念，柳兰京可不甘心。

他哥哥的日子总是过得轻飘飘的，周围人都给他预备好了，和家里养的这只猫一样，靠在软垫子上晒太阳就好。可他不同，他这一生看重的东西都是努力得来的。博士学位要努力，不然毕不了业。学校的聘书要努力，否则一辈子只能是讲师。尊重和地位要努力，要他当个癫痫病人，在别人的怜悯里过活，还不如去死。宁愿别人怕他，也不要同情他。

苏妙露也是他努力来的，要她长长久久地爱他，填补他童年一切失落的梦境。最后想要得到一个孩子，也要靠他的努力。可是父母的爱是他努力不来的，越努力，越显得心机百出，反而生出嫌隙。

下定了决心，脚步倒也轻快，柳兰京上楼去拿水果，在楼梯上恰好碰上那只猫。猫蹭着他的裤腿，他笑着把它抱起来，说道："你知道你是个玩意儿？你什么都不是。"

他再回到家庭影院时，苏妙露也在，就坐在沙发另一端，静静地看柳志襄打盹。她特意帮他把鞋脱了，好让他睡得安稳些。柳兰京心中泛起自得，想着等他把侄子领养过来，苏妙露和他肯定能相处好。她太适合当个母亲了。

苏妙露今天穿他母亲的衣服，他看得恍惚了。不是因为像，而是因为不像。可恰是因为她与柳太太全无相似处，反倒契合了他理想中的母亲形象。弗洛伊德的那一套早就不时兴了，他可不承认他恋母，顶多承认缺少爱，可如母亲一样全心全意的爱，谁不想要？

一个爱人，一个孩子，许多的钱，他人的尊重，安安稳稳构建一个家，他的愿望仅限于此。谁拦在面前，他都要一脚踢开。他心念一动，凑在她耳边，低声道："你说我们这样子，像不像一家三口？"

苏妙露以为他开玩笑，笑着骂他道："别瞎说，人家的正牌老爸还在楼上呢,还有个继母。"

柳兰京不应声,只是安稳地把头靠在苏妙露肩膀上,闻到那一丝若有似无的香水味。桂花香,总是带点俗,但俗得很妥帖,安安稳稳的味道滋养了他的童年。他小时候住的房子外面就有桂花树,他每次和哥哥吵嘴,就哭着跑到树下躲起来。

他们很安静地坐了一会儿,王雅梦就推门进来,说柳太太有事找苏妙露。王雅梦与柳兰京对视一眼,各怀心思地一笑,都不作声。王雅梦没多做解释,就抱着柳志襄去楼上睡觉,淡淡说了句:"打扰了。"

苏妙露匆匆忙忙去找柳太太,她本以为是要摊牌,但柳太太同她说了几句闲话,问她身上的衣服是不是太紧,不舒服的话就让用人去房间再取一套过来。

苏妙露忙说不用麻烦,柳太太扫她一眼,问道:"你倒是挺客气的,像是来做客人一样。看你的态度,倒不太想和我儿子结婚啊。"

既然是开诚布公,她也不掩饰,反问道:"你不反对我和柳兰京在一起吗?"

"为什么要反对?"

"不会觉得门不当户不对吗?"

"你既然这么想,倒是说说看,你觉得找个什么样子的人算是门当户对?"

"可能要家里开厂的,有几千万身家的那种吧。"

柳太太轻笑道:"你是真的和我们不熟啊。那种开个小厂子,有一两块地皮,弄个几千万身家的家庭,其实要我看,和你的家里也没什么差别。确实会有不少人在圈子里找一个结婚。但那其实是结果,不是原因。人一辈子能认识的人也没多少,不过就是同学、同事、父母亲戚朋友的小图、朋友的朋友。偶然一点嘛,就是空姐、医生这种。还要在里面找个看得顺眼的、说得上话的、见得到面的,就很容易找到一个圈子里去。其实人不管在哪个位置,只能接触到自己这个阶层上下两层的人,再低一点,再高一点,其实都要靠机缘。你既然能认识老二,就是有缘分了。"

苏妙露讷讷,不知该做何种回答,也猜不透这算不算真心话。她唯一的念头是柳兰京到底是柳太太的儿子,斜着眼睨人的样子,和柳太太一模一样。

柳太太继续道:"既然话说到这份上,那就摊开了说,我们家虽然不是什么大户人家,但至少一时半会儿是饿不死的,不用像外面人那样斤斤计较,一分两分的钱都算计着。我也不希望孩子太市侩,格局小,成不了大事。我们还是给孩子很多自由的,尤其是老二。他喜欢你,你也喜欢他,都是真心诚意的,就很要紧了。他今天看着很开心,其实以前回家吃饭,连笑都不太笑。"

"其实我不知道他为什么找我结婚,我觉得他有很多选择。"

"那是你们的事。我这个儿子够折腾,你能让他少折腾点就好。别的我也管不到。"

苏妙露还要争辩几句,柳太太一挥手打断她,笑道:"苏小姐,虽然我和你不太熟悉,但你的心思很好猜。说到底,是你不想和我儿子结婚。但是又不好意思伤他的心,所以你就等着我来当这个坏人,拆散你们两个。"

"这话也太直接了,我不是这个意思。我只是没准备好,这么着急结婚,总像是为了钱。"

"这倒是没必要顾虑了。"柳太太苦笑着摇摇头,带着些叹息口吻道,"你知道他有多少钱吗?你不知道,我也不知道。谁都不知道,只有他自己清楚。以前的女朋友冲到家里来打他,就是因为他太抠门,连出去喝杯咖啡都不付钱。人家还以为我们家里很穷，后来分手了才知道不是这样，就闹上门来，也不是为了钱，就是要讨个说法。他弄成这样子，我们也觉得不好意思。在钱上面，我们从来没亏待过他。他小时候还在国内，最喜欢的一件事就是坐着出租车兜风，我们就派两个保姆看着他，绕着外滩坐车玩。后来他去国外，每月都有钱寄出去的，我妹妹也给他钱，他也不怎么用。读博的时候每月给他卡里打十来万，结果他还是抠抠搜搜的。你和他认识到现在，他给你花过多少钱？"

"有送过一些礼物。"

"所以啊，你问我反不反对你们，我是真的无所谓。结婚虽然是两家人的事，但说到底是你和他。你们在一起，你是不可能占到他什么便宜的。如果单是为了钱，你也别担心，我们也不是随便的人家，你们要是真的结了婚，自立门户，我和他爸爸肯定会帮衬着一点，钱倒是小事，主要还是好好过日子。"

苏妙露低着头不应声，她自觉受了些轻蔑，却不是很难过，反倒有些荒唐。别人是嫁出去的女儿泼出去的水。轮到柳兰京倒是嫁出去的儿子，泼出去的水泥。像是高空抛物，砸中她了就该自认倒霉，快些认下结婚。她有些莫名，觉得他倒也不至于如此。

柳太太问道："你知道人这一辈子最重要的是什么吗？"

"努力吗？"

"不，是运气。这世上没有一件事，没有一个人是非你不可的，但是轮到你了，就是你的运气。你要是能抓住，也是你的运气。错过了，懊悔就来不及了。"

"可是我觉得柳兰京不太看得起我。"

"这种家庭的孩子，有许多都是看不起别人，我儿子有个好处，他是谁都看不起。"柳太太起身往楼上去,擦身而过时拍了拍苏妙露的肩膀,"你再好好想想吧。你还年轻,大事上犹豫是肯定的,可很多事情一拖就拖坏了。"

苏妙露让柳太太的一番话搞得发蒙,头脑昏昏沉沉的,走到花园里吹风。她坐在秋千上,正巧看到柳兰京在二楼打电话。

他站在窗子后面,一手拿着手机,一手夹着烟。这扇窗是封死的,一个铁的十字架窗格,横的一道压在他脖子上,竖的一道挡住他小半张脸。一口烟吹出来,朦胧一片里,只有他的眼睛阴阴地往下压,像是只藏在草丛里的猫,一蹿,就要跳起来扑树上的鸟。苏妙露仰头看他,第一次觉得他无比陌生。

柳兰京也看见她了,顿一顿,故意歪着头一眨眼,朝她捎了个眼风。苏妙露没忍住,还是对他笑了。

他也跟着笑了,带着点得意劲,又微微侧过身,继续去聊电话,是个跨国长途。他对着电话那头说道:"对,是我,最近还好吧。对,是这样的,怀孕头几个月是比较辛苦的。没什么事,就是想透个消息给你。我也是刚知道的,希望对你有用。"

电话那头的女人姓赵,名字倒不重要,反正近些年来叫她赵小姐的人绝迹了,叫的都是金太太。她是金横波的续弦,也是金家姐弟的继母。她比丈夫小了三十岁,能嫁入豪门,柳兰京在背后出力不少。

柳兰京认识赵小姐时还在读书,是她主动找上门来的。他原本在吃着三明治发邮件,忽然有人拉开椅子坐对面。学生间拼桌是常有的事,他原本不在意,但一抬头,来人正直勾勾地盯着他。

柳兰京问她是不是要找自己。她点点头,说自己姓赵,有事想求他帮忙。

赵小姐是顺直黑发,清瘦面颊,苍白肤色,清秀得略显寡淡。她像是第二泡的茶,有人觉得太淡,有人却觉得滋味正好。柳兰京是无所谓的一派,他一向俗得坦坦荡荡,喜欢饱满丰腴的女人。赵小姐瘦得像是一天只吃两顿饭。

柳兰京知道麻烦攀了上来,但还是耐着性子问她是什么事。赵小姐说金亦元这周要办个派对,想请他带自己入场。柳兰京冷笑一声,起身就走。

圈子做掮客的人不少,场面上说是找几个年轻姑娘去派对充场面,但明眼人都知道是要肉搏的。就算这样,候选的女孩还要竞争上岗,给掮客送礼拉关系。柳兰京自恃身份,从来不掺和在里面。

他本以为年轻女孩脸皮薄,拒绝一次就够了,不料赵小姐直妾追到他宿舍来敲门。柳兰京开门,讥嘲道:"你去找别人吧,让我拉皮条,你还没有这个资格。"

赵小姐咬着嘴唇不声响,只是低着头紧盯他,目光灼灼。她的一只手搭在门框上,柳兰京没办法关门。他嫌她麻烦,急着要打发她,就虚张声势把门一甩。门一下没关严实,他暗道不妙,再一拉开,她的手还没移开,指甲已经夹得发紫,痛到脸色煞白。他无奈,只能开车送她去医院。

去医院的路上,她毫不避讳地坦白了身世。她家里还有个弟弟和患了癌的母亲,她清楚自己要是陷落在家里,这一辈子就这么完了,朝九晚五地工作,做到头不过是找个男人嫁了,彩礼用来扶持弟弟。她就是死也要死得轰轰烈烈,从最高处跌落供人仰视。

柳兰京问道:"你刚才就不怕手指被夹断吗?"

赵小姐道:"怕,但是我更怕失去机会,永远爬不上去。我除了年轻,什么资本都没有，我一定要抓紧时间，我宁愿死也不要穷。"

一个人但凡疯到这地步，也就没有做不成的事。柳兰京让了步，姑且同意带她去派对。可在医院里略做考虑，他又生出新的打算，一个带有冒险性的计划。

他给赵小姐买了杯咖啡，递上去，微笑道："你既然要卖自己，就该卖个高价。金亦元没什么钱的，钱都捏在他老子手里。如果你完全是为了钱结婚，倒不如把目标定为金横波，老房子失火，烧得才厉害，就算知道你是为了钱跟他，但只要你把他哄高兴了，他还是睁一只眼闭一只眼的。"

赵小姐问道："你为什么要和我说这个？"

"如果你的目标是金亦元，当个三月女友，你也就不值得我费心思；但如果你的目标放远一点，我还是愿意为你投资的。你说得没错，年轻就是资本。"

"你愿意为我花多少钱？"

"钱不是关键，关键是我的投资要有回报。傍男人是门技术活，没你想的那么容易。"

既然下定决心要上赌桌，就要把筹码都押上，输要输得爽快，赢也赢得彻底。柳兰京手边有父母给的生活费，这点钱自然不够，他索性卖了一套房套现。

一拿到钱，他全花在赵小姐身上。外貌上的改变是最基础的，清秀可人虽好，但清汤寡水就没滋味了。她的头发不烫不染，但要仔细修剪保养。皮肤管理最重要，到了金横波这种年纪，已经受用不起丰臀肥乳了，青春对他才是奢侈品。

微调也不能少，单眼皮开成内双。穿衣风格也要改变。衣服俗气不要紧，但要俗得小鸟依人。体态要训练，她的优势是高瘦，一打眼就能在人群中望见，弯腰驼背就没办法鹤立鸡群，只能当鹌鹑。网球、红酒、歌剧、古董收藏，各门各类都要了解一些，但不必太精通，金横波若是有心，日后自然会教她。但厨艺必须要会，金横波最爱的扬州菜，她必须会两个。

接下来的是洗底。她的家境不好，在国内也谈过男友，家里还差点收了礼金。这些背景都要瞒下来，改成殷实美满的中产之家。出生年月也要改，生意人最迷信，结婚前要看她的八字。常给金家看相的师傅也收了他的钱，问起来定然说她旺夫。

剩下就是铺路。她在美国读书，学校尚可，但专业不够好，和金家一时间搭不上关系。杰西卡有个女友和金家走得近，有个女儿和赵小姐年龄相仿，没什么城府。他找了个时间，把她和赵小姐一起约出去玩。都是年轻女孩，有共同话题，又送了几次礼，很容易就拉上关系。赵小姐说想找个好公司实习，丰富简历，正巧金横波要招秘书，想请她帮忙引荐一下。她自然一口答应下来，一个星期后，赵小姐就去面试，入职后与金横波朝夕相对。

做了一星期，赵小姐垂头丧气着回来，道："当秘书其实就是端茶送水订机票，一周都没机会和他说两句话。"

柳兰京冷笑道："你觉得端茶送水很容易？那你给我泡杯咖啡。"

咖啡端上来，柳兰京喝一口就往洗手间倒，说道："我看你连端茶送水都做不好。我用右手拿杯子，扶手你就要转到这一边，杯沿有溅起的奶泡，你就要擦干净了再端上来。你还要问清楚是不是马上喝，马上喝就不能太烫。"

赵小姐会意，向他赔礼道歉。柳兰京又手把手教了她几次。

两个月后，金横波约她吃晚餐。她紧张得头晕目眩，连打了三个电话问柳兰京怎么应对。他劝她先冷静,反问她知不知道现在和金横波相处,最要紧的是什么。

她一连说了三个答案,柳兰京都不满意,让她再好好想想。

她略一思索,这才醒悟过来,急忙赌咒发誓道:"我绝对不会说你和我的关系,不管出什么事,我都不会把你供出来。"

柳兰京道:"你知道就好。有钱人最怕别人在身边埋眼线,你要是挑明我和你的关系,谁都救不了你。你忍住不说,出事了我还能帮你一把。"他事先打听过金横波的喜好,在电话里嘱咐了她一番,又告诫她接下来没事不要主动联系自己。

柳兰京再见到她已经是三个月后,是在餐馆里偶然遇见的。金横波给儿子庆生,把她也一并叫去了,他们在走廊上擦肩而过,都装作不认识。柳兰京见她已经戴上了翡翠手镯,是玻璃种。他背过身去笑了笑。一年后,赵小姐就正式成了金太太。

婚后,她主动找柳兰京的次数就更少了,场面上见到了,也端着贵太太的架子,对他爱搭不理。柳兰京也笑着给她个面子。他自然不慌。蛇为什么怕让人捏七寸?因为捏住了就动弹不得,拎起来一甩,骨头就要散架。

她暗地里还是给他透过几次底。像金亦元在泰国酒驾,撞到了一个孕妇,一尸两命。他飞快地就逃了,这事是金横波花钱摆平的。这件事瞒得很好,只有少数几个人知情。还有金善宝婚后找男人,他也知道得一清二楚,原本也想弄个人过去,但金善宝不过是玩玩,又有戒心,一向只找身世清白的大学生腻上个把月,他也不方便下手。至于后来金善宝把算盘打到他头上,气得他七窍生烟,就又是另一个故事了。

现在金横波病了,分家是近在眼前的事,面上一家人仍是客客气气的,金善宝点头见面还是叫她阿姨,但背地里已经各有谋算了。赵小姐把弟弟接到加拿大,没进公司,而是问金横波要了一笔钱做生意,这两年也搞得有声有色。姐弟间再有嫌隙,一家人也说不得两家话,关上门总是有个商量。她和柳兰京也少有往来了,上次见面还是半年前告诉他一个内幕消息:柳子桐投资的一家公司估值虽然高,但核心科技有问题。金横波原本也想入手,但观望了一阵,又探听到一些内部消息,就确信这家公司的泡沫早晚会戳破,一旦破产清算,投资基本就血本无归。她让柳兰京劝哥哥早点把手边的股份卖出。柳兰京谢过了她,但在家里依旧沉默不语。

赵小姐这一胎怀的是个儿子,已经先知会过金横波,老头子心花怒放,动了改遗嘱的念头,嘴上答应把手上的股份对半分。赵小姐怕金善宝知道了要闹,就暂且把孩子的性别瞒下去,让医生也一律说是女孩。

柳兰京问她分家的事有没有底。她承认还是心里发虚,金善宝在公司经营多年,股东多半还是站在她那头,家里重要的几套房产也是她在打理。最要紧的是抓不到她什么把柄,婚内出轨顶多是私德有损,掀不起大风浪。

他道:"金亦元和金善宝是系在一根绳上的,你搞垮了弟弟,姐姐势必要去拉。我现在有个计划,你要是感兴趣就来入伙,我们约个时间见面细谈,我过去找你。"

"可以,但最好是这周,老头子不在,他下周一就回来了,我脱不开身。"

"我会买明天的机票,一会儿我把航班号发给你。"

柳兰京挂断电话,抽了把椅子坐下,望着虚空里的一个角落愣了愣神,唇边挂着淡淡的一抹笑。外面有人敲门,听脚步声就知道是苏妙露,他挺直背戒备起来,疑心她知道了什么内情来探口风。苏妙露很敏锐,但不多疑,两次三番贴着线问了话,好在都让他圆过去了。

柳兰京开了门,见苏妙露扁着嘴一声不吭,就殷切道:"怎么了吗? 我爸妈让你不高兴了,还是我哥? 别去管他们。这个家里,我的事我说了算。"

苏妙露绞着手道:"不是他们,你家人都很有礼貌。不过你们家真吓人,我第一次见到别墅里装个电梯的。"

"我们家的人比较懒嘛。你多跟我在一起也要变懒了。"

"我是担心你,你好像有点反常,是因为徐蓉蓉知道你的病了吗?"

"不是,是因为你。"柳兰京暗暗吃惊,她有种天赋般的敏锐,像是凌空飞来一支箭,总能正中靶心。

"和我有什么关系?"

他眼睛往她领口里一斜,笑道:"你看你,还垫着胸垫,没必要吧? 之前那件衣服领子那么低,你没见到我爸的样子,他都不好意思看你。"他学着柳东园的动作,头抬起,眼神打飘,略皱着眉,"你对老人家的颈椎好一点。你想做得出格点,让他们反对你和我在一起。请问你觉得有用吗?"

被反将一军,苏妙露低着头不作声,多少有些对不住他。他继续道:"我的事情他们之前不管,现在也不会管,就算对我指手画脚我也不会理。你真不想和我过了,干脆吃胖个一百斤,色衰爱弛,我就跑了。"

"那我牺牲太大了。"她熬不住笑了笑,又道,"我不是对你有意见,就是太快了。你知道的。"

"没事,我们还有时间,我会让你更信任我的。今天你就放松点吧,吃点喝点,随便逛逛。"

苏妙露点头,便讨好般牵住他的手,并不如印象中温暖,指尖略带些凉意。

柳东园晚上有应酬，不在家里吃晚饭，下午就要走。柳太太见缝插针，让司机在外面多等上十分钟，把丈夫堵在书房里，聊两个儿子的终身大事。

"你真是越来越忙了，下次我见你估计要预约了。"柳太太摇摇头，苦笑道，"你到底什么个态度，还是给我个准话，别到时候我唱白脸，你唱红脸，就没意思了。"

柳东园道："我觉得还行，两位小姐都还行。就是老大有点愣，王小姐又太机灵。老二太聪明，苏小姐倒愣愣的。调换一下倒不错，年纪也合适。"

"你就乱点鸳鸯谱，老二那对我倒不担心，从小到大就没有他降不住的人。最好他能快点结婚，到时候分一笔钱给他，自立门户，带着苏小姐在国外待着，大家都松一口气。我看他这几年对他哥哥的态度越来越不耐烦了。"

"你去探过女方的口风了吗？"

"问过了，和我想的一样，不是太想结婚，毕竟年纪小，而且也不是真的傻，她知道老二不是什么好脾气，又不能有孩子。不过老二也是，一点钱都不愿意花，人家肯定要考虑考虑的。按外面的行情，谈朋友嘛，至少还是要花个五六十万的。"

"确实，多少还是要给点的，她长得还是挺好的。你和老二稍微透透风，他舍不得钱的话，我们这里也稍微出一点。老二自己有主意，只要早点结婚，别的都好商量。他一直不结婚，待在家里，总要提防着他和哥哥闹别扭。问题是老大那边，王小姐势头挺猛的，老大又被她迷得神魂颠倒的。"

"我觉得先拖着，拖个一两年再看。老大也可能是一时的热度，明着拒绝反而要和我们闹。就用小孩子当借口先拖着,王小姐她爸还在住院,又有个弟弟,这些事不处理干净不行。就算要结婚,婚前协议也要好好弄,别再打官司了,我头发刚染的。"

"好,我先走了,这些事就由你负责了。"柳东园披上外套往外走,带点鼓舞员工的劲头笑着朝她点头。柳太太也笑,顺口叮嘱他戴上围巾,当心外面风大。

柳东园走到门口,忽然想到些荒唐话,自己也觉得好笑,可还是忍不住要说:"其实苏小姐和老二在一起可惜了,你看她那个身材,好生养的。"

柳东园走后,柳太太推门出去,原本想叫来柳兰京知会几句。下了楼梯却听到副厅传来钢琴声,走近了去看,果然是柳兰京在弹琴。他兴致寥寥,弹得稀稀落落,曲不成调。柳子桐倚在门口听,笑着说不像样,就往钢琴凳上一挤,起了个音开始弹《f小调幻想曲》,逼着弟弟跟他合奏。

他们兄弟小的时候也合奏过,许多年前的事了,那时候柳兰京坐在琴凳上脚还够不到地。对柳子桐,她的印象是连贯的,像是连环画,一张张能接起来。他是养在身边的孩子,从小看到大。可对柳兰京,却像是电影里的蒙太奇,哭哭啼啼的一个小男孩,镜头一切,一换,就成了个清瘦高挑、神情狡猾的男人。有时候一恍神,她难免会想,这真的是她的孩子吗?怎么和小时候一点都不像?

一首曲子下来,兄弟间的合作倒也默契,顺顺当当弹到结尾。柳太太在门口静静观望着,面有赞许之色。柳兰京扭头望着哥哥,微微一笑,起身就往外走。

柳太太等着他上楼,再跟上去,自然是有话要同他说。他也会意,把门拉开一条缝,等着她进去。关上门,她朝柳兰京抬了抬眼,不咸不淡道:"你还记得上次见面吃饭的许小姐吗?"

"好像有点印象。"他依稀记得她新嫁接的睫毛，远看很美，近看像是装了两把蒲扇，夏天兴许能凉快些。

"她快结婚了，其实说快也不快，人选对了，都很顺的。"

柳兰京脸色微变，将信将疑打量她。

"我是支持你和苏小姐结婚的，不过你也别太小气，该花的钱不要省。她收不收是一回事，关键是心意。"

外人看她，总带着些戏剧性的想象，好像是个趾高气扬的恶婆婆，闲来无事总爱棒打鸳鸯。其实当人家太太，生儿育女的不过是份差事。到了时候，让两个儿子结婚也是一桩义务。好好选人，不过是为了日后省却些麻烦。

苏妙露嫁给柳兰京，她其实很乐意，但面上不能显露出来，私下里露出一丝笑就够了。她一向看人很准，第一眼见到苏妙露就觉得能成事。看着凶，其实脾气好，又压根不是什么活络人，配她那个太活络的儿子正合适。

柳兰京皱了皱眉，不太耐烦："这件事我自己有分寸，你还是多看看柳子桐吧，他要是执意和小王结婚，你大概一点办法也没有。"

这事确实是柳太太的一块心病，但赫然间挑明了，又有些刺痛。"现在在说你的事情，为什么你一直要挑着你哥哥？"

"为什么我不能挑着他？之前你夸他夸得这么厉害，我也没说什么，我稍微挑几句，你就不耐烦了？"他平日说话的调子也不急，唯独吵架时语速又尖又快。

"我不想在家里和你吵，随便你怎么想好了。我只是觉得我很失败，不管我说什么，做什么，你都觉得我偏心你哥哥。"

"你每次都这么说，好像是在说自己，其实是打感情牌让我有负罪感。

别来这一套,你就是觉得我不能和你沟通。"

"我不知道你在想什么。你既然心里有定论了,我说什么都没用。是没办法和你沟通。"

"你和家里的保姆、司机、清洁工都能沟通,就是和我不能沟通。看来我比他们都不如,你大概就觉得我是个很偏激的疯子。"

"你真的这么想,我也没办法。"柳太太绷紧脸,也不想叹气,就抱着肩转向窗外。柳兰京也不说话,只是唇边带着一丝冷笑。外面有人敲门,苏妙露探了个头进来,一见气氛不对,立刻要退出去。

柳太太叫住她道:"你们两个聊聊,我出去。"她一走,带上门,柳兰京就背过身擦了擦眼角。苏妙露并不多追问,只是张开双臂笑道:"让我抱抱你嘛。"

"为什么啊?"柳兰京朝后一躲,"别突然来这一套。"

"你想多了,我就是想抱你,来嘛,别害羞。我不会说出去的。"

柳兰京拗不过她,半推半就上前几步,让她稳稳当当抱了个满怀。他原本不以为意,知道她要逗自己开心,可这不过是哄孩子的手段,自然不当真。苏妙露左手环着他的腰,右手自上而下摸着他的后颈,轻轻往下一压,他顺势把头靠在她肩上。桂花的香气在他周遭熏着,温温软软,他像是又一闪身躲回了童年,在树荫底下做梦。他的胳膊收了收,把她往怀里一揽。苏妙露环着他的手松开了,只是依旧轻拍着他的背。

苏妙露站得久了有些累,想推开他换个姿势。柳兰京却用手肘抵着她的背,不愿松开,头埋在她胸口,瓮声瓮气道:"再抱一会儿,你说来就来,说走就走,我多没面子。和你说一件事。"他从口袋里掏出钥匙给她,说:"你帮我个忙,好不好? 我工作上有些事,明天要出去一趟,可能要大后天才回来。接下来也会比较忙。我在静安有套房子,简单装修了一下,但还不能住人，你有空帮我布置一下，添一点摆设，看不顺眼的地方就换掉。这张副卡你先拿着用，钱不够再和我说。"

"你的房子让我给你买东西，你要是不喜欢怎么办？"

"你喜欢的，我总是会喜欢的。钱不够再和我说，我电话不通，你发邮件就好。你选东西觉得闷，就把你朋友一起叫去，一起逛街最能增进感情了。"他从口袋里掏出车钥匙递给她，"我的车你也先开着，跑来跑去比较方便，晚饭我可能要喝点酒，就麻烦你把我载回去。"

"又要我给你跑腿，又要我给你开车。那你可要对我好一点，不然我把你丢在马路上。"

他闭上眼，只轻飘飘笑了。母亲的话还是有了些影响，他这次下了血本，静安的那套房子空置了四五年，无端说要装修，就是要送给苏妙露。但不明着说，先让她布置起来，住得习惯了再送，到时候她要推辞也推不掉。

柳东园不在，柳太太习惯了晚上吃素，但柳志襄在长身体，要多吃肉，一桌上就摆了多种菜，荤素自取。苏妙露跟着小孩子吃肉，一抬头，才发现剩下的人都围着柳太太夹菜，顿时尴尬不已。

她埋着头闷声吃面条，自觉吃得慢，可碗倒是一眨眼就见了底。柳兰京见状起身又为她盛了些。苏妙露凑过头去问道："为什么我觉得你家里的面条确实比外面好吃？"

柳兰京道："我妈不能吃鸡蛋，我们家的面条是找外面特制的，用的是鸭蛋，你要是喜欢，回去的时候带一点我们自己下。"

柳太太睨了一眼，就笑着和柳子桐说悄悄话："看看你弟弟那个样子哦。"柳子桐也暗地里笑了一声，觉得到底是一物降一物，柳兰京平日里是筷子掉了都懒得捡的人,现在倒是殷勤着两头跑。

苏妙露误以为是在笑她,就端着碗,咬着筷子不敢夹肉吃。餐桌太长就是这点坏处,同桌吃饭也像是隔着崇山峻岭,脸都看不真切了。

王雅梦见她不自在,就从旁宽慰道:"我最近要减肥,晚上吃点素的舒服些,苏小姐你胃口好就多吃点。"

"是啊,你瘦巴巴的,一阵风就吹倒了,多吃点吧。"柳兰京睁着眼说瞎话,倒也说得理直气壮。

苏妙露道:"能把我吹倒,那估计要十级台风了。"

一桌人听着都笑,柳太太也笑出声,眼睛一弯,说道:"你这样子正好,现在的审美风气不好,女孩子都太瘦,身体也不好。王小姐就挺苍白的,子桐啊,你要留心着点,以后没什么事,不用带王小姐过来了,开车过来也挺久的。"

王雅梦急忙道:"没事,不碍事的。"

"你也不用和我客气,你既然家里不方便,就多去照顾你爸爸,要不然别人都以为我儿子把你扣着。结婚的事情也不用急,反正你也年轻,孩子也还小,等你爸爸那里稳定了再考虑也不迟。反正你们有感情,三年五年的,一眨眼就过去了。"

王雅梦含着笑点头,心底泛着苍凉。三年五载的,她也一眨眼就老了,真的还能留住柳子桐吗?

她心烦意乱起来,说着讨巧话赔笑脸也带点心不在焉。好在她的手机响了,离席去接电话,也算是逃出去松了一口气。电话是继母打来的,说父亲在医院里,情况很不好,让她去一趟。

王雅梦把原话传达了,说得面无表情,脑子里还是蒙的,一时间没缓过神来。柳太太有经验,知道保不准是最后一面,急忙叫司机来接。

柳兰京起身道:"我开车去送她吧,现在叫司机过来也要等十几分钟。"他抓起外套就往门口走,朝苏妙露使了个眼神,她立刻隔着餐桌把车钥匙丢给他。王雅梦犹豫片刻,还是拎着包跟他往车库去,她猜到他有话要同自己说。

柳兰京坐上驾驶位,王雅梦失魂落魄地坐后座。他也不在意,只是从后视镜里瞄了她一眼,说道:"你倒也不用在我面前装得太难过,我不是我哥,不吃义女卖身葬父这一套。"

王雅梦冷冷道:"别以为谁都像你一样冷血,对家人毫无感情。"

"那你就当我错怪你了。既然把话说开了,我们还是开诚布公聊一聊。"

"你要聊什么?"

柳兰京直截了当道:"我知道你想要什么,你当柳太太,还要当名正言顺的柳太太。单为了这个结婚很荒唐,可结不了婚更荒唐,你得不到我父母的同意,就只能拖着。现在我哥对你还有新鲜感,时间长了,总有比你更讨喜的。"

"你想和我谈什么条件?"

"我可以给你当说客,试着让我爸妈接受你。但是你也要帮我说话,想办法让我哥把柳志襄过继给我。"

"这不可能。"

"可不可能,都是事在人为。这个提议对你百利而无一害。我有了孩子,就和苏妙露一起去国外定居,没事就不回来了,对我哥也是少一个威胁。你要长长久久当柳太太,肯定要和我哥生孩子,继子和亲生孩子,一碗水端不平的。你怎么做都是左右为难,倒不如过继给我,也能少一个麻烦。反正我哥对他本来就有些嫌弃,给了我,我会好好照顾他的。"

"我的事我自己会搞定，不劳你多费心。"

"不用急着拒绝我，你还可以慢慢考虑。不过有一点要注意，时间不等人，我还等得起，你就不一定了，好好考虑清楚。或者可以再送你个建议，你应该已经想到，奉子成婚除了面子上过不去，其实还是很适合你的。"

柳兰京处处胜过他哥哥，连车都开得更好。他确实没托大，柳子桐开一个多钟头的路，他四十分钟就到了。车一停稳，王雅梦就奔向住院部。一路上最坏的打算她已经全做好了，就等一个结果宣布了。可到了病房前，继母顶着哭红的眼，却说没事了。

王雅梦诧异道："什么叫没事了？你刚才不是说得好像我爸快不行了？现在又没事了？"

继母解释道："医生说你爸器官衰竭了，问我要不要抢救。我知道你今天去男友家吃饭，就没敢打扰你，让他们去抢救。我打给你的时候医生已经进去半个钟头了，我看这么久不出来，以为有问题才把你叫来的。刚才医生说情况已经稳定了，在ICU观察几天就好。"

王雅梦脱口而出道："你为什么要让医生去抢救？爸爸已经这么痛苦了，连医生都劝我们放弃，你让他安心走不好吗？"

"可你爸爸那时候神志清醒啊，他还不想死。"

"你什么意思？是说我想让他死吗？"王雅梦听到柳兰京在后面冷笑，背上惊出一层冷汗。她顿时清醒过来，自己也慌了，竟然说出这样的混账话。

她隐隐约约设想过父亲死的场面，悲伤是有的，可又生出一层释然。父亲真的死了，她此刻的困境倒也迎刃而解了。柳太太没借口拖延婚事，柳子桐也要怜惜她无依无靠。用花圈换捧花，用丧服换婚纱，原来她已经无耻到这地步了吗？

王雅梦站在走廊上，一抬头，望见玻璃上自己的影子，神情木然。医院永远是纯白色的，白得那么荒唐，那么不近人情，这种白摧枯拉朽，吞天噬地。她父亲是陷在白里的一层皮，她是陷在白里的一道影子。

王雅梦与继母四目相对，开口想解释，鼻子下面却一阵热，伸手一摸，猩红色全是血，玻璃的倒影里，她半个下巴都红了。她也不晕血，却头晕眼花起来，两腿一软往后倒，最后的印象是几个医生、护士小跑着过来，铺天盖地的白，团团围住了她。

她再醒来时，已经躺在病床上吊着水。柳兰京站在床头，倒也有少见的愧疚，道："一个好消息，一个坏消息。坏消息是医生怀疑你是鼻咽癌，一会儿给你安排一个前鼻镜的检查。好消息是，我之前给你干的条件依然有效。爸妈那里，我会给你保密的。你后妈给你去付住院费了。你好好休息，祝你好运。"

柳兰京走后，继母到病房来看她，絮絮叨叨说了一番话，安慰她说还没有确诊，未必真的是癌，就算是癌，她还年轻，趁早治疗也没事。她都没留神听，脑子里像是在拉空袭警报，嗡嗡一阵响。

她不是没想过死的事，在她母亲刚死的那段时间，她赌着一口气，也要在家里自杀，无数次幻想父亲抱着她痛哭流涕、悔不当初的场景，暗自很得意。但实在是怕痛，最后也没敢割腕。

没想到真正要死竟会是这样的场景：昏迷中的父亲，不知情的恋人，陪在身边的是她最恨的继母，她在成功前一步就一脚踩空摔了下去，就这么一败涂地了。

她气急，挥起没有打吊针的手，推落桌上的一只玻璃杯。她想发火，可是连力气都没有，咬紧后槽牙，眼泪顺着面颊滚落，她哽咽道："我不甘心！我真的不甘心啊。"

　　"没事的,没事的,阿姨知道,你不容易的。累了就休息一下吧。"继母急忙上前搂着她,把她湿润的面颊揽在自己胸口。有那么一刻,她们几乎像是真正的母女了。

第十八章　惊釉

柳兰京答应对父母保密,但没准备对苏妙露闭口不言。回去的路上,苏妙露随口一问王小姐,柳兰京就坦白道:"她在医院突然昏倒了,可能得癌症了,在住院。你不要和别人说。"他自然不是藏不住话,是另有后招等着。以后把侄子过继来,对苏妙露就能借口说是王雅梦身体不好,无暇照顾。

苏妙露惊道:"她还这么年轻,怎么就病了? 我要不要去看她啊?"

"你先别声张,也别把事情闹大。她估计不想太多人知道这件事,你先静观其变,以后见面了注意一点就好。"

苏妙露点头,说道:"对了,刚才你不在,我欠了你妈两万多块钱。你妈说要玩牌,我说我不会玩,她说没关系,赢了算我的,输了记在你账上。你妈还说年纪大了,让我让让她。结果我都不知道发生了什么,全输光了。"

"那还好我及时回来,不然今天你房子都输掉,我们要露宿街头了。我妈其实挺喜欢你的,上了年纪的女人,身边其实都想要几个年轻女孩陪着。王雅梦估计没空了,你有空陪陪她。"

苏妙露点头，算不得太信，觉得柳兰京多半是哄她。

柳兰京是凌晨的飞机，苏妙露送他到机场就自己开回去，睡到第二天中午起床，一个人待的房子忽然空荡得可怕。风从阳台吹进来，绕了一圈也迷路，在走廊上散开。她赤着脚在地毯上踱步，也不知要找什么。

她还是照例去医院看母亲，她的腿还打着石膏，但精神不错，红光满面的。私人医院床位足，只要愿意付钱，天长地久都能住下去，可花的是柳兰京的钱，苏母过意不去，便对女儿道："我觉得我可以出院了，等拆石膏的时候再过来也可以的。"

苏妙露问道："怎么了？你住得不开心啊？"

"不是不开心，花的都是小柳的钱，总是不好意思的。我一直在想，要不要送点东西给他。"

"我们送的东西，他看不上眼的。"

"这我知道，但好歹是一份心意，我也不想让人说是卖女儿，而且你表妹那张嘴又吧嗒吧嗒的，到时候让她知道了，对你名声也不好，都以为你是傍大款。"

"徐蓉蓉最近没和你说别的事？"

"没啊，她出国去玩了，前几天走的。说是出去旅游，我看是和家里男人闹翻了，一个人走的。不过谁知道啊，家家都有本难念的经。"

"下次你和姨妈见了面，让他们提醒一下徐蓉蓉，有的话不要乱说。得罪我，无所谓。开罪了柳兰京，谁都救不了她。"

"哦，我知道了，别这么一本正经的，你也不要把小柳想得太坏。"苏母腿受伤了，手倒舍不得停，两根毛衣针一进一退，一件毛衣只差个袖子了。苏妙露小时候的毛衣都是母亲织的，不单这一手，衣领上缝蕾丝，袖口上绣花，下摆滚边，苏母都弄得漂亮，把女儿打扮得像个洋娃娃去学校，校服再宽大,领口也露出一截花边。不过做衣服费眼睛,苏母上了年纪,品位也陈旧,苏妙露就不爱让她弄了。

苏母道:"你说这个花样子好看吗？之前几个护士过来,都说我弄得好。这一手,你们小年轻都不会了,要不是你外公以前不让我当裁缝,我现在说不定也是个蛮出名的设计师了。"

苏妙露半开玩笑道:"那你现在当也不迟啊,出院之后你干脆开个做衣服的铺子好了,反正你也闲着没事。"

苏母低着头不应声,苏妙露没留心,只忙着去办出院手续。她一个电话把谢秋也叫来了,苏母走路要人搀着,大包小包的,她顾及不了,让谢秋来帮忙,事情料理完了,还能出去吃个饭叙旧。

一碰面,谢秋就打趣道:"你上次说的胸口碎大石,什么时候碎？我还等着呢!"苏妙露只能假笑着装傻,答应下次请她吃饭。

谢秋陪着苏母到了家,打扫了卫生,还绕出去一趟买了些熟食预备在冰箱里,又手把手教苏母用手机点外卖。苏母道:"你妈有你这么个女儿,真是有福气。"她客套笑笑,不搭腔,等出了门才叹口气,对苏妙露道:"我妈要是有你妈一半的消停,才是我的福气。"

苏妙露问道:"又出什么事了？"

谢秋含糊道:"稍微吵了一架。"

这话自然是避重就轻地说了。谢秋与她母亲这一次是彻底闹翻了,把多年的积怨都来了个清算。

谢秋这段时间忙着做报表,原本周一例会上由她来报告。这是直属领导派给她的机会,算是卖个人情,讲得上头满意,她这个实习也能提前转正。虽然不是她的面子,但谢秋自然要领这份情,一连五天加班加到十点才走,回到房子里洗了澡蒙头就睡。

加班的次数多了，和孙铭低头不见抬头见，倒也聊了起来。外卖是一起点的，一次性筷子谢秋掰不开，孙铭接过去帮忙，咔嗒一声，给她掰断了。他低着头也犯窘，自嘲一笑，把另一双递过去，自己用塑料勺子吃面。

　　谢秋调侃道："你还真是身怀绝技啊。"

　　孙铭也不应声，只捞了块牛肉给她。公司要节省电力，偌大的一个办公区就他们头顶亮着灯，光朦朦胧胧的，像是一个鹅黄色的毛绒球，倒成了烛光晚餐的氛围。

　　周日下午，谢秋在改PPT，谢母却一个急电飞来，连咳带喘，说自己病得厉害，让谢秋立刻回家一趟。谢秋马不停蹄地赶回家，一开门，谢母正在沙发上吃葡萄，头一低，往垃圾桶里吐果皮。她笑容满面地迎上去，道："你终于回来了啊。辛苦辛苦，妈妈做了很多你爱吃的菜。你晚饭回来吃吧。这么多天在外面都饿瘦了。"

　　"你没病，诈我回来？"

　　"不要这么说，妈妈想见女儿，天经地义的。你每个星期回来一趟总是应该的，你总说忙啊忙的，我也不知道你在忙什么。不是在实习吗？哪有那么多事情做？你是不是还在生我的气啊？"

　　"我真的有事在忙啊，你不要和我闹了。我明天还有个重要的报告要做。"

　　"报告的事不用急啊，我和你说，工作什么的意思到了就好。我们家有钱了，你现在不上班都可以，妈妈可以养你。你要不要出去玩啊？我可以给你买好多东西，以前买不起的，我都可以买给你了。你多陪陪我就好。"

　　谢秋面无表情道："你话说完了吗？说完了，我就走了。"

　　"不要着急啊。"谢母一把抓住她的手臂，小心翼翼道，"以前许多事是我不好，但过去了就过去了。妈妈现在老了，我怕你不愿意回来多陪陪我。"

"那你就不要一直打扰我。"谢秋忍不住调高了说话的声音。真稀奇，在外面人人都说她是极冷静的性格，说话轻声细语，可一回家却恨不得把喉咙都喊破。

"什么叫打扰啊，我是你妈。你不要对着我总是一副不耐烦的神气。"

"你做出来的事让我只能对你不耐烦。"

话说到这地步，谢母也动了真怒，嚷道："好好好，都是我的错。我辛辛苦苦供你读书是我的错，我把钱给你还债是我的错，反正全是我不好，我没文化，你是大学生，可你读书读这么多，有什么用啊？工作也要靠人介绍，创业也失败，还不如像你朋友那样，找个有钱人当富家太太，我也省心。"

谢秋怒极，抬眼瞪过去，微微闪着泪光。她忍不住冷笑，想着到底是自家人亲近，连刻薄起来也知道什么话最伤人。她说道："我既然这么让你失望，那我也不当你的女儿了，反正你现在有钱了，也不用我养老。"

"胡说八道，别拿这种事情开玩笑。"

谢秋忽然冷静下来，像是抽身而出用一种旁观者的视角审视着这一幕。她平静道："我不是开玩笑，也不是说气话。我不会再回来见你了。"

"你说不回就不回啊。"谢母慌了，带点虚张声势道，"你真这么厉害，就把以前欠我的钱补上啊。"

"我会还的，我会把每月工资的一半打到你卡上。你要是要利息，我也可以给你。"谢秋最后望了母亲一眼，太熟悉的一张脸，可熟悉的地方又如此惹人厌烦。

她淡淡道："我知道你一直害怕我看不起你。是，我就是看不起你，但不是看不起你的学历，是看不起你这个人。你短视，肤浅，爱装模作样，年轻时仗着脸任性，老了却没脑子。我最看不起的就是你不独立，你这辈子不依赖别人就活不下去。你再有钱，精神上都离不开人，要寄生着别人过日子。以前是外公外婆，后来是我爸，然后是我。但是我不想这样了，我有我的人生，下周有空我就把我的东西都搬走。"

谢秋扭头就走，把门一甩，扶着墙出去。她连着几个晚上熬夜，身体太受累，情绪一激动就胸闷气短，连生气都太奢侈。她回去就病倒了，只能把报告的事托给同事做，想来领导要觉得她难堪大任了。她倒在床上咳嗽，倒生出种命该如此的感叹。

苏妙露道："你病了怎么不和我说？"

谢秋道："就是突然高烧，没有住院。你最近够忙了，我就不来烦你了。"

她病休的两天里，孙铭打了个电话来慰问，还特意带了些水果饭菜上门探病。要硬说是同事情谊倒也说得过去，但总有些另眼相待了。她怀着别样的情绪，模糊了细节，只说自己要从家里彻底搬走，问孙铭方不方便帮忙。

孙铭爽快答应了，还从朋友那里借来一辆车，帮着谢秋把东西搬到出租屋。谢母当天冷着脸，一声不吭，她自觉也受了不少委屈，又觉得谢秋不过是一时赌气，便不愿先低头。但一周后，谢秋的钱准时打到卡上来，谢母倒是当真有些慌了，打了个电话过去无人接，微信也不见回复，她又不知道谢秋的新住处。一时间想找个人哭诉，都寻不到对象。

谢母这头急，谢秋倒全无所谓，只是谢过孙铭，请他去自己私藏的一家小馆子吃面。

孙铭虽看出谢秋母女闹不和，却也不戳破，只大口喝汤，说道："这家的牛肉真不错,哪个师傅做的啊?我真他妈想请回家供起来。你是没吃过我们公司附近的一家面,那面皮有两米厚,比老霍的脸皮都厚。"

谢秋咯咯笑出声,老霍是谢秋的直属上司,有几次针对过她。她发现孙铭虽然看着不拘小节,其实是个很细心的人,说话带脏字,但从来不说让人不舒服的话,也没说过荤笑话。

孙铭道:"对了,我住的地方附近也有家小馆子不错,你下次过去,我请你吃。"

谢秋点点头,忽然觉得这样子有些没完没了,他们每次见面都是一来一回地请客吃饭。虽然没什么亲昵的举动,说的也不过是些闲话。可次数多了,总是带着些暧昧,孙铭递筷子时,无意间搭上谢秋的手指,他的手迅速缩了回去,像是被烫到。

想到这里,谢秋忍不住微微一笑。要真是看不上眼的人,又何必一起吃这么多顿饭。话不投机的话,再好的菜也咽不下。

苏妙露见谢秋带着笑意在愣神,忍不住伸手在她面前挥了挥,调侃道:"想什么呢?一个人傻笑?想男人吧。"

"没有,你不要胡说八道。"

"得了吧,你看看你刚才那样子,像中了五百万。是不是那个姓孙的?有照片吗?让我看看。"

谢秋拿出公司的合照给她看,孙铭是个中等个子,平头正脸,穿着西装倒也有些气派。苏妙露道:"还不错啊,挺体面的。是不是不太爱说话?"

"你猜错了,他那嘴简直是个机枪。你也不用说场面话,你都和柳兰京在一起了,也不会看上这种人。"

"也不要说这种话,人也不分三六九等,关键是合不合适。你觉得他适合你就好。"

"那你觉得你和柳兰京合适吗？这件事不能再拖下去了，我是很了解你的，一拖拖下去，你会半推半就同意的。等以后再后悔就麻烦了，不但是生活上的麻烦，你还要想想他会不会放你走。"

"再说吧，再说吧，我真的很乱。我想再麻烦你一次。"

苏妙露领着谢秋去柳兰京的房子看，她也是第一次去，拿钥匙开门时还带点惴惴不安。一开门，光就从四面八方扑来。仔仔细细兜了一圈，面积不如浦东那套大，寻常的三室两厅，但采光和位置都优越，算得上冬暖夏凉。说是没怎么装修，也不至于是毛坯房，大件家具和电器都齐备着，瓷砖地板也铺好了，就是少了日用品和小摆设，像是家具店的样板房。

她掰着手指列清单，一样一样算着，还要添多少东西进去。但谢秋已经起了疑心，这套房子在常德路，周边偏热闹了，不像是柳兰京一贯的置业风格。说卖也不卖，说住也不住，倒像是要送人的，又特意让苏妙露过来布置。她试探道："如果柳兰京把这套房子给你，你觉得怎么样？"

苏妙露笑道："你就白日做梦吧，柳兰京很抠的，这么贵的房子，我两辈子都买不起。那我可真要嫁给他当牛做马了。"

谢秋笑笑，也不搭腔，只从旁看着苏妙露的清单上还少了什么。苏妙露觉得墙的颜色太暗，就发消息问柳兰京能不能改贴墙纸。

柳兰京过了半小时回她，道："你想改当然能改。一会儿我给你一个助理的电话，让他陪你去选墙纸，有熟人方便点。"

隔着几条马路就有商场，两人步行过去吃饭，又在上下楼层闲逛，想就近买些物什添置进去。苏妙露再怎么小心翼翼，也还是让柳兰京带着染上些习气，看到上千的标价，第一反应是便宜。

她正看着玻璃摆件，忽然有个陌生号码打进来。一接通，电话那头是林棋，气息有些虚，客客气气道："喂，是我，苏小姐，你这几天方便吗？我想约你吃个饭。"

苏妙露道："我就在外面啊，你现在有空吗？干脆过来找我吧，正好在商场可以喝下午茶。"

见到林棋第一眼，苏妙露险些没认出来。婚礼之后从分别到现在，一个月都不到，林棋却憔悴清减了许多，像是一夜夏转秋，盛开的新叶都泛出了枯败的黄。林棋解释是谭瑛的父亲身体不好，她这段时间衣不解带地照顾着。

这话苏妙露不至于全信，见识过谭瑛在婚礼上翻脸不认人的架势，她多少能猜到林棋婚后过得不算好。起先是因为谭瑛的这层关系 苏妙露才会认识林棋。但现在柳兰京与谭瑛起了嫌隙，苏妙露也看不惯也，反倒对林棋多了几分同情。

林棋见了她，多少有些拘束，讪笑着寒暄两句，便没话说了。苏妙露把谢秋介绍给她，又领着她去二层新开的一处咖啡馆喝下午茶。林棋先天心脏不好，动过手术，喝不得含咖啡因的饮料，只叫了三明治配巴黎水。

她润了润嗓子，开口道："苏小姐，上次在婚礼上弄出一些波折，也给你添麻烦了，希望你不要在意。我那时候有点事，也没办法和你郑重道歉。"

"没事的，我也不觉得有添麻烦。你自己过好日子才最重要。"

林棋不搭腔，只是拧着眉对她苦笑，面上带点狐疑，疑心她不过是敷衍。

苏妙露也察觉到了，搭住她的手，郑重道："我倒不是假大方，是认真的。要是换成你先认识柳兰京，当了他女朋友，我后来再碰上他，说不定也要像你这么动心。你也别太苛责自己。我知道这话听着蛮做作的，可是我是想到什么说什么，我也不是和你示威什么的。"

林棋眼角泪光一闪，飞快地抽出手，狼狈地一抹眼睛，道："我知道，我知道你很好。我只是后悔了，后悔很多事。"她顿了顿，问道："谭瑛在外面有女人了，你知道是谁吗？"

"是金善宝吗？就是谭瑛的初恋情人。"这个名字她脱口而出。

"我不知道是谁，只知道有这么个人。这样看来很多事都能理解了。是我太傻了，连你都知道了。"

结婚后不到一个礼拜，林太太就心急火燎把女儿拉到一边，给她看了几张照片，是谭瑛搂着个女人往酒店去，看照片的拍摄时间，是她结婚前的事。她倒算不上很意外，只是有些黯淡的伤感，问母亲是哪里来的照片。林太太说，是柳兰京给她的。林棋苦笑，明白柳兰京是彻底和谭瑛翻脸了，各自翻旧账。他还特意找上林太太，就是知道母亲会闹，女儿会忍。

"是确有其事吗？你有证据吗？"苏妙露这么问道，她还完全不知道其中的牵牵绊绊。

"他们开房，有照片，还要瞒着我，从头到尾就我一个人被蒙在鼓里。是柳先生把照片给我妈的。"她多少是责怪他看着自己往火坑里跳。

苏妙露急忙道："他也不是故意的，他就是，就是……"是了半晌，也没出个结果，她一时间也接不上话头，要说柳兰京是一时疏忽了，自是不足信。要说他是不精于世故，不以此事为意，就更荒唐了。她悻悻，想着自己再陷得稀里糊涂，也没办法睁着眼睛替他扯谎。许多时候，柳兰京确实算不得是个好东西。

林棋淡淡道："我明白，柳先生就是这样的人，没看我笑话已经很好了，也不至于多在意我这样的人。远近亲疏有别，人之常情，柳先生终归是谭瑛的朋友，也是他的亲戚，我这头只是顺带的。我之前不懂事，给你们惹了不少麻烦，还要给你道个歉。"

她这么客套，苏妙露反倒尴尬起来，也不知该做何回应。

林棋小坐了片刻,起身就要走。苏妙露急忙道:"来都来了,我买点东西给你吧,你结婚我也没送什么礼物,都是挂在柳兰京名下的,现在给你买一样补上吧。"

林棋原本要推辞,可又拏不过她,就收下了一对细瓷酒杯。可去的路上,她望着礼盒愣神,拎在手里沉甸甸的,这样的一份心意来得真不是时候。太荒唐了,她的母亲、丈夫、暗恋的男人都不在乎她,反倒是她单方面以为的情敌还记挂着要哄她高兴。

要是有人问林棋婚后的生活怎么样,她会回答,生不如死。可这话一说出来,旁人听了都会笑,觉得她是得了便宜还卖乖。

她踏上的是一条中式贤妻良母的坦途。她的情史清白、性格开朗、知书达理都是为她的婚姻预备着的,像是一笔款子存在银行里要收利息。她又像是享尽了婚姻的一切好处:丈夫事业上了正轨,公公婆婆也不挑剔,房子和车子一早就预备上了,只差一个孩子,她就能彻底安稳度日。

但林棋的身体,是不适合怀孕的。她有先天性的心脏病,动过手术,底子也虚,妊娠期容易出危险。这件事她一早就和谭瑛说过,那时候他是满口答应的,说不要孩子也没事。可结婚后一扭脸,他就让林棋约个时间看中医调养,条件合适了便准备要个孩子。

谭瑛道:"话虽这么说,可说不定有转机呢。我爸妈也对你满怀期待,昨天还和我夸你呢。我说是啊,是啊,林棋肯定会是个好妈妈的。我娶她可是八辈子修来的福气。你看,你和柳兰京的那些事,我都替你保密了,谁都没有说,我这么爱你,你难道就舍得我绝后?"

"话也不是这么说的。"

"对了,听说你把你妈的眼睛都弄瞎了? 你过去是这么一个人啊,真没看出来。"

"那是个意外，我真的很后悔了。"

"确实要反思一下的，过去犯了错不要紧，关键以后不能犯错。没事，这件事我也给你瞒着，不会和别人说的。"

"你到底想要我怎么样？"

"你不要这么紧张。"谭瑛一只手搭在她肩头拍了拍，继续道，"我知道你本性是个好女人，以前犯了些错不要紧，现在改正了就好。你就算有对不起我的地方，我也一定会包容你的。你看，我都为了你和柳兰京这么多年的朋友闹翻了。可是你要是再有什么问题的话，我也不知道怎么帮你了。爸妈都会对你很失望的。"

婚礼的波折后，谭瑛面上不发作，还是一个好丈夫的样子，可背地里却把林棋拿捏得死死的，他不说狠话，也不红脸，只笑嘻嘻地旧事重提。他完全像是她母亲的翻版，只是手段更高明些。

第二天林棋醒来，谭瑛已经去上班了，保姆给她一张便笺，上面是医生的姓名和出诊时间。林棋叹了口气，还是腾出时间去搭脉。医生给她开了一周药，拿回去自煎。她喝了几天，身上就泛着一股中药的苦味。谭瑛嘴上不说，一个人在书房睡觉的次数却多了。

林棋白天去上班，还要抽空去看谭瑛的父亲。老人家有糖尿病，却依旧爱喝酒，年前住过一次院，别人的话都不听，只一门心思看重这个儿媳。林棋劝他少喝几口酒，他也就笑道："这我可以答应你，那你也要多来看看我们老头老太的。"

她自是推托不得，也不忍心把和谭瑛的矛盾摆到台面上，惹老人家烦心。于是她也就笑着，把日程排得更满。早上七点起床，准备两菜一汤，放在保温杯里，午休时开车带给谭瑛父母，再陪他们小坐片刻，说些闲话。路上总是堵，等紧赶慢赶回单位时，通常会迟到，领导已经对她颇有微词了。

虽然她是愿意晚上加班补上这点时间的，领导却一时气急，摆摆手说："没必要，知道你嫁得很好，但心思也要放在工作上。真要这样，你还不如辞职了当家庭妇女，空出个编制让别人进。"她低头赔笑脸，连声道歉，忍耐里带着些赎罪的意味。

林棋依旧沉默着忍耐，可饶是这样，她一回家，却发现自己的狗已经不在了。这条金毛犬是从大学就陪着她的，要说感情，是比她的丈夫和家人都深的。在国外搬了几次家，宁愿租一个单间抱着它一起睡，也舍不得丢掉它。结婚前，她也是和谭瑛再三确认过，不会把狗丢掉的。家里的阿姨说是林太太上门带走的。

她甩上门，心急火燎地往娘家赶。狗关在阳台，一听到她的脚步声就叫唤个不停。她心头一酸，冲过去解开链子，把它搂在怀里。狗到底是狗，依旧亲昵地蹭着脖子，舔她的脸，全然不知发生了什么。

林棋拎着遛狗绳就要把它带回去，林太太闪出来，急忙拦住她道："你干什么？把你的心肝宝贝放在这里，我又不会短它吃短它喝，为什么要领走？"

"我就要让它在我身边，我不放心你养我的狗。"

林太太道："你为什么总要这么伤我的心，好像我要害你一样？我早就给你考虑好了，谭瑛要小孩，那就先顺着他的意思来。你先敷衍他一阵，然后装作有了孩子，等过上一两个月，你就说孩子流产了。反正也没人知道什么原因，到时候说他的问题，要么就是他让你太劳累了，反正把责任往他身上一推，让他对不起你就好了。我有个在医院的朋友，检验报告什么的都可以给你打点好。有条狗在身边，他到时候说是狗惹出来的流产，那就没意思了。"

"你脑子里在想什么奇怪的东西？"

"我的宝贝啊，你怎么还拎不清啊？现在是计较这个的时候吗？谭瑛在外面有女人了，你不当心点，这个位子就要被人挤掉了。"

"如果真的离婚，也不是一件坏事。"

"你怎么这么任性，和你爸爸一样，我真是命苦啊，摊上你们。你轻飘飘一句话，我忙前忙后的，你知道我们家在谭瑛身上投入了多少精力啊。你叔父批了他公司的贷款，还不是看在你的面子上，自家人帮自家人。你要是离婚了，这些投资怎么办？全打水漂了?"这话把林先生也骂进去了，他坐在客厅听进去半耳朵，面无表情地看电视。

"说到底，我也就是你的棋子，事情变成这样子，我怎么想也无所谓了吧。反正我离婚就对了，也没人在乎我的幸福。"林棋扭过头，转身就要走，暗地里还是让了步，牵着狗绳的手一松，狗又跑回阳台去玩球。

林太太拿纸巾委委屈屈地擦起眼泪，带着哭腔道："你怎么这么自私啊？就只在意你自己谈情说爱，一点都不关心你的爸爸妈妈，你在国外是轻松了，谁给我们养老啊？白眼狼一样拍拍屁股走了，我要是眼睛瞎了怎么办？视网膜脱落是要复发的，你想想看这是谁造成的?"

"你不要再用这件事绑架我了！我错了，我知道我错了，你要怎么才能不提？要我把眼睛挖出来给你吗?"

林棋推开她，径直往门口去，手搭在门把上，刚拉开一条缝，就让林太太拉住。话没有说完，便不允许她走。两人僵持间，狗从阳台听到动静，错以为要出门遛弯，就一溜烟冲出大门，跑得没影了。

贴寻狗启事，调小区监控，朋友圈里发公告，能用的办法都用上了。林太太一面抱怨着丢个孩子也没这么用心，一面还是兜去常遛狗的地方看。她明白狗丢了，自己也要担一点责任，可越是这样，越要撑一个理直气壮,先低头认错,以后吵架就落个把柄在林棋手上。这自然不妥,世上没有父母朝子女低头的道理,这个家还是要以她为主。

狗丢了两天,林棋失魂落魄的,美术馆的工作也出了纰漏,新入库的五幅画,她在数据库里全把价格错写成了年份。领导为这事又单独找她谈话,再这样下去,就要扣她的绩效了。她也只恍恍惚惚点头,回到办公室,谭瑛一个电话打来,劈头盖脸道:"你今天怎么没去爸妈那旦?他们打电话问我了,我刚才正开会呢。"

林棋道:"我工作上有事走不开,今天就没去。"

"那你下次再这样,要记得先给我爸妈打个电话通知一下,别让他们担心。对了,你今天下班能早点走吗?回去化个妆,换件衣服,晚上我带你出去应酬。"

林棋扶着额头,疲惫道:"能换个时间吗?我今天很累了,不想出去吃饭。"

"别这么扫兴嘛。你是我太太,这种场合你总要去一下的,就当给我一个面子,我都和他们说好了,你也不想给我丢脸吧。婚礼上发生这种事,我都没有怪你,你难道连这种忙都不帮我吗?你说我这么辛辛苦苦为了谁,还不是想让你过好日子吗?"

林棋有半晌没说话,谭瑛便当她是默认了,约好了时间,上门来接她。再不情愿,她也匆忙考虑起见客人时的打扮。等坐上谭瑛的车时,她算得上是焕然一新了。她的肤色白,白得素净优雅,也就格外适合穿浅色的衣服。香槟色的真丝长裙,外面披一件开衫,她的侧脸纤瘦单薄,像是一抹荡在水里的脆弱的月色。

"你今天真的很美。不枉费我这么爱你,努力和你结婚。"他含着笑,轻轻搂住她。林棋虚弱地笑了。

谭瑛觉得带她出来很合适。这种男人多的酒席场面要助兴,不会带三十五岁以上的女人,也不用特别漂亮。太漂亮的有脾气。他们要的是年轻、文雅,托在掌心里的一只小鸟,啁啾也讨喜。

这个饭局上的主角是洪先生,一个身材敦实的中年人,说话客客气气的笑面虎。谭瑛要和他的公司签订单,酒已经喝过不少,饭也吃了几轮。洪先生那头就是不松口,关键还是价钱上没谈拢。

洪先生没有带女伴,见到林棋眼前一亮,直夸谭瑛好福气。谭瑛也很隆重地介绍道:"我能娶她,实在是这辈子的福气。你们都知道,我这个人也没什么本事,也不会说漂亮话,长得也就这样。她还愿意嫁给我,我真的不知道该怎么对她好。"

此番话一出,大家自然夸他是个好男人。谭瑛也笑着敷衍过去。气氛慢慢炒热了,开始一盘盘上热菜。

洪先生是广东人,为了讨他的欢心,谭瑛特意选了这家店,狗肉是招牌菜,放党参炖汤,服务员为他们一人一碗盛好。热气腾腾地往外冒。林棋听到菜名,脸色就变了,嘴唇轻轻地抖。一桌人都喝了,赞不绝口,只有她面前的一碗丝毫没动。

洪先生见了,问道:"怎么了,谭太太不喜欢狗肉啊?吃一口,狗肉是这里的特色。"

谭瑛解释道:"她自己养了一条狗,所以不太能吃这东西。"

"这有什么,我家里也是养狗的,还养了两条。你看,我不是也喝了?"说话的这个人姓刘,是洪先生手下冲锋陷阵的。他把碗朝林棋一亮,已经见底了。两颊的肉往面上一堆,他半开玩笑道:"这个吃的狗和养的狗是不一样的,就像是家里的女人和外面的女人也不一样。"

"一个要花钱,一个不用嘛。"从旁一个人插着话,一桌人听着都笑。

林棋的脸色更惨淡了。

洪先生帮着打圆场,故意板着脸道:"这话过分了,你看,人家谭太太都不高兴了,罚酒罚酒。"

"我自罚三杯。谭太太,赏个脸,别生气啊。"刘先生把杯子斟满,一饮而尽。他喝完,作势又要敬林棋,笑道:"林太太不喝,可就不给我面子了。"

谭瑛代她喝了,赔笑道:"你们可别让她多喝,她喝多了发酒疯,可劲地打我,我可受不了。来来来,我敬各位一杯。"谭瑛一喝,整桌人都热闹起来。推杯换盏间,他轻轻拍着林棋的后背,凑在她耳边低声道:"这次算我不好,你就先喝了吧。"

她闷声不响,终究是仰头喝了个精光,也说不清是什么滋味,就是喉咙里淡淡地泛着酸,有些想吐。饭局后半场,林棋一句话也没有同他说,谭瑛也自知理亏,中途就找了由头把她打发回家了,他们一群人吃完饭还另有活动。

林棋坐在车后座,望着车窗外连绵一片的灯影,远远看去,霓虹的色光水汪汪的,连成一片海。她像是不会游泳的人,只觉得窒息,在里面要溺毙了。

她没有回新房,而是去了父母家。林太太见她脸色闷闷的,问道:"怎么了,和谭瑛吵架了? 也好,回娘家住几天,让他有点危机感,挫一挫他的锐气。"

林棋听不得她这话,咬着牙说道:"没有,我刚才陪谭瑛应酬,考虑先回来。路上送我的车抛锚,我来拿我爸的车钥匙,我自己开回家,反正我也没喝酒。"

这谎话说得拙劣,但她也顾不得其他,只是一门心思想逃,至于逃向何方,她也没个打算。父母家待不下去了,读书时的朋友多半留在国外,剩下的也各自结婚了,不便贸然打扰。她忽然发现,极广阔的一个世界里,她是孤身一人在跋涉。

她下楼时,天上飘着细雨,凉飕飕的。夜已经深了,冷意丝丝缕缕往身上钻。她木然地把钥匙插进车里发动,路灯不算亮,她又有些夜盲,很久没开过夜路。可事情闹到这地步,她也退无可退,一踩油门,车身就窜了出去。

车还没开出小区,就听到砰的一声,倒也不是太响,车头撞到了什么东西,轮胎碾了过去。她隐约明白过来发生了什么,却不敢想,自欺欺人般下了车。有东西倒在她车前,却不是人,是更小的一个影子。伸手去摸,毛茸茸的,却留有余温。那东西近于呜咽般叫唤了一声,近于人的黑眼睛凝望着她,又缓缓闭了上去,血缓缓淌过她的指缝。

她撞到了自己的狗。

苏妙露接到林棋的电话时,正要睡了。柳兰京人是走了,可余威尚在,临走前给她布置了许多功课。她花了两个白天才写完,舒舒服服泡了个澡,预备明天一早去看电影,犒劳自己的辛苦。可林棋的电话一接通,苏妙露就猜到出事了,那一头她的声音都在抖,只是颠三倒四道:"苏小姐,能不能来帮帮我?我找不到别人了。"

费了一番功夫,苏妙露才问清她的位置,开柳兰京的车去宠物医院找她。林棋碾断了自己狗的两条腿,紧急抢救了两个钟头狗才保住命,但残疾是肯定的。她没带钱包付账,手机也没电了,给苏妙露的那通电话还是找医生借的。

苏妙露立刻赶过去垫付了一万多块钱,结账时有个护士认出了林棋,说是她的老同学，拖着她去一旁说了十多分钟的话。虽然好奇，她也不好意思偷听，只远远看到林棋的脸色大变。

因为林棋无处可去，苏妙露就把她带回了家。说是她家，其实是柳兰京的地方，静安的那套房子。但钥匙在她手里，她也心安理得地住了几天，把生活用品都准备齐全了。

淋了雨，身上都湿了，苏妙露把林棋推去浴室先洗澡。她受的打击太大，还有些木愣愣的，用热水一泡，兴许能缓和些。刚充上电，林棋的手机就响个不停，一路上谭瑛和林太太连着给她拨电话，想来他们都不知道她在这里。

犹豫了片刻，苏妙露还是把电话挂断了，林棋是个成年人了，自有她的想法，再怎么她也不至于摊上个拐卖人口的罪名。正这么想着，林棋从浴室里出来，头发还是湿的，也没心思吹干。苏妙露只能一把捞过她，按在椅子上吹头发，这动作她做起来倒是驾轻就熟，柳兰京也是个不爱吹头发的。

勉强把林棋料理妥当了，苏妙露就哄她去次卧先睡下，再有事也要养足了精神再商量，自己则忙着去柜子里拿全新的毯子换上。可林棋还没走出两步，腿一软，上身就往前倒，直直栽倒在走廊上。苏妙露呆愣着，这才想起她有心脏病，经不起大刺激后泡热水澡。

林棋瘫软在地上，眼前一阵明一阵暗的，意识倒没有散尽，影影绰绰有些景在晃动。那是她的回忆，走马灯似的掠过去。从一个高的位置俯瞰，原来她竟是这么可悲的一个人。

她在巴黎交流时，独自出门遇到了露阴癖。高大的老白男站在她面前，把大衣一展，得意扬扬地展示裸体，就等着她惊慌失措地尖叫。她没有叫，只是轻蔑笑着，眯起眼，比出一节小指。他明白过来，倒像是受了巨大的侮辱，很张皇地逃走了。她望着他的背影，冷笑着一弹手指。

她原来竟是这样的人。

场景一换，又回到教堂里，她在祷告室里痛哭流涕，神父说道："你生来便有原罪，你必须要爱你的亲人，爱你的朋友，包容他们的过失，你的灵魂才能获得平静。"

真好笑，她的罪过是让一群人骑到她头上了。

柳兰京当初的话重又在耳畔响起："这个世界不是这么客气的，不是你想当个好人就能当的。很多时候别人不过是把你的好当作软弱可欺罢了。"

林棋清醒过来，虚弱地一抬眼，就见到苏妙露的嘴凑过来，准备给她做人工呼吸。她抬起手，稍稍把苏妙露的脸别过去些，说："我没事了，谢谢。"

苏妙露惊道："是我急救把你救活了？我这么厉害！我刚才给你做了心肺复苏，你有感觉到吗？"

"感觉到了，好多了。"其实她按错了地方，撑在胃上，惹得林棋有些反胃。头还有些晕，但扶着沙发勉强能站稳。她虚弱地笑道："别紧张，扶我到空气流通的地方坐一会儿就好。我缓过劲来就好。"她的眼角含着泪，睫毛微微润湿了，是生理性的泪，不含有情绪上的惆怅。不知怎么，她忍不住想笑。

"还好你没事，要是你在这里出事了，我的罪过可就大了。"

"放心，真要是这么死了，我是不会甘心的。"林棋淡淡笑道，"苏小姐，你送我的那对杯子上有裂缝，叫惊釉。以前这是一种瑕疵，现在却成了卖点，很多人觉得美。表面风光，骨子里却千疮百孔有什么美的？我现在的生活在外人看去很美吗？"

"杯子有裂缝，至少没碎啊。人也不是东西，你不要丧气。"

"我不是丧气，是觉得讽刺。你知道刚才在医院和我说话的人是谁吗？她是我的初中同学。她那时候是个太妹，各种霸凌同学收保护费。我也不算是个好人，一次就揪着头发打了她，把她推到窗边，脸被刮伤了，留了一道疤。她刚才和我说，她还记得我。"

"她骂你了？"

"不，她感谢我了。她说就是因为我打了她，还抓着她各种讲道理，她反而想通了。后来读了个中专，有份工作，都要感谢我。当年和她一起混的人反而都很潦倒。我一直是个脾气很糟糕的人，也惹出了很多事。我妈妈的眼睛，你也知道。因为后悔，我一直压抑自己，以免再犯错。我其实很怕死，我的心脏病虽然动了手术，但也不算痊愈，还是有可能猝死。"

"也别怪自己。疾病对人的影响是很大的。"苏妙露说这话时，想到的是柳兰京。他那尖锐又易碎的自尊，似乎也是因他的癫痫所致。

"没事了，我现在想通了，全想通了。今天真是麻烦你了。"林棋抓着她的手，恳切道，"以前是我误会了。过去我以为我嫉妒你，其实我真正嫉妒的是柳兰京。他能那么自由地活着，好像什么都不在意。所以我过去希望他能拯救我。但没人能救我，只有我自己可以。"

"那你就面对真正的自己吧。其实我认识你好像很久了，我还不了解你到底是怎样一个人。"

"可能是个普通人，也可能有点坏吧。"

"有多坏呢？"

林棋玩味道："不还你钱的那么坏吧。"

苏妙露忍不住笑了，林棋垂下眼，淡淡道："你笑了，我很喜欢看你为我而笑，这让我觉得自己还是有价值的。今天的事，我以后一定会报答你的。"

第十九章　野狗

柳兰京清晨六点就到了机场，想着苏妙露还在睡，就索性自己叫车回家，来个措手不及。从浦东回静安，路上又遇到早高峰堵了一阵，等他敲响自己家门时，已经快八点了。

林棋开的门，柳兰京一恍神还以为自己出现了幻觉，半晌没说话。林棋迎他进来，笑道："柳先生，没走错地方，苏小姐还在里面睡觉。我昨天在这里借住了一晚上。"

新房子里食物储备得少，林棋给苏妙露做早饭，就地取材，自觉有些施展不开。她把吐司烤到两面金黄，夹上鸡蛋培根做三明治。不知道饮料喝什么，索性豆浆和咖啡都准备了一杯。又怕苏妙露不吃吐司的边，特意切下来炸了撒上糖，蘸炼乳，当一道小点心。

林棋招待道："柳先生估计没吃早饭吧，坐下一起吃吧。"

柳兰京摸摸下巴，颇有些纳闷，想着自己花钱买的房子，怎么反倒像是来做客人了。他抿了口咖啡，问道："你在这里，谭瑛知道吗？"他敏锐惯了，见林棋装作若无其事，愈发清楚是出了大事。

"我刚才和他通过电话，说在朋友家住了一晚。不过确实打扰了很久,柳先生你既然回来了,我也该走了。"

"我送你吧。"柳兰京猜到她有话要说,请林棋到车上去,她倒没客气,直接上了后座,在后视镜里稳妥地点了一下头。

车开出两条马路,林棋忽然问道:"你和谭瑛闹翻了吧? 你把他出轨的照片给我妈看,就是想让家里闹起来吧? 不过我没和他摊牌,他现在还不知道。"

"所以你是想以和为贵,来给谭瑛说情吗?"

"怎么会? 就算我有这么傻,你也不会卖我这个面子的。人贵在有自知之明。我只是听说你和谭瑛的出轨对象关系也不好,那我们的目标也算一致。你要是有计划,不如带上我。"

"你说金善宝吗? 没有的事,我和她各有各的日子过,没工夫去得罪她。再说了,谭瑛本来就说我们两个有首尾,要是你和我私下有联络,就更加坐实了奸夫淫妇的罪名。"

"你如果担心这个倒没必要,谭瑛比不上你,也没这个胆子。婚房值两千万,也有我的名字。他银行的贷款是我亲戚的关系批下来的。他没胆子和你绝交,也没胆子和我离婚。"

"你好像突然变了一个人。"

"是吗? 人总是善变的。反正你有需要,联系我就好了,别的事我一定会保密。"林棋扭头,静静望着车窗上自己一抹清丽的影子,"别担心,我以前对你有迷恋,现在想通了,不会胡来的。"

柳兰京自言自语道:"想通了? 这话听着,我好像挺不是个东西的,你像是改掉了个坏习惯一样。"

他暗自思索,林棋的这番话说得不错,不可完全相信,但也不是不可以合作。他定了定神,姑且把她搁在一边,掉转车头,一刻不停地去找苏妙露。小别胜新婚,竟也有用在他身上的一天。

　　他赶回去时,苏妙露在吃早饭,穿着睡衣喝豆浆,头也不抬,只随意地同他打了声招呼。柳兰京笑道:"先别吃了,我赌十块钱,你接下来肯定会后悔穿着睡衣、拿着豆浆和我说话。"

　　苏妙露道:"你真是想得美,赌二十块,我才不后悔。你以为你是英国女王啊,我还要换一身衣服,单膝跪地着朝见你。"

　　柳兰京笑道:"跪倒是要跪的,就是不该你跪我,应该我跪你。"他屈着右膝跪下,从口袋里掏出一个丝绒的戒指盒打开,举到苏妙露面前,玫红色的光一闪。戒托里镶着一颗红色的钻石,小而亮,像是一滴血泪。苏妙露手里还捧着杯豆浆,一时间不知该不该放,索性咬着杯沿再喝了一口。

　　这架势她在别人的故事里看过许多次,电影里拍着都很浪漫,最好再配上三五个旁观者鼓掌。可真要落在自己眼前,反倒有种压迫感。一个男人,忽然就玉山倾倒般跪下了,头还昂着,不说话,只静候一个回应。这时拒绝的话是说不出口的,只有喜极而泣,才算不辜负命运。

　　但苏妙露哭不出来,也不知该做何反应,就愣愣地望着他。柳兰京笑道:"你好歹说些什么吧。我这样也很累,你简直是让我罚跪啊。"

　　"我不知道该说什么啊。"

　　"那你可以夸夸我。"

　　"今天不夸了,以后攒在一起夸。"她好奇地拿起戒指把玩了一阵,问道,"这是红色的钻石吗? 我还是第一次在QQ空间之外的地方看到红钻。好亮,我眼睛要瞎了。这是钻石的光还是钱的光?"

　　"都是,主石小是小了点,不到一克拉,不过我急着要现货,也不是一时半会能找到的,你就担待着点吧。"柳兰京自顾自起身,扶着苏妙露的手为她把戒指戴上。她的手僵了僵,神色落寞,近于惶惶。她的艳丽底色是黯然，多少带点不自信，第一次见面，他就一眼看穿，反倒心头一软。

他牵着她的手握到嘴边，轻轻吻了吻，笑道："你别紧张，不是立刻要结婚，只是觉得上次求婚求得太随便了，这次正式一点。你先看看这款式喜不喜欢。"

"我不紧张，我只是有些害怕。"

"害怕什么？"

"我怕对不起你。你爸妈好像急着让你和我结婚，这样你就能正式搬出去了。我觉得这样不好，好像我的出现给了他们一个借口。我也怕人言可畏，我不是你圈子里的人，我怕别人都说我配不上你。我怕现在承诺太多，以后只会彼此伤害。"

"看着我，听我说。"柳兰京捧着她的脸，郑重道，"不要害怕，不要担心无谓的事。你的责任是爱我，我的责任是扫除你爱我的障碍。"话说完，他又忍不住笑出声道："你这样子被我捏着脸，嘴噘着，好像金鱼啊。'

苏妙露笑着佯装要踹他，他伸手一揽，她又扑入他怀抱中。他们无言地相拥了一刻，好像世界忽然空下来，再无其他事可做。

松开拥抱后，苏妙露有些害羞，假装到窗边赏玩戒指，柳兰京趁机把桌上的三明治吃了，她抱怨道："林棋给我做的早饭，你怎么都吃了？"

"不要这么小气，我都送你钻戒了，吃你的早饭也很正常啊。"

"那不行，我把戒指还给你，你把早饭还给我。"

"那你先把二十块钱给我，给了钱我就给你买早饭。"柳兰京厚颜无耻地朝她一摊手，苏妙露笑着从钱包里拿了五十块给他："不用找了，赏你的。"

"既然你这么大方，那我告诉你个秘密。这栋房子有个隐藏的小间，你估计都没发现。"柳兰京领着苏妙露往次卧走，衣柜拉开，后面确实有个小门，里面原本是放古玩字画的暗格，现在改成仿皮草的架子，还做了一面可以往外拉开的镜子，一人多高。"这个衣柜以后不要了，我搬到别的地方去。这一间是单独为你做的，你说你在连穿衣镜都没有的房子里住了二十年，我想你接下来都不用过那样的日子。这面镜子你想怎么照都可以，脱光了照也没问题。"

"你想得美，谁说要和你住在这里了？"

"你再想想呢？"

"等等，你又让我布置，又让我住进来，这房子你是要给我吗？"

"钥匙在你这里，等结婚了就过户。你喜欢就先住着，房子也要有人待着才有人气。"

"不行，这太贵重了，我不能收。"

"没什么不能收的，我不是一直在国内，但等我回来的时候，我希望能第一时间找到你。你留在这里，我会安心点。"

这是明面上的理由，更深一层的自然不便当面说。收了他的房子，苏妙露就笃定是他的人了，想走也走不了了。他从二十岁开始恋爱，十年里无数个女友，真真假假地爱过。看腻他这张脸的有几个，烦透他冷淡性格的也有，让他的反复无常逼得要发疯的也有，但真正能抵挡住钱的，是一个都没有。倒不是他看低苏妙露，但财富本就是逼人的。拜金是废物会用的借口，水往低处流，人往低处走是要摔死的。

"可是我不是为了钱和你在一起的。"

柳兰京笑道："你怎么能不喜欢我的钱？你喜欢我的人，就是喜欢我的钱。你还记得贝叶斯推理吗？我和你说过一次的。"

"什么？就是后验概率和先验概率的那个吗？"

"贝叶斯推理现在是机器学习的核心理论之一，某种程度上，人脑就是以这种方式运作的。一件事的后验概率与先验概率有关，换到人身上，过去的经验必然影响到现在，现在的决定关联到未来。所以我的钱就是我的一部分。如果我没钱，一来你根本不会认识我，二来，我也不会是你现在见到的样子。"

苏妙露不应声，柳兰京就催促着她去换衣服："难得今天氛围不错，我们要不要做些有意义的事纪念一下？"

"什么有意义的事？"

"例如去吃达美乐啊，他们送了我好多优惠券，就要过期了。"

为了二十块钱的优惠券，他们开车去了店里，停车还花掉了二十五块钱。这自然是赔本买卖，但千金难买柳兰京高兴，他一回来兴致就特别高，苏妙露也就跟着他笑。

一样的快餐店，一样点了薯条，连位置也差不多，苏妙露坐在靠门的方向，一样用柳兰京的番茄酱蘸薯条吃。但他们的关系早就不同了，加拿大的那七天回忆起来已经是恍如隔世了。

柳兰京只用一只手抓比萨吃，腾出来的左手要拿手机。他在和莫雪涛聊天，秃女婿今天终于要见岳丈了，莫雪涛把两顶假发都拍给他看，问他哪一顶合适些。柳兰京回他："我和苏妙露一起，我让她看看。"

苏妙露看了，斩钉截铁道："左边那顶比较好，右边的往后梳，看着像是《霸王别姬》里的葛优。"

柳兰京把意见发给他，很体贴地省去了后面半句，祝他好运，就结束了对话。他把手机倒扣在桌面上，苦笑道："其实我很坏的，不是很希望他能成功。"

"为什么？"

"上次谭瑛结婚的时候，莫雪涛就和我说了，为了宋凝将来的生活，真的结婚了,他就准备辞职去企业工作。其实再顶尖的大学,给的钱也比不上企业,尤其这两年经济不好,经费大幅减少。理工科还能支撑,文科都要并系了。很多人留在学校里其实是为了象牙塔的氛围和个人的理想。我是单纯混口饭吃,但他都是学术领头人了,对学术又有热情,我觉得能不走还是不要走,走了就回不来了。"

"宋凝喜欢他,也不一定会让他辞职吧?"

"我不知道,或许老莫会说服她,又或许生活会说服她。结了婚,生了孩子,父母又要老了,全是要花钱有压力的地方。钱不会让人幸福,但至少能给人更多的选择。"

苏妙露笑道:"终于为你的抠门找到一个好理由了?"

"是啊,你和我在一起,我不能保证让你幸福,但至少能让你永远有退路,永远有选择。"

达美乐有儿童套餐,送个小玩具。柳兰京结账时看到了想要,店员坚持说:"儿童套餐只能十四岁以下的孩子点。"

柳兰京据理力争道:"我心理年龄十四岁,也不可以吗?"

"不好意思,您还是要带个孩子来买。"

苏妙露笑着嫌他丢人现眼,让他早点结账走人,柳兰京却道:"你再吃点东西坐一会儿,我把我侄子带过来。我今天就要这个。"他一赌气,就当真开着车走了,不多时就带着柳志襄回来了。

柳志襄把手伸在胸口,腼腆地朝苏妙露挥了挥手,个子还没有收银台高。柳兰京理直气壮地买了儿童套餐,拿走玩具时,店员在后面偷笑。苏妙露问道:"他爸同意他吃垃圾食品了?"

"我哥不同意,我也不同意,所以小朋友只是给我买玩具的工具人。当然我也不会让他白跑一趟。我答应你一个条件,你想去哪里玩?"

柳志襄毫不犹豫道："迪士尼。"

"为什么小孩子都喜欢去迪士尼？你去过多少次迪士尼了还要去啊。"

"之前是和保姆一起去的，感觉很奇怪。我想和爸爸妈妈去。可是妈妈说要等爸爸有空，爸爸说要等妈妈有空，最后他们都没空。"

"那你就把我们当你的爸爸妈妈吧，反正都一样。"他蹲下身摸了摸侄子的头，一把把他抱到车上。苏妙露猜他今天不是一时兴起，因为车上连儿童座椅都准备妥当了。

开车过去也有一段时间，苏妙露闲来无事，随口问道："你有去过迪士尼吗？"

柳兰京道："和前女友去过。不过是日本的迪士尼，但我觉得一样没意思。"

"哪一任女友啊？是拿熨斗烫你脸的？"她拿眼睛斜他。

柳志襄插嘴道："我知道，是总穿红衣服，请我吃巧克力的那个。"

"哦，看来你叔叔的前女友你认识蛮多的，和我聊聊嘛。"柳兰京开口想打断，苏妙露故意拍他的大腿，"你可不准捣乱，给我好好开车，认识这么久，我都没听过你的情史。"

"叔叔有三个前女友，第一个请我吃巧克力，第二个拿着熨斗追他，第三个戴眼镜。叔叔和每一个分手都哭得好伤心，一边哭一边抽纸巾，把家里的纸巾都抽完了。杰西卡让他去喂鱼，他就一边哭一边喂鱼，鱼全都死掉了。"

"我没把鱼喂死，那个鱼本来就有病。"

"所以你不否认别的地方了？原来你真的分手了就哭啊。"苏妙露半开玩笑道，"那我们分手的话，你会为我流眼泪吗？"

柳兰京脸色微微沉了沉,说:"别在小孩子面前说这种话,他会当真的。"

他们去得太晚了,不想排队就要花钱。柳兰京对一切游乐项目都表现得兴趣缺缺,但刷卡付钱时爽快异常。苏妙露倒是个好陪客,半真半假装得兴致盎然,领着小孩四处跑。

因为柳志襄坚持要买一个丑气球,他就物尽其用,花一百二十块买了两个,一个绑在孩子的背带裤上,另一个让他牵在手里,这样就算在人群里跑丢了,也轻易能找到他。这招是以前他在停车场学来的。柳志襄玩累了,就找了个地方吃饭。吃完饭苏妙露去买冰激凌,小孩就要和叔叔说男人间的悄悄话。

柳志襄道:"你想听我说一个秘密吗?"

"不想。"

"不能不想,你要听。其实我也有个前女友,在温哥华,她一直和我一起玩,还会拼魔方。不过我回来了,我们就分手了,其实我觉得她太小了。她才五岁,比我小一岁。我想要一个七岁的女朋友。"柳志襄揪揪他的衣摆,撒娇道,"听完秘密了,我要听你讲故事。"

"我没同意讲故事啊。"柳兰京哭笑不得。

"我不管,我就要听故事。我不要听有公主的,不要听有仙女的,我要听有小动物的那种。"

"你要求很多啊,那和你说一个戈德·史密斯《挽歌》里好人和狗的故事吧。一个好人收留了一条野狗,无微不至地照顾它。人和狗生活得很幸福。可是有一天,狗突然发疯咬了那个人,好心人病倒了,大家都以为他会死。可是他痊愈了,没有多久,狗死了。"

"这个故事好无聊啊,为什么狗要咬人?"

"可能因为他害怕,他不确定好心人的爱能维持多久,与其被伤害,不如先伤害别人。"

"好奇怪啊,这是一只大坏狗。"

柳兰京笑笑,不置可否,只轻轻地把他往怀里搂了搂,问道:"你觉得这里好玩吗?"

"不好玩,以前来过好多次了。我已经长大了,不喜欢这种东西了。可是和叔叔一起玩很开心,叔叔不像爸爸,一直讲电话不理我。"

"那你要不要叔叔当你的爸爸?"

"要是叔叔变成了爸爸,那爸爸变成了什么呢?"

柳兰京怔住,一时间倒也无言以对。

天黑后,柳兰京开车把一大一小送回家。柳志襄玩累了,昏昏欲睡,就留他在家里过夜,打电话给他父亲,倒听那头好像暗松一口气。

见小孩子终于歇下,苏妙露也靠在沙发上长舒一口气,筋疲力尽的样子。柳兰京笑问道:"我还以为你玩得挺开心。"

"和小孩子在一起,总是要多顾及小孩子。不过我人好,玩什么都开心,不像你,我今天数了一下,你至少打了五六个哈欠。这么无聊吗?"

"确实不感兴趣。我一直觉得家像是主题乐园,至少我家是这样,一群人在里面手舞足蹈,装得很幸福。我妈生我时难产,好几年都不能同房。我爸在外面也找过女人,我妈也知道。谁也不说破,又过了几年,我爸重新回到家里来,权当无事发生。可能所有人背地里都不太喜欢我,大家却假装很幸福的样子。"

"哪怕是主题乐园,愿意相信奇迹的人,也能在里面获得幸福。"

临睡前,柳兰京看到了莫雪涛发来的消息:"我觉得有希望,宋凝的爸爸让我下个星期再过去吃饭,还要和我再聊聊。"

"那恭喜你,好事将近的时候记得请我吃饭。"他用余光瞥了眼苏妙露,她已经睡熟了,仰面躺着,半个人压在被子上,胸脯随着呼吸一起一伏的。他纳闷着,国内的大学都是上下铺,她这样的睡相竟没掉下来过。他掀开被子一角,像埋地雷似的,随手把她埋在被褥里了,自己也一并躺了进去。

第二天,柳兰京到中午才把柳志襄送回去,路上问他还有什么地方想去的。柳志襄一本正经想了想,便道:"我想去看王姐姐。"

王雅梦躺在床上,不时发烧,一阵冷一阵热,她刚接受了第一次化疗,医生说发烧是很常见的状况。她的神志倒还清醒,很透彻地明白了自己的可悲。

企业不养闲人,她回公司说明情况后,HR就给了她一个文件袋,宁愿给予赔偿,也要开除她。她也不做无谓挣扎,很爽快地就签了字。她回办公室收拾东西时,部门里的同事还不知道内情。有个圆脸的女同事先前受了她一些照顾,笑盈盈上前,给她送上一袋喜糖,道:"我下周末要结婚了,欢迎你来喝喜酒。"

王雅梦微微有些诧异。这位同事虽然比她大两岁,可薪酬比她少了近一半,她与男友都是外地的,连购房资格都是刚获得的。她委婉问道:"那你们以后搬到哪里去住?"

"我们在松江买了一套二手房,虽然只有98平方米,可是前一任房主听说我们要结婚,特意便宜了两万,抹了个零头。虽然要还房贷,可还是挺划算的。"

"那很好啊。"王雅梦面上笑笑,心底却觉得她挨了宰,郊区的二手房价钱虚高,升值的空间很小,她搬去那里住,光是每天上下班单程就要一个半小时以上,卖房人愿意便宜也不过是为了快些脱手。

"真好啊。"她却仍是一副喜气洋洋的样子,喃喃道,"我到上海这么久,觉得还是好人多。你也好,卖房子的人也好,你们都是我的贵人,在关键时刻帮了我。现在我有房子了,也算是在这里有个家了。"

"你看起来很幸福啊。"

"那当然啊,这真的是我一生的梦想,我特别开心。"

王雅梦望着她的笑脸,忽然觉出一丝讽刺。一套近郊的小房子,她现在都能全款买下,却是别人一生的梦想。她是出生在终点的人,却没有与之相称的幸福。为什么会这样?她本不该如此。

她的癌症是中期,有生还的可能,代价是大笔的金钱、时间、人力以及对她外貌难以弥补的损害。她其实没有太迫切的求生欲了,她是得不到最好,宁愿什么都不要的人。做不到众人仰望,求不得尊严,她和死了又有什么差别?她没法想象自己坐在轮椅上,让继母推出去晒太阳的样子。

无论柳兰京许诺什么,她知道自己再也不能嫁给柳子桐了。全都完了,她的余生不过是个破产商人的女儿、在继母手下看眼色过活的病人、用尽手段想嫁入豪门却不得的丑角。

她没有把得病的事告诉柳子桐,并非存有丝毫侥幸,而是生怕看到柳子桐怜悯的眼神。这样的眼神她已经看腻了。从柳兰京开始,到她的继母,都是一副微微皱着眉,欲言又止的表情,想安慰她,又因为过往的许多事,说不出口。继母这段时间对她的态度格外好,似乎是怜惜她是个病人,无论她怎么无理取闹,都没有动气。她反而愈发恼火。

这样被人同情,她宁愿去死。

这段时间柳子桐的电话和消息,她一律敷衍回复,只推说在照顾父亲,也不愿和他见面。她的态度异常坚决,连自己都怀疑,或许她当真爱过他片刻,所以才愈发不想让他看到自己落魄的样子。

王雅梦在家里已经睡了一天,恍惚中听到继母同她说,柳先生来看她了,她又惊又怒,误以为消息透露出去,强撑着起身梳了头发,去到客厅,才发现来了两个柳先生,都不是她想见的那个。

柳志襄笑着朝她招手,道:"王姐姐,你生病了吗?"

王雅梦塌坐在椅子上,勉强笑了一声,招呼他过来,道:"不是会传染的病,你可以走近一点和我说话,我想看看你。"

柳志襄略带迟疑地回望了一眼叔叔,柳兰京点头,抱着他过去,让王雅梦轻轻搭住他的手。柳志襄瑟缩了一下,嘟囔道:"你的手好冰啊。"

"不好意思啊,我生病了嘛。"王雅梦把手收了回来,道,"你今天是专程来看我的吗? 谢谢你了。我好多天没见你了,你最近过得怎么样啊? 你爸爸给你找的家庭教师还好吗?"

"我不喜欢她,她说话的声音尖尖的,而且我说我累了,她也不让我休息,说我偷懒了。"

"这样啊,我会和你爸爸说的。"王雅梦顿了顿,回过神来,瞥了一眼柳兰京,改口道,"或者让你叔叔和你爸爸说。他说的话很管用的。"

柳兰京不置可否,蹲下身对侄子说道:"我和她要说一会儿话,你自己去玩,可以吗?"支开柳志襄,柳兰京才叹出一口气,道:"你看起来不太好。化疗反应这么大吗?"

"还可以。"

"在我面前就没必要逞强了。你现在的情况还是要和我哥说的。"

王雅梦冷笑道:"既然这样,你当初又为什么替我瞒下来?"

"我本来以为你还有后招,没想到你这么快就彻底放弃,那还不如彻底坦白,我哥不是什么冷血的人,看到你这样,肯定愿意帮你一把。"

王雅梦不搭腔,扭过头去,忽然含着泪问道:"柳兰京,你说,人这一生,到底怎样才算幸福?"

"我不知道。但我知道只有一路向前、尽力争取的人才有资格获得幸福。哪怕是不择手段,也好过坐以待毙。"

"我曾经也是这么想的,但现在我想,我可能错了。"她似乎还想到了什么,但一时间又无从说起,只淡淡道,"把柳子桐叫来吧,让他把儿子接走,顺便我也有话要和他说。"

柳子桐到的时候,脸上的神情还有些不耐烦,又带着些诧异,不明白怎么人来得这么齐。他盯着王雅梦,问道:"你是不是病了? 怎么脸色这么差?"

癌症不比肺结核,生不出病美人,王雅梦面颊浮肿得厉害,她忍住干呕,强撑着站起身,一字一句道:"我得了癌,瞒着你这么多天,也是不好意思。我觉得现在这样勉强也没意思了,我们分手吧。"

"为什么要分手?"

"你还不明白吗? 我得了癌,可能会死,就算不会死,四年五年的,也不知道什么时候好,你爸妈不会同意我们结婚的,你的耐心也会耗尽的。就这样吧,给彼此留点美好回忆。"

"你在说什么傻话啊,你都这样子了,我更不可能和你分手啊。我不是那种始乱终弃的人。这样吧,我们也订婚吧。"

"什么?"

"我们订婚吧,我爸妈不同意,我会说服他们的。但我不会和你分手,更不会这样丢下你的。你先好好养身体,等你没事了,我们就结婚。"柳子桐想摸她,又怕弄痛了哪一处,就静静地站在床前,等着她开口。

王雅梦愣住了,一时间不知该做何种回应。她忽然醒悟过来,柳子桐和她的同事一样,是生来就有安全感的人,他们在人生的海洋中漂浮,宛若睡在羊水中一般安详。他们相信爱、原谅、家庭的意义与努力就有回报。她嫉妒他,轻视他,玩弄他,可他身上那股带着蠢相的爱意,依旧包容了她。

王雅梦紧闭上眼,忍不住抽泣起来。柳子桐误以为她是感动落泪了,连忙搂着她安抚起来。柳兰京冷眼旁观着,明白她的眼泪不过是因为那微微刺痛的愧疚心。

柳兰京寒暄了几句就溜走了,留下那对恋人泪眼相望。他回家前特意绕去花店,给苏妙露买了一束鲜花插在花瓶里。他发了条消息问她要百合还是玫瑰。她说,都俗气,要粉色的芍药。关掉对话框,另一条消息提示亮了,他点开一看,对方道:"他已经上钩了。"

潘世杰这段时间生活在恍惚中,感觉不到任何的幸与不幸,但是道路又在他眼前铺展开。他只需要低着头,一步步向前走,因为他走的是一条窄路,只能进不能退。

在和金亦元过夜后,徐蓉蓉彻底变了。她很勤快地健身,做保养,控制饮食,又剪了头发,一门心思想着打扮自己,也不再去父母那头诉苦。徐家父母都以为是夫妻和好了,还当是件好事,催促着他们早日要个孩子。徐蓉蓉佯装没听到,回来后却忽然说道:"其实我怀孕了,你会不会要我打胎啊?"

潘世杰愣在原地,吓得手脚冰凉。徐蓉蓉便冷冷一笑道:"开玩笑的,你怎么还当真啊。就一个晚上,哪有这么容易怀?"

自那一天后,潘世杰在家里的地位一落千丈,该说的不该说的都不敢说,只闷声在窗边抽烟。金亦元吃了饵,没咬钩,拿了他的计划书说要给家里看,但后面就杳无音讯了。徐蓉蓉劝他别急,兴许还有转机,她要亲自去加拿大和他谈谈。

这借口,潘世杰自然不能阻拦,也摆不上台面。他对外只说她在家里闷得慌,出去散心了。说来也讽刺,先前他倒也不怕当个坏男人,金融圈里的男人总会沾点桃色新闻,遇到徐蓉蓉后,他倒宁愿别人说他是个老实男人,就怕有人调侃:"你在外面这么玩,小心你老婆跟别人跑了。"

徐蓉蓉走的那天,他心里头有各种情绪乱窜。既想看徐蓉蓉被金亦元羞辱一顿,从此他们再无瓜葛,又隐隐希望金亦元对她有几分恶情。酸涩是肯定的,这种酸涩甚至远胜过苏妙露跟着柳兰京的时候。说到底,外头的女人再漂亮也比不过妻子,妻子至少是一个法定的、他可私有的女人。

其实金亦元也不是没出过力,确实给他介绍了几个人,手里有些闲钱,愿意投些项目。潘世杰一一相看过,都不太满意。要么是不愿意投大钱,要么是主意太多,对公司的后续发展指手画脚。潘世杰原本主心搭上金亦元是一步错棋,好在有一位赵先生及时联系上了他。

赵先生大约四十来岁,矮个子,酱黄色面孔,精干灵活,说话操闽南口音。他起先只说是金亦元介绍的关系,因他的面子来了。他对潘世杰的态度冷冷淡淡,约好了要吃饭,也是左顾右盼的。后来实在是盛情难却,就说要赶场子,就算吃饭也只能留一个钟头。

潘世杰不清楚他的底细,只觉得金亦元介绍来的人总有些身家,又看他漫不经心的态度,便猜他是有些来历的。饭局上,潘世杰特意带着计划书到场,与赵先生详谈了四十多分钟,赵先生起先不以为意,却逐渐被他的计划打动,不住地点头。

他沉默了半晌,终于道:"我觉得你的想法不错,不过计划书写得就不怎么样了。"

潘世杰诚惶诚恐道："是有什么问题吗？"

"你这上面写的规模太小了。不是有句话吗？不想当将军的士兵，不是好士兵。也不是我瞎托大，我看国内这种模式的教育机构并不少，规模都不大，发展到一定程度就满足了。也就是大企业没进来，等他们真入场了，很轻易就把小的吃掉了。所以我说，要做就要做最大的，以公司上市作为最后目标。"赵先生语重心长道，"你还年轻，目光要放长远一点。现在国内的机会还是很多的。等风投进来，拿到投资，很容易起势的。"

之后两人又畅谈了半个多小时，潘世杰一看表，早就过了约定的时间，急忙道："不好意思，今天打扰您一个半小时了。赵先生，您不是还有事吗？"

"算了，让那边先等着吧，反正也不是要紧事。我们先把话说完。"

两人小酌了几杯，借着酒劲，赵先生许下了两千万的入股计划，半开玩笑道："你也别担心亏钱，放心去做。大不了我卖掉一个岛就好了。"说着便给潘世杰看了他在私人海岛的度假照片。

潘世杰急忙追问他的身家，赵先生也不直说，只含糊道："我也不是什么大富大贵的人，就是做一些地产和农业的生意，在东南亚政府有一些认识的人。"

离席时，有三个高大男子围住赵先生，护送着他上车。潘世杰大吃一惊，一问之下才知道是重金请来的保镖，闲杂人等不能近赵先生的身。赵先生解释道："你也别见怪，倒不是不相信你，就是之前出了点事，安全最重要。"

事后，潘世杰找到赵先生的助理私下打听，原来他在东南亚，有一次险些被人绑架，自此之后，他出门总要带两到五个保镖，贴身保护。他住酒店必然住套房，就让保镖守在外面，人多时就在隔壁开一间。潘世杰听了大受震撼,惊觉自己以前都没碰到上流社会的边,遇到了赵先生,才是真正入了门。

潘世杰之后便更是唯赵先生马首是瞻,尽了一个东道主一切的义务,把赵先生照料得极周到。赵先生也被他哄得高兴,很轻易就应下了投资的事。只是在正式出资前,他说道:"反正正事也谈完了,一直待在这里也闷,我们出去玩玩吧,我请客,我们去澳门玩吧。"

潘世杰一听要去赌场,急忙推辞道:"我没去过,也不会玩。"

赵先生大笑道:"你可别要我,我早就听说了,长三角的老板都去澳门玩的。潘先生,你生意做这么好,怎么会没去过?"

"我是真的没去过赌场,我不擅长这个。"

"那我更要带你去了,做生意嘛,关键是要认识人,不玩哪里有朋友?玩得多了,出门都是朋友,我们就稍稍玩几把,不用动真格的。赏个光嘛。实在不行,我去玩两把,你就在旁边逛逛。赌场里的酒水不错的。"

"我玩得不好,要是扫兴了就不好了。"

"你要是说怕输钱,那我们就算了。你要是说扫兴的话,那就一定要去了,我们这么熟的朋友了,怎么会差这一点?再说你是第一次去玩,都说新手有天助,到时候我还要借借你的运气。"

潘世杰推辞不得,便跟着他去了,对家里只说出差两天去谈生意。等真到了赌场,他才醒悟过来,这里绝不会再有闲逛的人。

各色光线冲撞在一起,亮得人晕头转向,筹码哗啦啦推倒在桌上,色子在转,轮盘在动,一张张牌发出去,左手边是欢呼,右手边有人在尖叫。有个刚兑换完筹码的人拎着钱,往门口走,正巧与他擦身而过。

潘世杰觉得口干舌燥,便去吧台要了杯喝的。这里酒也免费,零食也免费,就是好运气要花钱。他望着周遭狂乱的脸,有些坐不住了,随身带了几千块,就全部换成了筹码。

他一开始只敢玩轮盘,随意押个数,看着小球蹦蹦跳跳地转,想着索性全输光,早点回宾馆睡觉。可连赌了几局,他都赢了,手里的筹码翻了一倍,赵先生见了,急忙招呼他过来,大声道:"我就知道你的运气很旺,来,帮我选大小。"

潘世杰犹豫了片刻,道:"那就选大的。"不少人也跟着他选,结果都赢钱,好几个围上来感谢他,汗湿的手握了又握,甚至有人大叫道:"你简直是财神爷。"

他不住地说只是运气,却也忍不住笑,掂了掂手里的筹码,起身准备回房间。有人舍不得他走,颇费了一番力气才挣脱。他听过不少赌得倾家荡产的故事,告诫自己要见好就收。

他回到房间,匆匆洗了个澡,躺在床上,盯着天花板的顶灯,仍觉得如梦似幻。钱来得可真容易啊。他的手还在微微颤抖,血像是在烧,他叫了一杯冰水,一口气喝干,咔嚓咔嚓把冰嚼了。真爽利,好像一并把旧日的屈辱也粉碎了。

柳兰京乖张孤僻,金亦元目中无人,他们又凭什么胜过他,不过是运气罢了。他们的运气在投胎上,他的运气就在赌桌上。他辗转反侧,终于下定了决心,带着赢来的钱,又回到了赌场。

然后就是输。

输得太快了,他一时间都记不清是怎么输的,手里的筹码空了,他整个人失魂落魄的,又去喝了几杯酒,一咬牙就去提款机取了十万块。这次是玩扑克牌,起先的两局都赢了,他觉得运势又回来了,索性一把全押上,输了个彻底。

赵先生凑上来道:"别哭丧着脸,也没多少钱,输了就赢回来,我借你点。"

"好,我一赢钱就还给你。"潘世杰一点头,在借条上签字。赵先生笑着给他拿了杯酒,借给他五十万。

宛若近视眼看远景,雾里看花,一切都是模糊的,只有扑克牌的花色鲜明,像是灰尘里描金的花样,隐隐在亮着光。潘世杰再回过神时,已经在赌场外面了,他赌了整整两天,借了赵先生八百万。他漫无目的地走着,望着睡在赌场外面的流浪汉,痴痴笑了。

赵先生从后面拍拍他,说道:"你也别太紧张,出门交个朋友嘛,借一点钱也是应该的,我不急着要你还,就是有件事,想求你帮个忙。听说你老婆最近和小金走得挺近的?"

徐蓉蓉是在金亦元的房间醒来的,床太舒服,梦太好,她舍不得起床。

她是十天前到的加拿大,带着孤注一掷的勇气与决心上的路,她已经回不了头了。当个傻子又怎么样?谁又指望过她是个聪明人呢。潘世杰把她送到机场,一路上他反常地说着笑话,装作若无其事,反而像是回到了热恋期。她知道他想自欺欺人,假装是送爱妻去旅游。

看他帮忙搬行李时低垂的头,她心头闪过报复似的快意,哼着歌去排队。

这点轻松的心绪在飞机落地后,就烟消云散了。这次出来不比春游,她已经算得上低声下气了。她出发前提过一句,金亦元的态度模棱两可,他要真不收留她,这段关系就完了。她知道金亦元的住址,他发的照片都有定位。但他住的地方轻易不会让生人进入。她只能发消息,问他愿不愿意来接自己。

金亦元的回复是一个小时后才来的,道:"酷,你还真过来了。等我半小时吧。"

　　徐蓉蓉到机场是下午三点,她坐上金亦元的车时天已经黑了。治安再好,异国他乡沉在夜色里也有种说不出的骇然。车上酒气混着香水味,金亦元醉醺醺地在后座打瞌睡。司机为她把行李搬上车。

　　徐蓉蓉原本有许多久别重逢的情话想说,看这架势也不得不沉默了。金亦元睡了大半程,在车爬坡时忽然伸手揽住她,一只手探进领口,伸到内衣里去揉搓。

　　人的标准是取决于对方的。徐蓉蓉这时才明白这道理,要是潘世杰做了这动作,她早就一耳光上去了。可现在是金亦元,她倒也半推半就起来,低声道:"有人在呢。"坐的是迈巴赫,有后座隔板可以放下来。

　　金亦元见她面带哀求,反倒来了兴致。再平庸的女人,卖弄起可怜来也别有一番风情。他在国外待得久了,做派早就西化了,这种娇柔姿态,对他反倒成了一种异国情调,像是到了一处景点。他故意把窗户摇下来些,脱了徐蓉蓉的丝袜丢出去。那么薄薄的一层,蜷成一团,朦胧中看去倒像是蜕了一层皮。

　　他单手搂着她,手上的技巧倒不停,隔着薄薄一层外衣一顺,内衣的搭扣就开了。夜晚的空气清清凉凉的,吹在肩头倒是烫的,车依旧开得很稳。

　　第二天徐蓉蓉起床时,金亦元已经出去遛狗了。她连早饭都不吃,一直等到他回来,他倒也颇受用,把她和狗互相介绍着认识了一番。一头纯种的普罗特犬,从六个月时他就接来家里养。一岁后每次打猎都带着它。徐蓉蓉觉得这狗长得丑,耷拉着脸,像个在公交车上抢位子的糟老头子,她佯装喜欢的样子,伸手要去摸。金亦元却冷着脸把狗牵走。他对狗的态度,足以让一切女友心寒。

金亦元坐在床边,吃着串葡萄,饶有兴致道:"昨天的司机,你觉得怎么样?"

徐蓉蓉随口道:"他人挺好的啊,很有礼貌。"

"他是个杀人犯。"金亦元无端笑起来,"他是我爸爸以前在香港的东家的第四个儿子,那时候香港还不是一夫一妻制,他算是小妾的孩子,没有好好受教育,只是给他花钱。后来送去英国读书,他在争执中捅死了一个同学,坐了十多年牢,遇到大赦就放出来了。他们家后来也破产了,我爸记得他爸的恩情,就让他给我开车。"

"那你会害怕吗?"徐蓉蓉肩膀一紧,不自觉弓起背。

"为什么要害怕? 不是很有趣吗? 我和他又有什么差别呢? 哦,我比他年轻。"

徐蓉蓉不应声,猜不透这算不算是玩笑话,只觉得他有些疯样,好在年轻多金,疯也疯得有艺术性。

金亦元房子的玄关处挂着一幅花体书法,写着一句话。徐蓉蓉看不懂,又怕露怯,就偷偷用手机查了,原来是古罗马诗人贺拉斯《颂歌》中的一句,翻译成中文,大意是劝人及时行乐,莫要辜负时光,抓住现在,不要相信未来。

徐蓉蓉问他为什么要写这句话,金亦元道:"因为这就是我的人生。"

她本以为他单是个有些情调的纨绔子弟,此话一出,他的肆无忌惮里倒多了几分灰色基调。玩乐自然要玩乐,除了玩乐,他也别无未来可期许。没有事业,没有理想,没有工作,只等着他父亲过世,分一笔遗产。他又很看重家人,但一家人为了遗产闹得不可开交的未来已经在前面候着了,他看得透,逃不掉,只能让派对继续,音乐不能停。

山顶豪宅的气派自不必说,徐蓉蓉登上阳台,生出些高处不胜寒的恐慌来。树木从四面八方堆过来,绿得难分彼此,气势汹汹。这样的房子她在梦中也幻想过许多次,如今在这种情况下实现,再多的兴奋也让恐惧稀释了。她甚至生出一种念头来,不如这样跳下去,血溅当场,传出去倒也能成个风头人物,也让金亦元记上一辈子。

吃过午饭,金亦元忽然问道:"你想不想要个爱马仕?"

"只要你送的,我都喜欢。倒也不一定是爱马仕。"这话倒不是以退为进,上一次收了他的衣服就已经是万劫不复了,这次再收礼,天知道还有什么等着她。

"不着急,我先给你看一点有趣的东西。"他带着笑意。

金亦元领着她去家庭影院,把她请上座位,正对着撑满整面墙的大屏幕和环绕立体声音响。徐蓉蓉有些紧张,半开玩笑道:"可不要有什么成人桥段。"

"不会的,只有一些小动物。"他唇边的笑意更深了,抱着肩站在一旁,熄了灯。

屏幕亮起来,开始播放一段视频。画质不算好,像是手持摄影的纪录片,视角是从大门慢慢进入一个工厂,字幕上说这是爱马仕的皮料厂。镜头逐渐向上,有一只鳄鱼被绑在金属的平台上,两个工人一前一后按住它。站在前面的那个用刀割开鳄鱼前额,熟练地抄起一根钢管,从伤口插进去,一点一点把皮肉分离开。旁白说,为了避免鳄鱼挣扎损伤皮质,工人会捣碎它的脑子。

工人压住鳄鱼的头,朝里用力一戳。鳄鱼的前爪张开,抓挠着台面,工人的力道更重了些,一下,一下,挣扎的动作终于停了。另一个工人面无表情地用水管冲刷着,淡粉色的血水流淌下来。

徐蓉蓉支撑不住,起身就要往外走,金亦元一把按住她,强压回去,笑道："别逃啊，精彩的地方还没到呢。继续看下去。"

工人把鳄鱼的肚皮朝上翻，轻车熟路地剥起了皮。淡粉色的肉逐渐裸露出来，像是给小孩脱去一件贴得紧紧的外套，只是血流成河。没了皮的鳄鱼被揪着尾巴提起来，丢到一只红色的塑料桶里。又一条鳄鱼的肚皮被翻起来，这次它却没有死透，眼睛大睁着看，一只爪子无力地朝天伸起。工人动作顿了顿，转身去拿钢管，把它的脑子捣烂。最后的镜头对准了鳄鱼已死的浑浊的眼睛。

徐蓉蓉忍不住冲出去吐了，出来时脚步都打飘，金亦元倒是镇定着坐在沙发上喝果汁，抬头道："一只爱马仕最少要三只鳄鱼的皮，你喜欢吗？我可以送你，正巧这栋房子里有一个。你拎在手里，说不定还能感受到鳄鱼活着时的心跳。"

"你为什么要让我看这个？我没有想问你要东西，只是想来见你一面。你不想让我留下来，我就走。"

"没什么，我开个玩笑而已，别当真。这就是我的生活，你不是想多了解我吗？"

徐蓉蓉这才发现他有些疯劲，倒也不意外，正经人谁会故意找别人的妻子下手。他兴许是太有钱了，在玩上面已经玩够了，只能从人上面找一些刺激。她倒也不讨厌这样，像是个不吃辣的人吃麻辣，又痛又爽快。至于后怕也是有的，但她不敢多想，生怕败坏了逃避在梦里的兴致。

之后几天，金亦元带着她四处玩，又上高档餐厅吃饭，零零碎碎的礼物也买了不少。粗看上去也算是感情深厚了，但他并不总是陪着她，每晚都会出去，回来时又多半有唇印和香水味。他在外面有别的女人，徐蓉蓉倒也不意外，没有才奇怪。

她猜自己不过是他情人中较特别的一位，新鲜感还没过去。至于以后怎么办,她也没想好,只能走一步看一步。至少现在她还沉醉在爱的热风里,有一种麻酥酥的感觉。

金亦元这次回来得早,不到晚上八点。他身上带着些酒气,兴致却颇高,把书房里一个古董唱片机搬到卧室,抽了一张唱片放进去,是比尔·埃文斯的爵士乐。钢琴声倾泻出来,他弯腰朝她伸出手,微笑道:"跳支舞吧。"

"我不会跳舞。"话虽这么说,但她还是站起身握住他的手。纤细的手指,十指相扣时倒也有力。

"没什么难的。"他轻轻环住她的腰,带着她跟着节奏迈步子。

她的头贴近他的胸口,闻到一股化妆品混着香水的甜味。她装作若无其事,只淡淡道:"你今天陪谁吃饭啊?"

"我妹妹,她学校放假,我让她在外面玩一会儿,所以她到今天才回来。我也有半年没见她了,她比以前活泼了,更像大人样子了。"他提起家人时,嗓音总有一种缥缈的温柔,像是从远处吹来的很轻柔的风。

"你和你的家人关系很好啊。"

金亦元轻笑道:"我也只有他们了,不然谁还会在我的葬礼上哭呢?"

徐蓉蓉想说还有她,但这句话还没出口就顿住了。他们现在又算什么呢?寂寞的,荒唐的,漫不经心的,不过是爱情游戏,拿来排遣生活里的不如意。她只轻声道:"还会有其他人为你流泪的。"

"是吗?"金亦元也装作不知情的样子,同她打哑谜。他含着笑意,低头凝视着她。他气质上带些莽撞,因此外貌上显得格外年轻。他笑起来总带着些躁动,像是起了球的毛衣。这样的人忽然间安静下来,便像是一个戛然而止的手势。她看不透他在想什么,但也知道他并不如看起来那么幸福。她踮起脚轻轻吻了他。

很久以后，徐蓉蓉回忆起这一幕，觉得有那么一刻，他们是彼此相爱的，但也只有那么一刻。那天晚上他们只是靠在一起睡了。

金亦元承诺接下来要陪徐蓉蓉一整天。他们在床上吃了早饭，随便看两部电影，到黄昏时情调正好就进了卧室。衣服脱到一半，就听到门把手转动的声音，咔嗒咔嗒，转到一半卡住了。

金亦元一向把门反锁。紧接着是咚咚两声敲门声，有个女人的嗓音亮出来：“亲爱的，你在吗？”

金亦元咬牙切齿骂了一句：“他们都是废物。”骂的自然是房子里的用人，没有事先通报，也没人帮着拦住她。徐蓉蓉看他的脸色，已经猜出门外的女人多半是他的正牌女友。

他把衣柜一开，连拉带拽，就把徐蓉蓉塞了进去，又起身理了理床铺，镇定自若地去开门。门口站着的是艾米莉亚，很典型的香蕉人面孔，小麦肤色，粗眼线，顺直长黑发，两臂一揽就搂住了他：“想我吗，宝贝？”她既是金亦元的女友，也是他父亲安排在身边的监工，自从他上次在泰国撞了人，他父亲就再不允许他一个人胡来。不过他父亲担心的是烟酒药一类的事，艾米莉亚却更关注他的女人。

她施施然往床上一坐，一摸床单，还尚有余温。她也不声张，只是踱步到衣柜前，猛地一拉，大叫道：“Surprise（惊喜）！”徐蓉蓉缩在衣柜里，顿时被吓得魂飞魄散，艾米莉亚抓着她的手腕，强硬地把她拖出来，笑道：“一起来派对吧。”

金亦元站在一旁，微微叹口气，似乎是听天由命了。

徐蓉蓉虽然一早就知道国外派对文化盛行，但没料到随随便便就能组个局。她留学时主要还是和中国人混，只参加过纪念日派对和睡衣派对，勉强还能应付，不过是喝几杯酒，随意找人攀谈，应付一两个小时，就偷偷溜走。

但金亦元这里不一样，他不是彻底的中国人，也不算彻底的西方人，他的朋友多半也是这样，混在一起就是学贯中西地会玩。决定要开派对，不到一个半小时，就来了三拨人。一批自带酒水，一批自带女人，另一批自带赌局，没有一人担心派对不能尽兴。

金亦元的朋友，徐蓉蓉没有一个是认识的。他也没兴致为彼此介绍，艾米莉亚在一旁谈笑风生的，她就愈发尴尬难堪。派对上的音乐震天响，酒水的供应不断。徐蓉蓉不敢多喝，又避开了搭讪的陌生人，一个人静坐在角落里。

酒喝到半夜，不少人都跳进泳池里玩，有的连泳衣都没有换，鞋子一蹬就跳进去。艾米莉亚问徐蓉蓉会不会游泳。徐蓉蓉摇头，她立刻使了个眼色，伙同另一个人，一前一后抓着徐蓉蓉就丢进了水里。

徐蓉蓉猛呛了一口水，挣扎着要站起身，艾米莉亚却从后面抓着她的肩膀，往下又是一沉。水直往她的口鼻里冲撞，她疑心自己要死，疯了一样挣扎，肩上的力道却忽然松开了。艾米莉亚伏在她耳边，轻轻骂了一声，就笑着游走了。

徐蓉蓉惊魂未定地爬出泳池，浑身湿透地站在岸边，瑟瑟发抖。她环顾四周，想找个人为她主持公道，却发现根本没人顾及她。艾米莉亚正和几个朋友聊着天，模仿着她刚才在水里的样子，大笑出声。金亦元正对着泳池瘫坐着，显然看到了这一幕，但他忙着吸水烟，在吞云吐雾的间隙里朝她投来懒洋洋的一瞥，满不在乎。不远处有两个人正开着香槟互喷，一阵欢声笑语从她身边穿过。

她失魂落魄地回到楼上，发现自己的手机里有十几条未读消息。她愣了愣，点开看的第一条就是："老婆，求求你，救救我，救救这个家吧。"

她从潘世杰嘴里问出前因后果，明白后连手都在抖。潘世杰欠了姓赵的几百万，这人是金亦元继母的娘家亲戚，就是故意做局把他们拉入伙。她要么替他们做事，这笔债一笔勾销；要么就是夫妻共同债务，别说是公司，就是房子也要抵押出去。徐蓉蓉起身，毫无缘由地洗了个手，又呆坐回去。

她梦游般给父母拨了个电话，哭着道："我想回家了，我还可以回家吗？"

母亲接的电话，听到哭声立刻就慌了，急忙道："怎么了，宝贝，你是不是被谁欺负了？不要哭，不要哭，和妈妈慢慢说。"

徐蓉蓉正要和盘托出，又忽然冷静下来，明白这件事不了结，她是无家可归的。她依赖别人的时候太多了，沦落到这境地，还是要靠自己。她定了定心神，只和父母扯谎说自己的钱包丢了，但信用卡还在，草草把事情掩饰过去，就挂断电话。

她把脸埋在膝盖上，闭上眼，像是理顺绕起来的手机线，慢慢整理起思路。姓赵的要她做的事很简单，把金亦元引去泰国，想办法拖住他一天。原因没细讲，只说方便他们那头在期限前处理掉一份文件。这样看的话，她倒也不算害他，追究起来也未必能查到她头上，就像美人计里的貂蝉，事成之后还有个随清风去的结局。

她渐渐心定了，又疑惑起来，她和金亦元的关系是怎么外泄的。潘世杰自然不会说，没有男人爱把绿帽子戴出去闲逛。金亦元再肆无忌惮，也不会没事丢个把柄出来。至于她自己，一向也隐藏得很小心。

她简单冲了一把澡，换了身衣服就下楼。她对金亦元很失望，她捉摸不透他，这本是理所当然的，她原本就是拿他当个避风港，可现在他却连表面上的温柔都懒得敷衍了。或者说他本就是这样的人，一时好一时坏，由着性子胡来。既然这样，她倒也不必对他手下留情了，反正彼此都是玩玩。

　　派对已经到了后半场，有几个喝得太醉的，索性趴在地上睡了。艾米莉亚也在客厅睡了。金亦元倒还清醒着，漫不经心地把硬币丢到泳池里打水漂。他的狗正趴在他膝头打着盹。

　　徐蓉蓉站在他面前，正色道："这段时间感谢你的招待，我准备走了。"

　　"哦，好啊，再见。"他懒洋洋地挥了挥手。

　　"你就不挽留我吗？"

　　"你是自由的，我为什么要挽留你？你下次想过来，我也会这样招待你。"

　　"你爱我吗？"

　　"今天不爱。"

　　"我很爱你，我为了你牺牲了一切。我丈夫把我的事告诉我家里人了，我现在没有地方去了。除了你，我真的一无所有了。我要去泰国躲几天，我有个朋友会招待我，你会来找我吗？"

　　"我不喜欢东南亚，太热了。"

　　"我会去死的。我会为了你自杀，就算这样，你也不想去找我？"

　　"我说过的，你是自由的。"

　　徐蓉蓉咬着嘴唇一声不吭，她原本想把事情闹大逼他就范，半是威胁，半是感情牌，骗他去泰国。可他似乎一点也没上钩，也不知是看穿了她的计划，还是当真冷酷无情。

　　狗从金亦元身上跳下去，叫嚷了几声要玩耍。他随手抓了个钱包丢过去，喊道："去捡回来吧，Lily。"狗一溜烟跑得没影了。

　　徐蓉蓉随口道："既然是公狗，为什么要叫这个名字？"

金亦元似笑非笑道："这本来就是男人的名字,你不觉得它长得像谁吗?"

徐蓉蓉愣了一愣,赫然间醒悟过来,这双微微下垂的眼睛确实似曾相识。与其说是狗像他,倒不如说他像狗,初次见面时,她就惊叹过柳兰京长着很标准的一双下垂眼,上半张脸看着无辜,一丝带狡猾的无辜,嘴唇却总是欲言又止。

她总算知道是谁看穿了这私情,也明白自己是彻底开罪柳兰京了。她和潘世杰夹在他们的积怨中成了炮灰,她决不能这么轻易回国,必须把金亦元骗去泰国。

徐蓉蓉忽然想起在婚礼那天来闹场的苏妙露,谁能料想到那一刻竟影响了她的现在。如果当时她对苏妙露态度和善些,是不是一切都不同了? 再后悔也无济于事了,兴许重来一次,她还是忍不住要啐表姐的脸。

她转过身来注视着金亦元,莫名生出一种恢宏的使命感。她再也不是娇滴滴养在家里的娇妻了,现在整个家的生死存亡都摆在她身上。她不由得哽咽道："我不知道你是怎么看我的,可能只是把我当个消遣的玩具。这些都不重要,重要的是我爱你,我比任何人都爱你。我不求你和我一直在一起,可是你能不能给我留下一点回忆? 哪怕只有几天。和我去泰国吧,假装你爱我,让我把这个梦做完,好不好? 我以后不会再纠缠你了,如果你对我还有一丝感情。"

金亦元望着她不说话。她一咬牙,索性把裙子的腰带解下来,绑住手腕,当着金亦元的面,直接跳进了泳池。

她沉在泳池里呛了好几口水,隐约听见金亦元骂人的声音,紧接着又是一声跳水声,他从后面抱着她往上游。

第二十章　视差

　　柳太太在客厅里看婚庆公司送来的册子,照片拍得都挺漂亮的,她像是老师批改作业,圈了几张自己看着顺眼的。虽然说柳兰京那边还没个准信,但按他的脾气,已经是势在必得了。婚礼不得不早早准备起来,虽然他未必想在国内办,但仪式总要有一个。

　　这几天柳子桐也住在家里,把王雅梦的情况全交底了。因她是个病人,柳太太自然更不好说什么,可暗地里已经把她划出了局。好在她也知道大儿子的脾气,喜新厌旧,再拖拖吧。等他的怜悯心过去了,感情也就淡了。

　　柳子桐下楼来,坐到她对面,像是在犹豫什么。柳太太以为他又要说王雅梦的事,便只抬了抬眼,道:"怎么了?"

　　"妈,我有件事想和你说,不知道怎么开口。"

　　"自己家里没什么不能开口的。你说好了。"

　　"兰京前段时间找过我,他好像有点特别的意思,问了我对领养和过继的想法。他为什么突然说起这个?"

　　柳太太眼皮无端一跳,立刻放下相册来:"他真的这么说了?"

"可能也就是随口一聊。可我在想,是不是苏小姐不愿意生孩子啊?听说有些女人为了保持身材,是不愿意的。"

"也不全是保持身材,还有其他原因。"自然是柳兰京的病会遗传,但和柳子桐说了又多生一桩事,她转而问道:"你最近账面上还好吗?要是和去年一样闹出亏空来,你爸又要发火了?"

"你怎么突然问起这个啊?"柳子桐脸色大变,不自在起来,"今年经济形势不好,很多投资都搞不起来,不过我基本都把账平了,没事的。"

这孩子确实不是个聪明人,一说谎就慌慌张张。柳太太想着。她也并不喜欢聪明人。谁说父母总喜欢像自己的孩子?女人可不比男人,从肚子里爬出来,自然知道是自己的孩子。不必太像。像得太过,反而生出嫌隙。以前柳兰京陪着她出门,遇上熟人都说小儿子像她。聪明伶俐像她,苍白清秀也像她,没示人的,敏感多疑、心机深沉也像她。这脾气生在她自己身上,她都不喜欢,何况是别人。快些让柳兰京结婚,打发他出去自立门户,不单是为了柳子桐,多少也是为了她自己。她已经老了,没力气再陪这个不熟悉的儿子折腾了。

父母最喜欢的是可爱的孩子。不管多大的事,柳子桐不是没和他们拌过嘴,最后总是他来讲和,好声好气服个软,事情就过去了。柳兰京不是不懂这个道理,可他偏就不要,只会抱着肩站在旁边一声不吭,心里默默记上一笔账。

愁啊,愁啊。柳太太虽然心里这么想着,却还是笑着呷了口茶道:"以后你有什么事,都和我说一声,都是一家人,没什么不好商量的。"

打发了大儿子,思前想后一阵,柳太太还是给苏妙露打了电话,打听了一下,正好这天柳兰京在外面,她就请她出去吃饭。

到了车上,苏妙露脸上还是带点蒙的,偷瞄了几眼,自然是揣摩心意。

柳太太只是微笑，盯着她手上的戒指，问道："你的戒指是老二送的啊？看着不大，火彩倒挺好的，一克拉有吗？"其实这事她一早就知道了。

"没有，只有0.95克拉。"

"男的就是不会买东西，干吗不买个大一点的，讨个口彩也好，也不差多少钱。"

"他说没现货了，就买了这个。"

"嗯，他心急，倒也应该这样，定下来比较好。"

吃饭的地方是一家私人会所，建在湖边，柳东园的朋友开的，并不对外开放，只是招待熟人吃饭。里面的食材不计成本，大半是空运来的，稍不新鲜就丢掉，光是这一项，每月就亏损三十多万。店里只有三个服务生，两女一男，都是高挑个子的漂亮年轻人，据说以前都是模特。

他们过来端盘子的时候，柳太太笑着对苏妙露道："你说光看长相，他们比你差多少？"

苏妙露如实道："并不差多少。"

"那你说为什么现在你在这里吃饭，而他们要来服务你？"

"因为柳兰京看上了我。"苏妙露咬了咬下唇。

"你说得没错，就是这样子。你很漂亮，人也不错，但这些东西没人赏识就一文不值。你对结婚有顾虑，我也能理解，但是你也不要觉得这个位置一直是给你留着的。"

"我没有这么想，我只是还要再考虑一下。"

"我对你怎么想不感兴趣，如果有问题，你就克服它。你先问问自己，今天一上午你觉得怎么样？和我儿子在一起，你觉得怎么样？你们要是不结婚，你真的觉得还能回到之前的日子吗？"

苏妙露低着头，不搭腔。

"你知不知道小王为什么要削尖了脑袋嫁进来？因为她家里破产了，钱当然还是有的，但日子肯定是没以前那么风光了。也不是指责她什么，说到底，人最没办法放过的就是自己。过惯了好日子，再当普通人，落差是很大的。现在让你回自己家，你真的觉得你能甘心？"

　　服务员端上来两碗蟹羹，苏妙露趁机细看了她的脸，确实清秀可人，似乎还比自己年轻几岁。

　　"这个蟹羹要趁热吃，凉了就不好吃了。"调羹轻轻敲了一下碗沿，她继续道，"要多少钱，你心里有没有一个价位啊？是不是根本没想过这事？"

　　"啊？电视剧里一般是五百万吧。给五百万就能分手。"

　　"你在说什么啊？少看点傻电视，我在和你说正经事。"她点住太阳穴，哭笑不得道，"我是问你结婚的话，你大概要多少钱？你们结婚后，虽然不算分家，可是老大和老二肯定是分开过了。于情于理，我们都要给你们一笔钱的。你要先把账算起来，这以后都是你的事。"

　　"我没准备和他结婚，至少还要考虑一段时间。"

　　"那你戒指戴起来做什么？"柳太太嗤笑一声，道，"你心里已经喜欢他了，愿意和他在一起，只是心态上没有转变过来。那你们结婚就是早晚的事。"

　　苏妙露抿了抿嘴，也确实想不出反驳她的话，道："可是我不懂，你为什么这么着急让他结婚？"

　　"也是了却一桩心事，他都这个年纪了，该成家了。"

　　"我觉得不只是这个原因。我不想和他结婚，有一个原因是他结婚后，就真的搬出去了，基本不会见你。我觉得这样不好，一家人就算有什么问题，也应该开诚布公谈一谈，而不是有多远走多远。"她瞥了眼柳太太的脸色，一咬牙，索性全摊牌，"可是我觉得你就是这个意思，这么急着催我结婚，就是想让他早点走，离他哥哥，离你们都远一点。"

"苏小姐，你其实蛮聪明的。那怎么在这种事情上这么天真？"

"我不明白您的意思。"

"我给你的条件是最好的条件。你和老二相处这么久，应该也知道他很敏感。别人有一句话没说对，他就起疑心。有一个眼神不对劲，他就怀恨在心。也不声不响，就闷着发火。你们现在感情好，很多事他顺着你来，等以后他翻脸了，把你赶出去也是有可能的。我们家的事你别多管，拿了钱傍身才是正经事。"

柳太太望她的眼神带着些怜悯："也不是我要赶他走，是他想法太多。他哥哥账目上有大亏空，也没敢和我们说，缺口是他补上的。倒不是说不好，只是他哪来这么多钱，又这么突然，到底是有什么目的？"

"没什么目的啊，就兄弟间的互帮互助罢了。"苏妙露佯装听不懂画外音，蟹羹冷了些，微微带点腥味。

"你还是站在他这边？一点也不准备多想想吗？"

"没什么可想的。"

"大概你还年轻，许多时候把事情想得太简单。老二是靠一股怨气过日子，你就是靠一腔意气活着。今天的快乐就是明天的快乐吗？今天认识的人就一辈子不会变吗？今天你们靠着感情能跨过的坎，就能天长地久走下去吗？你不要感情用事。"

"我这人就是喜欢感情用事。我从不觉得柳兰京有多过分，他是有一些问题，可等以后他想通了，就会转变。我是那种一旦爱了，就能继续包容下去的人。你怎么笑我都好。"她顿了顿，鼓足勇气道，"而且我觉得你对他有偏见，他一样是你的儿子，你为什么这么讨厌他？"

"我不讨厌他,是他对我太严苛了。男人偶尔回个家,就能当好父亲,凭什么女人就要面面俱到?凭什么当母亲不能有私心?他的哥哥确实没他聪明,可是比他宽和,比他好脾气,比他更坦荡。我已经尽了我的义务,他强求才是没道理。"

苏妙露倒忽然笑道:"我知道你为什么不喜欢他,柳太太。他的脾气不是完全像你吗?"

"请有点分寸,苏小姐。这不是你该说的话。"

"你这么说,就更像了。"

"你不听劝,那就随你便吧。"她皱着眉,略带不耐烦地虚着眼,一样是柳兰京常做的一个表情。

回去的路上,苏妙露忽然想到一个鬼故事,说的是一群人去登雪山。一个女人生病,就在山脚下休息,第二天她的队友们回来了,说她的男友不幸遇难了,如果回来找她,那就是鬼。到了晚上,她男友来敲门,说其实遇难的是其他队友,让她快点跟着自己逃。

她开门时发现门没锁,立刻察觉不对。果然柳兰京已经回来了,沉着脸对她道:"你把我妈叫上来,我看到她的车在下面。"

柳太太上楼来,两相对峙,柳兰京当场就翻脸了:"你上赶着挑拨我和她的关系做什么?"

"你这话莫名其妙的,说得一点道理都没有。"柳太太虽然端着些底气,但多少是心虚了。苏妙露从旁想解释,也根本插不上话。

"你不信我,就像我不信你。是不是柳子桐和你说了什么?他自己一堆烂账,还来管我的事。"

"你别把什么事都推到你哥哥头上。他是他,你是你,你自己做了什么,你自己清楚。"

"我做了什么啊？你倒告诉我啊。"

"你平白无故给你哥贴钱做什么？你最喜欢看他出丑了，还有你怎么突然问他对领养的态度？"

"我平时不理他，你不满意。我现在对他好，你又不满意。你说我莫名其妙的，你才是莫名其妙。你对我的态度，和外人对我有什么差别，没有丝毫的安全感，没有丝毫的肯定。"

柳太太也急了，冷笑道："那是因为你根本看不到一点好，整天就是怨气。这个世界上，谁不怨，谁不恨，我们到底哪里亏待你了？你整天怪天怪地，就是不怪你自己。你最怨的大概就是我把你生下来。"

"说得很好，说得很对。看来我们终于在一件事上有了共同意见。"柳兰京抬起眼，很倨傲地偏着头冷笑，眼底的水光一亮，泪倒没落下来。他扶着墙转身要走，只跨出几步就往地上栽。

苏妙露一把扶住他，对柳太太不客气道："别这样和他说话，他是病人。"

"我是他妈。"柳太太道。

"既然你是他妈，为什么不能更关心他？"

"我除了是他妈妈外，还有其他身份，可是你最好想清楚，除了当他的女朋友外，你还有其他退路吗？"柳太太拂袖而去，苏妙露不拦，只急着把他扶上沙发。

癫痫又发作了，柳兰京再清醒时上身正靠在沙发上。苏妙露就在旁边，虚弱地笑道："你好像胖了点。"

"谢谢你。"

"别为这种小事说谢谢。"她笑了笑，有些不自在，柳兰京拉着她的手轻轻吻了一下："不是为了这个谢你，是因为你相信我。不管我妈说了什么话,你要是信她的话,早就走了。"

"不是信,也不是不信,我只是觉得两个人既然相爱,所有事情都应该亲口说。只要你说了,我都会相信。所以你就对我坦白吧,你突然帮了你哥,是准备和他谈什么条件?"

"我要让他把柳志襄过继给我。"

"什么?"

"我哥投资失败了,弄了个大窟窿,我填了一大笔钱给他补过去了,这事我爸应该还不知道。我哥领我的情,问想要什么回报。我才不会和他客气,我让他把儿子过继给我。"柳兰京说得坦荡,自觉不算是谎话,不过是省去了前因后果,有选择的真相罢了。

"你为什么要这么做?"

"你还没看出来吧,我哥肯定会再婚的,就算不是王雅梦也是别人,这个儿子他已经顾及不到了。一旦他再生一个孩子,柳志襄的地位会更低,那还不如交给我,我会好好照顾他的。"

"你就没有想过,小孩子能不能接受吗? 你难道要让他管亲生父亲叫伯伯吗?"

"他会接受的,我要带他走,出国去,过上一年两年的,他就会忘记这些事。实在不行,我只是当他的监护人,他可以继续叫我叔叔,我也不需要他养老。我只是想照顾他。"

"那你的父母呢? 他们不会同意的,这是他们第一个孙辈,要是他们不允许你们走呢?"

"这事由不得他们,这是他们欠我的,当年送我出国的时候他们也没有舍不得,现在说不愿意也太晚了。"

苏妙露咬着嘴唇不应声,倒不是不信柳兰京对侄子的真心,但听他说话的口气，终究少不了许多赌气的因素。她不由得心烦意乱起来，说不清这是好是坏。

"你要不要现在就和我结婚？先不办婚礼，就是单纯领个证。我有新加坡的绿卡，你就能以伴侣身份办签证，和我一起过去，带着我侄子，我们先一起生活一段时间。你觉得怎么样？"

"不行，我很乱，你让我考虑一下。我觉得你就是想报复你的父母，你就是觉得他们不重视你，所以要带走这个孩子。你这样子和《睡美人》里的女巫有什么差别啊？"

"不一样吧，我不会魔法吧。"见苏妙露没有笑，他才正色道，"不是为了报复任何人，也不是想伤害任何人。我只是想要一个家人，想要更好的家人，想要在意的人陪在我身边。追求幸福是所有人的权利吧？"

"可是你的手段有些过分。"

他歪头笑了一下，道："我确实不是个好人，但世上没有绝对的好与坏，关键是我对你怎么样。假设我是个举世无双的圣人，对你不好，又有什么用？"

"你说对我好，那你有没有为我考虑过？我要是和你走了，我爸妈怎么办？"

"你可以定期回来啊，反正坐飞机很方便，你一周回来一次也可以。"

"我的工作怎么办？"

"反正你现在没工作，你可以去新加坡再找啊，薪酬方面也会比在这里好。或者你想深造，也可以继续读书。如果你实在过不惯，住上几个月，再回国也可以，除了要办手续，也没有别的问题，我都可以帮你代劳。"

柳兰京拉住她的手，塞了张信用卡给她，道："我不给你压力，你慢慢想，这是我的副卡，你拿着，去花掉点钱，把谢秋叫出来玩一玩，出去旅游一下都可以。这是重要的人生抉择,你不用立刻给我答复。你只要知道我是认真的就行。"

苏妙露没有收,只想一个人静一静。之后几天,柳兰京确实没有勉强,也不再提这事,但讨好的攻势并没有停下。他的礼物开始往苏家送。先是从水果海鲜一类开始,苏母退了一大半,后来他听说她喜欢做衣服,就把大卷布料送过去,就再没有推托。苏父那头,虽然早先闹得不愉快,但一样礼物不断,退了几次,也就照单全收。

这事虽然苏妙露知情,但毕竟是父母面上的,她也不方便多说什么,只能暗地里打电话去,道:"你们别总是收他的东西,还没有真的确定关系呢。"

苏母是应下了,可私下已经把柳兰京当女婿看待,一味帮着说好话。苏父更是理所当然,时不时在电话里说道:"你这是假正经,住都住在一起了,还有什么好说的。这点钱我们觉得很多,对他只是小意思,关键是他对你的一片心意,上次我只说脖子有点酸,第二天按摩椅就送来了。你们还是早点定了,你说小也不小了。别错过了。"

这天又有陌生电话过来,苏妙露不耐烦接了,本以为是快递,却没想到是警察。电话那头说苏妙露的父亲打架闹事,被派出所拘留了,让她来领人。苏妙露慌得六神无主,也不敢通知母亲。柳兰京怕她一个人开车要出事,便陪着她去。

下车后,他把她冰冷的手揣进衣兜里,紧紧握住,宽慰道:"没事的,不会出什么大事的。"

没进派出所的门,在外面就听到了吵架声,闹哄哄的,像是一篮子的蛋全孵出鸭子来了。进去一看,是夕阳红团建会,六七个老人围着一个小警察,苏妙露的父亲也是其中一个。

七嘴八舌的,好不容易问清事情的原委,其实也就是常见的投资诈骗套路,只不过这次涉案人数较多,金额较大,连同苏父在内,基本人均被骗去二十来万。这自然是刑事案件,警方已经开始调查。苏父倒不是为了这个进局子,主要投资的事是余老太拉他的,她虽然也是受害者,但当初信心满满打了包票,才让一群老头跟着掏出私房钱。

　　等骗子卷铺盖走人,余老太自然成了众矢之的,一群老头子雄赳赳气昂昂上门讨说法。余老太两手一摊没办法,她自己也投进去七万块钱。越说越气,最后自然吵了起来。苏父老当益壮,一气之下把余老太的儿子给打了。场面顿时乱作一团,这些老头也就全部扭送派出所。

　　余老太的儿子也没大碍,就是打破了鼻子,流了点血。派出所的意思是小事化了,赔一些钱,和解了事就好。但苏父自认是受害者,梗着脖子不掏钱,就只能把苏妙露叫来了。

　　苏妙露一贯觉得父亲是个窝囊的人,可这段时间忽然硬气起来,反倒又像是发了失心疯。她可不长着脾气,就板着脸道:"你没几年就退休了,要是真给拘留了,面子上也过不去,你最好想清楚。"

　　最后苏父还是低了头,拿出五千块,签字同意和解,怏怏地与小余握手言和,让苏妙露领了出去。

　　回去的路上苏妙露生着闷气,又不想多想,怕柳兰京笑话自己家里不成体统。但他只是劝道:"你爸这钱很难再要回来,年纪大的人被骗了钱很容易一时间想不开。我先把钱垫上,你和你爸就当作是找回来的赔款,哄他高兴再说。"

　　"还是不了,我也不能总拿你的钱,让他长个教训也好。"

　　"你待业在家,也没什么收入,先拿着吧。你爸被骗了这么多,你妈知道了肯定闹。先把事情应付过去再说吧。"

苏妙露拿了他二十五万，可是就算这样，事情也做得迟了。苏父被骗钱的事还是轻易地传到了苏母这里，苏母近来风风火火地当起了裁缝，买了台缝纫机，拿了柳兰京的料子，在街坊邻里间做改衣服的生意。上门的都是老客户，年纪也老，关系也老，不少带着水果、瓜子上门，一面看她踩缝纫机，一面同她聊闲话。这么一传十，十传百，苏母就把前因后果听得一清二楚，气冲冲上门找苏父算账。

　　他们名义上分居，但财产还没分割，苏母走时没把存折带上，但事先早就说好，有八十万将来要留给女儿。被骗的一笔钱，其实有一部分是苏妙露的嫁妆。等苏妙露赶回来时，她父母已经快打起来了。

　　苏母道："你看吧，我就说吧，你这人就是不成事，做什么事都是一根筋，以前有那么多机会你不试，现在老都老了，想发财了，脑子有毛病。亏自己的钱倒无所谓，你把露露的嫁妆搭进去算什么？她要是没点钱结婚，以后要被婆家看不起的。"

　　苏父起初不应声，只把头垂着，很有忏悔的心意。可苏母嘴上不见停，他也逐渐不耐烦起来，蹦出来一句："你烦死了，别念了！说来说去有意思吗？我也不想的。"

　　苏妙露从旁劝架，声音却轻易被盖过去。父母争得面红耳赤，她脑子里嗡嗡作响，像个电钻从太阳穴一头进去，另一头出来。几滴唾沫星子溅到她的围巾上，正是柳兰京新近送的。她皱了皱眉，伸手去擦。

　　庸俗、聒噪、臃肿，她忽然惊觉，在经历了这些事后，她已经有些看不起自己的父母了。

　　苏妙露一人一边拉开他们，拉高嗓门道："你们别吵了，我头疼，要吵就出去吵。听我说，这笔钱被骗了，我爸虽然有问题，但也不全是他的错，而且警察说把钱追回来的可能性很高，所以你们先别吵，等一段时间再说，反正家里也不急着用钱。至于嫁妆不嫁妆的事，我们这样的家庭，多个十多万，别人也不一定看得起我。你们还是把钱留着自己花吧。"

苏妙露的父母不约而同一愣，扭头望去，苏妙露正站在窗户前面，扶着墙，抬起一条腿看鞋底。她的鞋子是羊皮底，平日走在地毯上不用留心，今天往水泥地上走两步就磨花了。她隐隐皱眉，不耐烦道："你们要是真的为我好，还是别再给我丢脸了。"

苏妙露开车走后，苏父小心翼翼道："露露好像和我们生疏了？"

苏母道："不然呢？小柳什么身份，他家里什么身份。我们乡下老头子老太婆，帮衬不了她，尽给她惹事，还收了人家多少东西，她抬不起头来，当然不想搭理我们。"

话虽如此，第二天苏家父母还是送了一只羊给柳兰京。柳兰京这辈子没见过整羊，忽然见家里摆着个塑料袋，半个脑袋耷拉在外面，吓了一大跳。两个人都不会料理羊肉，不得已只能送回家里让柳太太雇的厨子煮了。送去的是肉，回来的已经是菜了，还搭了两盒绿豆糕。

苏妙露有些窘，抱怨道："我爸妈也真是的，送这种东西来。你又不太吃羊肉。"

柳兰京道："没事，多吃几次就习惯了。你爸妈说这是崇明羊，原来崇明还有羊啊。"

"当然有，崇明羊还挺有名气的，据说吃的草不一样，肉没什么腥味。"

"那我们以后干脆牵只活羊来养着。羊摸起来应该比猫舒服，还可以剪毛做衣服。我以前有个同学家里是养羊驼的。"

"那你把羊牵回来，准备让它吃什么呢？你要在床底下种草吗？"苏妙露忍不住要笑，又想起柳兰京以前说要养长颈鹿的事。

"吃草吧，牵到我爸妈别墅去，让它去吃我妈花园里种的花。"

不知道是不是羊肉太燥，柳兰京经不起大补，当天下午就流鼻血了。情况还来得不是时候，柳兰京刚把上衣脱掉，苏妙露只坐在床上，就急着给他抽纸巾擦血。

柳兰京捏着鼻翼道："没事，没事，血只能往一个地方流，你再继续啊，我的鼻血就止住了。"

"别人是马上风，你这是羊上风。悠着点啊。"苏妙露笑着，无可奈何摇摇头，把外衣披上，转身去给他拿冰袋。

苏妙露一出去，柳兰京的神色就转暗。结婚的话题他隐晦提过几次，她都躲了过去，想来还是不情愿的。倒也不意外，毕竟订婚也是他连哄带骗的，若是放在平时，他倒也有耐心，但这次时机正好，能把柳志襄一并算上。他就要速战速决，大不了先斩后奏，不等柳子桐松口，直接办了手续，把一大一小送出国，过上个一年半载，也就生米煮成熟饭。

苏妙露这头他倒不是太担心，倒是金善宝那里变数仍有许多。他拨了个电话过去，简单同林棋交代了几句。原本他不想算上林棋，以免横生枝节，但她又是个关键人物，不得已还是算在了计划里。

林棋接到电话时正在涂指甲油。上次她的彻夜未归处理得有惊无险，她说自己撞到了狗，送去医院抢救时已经是深夜了，就在宾馆过了一夜。她满脸的忧心忡忡，又扑到谭瑛怀里哭了一场，自然无人再忍心苛责她。

这之后她往谭瑛父母处跑的次数少了，婚房也不常去，倒是与娘家走得勤了。林太太以为她是和谭瑛赌气，也就没深究。其实她是在等柳兰京的回音，在家里接电话反而容易惹误会。

她坐在卧室里涂指甲油，留着一只耳朵，听着父母在客厅里为一个洗碗机吵架。家里原本的洗碗机坏了，林棋出钱买了个新的，保姆不会用，林母过去教她，一样也不会，又把林父叫出来找说明书。林父近年来神智混沌了许多，人也老得厉害，但一家之主的架子还端着，他不拿说明书，只摆出很了然的姿态操作了一番，洗碗机就坏了。

他们自然吵得不可开交，林母气急了是个很聒噪的人，林父不耐烦，险些要动手，但因为还有外人在场，林棋也在家，就说了几句气话，躲去书房不理人。

林父年轻时会动手打人，这事林棋从小看在眼里。林母挨打，起初还觉得委屈，渐渐倒也习惯了，不过是一时的痛，流几滴眼泪，真闹得凶了，回娘家住几天，让丈夫好声好气上门赔罪，家里反而会因此消停上几天，倒是笔划算买卖。她上面有个哥哥，房子和钱都是他的，结婚后她就是个没娘家的人，她知道真要跑了，她也无处可去，索性忍下来，一忍倒也忍了三十多年。终于忍到拨云见日，丈夫老了，没力气打人了。

林棋起先还会帮母亲说话，可没料到林母挨了打，还是很坚定地站在丈夫这一头。当初她在学校闹了事，林父痛骂妻子不会教育孩子，脾气上来了，一只手已经扬起。林棋急了一把推开他，作势就要动手，没料到林母从后面反抱住她，让林棋结结实实挨了一耳光。林棋怒极，用力一挣扎，反把母亲推倒在桌角上。

这事自然是家丑不可外扬，等林母住到医院里，外人来探望，就省去中间许多细节，只挑林棋叛逆的那一处说。之后把林棋送出国，林父也是有多一层考虑。她已经彻底长大了，是个长手长脚的高个子，林父倒是逐年让酒色掏空了身体，要是再过上几年动手，胜负就难说了。好在林棋回来后换了个脾气，林父暗自松了口气，索性就让妻子去冲锋陷阵，处理和女儿的关系。他终究也是老了，没力气打人和赚钱了。

吵完架，林太太单方面宣布胜利。让阿姨切了一盘梨，亲自送去林棋房里。她一开门就忍不住嗔怪道：“你心脏不好，干吗涂指甲油，弄得妖里妖气的。”

林棋不理她，林太太也烦起来，绕到她面前敲了敲桌子，又一把拍在她背上：“你把背挺起来，驼着背像什么样，早知道小时候让你学芭蕾了。”因为她猝不及防一拍，指甲油洒在林棋衬衫上，一点浓稠殷红，像是血。

“你看看你，和你说了别涂这个，弄到衣服上，洗都洗不掉，快点脱下来，我给你去洗。”

“不用了，这样就好。”她起身就要走，林太太拦住她，道，“你这样怎么出门？丢人现眼的。你怎么了？不对劲啊，和谭瑛吵架也不要这样啊。”

“我没和他吵架，他也不配我和他吵。你别指望他了，把他当个死人吧。”

“你什么意思？”

“妈，你一直装得很聪明，其实最傻的就是你。这也看不懂。”她挑起眉来，轻蔑一笑，道，“谭瑛得罪不起柳兰京，可他偏偏得罪了。你就没想过吗？那些照片是结婚前拍的，柳兰京一早就知道谭瑛这些事，只是以前还有些情面，替他瞒着。谭瑛也是傻，为了在我们面前撑面子，反倒和柳兰京撕破脸。你知不知他的相好结婚了？而且对方也不是普通人。真要出事了，谁都保不住谭瑛，我们还是趁早为自己做打算。”

“话虽这么说。”林太太嘴唇哆嗦了一下，拿不定主意，“到底你和谭瑛结了婚，不管你要做什么事，要不要和他商量一下？我打电话叫他来，好好面对面谈一谈。”

“你敢？”林棋脸色一冷，抄起桌上的盘子就往墙上一砸，碎片弹射开，林太太吓出一声尖叫，她那些挨打的回忆全活了过来。林父也听到动静进来，嘴里嘟囔着：“吵吵嚷嚷的做什么？”

见林太太脸色惨白，哆嗦着，他就很自然地摆出主持公道的派头，道："怎么又吵架啊？你妈老了，老糊涂了，别管她。不过你也是，都结婚了，不要像小孩子一样，整天吵架。"

"我不和你吵架，我已经想通了很多事。我之前觉得自己可怜，现在觉得你们可怜。"

"你这话什么意思？没大没小的。真是太宠着你了。"林父本就憋着气，习惯上来了，抬手就要打，林棋一把扣住他的手腕，反手往后折，关节咯咯作响，林父吃痛。他是个中等身材的男人，退休之后又因为驼背矮上几分，林棋站在他面前挺直背，反倒能俯视他。

"和我动手，你今年几岁了啊？"林棋冷笑着一推，就把父亲推到了墙边，他少见地露出了慌张的神色，"真以为你以前打过我，我就不敢连本带利地还给你？"她抬手，虚晃一招，看着他朝后一缩，原来打人的人也会挨打。

"现在这个家我说了算，想想是谁给你们养老送终。我接下来要出去一趟，你们不要打电话给我。今天这些事，你们要是敢告诉谭瑛，小心点，我可不是不回来了。"她说完嫣然一笑，带上门就走了。

孩子像父母。到这地步，林棋不得不承认，小时候她看惯了母亲挨打，恨他的拳头、怒骂、耳光，恨到骨子里。他像是电影里的旁白，只闻其声，未见其人。但又决定着一切至关重要的事，自带一份森然的威严。

过去她是发誓绝不动手的。暴力能解决什么问题？现在看来，暴力能解决所有问题。她就是在暴力中长大的孩子。脸上挨过拳头，攥紧拳头就是本能。

要是有谁拦在她的自由面前，她就只能一脚踹翻，踩过去。第一个拦路的就是谭瑛，她愈发觉得他和自己的父亲是一类人，畏威不畏德。但他对外还多一重本事,那就是装可怜。好男人的牌面打出去,似乎谁都要礼让三分。但装可怜的把戏要学也不难,这本就是女人的绝活,林棋是看惯了母亲的眼泪长大的,卖可怜卖得太镇定,是不会有人信的,要带点疯样才逼真。

她是故意涂的指甲,又化了妆。平日里清淡的一个人,忽然浓妆艳抹起来,便有一阵骇人的艳,荡妇发疯不足为奇,贤妻良母发疯是近于妖的。

所以当她冲到谭瑛父母面前,眼泪簌簌而下时,一切都顺理成章了。她哭喊道:"谭瑛在外面有女人了,把我气流产了。"

谭瑛的父母一时间都让她镇住了,只是喃喃道:"怎么会,怎么会,我们家谭瑛是个老实头,是不是有什么误会啊?"

林棋把照片拍在桌面上,是谭瑛和金善宝牵着手进酒店。她面不改色地说起谎来,把真话假话搅拌均匀。照片是林太太的朋友意外拍到的,林太太知道了怒不可遏,当即勒令林棋离婚。林棋是个大度宽容的好妻子,自是不同意,与林太太大吵了一架。情绪一激动,孩子便流产了,医生说她近日太过操劳也是个诱因。

她把病历和单据都拿了出来,自然都是伪造的,她母亲先前托的关系就用在了这上面。谭父低着头不作声,先前儿媳妇马不停蹄地照顾他,他还是极受用的,现在只盼望这点殷勤与他全无干系,他担不起。

林棋含泪道:"我们结婚没多久,这段时间来我辛辛苦苦,忙前忙后,想着他工作忙,我要体谅点,谭瑛却在和女人开房。他就这么体谅我的吗?谭瑛他现在事业在要紧时候,我也不想这种事闹大影响他,可是他这样实在是伤我的心。爸,妈,你们平时对我也好,实话和我说,这件事你们是不是也知道?是不是所有人里就我一个人不知道?你们坦白和我说,我没事的,能理解的。"

谭瑛的父母一阵赌咒发誓，直言不知情。林棋这才噙着泪，抽抽搭搭道："我流产了，身体还虚，只是现在和我妈也闹翻了，就暂且去我朋友家住几天。谭瑛那头，我暂时不想见他。你们要是见到他，也劝劝他吧。他把我不当一回事就算了，可是他和有夫之妇厮混，对方的丈夫还是个有身份的人，要是真的闹起来，要怎么办啊。"

　　谭瑛的父母一时间都无言以对。谭瑛对外，是最老实不过的男人，不解风情到木讷。可林棋也是个贤妻良母。好男人对好女人，可谓风险对冲，就看谁更会演了。谭瑛的父母只能连声道歉，说会找他问个清楚。

　　林棋上车前，特意用反光镜照了照脸，拿出张湿纸巾，慢慢把妆擦干净，又重新补了点口红。她在镜子里歪了歪头，忍不住微笑着哼起了歌。扮好人，装无辜，玩道德绑架，一样算不得难事，谭瑛做得，她自然也能做，无非是先发制人。接下来她去加拿大见路海山，就不担心谭瑛碍事了。

　　林棋从柳兰京手里拿到了路海山的私人电话，她说手里有金善宝出轨的照片，也承认自己是她情人的原配。路海山那头态度暧昧，只说同意见她一面。

　　约在一间咖啡馆里，路海山同林棋想的一样，是个带懦怯相的中年人，神色往犹豫中去。他说道："你的照片对我很有用，但是我其实没有一定要离婚的意愿，可能帮不了你什么。谢谢你特地赶来一趟。"

　　林棋道："你可能误会了，我不需要我的丈夫回归家庭。我觉得我们的利益是一致的，我主要是为了钱而来。你离婚官司打起来宽裕一点，我手头也能宽裕点。"

　　路海山仍是不置可否，举杯抿了一口咖啡。

　　"你这里是不是有点事也不方便啊？"林棋笑笑，很宽容地说道，"可以理解，毕竟你压力不小。我只是觉得既然连我这个外人也能看出来，你太太可能也已经早做准备了。离婚这种事，其实就是先发制人。"

路海山抿着嘴不说话，低着头思索起来，他确实捏着金善宝一个把柄，只是原本没想到要到图穷匕见的地步。但转念一想，这件事不说，等人一死，就过了时效。金横波的病需要肾脏移植，金善宝配型成功，但买通医生，出具了一份不成功的报告。

他点点头道："等我考虑一下，明天再给你答复。"

林棋在加拿大只停留了一天半就回国了。她的飞机降落时，另一头潘世杰刚接到徐蓉蓉。偌大的一个机场，来与去都带着点匆忙，他们被兜在同一个计划里，却都不知道对方的存在。

潘世杰见徐蓉蓉失魂落魄的，急忙道："怎么样，事情顺利吗？"

徐蓉蓉有气无力道："金亦元坐牢了。"

"怎么会？不是说派几个人在泰国拖住他吗？怎么就坐牢了？"

"我不知道，刚一落地就被抓了。好像说他本来就撞死了人，这次被举报，就派人来蹲他。你动脑子想想也知道，这么处心积虑设局，怎么会简简单单就偷份文件？"

"我们是不是卷入他们的内斗里了？这下可麻烦了，金亦元还有个姐姐，肯定不会放过我们。这种事不该站队的。真奇怪，明明你和金亦元那件事，没人会知道的。"

"是柳兰京。柳兰京要解决金亦元，把我们也牵扯进去了。"

"那我们算什么？"潘世杰骇然，他本以为有着苏妙露这层关系，他同柳兰京也算有点交情。不承想，他算计起他们来也是一点情面都不留。但事已至此，小卒子过河，全无退路可言。他只默默把行李搬上车，载着徐蓉蓉回家。

徐蓉蓉在车上还是呆呆傻傻的，没有回过神来。她原本已经做好了一切失败的准备。在金亦元面前寻死觅活了一回，虽然表明了决心，但也似乎惹来了厌烦，她也不敢多留，只又把去泰国的一番话重复了一遍，这次带上了一种凄婉的哀求。

金亦元没理睬她，只说道："你的飞机票我来出吧，飞这么远不坐头等舱会死的。"

原以为这是他最后的慷慨。等到了候机室，徐蓉蓉才发现金亦元给自己也买了票。徐蓉蓉见到他的一瞬，完全是百感交集。他们这样的关系，要说爱，可实在是太奢侈了。可真要恩断义绝，又断绝不干净。就像是一只以金缮补过的碗，碎得分崩离析，可偏又在欺骗与欺骗的缝隙间，流淌出金色的纹理粘住了。

金亦元在飞机上没说太多话，只是抱怨了几句，就自顾自睡觉。他还随身带了一个游戏机。他们几乎全程没有交谈。只有一次，她终于忍不住问他为什么要过来。

他只面无表情道："都说我很疯，结果没想到你比我更疯。"

他欲言又止，似乎还要再解释些话，但终究没有说出口。他究竟是要与她划清界限，劝她早日回家，或者干脆没心没肺到底，想问她之后的行程？她终究是不得而知了。

他们一下飞机，刚过海关，还没走出机场，埋伏着的警察就冲出来按住了金亦元。金亦元起先是茫然，之后恍然大悟，扭头对着徐蓉蓉露出一抹自嘲冷笑，道："原来你说的朋友是这样啊。"

金亦元被带走后，她才想起当初给他买的礼物还没送出去。

车开进小区，潘世杰忽然没头没尾地说起话来："我以前有一副手套，很旧了，我总是习惯性戴着它，但也不是多喜欢，有的时候还觉得累赘。

可是有一天我忽然觉得手很冷,这才发现我没戴手套,一下子紧张起来,要是丢了怎么办。许多人也是这样,在的时候太习惯了,不当一回事,等不在的时候才知道害怕。"

"嗯。"

"之前很多事,是我对不起你。"

"所以呢?"

"这次如果能全身而退,我们以后好好过日子吧。"

"看运气吧。"她想,人的境遇就是这么荒唐。刚结婚时,她顶多也就是要潘世杰这样一句承诺。现在当真听到了,也就不过如此,只是感到深切的疲倦。她想蜷缩起来,像是拿烟头烫一片花瓣那样,带着苦涩的焦味,紧紧缩成一团,化成灰了才好。

第二十一章　惊蝉

柳兰京在家里看书,心平气和地翻过一页,还有闲心做笔记。苏妙露出去买东西了,临走前让他把花瓶里枯萎了的芍药扔了。他看了几页书才想起这事,懒洋洋起身,把花枝捏在手里。正巧有人敲门,他随手开了,就见金善宝站在外面。她枯败着一张脸,比他手里的花要更快凋谢。

柳兰京笑笑,抢先开腔道:"稀客啊,你怎么来了? 坐飞机过来也蛮久的,你看着没怎么休息,进来坐坐吧。"

金善宝没有动,只是问道:"是不是你在背后动手脚?"

"你在说什么啊?"

"路海山要和我离婚,他手里有照片,我弟弟在泰国被抓了,我继母突然找我发难,这些事背后,你到底做了什么?"

"那你太高估我了,你们家的事,和我有什么关系啊?"

"我不是来怪你的。我这里的事,我都可以不追究,我只想请你饶过我的弟弟。律师说他这次很有可能要坐牢,泰国的监狱太危险了,他又是外国人,不能一个人被丢在那里。你放过他吧,只要让死者的家属接受和解就好。"

柳兰京捻着花枝转了转，似笑非笑道："我说了这些事和我没关系啊。就算有关系，我为什么要帮你呢？"

"因为我求你了。"

"如果你真的要表示诚意，那就跪下来吧。我说不定会考虑一下的。"

金善宝的面颊白了白，脸皱起来，似乎受了很大的侮辱。她犹豫了片刻，两腿还是慢慢地弯下去。

她还没跪到底，柳兰京就一把将她搀了起来，笑道："开玩笑的啦，你怎么就当真了？我是守法公民，你弟弟既然犯了错，坐牢也很正常啊。你要劝他好好改造才对。没事的，就算是酒驾撞死人也不会判死刑，顶多关上五六年，很快就出来了。"

他本还想说些话，可一时间却发不出声音来。他的余光扫见苏妙露站在后面，也不知待了多久，听去多少。她原本捧在手里的一束花，已经落在了地上，是淡粉色的芍药，一团一团的晚霞由天上烧到了地上。她没有捡起来，只是踩着花往前走，抬起头面无表情，凝视着柳兰京。

苏妙露等金善宝走后才发作，也算是给柳兰京留足了面子。他自知理亏，也就赔着小心劝她先坐下。

"你刚才是让金善宝给你跪下吗？"苏妙露不愿坐，只是冷着脸站着，骨头上生出一根刺似的。

"没有的事，我只是开个玩笑。"柳兰京把手背在身后，脊背上微微生出一丝凉意。他诧异自己竟然也是会害怕的。

"你从不会在这种事上开玩笑，你刚才就是故意羞辱她。你到底做了什么，才逼得她这么低声下气来求你？"

"没什么。你这次能不要问吗？我以后会给你一个合理的解释。"柳兰京忽然不耐烦起来，这次事发太突然，他一时间想不出个周全的借口把事情圆过去。像是在桌子边沿摆上一个玻璃杯子，一种将落未落的不安泛起来。

"不可以，你今天必须和我说实话。我不是没有信任过你，我说过只要能坦白，什么都不要紧。你也答应了，可是你还在骗我。为什么啊？"

"许多事不是你需要了解的，知道太多也对你没好处。"

"但我要知道，你究竟是怎样的一个人。我需要知道，我到底是和怎样的一个人结婚。对我说实话，要不然就什么都别说。金善宝为什么要对你下跪？她在求你什么？你做了什么？"

"我让金亦元坐牢了，不过本来就是他活该，撞死了人又逃走。我只是找个人帮他去自首了，他应该感谢我才对。"

"找个人？他怎么可能这么轻易被引过去？"

"一个外面的女人，你也不认识，她和金亦元有私情，就是顺便帮我个忙。我会给她钱的。"

"别把自己说得这么无辜，柳兰京。这件事我可以不管，你到底对你哥哥做了什么？他真的同意把孩子过继给你？"金善宝这样算不算得上因果报应，她不在乎，但是他的行事风格，让她不由得怀疑先前柳太太所言非虚。又或者她一早就知道他是这样的人，只是终于不能再自欺欺人下去。

柳兰京微微把眼神别开，道："现在还没正式提，但他会同意的。我说过了，我借了我哥一笔钱，他自愿把孩子过继给我，我也不反对。"

"但你妈怀疑你是故意算计你哥，你为什么会正好有钱借给你哥？"

"你也站在她那边了？你也过来指责我了？"

"到底是不是？"

"是又怎样？我可没逼着他把事情搞砸，他自己能力不行，怪不到我头上来。那家公司的股票我也买了，只是我在高位出手，他烂在手里了，搞投资就是这样子，没眼光很容易倒霉的。"

"那是你亲哥哥啊，你算计他。从头到尾，你想过继柳志襄就是为了你的私心吧？你想报复你父母，你想报复你哥哥，所以你要带走这个孩子，因为他们当初也是这样让你走的。所以你着急和我结婚，其实就想让你和我带着孩子尽快离开这里，不给任何人反悔的余地。这才是你真正想要的吧？"

"带你走，我是真心的。"柳兰京带着些讨好的意思，轻轻搭住她的手。

"听你说真心，真让我觉得害怕，柳兰京。"苏妙露一把挣开他的手，朝后退了两步，斥责道，"你真以为我不了解你吗？你真以为我不知道你的冷酷无情、刻薄狠毒、心机深沉吗？你对谁都一样，对我也不例外。你现在算计你的亲哥哥，算计我的亲戚，以后就会算计我。"

"你和他们不一样。"

"对我来说都一样，很多事情我想含糊过去，因为我爱你，可是你为什么越逼越紧？你什么时候能停手？"

柳兰京耸肩，轻飘飘道："那就继续爱啊，等这些事情过去了，我们会很幸福的。"

"你脑子有毛病啊，柳兰京？你不可能让任何人幸福的，我也不会跟你走。"苏妙露把藏在口袋里的手机拿给他看，停留在录音界面，"刚才的对话我都录音了，你必须立刻停手。要不然我就发给你爸妈。"

"现在是你辜负我的信任了。"

"是啊，反正你平时也是这么算计别人的，现在报应回来也正常。"

"为什么你一定要阻止我？我只想得到我应得的。"

"因为这不是你应得的，孩子也好，父母的爱也好，都不是你的。你从头到尾只活在你自己的痛苦里,你觉得所有人都对不起你。但是没有人有义务爱你。"

"没有人有义务爱我?也包括你吗?"

"是的。"她微微有些慌,并不如自己以为的那样理直气壮。

"我明白了,原来是我不配。"柳兰京笑了,遭背叛的怒气也是冷冷的,像是北方冬天挂在屋檐下的冰锥,从后颈里刺进去。他冷笑着问道:"你到底想怎么样?"

"不怎么样,给你两个选择,一是找你哥哥坦白所有事,二是我直接把这录音发给你妈,她本来就在怀疑你,只差这点证据了。"

"你威胁我的话,我们的关系可就完了。"

"我和你已经完了。我们分手吧。我对你失望透顶。"

柳兰京微微一愣,缓过神来,忽然如释重负地笑了笑,好像为了等这一句话,做了万全的准备。他的手伸进衣兜里,上身微微一倾斜,客客气气道:"既然你已经决定了,那我也没什么可说的了。不过你既然这么高尚,一定要管我家里的事,那我们先把账结一下。"

像是分成两个人,一个当观众,一个在台上演。理智上,他知道不该在这种时候威胁她,激怒她只会让事情恶化。要安抚、要哄骗、要谈判,先平复她的情绪,让她把录音删掉。但一阵铺天盖地的委屈淹没了他,完全是赌气一般,他就要苏妙露为他生气。

"是你借我的二十五万吗?我立刻还给你。"

"你未免有些健忘了,我在你身上花的钱可不止这些。"柳兰京从书房拿出一叠账单,还仔细地用回形针别好,递给苏妙露。她一页页翻过去,手指冷得发僵,所有账单加起来有七十多万,还不算送给她的珠宝、衣服、鞋子、包、名酒、空运来的食材、顶级餐厅的消费、美容院和健身房的会员卡、送给她父母的礼物,光是上次打牌,她就输掉了几万,还有上次苏母住院的医药费,也是柳兰京自掏腰包的。

"没事,你买的东西你都可以带走,我只要现金。你可以卖二手,看看能抵多少钱,也不收你利息,你这周还了就好。不行的话,你把你家的房子抵押了也可以。又或者,你还可以……"他凑在她耳边轻声道。

"我希望你出门被车撞死。"她抬手就是一耳光,打得他脸偏了偏。他显然是没怎么挨过打,先是愕然,怒气一闪而过,然后便笑了。"别那么生气啊,你既然要当好人就当到底啊,你把录音给我,我就当什么事都没发生过。"

苏妙露气得嘴唇都哆嗦,眼圈一红,哽咽道:"我会把钱凑上的,你说完了没有?"

"说完了,你可以走了,记得还钱就好。你不要以为我是开玩笑的,到下周你不还钱,我就找律师上门了。"

苏妙露气极,又是一个耳光要上去,手刚贴到他面颊时停住了,悬在半空,攥成拳头,又把手收回去。她忽然笑起来,冷飕飕一声像针似的一戳,又微微昂着下巴,近于怜悯道:"柳兰京,你慌了。你其实很害怕这事被你家人知道,因为你既想算计别人,又想摆出一副受害者的姿态骗取同情心。你就是个窝囊废。"

"是吗?"

"别太自信了,你侄子不会和你走的。就算不知道这些事,我也不会和你走的。我他妈的告诉你,从头到尾我根本就不爱你。我以为我爱你,那只是错觉,我就是可怜你。"

"我为什么要在意你呢?你也不是对我失望透顶,你是对自己很失望。你以为能改变我,证明你的价值。真是自作多情。对我,对这个世界,你都微不足道。你连自己的人生都一团糟,到底有什么资格可怜我?"

"说得对,没人能可怜你,你也不用人可怜,因为你就是个自私自利、冷血无情、自以为是的贱人,你装出一副全世界都对不起你的样子,骗取同情心,其实你就是个没感情的怪物,死了也不会有人为你流泪的。"

"无所谓,随便你怎么骂我。你先把钱还上,再放狠话也不迟。"柳兰京轻笑道,"对了,你准备怎么回去?看在旧日的感情上,我可以给你叫辆出租车送你回去。"

"你去死吧,柳兰京!我永远不会原谅你的,你就抱着你的钱,半夜擦眼泪吧。"苏妙露怒极,把戒指脱下来丢在他面前,重重地甩上门离开。

等全部动静停了,柳兰京又在原地站了片刻,他很是恍惚,一时间也不知该做些什么,单只是站着,好像也较为轻松些,像是了却了一桩心事,或许他本就确信苏妙露早晚会离开他。他本以为自己会哭,就像十五岁时他被母亲送出国,说好了要陪他,她却在早上悄悄走了。他醒过来,发觉心口很空,像新铺好床单的床,崭新又陌生的悲伤。那时候他躲进衣柜里哭了。

现在他已经习惯了被抛弃,像是一张睡得太皱的床单,连悲伤都显得污浊。再怎么难堪,再怎么不可理喻,就算她恨他恨得要死,主动权还是在他这里。他已经不再是那个哭着在空荡的房间里找妈妈的孩子。

柳兰京眼眶红了红,跪在地上,从柜子底下捡起那枚订婚戒指,攥在手里。钻石的切面抵着手心,一阵钝痛,但他只是握得更紧。

然后他去门口,一支一支地把地上的芍药捡起来,插在花瓶里。花瓣被踩得七零八落,沾着些灰印子,他轻轻一眨眼,一滴泪滴在花瓣上,露珠似的滚落下来。

他勉强撑着墙往回走,没走回卧室,就倒在走廊上癫痫发作。还好她已经走了，没看到这一幕，不然大家都难堪。这是他丧失意识前的最后一个念头。

　　苏妙露失魂落魄地回了家，正巧父母都在。上次苏父闹出事来，声势都弱下去不少，苏母搬回来小住几天，要和他一笔笔算账，说把钱放在自己这里保管，他都没敢吭声，顶多一边埋怨着，一边买菜做饭。

　　因为她回来时没拿行李，父母也只以为她是顺路回家看望，都没放在心上。他们正忙着为一只套牢的股票吵架，都说当初是对方让买的。

　　苏妙露看他们这样子，也不知话从何说起。她身心俱疲，索性先去浴室洗澡。门一推开，她就愣住了，浴室里弥漫着潮湿的气味，镜子照不清脸，水龙头上有锈斑，瓷砖缝隙里发黑，下水道口还堵着一团头发。这里确实是她的家，可是在柳兰京房子里住了太久，她对这种贫穷的气味已经陌生了。

　　她强忍着不适，涂了些洗发水往头上抹。泡沫冲到一半，水就变凉了，她只能湿答答地冲到门口大喊道："为什么淋浴器一会儿冷一会儿热的？"

　　苏母回道："我刚才洗手，热水器只能供一头。你等一等，马上就有热水了。"

　　苏妙露站在马桶边上，等着冷水转热。她抱着肩膀，微微发起抖来。很勉强地洗完澡，她连浴袍都找不到，只能依旧穿着来时的衣服，对父母抱怨道："我们就不能换一个热水器吗？"

　　苏母道："用了十多年了，你就凑合一下吧。你干脆去小柳家里洗澡吧，家里确实条件不太好。"

　　"我和他分手了。"苏妙露闷声道，头发上的水没干，背上湿了一片。

"怎么这么突然？之前不是还好好的。"苏母露出极惋惜的神色来,又有片刻惊愕,装作若无其事道,"是不是吵架了? 别冲动啊。"

"我不想听这种话。"苏妙露莫名烦躁起来,从小到大,每次母亲装模作样说不要紧,都像是暗含着一种责备。

"你要是不舍得的话,要不过几天再和他讲和?"

苏父打断道:"哪有女孩子赔礼道歉的? 过两天小柳冷静下来会来找你的。"

"事情没那么简单! 我这段时间花了柳兰京七十多万,送给你们的礼物,上次我给爸的二十五万,还有妈住院的钱,都是他付的。现在他让我们月底前把钱还上。"

苏母愕然道:"怎么会这样子? 小柳看着不像是这种人,是不是有误会啊?"

苏父接着追问道:"不对啊,你和他在一起没多久,怎么会花掉这么多钱? 算上我们的东西,也就四十多万,还有二三十万怎么花的?"

"还能怎么花? 我花了啊,因为我虚荣,所有好东西都是要花钱的,我还以为我的感情也值钱。"像是在柳兰京那头没把火发尽,苏妙露索性痛痛快快把自己也骂了一顿,"从一开始我就错了,我本来就是为了赌气才找他的,我看到徐蓉蓉嫁给潘世杰就不得了的样子,我想我又不比她差,凭什么我找不到更好的。事情变成这样子,都是我自己找死。"

她哭着跑出了家门,头发还是湿的,滴着水贴在面颊上,让风一吹,脖子里凉飕飕的,人也清醒过来,发觉周围路人都在偷偷瞧她,也就抹了眼泪,漫无目的地往前走。

她穿过两条街,实在没地方去,索性找了一家快餐店坐进去。她连手机都没拿,口袋里只有十块钱,就叫了一杯可乐坐着。她又习惯性地坐了对门的位子,另一边空着,原本是留给柳兰京坐的。

她又忍不住哭了起来。眼泪不单是为了爱情的破灭,有一种更深的痛苦在浮动。上海的第一家肯德基开在外滩,现在早就拆了,改成华尔道夫酒店,这样的历史说给新一代的孩子听,他们显然会觉得荒唐。可在苏妙露的记忆里,肯德基曾经是一个辉煌的场所。她小时候父母要特意换一身衣服,带着她排队去吃。现在在餐桌上提起这段往事,他们也觉得恍如隔世。而她与柳兰京聊起这事时,他多少带点听故事的诧异。

她的父母从小就爱在她面前挣面子,虽然他们家有着很富裕的亲戚,可还是极力宣扬一个市民家庭应有的衣食无忧。她也曾对此深信不疑,直到姨母一家很轻易地击碎她的自尊。

“还是全新的,不少一次都没穿过,商标还在呢。”姨母拎着一个装得鼓鼓囊囊的塑料袋,全是表妹不要的衣服。有时是玩具,或是从国外带来的巧克力。从小到大,但凡徐蓉蓉不要的旧东西,丢了嫌可惜,总会送到苏妙露手里,而他们家也是一定会收的。

她逐渐意识到,父母并不如他们自夸的那么厉害。他们不过是普通人,不太勤奋,不太聪明,不擅长把握时机,只安于固守一方狭小的天地。他们的女儿也理应当个普通人,二十岁时恋爱,然后结婚,生一个孩子,找个清闲的工作,下午六点下班,买菜回家做饭。当然她嫁的男人也应该是个普通人,至少不该是柳兰京这样的。

她生活在一个不同寻常的时代,旧的事物还未完全死去,新的事物已经迅速诞生了。她的父母辈不在意财富,在物资匮乏的年代,钱完全没有发挥效力。阶级是一个禁语。可是忽然间,她长大了,一切财富的传奇都顺着网络飞入寻常百姓家了,人与人的关系可以明码标价了。

苏妙露本该认命,如果她没有生得这样美。普通家庭里的漂亮女人太容易生出不安分的心,养成矫揉造作的毛病。美貌是要花钱供养的,要化妆、保养、上美容院,远离家务操劳和不怀好意的上司。她的父母提供不了这个,只能提供一套连穿衣镜都放不下的房子。她又不是聪明绝顶,学不会把皮囊化作资本往上爬。父母就让她以为美貌是一种原罪,最好及早把她嫁出去,贤妻良母是一个极稳妥的归宿。

她和第一任男友是校园情侣,她以一种谨小慎微的态度爱他。不用他请客,不收太贵的礼物,不穿太高的鞋,坐在自行车后座兜风都快意。她是个极轻易就会同情心泛滥的人。男友家条件很一般,是单亲家庭,她便连婚房都不着急要。她一贯看不得爱人受苦。

男友以轻蔑回报了她,私下与兄弟聊天时说道:"她这个人蛮奇怪的,平时也不用我怎么花钱,倒贴得蛮起劲的,搞不好是有什么问题,毕竟这么漂亮。"又说道:"好看不好看也就是一时的,真到手了挺没意思的,和老妈子一样,很烦的。主要还是带出去有面子。"

至于他出去嫖被抓,都是后来的事了,不过是压死骆驼的最后一根稻草。分手后,他绘声绘色地编起了苏妙露被包养怀孕又被迫打胎的故事,不知为何,她当好女人时一点名声都没积攒起来,不少人很轻易就信了,用异样的目光打量着她。乃至于她的室友都在偷偷搜索,共用热水壶会不会从她这里传染到脏病。

她之后的张扬都是为了逃。逃离痛苦,逃离窥视,逃离弄堂里的蝇营狗苟,逃离那些指指点点,窃窃私语,和刺在她身后的试探的眼神,她逃到了柳兰京这边,逃到了他的江景豪宅、跑车名酒里。他穿着那身漂亮风衣,剪了个天价的头发,用一个眼神,让她确信自己注定要爱他。

一个普普通通的早晨,她醒过来,发现柳兰京站在料理台边上,一地的玻璃碎片。他刚从癫痫中恢复过来,手上划了个口子,微微愣着神。她立刻为他包扎，他凝视着她，他的眼神让她觉得自己的健康是种罪过。

她忽然松了一口气。他是从脚踏上地面就凌驾于生存争夺的人，但他的居高临下里一样有着不幸，他一样需要她的爱与包容。她便不觉得自己对柳兰京是高攀，她对他有怜悯，近于母性的垂怜。因为这一层爱，她能容忍他的许多脾气，并自以为能拯救他。她觉得她的爱也是一种能力，证明她除了美貌仍有用处。

这实则是一种误解，是她一贯的自作多情。她总算清醒过来了，柳兰京或许需要爱，需要女人，需要一个时刻为他敞开的怀抱，但并不一定需要她。他只是随意地抽出一张牌方便打出去，她却误以为是命中注定。

一头一尾，她实在是个丝毫无长进的人。有那么多余裕怜悯别人，却没想到自己才是最该同情的人。谁都搭救不了谁，她也搭救不了自己。她只是个普通人，逃不出她的不安全感，守不住她的自尊，只能趴在快餐店的桌上哭。

苏妙露在外面坐了一下午，最后是谢秋把她带回去的。苏家父母给她打了电话，她义无反顾地就出来找人了。她隔着窗户看见苏妙露，径直走进去，并不说多余的话，只是买了两个冰激凌，递了一个过去："喂，吃冰激凌啊。第二个半价啊。"

她没有接，抬起头，面颊上泪痕未干。谢秋强塞到她手里，道："吃啊，男人哪有甜品重要，快吃吧。"

"怎么我每次狼狈的时候都会被你看见？"苏妙露抹了抹眼睛，勉强笑起来。

"这就是朋友啊，反正我狼狈的时候你也见过了。回家吧，你父母很担心你，别为不值得的人流泪。"

苏妙露没有动，只是平静地和谢秋说明前因后果，问道："我在想我是不是做错了?"

"你错在太在意他了,其实你早就知道他是什么人,之前还自己骗自己,现在骗不下去罢了。不过现在彻底闹翻了也不是坏事,反正他也不会纠缠你了。"

"不,我现在后悔的是,我怎么会花了他这么多钱? 为什么我是这样的一个人啊? 我好讨厌我自己啊。我不是个好人,我虚荣、肤浅又轻浮。我表面装得很独立,可是暗地里还是忍不住想依靠别人。从小周围人夸我长得好看,拿我开玩笑,说我以后可以靠脸吃饭。我其实会动心,会偷偷幻想靠美貌过上更好的生活。我就是这种货色。"

"没事的。我要是有你这样的脸,我都觉得自己能嫁世界首富。别太苛求自己,别太看低自己。"

"不要安慰我了。"

谢秋正色道:"我没有安慰你,你有没有想过,世界上这么多人,柳兰京偏偏爱上你,一半是缘分,一半是你值得爱。你别自暴自弃了,你确实有缺点,但远远不像你说的这么严重。你没有对不起他,也没有对不起任何人,你只是对不起你自己。你因为爱牺牲了自己的独立性。"

"至于钱的事,你不用太怪自己。本来就是柳兰京挖个坑给你跳,要不然他一早就能说房子是给你的。他就是用好东西引诱你,想着你花了他的钱,就离不开他了。他就是这样的人。"

"是啊,他就是这样的人。"

"既然你们分手了,我就直接说了,他人品不行,我从来就不赞成你们在一起。他太自怜自艾了。他是个有钱有势的男人,所以从来不知道这个世界留给女人的路有多难走。他自以为是得很,就是个感情黑洞,吸着周围人的光和热,自己还是冷冰冰的。"

"也别说得这么过分，都是有原因的。"

"余情未了？"谢秋无可奈何，叹口气道，"你如果真的想和他撇清的话，就应该把录音给他。他也会放你走。或者你干脆破罐子破摔，直接发给他爸妈，让他们来处理。"

"我还想给他一个机会。"苏妙露顿一顿，问道，"我是不是很傻？"

"确实。"

"我到底该怎么办啊？"

"怎么办？继续生活下去就好，先去找份工作，养活自己。我知道过回以前的生活很难，但你别无选择了。如果柳兰京真的问你要钱的话，你别担心。我去和他谈，你手上是有他的把柄的，他也不敢真的和你撕破脸。"

光是这几分钟的工夫里，谢秋已经想出好几条对策，就算是闹上法庭她也不担心，大不了按照施惠关系来处理。不过她也没办法这么和苏妙露说，她看着整个人都在打飘，倒不单是钱的事，而是彻头彻尾地怀疑起自己来了。谢秋没想到谈恋爱能谈到这种翻江倒海的地步，也不知从何安慰，便先行把她送回了家。

苏妙露回到家里，站在门口犹豫了片刻，像是小时候考砸了，包里放着要签字的试卷，不敢进屋。可苏母似乎听到了她踱步的声音，一开门，急忙把她拉进屋，道："你爸爸今天烧了蛮多你喜欢的小菜，先吃饭啊。"

餐桌上，苏母宣布要搬回家来住，她明面上说是怕苏父再闹出事来，苏妙露却明白是为了照顾自己。她的社区裁缝店近来做得风生水起，贸然搬走就要少了许多联系。

苏父安慰道："你不要哭了，哭也没用，七十万其实也不多，拼拼凑凑还是能拿出来的，实在不行就把那套小房子便宜点卖掉。"

"你不会说话就别说了，喝汤。"苏母在后面朝他使眼色，又托着苏妙露的手，柔声道，"我给你做了一件衣服，你一会儿试试看，领子上有个花边，是王阿姨送我的手工蕾丝，蛮好看的。"

晚饭后苏妙露去试了衣服，这是一件丝绒的长裙子，领口镶着蕾丝花边。单说款式，似乎是老气了些，但做工很好，一针一针缝得仔细。

苏妙露忽然想起小时候的事，每次她在表妹那里受了气，回到家里来哭，父母也是这样小心翼翼的做派。他们似乎从不能理解她的眼泪为何而流，但依旧用一种笨拙的手段擦拭她的悲伤。他们的体贴像一块洗得发白的旧手绢，用来拭泪是很软和的，却总让她心里一阵发酸。

究竟怎样才算是真正的家人？好像了解和谅解总不能同时落在同一人身上。她和柳兰京争吵时说出那样刺耳的话，她回想起来也是一颤，他们了解彼此到这种程度，却只是为了痛苦预备着。

为什么他们如此擅长把凝视化作敌视，只为了让爱意燃烧成火？为什么他们如此擅长把眷恋化作利剑，只为了刺中彼此的要害？

那天刚下楼，她就担心柳兰京会发病，可转念一想还是没有停留。她已经自顾不暇了，倒也没必要再高估他的真心了。

"挺好看的，等到了秋天可以穿，现在还有些厚。"苏妙露去照镜子，卧室的穿衣镜还是拉不开门，她只能踩着椅子去洗手间照镜子。家里的镜子不比柳兰京家的，沾着一块一块水渍。她仔细用一块干布擦干净了。

她对着镜子强撑出一个笑脸，心头松了松。这里到底是她的家，再怎么寒酸落魄，也终究是一扇对她敞开的门。

那天晚上，她在久违的床上睡得很熟。第二天一醒来，就四处去投简历。柳兰京的电话没有打来。

和苏妙露分手后，柳兰京总是会做一个奇怪的梦，梦到一个他根本不认识的男人。研究生时期,柳兰京每天要去二楼,为了避免和过于热情的拉丁裔同学和口音太重的法国佬打招呼,他会特意多绕一段路,换一个僻静的楼梯上楼。

有一次,他在楼梯上遇到了一个特别的男人。中年白人,穿着一身很漂亮的定制西服,戗驳领,单排扣,野心从款式里透出来。可能是萨维尔街的裁缝,但据说那里的工期太长,那几年金融业流行去香港做衣服,只要飞两次就能做好一套西装。

兴许是柳兰京盯得太露骨,男人扭头回望,他笑着寒暄道:"套装不错。"

"谢谢。"他的表情很平淡,带着些许不屑一顾,显然这身衣服不是为了在大学让一个穿卫衣的臭小子称赞而穿上的。

这是个搞金融的家伙。不用开口介绍,柳兰京就能猜到。他那身漂亮的衣服,和他那副礼貌中带点不屑一顾的倨傲,还有隐藏其后深深的疲惫,都让他觉得这人在华尔街工作。后来稍微一打听,他果然猜对了。这家伙在投行工作,以前是这里的毕业生,这次是对睡眠实验室的一个非接触式慢波模拟仪感兴趣。据他自己说,他和他的客户不少都有睡眠问题。

这是个好理由,但他依旧不该出现在这里。按照惯例,华尔街人解决睡眠问题的方法是安定和利他林。他们没那么多时间来验证一项技术的可行性。

华尔街嘲笑学术界的历史悠久。他们编了笑话嘲笑学者,说诺贝尔奖候选人都要开卡车,博士学位在贬值,学贷的利率倒是每年上涨。

学术界也用笑话回敬他们,说副总裁之上的领导层,职位高低和数学能力成反比,CEO和董事,只需要熟练掌握100以内的加减法就能上班。但这些笑话并不能阻止华尔街的胜利。

他们每年都花重金把学者挖去当分析员，他们把所有能造桥、造火箭、造芯片的人，都拉去坐在屏幕前看着一堆数字，生产泡沫，再用这一把泡沫去换取丰厚的年终分红。

总之，这个西装男人出现在学校里很奇怪，而且一周两次，风雨无阻，找的是他当年的导师。柳兰京不时会在楼梯上遇到他，但再没有交谈过。这个男人持续来了一个月，然后就突然消失了，后来柳兰京才知道他在家中自杀了。

他来学校也不是因为对某项技术感兴趣，而是觉得痛苦，却又不愿找心理医生，只能找个不算太陌生的熟人倾诉。这倒不是什么稀奇事，柳兰京听说有人宁愿一晚上花两千美元叫应召女郎，只为了找人诉苦。

这事不过是他学生生涯的一处闲笔，他本以为自己早已忘记，不知为何会在这种时候想起来。但这不至于给他造成困扰，他的生活还是照旧。依旧是看书、写论文、健身、吃药，保洁上门过一次，把苏妙露的最后一点生活痕迹都打扫干净了，他把她的东西全部打包，用快递寄回了家，她也用快递还了两把钥匙。他心平气和起来，空荡荡的房子容得下他空荡荡的心。

柳兰京事后彻底冷静下来，考虑了一番，这事还是冷处理为妙。只要不逼得太急，苏妙露不会把录音给别人。她对他有旧情，说到底威胁他也不过是想逼着他改过自新。只可惜他走得太远，要改都不知从何改起。

金家那头暂时没有新的消息传来。没有消息就是最好的消息，林棋说路海山已经申请离婚了，金善宝没多和他纠缠，那天急着离开多半也是这个原因。现在只要在金横波咽气前没再闹出波折来，分财产时赵小姐自然应该能占个先机。柳兰京在背后为她出谋划策，也自然能分一杯羹。

所以他还有时间，柳东园出差在外，柳子桐还被蒙在鼓里，要是能避开母亲,和哥哥先把过继的事说定,先斩后奏直接带走柳志襄,倒也是个办法。

除却这些事外,他还有份礼物要选定,莫雪涛要结婚了,特意送来请柬。柳兰京自然要到场,不单是为了多年来的同事情,还怕将来宋凝会出卖他。她还是知道点内情的。职场上也另有一番道义,她不是他的私人律师,而是他们家的律师,她真正的老板是柳东园,真问起来自然该坦白。

有些嘲讽,兜兜转转一圈下来,他身边没几个真心的人。苏妙露一跑,就成了孤家寡人。

他有些后悔和她吵,要是敷衍的功夫能高明些,那天兴许还能瞒过去。比起录音,最让他受刺激的是苏妙露戳穿他过继孩子不完全是出自真心。

他喜欢柳志襄,这倒不假,但作为叔叔一样能关心他,处心积虑带走他,除了让自己众叛亲离,到底还有什么好处? 分家时确实能当个筹码,但他也不缺这些钱。从头到尾,连苏妙露都能看穿他的报复心,他却迟迟不愿承认。

后悔问她要钱? 自然是后悔,这些账单当初存着不过是挽留她的最后手段,想着让她恻隐心起,不至于走得太干脆。但自然不该在那种场合拿出来。拿出来,就变成彻底的羞辱和算计了。

为什么他始终无法控制这样发作的脾气呢? 如果那天站在他面前是个陌生人,他至少有三种方式稳住局面谈判。可越是亲近的人,他越是忍不住伤害他们,来假装若无其事,像是把结痂的伤口剥开,看着鲜血流出,反而生出平静。

不过事已至此,也没什么后悔的余地,不过是回到最开始的计划。不结婚,一个人带着孩子走。苏妙露于情于理都没那么重要,他是这么确信的。

所以他刮胡子时走神，割伤了下巴，连血都不擦，把上门的保洁吓了一跳，他也只当是意外，若无其事地解释道："没什么大不了的，我挺好的。"说着又坐回椅子上，继续看书。

保洁很了解地点点头，说道："你书拿倒了。"

为了这一场结合，莫雪涛正式辞了教职，去一家独角兽企业当技术总监。柳兰京对他既是敬佩，又觉得傻气，毕竟他是不会也不敢为别人牺牲到这地步的。

早在莫雪涛第一次提出离职时，柳兰京就劝过他，道："一个企业里，只有三种人能幸存，像驴的，就是拼了命干活，什么都不去想，什么都不知道；像狗的，就是够忠诚，时刻向上司表示忠心，当一个好用的工具；像狐狸的，就是够狡猾，够会玩办公室政治。"

"那你觉得我比较像什么？"

"你比较像马，有一种古典主义的操守，所以我觉得你不适合这种环境。"

"那你觉得你自己像什么呢？"

"我不知道，我可能只是个十四的孩子，一受伤就想扑到妈妈怀里哭。"他这本是玩笑话，不料莫雪涛倒颇认真地点了点头，大为赞同的样子。

虽说柳兰京不赞同，但事已至此，莫雪涛去意坚决，他也不再泼冷水，反而很热情地准备起祝贺新人的礼物来。他是开着辆阿斯顿·马丁去参加婚礼的，还特意换了身西装。

莫雪涛在镜子前调领结，门虚掩着，柳兰京轻轻一敲门，上前拥抱了他，笑道："你不找我当伴郎，我可是有意见的。"

莫雪涛也笑道："本来想找你，可是我家里未婚的亲戚太多了，都想沾沾喜气,你都订婚了,还是排在后面吧。"他犹豫再三,还是没戴假发,头顶的灯太亮,脑后泛起一层朦胧的光晕,"苏小姐呢,怎么不和你一起来?"

"她家里有事,今天就不方便来了。"柳兰京双手插兜,很随意地坐在对面沙发上,"不介意我什么礼物都没有,就过来蹭吃蹭喝吧?"

"没关系,人来了就好。"

"你真是豪爽,不过我可舍不得空手过来,就送个小东西。"他把一个盒子丢在桌上,里面是辆阿斯顿·马丁的钥匙,"车就给你停在外面的停车场,颜色不喜欢的话自己去换一个。"

"不行,这太贵重了。"

"别推辞,我们的交情配得上这礼物。而且你也别自作多情,是送给你和宋凝的,她以后当了合伙人会需要的。大不了你骑自行车上班,她开这车。"

"那谢谢了。"莫雪涛犹豫了片刻,说道,"你气色不太好,最近没有好好休息吗? 你的下巴怎么了?"

"刮胡子弄伤了。可能最近我有点失眠吧,不知为什么,我这几天总会想起一个死人。最要命的是,我都不知道他是谁。搞金融,穿着很漂亮的西装,因为睡眠问题来找我的导师,然后有一天就毫无征兆地自杀了。我最近为什么会梦到他?"

"他看起来不幸福吗?"

"很不幸福,似乎很累,但是假装满不在乎。"

"他是个很有钱,却很痛苦的人。你会梦到他,因为你也是。我不知道你面临什么情况,但我希望你能放松点。"

"放松点? 你在说什么啊。我们都是做这一行的,专业一点。人是没办法自己看开的,因为脑子就是一个该死的贝叶斯推断机,用过去的经验来应对未来。那些能看开的人,只是因为他出生在那样的家庭,有了那些经历。那些幸福的人,思考的方式,是不幸的人学都学不会的。"

柳兰京用手把头发往后梳,叹出一口气,两指点住太阳穴,说道:"抱歉,我失态了,我是真心想祝你幸福的。这是你人生重要的时刻,我想表现得善解人意,我想让你觉得很轻松,而不是像现在这样,崩溃着在你面前胡言乱语。"

莫雪涛拍拍他的肩膀,宽慰道:"没事的。你听我说,你还记得我们第一次见面吗?"

柳兰京回忆了一下:"是我找你借笔那次吗?"

"不,那是第二次了。我们第一次见面是在学校的自动三明治机下面,我把钱放进去,可是三明治没有出来。机器卡住了。你对我说,这是人工智能对人类反攻的第一步。然后你又塞了些钱进去,三明治出来了。"

"我不记得这件事了。我好像还挺有幽默感。"

"你一直很有幽默感。"莫雪涛自顾自笑了笑,"其实我觉得人生就像是三明治机,有时候它会卡住,我们付出了爱和努力,却得不到想要的回报。我们可以踹机器,发泄不满,但或许再等一等,再多付出一点,也能得到想要的。"

"还来得及吗?"

"总是来得及的。"

柳兰京微笑,郑重地与他握了手,说:"很感谢你,不管以后如何,我希望我们都是朋友。有事你可以随时联系我。还有谢谢你特意编个故事来安慰我,我从来不吃学校的三明治,我对里面的配料过敏。"

婚礼从下午一直持续到深夜,柳兰京不准备待完全程,到八点左右就预备着离场。他把车送出去了,自己倒要拦出租车了。他走到酒店外面,等车的地方已经站了一人，是个很漂亮的年轻女人，他依稀记得是宋凝律所的朋友。

她穿着红色挂脖礼裙，外面风大，就裹了一件长风衣，衣摆下面是细伶伶的一截小腿。她叫的车先到了，却不急着上车，而是先去与司机交涉，然后开了车门，把柳兰京叫上去："你也一起上来吧。先送我，再送你，司机说可以。"

柳兰京犹豫了片刻，还是上了车。一如他所料，她转向他，似笑非笑道："你是一个人吗？"

"对。"柳兰京回忆初见苏妙露时，她也是穿红色，心底一阵刺痛。

"我也是，你看着很寂寞的样子。我暂时还不准备回家，我们去附近的酒吧喝两杯吗？"

柳兰京会意，眯着眼笑道："单纯只是喝两杯吗？"

"或者我们可以过一个难忘些的不眠之夜。"

"不用了，我不行。"

她扑哧笑出声："一般说自己很行的，都不太行。说自己不行的，反而还不错。我本来只觉得你很帅，现在好像还蛮有趣的，我搞不好要认真喜欢你了。"

"你喜欢我？那你是自找苦吃了，因为我是个冷酷无情、自私自利的窝囊废，走在路上被车撞死也没人会在乎。我是个垃圾货色，别同情我。"她闻言，整个人愣住了，柳兰京则面无表情地望向窗外，淡淡道，"谢谢你，骂完我自己之后，我感觉好多了。你看，这样也算是个难忘的不眠之夜了。"

那天晚上，不知为何，柳兰京又回忆起那一幕。那天下午，他与那个穿定制西装的男人擦肩而过，他走上楼梯，他走下楼梯，他们彼此都没有说话。然后他们各自走到自己的人生中去，谁都没有回头。

他们走的是同一条路吗？上与下，最终会是一个终点吗？

一个典型的白人中产，或者更宽泛些可称为精英。全家都是白人，有一儿一女一条狗，有个前妻，但关系良好，周末会一起带孩子去看棒球赛。是天主教徒，定期去教堂，也乐于捐款。虽然他的同期好友已经升职，但他就算在董事总经理的岗位上做到退休，一年也能拿150万美元。

然而他自杀了。

柳兰京在梦中惊醒，一看时间，才凌晨三点。他全无睡意，索性起来冲了个澡。原本想找本小说看，却摸到了书架上的一叠草稿纸，是以前教苏妙露数学时，用来给她做题的。上面的题她都写完了，他倒是存了许多没有看。虽然苏妙露不在了，但他还是抽出空来，随手把作业批改了，二十道题错三道，差强人意吧。

"怎么都是计算问题啊，这么粗心。"他抱怨着，发现纸上有折痕，朝后翻了几页，发现最后连着几页，都是他的速写小像，苏妙露悄悄画下的。认真说，她在美术上确实挺有天赋，至少比在数学上要好。

一阵说不清的心烦意乱，他把那几页纸撕下，揉成一团丢到垃圾桶里。犹豫了片刻，又捡出来，放在台面上慢慢抚平。他可以找她道歉，她或许也能原谅，但这并不是流泪的忏悔所能挽救的。

贝叶斯推断，用过去决定未来。这对机器来说是件好事，对人而言却未必，人总是太擅长用固定的模式思考。他不能回头，不能认错。认错就是认输，就是一败涂地。他必须不回头，继续向前走。

他把那几张纸撕得粉碎，重新丢进纸篓里，起身回房间。他在卧室里静坐了片刻，又忍不住后悔起来，从纸篓里翻找碎纸片。

之后到天亮的几小时里，他就伏在书桌上一面哭，一面用胶水一片片把撕碎的纸片再粘回来。他有些庆幸家里没有碎纸机。

柳兰京第二天才抽空回家了一趟,柳东园为公司的事出差去外地了,这周是回不来了。家里只有柳太太。柳兰京清楚母亲早就听到了些风声,再怎么不情愿,都要先稳住她。

柳太太见他过来,也是一愣,不带客套道:"听说你和小苏吵架了?"

"已经分手了。"

"多大的人了,怎么一阵一阵的? 之前还好好地说要结婚,突然就分手了。为了什么事吵得那么凶? 别赌气啊。"

"不是赌气,就是性格不合。我的事不用你管,反正我也不是第一次这样了,之前都那么多女友了,也不差她一个。她对我来说可有可无。"

柳太太忽然问道:"你今天几点起床的?"

"八点,怎么了?"

"现在是下午三点了,已经七个钟头了,你还没有发现自己的衬衫扣子都扣错了?"

柳兰京低头一看,果然衬衣是左高右低的。他往玻璃柜的反光上瞥了一眼,自己下巴上贴着胶布,头发凌乱翘起,衣服也皱巴巴的,完全是浑浑噩噩,不成体统的样子。

柳太太换了个口气道:"你阿姨今天打电话过来,说她被男人骗了钱,还生了病,现在情况不太好。我准备去看看她。"

"你是要我一起去吗?"

"你就不用了,就你现在这个状态,过去也是添乱。你真要帮忙,就留在家里劝劝你哥,让他别急着和王小姐定下来。别的不说,她那个病很麻烦的。我准备让苏小姐陪我去。"

第二十二章　惊雷

苏妙露和柳兰京分手分得难堪,谢秋自然也不愿承柳兰京的情,立刻把工作辞了。好在她早就做了这方面的准备,过去有个同学是猎头,她提前让他帮着留心合适的工作。她去公司的最后一天,特意避开了孙铭。他们还没有正式确定关系,可她总觉得有些不辞而别的味道。

好在孙铭也没追问太多,只是后来打电话,问她有没有从原来的出租屋搬出来。谢秋说再等等,有了新工作再看。

她虽然对苏妙露放下豪言壮语,说实在不行,就替她把钱还给柳兰京。但她心里也没底,毕竟是她母亲的钱,尤其是她们现在已经闹翻了。她与自尊心搏斗了一天,还是决定回去与母亲谈谈。

谢母见她回来,明显是受了一番惊吓。从椅子上起身,又坐下,搓搓手,欲言又止。谢秋打量了一圈,她不在家,母亲对待自己也不上心,家里不见多少应季水果,桌上也摆着剩菜,连咸菜炒毛豆也算个菜。

谢秋道:"你既然有钱了,就吃得好一点。"

谢母道:"我还好,你回来是不是钱不够了?"

谢秋不应声,眼睛瞥向客厅的茶几。封面朝上,倒扣着一本旧书,看着有些熟悉。她随口道："你最近在看书吗？"

"你之前说我不理解你，我觉得也是，好像没什么话和你说，你留在家里的那些书，我就在看，我想弄懂你在想什么。"

"我的书你能看懂吗？"这话脱口而出，谢秋也觉得太泼冷水了，找补道，"我是说我的书字太多了，你老花眼，看起来不方便吧。"

"是蛮累的，我就看了一本有图的。还蛮好看的。"谢母看的是谢秋初中时看的少女漫，她以为早就丢了，不知道谢母是从哪个角落里翻出来的，她哭笑不得。

"你要是喜欢的话，我再给你买几本，你有点事情做做也好。"

"嗯，我想有空去报个老年大学也好。我多进步一下，也能和你多聊聊。"

"你倒也不用勉强自己。"谢秋见母亲低声下气的，完全老了下去，觉得既陌生又怜悯，"我其实回来是有事找。苏妙露遇到点麻烦，能不能借她些钱？大约六七十万。"

谢母挑挑眉，惊诧道："真的假的啊？她不是有个很有钱的男朋友吗？"

"她和男朋友分手了，就是他逼着她还恋爱时的花销。"

谢母的眉毛垂下来，带点笑意道："那就是小孩子间吵嘴，不当真的，说不定过几天就好了。你不用去管她。"

"可要是真的呢？"谢秋虽也想过这一点，但仍想向母亲求一个保证，"她以前帮了我们那么多忙，你都不记得吗？我们帮她一次作为回报，不是应该的吗？"

"一码事归一码事，她帮我们的时候都没提到钱啊。而且上次还是她男朋友的关系，也不完全是她帮忙。再等等，不着急，真有事了再说。"

"你为什么还是这样子？以前我们没有钱,你在菜场为了一块两块的菜,和别人吵,在超市为了免费送的鸡蛋闹不高兴,我同学都来问我,你是不是我妈妈。为什么现在我们有钱了,你还是这样子？还是这么小气,这么斤斤计较？"

谢母忽然莫名委屈起来,不自觉起了哭腔:"我小气还不是因为你吗?你一直看不起我,我又没文化,又傻,不能和你比,可我好歹是你妈妈啊,你就不能对我好一点吗？那我把钱给你好了,你能不能多回家看看我啊？"

"可以。"谢秋如愿拿到了钱,却并不感到高兴。她和谢母一起吃了晚饭,又买了两袋水果,几个熟食,嘱咐她一个人在家时要好好照顾自己。临走前,谢母塞给她一叠钱,道:"这些你拿着。你这个月把一半的工资都给我了,自己手边的钱够不够？"

"我怎么样都够。今天先走了,我会再来看你的。"

谢母出来送她,谢秋走出很长的一段路,转身回望,谢母还站在原地,痴痴地向她挥手道别。谢秋百感交集起来,她的母亲,这样一个短视、市侩、聒噪的女人,却又爱着她,反倒让她无法承受。

柳太太说要让苏妙露陪她去加拿大,显然是想为柳兰京的婚事力挽狂澜。柳兰京不置可否,毕竟他也一向说服不了母亲。他在家里翻箱倒柜找了一通,终于在地毯下面找到苏妙露没带走的发饰。

用这个当借口,他特意开车去了苏妙露家。苏妙露正巧不在,是苏母接待的他,他一向心态稳健,被苏妙露的母亲狠狠瞪着,也依旧悠然喝茶。

苏母忍不住,还是问道:"听说你想让我们家把露露花的钱还给你。"

柳兰京道:"我是说过这样的话。"

"还就还吧,这点钱我们也是付得起的,虽然我们家不比你们家,但露露是我们唯一的孩子,我们也不会让她受委屈。把账理清楚也好,以后各不相干。"

"确实很好,她会发觉你们很关心她的。"柳兰京仍是淡淡微笑,似乎在说旁人的事。

苏父买完菜从外面回来,一见柳兰京端坐在家里,就怒气冲冲质问道:"你是不是和露露讲什么过分的话了?她一回来就哭得一塌糊涂。"

"好像是挺过分的。"

苏父见他一副不知悔改的样子,一把丢掉手里的葱,箭步上前,揪起他的衣领,作势就要打他。他一向是个带点窝囊的中年男人,突然为女儿生出这样的气势,柳兰京倒也对他刮目相看。好在这一拳终究没打下去,苏母从旁劝道:"你不要这样子,闹大了,让露露怎么做人。"

苏父也就摆摆手,推门出去。

因为苏妙露许久不回来,父母也不知她去了哪里。柳兰京只得打个电话过去,原本还担心她不愿接,好在苏妙露一点寒暄都顾不上,就问道:"你现在在哪里?"

柳兰京道:"我在你家里啊。"

"他妈的,柳兰京,认识你这么久,我们就没有一次有点默契吗?"

"没有默契也不至于骂人吧。"

"你在我家,我现在在你家,浦东的那套房子门口。我换了两班地铁,累都累死了。"

"某种意义上,我们还是挺有默契的。"柳兰京笑了笑,另一头苏妙露似也有笑意。他们都知道这种场合不应该笑,于是这份笑里又多出些凄凉的味道,近乎于自嘲。

"你找我什么事？"

"也没什么，就是还个东西给你。你有个发卡掉在我这里。"他生怕她问为什么要为这个跑一趟这样的话，急忙问道，"你找我有什么事？"

"也没什么，就是想把一开始你送我的红宝石耳环还给你。"这个借口一样也站不住，要说贵重，车钥匙和房子钥匙当初也是快递过来的，说到底是气消了些，愿意再见他一面。

"先放在你那里吧，有空我找一天拿回去。"

"也好。"苏妙露顿一顿道，"你妈妈让我跟她去温哥华看杰西卡。"

"你的意思是什么？我妈说你还没给她回复。"

"你妈是什么意思？"

"别误会，我不会跟着去，你也不用担心她给我当说客。她叫上你多半是因为杰西卡想见你，你想去就去吧，不要因为我的缘故推托，她是她，我是我，我们之间的关系，既然你已经有决定了，那就结束了。"

"你想让我去吗？"

"你还是去吧，杰西卡看到你会挺高兴的。"

"你妈妈还什么都不知道吗？"

"那你准备说吗？"

"你在试探我吗？"苏妙露的语气冷了下去。

"不，用不着试探，你要是想说，一早就把录音发过去了。你想给我个机会。"

"那你要抓住这个机会吗？"

"让我先考虑一下。上次我们都有些失态，说了许多气话，都不要当真了。要是我有什么冒犯到你的地方，和你道个歉，你不要放在心上。你给我几天的时间，等你陪我妈去温哥华回来，我会给你一个答复。"

"好，我再信你一次。"

"那就顺便代我向杰西卡问个好。"柳兰京犹豫了片刻，还是问出口，"对了，问一件小事，我那件古巴领的衬衫，你知道放在哪里吗？就是上次吃饭时，我穿的那件。"

"应该在你衣柜的第二个大抽屉里，我一般都是放在那里。"

挂断电话，柳兰京忽然对他们分手一事有了实感，先前他们从未这样说过话，客套对客套，冷冰冰的像是隔了一层。好像他们生出一个共同的伤口来，都不去触碰，假装不存在。

一次修正，他又回归了最初的计划，把苏小姐从他的人生里删去。不结婚，带着柳志襄离开，与家里断上几年联系，之后再靠着孩子谈条件。

正巧柳志襄在星期三过生日，料想那时候父母都没回来，也算是天赐良机。他也有了计划，就决定在那天和柳子桐摊牌，说清楚过继的事。要是一切顺利的话，苏妙露回国之前，他便已经走了。

柳志襄刚回国，身边没什么同龄的朋友。柳子桐又要热闹，请了一堆人来庆祝，说是孩子的朋友，其实都是他的熟人，还有些亲戚。谭瑛和林棋夫妇也一样受邀前来。

柳子桐也是想利用这个场合，宣布他和王雅梦订婚的消息。自从上次见面后，王雅梦总是找借口避开他，颇有李夫人不愿见汉武帝的意味。又因为王雅梦的父亲前段时间病故，一切丧事从简，王雅梦的后母操办的，也没让柳子桐按着女婿的身份进香。

柳子桐不敢强逼个病人，就想着学弟弟的做派，先斩后奏，把事情定下来。他原本是想把苏妙露一并叫来的，她似乎也是王雅梦的朋友，想着能当个说客。

派对是在郊外的一处别墅办的。毕竟是个孩子，也就没有大操大办，只请了一组人来表演魔术和马戏。客人里柳兰京来得最早，但就只是他一个，苦笑着同柳子桐道："我和苏妙露分手了。你还没得到消息吗？我以为妈和你说了。"

"我完全不知道，你怎么做人一点长性都没有？又搞成这样子。"

柳兰京笑笑，不应声。他看了一眼表，距离派对正式开始还有二十多分钟，时间倒还宽裕。他便神色郑重，拉着柳子桐往楼上去，道："我们还没有好好谈过，其实有许多事，我想和你好好说一下，哥哥。"

柳子桐原本嬉皮笑脸的，还想摆出兄长派头，问他怎么又把已经说定的婚事搅得一波三折，可柳兰京一点笑意也不见，只转身把房门关上，搬了把椅子给他，道："你先坐下吧，哥哥。"

"什么事这么严肃？奇奇怪怪的。"话虽如此，他还是很顺从地坐下了，柳兰京站在他面前，背着光，看不明神情，却有一副居高临下的气势。

"其实我一直想知道你是怎么看我的，哥哥？"

"你当然挺好的，是我的弟弟，人挺聪明的，就是有点天真，不太懂事。"

"哦，那你觉得我能当一个好父亲吗？"

"那总是可以的吧，你对孩子比我有耐心。你只要有成家立业的心，我也就放心了。"

"那我希望你把柳志襄过继给我，哥哥。"

柳子桐一时没回过神来，想笑又笑不出，斥责道："你在胡说八道什么啊，他是我的儿子，你的侄子，你让我怎么过继给你？他以后怎么想？他又不是三四岁的孩子，记不清事情。"

"他现在的年纪也不大，就六岁。如果我把他带出国，过几年他也就习惯了。别拿年龄的事压我，你要是想和王雅梦结婚，也是给孩子找了个新的妈妈,难道他就能接受?"

"这不是一回事!你就不能自己生一个孩子吗?"柳子桐从椅子上蹿起来,何止是坐不住,简直要揪着弟弟的领子质问他。

"我不能有自己的孩子,我有癫痫。"

"癫痫?什么时候的事?我怎么从来不知道?怎么我没有?"

"一早就有了,只是你没留心罢了。癫痫一半是遗传,一半是环境。这是你们欠我的,我要不是从小被送出去,不管不顾,受人欺负,也不会突然发病。"他瞥了柳子桐一眼,轻飘飘一招手,"哥,你别站着,先坐着说话。"

柳子桐面无血色,又颓然坐了回去,问道:"这病严重吗?爸爸妈妈知道吗?"

"他们早知道了,只是没和你说。你看,他们也没多在意过我。癫痫现在看着没大事,不过年纪越大,情况越坏,苏妙露也是因为这事和我分手的。"

他低头自嘲一笑,调子一沉,继续道:"你就当我和你换不可以吗?你亏了一大笔钱,这件事不是我替你摆平的吗?那么大一个窟窿,我都是把自己的钱填进去的。爸爸那里也是我帮你瞒下来的。你那时候求我,我倾家荡产帮你。现在我求你把儿子过继给我,你想都不想就拒绝吗?"

"这是两码事,钱的话,我以后会还你的,可我不能拿儿子换。"

"这话是没错,但你总要为我考虑一下。你什么都有了,爸妈从小把你带在身边,什么事都是手把手教你,为了你连我的毕业典礼都不参加。公司和钱也是你的。你以后还会有别的孩子,就算不是王雅梦,你也一定会再婚。我呢?我已经什么都不和你抢了,你至少要让让我。"

"这不是让不让的问题,这是我的儿子啊,他不是什么玩具,我不能这么轻松就把他给你。"

"你说得这么一本正经,你真的在意你的儿子吗? 你和他在一起的时间有多久? 你离婚的时候有顾及他的感受吗?"

"你是在指责我吗? 很多事情不是你想的那样子。我也有我的不容易。"

"我很理解你,但你也要理解我,给我一个机会吧。我刚才也说了,我会当个好父亲的。"柳兰京微微垂下眼,"只要你把他过继给我,他就是我唯一的孩子。之前你找我借钱的事,我也不会再提。"

"这件事不能我一个人决定,我要去和别人商量一下,你让我冷静一下。"柳子桐急急起身,推开他就往外走,正巧柳志襄在外面,撒着娇要他抱。柳子桐一阵心烦意乱,没有理睬他,反倒是后面的柳兰京一把抱住了他,很自然地同他说起了悄悄话。

柳子桐怔了怔,忍不住也有些动摇。过继,兴许并不如面上这么不堪。要是柳兰京将来要领养个孩子,那还不如养大个有血缘的孩子,好歹也是一家亲。他原本就不擅长照顾孩子,还想托给王雅梦的,可她的病一时间也好不了。就是将来再找位妻子,也难以揣测继母待孩子的心。柳兰京脾气再怎么古怪,终究是他的亲弟弟。

他是被照着一个好孩子的标准养大的。所谓的好,便暗藏着顺从的意味。父母已经预先为他做了许多决定,他也并没有反抗的意思。就是这一次,因为王雅梦和父母闹不和,也是和风细雨似的吵嘴。他一向以为他们家是兄友弟恭、夫妻和顺的典范,外面的风浪再大,也打不到家里来。可柳兰京的一番话,却像是给这和顺的家庭肖像撕出个口子。

门铃又响,这次来的是王雅梦。她似乎也有话说,但让柳子桐抢了先,他以为她全不知情,原原本本把过继的事同她说了,连带着柳兰京的病。他自然找她问个态度,她原先只知道他没谋算,没料到竟天真到这地步。听口气,似乎已经有了些动摇。

"不能让他带你的孩子走,说什么都不能同意。"王雅梦斩钉截铁,一把攥住他的手,"听我说,你弟弟绝不是你想的那样子。他这是早有预谋,早就想带走你的儿子,他之前还让我劝你把柳志襄过继给他。"

他们在房间里说话,但门虚掩着,柳兰京听到声音推门进去,笑道:"你说我坏话,就不避着我一点吗?"

王雅梦道:"没必要避开你,有些事,我要当面和你对质。你一直在算计他,连带着他身边的那个助理,也一直在给你通风报信。"

柳子桐道:"你说小刘? 没有这样的事吧?"

柳兰京反问道:"你有证据吗?"

"你是怕了吗? 我说不定真的有证据。"

柳兰京耸耸肩,料定她只是虚张声势,不以为然道:"你要是有证据,就拿出来,不要这么胡说八道。我谅解你是个病人,又刚刚死了父亲,心情不好,诋毁我也能理解。但你本就和我有矛盾,凭什么让别人信你呢?说到底,你就是觉得我反对你和我哥哥在一起,想挑拨我和他的感情。"

"没这个必要了,我不准备和他结婚,我会和柳子桐分手。"她直直望定柳子桐,一字一顿道,"你听我说。我从来对你就没感情。从头到尾我就是为了钱接近你,我爸破产了,我不想放弃过去的生活,我就想依靠你来养家。我想靠你的钱买回我的尊严。但现在我爸死了,我又得了这个病,也无所谓了。"

柳子桐打断道:"你先不要说了。"

王雅梦摇摇头,道:"不,我要说。柳子桐,我承认,我是个骗子,我装成你喜欢的样子罢了。我一点也不善解人意,也不温柔,我是个狡猾、虚荣又冷酷的人。可是你对我太好了，我不忍心再这样下去了，所以你一定要相信我，你弟弟嫉妒你，怨恨你，他做的每一件事都是为了报复你。你不要相信他。"

柳兰京听了这话直摇头，想着癌细胞应该不至于这么快扩散到脑子，她怎么就忽然发了失心疯？虽说人之将死，其言也善，可她也不至于全把自己往绝路上推。兴许是她的病情很不乐观，一切的野心无望，索性求得一种道德上的宽恕，顺手把他也拖下水。

他也不动气，依旧心平气和道："你是真的病得不轻了，你这样子我更要把柳志襄带走了，留在你身边，你也没办法照顾。"柳子桐也长叹出一口气，不无怜悯地摇摇头，对她道："你不要这么自暴自弃，就算交往的过程中说了谎，但我们这么多相处的经历不是假的。你先别说话了，好好休息一下吧。"

王雅梦本还要再争辩一番，但身体已经支撑不住，嘴里喃喃道："你不要同意。"人却朝后软下去。柳子桐手忙脚乱扶起她，把她往卧室抱去。

柳志襄守在外面，听到里面大人们的争吵声，也巴巴地过去望着，想问又不敢问。柳兰京蹲下身摸摸他的头发，道："不要害怕，没什么事。"

柳志襄道："可是王姐姐好像很难受的样子。你们为什么要吵架啊？"

"不算吵架，只是聊得激动了些。今天是你的生日，要高兴一点，别为了无关的事影响心情。"

王雅梦的表现确实在柳兰京意料之外，但他尚且算镇定。他的哥哥柳子桐是个软弱又粗枝大叶的人，先前柳兰京借给他的可不是小钱，这样大的差错他是没勇气一人承担的。再者他感情牌已经打出去了，他终究还是要顾及些兄弟情谊。

柳子桐安抚了王雅梦，招招手，又把柳兰京叫到房内详谈。他有些松口，但还不愿完全让步，只想着先把事情拖延下去，就借口说柳志襄习惯不了新加坡的气候。

柳兰京放柔了声调，轻轻拍了拍柳子桐的肩膀，说道："哥，我也不想逼迫你，也不是给你压力。我知道刚才王雅梦的那番话影响到你了。我向你保证，我会好好对柳志襄的。你如果真的对他好，就让他来选，他想跟着谁就跟着谁。"

不待柳子桐作答，柳兰京就把柳志襄叫到面前来，和颜悦色道："我接下来就要走了，我想带你一起走。你是愿意跟着我还是跟着你爸爸？"

柳志襄问道："只能选一个人吗？"

"对。"

"那我要和妈妈在一起。我好想她。"

柳兰京一愣，与柳子桐面面相觑起来。他忽然醒悟到，在柳志襄生日当天聊过继的话题，是太残酷的一件事。他一生痛苦的根源便是父母不顾他的意愿，决定了他的归属，可他如今重蹈的也不过是他们的覆辙。孩子，顶着一个希望的名头，却充当着润滑剂一样的职责，在成人世界的齿轮碾压间，不断扭曲，扭曲。

他接不下话，恰好外面的门铃声填补了这片刻的沉默，客人们都到了，柳子桐像是松了一口气，甩开他就往外面去。人几乎都来齐了，排在最后的是谭瑛夫妇。林棋走在前面，热热闹闹地同人寒暄，谭瑛倒是落在后面不作声。

今时不同往日，用在他们身上倒很恰当。原本没结婚前，谭瑛是演惯贴心人的，上下台阶都提醒林棋小心些。之后结了婚，对外也是琴瑟和鸣的样子，他是最怕被人在背后说的。可那是在他占优势的时候，现在林棋用出轨的事将了他一军。她不声不响地出国去散心，留下谭瑛一家急得团团转。要忍,还是要离?要离的话,房子怎么分?他算不算过错方?要不要多赔钱?还有公司的贷款也是林棋家的面子,怎么处理?谭瑛虽然知道林棋算计了他,照片是柳兰京找人拍的。可再把婚礼的事翻出来也没人信,口说无凭,倒像是给贤妻良母泼脏水了。

谭瑛在家一路赔小心,先安抚了父母,又上门给林棋父母道歉,总算等到林棋回家,金口一开道:"我愿意原谅你,只是你也要拿出些诚意来。"谭瑛也就推托不得,把一套房子划到她名下,又把公司的股份给了她百分之三。好在他也留了后招,他跟其他创始人的股份都是结构性不可稀释,给她的却是普通股,以后找个机会骗她签几份文件,还能稀释掉。

如此努力了一番,林棋似乎也心软,泪眼婆娑道:"我也不用你这样,我就是想要你给我一个承诺。让你多尊重我些,我们以后好好过日子。"她也确实不再有动作,反倒辞了工作,每日风雨无阻地到公司给谭瑛送饭,顶着老板娘的名头宣示主权。

见她这样,谭瑛松了一口气,但对家庭生活已经生出些失望,又怨恨柳兰京暗自挑拨,弄得家宅不宁。他想着回敬他一番,结果还是林棋顺口说漏了嘴,提到柳兰京有癫痫,受不了频闪光刺激。正巧柳子桐请他去儿子的生日派对,他便特意买了个带闪光的玩具,只要一打开,就能让柳兰京当众出丑,反正不知者不罪。

他把礼盒摆在桌上,最醒目的一个位置,林棋见了也不声张,一群人寒暄时,她依旧笑着依偎在他身旁,道:"我们家谭瑛别的都好,就是对我太放心不下,我下班晚一些,他都要问我怎么还不回去。为了让他安心些,我还是把工作辞了,待在家里好好照顾他。"

谭瑛也附和道:"是我的福气,能和她在一起。"

大人们谈笑了一阵,怕今日的寿星等急了,就忙着腾挪到外面花园去。今天实在是个混乱不堪的日子，柳兰京忽然提出这样的要求，王雅梦又极坚定地要分手，柳子桐只像个不愿写暑假作业的孩子，能拖一天是一天，姑且让生日会快快乐乐结束。他看了眼时间，预计叫来表演的人也快到了。

正巧门铃又响，柳兰京去开门，却见徐蓉蓉站在门口，浓妆艳抹，面上却是一副来奔丧的劲头。她幽幽道："柳先生好啊，我知道你们没请我，可是我一直想见你一面，实在是找不到别的机会。"

徐蓉蓉是个生面孔，却大大方方走进来，又是明着向柳兰京发难。柳兰京也不方便直接呵斥她走，索性把她叫进来，抱着肩，问道："你有什么事要说？说完了就走。"他料想她也不敢闹大。

谭瑛觉得她颇为眼熟，便凑近林棋问道："她是谁？"

林棋道："是苏小姐的表妹。"

电光石火的一瞬，谭瑛忽然回忆起她的脸似曾相识。他结婚的那个晚上，金亦元和柳兰京大打出手，留在金亦元房间里的便是她。他又好奇林棋什么时候认识这号人物的，似乎知晓了许多内情。

"你会遭报应的。"徐蓉蓉抬手就要抽他一耳光。柳兰京稳稳格挡住，捏住她的手腕，一甩，说道："我看在你表姐的面子上，不和你吵。也希望你自重一点，不要再丢人现眼了。"

在场的客人瞧见徐蓉蓉和柳兰京的争执，也都闷声不响，静观着看戏。这么一男一女闹起来，基本都是感情上的事，柳兰京又是一个花名在外的人，也不足为奇。

"不好意思，我和她表姐刚分手，她很讲感情，一定要过来讨个说法。"柳兰京笑着捏住徐蓉蓉的手腕，又从口袋里掏出个红包塞到她衣兜里，"你今天既然来了，那也是客人，就当你是来给我侄子庆生的，给自己留些面子,早些走人吧。"

徐蓉蓉把钱甩在柳兰京脸上,拂袖而去,嘴里骂道:"你会遭报应的。"

柳兰京仍是漫不经心做笑脸,蹲下身慢慢把钱捡起来,扭头问柳子桐:"去问问表演节目的人怎么还不来?再不来,我又要给你们表演余兴节目了。"

打了通电话过去,对方说是堵车,还要再过十分钟。柳子桐便提议先让柳志襄拆礼物,他也有些昏了头,已经不在乎礼貌不礼貌了,只求像熨斗熨布料一样,把所有的事熨过去。他随手拿了最上面的礼盒,递给柳志襄道:"拆开看看是什么,然后和送礼的叔叔阿姨说谢谢。"

柳志襄拆开谭瑛的礼物,盒子刚一打开,就见起起伏伏一阵光在跳跃。柳兰京就站在旁边,暗道不妙,转身想走已经来不及了,柳志襄反而把盒子拿出来,举到他面前,道:"叔叔,为什么这光一直闪啊?"

柳兰京头一晕,转身就往房间逃,还没走出客厅就跌倒在玻璃台面上,一块碎玻璃直插进他左手掌里。宾客中爆出一声惊叫道:"是癫痫!快点把他拉出来。"

柳子桐是生平第一次看到癫痫发病,愣在当场,一时间反倒无从决断了。他望着弟弟此刻难堪、扭曲、可悲的发病样子,忽然理解了他对自己那片刻尖锐的敌意。他再回过神时,谭瑛已经从玻璃堆里把柳兰京抱了出来,他自己也被划伤了。

谭瑛道:"他的手伤得很重,玻璃插进去了,要找个人送他去医院。"

"我去吧。你们帮我照顾着我儿子。"柳兰京已经丧失意识了,柳子桐和谭瑛合力把他搀到车上。

汽车发动时,柳子桐忽然觉得好笑。今天到底算是怎么一回事,事情一个接一个闹出来,像是过年的鞭炮噼噼啪啪的。原本他说要给儿子准备一个难忘的生日，这下倒真的是如愿了。

柳兰京再清醒时，车已经停了，他印象中依稀有一声巨响，脸颊上有温热的痒意，伸手去摸，全是血，也不知是脸上还是手上的伤口。他看到哥哥昏迷在驾驶位上，气囊弹出，前挡风玻璃已经碎了。

外面响起了救护车的声音，柳兰京却觉得很疲惫，闭上了眼睛。他想，要是就这么完了，那他的悔恨、他的不甘、他对苏妙露的爱，都算是死无对证了。

飞机上，苏妙露坐在柳太太对面，起初还有些拘束，没话找话。后来见柳太太对她的态度还一如既往，不冷不热，她倒也笃定起来，随口说道："其实我还不知你叫什么，平时都听人叫你柳太太。"

"我姓白。按理说，你应该知道我妹妹叫什么的。"

"我也叫惯了她杰西卡，一时间忘记了。"

"我儿子跟着叫杰西卡，你倒也跟着叫，蛮有意思的。"这话说出口，多少有点冷冰冰夹枪带棒的，按理说她不该为这点小事置气，但苏妙露确实无心戳到了她的痛处。她是有自己的名字的，但多年来浪打浪的，已经让柳太太这个称呼改掉了。

她年轻时自以为要当新女性，早上四点起来背单词，很有志气要出国去享受自由。可这点志气在结婚后全消磨殆尽了，她后来真正出国，每一次都是为了家庭。

苏妙露让她刺了刺，就不敢再说话了，自顾自看起了电影。柳太太眼尖，瞧见她的那枚订婚戒指已经取下来，手指上空落落的。到底是年轻，她的手指细长不必说，全程都不擦护手霜，一路飞下来，皮肤还是细腻光洁。柳太太自然不行了，没几个钟头，手指就有些干涩。

手和脖子,最藏不住年龄的就是这两处。柳太太脱下戒指,仔仔细细涂了一层护手霜。她的婚戒只有一克拉的钻石,二十多年前买的,前几年说要换一个,但柳东园道:"老夫老妻了,小孩都这么大了,没必要了。"

老夫老妻,这个词像一块布,盖住了他们多年来的扶持、合作、背叛、试探和人到中年后的无可奈何。他们是相亲认识的,第一次见面互看不顺眼。他嫌弃她是小资产阶级做派,她觉得他不讲究,随身都没有手帕,用袖子擦嘴。之后又吃了两次饭,反而印象好起来些。她觉得他做事果断有担当,他觉得她心思细密有远见。后来结婚,就成了顺理成章的事。

婚后的第一个孩子是有备而来的。她原本有个外派出国的机会,可妹妹一声不吭就去了日本,照顾父母的责任都落到了她头上。她放弃了这个机会,先把孩子生了,索性把贤妻良母当个彻底。

子桐小时候体弱多病,凡事都离不开人。正巧那几年柳东园的公司刚起步,家里一商量,就让她先把工作辞了,等孩子大一些了再回去。在那个年代,这似乎是很理所当然的选择,连牺牲都算不上。她真正后悔的反倒是多年后的事了。

第二个儿子是意料之外,一次夜里的擦枪走火,她发现时已经快一个月了。因为要交罚款,家里也有了儿子,一开始都想打掉。可柳东园找人算了一卦,说是这个孩子招财。她又听人说应该是个女儿,想着倒也不错,一咬牙就生了下来。

之后就是一连串的麻烦,先是难产,她痛得昏天黑地,险些以为自己死过去几回。好不容易生下来后又是一身的毛病,子宫脱垂,盆腔松弛,贫血,腰痛,风湿关节痛,身材上的走样反倒是最微不足道的一件事。

她卧床休息了一年多,请了个保姆还不够,又把母亲叫来照顾她。重新工作的事自不用提了,连和柳东园再同床都是四年后的事了。有一段时间,他衣服沾着女人的香水味,她也不声张,多少也是觉得有亏欠。

生儿育女,相夫教子,这似乎是一代代女人的使命。事情落到她头上的时候好像也不委屈,毕竟她的母亲也是这么过来的,寻常的牺牲就算不得牺牲了。她原本以为自己不在乎,可一次给柳兰京洗澡时,他指着她肚子上的刀疤,说道:"妈妈,你肚子上好吓人啊,像是毛毛虫一样。"他被吓得哭了出来。

童言无忌本不该当真,可她回过神来的时候,一耳光已经抽出去了,柳兰京从没挨过打,怔住了,连哭都停住了。

暗地里,她不得不承认自己偏心。兰京从出生就比他哥哥会折腾,要抱要哄,连哭声都比子桐响亮,照顾他可谓是苦不堪言。

两个儿子都在身边时,她曾想过离家出走。那时她刚刚从难产中恢复过来,小腹还有隐约的垂坠感,好像肚子里开了个洞,内脏化成水,滴滴答答在流出来。母亲帮着去买菜,她洗完衣服打了水拖地,刚哄睡的兰京大哭大闹着要抱。柳东园又打电话来说今晚不回家吃饭。

她呆呆地立在客厅里,周围都是响声。洗衣机咣当咣当在转,孩子在哭,肚子在痛,电话在响,再过两个钟头,另一个儿子要回家了,一开口必定是说:"妈,我饿了。"一天复一天,一年复一年,这样的日子她不知道还要过多久。

她头脑一热,像是丢垃圾一样,开了门,直接把儿子放在门口。他依旧在哭,像是个带警报的定时炸弹,哭声穿透大门,直刺太阳穴。她叹口气,清醒过来,把兰京抱回家里,勉强哄睡,又扶着腰把地拖干净,从洗衣机里拿出衣服,一件件晾干,还多出些时间,又顺便做了个小点心,预备着子桐从托儿所回来要吃。

知道这是所谓的产后忧郁症,已经是许多年后的事了,她已经能把这段往事当闲话说给妹妹听了。妹妹感叹道："其实你当初应该走的。"这自然也是闲话,因为清楚她绝不会走。

她淡淡笑道："我可不像你,我是家里的姐姐,很多事情不能由着自己的性子来,上有老,下有小,你是真的太自由了。"这话终究带点酸,在她那个年代,自由是个贬义词,不负责任的人拿来遮掩罢了。

前两个月大学同学聚会,有过去相熟的同学发来邀请,她婉拒了,知道背地里会说她是当了富太太搭架子,其实她是不愿以家庭妇女的面貌出现,还不如由着他们去猜。但隐约听说当年班上最有出息的一位女同学所嫁非人,现在过得十分可怜,她似乎又有些庆幸了。

柳太太回过神来,苏妙露已经睡着了,一缕头发垂在眼前,吹起来一飘一飘。其实如果是个女儿,她期望的完全是苏妙露这样子:漂亮,莽撞,又带着真诚。这样就可以陪着她,十年二十年的,结不结婚都随意,偶尔还能和她说说私房话。

有一次,她把这念头与柳兰京讲了,他讥嘲道:"你不是想要女儿,是想要个宠物,安慰你空虚的人生。"

"你和我说话的时候,最好过一过脑子。"她对他并不需要太客气,到底还是他的妈。

柳兰京不搭腔,耸耸肩转身就走。从小到大,他就是这个脾气,他一不高兴,就要所有人跟着笑不出来。俗话说,至亲至疏夫妻,落到他们家里便是母子。因为她不喜欢这个儿子,反倒能格外客观地看待他这一段情:就该是苏妙露,他喜欢她,她也降得住他,不管为了什么事闹翻,都有回旋的余地。为儿子的婚事力挽狂澜,倒也是一位母亲的责任。

飞机到了温哥华,因为杰西卡那头派不出人来接,叫车搬行李一类事便完全由苏妙露处理了,她倒也没怨言,很自然地把柳太太当个体弱的小老太,全权包办,还介绍起附近的一些景点。她笑道:"我不是第一次来,我也懂英语,我是外国语学校毕业的。"

苏妙露道:"柳兰京读书这么好,应该是遗传你吧。"因提到这个名字,她的神色又黯淡了片刻:"你为什么让我过来,不让柳兰京过来?"

"为什么要让他来? 他是我妹妹带大的,到时候和我唱对台戏,有什么意思? 让你来还能搬个东西,做点事情,叫他来差都差不动,纴掉在地上都懒得捡。"

"还好吧,我记得他也是会做家务的,饭也烧得不错。"

"在你面前当然是这样子,我早说了,他是给你们家做女婿去了。"

"柳太太,我不知道你是不是误会了一些事,我和柳兰京已经分手了,我这次过来主要还是想感谢杰西卡。"

"我知道啊,不过你来都来了,听我和她聊几句柳兰京也没什么吧,毕竟还是一家人。"

苏妙露不应声,只快步朝前去开门。钥匙是柳太太给她的,从柳兰京手里拿来的。一推门就见杰西卡坐在轮椅上晒太阳,腿上盖了一条毯子,神色恹恹的,似乎老了许多。她扭头见柳太太在后面,百感交集起来,想说的话太多,一时间倒无话可说了,只得道:"哦,你来了啊。"

柳太太淡淡道:"是啊,我来了。"

"你怎么头发都白了,还穿这件绿衣服,不好看。"

"你还是老样子,一点审美的眼光都没有。"她摇摇头,忍不住巴要笑。

杰西卡让当年的日本旧情人骗去了九十多万加币的积蓄,他人已经逃回了日本,音讯全无了。追债是一回事,但昔日的感情被作践,对她的打击更大。她原本就有许多老年病,一下子支持不住了。

柳太太过来探望,确实让杰西卡精神好了许多。但她到底是贵太太,照料人的事已经不擅长亲自上阵了,温哥华人工又贵,专业看护一时间找不到,许多事照顾得不周全,都丢给了苏妙露。

杰西卡有些过意不去,暗地里对姐姐道:"你这是已经把她当儿媳妇使唤了?"

柳太太道:"要当儿媳妇,你外甥还不一定有这个运气呢。"她把柳兰京与苏妙露订婚又分手的事,避重就轻说了一番。杰西卡听后大呼可惜,感叹道:"其实结婚不结婚不要紧,可是分手就蛮可惜了,很多人错过了就是一辈子。"

"所以我想着把这件事再挽回一下。"

杰西卡揶揄道:"你挽回的办法就是让她给你当帮佣?"

"我也不想啊,谁让你这里什么都没有,事情又这么急,我从国内带人来都不行。"柳太太白她一眼,"现在只能先麻烦她了,给你找保姆的广告已经发出去了,应该很快就有人来。"

"要我说你一个老太婆了,别掺和在小孩子的感情问题里,弄不好就惹人嫌。"

"你外甥现在已经够嫌我了,也不差这一点。不过她既然愿意过来,肯定是还没和他断干净。要是真的恨得不得了,那男方这里的亲戚是一个都不愿意见的。"

苏妙露愿意陪柳太太来加拿大,这份故地重游的心态,她自己也说不清。明面上借口是钱的事,其实她也明白,柳兰京当初说的不过是气话,气消了也不会追着她要债。她对杰西卡确实有感激之情,当初很是照顾她,终究是要还了这份情。她觉得柳太太也是个可怜人,在飞机上犹豫了几次,想把柳兰京的事和盘托出,却又开不了这个口。

家似乎是一个极特殊的地方,这里每个人似乎都满腹委屈,有许多的话要倾诉,可真要开口,又一个字也说不出来。

住的还是当初的房间,虽然是一番好意,苏妙露却不愿待在里面,每碰一样东西,每走一步,样样件件的,就想起当初和柳兰京在这里说过的话。他实在是阴魂不散的一道伤口。好在照顾杰西卡还比较忙碌,她也乐得这样忙碌,可以避开柳太太,也不用多想柳兰京,一回房蒙头就睡。

她下决心这次回国就彻底和柳家划清界限,好的坏的,都再无干系了。求职简历发出去,也有几份回应,但本地的工作都不算太满意,倒是一个投在南京的岗位,薪酬和公司都不错。往日基于懒惰性,她并不愿离家太远去工作。

她躺在床上用手机和父母报平安,也没有多余的话可说。退出来倒看到一条新消息提示,她觉得眼前一刺,胸口忽然一阵紧缩,是柳兰京给她发了一条微信。她原本想用玩笑掩过心虚,调侃柳兰京总算想起自己的账号密码了。

可点开一看,劈头盖脸就是一句:"你是不是说过想让我被车撞死?"

"是啊,怎么了?"

"你说得还挺准的,我真的被车撞了,不过还没死。"他发消息一向不用标点,也不带表情,有种平铺直叙的冷感,猜不透情绪。

苏妙露揉揉眼睛,把那条回复仔细看了两遍,并不像是玩笑话,她急忙追问道:"你怎么样了?"

"我不重要,重要的是我哥出事了,你现在和我妈在一起,想办法稳住她,让她好好休息。我爸已经回来了,她坐飞机回来那天,他会去接的。"

"你到底怎么样了?"苏妙露明白出了大事,柳兰京说话的口吻简直像是交代后事。

"你这两天好好照顾我妈。千万不要暴露情绪,我告诉你这件事,是因为我相信你。你可以做到的。"

"你到底怎么了？求求你告诉我啊。"

"你也好好照顾自己，不要哭。"

"我没有哭。"

"那很好，要说到做到，为我这样的人流泪多没意思。"

苏妙露再要追问，他就彻底不回复了。她咬着手指，险些哭出声来。多荒唐啊，她先前总觉得柳兰京不太看得起她，事事都只知会她一声结果。现在终于轮到他让她力挽狂澜了，有了把重大责任交托给她的信任，却是在这样的情境下。

苏妙露定了定心神，装作若无其事下楼去。正巧撞见杰西卡需要帮忙，她有一些旧东西，放在后面的仓库里，上了锁，给了一把钥匙，让苏妙露帮忙带上来。她拿着钥匙去找，仓库外面一地的落叶没有扫，锁上生出一些铁锈，钥匙也是旧钥匙，她插进锁眼里一转，咔嗒一声，钥匙竟然断在里面。

她怔了怔，眯着眼去看锁眼，用铁丝想把钥匙钩出来，却划伤了手指。她把伤口在嘴里含了含，很小的一件事，她却忽然觉得天塌地陷，握住那断掉的半截钥匙，蹲在地上，像个孩子一样抽泣起来。

柳太太出来时，苏妙露的眼睛还是红的，抹着眼泪嘟囔道："我很努力转钥匙了，为什么门总是打不开？为什么我连这种事也做不好？为什么门打不开？"

这点眼泪来得没头没尾的。柳太太皱了皱眉，还是上前安慰道："没事的，打不开就算了，本来里面也没什么要紧的东西。"她很敏锐地察觉到反常，但并不往深处想，只当苏妙露回忆起恋爱中的伤心事了。她已经有许多年不再青春，早已不记得爱意激荡的感受了，便很自然地觉得年轻人的感情就该是这样子,有一阵一阵的波澜。

苏妙露回过神来,生怕柳太太起疑,就很随意地把事情掩饰过去。第二天,也有护工来应聘,是当地的华人,柳太太出的钱,价格一谈妥,余下的事就很顺利了。多了一个人来帮忙,苏妙露倒也突然闲下来了,柳太太和杰西卡姐妹间谈往事,她也没有别的事做,就出门采购了些奶油和泡打粉,用杰西卡家的烤箱做蛋糕。

杰西卡暗地里对柳太太道:"你让她稍微歇一歇吧,这几天都没怎么停过。"

柳太太道:"我也想让她歇,可她不听我的啊。有的人天生就喜欢照顾人,你也随她去吧。"

"反正我和你都不是这样的人,只喜欢被伺候。"杰西卡推了推鼻子上的老花镜,她原本是不愿戴眼镜的,像是承认了自己的老态,可这次病了,也只能顺其自然当个老人,"我本来以为你这次过来又要和我说教了。说我要是早点结婚定下来,也不会变成这样子。"

"和你说了,你也不听啊。从小到大说了这么多年,我也懒得管你了。"

"这次还是过来管我了。"

"没办法,谁让我是姐姐啊,总要多担待着点。"

杰西卡摇摇头道:"你这话就没意思了,当不当姐姐也不是你选的,当妹妹也有妹妹的辛苦。这么多年,谁都不容易。"

"你可是要比我自由许多的,爸妈都是我在照顾,你也就是最后回来看一下。"

杰西卡反驳道:"你结婚的时候,爸妈也是出力不少的,孩子也帮你带了。我在外面都是靠自己的。让你过我的日子,你也一样不愿意。"

她们这样性格截然不同的姐妹，从有印象开始就少不了争吵，吵得多了，便愈发不理解对方了，各奔东西过日子。隔得远了，看对方的生活，又生出些雾里看花的美感。妹妹觉得做贵妇人是一件轻松的事，姐姐则觉得出国在外能享受极大的自由。可是真要调换过来，又有许多的不情愿，所以也就是偶尔想一想。

柳太太叹出一口气，道："人啊，就是这样，看不到了要想，看多了要怨。你也别嫌我烦，你也这么大年纪了，养老的事要考虑一下了，养老院也好，保姆也好，都要先准备起来了。再过几年，我来看你都吃力了。要不你回国吧？"

"我才不回国。我想过了，以后就找个小年轻谈恋爱，为了我的钱也无所谓，只要能好好照顾我几年，死了以后都是他的。"

柳太太笑骂道："你有毛病啊，老不正经，一把年纪了还花痴。搞来搞去，搞不清爽。"

"你不懂，越是上了年纪，越是能搞。你知道吗？山顶上的那户人家老金，七八十岁的一个老头子了，讨了一个小老婆，本来过得蛮好，不知道哪根筋搭错了，突然要离婚了。"

"哪个老金？金横波？"

"嗯。"

柳太太不作声，脸微微沉下来，似乎想到了什么。杰西卡正要追问，苏妙露就端着新烤好的蛋糕走上来。这一次没掌握好温度，外面一层微微有些干。好在杰西卡还是很赏光，装到盘子里的都吃了，连带着柳太太也吃了几口。

杰西卡笑道："你真是个好孩子，我都有点舍不得放你走了。"

苏妙露笑道："我也想多留几天，可惜海关不同意啊，签证到期了，就要讲我是黑户了。"

"可惜我是个老太婆了,不然你干脆和我结婚好了,绿卡分你一半,也好当一家人。"

柳太太从旁插话道:"谁要和你当一家人啊?"

杰西卡握着苏妙露的手,很有些意味深长道:"那你想和谁当一家人啊? 和她怎么样啊? 你别看她,说话有时候是蛮搓气的,人倒是不错。"

"这我知道,柳太太挺好的。"她顿一顿,继续道,"柳兰京也挺好的,只是我有时候觉得有点累。"

柳太太朝妹妹使了个眼色,知道这时候强逼是逼不出什么的。苏妙露是个性很强的人,虽然是和柳兰京一时置气吵架分的手,但早先就埋了伏笔,否则不会在订婚的事上一推再推。这次当说客失败,她倒也不灰心,人的机缘是有些玄妙的,恩断义绝的时候少,藕断丝连的时候多,哪怕是一盆火,熄灭了也有滚烫的余温。结婚从来不单是感情的事。

她只淡淡道:"你叫她杰西卡,就别叫我柳太太,叫我阿姨就好,我叫白闻青。"

那天夜里,柳东园破天荒地给柳太太发了消息,他说合同的事处理得很顺利,所以提前回了家,发现她高血压的药没有带齐,就问她现在身体怎么样。

柳太太道:"还可以,我最近换了一种药,那个药已经不吃了。"

"是这样啊,那你也早点回来,你年纪大了,奔波在外面,还是蛮辛苦的。"

"怎么突然这么关心我? 出什么事了?"

"其实也没什么,就是这段时间,家里没了你,也不太习惯。"

"那我听着倒蛮得意了。那没什么事,我先睡了。"话虽这么说,她私底下却没有完全信,隐约觉得是发生了一些事。她活得太久了,在这方面自有一种经验,像是过去听收音机,调频道时总会先听到窸窸窣窣的杂音,真正的大动静在后面。但她不愿去细想,该知道的事自会知道的,这是她另一重生活的经验。

看护就位后,杰西卡这头稳定了,苏妙露也就多出了许多空闲时间,陪着柳太太到商场逛街选礼物。一连有好几次,售货员以为她们是母女,对着苏妙露说这个很适合你母亲。柳太太自然也听得懂,但也只是笑笑,不反驳。

原先以为是外国人认不清东方脸,可后来连雇来照顾杰西卡的看护也这么想,当苏妙露是杰西卡的侄女。她想要解释清楚,又觉得太麻烦,势必要牵扯到柳兰京,索性也不提了。

柳兰京自从那一次发来消息后,就杳无音信了,无论苏妙露怎么问他求他骂他,都是石沉大海。因为这一点,苏妙露便清楚他伤得不轻。他一向自尊心高得惊人,一丝一毫都不愿在别人面前露怯。

最坏能坏到什么地步?会瘫痪吗?会毁容吗?会直接撞成个傻子吗?好在他还会用手机。至少也没有失忆,不然没办法联系上她。她只能这么自己逗自己,才勉强熬到最后一天。

去机场前,柳太太给了苏妙露一笔钱:"这几天也多亏你了,不管你和我儿子是什么关系,这点钱是我感谢你的,你还是收着吧。"

苏妙露没拒绝,把钱揣到包里,道:"其实也不辛苦,我这几天是要找点事做,不然会胡思乱想。"

"想什么?"

"也没什么。"苏妙露生怕说顺了嘴要露馅,含糊道,"我只是有些害怕,害怕很多我不能控制的事,我总是一次又一次发觉自己的无能为力。"

"谁都有这种时候的。向前走吧,前面总是有路的。"或许是这几天相处熟了,她倒也温和起来。

柳太太年纪大了,在飞机上也睡不着,回去的路上反倒健谈起来,拉着苏妙露絮絮叨叨说了很多往事,多半是柳兰京小时候的琐事。苏妙露一面赔着笑,一面暗自心酸,觉得柳太太是老态尽显了。她借着昏暗的光线看到柳太太脖子上一层层的褶皱,像是蛇蜕下来的皮。

飞机到上海,柳东园亲自来接的机,随行的还有柳太太相熟的一个医生。她只一瞥,就知道出了大事,再去看苏妙露的神情,隐约有些愧色。

柳太太心下了然,走上前,很镇定地问道:"是哪个儿子出事了?"

柳东园道:"两个都出事了。"

她轻轻哦了一声,眼前一黑,就瘫软过去。他急忙把她搀扶起,她摆摆手,自己倒站稳了,道:"这个月家里保姆的工资要提前发。接下来可能顾不上了,家里的事情都要照旧,不能让外人看出我们乱了。"她能说出这样的话,便还算清醒。柳东园等她缓过劲来,就一起坐车去了医院,留苏妙露一个人在机场,也来不及做多余的客套,让她自行回家。

第二十三章　静默

　　详细的情况还是王雅梦后来告诉苏妙露的，她当时就在现场，目睹了柳兰京发癫痫摔倒在玻璃桌面上，然后由柳子桐扶上车送去医院，后来听说在高速上出了车祸，都伤得不轻。

　　很不合时宜，苏妙露竟然想起了《两只老虎》的旋律。两只老虎，一只没有眼睛，一只没有尾巴，恰似柳家兄弟的伤势。哥哥的角膜受损，基本丧失了视力，保守估计，治疗后最多能恢复左眼的感光度。弟弟的右腿断了，还要动两次手术。

　　出了这样的大事，苏妙露却一点风声也听不到，想来是她和柳兰京分手分得太及时，彻底被当个外人了。要说怨恨柳兰京，她的怒气到这地步也没全消，但她仍急切地想见他一面，甚至有片刻侥幸，觉得他是需要自己的。

　　她在家里也坐不住，想问清楚柳兰京在哪个医院，一连给他发了好几条消息，都不见回应。柳太太临走前说以后会联系她，但也像是忘了有她这一个人。浑浑噩噩在家里等了五天，她终于熬不住，给王雅梦发了消息，问道："你知不知道柳兰京现在在哪里？"

王雅梦很及时地回道："你要去看望他吗？柳太太之前也问过要不要让你过来，是柳兰京说不要，但他可能也就是赌气。"

辗转反侧了一整夜，苏妙露还是下了决心。为道义、为负罪感、为他们未死尽的一丝爱，她都务必要去见柳兰京一面。她问清了病房号，饭也没吃就出门了。

柳兰京在房间里待了一上午，整栋屋子里人来人往的，竟没有一个人进去同他说话。他忽然落入一种犯人待发落的处境，让苏妙露隐约觉得此事与他脱不了干系。

她到的时候，柳兰京病房里恰巧没人守着。他面颊上贴着纱布，搁在被子外面的一只手也绑着绷带，腿是打着石膏吊起来的，只能平躺着，上半身微微斜着，头陷在枕头里，睡得很不安稳，皱着眉，眼角依稀有泪光闪烁。

有一瞬间，如同赦免一般，苏妙露几乎原谅了他的一切。

柳兰京听到响动，睁开眼："你怎么在这里？出去。"话说得很凶狠，但调子完全是虚的。

"我不走。"苏妙露搬了把椅子，自顾自坐在病床边。

"我和你已经完了。"柳兰京扭过头去，不愿对上她的眼神。

"我们是完了，可你还没有完。"

"你到底过来做什么？反正你对我已经没感情了，你是要体现你的人道主义精神吗？"他的嗓子似乎也伤到了，不能大声说话，忍不住咳嗽起来。

"我不知道。我只是觉得这种时候，我想要在你身边，你需要我在你身边。"苏妙露把他扶起来，往杯子里放了根吸管，喂他喝水。

柳兰京润了润嗓子，似乎又有力气骂人了，轻轻道："自作多情。"

"我也不知道我是不是自作多情,可能你真的不想看到我。我也确实帮不上什么忙,所以我就问一次,你需不需要我留下来陪你? 如果你说不要,我立刻走,不会再来烦你。"

这话倒并非一时的赌气,自从分手后,她就不敢断言有多了解柳兰京,索性抱以对陌生人的态度,凡事先问清楚。

柳兰京垂下眼,想了想,说道:"来都来了,路也挺远的,那你留下来坐一会儿再走吧。"

苏妙露背过身去偷偷笑了,一连坐了两个多钟头,其间护士来换过一次药。一样是普通话不标准,念不清楚柳兰京的名字,南京,蓝青,念到第三遍才对。苏妙露同他开玩笑道:"我第一次也念不好你的名字,是绕口。"她把手机通讯录给他看,柳兰京的号码署名是"普通话等级考试"。

柳兰京淡淡笑了,又说道:"所以你没叫过我的名字,一次都没有。"

"是吗? 我不记得了。"

柳兰京又不再接话了,只是安静地凝视着她。以前他们是面对面静坐着也不觉得尴尬,现在却忽然有种哀切的气氛了,似乎都清楚以后也没有再叫他名字的机会了。

临走前苏妙露问柳兰京还缺什么,他只摇了摇头,说:"这里都有,你要是抽不出空,明天就别来了。"

第二天她还是去看他了,甚至还提早了半小时。她和父母说了这件事,苏家父母虽然对柳兰京有很复杂的态度,但还是支持女儿去探望他,苏父亲自开车送她去医院。

这次柳兰京似乎精神好了些,在吃一个小碟子里切好的猕猴桃,上面有两个银色的叉子,他分了苏妙露一个。苏妙露很自然地接过去,与柳兰京说几句闲话的间隙,就吃了个干净。柳兰京把空盘子拿回去,手里捏着水果叉,无所适从道:"你好歹给我留一块啊。"

"啊? 你把盘子给我,不是给我吃的意思吗?"

"没想到你这么快就吃光了,我才是病人啊。"

"你这不是精神很好吗? 不差这一口了。"

柳兰京撑在床上,稍稍直起身来,颇为一本正经道:"其实昨天一见你,我就想说,你好像胖了些。"

"你还是这个德行,看来身体好得差不多了。"苏妙露与他悄悄对视一眼,这一次倒是不约而同都笑了。

毕竟吃了柳兰京的水果,有些过意不去,一直坐在他跟前,也没有旁的话说,反而徒增尴尬。她就中途溜出去,买了两袋火龙果回去。她再回病房的时候,柳太太也在,见到她也没有其他寒暄的话可说:"你过来了啊,那就好。要是没空吃饭,一会儿让司机接到我家里去吃。"

柳太太匆匆就走了,全程与柳兰京连话都不多说,他也刻意避开母亲的眼神。她原本以为柳兰京的车祸完全是意外,可忽然嗅到了山雨欲来的味道。柳子桐和柳兰京并不在同一家医院。这两天她完全没见过柳兰京别的亲人来探病,就算全家都忙着照料他哥哥,也不至于把他冷落到这地步。

她没有问柳兰京,他也没有解释,隐约是能猜到些,但他们一时间都没有聊起,越是痛苦的话题,越是不去提,有时连想到碰一碰都显得刺痛。

又过了一天,苏妙露带着两个苹果去看他,自己吃了一个,另一个给柳兰京削皮切块。她说自己能用刀削皮中间不断,柳兰京不信,就和她赌了十块钱。结果是她输了,中间打了个喷嚏,一刀就割断了。她推说是今天发挥不好。

柳兰京笑道:"那你明天再拿个苹果过来,明天也不行,后天再过来,今天的十块钱就先欠着吧，不过要收利息的。"

"那我要一直不行，就利滚利欠你不少钱了，以后再欠你个十几万。"苏妙露别开眼神，也不知为什么这句话很顺口就说出来了，她原来隐约还是有怨恨的。

"我……"他的嗓子哑起来，第一下没发出声音，"是我对不起你。"

"为什么道歉？为了什么？"她倒不是咄咄逼人，而是真的有些弄不清了。

"其实我也不知道。兴许我这人混蛋当太久了，都不清楚什么算是正常。"他笑了一下。

"真奇怪，我和你认识到现在也没多久，怎么好像已经过了一辈子？"

"因为我能折腾吧。"

"这倒是实话。"

"上次的录音你还留着吧。"柳兰京微微一顿，像是如释重负般说道，"把录音给我妈妈听吧，她也该知道我到底是怎样一个人。都是我的错。"

"我不会为你做这种事的，你自己和你妈妈说。不要逃，这是你的家，你的家人。有什么事，你自己和他们说清楚。"

"你倒会说漂亮话。"他的头低着，前面的刘海太长了，已经快遮住眼睛了。

"我长得漂亮，自然要说漂亮话。"苏妙露弯下腰，很顺手，为他把那一缕头发别到耳后，又找了个粉红色的夹子给他别上，也不听他的抱怨。

后来柳兰京的主治医生也来过，说治疗方案的时候，他把苏妙露叫进来一起听。医生说他的腿要想和正常人一样是不可能了，当初动手术时，花了一个多小时才把碎骨头渣子清出来。但只要积极复健，痊愈后几乎和健康人无异。

用的是"几乎"这个词,带有一种含蓄委婉的色彩。柳兰京没什么表示,等医生走后才扑哧一笑,苏妙露以为他受刺激太大:"你为什么在笑啊?"

"因为你在笑啊。"他笑得更厉害。苏妙露不信,用手指去摸自己的脸,才发现嘴角确实是勾着的。她不由得大惊失色,又想起近日来相处,她是异常甜蜜。追根溯源,她到底是怎么爱上他的?

不正是衣柜里的仓皇一瞥,见到他发病,意外戳中她的心意。照顾他,怜悯他,包容他,甚至拿捏他,她的自尊由此而饱胀。

柳兰京自然是看透她了,笑道:"留下来吧,留在我身边。我很长一段时间都离不开人了。你爱我,但你不爱我的钱,你爱我的病。你就是喜欢照顾人,好心肠的笨蛋。"

"或许这样不对。"

"没什么对不对的,我大概不太好,可就是适合你。不是哪个男人都能随便让你抽耳光的,我妈都没打过我呢。"

"对不起,我真的不该动手的。"

"真的愧疚,那就留下来多陪陪我。"

于是他们像是和解了,可又不尽然,更多是回到了老样子。他完全像个孩子,清醒时开朗坦诚,睡着时安静柔顺。偶尔为一些小事拌嘴,转眼又道歉。

他需要她,乞求她守夜,又想她和自己说话。她不说话,他就委屈着抱怨她不够关心自己。她又气又笑,道:"你要我多关心你? 抱着你哭吗?"

"是的,就这样,像妈妈照顾小孩子一样照顾我。我喜欢这样,你也喜欢这样。"她笑着摸他的头发,仔细看他睫毛投下的影子。

太阳好的下午,她都坐在床边给他念书。书都是从他的房子里拿的,他把钥匙又重新给她了。反正不少东西原本就是她整理的,还顺便拿了些换洗的衣服和他用惯了的刮胡刀。

书单是他列的,第一本读的是沃尔科特的诗集,在读到那句经典的"就连爱情的闪电,也没有如雷的结尾"时,他们间的沉默好像更深了。

"这本太无聊了,换一本有趣点的比较好。"苏妙露哗啦啦把纸页翻过去,又拿出一本厚一点的,一翻开,就发现里面被挖出个洞,藏着个丝绒盒子。她打开,里面是一枚钻戒,两克拉上下的蓝白钻,对着光,透出一丝清冷肃穆的蓝。

她鬼使神差着把手指伸进去,戴在无名指上,正正好好,待到要脱的时候,反而卡住了。她越是用力要拽,手指越是被捏得红肿起来。

柳兰京握住她的手,止住她的动作,道:"你也别着急,这是公共场合,掉了也不方便,你回家了再脱,明天还给我也好。"

苏妙露问道:"为什么藏在书里?"

"这本书本来想你生日的时候送给你,不过现在你估计也不会收了。"他也没有多做解释,苏妙露也看出这是一枚婚戒。他总是有些自说自话的,许多东西都喜欢提早预备下,也不管用不用得上。

等她从病房中出来,在走廊上,迎面就碰见了柳兰京的医生。他点头和她打招呼,很自然地说道:"柳太太好,你又来看你先生啊。"

这个称呼一叫出来,她险些没意识到说的是自己。回家的路上,她一直偷偷把手藏在衣兜里,像是做贼似的,生怕让人看到这戒指。倒不是怕偷怕抢,那么大一颗钻石,纯度也没有很好,可戴在她这么一个人手上,穿着洗得褪色的牛仔裤,搭地铁回家,很容易让人想到来路不正。她也算不上问心无愧,这几天相处下来,她抵挡柳兰京的心意已经不如先前那么坚决了。

　　她躲在卫生间里,涂了点肥皂水,总算把戒指脱下来了。把戒指和当初那对耳环放在一起,想着第二天一起还给柳兰京。结果到医院一看,病房已经空了,柳兰京让家人接了回去。她又恼起他来了,他就是故意不告诉她的,强要她收下这戒指。

　　一回生二回熟,她已经不吃这一套了,直接冲到柳兰京家里,进卧室找他。正好撞见柳兰京叫人打了盆水,自己对着镜子,很勉强地单手刮着胡子。她又心疼起来,他实在是太心高气傲的一个人,再怎么装得豁达,也不甘心当个瘸子,何况他那天是当众癫痫病发。

　　她上前,为他把镜子扶起来,看着他一点点把胡子刮干净。不过她也不准备太轻易放过他,打了盆热水,浸了块干净毛巾进去,拧干水,熟门熟路往被窝里塞。柳兰京要挣扎时,已经被她一手按住了,就搭在他腰上,半个手掌贴着肉。

　　她自上而下开始给他擦身,一点顾忌也没有,就把他睡衣扣子解开,从锁骨慢慢往下抹。她的一只手在后面揽着他,让他上半身靠在自己胸前,顺手就把背也擦了,还说:"与其叫个看护来,这种事还不如我来,让你顺便吃吃我豆腐。"

　　"你没看腻,我也没什么话可说了。"他的睡衣虽然还穿着,但基本是赤条条敞开了,他一向偏于苍白,只是以前都是晚上见识,看不太真切。苏妙露这次发现他左边胸口也有一颗小痣。他是真的白,热毛巾擦上去有印子,面颊也发红,说不清是不是热气熏的。

　　上下擦了一圈,她把水倒掉,然后把两样首饰都放在他床头柜上。他微微叹气道:"以前是我的错,让你有心理阴影了,不过这次我真的只是想让你收下,没有别的意思。我也不可能再把它送给别人了。你就留下来,大不了卖了还能换钱。"

"用不着了,我和你还是分得清楚些比较好,我不会再用你的钱了。"

他见她坚持,也就没有话说,只是求她帮忙取一张唱片放在留声机里。乐声流淌出来,苏妙露并不知道是什么曲子,只是过去他们同居时一直听柳兰京演奏。

她问道:"这是什么曲子?"

柳兰京答道:"是肖邦的第二钢协第二乐章,鲁宾斯坦演奏的版本。"

之后他们一站一卧,互相凝视着,都在钢琴声里静默无言了。

这天晚上,柳太太留苏妙露在家吃饭。柳家本来人就不多,柳子桐还在医院里,柳太太赶过去照顾他,柳东园则压根不在国内。柳兰京不能下楼,饭菜都是端上去的。整张桌子上只有王雅梦和苏妙露对坐,也是相顾无言。王雅梦也是刚从医院回来,又是病又是忙,连汤都只能喝两口。

人不齐,菜倒还是一样烧,结果反倒让苏妙露占了便宜,坐在餐桌上一人吃一只八宝鸭。苏妙露压低声音,悄悄道:"我是不是很没良心? 现在这种情况,我还吃得下饭。"

王雅梦很疲惫地摇了摇头,道:"不,你这样挺好的,现在就是需要你这样的人在。你如果方便的话,明天也过来吧。"

苏妙露犹豫了片刻,还是点点头:"柳子桐现在怎么样了?"

"今天比昨天好,可以慢慢扶着人下床走动了。"

到苏妙露走时,阿姨让她把中午吃剩的菜,打包带回去吃,说是柳太太的吩咐。她也没推辞。走出柳家的别墅,天色已经黑了,夏天的热度已经渐渐退去了,晚风里有一丝清新的凉意。

这样的事情,以前徐蓉蓉一家也对她做过,那时候她拎着剩菜回去,是满心的屈辱,现在却只觉得释然。她忽然觉得有些奇怪,是家家有本难念的经吗？这话说得太浅显了，没有全无破绽的家庭，柳家终于把带缝隙的一面暴露给她看了，也算是拿她当自家人了。只是如今的情形全不对了。

苏妙露在路上和父母通了个电话，说很快就要到家了。母亲让她快一些回来，有个朋友在家里等着，已经坐了有一会儿了。

苏妙露问道："是谁？"

苏母道："我也不认识，她只说是你的朋友，姓林。"

苏妙露印象里，有这个姓氏，又称得上朋友的只有林棋一人。她回到家里一看，果然是林棋，正跷着腿吃开心果，笑眯眯地朝着苏妙露挥手。

苏妙露问道："你怎么来了？"

"我说了，一有机会我就会报答你。"林棋轻轻巧巧地拉起她的手，跟着她到房间去，拿出个礼盒给她，道，"我这里有些礼物送你，你拿着吧。你当初不也送给我结婚礼物吗？"

苏妙露婉拒道："其实那是柳兰京的钱，你不用和我回礼。"

"没关系，你是我的朋友啊，你在我最需要的时候帮过我。这是我的一点小小心意，之前我宠物的医药费也是你给我垫付的。"

"你的狗现在怎么样了？"

"伤得很重，动了两次手术，还是瘫痪了，我把它安乐了。"苏妙露不知该怎么安慰她，林棋倒很是无所谓道，"你知道我为什么要养狗吗？因为狗是唯一能无条件爱人的动物，人反而不行。它陪了我很久，现在不在了，对我也是好事，没什么牵挂了。"

"你是要走了吗？"

"是的，今晚就动身。"

"你是要和谭瑛离婚了？"

林棋笑道:"那我可舍不得。我现在得罪不少人,要是和他划清界限就吃亏了。结婚时可是说贫穷、疾病都不分离的,谭瑛甩不掉我的。"她面上浮起一层自嘲的笑,把一条腿搁在椅背上,"要是把贤妻良母当个职业,是要倒霉的。可是把这当个幌子,是很好用的。"

"我不太明白你的意思。"

"没什么,我也就随口一说。"

苏妙露皱眉道:"柳兰京遇到车祸了,听说你当时也在现场,这件事发生得很突然,你是不是知道什么事?你要是真的把我当朋友,就告诉我,到底发生了什么事。"

"要是真的说了,我们就当不成朋友了。"林棋别开眼,悄悄笑了一下,有些玩味,"其实也没什么,就是柳兰京运气不好吧。他设局搞金家姐弟,是赌老金快完蛋了,不会报复他。又让我去怂恿路海山和金善宝离婚。老金得的是肾病,金善宝其实配型成功了,但等着老头子死,好继承遗产。结果他把金善宝逼急了,捐了一个肾给她父亲,老头子一口气又续上来了,自然要搞清算。这里面其实还有你表妹的一些事。"

"你是说徐蓉蓉?"

"徐蓉蓉和金亦元有私情,柳兰京知道了这事,要挟她把金亦元引去泰国。他在那里有案底,立刻就被抓了。她做这样的事,金善宝自然不会放过她,她就说这事是柳兰京在背后挑唆,再加上明面上有金太太的娘家人在走动,这样一拼凑,就猜到金太太和柳兰京私底下勾结,算计着老头子的钱。老头子一怒之下让老婆打胎了,直接离婚把她赶出家门。"

"那车祸是怎么回事?"

林棋挑眉一笑,道:"就是他运气不好,柳兰京还要感谢一下谭瑛。谭瑛因为他出轨的事,想给柳兰京难堪,故意让他当众发癫病。他发病时被玻璃刺到手,他哥哥急着送他去医院,超速才出的车祸,就是意外。不过他也因此躲过一劫,后来发现柳兰京的那辆车,刹车被破坏过,想来应该是你表妹做的。"

"什么? 她虽然是有些嚣张娇气,可也不至于做这种事啊。"

林棋一摊手,说道:"这我不清楚,我也和她不熟。不过她也没得选吧,坑了金亦元怎么可能全身而退呢。被姓柳的威胁搞姓金的,被姓金的胁迫搞姓柳的,小角色就是这么可怜。她傻就傻在当天和柳兰京起了冲突,不然没这么快找到她。"

"你也在场? 这些时候你都在,那你扮演着什么角色呢?"

林棋反问道:"那我和谭瑛结婚这场闹剧里,柳兰京又扮演什么角色呢? 也就是不作声罢了。他怎么对我,我怎么对他,还是挺公平的。"她满不在乎地笑笑,"不过不要紧,我两头拿钱,柳兰京给了我一笔钱,路海山和金善宝谈妥了,他们不离婚,让我保密,也给了我一笔钱,让我先敷衍着柳兰京。"

"那你以后要怎么办?"

"我说了我要走,这里没有我在意的人。"

"你和我说这个,就不怕我去和柳兰京告发,让你走不了吗?"

林棋笑道:"你不是这样的人,如果你是这样的人,我也不会来找你。"她起身拥抱了苏妙露,松开时带起一阵风,最后时刻她还是宁愿笑一笑,留个虚无缥缈的好印象。

离开苏妙露家,林棋直接开车去了机场,她是凌晨去新西兰的飞机。这个计划她一早就预备下了,她申请了新西兰的课程,学生签证已经办下来了,一切做得神不知鬼不觉。

谭瑛那头,她伏低做小了好一阵,又辞了工作,每天做饭送去他公司里,为的就是让外人都认清楚她这个老板娘。再找个谭瑛不在的日子,大大方方去他的公司,用私配的钥匙进他的办公室,打开电脑,输入密码,拷贝一份账本。谭瑛迟早会发现,但他也不敢声张。

林棋做完这些事,心平气和地回家收拾了些衣服和证件。对父母,她只说是出门旅游,他们自也不多挽留。她倒是清楚,十年八载是不会回来的,难保不是最后一面。临出门时,林母说外面冷,给了她一条围巾系上。

候机时,林棋接到了谭瑛的电话,劈头盖脸就质问她要做什么,林棋反问道:"你说什么啊?"

谭瑛道:"你不要装傻,柳兰京刚才打电话来,说想见你一面,有事要谈。我公司里的秘书也和我说,你今天下午到公司去了,进了我办公室。你做什么了?你现在人在哪里?快点回来,我们好好谈谈。"

"我为什么要和你谈?"林棋漫不经心地看了一眼表,"给你十分钟把话说完,不然我就把电话挂了。"

"你不要挂!"谭瑛急道,"你先告诉我,你在哪里?"

"在机场啊,我要跑了,不然还傻等着柳兰京找我麻烦啊。至于你,就自求多福吧。"

"你为什么要这么对我?为什么要伤害我?出轨是我不对,可是我也没有做别的事啊,我只是一个普通人,不太高尚,比较好面子,可是我也没有亏待你啊。我那么爱你,恨不得把命都给你了。"

"我也没伤害你啊。"林棋懒洋洋地打了个哈欠,道,"我既没和你离婚,也没亏待你,还是一家人。就是有一点,你公司的账本我这里有一份,你要是来搞我,我就和你玉石俱焚。"

"林棋,你怎么能这么狠毒?你以前不是这样的人。"

"谁知道呢。没有别的事,就再见了,记得帮我照顾一下爸妈,毕竟你还要当个好人。"林棋挂断电话,起身准备登机。她把脖子上的围巾摘下来,犹豫了片刻,还是丢进垃圾桶里。

苏妙露愣了一会儿神,才打开她送的礼盒,和她当初一样,送的是对陶瓷酒杯。可盒子不是原配,取出来发现底下还藏着一张存折,里面夹着一张纸条,写着密码是她的生日。她一看金额,足有一百万。

她来不及细想这笔钱,只催促着母亲赶快给徐蓉蓉一家挨个打电话,都没有人接,连手机也是关机的。她问母亲姨妈一家的事,她也全不知情,只依稀记得上次见面是她陪柳太太去加拿大之前的事了。

怎会如此?不该如此。她的耳边嗡嗡作响,再怎么自欺欺人,也知道林棋不至于拿这么大的事开玩笑,她总算明白了那个下午柳兰京欲言又止的含意。他不想放过徐蓉蓉,只是顾及苏妙露的面子,想悄无声息地处理这件事,又怕她知道内情。

她一面心乱如麻,同时却有种灵魂出窍般的镇定。她决不能留在这里了,夹在这中间只会让事情更复杂。飞快地检查了邮箱,和南京那家公司约定了面试的时间。她又和父母简短地说明了情况,原以为他们会挽留,不料苏母很干脆地道:"一家人有一家人的活法,你被夹在中间确实不合适,换个环境机会也多一点。"

苏父接口道:"就是你路上小心点,到了给我们报平安。手边钱够不够?出门总是要拿点现金。我再给你一点。"

她把那笔存折留给了父母,让他们把七十万转给柳兰京,从此也算和他两不相欠。剩下的三十万块,他们愿意就留下来养老,或者干脆给她存着。

按理是该去和柳兰京道个别,把话说清楚,也好过日后再纠缠。可她拖拖拉拉又挨了一个上午,多少是怕见到他,让他湿润的眼睛一扫,说几句挽留的话,她又要心软了。她对人永远是记着最好的那一面。有那样一个黄昏,他很高兴地与她聊着天,橘红色的霞光投进他眼睛里,烈火熔金。

等她终于拟好了腹稿,去了柳家却扑了个空,柳兰京去医院做检查了。柳太太拦下了她:"过来,我和你聊一聊。"她虽然是疲惫的,可还是撑着一口气,看着不至于轻易倒下,"客套话就不说了,现在的情况,你也知道了。其实你要是和老二结婚,现在是很合适的。只要你点头,剩下的事都不用你考虑。"

苏妙露略有些诧异,道:"不,我不想和他结婚。我要和他分开一会儿,我今天就是过来道别的。"

"我知道现在和你谈这种事,是有点为难了。不过我看你最近每天都来,还是对他有感情的。既然这样,也就别怄气了。"

"我不是怄气,就是对他有感情,我才不能留下。前几天他的医生过来,说他的腿不会好了,一辈子都要瘸下去,我竟然在笑。"

她哽了一下,眼圈红了,也有些说不下去:"我昨天一直在想,要是他没有癫痫,我会和他在一起吗? 不会的。我已经明白了,我其实一直在依赖他,照顾他,让他离不开我,好像我就很有用一样。这种感情上的依赖,比金钱上的依赖更可悲。我不能再这样下去了,我也要过自己的生活。"

柳太太沉默了一阵,终于道:"弄不懂你在想什么。不过这是你自己的事,我也不能强留你。那你留下吃个晚饭吧,等他回来。"

"不,我不能留下。"她顿时强硬起来,"我不能见到他。看见他,我就又走不了了。"

苏妙露搭的是去南京的最后一趟高铁,临出发前给柳兰京打了个电话道别,郑重道:"对不起,柳兰京。你妈应该和你说了,我要走了吧。"

"说过了。"没什么特别的情绪,也不像是有挽留的意思。

"我一直把家庭想简单了。家庭和家是不一样的。对家人,你只需要去爱,去包容,就可以了。可是家庭又不一样,很多人只是凑巧和你有血缘,才成为一家。不管你喜不喜欢他们,都是要牵牵绊绊的。我以前一直想做对的事,可事实上,家就是最难分清对错的地方。我其实太天真了。"

"你是不是知道徐蓉蓉的事了? 你先别急,我可以手下留情的。"

"不用了,你想怎么样都随你。我这段时间想了很多,但不知道该和你说什么。我想爱你,但我因为爱你,就迁就你,这让我自己很痛苦。我想让事情变好,可情况总是越变越糟。"

"你只是为了这个就要走,太天真了。不是换了一个地方就能改变的,这是家庭带给你的烙印,与生俱来的。你就是个感情用事的人,你是必须在别人身上获得价值的。"

苏妙露沉默了片刻,道:"对,这确实是家庭带给我的,但我不认为没什么是改变不了的。至少我要试一试。我永远不会放弃变成更好的一个人。"

"哪怕我以后只能拄拐杖,你都不愿意留下来吗?"

"对,因为我很想留下来,所以不能留下来。要是我现在留下来,陪着你,和你结婚,我余下的人生就只能这样了。"

"你就不可怜我一下吗? 你先别走,别挂电话,听我说,我需要你。请你留下来,陪着我,哪怕多留一天,可以吗?"

苏妙露倒也笑道:"这就是打电话的好处,我能冷静一点。你是什么人? 会因为这种事认输吗? 你还有的是力气折腾,这点我还是了解你的,你还不用我担心。"

"那你也应该知道,我不会这么轻易放弃的。"

"随便你。再见面的时候,我应该也坚定一点了。"她挂断电话,推着行李箱,走入茫茫夜色中。

电话一断,柳兰京就同自己过不去了,抄起手机往地上丢,好在铺着一层地毯,也没碎。柳太太听到动静来看他,也不急着安慰他,只抱着肩站在门口,淡淡道:"苏小姐走了?算了吧,你也留不住她。"

"只是现在留不住,等我站起来,马上就去找她。"

柳太太冷冷睨着他,道:"这几天很多亲戚来找,听说了你和你哥哥的事,都来劝我把他们的小孩收为干儿子,说鸡蛋不能放在一个篮子里。我没和你说,你知道了肯定又不罢休。"

"谁说的?我一定不会放过他们,谁都不放过。谁都在嘲笑我,让他们尽管笑。看谁能笑到最后,我还没完呢。"

"那你去和他们斗吧,斗到不死不休。你到底什么时候才能满意?你哥哥已经看不见了,你这辈子都离不开拐杖了,你爸爸特地飞出去给你求情了。你还要怎么样?我知道你有怨气,可是谁活在这个世上没有怨气?我不怨吗?当年把你生下来,给我弄了一身的病,你爸把女人带进来,我不恨吗?可日子还是要继续过下去。"

"别把你忍气吞声的一套放在我身上。"

"你自以为很厉害,和谁都发脾气,可你的脾气能让你解决这个烂摊子吗?能让苏小姐回来吗?能让你哥哥没事吗?"说到这里,她竟也落泪了,闭上眼睛,不想让他看见,可说话的调子已经变了,"你到底想怎么样?"

"说来说去,你还是怪我。"

"我当然怪你,怪你无端惹出这么多事来,让所有人都要给你收尾。我难道没有怨吗?活该就要忍着吗?你爸是这样,你又是这样,我这一辈子到底是为了什么啊？"

"你信命吗？我不信，我做错的事，一定会承担责任。但是能争取的，我一定会抓在手里，你就当我不思悔改吧。"他叹了口气，也不是不愧疚，毕竟印象里几乎没见母亲哭过。虽然不全是为了他落泪，但也算是了。因为他还不能起身，便抓着一盒纸巾，丢到她面前去，说："我哥的事，是我的责任。你可以怪我，可以恨我。如果这样能让你舒服点，就这样吧。毕竟我对你，也是这样的。"

柳太太含泪望了他一眼，一言不发，转身就走了。之后他们几乎再没说过话。

柳子桐回家那天，是王雅梦搀着他进屋的。他眼睛上还缠着纱布，因此并不知道，她也已经病得不成样子了，眼窝凹陷，面颊浮肿，她的白原本是隐隐透出亮色的瓷白，现在成了死掉的鱼翻起的白肚皮。

可正因为柳子桐看不到，他的印象中一切都是最好的面貌。王雅梦还是恋爱前期迎合他审美的打扮，小而窄的脸，微微带些问询的眼光。他的母亲在短短几天也老了，他一样没有见到，记忆中她仍旧是很端庄秀丽的面貌，白发也不多。

至于柳兰京，因为这个弟弟常不在跟前，他甚至一下子记不清他成年后的样子，听到他的声音时，依稀还是那个十几岁的少年人，瘦骨伶仃，面颊上泪痕未干。他以前可是哭着喊着要让哥哥陪他玩的。

柳兰京叫了柳子桐一声："哥。"他说不出多余的话，只是皱着眉沉默。在现实中，他完全是一派憔悴的面容，头发长久没打理，几乎遮住眼睛。胡子在苏妙露走后也没有剃过，胡乱地在睡衣外罩着一件衬衫。还没办法走路，只能坐着轮椅下楼。

柳子桐道："你也受了伤，那就好好休息吧。"他其实有些怕和柳兰京说话,怕他突然间就责怪起自己来。原本只是一件很小的事,却因为他超速,成了无可挽回的事故。

柳子桐回房间休息,王雅梦也暂且回家去了,柳太太进来看望他,一面关切地问他有没有什么想吃的,一面用热毛巾给他擦脸擦手。这事她不愿让用人代劳。

柳子桐问道:"兰京他怎么样了?"

柳太太道:"就这样吧,他的腿以后要拄拐杖了,别的倒是没什么。"

"怎么能叫没什么呢? 那他这样不也是残废了吗?"

"他这样外面是看不出的,生活也能自理。你要怎么办啊?"柳太太一时间没忍住,忽然靠在床上就流起泪来。不像是年轻人流泪,哭完发泄了情绪,也是神清气爽,上了年纪的人哭,眼泪是一滴滴落下来的,像是蜡烛的油一样,是身体的一部分化作了泪。

听到哭腔,他忽然间慌了神,手忙脚乱地安慰着她:"妈,没事的,你先别急,我虽然是角膜受伤,可是这种事就是碰运气,找到可以配型的角膜,做个手术就能看见了。我运气一直很好,稍微等一等或许就有机会了。"

"嗯。"柳太太抹了眼泪,又出去让厨房准备水果了。她落泪倒不单是为了柳子桐的伤,而是他们家的这一团火,终于轰轰烈烈烧到明面上来了。

但柳子桐依旧不知内情。他印象中这不过是最寻常的一桩意外,家里人都是问心无愧的受害者。这倒不是坏事,她一向了解这个儿子,他是个极平庸的好人,一个好孩子。

家里出了这么大的事,柳东园却不在国内,对外口风一致说是去谈生意了,其实就是去加拿大和金横波谈判了。他的儿子坐牢,他们的儿子残废,事情到这里已经够了。先表面上休战再说,各自把家事理顺。金横波换了个肾，又有几年能活呢？他们等得起。

男主外，女主内，柳东园那头，柳太太并不担心，她是自己感到一种荒凉的况味。她陷在家庭生活中已经有几十年了，是一位可靠的姐姐、尽孝的女儿和处处妥帖的妻子，可她偏偏就不能尽善尽美，当不了一视同仁的母亲。柳兰京像个锥子，在装满水的容器底下戳了个洞，让她多年来的怨气尽数倾泻出来。

为什么妹妹有自由可以寻，姐姐却要照顾父母？为什么女人有了孩子，就一定要放弃工作照顾孩子？为什么男人在外面兜一圈能回家，妻子偏不能任性？她就是要偏爱哥哥，就是要把小儿子送出去，她反正有很光明正大的理由。

柳兰京的脾气古怪，她是心知肚明的。往过分一点的方向去想，她甚至宁愿这事不是意外，她反倒能将所有的责任怪到柳兰京头上。可现在是阴谋里夹杂着意外，结果还是意外，所有人好像都有责任，结果反倒是谁都不用负责了。

是柳兰京把金亦元送去坐牢招致了报复，也是柳兰京发癫痫才导致了车祸。那又是谁让他得了病，让他变成这样一个人？是她吗？

整件事如一条蛇吞下了自己的尾巴，要寻因溯果几乎是不可能了。柳兰京惹出的一系列麻烦，好像恰恰验证了他们对他的猜忌和提防。但如果他们不防备他到这种地步，事情兴许不会闹到这无可挽回的地步。对与错，纠缠在一起，现在苦苦分辨也全无意义了。她的两个孩子都残废了，这就是她拥有的全部真相。

她想就这么离家出走，再也不回来，像她想过的许多次那样。但她终究是不能离开的，她是两个孩子的母亲，一个男人的妻子，一个家庭的女主人，她还有许多事要做。

柳太太拿了些水果去找柳兰京,他不在自己房里,而是坐在阳台上吹风。刚动完手术,他腿上盖着一条厚毯子,底下露出脚撑,一抹金属的光泽。拐杖摆在旁边,看背影简直只有一身骨头。他原本就瘦,这件事情后简直形销骨立起来,手腕上露出很清晰的血管与青筋。柳太太看了,与其说是心疼,不如说是有种凄凉感。

她想认真地和他谈谈,但一时间无从开口,就若无其事道:"你以后准备怎么办?"

"那要看你们的意思了。"

柳太太不理会他的挑衅,继续道:"你的腿伤得不重,比你哥哥的情况好很多。子桐他是不可能再处理公司的事,等你爸爸从国外回来,你就把学校的教职辞了,跟你爸爸去公司吧。"

"我不想去。"

"为什么? 你不是一直想证明你的能力吗? 现在给你这个机会,以后这个家都靠你了,还有你哥哥的儿子,你也要搭把手照顾着。"

"上次谈话已经快五天了,这期间你都没有和我说过一句话。今天我哥回来了,你立刻来找我。你这样有点假,我说过你可以怪我的,不用这样。"

"我只是不知道该和你说什么。我这几天想了很多,现在把责任推到你身上,没有任何意义。"

"你先听完这个再说。"柳兰京斜她一眼,笑意里有淡淡的讥嘲,给她放了一段录音,正是苏妙露录下的他们争吵时的对话,"你现在还准备假装无所谓吗?"

柳太太背上微微发了汗,却有种靴子落地的安稳感,反正最坏也就是这样。她装作若无其事道:"你们就是为了这个分手的? 为了这么点事就吵得翻天了，你们也是蛮闲的。"

"戏演过就没意思了。"

她默然了好一阵，才说道："我现在说什么，你都觉得我在演戏。可是我还是有话对你说，我没有那么怪你。因为我确实对你没什么感情，我一早就了解你，所以我对你也不算失望。"柳兰京叹出一口气，忽然有一阵解脱之感，"但我也就是个普通人。强求一个女人对自己的孩子一视同仁是苛求，对男人从来没有这种要求。"

"你说得没错。"

"不过也确实有错。毕竟我把我的埋怨怪在你身上，是我没有尽到义务。"他险些以为自己听错了，可柳太太又说了一次抱歉，他愈加茫然了。他原本所求的也不过是这样的道歉，却又不该是在这种时候说。他问道："为什么要说这种话？"

"因为我老了，你还活着，事情再坏下去，就无路可走了。过去的许多事，我是做错了。我们都浪费了很多时间。可是你不一样，放下吧，你还要继续生活。"

"我不可能像你一样生活，我要走我自己的路。"

"那你好好考虑清楚以后的日子吧。"柳太太潦草地抹了一下眼睛，很随意地说道，"我先走了，你有空去看看哥哥，他一直挺关心你的。"

柳兰京第一次庆幸自己受伤的腿，如果他还能走，就忍不住要追上去问清楚。可是他现在动不了，便只能得到这样模棱两可的话。母亲是真的不怪他？不可能，她那么爱柳子桐，难免有迁怒。她是真的觉得错了？兴许是吧，但可能也是为了稳住他，他算是唯一能接手公司的人了，他们终究是体面的人家。

他得到的原谅，是无可奈何下的默许；至于歉意，也是权衡利弊后的妥协。但这样对他也算是奢侈了。

柳兰京隔了一天才去找柳子桐,他为自己找了许多逃避的理由。等当真鼓起勇气了,王雅梦又来了,她这几天很体贴地照顾着柳子桐,几乎不像是个癌症病人了。原本以为她是有所企图,结果反倒是他狭隘了,她每次都是过来看完柳子桐就走,一句多余的话也不说。

到晚上八点钟,一个要睡觉太早,要谈心又太晚的时刻,他终于到了柳子桐的房间。他走路很困难,但不喜欢有人守在旁边,宁愿自己推轮椅。但转弯还不利索,一开始轮椅卡在门里。

柳子桐躺在床上快睡着了,听到这一声动静,惊醒起来,问道:"是不是有人在敲钉子?"

柳兰京不情不愿道:"是我,我卡在你门口。"

柳子桐幸灾乐祸地笑起来,很想亲眼见一见这场景,又想起自己再也看不见了,情绪黯淡下来,说:"我要不要找人去帮你啊……不对,我也出不去。"好在柳兰京总算把轮椅转了过来,转到柳子桐的床边。

听到他靠近,柳子桐便说道:"你过来不方便就别逞强了,让人说一声,我去找你就好了。"他这话也说得很逞强,就是不愿承认他的眼盲是件大事。

"是挺不容易的,本来想着在家里装个电梯,给爸妈用用就好,没想到现在是我专属了。"

"那你就别乱动了,伤筋动骨一百天。现在不养好,容易有后遗症。"他越是摆出一副健康人探病的口吻说话,柳兰京听着就越是一阵心酸。

"公司的事……你知道了吗?"

"嗯,我现在不太方便,公司的一些事就要让你代劳。你学校那边的工作先辞了吧,虽然你可能不舍得,但还是要先顾着家里。"

"我……"

"妈也和你聊过了吧？你是不是又和她吵架了？不要再这样子了，你已经不是小孩子了。现在这个家是要你支撑的，你就不要耍孩子脾气了。"

柳兰京想和哥哥坦承一切，坦白他多年来的心酸、嫉妒和扭曲，坦白他怎样轻视、嘲讽和伺机报复亲兄弟，却又忍不住拿谭瑛当个假想中的兄长。但他知道不能开这个口，他们家现在是个摇摇欲坠的残骸，经不起任何真相的吹打。

他知道柳子桐还是知道些什么的，毕竟王雅梦说的那一番话，不至于轻易被忘记。但他不会说，好像长久以来，他就是这么活着的。

他回想起六七岁的时候，柳子桐带他去游泳池学游泳，一个不留神，他就在水里溺着了，侥幸爬出来，浑身湿答答地抹眼泪。柳子桐也慌了，怕他找爸妈告状，悄悄领着他去外面买雪糕吃，说道："你不要把这件事和大人说，以后你闯祸了，我也不和他们说。"

柳兰京忍不住潸然泪下。

都说瞎子的耳朵很灵，确有道理。很轻的鼻息声，柳子桐也听到了，显出种慌乱的神色，道："你是不是在哭啊？不要这样子，这么大个人了，流眼泪多难看啊。我知道你胆子小，怕担不起这个责任，但是不要紧，一步一步来，很容易就上手了。"

带着哭腔，柳兰京应了一声，轻轻牵了牵他的手。他们好像兜兜转转走了很长的一段路，又回到起点，成了一对兄弟。

等轮椅转出去后，柳子桐露出些叹息的神色来。一个人若是在十岁时天真，那是一种自然。到了二十岁时天真，就是一种傻气。可到了三十岁时还天真，反倒成了一种福分。柳子桐已经快四十岁了，他宁愿继续天真下去。他永远不会去深究弟弟在他面前痛哭的原因，也不会去追问母亲欲言又止背后的深意。

他不比弟弟，没日没夜地看书。他以前是闲下来就看漫画的人，有个很喜欢的故事。加菲猫离家出走后，在宠物店与主人重逢。谁也不问，谁也不说，一个大团圆的结局。他喜欢这个故事，所以他依旧生活在一个兄友弟恭、夫妻和顺的家庭里。

柳东园回来时风尘仆仆的，好像一下子老了几岁。原本家里是给他备了菜的，可他吃不下，急着量了个血压，好在睡一觉就缓过劲来了。

这场风波在他们这里就算是过去了。至于之后要怎么闹，那都是年轻一代的事，现在谁都要缓口气。他是重大时刻能镇定自若的人，公司也好，家庭事务也好，他都按照轻重缓急把事情一桩桩处理掉。

徐蓉蓉和潘世杰的父母先前都上门来求过情，他懒得和这些人计较，直接把事情甩给律师去办了，要求倒也简单，各退一步，他们这头不上诉，但是也不想在上海看到他们。他们立刻会意，把手边的房产以极低的价格出手给他。

柳家两个儿子受伤的事，对外自然是不会宣扬的，但公司的几个董事得到消息都带着礼品来探望了，主要还是明白继承人选有更替，忙着来谒见新太子。柳兰京看着他们那副喜气洋洋的样子，觉得很悲哀，一个瘸子有个瞎掉的哥哥似乎是件值得恭喜的事。他的机关算尽，终于化作罪恶感折磨起他来。

柳兰京依旧面带微笑敷衍着来客。礼送了，意思到了，人也就散了。其中一人下楼时恰好遇到柳太太，见她穿了一件淡藕色的罩衫，便笑道："我刚才看小柳的衣服也是这个颜色，是您选的吗？"

柳太太道："没有，我管一个大的就够了，小的自己有主意，嫌我老腔了。"

来客笑道:"他是不是还没结婚?其实他现在这样,身边总要有个人照应着。要是不嫌我多事的话,我认识几个二十岁出头,家里条件都不错的小姑娘,可以先帮他看起来。"

柳太太也就笑笑,不置可否,去书房时却发现柳兰京特意把上衣换了一件,又穿上了她极讨厌的那件蓝衬衫,显然也是听到了那句话。她揶揄道:"你这件衣服和抹布一样,也不知道烫一烫。"

"不要紧,我穿得再邋遢,该说漂亮话的人也是会说的。"

"你知道要维持一个家,最要紧的是什么吗?"

"不想知道。"

"是包容。"

"你是说忍耐吧,睁一只眼闭一只眼。"

柳太太微微叹口气道:"包容别人算是忍,包容自己可算不上。人是经不起细看的,坏的事情都过去,好的事情自然会发生。你还是松一松吧。"

送完两三拨客人,柳兰京预备去花园里走走,一样不要用人陪着,柳太太看着倒是不放心,主动上前道:"我搀你一下,这里台阶很高。"

柳兰京原本想拒绝,用了些力气想推开她。柳太太怕他要摔,又想起苏妙露先前说的一番话,就不再搀住他的胳膊,转而牵着他的手。他愣了愣,有些恍惚的样子,很顺从地由着她牵着领到花园的藤椅上。待她转身要走时,他轻声在后面道:"谢谢你。"柳太太假装没听见,快步走开了,到厨房让人沏一壶茶送过去。

兄长的歉意、父母的关注、家族企业的继承权和一个孩子的抚养权,他所梦寐以求的一切,终于以一种荒诞的方式为他所有。他还无从拒绝,因为获取与拒绝的代价，他已经付不出了。

　　柳兰京捏着拐杖，靠在藤椅里，望着天边的一点浮云想：今天天气很不错啊，不知道南京下不下雨？

第二十四章 回环

苏妙露一直觉得时间不是均匀着过的。读书时看教室里的钟，一分一秒都很难熬。放了假，两个月的光景一眨眼就过去了。她和柳兰京相处，不过一百天，却是把一天掰成许多天过。可到了南京，一不留神，又过了三个多月，眼看倒要过年了。

她入职的是一家外贸公司，规模不算大，职责划分也不算清晰。她原本做的是文员的工作，后来因为会一些数据分析，就兼管市场部门的一些事，一个月多加一千五百块，倒还是托了柳兰京的福。

公司里男多女少，她又是单身的年轻美女，刚一入职，就很自然受到殷勤的攻势，但她都客客气气婉拒了。后来因为她是上海人，手上又隐约留下了当初戴订婚戒的印子，公司里就流出传言，说她是离婚后过来排解伤心的。原本围着她的人顿时散了不少，她也乐得如此，不再多做解释。

只有一位在销售部的追求者依旧毫不气馁。此人不太懂人情世故，但是对古典乐倒是很了解，总是追着苏妙露科普些乐理常识。她听得烦了，索性反问道："你和我聊聊，肖邦的第二钢协第二乐章，有人一直弹给我听。"

"那他是对你有意思啊。这首曲子是讲爱情的,肖邦不是钢琴诗人嘛,这就是情诗。不过这首曲子难度很高,弹得不好就很难听。"他误以为她是对古典乐有兴趣,便问道,"我有两张音乐会的门票,你有没有兴趣和我去听听?"

苏妙露笑道:"不麻烦了,我连五线谱都不懂。"

饶是如此,这人还是每天持之以恒地给苏妙露送早餐。她不免有些尴尬,担心同事瞎起哄,情况坏起来,又弄得像过去一样,让她在公司里待不下去,索性就很正式地拒绝了他。

对方道:"你拒绝你的,我追我的,反正我也不吃亏。要是你哪天同意,我就赚了。"

"那我直说了,我不会同意的,因为感动也好,同情也好,都是长久不了的。你不信就算了。"

话一出口,她就真的随着他去了,细细留心着周遭,发现自己的风评也没有变得多坏。确实有些事变得不太一样了。她原先总指望着别人靠爱搭救她,所以看着是很好下手的一个人。现在不抱任何希望了,还不如自己搭救自己,反倒美得让人敬而远之了。

她在公司旁边租了一套房子住,和一个差不多年纪的女孩合租。平时配合着做家务,对方洗衣服,她拖地,相处倒也算融洽。

她的室友姓张,四川人,临近过年了,预备要回去,早早地准备起行李,大包小包理了三个箱子,并羡慕道:"你回上海是不是只要搭高铁就可以了?那还挺方便的。"

苏妙露道:"我不一定回去。"

"为什么不回去?和爸爸妈妈吵架了?"

"没有,就是觉得在外面比较自由,活得更像我自己。"她这话听着像是托辞，但也不是假话。只是更深层的原因，她一时也解释不清。要说她父母爱她，那自然是爱的。柳兰京也是算得上爱的，虽然他从来不愿承认。他最后的话说得并不错，人的秉性很难一时间改掉。她一旦卷入感情的旋涡里，就很难独善其身了。

这天中午，她为了避开那位追求者献殷勤，特意提早十分钟吃午饭，还特意选了一家偏僻的馆子，比往常多坐了二十分钟才回去。她刚一回来，有个同事就在门口对她捎了一嘴道："小苏，你总算回来了，你表哥等你好久了，我让他去你座位上先坐着了。"

"我表哥？哪个啊？"苏妙露一愣，就算是堂表不分，她也只有一个堂弟。

"就是那个高高瘦瘦的，腿还受伤了，拄着拐杖来的。"

话说到这地步，苏妙露已经隐约猜到是谁，待当真见到了，又是一重刺激。她有许多次幻想过他们重逢，乃至于在路上看到相似的背影，都会心口一缩。她本以为会是个更郑重、更严肃的场合，就像他们初次见面，在包厢里的四目相对。可原来是一件很随意的事，柳兰京就坐在她桌上，把玩桌上的一个订书机，歪着头，冲她笑了笑。

"表妹啊，给我倒杯水好不好？难得我过来一趟，水都没有喝。"柳兰京一副天经地义的做派，把戏演得很逼真，苏妙露咬牙切齿着给他倒水，端回来时压低声音道："表哥，小心喝，别烫死你。"

柳兰京笑着接过去。他的坐姿和过去比变了不少，微微朝一侧斜，左手边的拐杖换了根新的，细长的木质杖体，银质雕花柄饰，看着是个古董货。可惜再漂亮也是不健全的标志，她的眼神落在上面，就忍不住刺痛。

苏妙露道："你到底过来做什么啊？"

"露露啊，你还有没有假啊，稍微请一天假回上海吧，你家人病了在医院,就想见你一面。"

"我哪个亲戚啊?"她不耐烦起来,懒得听他信口胡说。

"王雅梦啊。她特意说了想见你,让我过来找你。"午休快结束了,先前的同事已经坐回工位上旁听了,柳兰京故意转向她,问道:"我的嫂子,应该是她的什么关系啊?"

"应该也叫嫂子。"

柳兰京道:"是啊,回去看看你嫂子吧。你也是知道她的病的。"

苏妙露不作声,思索这话有几分可信。她和王雅梦不算太熟,中间又隔了徐蓉蓉这一层,没必要特意叫她来见面。可如果不是为了这事,柳兰京亲自过来,总能找个更好的托辞。

"我们到外面去说吧。"苏妙露侧身让开些路,方便柳兰京的拐杖撑在地上站起身。

柳兰京踉跄了一下,苏妙露忍不住去搀他。他反倒不愿意让她扶,稳稳当当地挂着拐杖,走到她前面去了:"表妹啊,你也不要小看你表哥,走这点路还是没问题的。"

他们一并下楼去,穿过两条马路,柳兰京的车停在停车场里,有个没见过面的司机候在里面,一见柳兰京走近,立刻起身给他开门。她这才发现他是穿着件毛衣来见她的,把西装和领带都脱在车里,应该是怕外人觉得他过于隆重,继而猜出些事来。他还是一如既往,多疑又谨慎。

柳兰京道:"我来南京谈生意,昨天刚结束,今天有空就来找你。"他这么说,像刻意指出不是特意来见她的,有种避嫌的味道。

苏妙露道:"王雅梦怎么样了?"

"确实情况不太好,接下来要去美国尝试新疗法,其实就是已有的方案都没效果了。"

"那她和你哥哥——?"

"没有在一起,双方的家长都没意见,但是他们都觉得没感情了,索性不勉强了。她照顾了我哥很长一段时间,所以她治疗的费用,我们家也出一部分。"

苏妙露点点头,觉得他们分开这么久,默契反而见长,又或者柳兰京一直都能猜到她的想法,只是以前故意不说。他递给她一个纸袋子道:"我从你家给你拿了一件衣服,你先穿上吧。这几天上海一直下雨,体感上反而比南京要冷。"

"干吗还特地去拿? 直接买一件就好了。"

"我怕我买的你不敢收,或者执意要付钱给我。"

"你这话倒让我不好意思起来了,怎么搞得像是我错了一样。"

"我最擅长卖可怜了,你又不是不知道。"柳兰京耸耸肩,笑了。这么一笑,终于有些他过去的样子,但终究是变了许多,不单是头发梳得整齐,还换了一身更正式的衣服。他身上那股尖锐决绝的意气淡了,多少也算是成熟了,说不清是好是坏,就好像他们相遇时那个轰轰烈烈的夏天终究是过去了,秋天的风里有一丝清爽的凉意。

正这么想着,他忽然仔细端详起她来,道:"你最近工作是不是很忙? 瞧瞧你,头发都不打理,土不啦叽的。"

"你真是死性不改,多好一个人,长张嘴做什么。"苏妙露哼笑一声,偏过头翻了个白眼。

他们是坐高铁回去的,车送到车站。一路上,柳兰京不是坐在窗边看风景,就是拿手机回消息。他们一句话都没有说。下了高铁,又有车来接,直接开往医院。

见到王雅梦,苏妙露倒吸一口凉气,她算得上是面目全非了。王雅梦这样精巧的小脸,经不起胖,可她却实在浮肿得厉害,脸像是一个白面馒头泡发在粥里,头发也稀疏了许多。好在精神很不错,穿着一件粉色的针织衫躺在床上。她还微笑着点头致意,道:"苏小姐好,也是好久不见了。难为你过来一趟,实在是我想再见一面。"

王雅梦的继母还守在边上,很熟练地端着一个保温杯,给她喂汤喝。王雅梦道:"妈妈,你出去一下,可以吗? 我有些话想和他们说。"

继母道:"可是汤不喝要冷掉了。"

"就一会儿的事,我会自己喝的。你今天一上午也辛苦了,先去吃饭吧。"

继母便恋恋不舍地走了。门一关上,王雅梦就自嘲笑道:"是不是觉得我变了很多? 有点吓到你了吧。"

"还行吧,比许多病人要好了。你倒是叫她妈妈了。"经历了这么多事,兜兜转转,苏妙露对王雅梦的印象反倒又回到了最开始的时候:很乖巧懂事的一个女孩子。

"她也照顾了我很久,还出去打工赚钱。我还是记得这份情的。不过你也不用太感动,她有自己的儿子,是存着私心的,知道我也就这样了,家里的钱主要还在我这里,待我好一点,钱才能留给她养儿子。不然我断气前捐了,就一了百了了。"

这话一出,苏妙露立刻撤回前言,原来最天真的还是自己。她环顾四周,发现柳志襄不在,便问柳兰京道:"你侄子呢? 他来道别过了吗?"

"是我让他别来的,医院这种地方,小孩子还是少来,而且我还是想给他留个好印象。"王雅梦继续道,"其实我叫苏小姐你过来,也没别的事。就是想问问,你和柳先生到底什么时候结婚? 你们要是早办酒,我可以等一段时间再走。"

"谁说我们要结婚？"

"是我误会了吗？那他去南京那么多趟，找你做什么？我以为你们和好了，他都戴着戒指了。"

"你什么时候去找过我啊？我没见到你啊。"她一愣，扭头去看他。

"她乱说的。是公事，我没那么闲。"他把手背在身后，脱下婚戒，放在衣兜里。婚戒就戴在扶拐杖的那只手上，苏妙露其实第一眼就看到了。他没有主动提，显然就是在等她问。她原本不愿上他这个当，故意不去提这一茬。

他自顾自解释道："戴着玩的东西，没什么意思。避免一些蠢人问些蠢问题，应酬的时候一律说结婚了。"

"你对你自己也真是抠门啊，好歹买个贵一点的。"

"没必要，场面上的道具罢了，又不是生活里的道具，之前买过几个贵的，全折在手里了，还不知道该怎么办。"他轻轻瞄她一眼，也就笑笑。苏妙露语塞，假装不懂他的言外之意，就有一搭没一搭地与王雅梦闲话家常。

话说了一阵，王雅梦推说病房里没有热水了，麻烦苏妙露帮忙跑个腿。她知道这是有话要和柳兰京单独说，她也确实不太想和柳兰京多相处，就提上热水瓶，很麻利地跑下楼。

苏妙露一走，柳兰京就忍不住抱怨道："你都要走了，还算计我一下，真是没意思。"

"我这是帮你，你要感谢我才对。也不是特意为了你，有始有终罢了，当初就是我介绍你们认识的。"

"那也不要用这样的方法，我的事我自己会处理，还不用你来操心。"

"我也是看在你哥哥的面子上。"

"那你为什么不和他结婚？我爸妈已经算是同意了。"

"没意义了。我对他没感情，照顾他也是因为他之前没放弃我，他是个好人，但不代表我一定要和他在一起。"

柳兰京往墙上靠，捏着拐杖头，在手里转了一圈："我一直想问你一件事。那天你到底为什么说出那样的话？就算要阻止我收养柳志襄，也不用彻底暴露自己。你那时候到底在想什么？"

"我想从头来过。我爸死了，他是为了我死的。"

"他不是病死的吗？"

"我继母把我得病的消息和他说了，原本我爸还能撑一点时间，听完后就索性放弃了，和我继母商量好，再病危就不抢救了，省下钱和人力照顾我。这件事我也是后来才知道的，知道的时候我爸已经出殡了。"王雅梦苦笑道，"所以对我来说，很多事再也没有意义了。你一直恨的人突然很爱你，这种感觉，你不会懂的。"

"以前我可能不懂，现在我也懂了。"语气虽伤感，他唇边却是若有若无的一丝笑。

"那你在笑什么？你觉得这很可笑吗？"

"是有一点，感激他人对自己的牺牲，不代表一定要否认过去的自己。我想这也是一种逃避，把过去一笔勾销，好像就不用承担责任。"

王雅梦不耐烦道："还好没和你哥在一起，真受不了你。你走吧。"

柳兰京笑着带上门出去了。他终于明白，为什么王雅梦会同意捐献眼角膜。这事最开始是柳太太提出来的，极隐晦地暗示她的癌细胞已经转移，靶向治疗的意义也不大，倒不如做好两手准备。王雅梦自然会意，与她达成协议。如果当真全无希望，她就把眼角膜捐献给柳子桐，并对他保密，但在此之前，她的治疗费用便由柳家支付。他没掺和在里面，但心有戚戚焉，想着到底还是自家人为自家人。

苏妙露上楼时一并把柳子桐带来了，他戴着墨镜，没有用拐杖，而是一位助理在旁扶着他。他与王雅梦自然有许多话要说，苏妙露自然也退出去，没走出几步，就见柳兰京在外面等她。

他们面对面在走廊站着，都刻意不看对方，也没有话说。好像是刻意赌气，最后还是苏妙露先沉不住气，问道："你既然去南京找我，为什么不让我知道？"

"猜猜看啊！"

"该不会觉得不好意思见我吧？"

柳兰京笑道："没你想的那么凄惨。其实是时间太紧张，我觉得太匆忙不妥当，我喜欢抽几个整天好好吃饭，聊聊天。而且那时候腿也没好透，不想走楼梯。"

"你最近怎么样？"

"还是老样子，认栽不认输，暂时不算好人。"

"你的腿呢？还好吗？"她一直刻意不去看他受伤的腿，终于还是忍不住低头盯了盯。因为穿着西装长裤，外面看并不显得多异常。但看他挂拐的手，伤腿几乎没怎么吃力。

"挺好的。不是说腿没事了，腿一直挺有事的，毕竟打钉子了，会痛。是因为瘸了能申请残疾人证，以后去景区能免费，有残疾人专用车位，而且你还不能在大街上和我吵架，属于欺负老弱病残。我觉得挺好的。"

苏妙露无可奈何地摇摇头，苦笑道："其实我很想你，也很担心你。"

"我知道。"

"可是我们真的不适合在一起。"

柳兰京笑笑，仍旧是不以为意的样子："这不重要，重要的是我现在是免费送上门的,属于酬宾活动,不用白不用。"

"你又来这一套,不正面回答就装疯卖傻。我真想给你一拳,可是怕把你打趴下了。"

"那轻轻打。"

苏妙露轻轻拿拳头撞了撞他的肩膀,他顺势抓住她的手腕。正巧柳子桐出来,她一紧张就想收回手,他却暗暗朝她摇头,手指加了点力,几乎要抓出印子来。柳兰京面上还是若无其事的,很平淡地朝他哥打招呼。

柳子桐应了应,并不像是很难过的样子,反而兴致不错地对苏妙露道:"苏小姐,你也来了,听说你在南京,其实倒也不用特意跑一趟,王雅梦其实去个半年多就回来了。"

柳兰京暗地里朝苏妙露使了个眼色,示意她顺着柳子桐的话说,他显然还不知道实情。苏妙露会意,道:"其实也不麻烦,挺近的,我也要回家看看。"

"也对,你也要和我弟弟多相处相处。之前都是他一直去看你,虽然有车,毕竟他腿脚也不太方便。"

柳兰京打断道:"王小姐这样子倒看不出像是生病的人,她运气倒是不错,负面反应基本没有。"

苏妙露知道他是故意说给柳子桐听,便附和道:"本来就是这样,体质不同,有的人化疗就是不太明显,电视里那种掉光头发的,都是夸张了的。"

柳子桐一走,苏妙露就甩开柳兰京的手。他虽然悻悻,也不勉强,只是吩咐自己的司机送苏妙露先走。她原本想直接回南京,可毕竟来都来了,又是星期五,她确实有些想念父母和谢秋,还是没拒绝他的好意。

家里还是老样子,破旧的老房子,苏妙露去南京后,苏父与苏母就还是分居着。苏妙露先去看父亲,他也还是老样子,一个爱夸夸其谈的老头子,最近不去唱歌,又迷上了打牌。整天在小区棋牌室坐着,苏妙露进去找他,就见到棋牌室里抽烟抽得烟雾缭绕。远远的,见不到父亲的人,倒听到他的声音,他很得意道:"你们看到了吗?那辆黑色宾利车,一直开到小区门口来。那是我女儿前男友,有钱的哦,不要太喜欢她,就是她看不上眼了,还是拗断了。"

有人笑话道:"是男的看不上你女儿吧。"

"哪有的事情,要是看不上,干吗现在还过来?我女儿都去南京了。就是舍不得啊。那个男的什么都好,有钱,长得端正,学历也好,可是我女儿不喜欢啊,她有志气的,不要去做富太太。"

"那你女儿厉害哦,有出息,那你也要有点出息,今天不要一输牌就说要回去烧饭了。"

苏妙露穿过那一阵香烟的云雾重重,轻轻叫了一声爸,把苏父领走了。她一直希望父亲能理解她,明白她在世俗与欲望中游走的不易,现在看来,他依旧是不能理解,但他又尽可能谅解她了。他那半真半假的夸耀,也有为她自豪的地方。因她是个要求不高的人,便是这样,就觉得足够了。

苏妙露道:"我这次回家要住两天,今晚我把妈妈叫来一起吃晚饭吧。"

苏父道:"可以啊,家里的热水器换了个新的,你这次可以洗澡了。冬天洗个热水澡最舒服了。"

苏母吃饭时又带了几件衣服来,要让苏妙露带去上班穿,以便把自己的手艺推而广之。她的裁缝店在小区范围内搞得风生水起,有个七十岁常客的孙子说要给她做宣传,一个月前在网上注册了个账号,到今天,粉丝还是两位数。不过倒不影响苏母的兴致，拿手机给苏妙露看，道："我是不是要穿件深色衣服上镜？这里拍得我好胖。"

苏父从旁说道："是你本来就胖了。"他这话似乎惹得苏母不快了，等到他兴致勃勃地聊自己提供线索，追回被骗的那笔钱时，苏母冷不防插话道："说得和真的一样，不知道的还以为你当警察破案子了。"

先前那宗诈骗案，已经抓到人了，苏父的钱追回来十几万，因为他见过嫌疑人一面，提供了衣服品牌这条线索，警方破案后称他是警民合作典范。苏父的得意心情甚至远胜过拿回钱，苏妙露也知道这事，因为先前苏父已经在电话里兴致勃勃地和她聊到晚上十点。

她的父母还是吵吵闹闹的老样子，一时间也不像会复合，但又不像是彻底分手，她很平和地接受了这一事实。家，本就是带着点混乱，无定性的东西。随他们去吧。

那天晚上，苏妙露在她狭小的房间里睡得很安稳。

第二天是星期六，按理说是一周里最悠闲的一天，苏妙露原本想约谢秋出来吃饭。谢秋却婉拒了，说要和同事喝酒。苏妙露自然不会问是不是男同事，她已经猜到是那个孙铭，但她没猜到的是，谢秋准备到非洲去，年后就动身。

自从谢秋从上一家公司离职后，托朋友的关系，又找了一家有国企背景的投资公司，薪酬待遇都不错，就是有外派任务，去非洲的肯尼亚进行援助工作。她把这事和谢母说了，谢母自然又是一阵撒泼哭闹，道："你去了我怎么办啊？你不行就毁约吧，毁约的钱我替你付了，你妈妈我现在有钱了，养你一辈子都可以。"

因她这一番话，谢秋原本还有些犹豫，这下倒是逆反心起，下了决心，一定要走。她把这事与孙铭说了，他们虽然当不成同事，但依旧是饭搭子，上星期还拼了份牛肉。孙铭也没表态，只说要请她吃饭，因他是先约的，谢秋只能拒绝了苏妙露。

孙铭带着谢秋到一家日式烤串店，一入座就点了瓶烧酒，为谢秋把杯子满上。谢秋立刻惊觉起来，假装开玩笑道："你别想灌醉我，我酒量很好的。"她虽然觉得孙铭不至于是这种人，但毕竟有些浑不吝，还是小心为上。

孙铭道："我没这个想法，我只觉得喝多一点方便说真心话。你喝我也喝，今天不喝醉，我就是王八蛋。"他把杯中酒一饮而尽。

酒过三巡，孙铭终于问道："你妈妈以前做什么工作的？"

"以前在粮食局，后来下岗了，去超市当收银员，钱不够的时候也问我外婆外公要。好几次我都觉得很丢人，我以前还见她在超市里和人吵架，我同学看见了，问我是不是我妈妈。"

"你妈比我妈好，我妈妈是家庭主妇。就是那种很世俗、很没文化的家庭妇女，每天为了一点点钱在菜场和人吵，抠抠搜搜，整天就看很傻的电视剧，和她聊什么都聊不起来，就问我什么时候给她弄个孙子带。特俗，乡下妇女一个。"孙铭索性连杯子都不用了，直接对瓶吹小半瓶酒。

"都这样。"

"就是这样一个人，我妈，她出轨了，我看到有个男的来找她。我没和我爸说，我想先和她谈一谈，我就花了一天待在家里，一直想找机会和她谈谈。就是找不到机会，她太忙了，又要拖地，又要做饭，又要洗衣服、晾衣服，等她好不容易停下来，已经是中午了，我们就吃饭了。我一下子就不知道怎么开口，因为这样的日子我一天都过不下去，可她却过了好多年。我一下子觉得我特王八蛋。"

"后来呢？你有和她说这件事吗？"

"没有说，就假装不知道，也没过太久，我妈就过世了，是意外，她回老家修屋顶时不小心踩空了。她在我心中一直是个很麻木的人，但她也是会痛的，虽然不是什么太高尚的人，可她也还是个人。如果她是个外人，反而能理解她，可她变成了自己亲妈，突然就不能原谅了。人啊，就是贱！"

谢秋忽然红了眼眶，哽咽道："其实我不能原谅的是自己，我六七岁的时候，我妈有个关系不好的同事生了个儿子，到我妈面前炫耀，说她只有个女儿，男人还死了，太可怜了。我妈就很生气，和她吵起来，后来甚至打起来，我妈被她推倒在地上，没有在我面前哭。她原本是买菜回去，塑料袋里装的东西都撒了，她慢慢捡起来，还绕回菜场多买了几块肉。回去后给我做了好几个菜，让我多吃点，以后给她争气，比那些儿子都强。我一直很努力，可是努力总是不对劲。我真的很讨厌这样的自己。我不想在意她，又忍不住在意她。"她摇摇头，又给自己倒了一杯酒，"你不会理解我的。"

"这不废话吗，谁能理解谁啊，又不是肚子里的蛔虫。这世界上几十亿人，谁能冲过来对我说，哥啊，我特理解你，你想啥我都知道，撅个屁股我就知道你怎么拉屎。不可能！就凑合点吧，彼此谅解点吧。我看你都不太谅解自己。"孙铭醉得热气腾腾的，伸手把衬衫扣子解开了。

"说不清楚。我以为我可以带着我妈脱离这个环境，但是我创业失败，欠了一大笔钱，要问我妈要钱还债。我的学长开公司，都已经是天使轮了。我还是个每个月拿一万块的垃圾。"

"我拿的不比你多。"

"我和你不一样。"

"你这话真伤人。"

"没办法,高分低能说的就是我吧,我在公司也不太会和同事相处,不像你,怎么样都能接受。"

"我脸皮厚呗。不过说真的,我觉得你对你妈还是挺有感情的,说俗气一点,就是爱,谁不爱亲妈呢。你就是爱得泥石俱下,跟泥石流似的。"

谢秋忍不住笑道:"一般是说泥沙俱下吧。"

"随便了,你懂我的意思就好了。"

"我懂,我大概是要和我妈妈谈谈,不能和你一样没有机会了,就来不及了。"

孙铭搓搓手,讪笑道:"其实,我骗你的,我妈身体挺好的,是高中老师,也没出轨,上星期还给我寄了两斤橘子。虽然在你们上海人眼里,外地的都是乡下人,不过我家也没这么乡下。我就是觉得你压力太大了,找个口子倾诉一下就好。你不生气吧?"

"不生气。"谢秋微微有些醉了,面颊上飞出一片霞光,似笑非笑起来,"因为我在想一件事,在公司的时候你就特照顾我,后来我离职了,你还跑这么远和我一起吃饭,现在还特意过来开导我。你是喜欢我吧?"

"还真被你说中,那你还挺关心我的。"

"先说说你为什么喜欢我?"

孙铭摸着下巴上的一些胡茬,笑道:"脾气吧,你这脾气挺少见的,看着乖,骨子里野,还让我占了个便宜。现在楼道抽烟区那块都没人了,上次全给你吓跑了,就我一人在那边。"

"你这人还真是不走寻常路啊。"

"那你觉得我们有指望吗?"

"现在不行,因为我要去非洲了,将来的事说不好。"谢秋向他讨要了一张名片,重新涂上口红,把鲜红的唇印抿在名片上,恰好像一朵艳丽的花,开在他名字周围,"不过要是我回来的时候,你还没变心,我们可以试试。这算是凭证。不过先申明,我不喜欢脏话太多的人。"

"那我他妈的改改。"孙铭傻笑着点点头,然后便冲去洗手间吐得昏天黑地。

谢秋借着酒劲,给母亲发了条微信:"我会去非洲的,但也会回来的。我没有抛下你,我和你一起进步。等我出人头地的时候,我就会回来。等你有所改变的时候,我也会回来。"

那一头显示了很久的"对方正在输入",谢秋以为母亲又有一番长篇大论要唠叨,但她只是简短地发来一个"好"字。不知为何,谢秋忽然忍不住趴在桌上,号啕大哭起来。

苏妙露约不到谢秋,柳兰京倒是主动来约她了,她原本还想推托一下,可没想到他直接把车开到她家门口。车窗摇下来,他侧过头,问道:"你要上来兜兜风吗?"

"要是我不想呢?"话虽这么说,但她还是朝车子走近了两步。

"那我明天再来问你有没有空。"

"柳兰京啊柳兰京,你让我说你什么好。"苏妙露又气又笑,无可奈何地摇摇头,终究还是上了他的车。原本以为他有话要说,他却不开口,只是时不时望着她微笑。

"你怎么变纯情了?"

"我一直很纯情啊,你看我的车上都有小翅膀。"宾利的车标是翅膀形状,可见他这话说得太厚颜无耻了,苏妙露看见司机都忍不住偷偷笑了。

"车上太闷了,我要下去走走。"

于是他们又下了车,沿着一条林荫小路走。刚下过雨,地上有些潮。

苏妙露不说话,低着头一个劲要踩女贞树落在地上的果实,柳兰京就故意用拐杖拨开一个,从她脚边滚了出去。她带些埋怨回头,又多少觉得他幼稚,道:"我们怎么突然就没话说了?"

"因为我们本来就不太说话,只有吵架的时候,才比较激情洋溢。"苏妙露正要反驳,他却以眼神打断,笑着道:"你在观察我,对吗?"

"怎么说?"

"你在观察我有没有变? 脾气有没有收敛点? 能不能变到一个你能容忍的范围?"

"不完全对,我一直挺容忍你的,我担心的也是这个。你这家伙我都能忍了,我还有什么不能忍?"她停下脚步,等着他走到面前来。他穿了一件长外套,下摆过膝盖,不起风的时候这么打扮颇端正。"照你这么说,你也在观察我,看我抵抗你的决心到底有多大? 看得怎么样,有结论了吗?"

"不需要观察,我一直有结论。人是不会改变的,强行把自己改变成另一个人,会很累的。"

苏妙露皱了皱眉,强忍着反驳他的冲动,摆摆手道:"打住,不继续这个话题,不想和你吵。我们真是从年头吵到年尾,哪只脚先跨进门里都能争两句。说些别的事吧。"

"那好,你今天都没认真看我啊。"他拿腔拿调起来,"我今天可是特意剪了头发,用了点须后水的。怎么了? 瘸子已经不在你的喜好范围里了吗? 还是说你更喜欢我这样开口求你?"

苏妙露不作声,面无表情地扫了他一眼,从包里掏出润唇膏抹了抹嘴,然后扑过去吻他。树叶在她耳边有沙沙声,然后是他轻轻的喘息声。

风从窗帘缝里吹进来,苏妙露躺在床垫上,手从被单下伸出来,铺着一层汗,于是略有些冷。她背对着柳兰京起身,慢慢把衣服穿上。他的手指从她脊柱的凹槽里滑下去,让她一把拍掉。

是静安的那套房子,他完全没有再装修过,他们睡的床垫还是她上次买的,原本床是想订制的,所以先买了个床垫,后来事情全乱起来,她也索性退掉了订单。柳兰京能睡在床垫上,她也是很佩服,去洗手间时,她发现他的牙刷搁在旁边。她本以为他几乎不来这里,没想到是常住,立刻就恼了,冲出来质问他:"你这段时间就住在这里啊?"

"也不是每天,就是定期过来睡个觉。"他偷瞄她的脸色,有些莫名其妙。

"你一星期来几次?"

"三四次吧。"

苏妙露一下子就恼起来:"你他妈的睡在床垫上啊。床呢? 我没买,你就不管了吗?"

"买床还要多花一笔钱。既然床垫能睡,也没必要浪费。"

她沉下脸,一脚踹翻边上的茶几,把他吓了一跳:"脚不痛吗? 我睡个床垫而已,你为什么就生气啊?"

"我为什么生气? 我生气是因为你根本不能对自己好一点。你不爱吃,你不爱穿,你不爱享受,你他妈都不怎么好色,你做人做得一点乐趣都没有,你要这么多钱做什么?"

"我喜欢钱,我就是要证明我配得上。"

"你妈没说错,你就是靠一口怨气活着。"她蹲下身,把手按在他伤腿上,略一施力。他脸色煞白,拧了拧眉,强忍着。"你躺在床上不能动的时候,我也在,医生和你说的话我都听到了。你的腿至少要半年才能起身,现在才三个月,你就装作和没事一样,还睡在床垫上。你就是在证明你比别人强,你能重新掌握一切。有意思吗?"

"这是我生活的方式。"

"那我生活的方式呢? 我以为爱情应该是激发人最好的一面,可我和你在一起,一直在崩溃。你最擅长的就是把别人拖入你的深渊,然后说这是无所谓的事。"她抬起头,瞪着眼,完全不是要哭的神情,可一滴泪已经滑到面颊,"我怎么能打你? 再生气我也不能对你动手,我从来没有这样过。"

"我不在意啊。"他凑过去,慌慌张张地为她拭泪,"这就是无所谓的事,谁不是过着千疮百孔的生活? 我们在一起很开心,已经比很多人强了。"

"我在意啊。"她不要他安慰,拍开他的手,背过身去抽鼻子,强硬道,"不和你吵,我昨天没睡好,发挥不好。"她说完,转身就要走,柳兰京在床垫上支起上身,对她嚷道:"喂,走之前先把拐杖给我丢过来。"

"躺着吧,床垫公主,我不走,给你去做饭。"她折回来,把衬衫往他脸上丢。

一如她所料,房子里没有生活的气息。冰箱里只有水果、鸡蛋和矿泉水,厨房里只有一包挂面和青菜。她怒气冲冲地给他下了碗面,卧了个鸡蛋,说:"别生酮了,你都要升天了。现在大家都知道你的病了,吃点主食吧。"

他坐在床垫上,没起身,一本正经道:"不想动,你喂我吧,也不是没喂过。"

"你爱吃不吃。"

"我残废了嘛,对我好一点。谢谢啦。"

苏妙露无可奈何,还是凑过去拿筷子喂他。他果然早就看穿她乐在其中。当初他住院的时候，也是这点回忆对她最甜蜜。帮他梳头，给他擦脸，熬的稀粥一口一口喂他，像是童年时过家家玩的洋娃娃，从上到下完全把他收拾干净，还能受表扬。她喜欢他这种时候全无抵抗的顺从，眼睛朝下望，睫毛低低垂着。

等她吃过饭，有些倦了，又坐回床垫上，问道："你对徐蓉蓉做了什么？我联系不上他们家的人。"

"我什么都没有做。"那点柔顺的神情从他脸上褪去了。

"你饶了他们？"

柳兰京轻笑道："不，饶了她不是我的作风，我没那么宽宏大量。而且你会有负担，觉得我是因为你才放过她的。但是对她报复得太过分，你也会有个心结。所以我什么都没做，随他们去吧，这已经是我能做到的最好程度。"

"或许我应该谢谢你。"

"没必要，毕竟我要是坐牢了，你也不会给我送饭。"他说着话时有些孩子气的神色，装得很认真的样子，"你要见见她吗？他们家已经搬出去了，不过我有他们的新地址。"

"不用了，这样就好，对大家都好，不用再见了。"说不清为什么，苏妙露暗地里确实松了口气。

"那你还愿意见我吗？"他说这话时没有看她，似乎有些紧张，兴许是不想给她压力，毕竟她依旧抵挡不了他那点掺杂着忧郁的凝视目光。

"我能选吗？"

"如果你真的不想见我，那我接下来就不来找你，一直到你想通为止。"

她叹出一口气道："那缓缓吧，下个月再说。倒不是排斥你，这个月比较忙,一直在加班,被你说得我都想剪个头发了。"

他点点头,道:"人不来,那我能送点东西给你吗?"

"看情况,不要太贵的应该可以。我说的不贵,是在五百块以下的程度。"

为这句话,苏妙露之后很是后悔了一番。她回南京的第二天,柳兰京的快递就送来了。起先还不过是一些吃的,草莓、牛肉、螃蟹、烧鸭、家里的面条和绿豆糕,后来就变本加厉起来,加上各类生活用品,软得可怕的毛巾、漂亮的雨伞和银质餐具,有一次他连水仙花都连盆寄来,还特意附了一张便条说明:"不是大蒜头。"

又为了履行对苏妙露的承诺,他每次的快递上都附有价格。有一次收银单上的金额是499.98,让她哭笑不得。因为她几乎每天都要拿快递,好几次连公用的冰箱都塞满了,她只好面带歉意地对室友道:"不好意思,都是我表哥寄来的。"

室友小张道:"你表哥还挺关心你的,肯定是上次见面,看你瘦了,觉得你一个人在外面不容易。我大学室友的妈妈还给她寄过笋干呢。"

柳兰京寄来的牛肉实在是太多了,苏妙露当晚便煮了一大锅番茄牛肉,分了室友小张一半,又给水仙花拍了照,问柳兰京,这大蒜头到底什么时候能开花。喝汤的时候,她忽然想起一件事来。番茄牛肉,过去是徐蓉蓉最喜欢的菜。

阶级要向上爬,是背着行李爬山,每跨一步都要精疲力尽。可要滑下来,实在是轻而易举,像滑滑梯一样一溜就能溜到底。柳兰京发生车祸后,徐蓉蓉和潘世杰一合计,和家里人摊牌,但自然不敢兜底翻,就避重就轻说惹上了柳兰京,被牵扯进金柳两家的纠纷里。潘家父母长叹一口气。

徐家父母则吓了一跳,道:"你这样是要坐牢的,知道吗?"

徐蓉蓉道:"我当然知道,就是坐牢我也不会让他好过。他凭什么看不起我?爬不上去是我能力不够,可他这种生来就在上面的人,也没资格拿我当炮灰。就算是小猫小狗,我也是有尊严的。"

也就没有办法可想了,两家父母一合计,只能厚着脸皮找柳东园求情,把千万婚房半送半卖给了他,总算没起诉,但勒令他们限期离开。房子出手,可贷款还是一样还,潘世杰的公司已经关了,徐蓉蓉又没工作,只能把家里的房子脱手了两套,总算把钱还清。但所谓的事业,所谓的决心,所谓的跨越阶级的野心与决心,都不过空付笑谈中。

搬家那天,徐蓉蓉想起父母在结婚前和她说过,和潘世杰在一起,是强强联合,努力一把就能跨越一个阶级,过不一样的日子。倒也没说错,她的日子确实不一样了。

他们搬到杭州去了,把两个家庭阶级跨越的努力都降格成余杭一套三室两厅的房子。邻居们只当他们是看够了上海的纷纷扰扰,到此地来享受人生的,很恩爱的一对夫妻。

是与不是,他们现在都不得不恩爱了。先前徐蓉蓉以为婚姻中必要的是爱情,后来以为必要的是尊严,现在看来,只要利益挂了钩,怎么样都是分不开的,两个家庭都做了这么多的牺牲,而且金亦元的事,他们互相握有把柄。

潘世杰对她的态度也好了不少,误以为她报复柳兰京是为了自己。其实那天金善宝找到她,完全是一副气势汹汹的姿态。她没有办法,就把知道的内情全说了出来,只为了求得原谅。金善宝神情和缓了些,并没有明确的态度,只说让她帮个忙,给柳兰京使绊子。她自然也不傻,恶意破坏刹车是要吃牢饭的。可金善宝提到了金亦元,反而让她动了恻隐之心。

那样的眼神，那样的笑，他最后究竟是要对她说什么？这么可恶的一个人，凝视她时那片刻的柔情却不像作伪。徐蓉蓉彻底豁了出去。

林棋给她通风报信，她最后见了柳兰京一面。到了这种时候，他对她还是一脸的不屑，她只恨到最后那一耳光没有抽到他脸上。她如约破坏了刹车。

柳兰京果然出车祸了，但竟然不是她的罪过，事情上升到金家和柳家的纠葛中，柳东园亲自飞出国交涉了，她这样的小角色反而隐身幕后了。阶级，真是有趣。她觉得好笑，他们因为阶级不够，被上面的人捏在手里玩，又因为阶级不够，反而逃过一劫。

要说有什么教训，那便是阶级跨越这口饭，他们没本事靠着别人吃。只是这教训来得太迟了。

潘世杰在杭州找了份和金融不相干的工作，她也出去上班，家里没钱请保姆，就趁着休息日，轮流做家务。他中午买菜，她晚上做饭，终于成了个很普通的双职工家庭。

这样的日子要说好，自然是不好。可要说差，也不是全然不能忍受。选房子、买家具、上班下班、分配家务，时间填得满满当当的，反而没空胡思乱想了。一眨眼，也有好几个月过去了，她这段时间最大的愿望是家里买个洗碗机，她的手都泡得有些肿了。

徐蓉蓉还收到一个盒子，盒子里只放着一个红包，红包里有一叠钱，依稀就是那天柳兰京塞给她的那个。她把钱全拿出来，也不多，就一千块，里面还附了一张纸条，写着八个字："恭贺乔迁，来日方长。"

徐蓉蓉只觉得从手指开始一点点凉透。柳兰京终究是找上门了，一朝天子一朝臣，柳东园答应放他们一马，可柳兰京未必这么慷慨，他先前忍耐，多少是因为苏妙露的缘故。现在兴许也不发难，但他一贯是猫一样的人,抓到了猎物不吃,只在爪子里把玩一阵。来日方长,好也是,坏也是,他姑且就让她等着,猜猜要怎么对付他们,又或者只是虚惊一场。

徐蓉蓉冷笑一声,她已经不吃这一套了。她早就不是躲在父母身后的小姑娘了,天大的祸,她也闯下来了,真有什么报应,那她等着。柳兰京的威吓,还不如领导让她加班的指令可怕。她把那张纸揉成一团,钱放在皮夹里,预备出门买菜用,直接推门出去。

当天晚上,家里的菜很丰盛,四菜一汤,徐蓉蓉还特意做了番茄牛肉,又煮了老鸭汤,潘世杰回来也是一惊,笑道:"我还担心家里没菜,买了个烤鸡回来。"

徐蓉蓉道:"那挺好啊,今天是星期五,吃得好点很正常,你要不要喝点酒?"

他们小酌了两杯,还特意点起了蜡烛,各自说了些工作上的琐事,氛围融洽。所谓搭伙过日子,搭到这地步也算不错了。潘世杰随口道:"你表姐好像到南京去了,估计是和他分手了。"

徐蓉蓉明知故问道:"哪个表姐啊?"

"还有哪个,苏妙露啊。"他似乎是真的有些醉了。

"她啊,她怎么样了关我什么事,反正也没有交集了。对了,我们到底什么时候能买个洗碗机啊?上次不是说好的。"

"哦,那明天就去选吧,正好我刚发了点奖金。"他把空碗朝她一扬,道:"你帮我再盛点饭吧,今天的番茄牛肉不错。"

晚上潘世杰搂着她睡下来,贴在她耳边说,要不干脆要一个孩子吧。她点点头,说,好。闭上眼,她又想起了柳兰京给她的四个字,来日方长。她又依稀想起她结婚那天,苏妙露穿得花枝招展来闹场,那时候的她只觉得是毁了自己最重要的一天,哪里知道是转折的一天。金亦元、苏妙露、柳兰京,这些浓墨重彩篡改她生活的人,回忆起来,反倒记不清脸了,当真是恍如隔世。

徐蓉蓉拍拍潘世杰,让他别打呼了,自己则翻了个身,姑且睡去了。

第二十五章　兰京

自从上次和柳兰京分别后，一整个月，她确实没再见过他，只有一搭没一搭地与他聊着天。她忙，他更忙，一般留言给他，要等上两到三个钟头才会回复。渐渐倒也觉出规律，他应该早上六点就起了，看书读一些文件，这段时间到九点，都较为悠闲，收到消息立刻就能回，有时还能聊上几句。九点到十一点，他基本是查无此人的，通常到十二点后才有回复。到一两点钟时，又杳无音讯了。一路忙到晚上八点，有时他似乎闲得下来，有时却要到晚上十一点，才一条条回复先前的留言。

苏妙露倒觉得这样不错，柳兰京要是真的事事以她为先，反倒是吓人的。她也有自己的生活要过，彼此各退一步，当朋友反而更轻松些。

她的办公室在二楼，上班时看到楼下的蜡梅花枝有几根横在窗边，淡黄色的花，一团团开了。她顺手拍了张照给他："我办公室外面的花开了。你那里有什么？"柳兰京一个下午都没回复她，她也没细想，到晚饭后才看他发了张照片来，是只猫趴在他车前盖上取暖，旁边有一串自上而下的梅花脚印，"我这里有这个"。

她回他道："说明你的车不错，天冷了，猫要找个地方取暖。你让司机开车前注意看一下有没有猫躲在底下。"

柳兰京说好，结果第二天晚上差不多的时间又发来张照片，这次变成三只猫了，而且他车窗好像忘了关，有一只索性睡在后座上，用他的羊绒围巾圈了个窝。

也是有意思，不少人都很怕柳兰京，但动物又都喜欢亲近他，柳太太养的那只猫就喜欢骑在他背上。她问道："那你准备拿它们怎么办？"

柳兰京回道："已经统统抓去绝育了，送去店里找人收养了。"

苏妙露原本在洗碗，瞥见这条回复，想象这场景，觉得有些逗乐，忍不住笑起来。正巧室友到厨房来，诧异道："什么事这么高兴啊？你洗着碗都在笑，老板给你加工资了？"

她洗掉手上的泡沫，道："你让人帮你把猫赶了吧，这样容易刮伤车。"

"不，这样挺好，很多人都觉得爱护动物的人会比较好说话。让他们继续误解下去，接下来我要做大的人事变动了。"

这样持续了一个月，直到柳兰京有一天完全没回复她，她起先没放在心上，以为不过是年末临近了，他诸事缠身。可又忍不住牵肠挂肚，隔几分钟就去看消息，一直到第二天凌晨，他才解释道："我刚才在飞机上，没看到。"

苏妙露问道："是要出差吗？"

"不，我准备和林棋见一面。我已经到新西兰了。"

苏妙露愣了一下，缓缓呼出一口气，原本打了许多话，又一个字一个字地删掉，道："那你代我向她问个好。"

新西兰是个好地方，气候宜人，风景秀丽，适合度假、休整和逃离。单说林棋的逃离，似乎也不算太成功。她这样的学历背景，如果不是为了移民，大可以选个好学校再深造。平日住在宿舍里，周末去大商场要开一小时的车。她这样的逃离，几乎是带着点隐居的味道。

但她显然乐得过这样的日子，柳兰京找到她的时候，她倒是心平气和的，搬了把椅子给他，道："你先坐下说话吧。"

柳兰京道："为什么要做到这种地步？只是为了自由的话，牺牲也不小。"

"告诉你个秘密吧，其实也不算秘密了，我爸一直打我妈。我是在这样的家庭下长大的，我最擅长的解决问题的方法就是暴力。所以我只会这样，把看不顺眼的人都伤害一顿，然后逃走。"林棋给他泡了杯茶，加了牛奶、炼乳和糖，柳兰京礼节性地在嘴边碰了一下，不太敢喝。

"报复完所有人之后，会很空虚的。"

"你这么觉得吗？我不这么觉得。本来以为我们是一类人。你更自由，我很羡慕你。后来以为我们是一类人，我也可以很自由。现在看来，我们确实不是一类人，你没那么自由。家其实是自由的反面，有牵挂，有恐惧，就跑不了。"

"或许有的人的恐惧恰恰是没有家。"

"听起来很好，但我没兴趣理解你，你是个瘸子，不代表我要听你说教。"

柳兰京笑道："你现在刻薄得让我印象深刻，我反倒有点喜欢你了。"

他这话说得装模作样，不过林棋倒也把戏顺着演下去，一样装腔说道："是吗，那我真是受宠若惊，我还以为你要找我算账呢。车祸的事，你就这样算了？"

"你以为我不想吗？但这件事最应该负责的人是我。我爸妈应该是恨我的，但他们也只有我了，我哥倒是不恨我，我倒宁愿他更恨我一点。"

"随你高兴吧。我不关心，那就祝你好运吧。"她见柳兰京没喝茶，就直接端着杯子倒了，懒得与他瞎客套，"你要报复我的话，可以再来这里找我，我暂时不会搬家，不过我要是突发心脏病死了，就过时不候了。"

"你就不想知道谭瑛现在怎么样吗？"

"我也不关心他。他死了再和我说一声。"

林棋是完全不在乎谭瑛，但谭瑛倒是时时刻刻把她挂在嘴边。他是个一向顾及体面的人，便为林棋的离家出走找了很妥帖的理由。他逢人便说："我是一向觉得女性结婚之后也不该一味地为家庭做贡献，也要有独立与自由。像我太太，她准备出国深造，追求事业，那我肯定是支持她的。我和她说，你尽管去吧，一年两年的都没关系，家里我来照顾好了。"

于是众人便都视他为很好的丈夫与极老实的男人，但为了这个虚名，他也不得不每月往林棋父母家跑上几趟，照应着。

柳兰京和谭瑛碰过一面，是他主动来找他的，带着些礼品，有讲和的意味，叫了他几声兰京，柳兰京都佯装没听到，一直等到他毕恭毕敬叫了柳先生，他才问道："是你啊，谭先生有什么事吗？"

"我们之前好像有些误会，不知道你方不方便找个时间详谈？"

"有什么误会吗？我不记得了。"

"其实发生这么多事，我都不知道该和你说什么。"

"你可以恭喜我。"他拄着拐杖，头也不回，便上了车。

其实再见到谭瑛，倒不如他以为的激动，不过是淡淡的伤感余味。本就是拿他作为柳子桐的代替品，现在兄弟关系缓和了些，谭瑛就退场成路灯下扑腾的一只飞蛾，唤起他少许的不耐烦，但怒气还配不上。

柳兰京从新西兰回来，看了一下日程，还有一天半的休息时间，索性绕路去了南京。这大概就是当领导的好处，他给自己请假，自己批假。

他敲了一会儿的门，都不见有人来应门。他不由得疑惑起来，因为这是星期四晚上,想来她应该是在家的。又等了三四分钟,苏妙露总算把门打开了,只松松垮垮披了件浴袍,在洗头发,像是个泰国人,用泡沫把头发堆起来垒得很高。

他愣了愣,觉得见识了某项非物质文化遗产:"我是不是来得不是时候?"

"你说呢?"苏妙露用手扶了一下头顶,用洗发水泡沫垒成的塔,微微有些要塌方的迹象。她说了句自便,就把他晾在门口,冲去洗脸池冲头发。

房子里没有男用的拖鞋,柳兰京就脱了鞋,穿着袜子踩在地板上。他的拐杖敲在地板上,咚咚咚的,有点像是高跟鞋的鞋跟。他凑过去看苏妙露洗头发,是真的很好奇,用一种虚心求教的口吻道:"你为什么把头发和身体分开洗?"

"因为懒,也因为冷,这房子里的风暖不太好用。"苏妙露听不清他的说话声,稍稍把腰直起来些,泡沫就滴滴答答落在台面上,柳兰京的衣服上也溅到了些。

"这里确实挺磨炼意志的。"他想自己倒是可以出钱把这里重新装修一下,不过毕竟是出租屋,不划算,而且苏妙露也不会同意。

"没办法,我意志力薄弱嘛。"她耳朵后面有一块泡沫没冲掉,柳兰京用手指点了点,她把手摸索过去,问道:"是这里吗?"这么一碰,就摸到了柳兰京的手,指尖碰指尖,都有些滑腻腻的。

他轻轻把她的背往下压了压,道:"你这样是冲不到水的。"

"这么弯腰我很吃力啊。"苏妙露低着头,看到柳兰京踩在地板上的袜子。他倒还是个讲究人,西裤从来不配白袜子,上身穿得倒不太正式,衬衫外面还搭着件羊绒开衫,有点柔和的文雅相。以前没见他穿过这身,称得上是新瓶装旧酒,有点安稳的新鲜感。

"泡沫还是没冲掉,你的头别动。"柳兰京把她左边的耳朵挡住,随手拿了个刷牙杯子,灌满水,从耳朵后面浇过去。她吓得肩膀一缩,柳兰京倒是很得意道:"解决问题了嘛。"

苏妙露直起身时,故意用头发甩了他一身的水。他抹了一把水,把毛巾递给她。两只手又碰在一起。就在这时,她的室友也从外面回来了,听到钥匙开锁的声音,柳兰京像是做贼心虚一样,猛地抽回手,拉开些距离。

小张见有个陌生人在家里,怔了怔。苏妙露急忙道:"这是我表哥,他就来看看我,立刻就走,不会过夜的。"

"他就是那个一直寄东西来的表哥啊。难怪是表哥,长得和你不太像。"室友小张很认真地端详了他一番,"没事,让他住下吧,现在估计也没有高铁了,他肯定要在外面住宾馆。花那个钱干吗? 快捷酒店也要一两百块。"

苏妙露斩钉截铁道:"不行,我们一开始就说好了,绝对不能把外面的男人带进来。我不能破例,让他出去好了,他有地方住。"

"没事,都是自己表哥嘛,不算外人。我信得过你们。你表哥寄来的肉我还吃了不少。"小张一面往房间里走,一边对苏妙露道,"对了,厨房的下水道不太好用,记得让你表哥有空疏通一下。"

柳兰京挑眉道:"嗯?"

"表哥,你不就是做这个的,可以吗?"

柳兰京也不知他背后被编派成什么样了,只得道:"可以的。"

这下倒是弄巧成拙了,假表妹与假表哥互看一眼,不约而同都笑了。柳兰京悄声问她:"你和你室友说我是做什么的?"

"包工头,在工地的时候摔伤了腿,大老板过意不去,就养着你了。虽然这挺扯的,但是不这么说,我真的很难解释,为什么你工作日可以出来,又有这么多东西寄过来。"

"可是包工头也不管修水管啊,你不是自己会修吗?"

"我和她说了,她不信啊,而且这次情况比较复杂,可能水管也要换一下。"

他是完全无奈地一摊手:"别和我说这事,我不是水管工,我不懂这个,明天我叫人来处理。"

她笑话他,道:"终于你也有承认自己不懂的时候。真不容易。"

好在柳兰京是洗了澡来的,原本在酒店订下的房间就让司机去住下了,其实他要走自然是走得了的,苏妙露赶他也是很方便的,但说不清为什么,他们都觉得这样狼狈窘迫地挤在一个房间里,算不得一件坏事。

柜子里有一床被子,苏妙露搬出来打了个地铺,柳兰京坐在床边道:"你室友挺自来熟的。"

"她就是这样一个人,你也别见怪。"

"她是四川人?我一直觉得四川人在许多方面像是意大利人,都比较悠闲,还挺自来熟,还喜欢红色的食物。我以前有个室友是北意人。"

"你要躺床上来吗?我睡地铺。"苏妙露为他把床铺好,找了个枕头丢下去,忽然觉得这样子反倒比过去同居时更有夫妻的氛围。

"好啊。"

"你也不推辞一下?"

"推辞来,推辞去,也就这样了。我们还不至于这么生疏吧。"苏妙露暗暗给他补上后半句,是啊,上个月刚熟络了一番。明明什么都发生过了,这时候反倒有种暧昧期的忐忑。说到底,还是柳兰京变了些,在细小处生出裂缝,而显得温柔了。

熄了灯,说了晚安,他们齐齐躺在床上,都是辗转反侧。苏妙露有些莫名其妙的感觉,既然什么都不做,为什么又要把他留下来呢?她忍不住紧张起来,手心微微出汗,又有点说不清的期待,像是高中毕业后第一次出去露营,听说这时候最容易失身。那次她倒没有,但这次就未必了。她在黑暗中叫他的名字:"喂,柳兰京,你睡着了吗?"

"睡着了。"

"我也睡了,你听我说几句梦话。在你身边,我总是又安心又不安。你那些好的时候,当教授,当少爷,当有钱人,我是真的对你没什么感情。你得意扬扬的时候,我不过是你光辉灿烂的一个陪衬。你妈那么厉害的人,一进家里也没影了。可你受伤的时候,示弱的时候,哭的时候,我是真放不下你。到底哪一部分是更真实的你呢?"

"都是,取决于你想看到什么,取决于我为了留住你,想让你看到什么。"

"为什么是我?怎么就突然爱上我了?"

"是你先动心的,你为我祈福了。我不太能抵挡被人这么关心。我迷恋你看着我的眼神,我不会容忍你再这样注视其他人。"

"我没有那么肉麻吧。"

"没办法,晚上比较容易让人多愁善感。"她听到被子摩擦的声音,柳兰京好像换了个睡姿,"好了,晚安,你明天还要上班。"

"好吧,晚安。"

因为柳兰京在身旁,苏妙露睡得很浅,半夜依稀听到柳兰京起身的动静,忍不住紧张起来。她闭着眼睛装睡,想要是柳兰京偷吻自己,不妨就顺水推舟。但他只是轻轻抖了一下,坐起身,她立刻睁开眼,问道:"你的腿是不是在痛?"

他疲倦微笑道："过一会儿就好了，你先睡吧。"

第二天苏妙露醒的时候床上已经空了，桌上留着早饭，柳兰京在客厅用电脑看文件，说九点左右有人会来修水管，顺便把风暖也更换一下，他可以留在这里，她们尽管去上班。

她问他还能在这里留多久。他看了一下时间，道："不算路上的时间，还有二十七小时，我明天十一点还约了人谈事。"

苏妙露带着点窘，笑了笑，没说什么话，就去上班了。晚上说的话，白天大可以不认账。要是换了别人倒也无所谓，主要他们当初爱得太惊心动魄了些，反倒都不敢当真了。她也不确定柳兰京会不会在房子里待一天，下班前特意涂了个口红，喷了香水，又觉得太刻意了些，绕回镜子前把口红抹了，但身上那股桂花味已经散不掉了。

回到家里，柳兰京倒还坐在沙发上，似乎还找了个人来打扫卫生，房子里焕然一新。苏妙露坐到他旁边去，膝盖靠着他没受伤的那条腿。柳兰京突然问道："你接下来有时间吗？"

"有啊，本来就是周五了，而且小张今天也不回来。"苏妙露觉得现在时机恰好，柳兰京倒也不至于说别的事了。她偷偷回忆了一下，今天穿的内衣是不是成套。

"那你先等我几分钟。"柳兰京轻轻用拐杖拨开她点，"我有点腿疼。明天估计要下雨。"

"好。"

"谢谢你关爱残疾人，下次你在地铁上碰到我，我就不让你给我让座了。"

苏妙露轻轻搭住他的手，道："别拿你的腿再开玩笑了，我知道你在意,我也在意,用不着假装不在乎。"

柳兰京笑笑,不置可否,她也不强求,以免他们间又太客套起来。这次重新见面,他们一面生疏,一面亲密,彼此都藏着话没说尽,又好像暧昧起来。但这点暧昧又和初见面时不同,那时候的猜,是全无头绪的猜,许多答案连自己都不清楚。现在他们都心知肚明着,柳兰京想向她求一个原谅。她虽然不怪他了,但也不想太轻易说出这句话,倒也不是刁难,而是一旦让步,接下来的事就呼之欲出了,他们该不该继续在一起?

柳兰京坐了一会儿,缓过劲来,然后约她出去,找个景点转一圈。离出租屋最近的是夫子庙,他们其实都不感兴趣,但总觉得该转一圈。他就打电话让司机来接。

他们到的时候天已经全黑了,兴许是因为周五晚上,游客还是有不少,人头攒动着。他们虽然买了票,却不太想进去,索性在秦淮河附近散步。越靠近河边,游人越少,风就越大,把衣摆吹得飘飘扬扬。柳兰京把围巾解下来给她戴上。苏妙露听着柳兰京的拐杖声,一下一下的,有一种万籁俱寂的感觉。他们中间还是隔着些距离,也没有牵手。

苏妙露道:"我们买了票,又不进去,好像蛮傻的。"

柳兰京道:"确实蛮傻的。不过我们在一起反正尽做傻事,也不差这一件。"

"这样子说说话,其实也挺好的。"她停下脚步,望着秦淮河里的倒影,灯影幢幢的,热的光落在冷的水里,拖出一道一道的虹。她感叹道:"还挺漂亮的。"

"其实我没戴眼镜,看不太出来,就看到很亮。"远处的灯影把他的脸照得微微发亮,眼睛里好像也亮着一汪水。

"你的眼睛现在看着也很亮。"

他笑了一下，道："我一直在想一件事，你过来这段时间都没怎么出去玩过，同意和我出来，是不是因为不想再和我待在一个房子里？"

"没那么嫌弃你。"

他低头，笑意更深，道："我的意思是，你是不是和我在想同一件事？有点顾忌。"

因为夜里风大，苏妙露穿得又少，他们没待多久就回去了。柳兰京问她要不要去自己住的酒店房间。她欣然同意。

再一次贴住柳兰京时，她感觉很特别，因为过去太熟，现在又太陌生了，碰触的时候像在走一条翻新过的旧路。他的头发今天是朝后梳了，但梳得不算太板正，随着起伏的节奏，有一缕垂下来了，热的吐息吹在上面，发梢散开了。

他竖起两根手指，笑道："这是第二次了，你的决心真坚定。"她笑笑，不顺着他的心意接话："你说得对，主动送上门的，不要白不要。我准备一会儿给你五十块当辛苦费。"

"真是慷慨。"他好像很看重这笔钱，又再吻了她。

结束后，他留她过了一夜，倒不是有特别的意思，只是嫌她出租房的设施太差了，酒店里的浴室至少有风暖和像样的吹风机。幸亏这两天小张都不在家，她也就松了一口气，否则真的很难解释为什么自己送表哥送得彻夜未归。

柳兰京回去后，他们还是有一搭没一搭地聊着天。柳兰京问她过年回不回上海，她犹豫了一下说，还是要回的。原本以为柳兰京会顺势约她到家里吃饭，不料他话锋一转，道："你都不检查自己的邮箱吗？"

苏妙露一头雾水，道："今天没有，怎么了？"

"打开邮箱看一下，哥大的offer（录取通知）到了，不过没有奖学金。"

苏妙露已经完全把出国深造的事抛在脑后，同居时柳兰京确实找她拿过大学的成绩单、托福的考试成绩和其他种种资料。但已经是他们分手之前的事了，柳兰京当初要教她数学，她以为只是一时兴起，没想到是当真的。

"推荐信是怎么来的？"

"我找老莫和以前的同事帮忙的。反正我腿不能动的时候，也没事做。你想感谢我的话，就请我吃饭吧。"

"如果我不想去呢？"

"那你也要请我吃饭，我申请了十所大学，申请费够我叫出租车来南京了。"

他虽然一副斤斤计较的样子，但不过是让她请吃了达美乐。因为他那天上午还有个会，她一直等了他四十分钟，点了一杯饮料慢腾腾喝着。到最后几分钟，她忽然有一种逃跑的冲动。不该再见他了，他那苍白的、微笑的脸，她那重蹈覆辙的命运。

可她刚在椅子上挪了挪，他就赶来了。又换了身新打扮，穿一件到小腿的羊绒大衣，围着灰白两色的羊绒围巾，拄着拐杖，很是郑重其事地在一个塑料椅子上坐下。和第一次一样，他还是把番茄酱挤在饮料盖子里，先给她蘸。

苏妙露依旧和他说留学的事，道："你说我应该去吗？"

"统计系还行吧，虽然像是去唐人街读书了，但是后续的职业发展还是不错的，运气好一些也能留下来。"

"我是说钱的事，我可一下子拿不出五十万来。"

"谁告诉你是五十万？五十万那是给能申请到奖学金的人，你至少要准备一百万。不过我可以帮你付。"

"你别说这句话,我要被你吓出精神病来了。"

柳兰京摸着下巴,自嘲一笑道:"那要是我借给你呢?无抵押,按照银行的利息算,你在回来后分五年还清。我们可以签一个很正式的借条。"

"那我还不如直接找谢秋借钱呢。她都不会收我利息。"

"要是我现在再求婚,把这些钱恋爱期赠与你,再不行就写个借条,说我欠你一百万。你会同意吗?这样就算离婚了,我也没办法要回来。"

"不会。"苏妙露斩钉截铁拒绝了,"你应该知道我会拒绝,为什么还要问?"

柳兰京轻快道:"试试看啊。我是个很激进的机会主义者。你要是掉河里了,让我去救你,我也会抓紧机会先和你求婚。"

"这你倒不用担心,不会游泳的是你,不是我。"她用指甲不自觉地在手心里刻着,浑然不觉压出印子来,"我要是走了,出去看上了别人,那也算是我赢了。你就不担心吗?"

"是有一点,不过,不过,"他刻意顿了顿,继续道,"第一次吃饭的时候,我应该评价过你,你觉得我把你说得一无是处。现在过去这么久了,你觉得我说错了吗?"

"有点刻薄,但不能说有多错。"

"太好了,那我要说点更刻薄的。"一种先发制人的智慧,他提前把饮料拿远些,以免她抬手就来泼他。

"因为不能从家庭中得到肯定,又没有可以依靠的事业,只能从感情上获得尊严。要迷惑男人,迷得许多男人神魂颠倒,自以为敢爱敢恨,其实只是绕着圈子打转。假装自己很强势,其实就是纸老虎,手指一戳就破了。你是这样的女人,是吗?"

"是的。"

"因为心太软又没有手段，假装很骄傲，其实很自卑。好在没有失去怜悯心，看到别人的不幸立刻会想去帮忙。久而久之，能从受伤的人身上获得快乐和尊严，你是这样的女人，是吗？"

"是的。"

"那你就根本放不下我，不管你今天下了多大的决心，我们就是天生一对。就算你看上了别人，结了婚，甚至有了孩子。只要有一天，你遇上我，想起我，你还是要承认你最在意我。"

"你太自信了，我还没完全原谅你呢。"

"无所谓你原不原谅我，反正你不是在逃避我，你是在逃避家庭和社会带给你的影响。你觉得这可能吗？这个世界是这样的，并不会因为你的反思、痛苦、挣扎而有任何改变。"

"那你呢，你还是不想做任何改变，是吗？"

"不改，存在即合理。我不是会对人生让步的人。"

"看来断了一条腿，给你的教训还不够。"

"还是有点教训的。"他单手托腮，挑眉虚眼，笑道，"我现在躺下之后的局限性不小了，你要让我搭把手了。"

于是，他又一次伸出手来，她还是习惯性握了上去。

这次在床垫上，他竖起三根手指的时候，苏妙露装傻，一根根帮他把手指握回去，又给了他五十块。柳兰京只是微笑道："已经很晚了，你今天就留在我这里过夜吧。你要是看不惯我的床垫，次卧里有床，或者我们一起把床垫搬上去。"

头顶灯光不算太亮，却照得他眸光水润，笑意依旧。其实苏妙露有片刻的动摇，但他这一笑，却使她彻底清醒过来。

这胜券在握的微笑，这一切尽在掌握的姿态。他从没有丝毫的悔意，残疾的下场对他而言是痛苦的,可他依旧认为这是智谋上的欠缺所导致的,而非道德上的报应。越惨烈的失败,越能激励他的报复心。

太迟了。苏妙露悲哀地想,她总是感情压倒一切。心早已狂奔着爱上他了,可是脑子还留在原地,慢吞吞赶着路。现在她的理性终于占了上风,明白他们之间最大的差距。

其实钱也好,阶级也好,甚至连柳兰京那阴晴不定的性格都算不上阻碍,她真正厌弃的是他对世界的态度。

"我不会留下的,也不会和你复合的。你好好保重,不会再有下次的,你放心。"苏妙露平静地收拾起自己的东西,接她的网约车十五分钟后到。她自顾自想着事,竟忽然笑起来。

"你笑什么?"柳兰京诧异,不懂为什么她忽然如此冷漠。

"你这么聪明,难道猜不到吗?"苏妙露依旧笑道:"我刚才在想,我们真的不能复合,有一天别人问我为什么和你分手,我说因为和你三观不合,别人肯定以为我在说假话,但这就是真心话。我变了,你没变。你总是用一种报复的态度在生活,所以你的腿是生活对你的一种报复。"

"你是希望我为了你悔改吗?"

"我是希望你为了自己悔改。这次你运气好,下次不会再有这种运气。你总以为自己是房间里最聪明的人。谁要是稍微得罪你一下,就是天大的罪过。谁要是被你伤害了,就是技不如人,活该倒霉。难道你不会倒霉吗?你养伤的时候有多少人来看过你?你太阴刻了,不会有好下场的。拿出点真心,拿出点宽容来生活吧。"

"要是我说我做不到呢?"柳兰京不悦起来,挑衅道,"我们在一起的时候,我就是这样子。你喜欢我的缺点,那就别端着道学先生的架子来教育我。"

"所以我努力不喜欢你了。"

"你要是又反悔了呢？现代人连不要熬夜的承诺都很难做。"

"食言的话，我会看不起我自己。"苏妙露抬手就给了自己一耳光，用力之大，近半张脸都红了，"我现在就很后悔跟你回来，让你误会我们还能回到过去，让你以为我不过如此。你要是不改变，我们的关系也不会有任何变化。"

柳兰京也吓到了，那游刃有余的架子也端不住了。他结结巴巴道："你不要这样啊，我……你……"

他伸手想去摸她，但不敢去碰，手只是空落落悬在半空中。苏妙露一侧身避了过去，径直到门口道："我叫的车到了。你保重，别睡床垫了，床垫公主。"

因为苏妙露在的这家公司加班是没有加班费的，所以通常拿加班换调休。她是下定决心要出去留学的，就索性占公司一个便宜，先把下半年的假用掉，得出许多空能留在上海。

她把这事同父母说了，他们露出一种带着妥协的赞同。苏父道："听着蛮好的，不过要花不少钱吧，你现在的工作不是挺好的吗？"

苏母则更关心另一件事："你去了那里，还回不回来啊？"

苏妙露明白，他们是不太同意她离开的，他们的眼界局限在人的一生就该做恰当的事。二十岁之前读书，二十五岁之后工作，三十岁之前结婚，都是恰当的人生。钱，他们倒也能出一部分，只是觉得把她的嫁妆拿来做未必回本的生意，不是很划算。于是只给了她十来万。

她算了一笔账，就算还了柳兰京一大笔钱，她还有谢秋还给她的二十多万，以及林棋那里用剩下的一点小钱，算上她的积蓄，拼拼凑凑有四十多万,如果在读书时勤工俭学,这笔钱兴许还是够的。

她和谢秋说了这件事,谢秋自然是支持她的,并且很慷慨地表示可以借钱给她。苏妙露不愿意要,反而送了她一袋子治痢疾的药和防蚊虫的喷雾。是她从同事侄子的同学那里问来的经验之谈。谢秋虽然觉得她啰啰唆唆的,还是收下来了。

"你要走了,那个孙铭怎么办呢?"

"不怎么办,该是我的就是我的,我对婚姻和感情都挺无所谓的。倒是你,你也要走了,姓柳的怎么办? 他会不会又发神经病?"

"也不要这么说他,他也不容易。"

谢秋哼哼两声,道:"你不会这么快就原谅他了吧?"

"我只是原谅我自己了。"

柳太太得到苏妙露回来的消息,派人给她送了几次礼物。她过意不去,就亲自上门拜谢了,准备看望她一番。苏妙露原本以为柳兰京不在家,毕竟上次分别后。他就彻底销声匿迹了,简直像是在躲她。

不料柳太太一指楼上,压低声音道:"你倒是来得巧,他在房间里睡觉,昨天小孩子生病了,他去陪夜了,今天早上又去公司开了个会。刚刚才回来睡了一会儿,饭都没吃。"

苏妙露道:"那柳志襄现在怎么样了?"

"有一点热度,现在已经退烧,在休息了,就是之前玩了一身汗,头发也没吹干就上床睡了。小孩子就是这样子,稍稍没注意就要出点事情。这次的阿姨也马虎,已经给他找新的了。"

苏妙露心不在焉地说着话,承认高估了自己的决心。并不是柳兰京躲她,而是她怕见他。真是后悔这次上门来,她找了个借口就要告辞离开,可没走到门口,谭瑛却走出来,叫了声苏小姐。他是西装革履很正式的样子,神情却有些拘束,只与她简单寒暄了几句。她见谭瑛也在,不免觉得有些尴尬,毕竟之前就没什么交情,现在更是近于交恶了。

原本她以为柳家不欢迎谭瑛,柳太太却还是淡淡道:"他来了有一会儿了。"

原来谭瑛已经在副厅等了一个多钟头,柳兰京知道他要来,就故意晾着他,自己在楼上睡觉。柳兰京反正一贯心态优越,也能睡得着。

苏妙露不太想见到谭瑛,怕节外生枝。原本以为谭瑛不过是寻常寒暄几句,结果他却故意拦着苏妙露不放,显然是有意要让她当说客。苏妙露急着要走,简直要和他吵起来,嗓门刚挑高,柳兰京就一瘸一拐下楼来,他在家里不用拐杖,就扶着楼梯扶手慢慢走。

他一面揉着眼睛,一边叫嚷道:"我的眼镜在哪里,你们谁给我找一找?"

苏妙露头也不回,道:"你看看床头柜下面有没有?或者有没有夹在哪本书里。"

苏妙露话音刚落,柳兰京就得意起来,却装得像是刚发现她也在,下意识用手顺了顺头发,笑了笑,才把谭瑛叫来,笑着打招呼道:"早。"

谭瑛道:"已经十一点了。"他们说好的是九点半。

"没事,对我来说,不到一点,都算早上。你不着急吧?急的话现在去书房聊。"

谭瑛急忙道:"不着急,你先忙你的。"

"那好,你再稍等一会儿。"得了这句话,柳兰京自是不客气,又让谭瑛干等着,他则洗了脸,冲了澡,吹了头发,嘱咐人给他找到了眼镜,又坐到餐桌上吃起了鱼片粥。他喝着粥,很随意地一招手,把谭瑛召到跟前来:"你也坐啊,等了挺久的,喝点粥吧。"

"不用麻烦了。"

"别客气啊。太客气就是不给我面子了。"苏妙露知道谭瑛不爱吃鱼，柳兰京自不会忘，就是故意为难他。

谭瑛只得半推半就坐了，一声不吭地把粥喝了。柳兰京这才放过他，与他往书房里走。他们聊的时间不长，但似乎谈得很顺利。再出来时有说有笑的，好像又热络起来了。

谭瑛走后，柳兰京也不做多的解释，只把苏妙露约出去，说："出去逛逛吧，顺便赏光吃个饭吧。我很久没请你吃饭了。"

苏妙露同意了，这次倒没怎么兴师动众，就是找了商场吃了顿扬州菜。柳兰京只吃了些豆腐和鸡头米。他是真的放弃生酮饮食了，"现在谁都知道我有癫痫了，也好，应酬不喝酒，谁都要让我点儿"。

说得轻描淡写，苏妙露知道他还是在意的，他一向是个心高气傲的人，现在装得若无其事，但背地里终究膈应着。按他以前的做派，绝不会太轻易放过谭瑛。她问道："今天谭瑛来找你有什么事？"

"林棋跑了，他银行那边的贷款就有问题了，资金链快断了，来找我帮忙。"柳兰京不爱吃杏鲍菇，咬了一口，就把剩下的夹到苏妙露碗里。

"你帮了？"

"不能因为感情用事耽误赚钱啊。他的公司发展前景挺好的，好就好在早晚会是我的。"

"你要做什么？"

"那自然不能告诉你。其实我挺佩服谭瑛的，先前我都没想明白，他得罪我有什么好处，现在看来，他是之前过得太顺了。父母太爱他也不是好事。不过没事，我会免费给他上一课的。"

苏妙露不喝汤，有些赌气，故意把杏鲍菇又夹回他碗里。所谓本性难改,就是这么一回事,柳兰京还是对爱、希望、理想不太上心,对搞人和搞钱最感兴趣。他简直是故意来气她的,显示那晚她说的话无足轻重,不能动摇他分毫。

她不禁心灰意冷起来。悔悟是骤然而至的暴雨,可悔改却是绵绵不绝的雨季。别说他了,就连她,下定决心后就真的能痛改前非吗?

本以为自己大彻大悟了,但吃饭前,他们在一、二层闲逛。她看上一条白底带印花的裙子,没有试穿,只看了眼价码就走了。她知道是不值这个价钱的,值钱的不过是个牌子。

可同样一件衣服,摆在百元店里打折出售,和摆在高级商场里,打上近万元的标签,在灯光下熠熠生辉,给人的感觉是不同的。近于下意识,她偷偷瞥向柳兰京,想着他会不会替她买下来,等回过神来,她完全惊出一身冷汗,好在他倒也没发觉。

吃完饭苏妙露想着再去看一眼,犹豫着要不要刷爆一张卡强买下来,虽然以后正是用钱的时候。她还没走进店门口,却撞见了熟人。许芊芊正在隔壁的一家鞋店里试穿,旁边有个长相憨厚的男人在给她拎着购物袋。

苏妙露凑在他耳边道:"你看那边,是许小姐啊。"

"哪个许小姐啊?"柳兰京眯起眼仔细瞧了瞧。

"许芊芊,我和你第一次见面的时候,她也在场的。"

柳兰京嘟囔道:"看着像也不像的,她是不是整容失败了?"

苏妙露轻轻捏了他一把,说:"你这人怎么嘴巴缺德到像开过光一样。她是素颜啊。"

柳兰京轻轻噢了一下,他这次是着实冤枉,他这个位置逆着光,是真的一时间没看清。不过他刻薄的前科太多,解释了她应该也不信,索性不说话。他们并不想过去打招呼，但许芊芊看见了他们，主动领着男人过来了。她很殷勤地两头介绍道："这是我家darling（亲爱的），霍先生，这是柳先生和柳太太。"

姓霍的完全不是个机灵人，并不认识柳兰京，尽说着傻话："柳先生走路不方便还陪着老婆出来逛街，辛苦辛苦，恩爱恩爱。"

许芊芊只得从旁找补道："他们一向恩爱，是很罗曼蒂克的一见钟情，我可是见证人。"丈夫傻成这样子，她倒也不动气，最后还是依偎着一起走的。

柳兰京挑了挑眉毛，没忍住那股揶揄的笑意，解释道："我不是真刻薄她，我上次见她不是这样的，那时候她……"

他欲言又止起来，瞥了眼苏妙露，到底还是没说出口，只是摇了摇头，又随意找了个话头应付过去。

其实苏妙露已经隐约猜到他的意思，当初他们的见面并非看起来这般，而这真相已经快触及柳太太的另一面。

但她并不敢深究下去，便也想蒙混过关。可她的嘴闭得再紧，惯于没有城府的脸上也已经透出慌张。

柳兰京一眼便看穿，不悦道："其实你全知道了。"

"也不算知道太多，不过后来我想你妈妈可能给我下了个套。谢秋说佛跳墙预约后一定会上的，她是故意离开，想让我和你亲近，又或者是默许你占我便宜。"她到底也说不下去了。

"很多人都说你傻，你最傻的地方是装傻。只是上位的人才有资格装傻，你装傻简直是自找麻烦。"

"我不想聊这件事，我们先走吧。"苏妙露有些逃避地别开头，道，"要不我先回去，你自己继续逛吧。"

她快步朝出口走去，柳兰京却抢先扣住她的手腕，也算是吸取了上次的教训。他拽着她的手藏进自己外套衣兜里，另一只手又紧紧环着她的腰。

　　在外人看来，他们不过是一对在公开场合太亲昵的情侣，但暗地里他是下了死劲，她一时也挣脱不开。

　　"许小姐其实是个托，我们第一次见面，她是我妈请来故意刺激你的。陌生男女单独见面，你自然会有戒心。可是找一个样样不如你的人来竞争，你反倒会有得失心，主动对我献殷勤。按我妈的打算，当晚我就能得手，你是她献给我的礼物，我得了糖衣炮弹，家里的许多事也就不方便说话了。我妈也可以继续享受她的平静的家庭生活。可你呢？被吃干抹后还剩什么？被卖了还替她数钱，对我妈这么客气，却总是对我不假辞色。"他是贴着她耳边说话，耳鬓厮磨里却淬毒，"你就真的这么贱吗？不识好歹？"

　　苏妙露只是怔了怔，平静道："我的肤质变了，老兄。"

　　"什么？"

　　"我已经不是敏感肌了，总是被你说这种话，脸皮已经厚得要命，我现在甚至可以说是宠辱不惊了，还有点同情你。你又在玩老一套，故意惹我生气，继续和我纠缠在一起。你这是在撒娇吗？"

　　"对啊，我就是和你撒娇。这世上有这么多犯过错的人，远近亲疏都有，就连你爸妈，对你也不全是真心。我第一次到你家，就知道你为什么是这样的性格。你家里有一百平左右吧，是典型的两房换一房，用两套小面积的房子换了一套大房子，你爸妈手里也没多少余钱。他们准备靠房子养老，不会卖，根本不会给你任何经济帮助。他们满打满算就是指望你靠结婚找个安心之所。当初这么讨厌我，现在倒很客气。无非是卖女求荣要卖得体面些,要卖成大老婆才行。"

"我爸妈也不过是人,有自己的阴暗面,有自私的地方很正常。"

"我也是人,为什么我的自私就不能原谅?我可没见到你逼着你爸妈改。这个世界上谁都有阴暗面,无非是你没看见。为什么你对我这么苛刻?"

"你在解释什么?"

"什么?"

"你在向我解释你的行事方式,你在解释你为什么死不悔改。以前的柳兰京从来不屑于解释自己。这说明你也改了,动摇了,内心的某一处你确实怀疑自己做错了,伤害了无辜的人。"

"我只是在意你罢了。可你总是在强求我,你这是欺负我。"

"我也在意你啊。我最亲近的人是你,所以不在乎别人曾经伤害过我。可你不一样。我担心你啊,再这样下去你有几条腿可以断?"

柳兰京抬起眼,困惑的神情全然像个孩子。

他们是站在近门的位置说话,许芊芊提着购物袋出来,又与他们打了个照面。

"柳先生、柳太太没看到什么喜欢的东西吗?不过这里的东西确实不如以前好了。"她的寒暄打断了柳兰京原本的辩解。

苏妙露抢先道:"不是,我们在忙着吵架呢。你看,他都不肯松开我的手,吵赢了才能放我走。"她是笑着说这话的,对面自然以为她在开玩笑,许芊芊的丈夫还笑得格外大声。

但柳兰京也只能放开她的手,不情不愿又跟着寒暄几句。待人走后,他才压低声音,道:"你刚才那话听着像是在打情骂俏。"

"不准打岔。"苏妙露道,"你说得很对,第一次见面的时候,你稍微使点坏心,我就完了,搞不好就变成家族耻辱。可是你疯疯癫癫把我赶走了,后面怎么又来找我?"

"因为你对许小姐挺温柔的。我还挺意外,所以对你很好奇。"

"所以啊,一个是你,一个是林棋。我就是好人有好报,你不服气也不行。"苏妙露不愿和他多纠缠,后退一步就绕开他跑了,快步赶上前面的许芊芊,故意问道:"许小姐你这裙子好好看,哪里买的?"

她们边走边聊,出了商场,柳兰京也就不便再追上去。

第二天,苏妙露在家收到个快递,是柳兰京寄来的,里面放着她舍不得买的那条裙子,几乎是个明示的赔罪礼物。她微微叹口气,果然还是老样子。她一咬牙,就把钱转给了柳兰京,反手把他拉黑。他也没再联系过她。一直到除夕晚上,她留在家里陪父母吃饭。

他们在餐厅吃晚饭,窗帘还没有完全拉上,外面的天按道理已经该黑了,却忽然有一种奇异的亮光。苏妙露跑到阳台去看,天上飘着昼星点点白色的亮光,她扭头对父母叫道:"外头落雪了。"

苏母感叹道:"那倒是稀奇,已经有蛮多年没落雪了。今年讲不定是个好年。"

上海很少下雪,每一次见到了都像是奇迹,苏妙露兴奋得不能自已,急着想和人分享这事。她拿出手机,正巧看到一个未接来电,是柳兰京打来的,刚才她在吃饭没听到,兴许是有事。

她就回拨过去,道:"你找我有事吗?"

柳兰京那头好像风很大,声音都吹散了:"没什么事。"

"那我有事和你说呢,外面下雪了,你看到了吗?上次下雪好像还是七八年前,我读大学的时候。"

"我是第一次在上海见到,以前冬天我不常回国。不过这次是雨夹雪，积不起来。"

"你在外面啊？"

"是啊。"

她一时间接不上话，担心他在外面准备去应酬，又听到外面有卡车碾过窨井盖的声音，噔的一声。柳兰京那头也有这个声音，她一下子反应过来，他就在她家外面。

她匆匆披了件外套，连睡衣都来不及换，就跑出去了。柳兰京的车果然停在小区对面的马路上，他则站在外面，一手打着伞，一手拄着拐杖，隔着飘飞的雨和雪，与她对望。

柳兰京道："你下来做什么？"

苏妙露反问道："你过来又做什么？"

"我有话要和你说，但不知道你在不在。"

"那你打个电话问我一下啊。"

"你没接我电话，我以为你不在家。"这自然是谎话了，他的位置可以直接看到她家的窗户，里面还亮着灯，自然不是没人的样子。

苏妙露只穿着一件睡衣，也没有拿伞，在冷风里就很响亮地打着喷嚏。柳兰京就把大衣解开，一把拉她到怀里抱住，用大衣一裹，就牢牢环在怀里，她的面颊抵在他内搭的羊绒衫上，有一种腾出的热气。

"你头发都湿掉了。"柳兰京把伞递给她，脱下外套披在她身上。

"先回去吧。"她把肩上的衣服拢紧，他用不拄拐的手撑伞。雪落在他手背上，还没融化，却几乎已看不见了。跛起来更厉害了，她怕他走不稳，手在他后腰扶了一把。

地上不算平，过一段路时，说了让他小心，还是绊了一下，好在没有摔，她只是觉得他身上的热气涌过来。以前也不是没一起走过，只是没觉得这么温暖。

也没地方去，就把他带回自己家，正好桌上的晚饭还没收，还有几个菜。她就随口问道："你吃过晚饭没有？"

"不用麻烦了。"

并不理会他的推辞，她把他往餐桌前拉，很麻利地添置了一副碗筷，说："没有吃就吃点，我们家的菜再一般，总比饿肚子好，你回家还有一段路。"

柳兰京也就姑且坐下了，因为他腿的缘故，椅子前后调了几次。她忍不住愧疚起来，也不知他刚才在外面站了多久。

苏家父母对视一眼，都笑笑，不说话。一般女儿带个男人到家里，父母总是要上下盘问一番，又要好好表现一番，务必留下些好印象。可对柳兰京这个人，他们已经够了解了，好的也了解，坏的也了解，一下子反而没什么话可以问，索性就走开些。

柳兰京勉强喝了一碗汤，起身就要走，苏妙露下意识牵着他的手，把他留住，问道："你要回去了吗？"

"是啊，你还有什么事吗？"

苏妙露不作声，暗自觉得好笑，明明是他有事要找她，这样站在外面傻等着，却又不敢上楼，这样欲言又止，多半是要挽留她的话。他是比任何人都更不愿让她离开的，患得患失的一个人，要不是法律不允许，多半是要把她关在家里，上两道锁的。可挽留她的话，又是他最不应该说的，因为从头到尾这件事都是他主张的。

柳兰京顿一顿，道："我们出去兜风吧。"

新年一到，中心区的街道都空荡起来，倒真的能兜风。他们也就坐着车，漫无目的地在雪中穿梭。他们都没有说话，雪色把脸衬得朦胧发亮，雪落的声音很轻,时间空间一瞬间都模糊了,便有种天长地久的错觉。苏妙露想着,他们以后就算不在一起,也有今夜,共一场雪的缘分。

苏妙露暗暗朝柳兰京使了个眼神,他立刻心领神会,点点头,对司机道:"这段时间也辛苦了,新年了,回去和家人吃饭吧。"他塞过去一个红包,由苏妙露开车把司机送到地铁站,他们才继续上路。

这时候下的只有雪,没有雨了,冷得很清爽。他们在冷风里呼出白气,搓搓手,对视一眼都笑了。又是一件傻事。

柳兰京终于开口道:"你还是拿着我的钱吧。"

"为什么?"

"我的经验是,多带一点钱不是什么坏事,在美国不买辆车代步,实在不安全。而且你要是病了怎么办? 我再给你一百万吧,算我借你的,不要利息。"

"如果我不想要呢?"

"我坚持。"这几乎是哀求的语气了。

"那我拿这个抵押好了。"苏妙露从口袋里掏出个丝绒盒子,把当初的那对红宝石耳环还给他。之前他们吵得恩断义绝时,她都舍不得把这个拿出来。倒不是价值问题,她暗地里认定这才是真正的定情信物。

"我送人的东西从来不会收回去。"

"不,你拿着,先替我保管着。我不是要和你划清界限,我是要和自己保证。等我再见你的时候,我能把钱还上,亲自把它要回来。"

柳兰京玩味道:"理想很美好,不过你不会真的觉得,出去读个书,就能改变一切吧? 我还有几个同学在还助学贷款呢,你的教育投资是很有可能血本无归的。"

"那你有什么高见呢?"

"要我说,单为了钱,最好的选择是和我结婚,我虽然很阴损,但是真的离婚了,也不至于让你净身出户。你当了名正言顺的柳太太,每月有笔家用的钱,存个私房钱也比你读十年的书要赚得多。我妈也喜欢你,自然也会给你钱。可是当富太太,每天交际、打牌、闲逛,我觉得这不是你想要的。"他微微叹口气,苦笑道,"你到底想改变到什么地步呢?真的成为什么数一数二的人物,对你是不可能的,我说实话。"

"失败我也认了。现在我明白了,人生在世最要紧的是勇气。是知错能改的勇气,是正视生活的勇气,是能接受痛苦和不甘,朝前走的勇气。我现在能接受了,除了漂亮外,我就是个平庸到可怜的人。"

"倒也没那么糟,不要妄自菲薄。不然放不下你的我,又算什么呢?"柳兰京小声道,"以防你不明白,我在挽留你,你需要我多低声下气,我就可以多低声下气。"

"我知道的。可我用不着你这样,我和你不用再玩爱情的游戏和竞争了。这段时间,我说的每句话都是真心的。"

柳兰京不置可否,忽然侧身朝她靠近。她以为他要拥抱自己,就朝一边躲了过去。但他只是想拂去她头发上的一片雪花,因她的动作,他的手没碰到实处,只是轻轻触到她扬起的发梢。

"我也是真心的,和我结婚吧。我不会许诺什么天长地久,也不会从此改头换面,但我会找律师开一个很高的离婚补偿。"很细小的雪花落在他手心里,立刻就融化了。

苏妙露道:"可能将来有一天我会后悔,后悔没在今天答应你,恨不得给自己两耳光。但不是现在。"

柳兰京叹口气,道:"既然这样,我送你回去吧。这样的下雪天很漂亮,如果不是你,我也不会出来看,谢谢你。"

兴许新年做不得收红包之外的快乐事,苏妙露第二天回家就病倒了。柳兰京正忙着陪家人吃饭,抽不出空来探望她,打了个电话来慰问,又带着些无奈口气:"你怎么一下子就感冒了?我那天也在雪里。"

苏妙露哑着嗓子道:"我和你不一样,你身体好嘛,几乎都不生病。"

"这话说着真没良心。"

"你不来照顾我,才叫没良心。我等着你来喂饭呢。"他这下便无话可说了,只能劝她多多休息。

苏家本来亲戚就不多,原本过年也不过是和徐蓉蓉家吃一顿饭,今年便连这一步也省了。苏父一面照顾苏妙露,一面抱怨道:"你这样病恹恹的,让我们怎么放心让你出国?"

苏母道:"你还是消停点吧,她留在家里看着我们老头子老太婆也怨,出去走走也好,不是小孩子了。"话虽如此,她依旧很卖力地织毛衣,一旦知道苏妙露下定决心要走,她就昼夜不停地给她准备衣服,外面买的不合心意,还是要亲手做。

苏妙露躺在床上昏昏沉沉的,她的热度刚退下去,又吃了药,愈发昏沉。父母怕吵到她休息,便退了出去。她靠在枕头上打着盹,也不知睡了多久,依稀听到有拐杖声,醒来就看到柳兰京坐在她床边,温柔道:"想喝点水吗?"

"你怎么过来了?"苏妙露摇摇头,柳兰京便给自己倒了杯水,手指搭在玻璃杯上,腾起的热气挡得他的脸朦朦胧胧的。他说道:"我想来看看你,和你说说话。"她躺在床上闭着眼睛,虚弱道:"别真的来喂饭啊,我吃不下东西的。"

"那我来求婚呢?你准备答应吗?不过戒指我没拿,仔细想想这东西根本就不保值。我还是想给有价值的纪念,让你时刻想到我。"

"你怎么又来说这个?"她有些疑心这是梦,因为柳兰京说话的样子与平时不太一样。

"贝叶斯网络。如果你还记得我说过的话。要对事件进行一种预估,就必须通过概率进行一种假设。这就是所谓人的经验,过去的生活怎么对待我,我们就怎么看待以后的日子。放下说着简单,可远远没那么容易。"

他原本看着比实际年龄小,近来把头发往后梳才增添些威严,现在放下头发,几乎把眼睛挡住了,他说:"或许我很胆小,总是走不出我的过去。我想和你说一些我以前的事。我想了很久,因为很丢人,所以说完我就不认,你听过算过。"

沉吟片刻,他忽然一本正经,道:"我不是花花公子。在你之前的每一任女朋友,我都有很认真地谈,可我每次认真去爱,她们都被逼疯了,还要去看心理医生,那不如说是玩玩的,不然太丢人了,好像我有什么心理疾病一样。"

苏妙露都被逗笑了,带着鼻音哭笑不得,道:"你不会真的以为你很正常吧。"

"我承认我有点问题。亲密会让我惶恐,越是得到爱,我越是会不停试探和伤害。当一个自私的人,让我觉得很安全。如果真的被背叛了,我只会松一口气,不能接受我的缺点的人走了就走了。我知道这确实是一种软弱。宽恕比憎恨更勇敢,给予爱比得到爱更高贵。可我的父母都不是不过如此的人,我凭什么要变好? 这世上有这么多没被报应的人,我凭什么不能心存侥幸?

"十五岁时,学校放假,我回家住了一段时间,我哥那时候不在,家里的气氛很压抑。有一天我爸的情人找上了门,大概是逼宫没成功。她在客厅又吵又闹,我妈在看电视,面无表情。我爸从书房出来,让人把他的情人拖走了,说不认识她,她是个疯子。然后保姆把客厅收拾好,我们一起吃饭,装作无事发生。我爸只说了一句:'她没有规矩,我不是不给,可她不能来要,如果她来要了,那我就什么都不会给了。'那天喝的是鱼汤,很腥,我妈喝完就吐了。你知道后来发生什么了?"

"她找人打了你爸一顿?"

柳兰京没忍住笑意:"比这还好一点。那个情人后来找个更有势力的靠山,还结婚了。她再和我爸妈见面时,大家都当无事发生。我妈笑着和她寒暄,回去的路上,我问我妈:'难道就一点都不在意吗?'我妈说:'在意什么?'这就是我接受的人生教育。谁都不能指望,只能指望自己。钱和地位,尊严和希望,要去偷,去抢,去骗,紧紧攥在手里,不管有多难看,只要变成你的东西,日子久了,自然会有人帮你解释。输家才是没道德的,赢家可以定义体面。"

"可是你爸妈已经输了,输给你了。他们讨厌你,是害怕过去的自己。他们老了,使不出年轻时的手段了,可你还年轻。你能当十年二十年的赢家,直到有一天你也走下坡路了,才发现身边无人可信,然后你才会明白,想要永远赢,就是早晚会输。"她想起初见面时他的话,便也回赠给他,"三十一岁,人生才刚刚开始。你就稍微做点改变吧,意思意思,给个面子。"

"你总是把复杂的事说得很简单。太天真了。"

"我是不是很傻?"

柳兰京含笑道:"是不聪明,用我的标准看,是非常不聪明。但天真是一种勇气。不要着急,你的人生刚开始,好事总是留在后面。"

苏妙露微微坐起身,咳嗽了一下,说:"遇到你就是件好事,你是我过去的梦想。"

"这话也有点肉麻。"话虽如此，柳兰京偏过头笑了一下，多少有些害羞。

"不是，你想多了，我过去有个梦想，是一定要和皮肤白一点的男人谈恋爱。网上说皮肤白的，所有地方色素沉淀都少。"

"你的梦想好低俗。"

"低俗的人比较容易获得幸福。"

柳兰京低头笑笑，不说话，忽然道："我们认识有多久了？"

"不到一年吧，怎么了？"

"没什么，只是我突然觉得好像认识很多年一样。"

"怎么回事，我也有这样的感觉。我们好像三倍速走完了别人的流程。"

"或许是我们爱得太用力了，就像是爱了太久一样。"

苏妙露不知该怎么回他，索性闭上眼昏沉沉睡去，依稀感觉柳兰京在拉她的手，睁开眼，他捏着她的拇指给她手机解锁，见她醒了，便说道："没什么，就是把通讯录里我的名字改一改。"

"现在这样挺好的。"通讯录里他还叫着"普通话等级考试"。

"不可以，我怕你一直不叫我名字，会忘记的。"

"我不叫你名字，你没说过爱我，很公平啊。"

柳兰京没有说话，苏妙露又一扭头睡过去，再醒来时，床边已经没有人，原本摆在旁边的椅子也搬回去了，桌上没有水杯，完全不像柳兰京来过的样子。她依稀觉得是梦，毕竟这个柳兰京坦诚又温柔，实在不像是真人。她自然不会找他去求证，以免被他笑话。

一直等苏妙露病好后，过了快十天，苏母才随口道："上次小柳带来的肉还冻在冰箱里没吃。"

苏妙露诧异道："哪一次的事情？我怎么不知道？"

"就是过年的时候啊，你生病了，他过来看你，不是还和你说了一会儿话吗？"

原来并不是梦，甚至连冰箱里的都不是肉。柳兰京带来的是一个沉甸甸的旧塑料袋，里面还用保鲜膜过了几层。等苏妙露拿出来解冻时，才发现保鲜膜下面是装了百达翡丽的盒子。

确实是价值百万的表，在冰箱里冻了这么久都能正常走秒。

柳父见了先是一惊，又忍不住喜上眉梢，道："小柳真是对你一片真心啊，你先和他把婚结了吧，要不然回来一切都变了。"

"爸，你就别指望我靠结婚发财了。"苏妙露给表换了个像样盒子，道，"我会还给他的。我这种穷命受不起，这表的万年历我都调不来。他不如送点肉呢，本来我要炒茄子的，现在吃饭少个菜了。"

她想再找柳兰京详细谈谈，却也约不到时间，他又忙得神龙见首不见尾起来了。这次比往常更复杂些，似乎是金横波的器官移植并不成功，出现了排异。柳兰京又往加拿大来来回回地飞，苏妙露也并不想多过问。

就这样一路拖着，反而拖到四月份，苏妙露没申请到学校的宿舍，只能在校外租房，按照网上的经验，房子要提前选定了签约，不然到八月份又要涨一波，纽约本就是寸土寸金。苏妙露便先申请了旅游签，准备飞过去先看房子。

柳兰京问了她飞机的航班，很凑巧，她离开的那天，正巧是他回上海的日子，不过时间上相差了两个钟头。他问她愿不愿等等他，毕竟一旦房子选定了，许多后续的事就都要安排上，再要见面就更要排时间了。

苏妙露说好。那天的天气却说不好，雨下得很大，台风预警都出来了，好几班飞机都没办法准时到。机场是个特殊的地方，干净、明亮、整洁,把离别都处理得像是流水线上的玻璃,切面光滑平整。原本她以为自己是喜欢坐飞机,现在兴致倒淡了,看来真正喜欢的是和别人一起坐飞机。

她坐在机场里喝咖啡,忽然想起她第一次和柳兰京去温哥华的时候,也是这样喝着咖啡等飞机。柳兰京则坐在她旁边看杂志,那是她第一次在大白天仔细端详柳兰京,和晚上的气质又不同。夜晚昏黄的灯,总把许多事变得暧昧了。太阳光下,他看起来有一双明亮而湿润的眼睛,比实际年龄小许多,露出来的衬衫袖子非常白。

那次他们面前有对情侣,男的宁愿花钱买张票,也要冲进登机口,和女友话别,说着说着,相拥而泣起来。

苏妙露回忆到这里,忍不住要微笑。她看了眼时间,应该去取票了,柳兰京那班飞机还没到,预期是见不到面了。她推着行李,起身往柜台走去。

柳兰京到机场的时候,离飞机起飞还有二十分钟,苏妙露自然不在外面。他直接冲到柜台买了张票,经济舱都卖光了,只能拿了一张头等舱。等他走完安检流程到登机口时,飞机刚刚起飞,他无可奈何叹了口气,看着机票,觉得又做了件傻事。

他转过身一瘸一拐准备走了,苏妙露却在后面拍了拍他的肩膀,叫道:"兰京。"

她笑着解释道:"我把飞机改签了,还有一小时,我们还可以再聊聊。"她原先也不过是碰运气,没想到他真的会买张票追来,拐拐的背影又太明显,醒目得有些心酸,"你还记不记得,我和你以前在这里搭飞机,有个人买了张票追进来,要和女友话别,你还说了他几句。"

"有吗? 我不记得了。"他笑起来,显然还是记得的。

上册

可回收之家

陆雾

著

陆雾

浙江文艺出版社
Zhejiang Literature & Art Publishing House

图书在版编目（CIP）数据

可回收之家 / 陆雾著. —杭州：浙江文艺出版社，
2024.7

ISBN 978-7-5339-7509-8

Ⅰ.①可⋯　Ⅱ.①陆⋯　Ⅲ.①长篇小说—中国—当代　Ⅳ.①I247.5

中国国家版本馆 CIP 数据核字（2024）第 048271 号

图书策划　柳明晔
责任编辑　张　可
营销编辑　宋佳音
封面插图　A.W
封面设计　仙境 **WONDERLAND** Book design
责任印制　吴春娟

可回收之家

陆雾　著

出版　浙江文艺出版社
地址　杭州市环城北路 177 号
邮编　310003
电话　0571-85176953（总编办）
　　　0571-85152727（市场部）
制版　浙江新华图文制作有限公司
印刷　杭州广育多莉印刷有限公司
开本　880毫米×1230毫米　1/32
字数　502千字
印张　20.25
插页　2
版次　2024年7月第1版
印次　2024年7月第1次印刷
书号　ISBN 978-7-5339-7509-8
定价　98.00元（全二册）

目录

第一章　恶女

苏妙露已经醒来快半个小时了，却躺在床上不愿意起。她房间的门虚掩着，老房子的隔音又差，父母在客厅吃早午饭，悄悄背着她说话，她在卧室里听得一清二楚，反而像是存心要给她难堪。

母亲轻轻叹了口气，说道："露露怎么弄成这个样子了？"

父亲的语气里多了些埋怨："唉，我哪知道啊，你问你女儿好了，怎么和人家未婚夫搞不清楚。"

母亲哼了一声，冷冷道："什么叫我女儿？露露不是你女儿啊？你反正和个死人一样，管都不管的！"

"我哪里不管？这又管不过来，再说，也不是她主动凑上去的，是男的贱兮兮凑上来的。"吸管吸到底时发出一声响，像是某种丑陋的鸟应有的叫声，应该在喝豆浆，父亲继续道，"许多事情也是没有办法的，她长得太漂亮了，又整天弄得花枝招展的，总是要出事的。也是运气不好。"

"还是心不定，上次王阿姨介绍人相亲，那个人你觉得还可以吧？"

"年纪大了一点，三十五岁了，长得也胖嘟嘟的，不过是公务员，工作蛮稳定的。"

"稳定就好，关键是人要老实。下次让他们吃个饭，早点结婚，她也心定了。"

然后便没有人说话了，整栋房子一下静了下来，可是外面汽车的喇叭声又侵扰过来，楼下似乎有人在吵架，一声高过一声。这是上海市区的房子，好的地方在位置，坏的地方也在位置。前几年想卖掉，到郊区换一套大房子，可价钱谈不拢，一拖拖下去，事情反而黄了。这一百平方米的房子里塞了三个人与许多杂物，在苏妙露眼中，总有些捉襟见肘的感觉。毕竟这房子寄托了父母的长远计划，却没给她留多少余地。

父亲的声音又响起来："哎呀，十点多了，现在要出去了，路上估计还要堵一点。"

母亲问道："你还是要去啊？"

椅子腿摩擦瓷砖发出尖锐一声，应该是父亲站起身来。他说道："去不去都这样了，他们既然请我们了，那还是要去的，面子上总是要过得去的。"

"那我换一件衣服去，你等一等。"

然后就是开门、关门、洗手、催促、钥匙窸窸窣窣与锁门的声音。父母终于走了，苏妙露几乎可以想象他们那副无可奈何的表情。她趴在床上，脸埋进枕头里，眼泪无声地淌下来，枕套上濡湿一片。她的悲伤里有许多委屈。她的父母是去参加她表妹的婚礼，而她的表妹刚刚诬陷她勾引自己的未婚夫。

苏妙露的家庭是很寻常的三口之家，和气的父与唠叨的母，放之四海皆可见。她的父亲是一位"算了先生"。从小到大，遇到她被人欺负的事，他都很无奈地叹口气，说一声"算了，吃亏是福"。

因为已婚男人的慵懒劲，他已经肆无忌惮地发起了福。小小的脑袋，大大的肚子,低着头未必能看到脚尖。平日里坐在沙发上看电视,半个小时就能听到呼噜声。他的好处是脾气好,坏处也是脾气好,橡皮泥一样任人揉捏。每次在姨母家聚餐,姨夫总是不怀好意地问他:"最近发财了吗?怎么又胖了一点?"姨夫是房地产商,光是在上海,房产就有五套。他富得理所当然,便总爱拿自己的穷亲戚取乐,当作一种酒足饭饱的余兴节目。

每每这时,苏先生就无可奈何地微笑,面孔像是三分熟的牛排,一种浑浊的红。对命运,对羞辱,对妻子的怒骂,他都采取一种逆来顺受的态度。

她的母亲又是那种典型的能干又有脾气的太太。苏太太什么事都爱大包大揽,可是做了又恨身边人不帮她担待。她每天下班就买菜,一休息就拖地,一边做家务一边抱怨,把目光所及的人都数落一遍。她又不要人帮忙,她要霸占着她那些辛苦,作为在家里发号施令的依据。可是她说得越多,做得越多,越是透出骨子里的小家子气,像是大人穿了小孩的衣服,束手束脚,很拘谨的样子。

其实,归根结底,他们不过是极普通的父母,不是完全讨人喜欢,也没什么大错。如果生一个普通的孩子,大抵也能享受俗世的幸福,相亲,结婚,生一两个孩子,吵吵闹闹、跌跌撞撞过一辈子,把父母辈的日子再原样复刻一遍。

可事情坏就坏在苏妙露不普通,她是一个极漂亮的女人,一目了然的瞩目。高挑个子,胸脯鼓起来,腰略微长了些,好在还有足够的余量长一双美腿。可惜的是,她走路时步调快了些,本来是鹭鸶踏水,她却搞成了千里追债的气势汹汹。归根结底,她是有美人皮囊,却没有美人傲气的人。

小时候,她由母亲牵着,街坊邻里都夸她好看,有像洋娃娃一样的长睫毛。她的母亲也高兴，每天换着样给她打扮。等读了书，一口气把头发剪短，别人是假小子一样的打扮，偏偏她就是清丽淡雅，短发下露出一截修长的脖子。她的父母严防死守担心她早恋，十八岁后家里也有门禁，每次和朋友玩，都要提前报备性别，这样防备得严实了，终于让她失掉了一切爱与被爱的自觉。二十五岁以前，她在路上遇到陌生人搭讪，还觉得惶惶不安。

她也没想过用这张脸往上攀登，同学们笑她不如出道选秀，她也不当真，只是一笑了之。在择偶标准上，她也是循规蹈矩的：一个木讷的、有经济实力的、相貌平平的老实人。

苏妙露和他谈了三年的恋爱，一开始就是抱着结婚的念头，按理说是她放低身段了，他的财力远远不如她的美貌那样出类拔萃。他一样是普通家庭出身，毕业后进了银行工作，起薪两万。就是这么一个人，却背着她嫖娼。他嫖也就算了，还嫖得精打细算，充分利用午休的一个钟头，顺便绕过去，嫖完了在附近面馆吃饭。扫黄时他让警察抓了，打电话让家属保释。苏妙露这才发现自己连妓女都不如。他去嫖，至少还付钱，同她在一起，她还舍不得让他花钱买礼物。

嫖娼不比出轨，带着更多龌龊而难以言喻的细节，像是一个积攒着灰尘、扫不干净的角落。周围人知道这件事，都含糊地劝她去医院体检。她明白这个意思，就是怕她染上脏病。她去妇科体检的时候，耻辱得像是在游街，拿到报告时要深吸一口气才敢看，好在一切正常。

她自然提出分手，男友也自然不同意，冲到她家里，连哭带闹，就差跪下来自抽耳光。她别过头不予理睬，男友自知复合无望，就在熟人圈子里诋毁她。逢人便说她让已婚男人包养了，意外怀孕想找他接盘，他一向是个老实人，气不过才去嫖的。她去妇科医院也是为了打胎。

谣言传到苏妙露这里，她气得眼眶发红，拿着水果刀冲到前男友家里和他拼命。他不在家，她用没丢掉的钥匙开了门，往他电脑上倒水，又在墙上泼油漆，闹得沸沸扬扬，差点去派出所，才算自证清白。可这之后，身边男人看她的眼光总有些挑逗，似乎在想，如果她真的清白，为什么不造谣别人，偏要造谣她？

　　如果光是这样，苏妙露还能假装是运气不好，可偏偏这时，她最好的朋友也背叛了她。两个女人的交恶，在常人印象里往往是爱情故事，可到了她身上却变成诈骗事故。她认识十多年的朋友谢秋借了她二十五万元，说去浙江创业，结果最近音讯全无。

　　苏妙露是做惯了良家妇女的，二十多年循规蹈矩，得到的奖励却是沦为笑柄。这件事给了她很多的打击和叛逆的勇气，她自觉欠了自己一笔债，无端浪费了许多美丽与自尊。从此之后，她再没有正经地恋爱了，完全靠男人的殷勤而活。

　　公司的同事、朋友的朋友，乃至酒吧认识的陌生人，请她吃饭，她一定奉陪，送她礼物，她也照单全收。恋爱关系中的暧昧与浪漫她都占尽了，余下的责任她一点都不想负，也从来不确定关系。她只把男人分成两类：花钱嫖的和不花钱嫖的。后者往往希望一位女友尽一个妓女的职责。

　　这种肆意人生的坏处也很明显，许多男人一听她不愿意确认关系，就觉得感情上受了欺骗，冷嘲热讽的有，讨回礼物的有，闹上公司的也有，她不得不经常换工作，年龄上去了，薪水却总是升不上去。同时她在熟人圈里的名声也坏了，有人看不起她，但更多的人故意传她谣言。见她和男人吃饭，就说她在当情妇。见她收了男人的礼物，就说她是卖身换来的。这些传闻，她原本是嗤之以鼻的，可传得多了，连她的父母也有点疑心了。这时候她再要去澄清，反倒无从说起了。

苏妙露的私事在亲戚嘴里都传遍了,姨母一家知道得尤其清楚。他们结婚得晚,也有个独生女儿,比苏妙露小两岁,估计是拿她当反面教材了。表妹叫徐蓉蓉,浑身上下都是一股养尊处优的矜贵劲。有一次,苏妙露买了水果给她,徐蓉蓉嫌弃品质不好,反手就丢垃圾桶里了。

徐蓉蓉穿名牌,开宝马,被送去国外读书镀金,她有许多苏妙露得不到的东西,可是她不美。她很努力打扮了,还是不美。她开了双眼皮,把心灵的窗户重新装修了一下,还是不美。

女人不一定敌视漂亮的女人,但一定敌视处处不如自己,却唯独比自己漂亮的女人。

徐蓉蓉对苏妙露的态度是矛盾的,有一种虚假的热情在。对她太差了,面子上过不去;可对她太好了,心里过不去。所以往往把她带在身边,装作很亲密的样子,却话里话外处处压她一头。

苏妙露对徐蓉蓉倒没什么想法。一个方脸、窄肩、塌鼻子的表妹,苏妙露觉得太认真看她的脸,对彼此都是一种伤害。

可就是这样不冷不热的亲戚关系,反倒闹出大事来了。原因在一个男人,徐蓉蓉的未婚夫潘世杰。

徐蓉蓉和潘世杰认识四个月就订婚了,主要是双方父母满意。第一次见面就是六个人同桌吃饭,一对年轻人,两对父母。父母间谈得热闹,恨不得当场私订终身,两个真正主角的态度则是模棱两可。倒也不是不喜欢,看得多了也顺眼,父母喜欢也很必要。毕竟徐蓉蓉在国企的工作,和潘世杰在投行的人脉,父辈都出力许多。

又过了两个月,正式敲定结婚日期。徐蓉蓉特意叫上苏妙露和大学同学王雅梦,一起去挑婚纱。作为新郎,潘世杰也出场了。徐蓉蓉耍了个心思,告诉另外两人今天要做SPA,暗示她们不用特意打扮。

于是苏妙露穿着跑鞋，素面朝天就去了，正巧徐蓉蓉从潘世杰的车上下来，妆容精致得能立刻去慈善晚宴。她就是故意在苏妙露面前炫耀她天造地设的姻缘。可惜潘世杰没看她，眼神直直地粘在苏妙露身上。

潘世杰在投行工作，家里也是做生意的，美国哥伦比亚大学毕业。履历比脸好看。国字脸，鹰钩鼻，五官均匀撒在脸上，像是曲奇饼干上的葡萄干。

现在苏妙露对脸还是很看重的，说漂亮男女不爱选漂亮伴侣，是自欺欺人的谣传。有钱人结婚也不会嫌弃更有钱的伴侣，好上加好不是更妙？可惜世人总爱听低就的故事，公主嫁乞丐，王子选灰姑娘。

潘世杰这人，坏就坏在他高不成低不就，因为家世他见过不少有钱人，看不得普通人同他攀关系，却也不妨碍他占便宜。他对徐蓉蓉的态度不冷不热，对苏妙露则有些故作姿态。那天故意把她从头到尾挑剔了一番，说她的专业难找工作，又说她分开腿坐着很粗鲁，还说自己认识她公司的大领导。

苏妙露冷哼一声，跷着腿回嘴："这么爱说教，你怎么不去当幼儿园老师？最好教小班，这样每天都有人夸你厉害。"

潘世杰讪讪，不多分辩什么，过了一阵，就推说公司有事先离开了。

苏妙露原本懒得理他，可偏偏徐蓉蓉又来刺激她，故意道歉道："不好意思啊，世杰他就是这样的脾气，比较骄傲，他生活的圈子里都是精英，所以一下子不知道怎么和普通人相处。我一会儿去骂他，你千万别在意。"

苏妙露冷笑，用她足量的眼白瞧人："那你们可真是般配了。天生一对，好好相处。"这话的口气已经不体面了，徐蓉蓉脸色微变，好在王雅梦及时出来打圆场，拉着徐蓉蓉的手臂，亲热道："你的未婚夫公司里应该有不少单身的男同事，你是好事将近了，可也别忘了照顾一下老同学，快点有空给我介绍几个像样的。"

徐蓉蓉笑道："我们关系这么好，哪里舍得忘记你啊？是觉得你条件好，怕他公司里的人你看不上。你要是真的有兴趣，那下次约着一起吃个饭，他公司刚进来一个牛津的博士。"

趁着徐蓉蓉去更衣室换衣服的间隙，王雅梦压低声音，安慰苏妙露道："你别生她的气，毕竟你很漂亮，她也是心里有点慌。她是第一次结婚，许多事没经历过，心里没底。而且大家都知道搞金融的男的应酬多，压力大，靠得住的没多少。她是小孩子脾气，你不要认真。"

王雅梦称得上秀丽可人。苍白的面颊，瘦小的个子，短鬈发，说话也轻声细语的，没叫到她时都是不声不响的，摆在徐蓉蓉边上像个瓷娃娃。苏妙露本以为她不过是徐蓉蓉的附庸，可是这忽然间的一番话却让苏妙露肃然起敬。王雅梦说得很客气，毕竟是顾及徐蓉蓉的面子，但也隐晦提及了三个事实：徐蓉蓉在虚张声势，潘世杰很花心，并且对苏妙露更感兴趣。

苏妙露低头笑笑，不置可否。

当天晚上，潘世杰果然来加她微信。苏妙露想看他玩什么花招，就同意了。结果潘世杰一上来就和她道歉，言辞恳切，语气真诚，还说愿意请她吃饭赔罪。

苏妙露哪里看不穿他的把戏，不过是先抑后扬。把女人先贬得一文不值，再装模作样夸几句，说自己其实是太紧张，借机表露心迹。她原本不想理他，以免惹得一身骚，可因为徐蓉蓉那一点阴阳怪气，她还有一口气咽不下。

她故意赌气回复道："好啊，既然要赔礼道歉，那你诚意足一点，我要吃法国菜。"

于是潘世杰当真在米其林三星订了一桌。铺着白桌布的圆桌，戴着白手套的侍者，插在花瓶里的玫瑰，这场景够浪漫，可是这浪漫是给不该有的人。潘世杰喝着红酒，问道："你对酒有研究吗？"

苏妙露冷淡道："没兴趣，也不爱喝。"那双水光氤氲的眼睛，浸润在暧昧的光里，就愈发含情脉脉了。

"不要紧，我以后有机会教你。"潘世杰是一个极富有自信的人，时常觉得世界上有许多女人在偷偷关注自己，并且是因为他优秀，而不是裤子没拉拉链。

苏妙露的两手交叠着，下巴抵在手背上，抬起眼睛瞟他。她说话的时候下巴稍稍昂起，深红色的嘴唇一张一合。潘世杰不喜欢徐蓉蓉涂这么深的口红，她的五官太淡了，像是一张白纸，单独画出了一张血盆大口。可这红落在苏妙露嘴上却是娇艳欲滴了，她是适合红色的，天生就是一枝艳丽凝成的红珊瑚。

他喜欢她的脸，却完全看不上她的脑子。他几乎没怎么听她说话，心里一阵飘飘然，并不是喝了酒的缘故。他觉得自己像是《聊斋》里的书生，遇到一个漂亮的狐仙，春风一度后狐仙化作青烟，从此就红尘不见了。

苏妙露看见他的眼神，就知道他在痴心妄想，故意说道："喂，你怎么了？看着饿得流口水了？怪可怜的，再加个菜吧。"

潘世杰略带挑逗道："或许是因为你秀色可餐。"

苏妙露冷笑着哼了一声，故意问道："你请我吃饭喝酒，就不怕你未婚妻介意？"

"我的fiancee（未婚妻）是个很开明的人，她相信男女之间存在极纯洁的友谊。"

"可是我不信。"

潘世杰误会了她的意思,以为她对自己有好感,便道:"那是因为你是个太美丽的女子,世上的男人都忍不住只和你当朋友。"

"没事,忍不住的男人可以给我当儿子。以后你同我表妹结婚了,不用叫我表姐,可以叫我妈妈。"

"你的幽默感,我有时候真是招架不住。"

"那你可以慢慢习惯。"

潘世杰语气诚恳道:"我实在是为你可惜,你生活的圈子里的男人都太不够格了,你也一共没几年青春了,等过了三十岁,不那么漂亮了,更加没有选择的余地。你现在发点脾气,男人还觉得你可爱,可是以后就觉得你粗鲁。我的话可能不中听,但是真心为你好。你有没有考虑过自己的未来?"

"没考虑过,不过你要是真的关心我,就认我当干妈,给我养老送终好了。"她懒得同他再多废话,她算知道秀色可餐的反义词了。看着潘世杰的脸,她吃不下饭。他鼻子上的黑头很重,鼻翼两侧还有些黑色的细毛。

他喝了酒,得找代驾开车回家,却主动提出可以送她回家。

苏妙露摆摆手:"不客气了,你给我一百块钱就好,我自己叫出租车回去。"

潘世杰眨了眨眼睛,倒是没料到这一招,他多少明白这一晚上要无功而返了,整个人失魂落魄的,到最后只拿给她六十块,顺便给自己找补道:"这点钱到你家够了,现在都用移动支付了,多了司机也找不开。"

等苏妙露回了家,才发现一个耳钉掉了,本以为是落在路上,其实是落在潘世杰车上。她知道这个,还是因为三天后徐蓉蓉冲过来兴师问罪。徐蓉蓉把她的耳钉装在密封袋里,像是个从案发现场拿到的证物,拍在桌子上质问道:"你们什么时候吃的饭,我怎么都不知道?"

苏妙露道:"那你要问你未婚夫了,是他主动来找我的,说要请客吃饭。"

徐蓉蓉嚷道:"他请你了,难道你就要去吃?他请你吃饭,是他的绅士风度,你勾引他是你下贱!"

苏妙露让她吵得烦了,两根手指搭在额头上,说道:"我不知道潘世杰是怎么给你解释的,反正他肯定不会说自己不好。但是你动动脑子,他要光明正大地请我吃饭,会不告诉你?我要勾引他,会勾引不到?我要是真和他睡过,他估计都不想和你结婚了。你把他当个宝,我可不觉得他是个宝。人和人的标准差得就是这么多。"

她轻轻哼出一口气,带点施舍的口吻道:"你同他结婚,要是为了钱,为了家里的要求,那你就精明些,彻彻底底捞回本。要是为了爱情,那你趁早死心好了。他这人搞不好一个礼拜能见八个女人,还不算上你。你的手段根本降不住他。"

徐蓉蓉到底娇生惯养的,脸皮薄,没见识过这么尖酸刻薄的场面。她嘴唇一抖,竟然哭着跑掉了。苏妙露扭头,见她的背影一颠一颠着远去,一拐弯,便消失不见了。她懒得起身,也来不及去追,心里倒很是百感交集。徐蓉蓉终究是她的亲戚,再怎么样,她也不愿意表妹往火坑里跳,但是说到底是别人家的事,徐蓉蓉未必领她的情,只一门心思把她当个恶人,再和潘世杰一合计,把她推出来当个祸害祭天。

苏妙露苦笑,她这一辈子多半是毁在这张嘴上了,好话歹说最是遭殃。尤其她还是个有气性的,赌着一口气骂回去,把身边人都得罪了。刀子嘴豆腐心,哪里是好话?就是用来形容她这样的傻子。

果然,如她所料,徐蓉蓉回家后又哭又闹,声情并茂地描述声名狼藉的表姐如何勾引她的未婚夫,又如何当众羞辱她。徐先生、徐太太也是老江湖，知道这事上潘世杰也是不干净的，兔子都不吃窝边草，他竟然已经急不可耐要对苏妙露下手了。可是结婚这事，不只是一对情侣的恩爱，背后还有两个家庭纠缠着。

徐先生这里，生意上的许多事要找潘先生帮忙；潘先生这里，因为身体不好，着急想看到下一代。双方父母都谈妥了，房子已经买了，家具也添置起来了，酒席也订下了，就连礼服都已经付了订金，这婚礼完全是箭在弦上，不得不发了。

他们背着女儿商量了一番，决定还是先把这事同亲家瞒下来，毕竟苏妙露也是女方的亲戚。但潘世杰那里还是要给个警告，便由徐先生亲自打电话过去，直截了当道："小潘啊，你以前怎么爱玩，那是你的事，你的许多事情，我女儿是不知道的，但是你现在闹到明面上来，我和你爸爸面子上都很难看，你不要单纯地以为是自己的感情事务，一旦有了婚姻，这就是两个家庭的事了。你自己注意点，这次我们替你处理了，我不希望再有下次。"

潘世杰急忙赔小心，连声道歉："这件事是我对不起蓉蓉，主要一开始我没招架住，但是真的没发生什么，我也悬崖勒马了。太谢谢叔叔了，这件事有许多误会的地方，我爸爸身体也不好，我也不想让他担心，我以后一定更小心。"

潘世杰是躲在洗手间接的电话，挂断电话后出去抽了根烟。他同家庭的脐带还未剪断，工作上许多客户都要父亲打电话去照应，等以后结了婚，岳父的人脉也用得着。这件事不大也不小，他也没什么担心的，只是花了钱却连苏妙露的手都没搭上，终究有些愤愤不平。好在他事先摸过苏妙露的底，徐家的穷亲戚罢了，不足为惧。

他把烟头按灭在窗台上，笑了笑，一个女人在外面能受到的尊敬是与她父亲的职务挂钩的。苏妙露再美,也不过是长在野地里的花,一抬脚,踩过去,顶多罚个款。

到了周六,婚礼前几天,徐家夫妇特意请苏妙露一家吃饭,特意没带上徐蓉蓉。苏妙露知道是鸿门宴,可她父母还蒙在鼓里,以为是徐家夫妇觉得婚礼上人头杂,所以提前找熟人聚一聚。去的路上,他们还是喜气洋洋的,可刚一落座,就见到徐先生阴沉着一张脸,徐太太只用余光瞟他们。

徐先生举着杯子,站起身,自顾自喝了一口,说道:"我一直想敬你们一杯,你们虽然这么多年不富裕,可是都是靠本事吃饭的,到底是有志气的人,不用什么旁门左道的手段,不做不体面的事。可是我就不知道了,怎么下一代就突然闹出这种事来了,是不是有什么误会啊?"

苏家夫妇一脸茫然,却多少也听出了指桑骂槐的味道,很一致地扭头去看苏妙露。苏妙露心一横,倒也举着杯子站起来,说道:"姨夫姨母,我也敬你们,你们也是厉害的人,平日里有事找你们时,你们是找不到人的。现在来兴师问罪倒是来得飞快,殷勤得不得了。"

徐太太也开腔了,声音一抖一颤,说道:"露露,你也是我看着长大的,小时候你最亲近我这个姨妈了,许多事你不和你妈妈说,也是和我说的。你摸着良心和我说,你到底有没有做对不起我们蓉蓉的事?"

苏妙露在心里冷哼一声,红脸白脸的把戏她见多了,可不吃这一套。她说道:"姨妈,我自然和你亲,可是你不和我亲,要不然你怎么不去问潘世杰,反过来找我问罪?噢,他是你的准女婿,我倒是外人了。你问我有没有对不起表妹?那我就一件件事情和你说。表妹约我去挑婚纱,我去了,见到潘世杰,潘世杰见了我,莫名把我骂了一顿,我和他动气,倒是我的不对了?后来他来找我,说请我吃饭,赔礼道歉,我和他把饭吃了,走的时候他说要送我,我让他给我钱,我自己叫车。我有什么不对的地方?难不成这六十块钱还让他破产了？那我还给他就好了。"她说话语速飞快，毫不停顿，和冲锋枪子弹似的，噼啪噼啪打出来，说得对面鸦雀无声。

徐太太悻悻坐下来，徐先生冷不防蹿出来一句道："别看小苏平时话不多，结果还是蛮厉害的，就是在家里头能说会道有什么用，出去就换一副面孔了。"

苏妙露还要再回敬，可这不是法庭，也不是辩论赛，中国式饭桌是一个人情的旋涡，没有多少道理可讲。在这一缸子浑水里，是赢是输，不过是看这水怎么搅。苏太太比女儿更早想通这一点，急忙拉着苏妙露坐下，呵斥道："你怎么能这么和长辈说话？快点道歉，既然他们说你做得不对，那就是你不对，别解释了。"

苏妙露咬着牙，梗着脖子道："凭什么要我道歉？你倒说说看，我做错什么了？"她的眼睛也带些潮意，不平到了深处就泛起了委屈。她一连串回忆起许多小时候的事。小时候，她是表姐，姨母反而把表妹不爱穿的旧衣服给她，说不少都是进口的，挑挑拣拣还能穿。表妹小时候很胖，确实宽大的衣服多。可她把旧衣套在身上，闻到衣服上一股樟脑丸的气味，萦绕不散的，是屈辱的味道。

徐先生原本是计划让苏妙露服个软，道个歉，他们再和个稀泥，把两边安抚好，这事便算是过去了。可哪里想到事情成了跷跷板，重要的那头刚压下去了，另一头却起得老高。

徐先生只得说道："小潘在国外生活了很久，性格上不拘小节，很多时候你和他说话要注意分寸，开一些暧昧的玩笑，他很容易当真。你以后还是和他保持距离比较好。这样吧，你回去之后和蓉蓉再解释一下，这件事也就过去了，大家都是亲戚嘛，我们也不想伤了和气。"徐先生这话一出，便是给事情盖棺论定了。潘世杰当不了柳下惠，全是苏妙露这潘金莲媚眼抛得狠了。

这话一出，苏妙露火气倒也上来了，讥嘲道："我是想保持距离，可是潘先生估计不肯。我本来找徐蓉蓉私了，是想给你们留个面子。既然这样，大家敞开了说好了。他发给我的信息，我这里都有记录，给你们读几条好了。"她掏出手机，点开潘世杰的微信记录，一条一条地读。那天晚餐后，他还持之以恒地发来许多爱的宣告，她一概不理睬，就是怕闹起来变成呈堂证供。

苏妙露掐着嗓子，阴阳怪气道："露露，我可以这么叫你吗？我真的好累，婚姻讲究的是门当户对，可是爱情是一种奇迹。在我遇到你的时候，奇迹就发生了。你知不知道，我抱着她的时候，心里想的都是你。

"你昨天为什么不来？我耐着性子陪她逛街，唯一的乐趣就是多看你一眼。我真不想去婚礼，结婚这种事，新郎不过是给新娘当挂件的。我去不去都无所谓。她挑了这么多家，我都累了，这家还不如上一家呢。化妆化那么浓，远看是好看了，我近看和鬼一样。"

徐太太听着也急了，冲到苏妙露面前，急忙打断道："这种事一个巴掌拍不响，你肯定给了他什么暗示。就算他这么说了，那你也要知道避嫌啊！你怎么这么不要脸啊！"

苏妙露直接推了她一把："哪有你们不要脸？知道这人什么货色，还把女儿送过去，老鸨卖人还要先相看一下。我还要怎么避嫌？我和他说我是个男的好不好？就怕他说男的也比你女儿好。"

徐太太气得嘴唇发白，食指伸出来直勾勾地戳她，可哆哆嗦嗦着，一句话也说不出来。她眼睛一翻，竟然捂着胸口昏了过去。

苏妙露就此扬名立万了，可惜扬的不是好名声。她为了出一口气，几乎把整个家族都得罪了。她把姨妈气得血压升高，昏了过去，虽说之后很快清醒过来,没出什么事,可两户人家的梁子已经结下了。徐家夫妇自然恨她恨得咬牙切齿,恨她出言不逊,更恨她不驯服,像是共工怒触不周山,一头撞断了他们的居高临下。

徐家夫妇过去对着苏家是很得意的,这点双方都不避讳。徐先生是生意人,苏先生不过是个职员,光这一层经济就占了上风,旁的更不用说。徐太太是姐姐,过去在家里也是更美更受宠的一个,苏太太在家多强势,可在姐姐面前也有些拿不定主意。以前旁人夸苏妙露好看时,徐太太总爱说:"是这样的,外甥女像姨妈,她和我以前时一模一样,倒不像她妈妈。"苏太太也只能笑着附和。

这点优越感也遗传给了下一代,徐蓉蓉在欧洲旅游的时候,苏妙露连江浙沪都没出过。徐蓉蓉好歹是个海归的硕士,苏妙露不过是个211。这学历放在外面或许是值得夸耀的,但苏妙露毕竟是本地人考本地户口,占了多少便宜自己是清楚的。出国留学的钱可是实打实花出去的,一分是一分。苏妙露兴许是漂亮些,可漂亮是娇贵的,是要用钱和心思灌溉着的。他们却没料到苏妙露是这样的脾气,玉石俱焚起来,什么都不顾及,小卒子过河就敢吃车。忽然间,他们才醒悟过来,不如自己富有的人也会有如此强烈的自尊心。

苏妙露原本以为徐蓉蓉的婚礼不会给他们发请柬,没想到还是发了。不过就两张,没有苏妙露的份。父母商量着还是去了,多少也是为她考虑。整件事的结论已经钉死了,就是苏妙露的错。她的坏名声已经在亲戚间传得一塌糊涂了。有离谱的传言,说她怀了表妹夫的孩子,挺着肚子去逼宫。到了这境地,终究是要为她去澄清一下,维持些尚可以见人的体面。

父母都出去了,整间房子里静悄悄的。寂寞从四面八方涌上来,像是浪花一样,一波推着一波,几乎要把苏妙露吞没。她到现在都不觉得自己有错,也懒得去后悔,但是对父母总有些不安,好像是她让他们受了屈辱。

她几乎可以想象他们在婚礼酒席上的样子:赔着笑,驼着背,客客气气,战战兢兢,还勉强维持一些亲戚间的面子。毕竟徐蓉蓉一家是有势力的,真的撕破脸来,总是苏妙露遭殃。可是就算熬过这一次,她的名声也完蛋了。天知道徐蓉蓉会怎么编派她。一个荡妇,勾引别人的未婚夫,还没勾引成,自不量力到成了个笑柄。

横竖都是错,苏妙露倒也想开了:女人做错,女的挨骂。男的做错,女人有失察的责任,还是女人挨骂。就是两个男人犯了错,也要怪女人为什么不在场。

她忽然下定了决心,既然要错,倒不如错得彻底些,错得粉身碎骨,骨头渣子溅出去也要戳别人的眼。她从床上爬起来,拉开衣柜,拿出最里面的一件酒红色连衣裙。裙摆垂到脚踝上,系带交叉挂在脖子上,腰掐得细细的,背全露出来了,两条手臂像是温过的牛奶。最要紧的是胸,半含半露地托起来,打眼望去,比脸都醒目。这件衣服她早就预备着了,她这样一个漂亮女人,总是有些华丽到不现实的衣服备着。她就算不穿,看看也是好的,不然就太辜负自己的美了。

她匆匆忙忙弄了头发,黑色的鬈发浓密得浩浩荡荡,又熟练地化了妆。她揽镜自照,万幸,她还是美的,这几天的憔悴没有折损她太多。弯眉毛下面一双杏核眼,微微上挑,偏又生出浑圆的下至。眸光是坦坦荡荡的春日明媚。她的鼻子高,鼻头偏圆,正面带点钝相,好在嘴角尖而嘴唇翘。她是介于猫与豹之间的一个女人,当不得真野兽,也不能被驯养。

苏妙露要立刻去报复徐蓉蓉一家,她就要在婚礼上给他们好看。她可不信"退一步海阔天空"这一类的话,这说不准是医生编出来的鬼话,巴不得他们一个个把气憋在心里,生出乳腺癌、淋巴癌,好去医院开刀。她当了圣人,也没人给她唱赞歌,她偏要睚眦必报。她从抽屉底下找到一个红包,往里面塞了二十块钱,就当作是礼金了。婚礼是十一点开始,她叫了辆出租车去酒店,司机见她面上喜气洋洋的,便问她:"小姐,去约会啊?"

苏妙露道:"不是,是去喝喜酒,我要好好给他们庆祝一下。"

她只知道酒店,却不知道楼层,好在也不用费心去找。一进大厅就看到一块牌子,上面写着"参加潘世杰&徐蓉蓉婚礼的客人请上三楼"。这块牌子做得很敷衍,红色的背景上金色的大字,有一种坦坦荡荡的庸俗。

苏妙露对婚礼的看法大抵也是如此,倒不是针对徐蓉蓉。一个典型的中式婚礼,总是看起来热热闹闹,又吵,又闹,又笑,可是热闹下面的底色是冷的,人心隔肚皮。客人中有久不往来的亲戚,有面和心不和的同事,有毕业后就没见过面的同学,还有遗憾自己当年婚礼不够气派的妻子和觉得妻子不上台面的丈夫。一群没干系的人凑在一起,还要装作对别人的爱情很感兴趣的样子。哗啦啦一起鼓掌,心里却想着红包的多少、饭菜的好坏、新娘的长相,还有结束后赶紧去兴趣班接小孩。苏妙露觉得没意思,爱情又不是名胜古迹,需要足够多的人瞻仰才算名副其实。她很少去参加婚礼。

苏太太劝她道:"去看看有什么不好? 就当去看看新娘子好不好看。"

苏妙露道:"那就更不去了,反正肯定没我好看。"

说这话时,她哪里能想到,有一天要紧赶慢赶地参加婚礼,别人没给她发请柬她都要混进去。

苏妙露到门口时,迟到了半小时,进去的时候门口的人打着哈欠,连请柬都懒得看,只让她把礼金放下,在签名本上签字,又指着旁边的座位表,让她自己找名字。她自然在座位表上找不到容身之处,徐蓉蓉压根没有请她。

可苏妙露就是这么堂而皇之进去了,身后的工作人员让她从后门走,她佯装没听到。抬头挺胸走过大厅中央。婚礼现场已经开始了,新娘新郎站在舞台上,旁边是主持人和双方父母。这都是老套路了,说一些祝福话,父母再发表些感慨,最后播放些婚庆剪好的短片,新人拥吻一个,便算是功德圆满。

舞台上,徐先生,也就是苏妙露的姨夫正在发言。台下苏妙露却慢条斯理地在宾客前面走过去。她穿着红裙子,灯光又亮,让她像火一样在人眼睛里烧起来,红的裙子,红的嘴唇,黑压压的头发与白色的手臂,两相比较之下,新娘的白裙子白头纱倒显得寡淡了。徐先生见到苏妙露,脸色阴沉沉的,徐太太直接就怒目而视了。可惜他们在舞台上,一场庞大的表演性仪式中,苏妙露虽是个喝倒彩的观众,可他们当着许多双眼睛,也是无可奈何。自古只有观众在下面骂人,演员可不能冲下去和观众对骂。

经过潘世杰时,苏妙露刻意停了停,扭头回望他,笑了一下。潘世杰整个人愣住了,直勾勾地盯住她,好像世界上所有的时间都要为她停下。只那一眼,苏妙露就知道自己赢了,赢得荒唐、怪异、可怜兮兮,可终究是赢了。惨胜也是胜,徐蓉蓉大可以当她的新娘子,假装不在意这事,然后等过了蜜月,一个月、两个月,一年、两年过去,她终究是忘不了这一幕的,像是一根鱼刺卡在喉咙里,吐又吐不出,咽也咽不下。她又是个爱在吵架时翻旧账的人,一旦想让丈夫有一点羞愧,就提起这件事,平白无故地给自己制造一个第三者,好像苏妙露还无端生活在他们的家庭中。他们都甩不开她了,可是她能甩开他们,她还有她的日子要去过。

苏妙露回想起大学里参加话剧社,排演《雷雨》,大家都劝她演四凤,可她偏要演繁漪。她天生就要当主角，还要堂堂正正当坏女人。公演那天，她穿着旗袍从布景的台阶上一步步走下来，灯光迎头浇下，把她整张脸照得明亮又发烫。观众席上黑漆漆的，看不清谁是谁，但她确信他们都在看她。

可惜她这场戏演不了太久，徐太太使了个眼色，旁边的酒店工作人员赶紧把她往外拉。她还装模作样地找位子坐，嘴里说道："你们怎么忘记摆我的名牌了？少了一张椅子，我是新娘的表姐啊，我们关系很好的。"

工作人员看向舞台上的徐蓉蓉，她赶紧摇头，苏妙露还摆出困惑的脸站了片刻。场面愈发尴尬，客人里有个不明就里的男人还帮她说话，说道："是的呀，你们工作做得不好，怎么还怪别人头上？总要让人家来喝喜酒的。"旁边坐着他的妻子，赶紧拧他的手臂，让他安静下来。

苏妙露跟着工作人员走出大厅，他们特意给她叫了车，要看着她上车才安心。出租车上，苏妙露把盘起的头发拆开，摇下窗户，放任风把头发吹得蓬乱，遮住眼睛，心里怅然若失。报复的快意是一瞬间的，就像是舞台上的掌声，可紧随其后的，就是现实的余韵。

她彻底和表妹一家闹翻了，现场还有那么多亲戚，她的名声已经无可挽回了。她的爸妈要怎么办？会不会有一刻，他们也恨透了她的任性？风里夹杂着小雨，扑在脸上是湿润的，她的眼睛也是湿的，滑落的眼泪和雨混在一起。

第二章　浪子

报应来得很快，而且比苏妙露以为的要严重许多。父母回家后狠狠骂了她，然后就同她冷战，这倒不是什么要紧事。可是婚礼后的那个礼拜，她就失业了。潘世杰说和她的直系领导认识，并不是吹牛。

周一刚上班，苏妙露就被叫去办公室挨训，训她的理由很简单，上次的文件里有几个错别字，上周布置的任务这周还没完成。

苏妙露忍不住还嘴："可是是你说那件事不急，到月底也可以。"

领导瞪她："我说归我说，你怎么就不能动动脑子？一定要我拨一拨才动一动啊。你怎么一点积极性都没有啊。"他越说越起劲，像是有二十个人在旁边鼓掌似的，一口气说下去，"你要正正经经工作，把心思放在正道上，不要觉得自己有几分姿色就了不起。真的好看就去当明星，不行就去认认真真上班。"

"我上班什么时候不认真？你把我一个人当三个人用，上个月小顾离职，她的活我顶到现在了，一分钱都没加过。"

苏妙露同他是有旧怨的。这个小领导办事不麻利，邀功倒是利索。每天晚上加班到十点，雷打不动在朋友圈里拍照发定位，给上面的人看。

其实是六点就开溜,吃个饭,健个身,打一局游戏,再回来装模作样。她看不惯他这做派,随意在茶水间抱怨了两句,便落到他耳朵里,之后被处处针对。

"你现在是在和我说话,还是在和我顶嘴啊?你是个女人,性格比较敏感,听不得批评,我也就忍了。不过你这样的脾气,是真的没办法把重要工作交给你。我当初让你进来,是觉得你长相比较有优势,男同事看了也比较有工作积极性,可是你的工作能力也要跟上啊。"

苏妙露低着头不吭声,转身就走。领导在后面追着骂她:"你看看你,什么态度啊,稍微说你两句你就受不了啊,你以为公司是你家?给我写份检讨书,明天交给我。可别躲到外面去哭,别人还以为我怎么欺负你了。"

苏妙露径直去了茶水间,用自己的马克杯倒了杯开水,捏着把手到领导办公室去,朝着他身上就泼过去。好在他躲得快,只是稍微碰到左边肩膀,可也把他烫到了。他刚要张口骂人,苏妙露就把杯子往他面前一摔,破口大骂道:"去你妈的东西!我上个礼拜每天加班加到九点,你说我态度不积极?你个猪头三,说我能力不行,拿我当私人秘书用?端茶送水泡咖啡,改文件,连你孩子的辅导材料也要我打印。今天你来找我碴,别以为我不知道,你就是收了潘世杰的好处。你让我去当情妇,我看你连这个资本都没有,舔男人屁股倒是舔得快,你看潘世杰搭不搭理你!"

苏妙露是有泼劲的,所谓的弄堂公主。她母亲当年住在筒子楼里,一层共用一个厨房。自家的锅刚放在炉子上,一个转身的工夫,就连菜带锅让邻居端走了,要是不破口大骂,半个家都要让人搬空了。她就是由这样的母亲带大的,斯文人的架子不过是面上端着的,撕破脸来谁比谁狰狞,还真不好说。

领导从没见过这架势,被骂得六神无主。他是个近四十岁的男人,中等身高，平日人很爱摆派头，可现在面无人色，好一阵才反应过来，嘟嘟囔囔说要报警。

苏妙露面无惧色，双手叉腰，说道："好啊，报警就报警，我们好好把事情说清楚，最好闹得全公司都知道，要我给你打电话吗？"

苏妙露从办公室走出来时，同事都不敢抬头看她，有迎面碰上的，也急忙躲开为她让出一条路。这个领导本就是空降来的，平日里人缘不好，最爱做的就是下班前半小时紧急开会。苏妙露也算间接帮其他人出了口恶气，可她自然也在公司待不下去了。

她的学历和能力都不错，但是性格泼得要命，受不得一点委屈。可职场上的第一要务就是受气，把人搓磨得一点脾气也没有，就算出师了。她的第一份工作，因为拒绝无偿加班，总是做完工作第一个走人，还在年会上把领导喝到吐，一年后就让一个价廉物美的新人代替了。后一份工作又被客户骚扰，嬉皮笑脸地给她发调情短信，她直接反手发给客户妻子，然后就被客户找理由投诉了。这是公司的大客户，公司立马就开除了她。

经过几次失业，她自觉脾气已经好了不少，之前有许多无奈的地方，她也是强忍着。可没料到忍得越久，爆发起来就越激烈，下一份工作就更难找了。

苏妙露回到家哭了一场，父母到底是心疼她的，立刻就原谅了她。母亲愤愤不平道："到底是一家人，他们家倒也做得出这种事来。"

父亲则叹口气，说道："回家休息休息也好。你待在家里总是有饭吃的，不要着急。"

于是苏妙露在家里一待就待了半个月，几十份简历都是石沉大海。她是温室里鲜花的面貌，野草的气性，倒也毫不气馁，挨家挨户地把电话打过去，终于求来了两次面试。第一次对方直接拒绝了她。第二次稍稍客气些,还有商量的余地,一周单休,税后九千五,没有加班费。

苏妙露说要再考虑下,心里觉得这价钱不合适,不想回绝掉这个机会,也不想答应得太快。她等了大半个晚上,没等来面试通知,倒等来一条微信,定睛一看,是王雅梦发来的。

苏妙露已经同徐家断了来往,本来以为王雅梦也是来兴师问罪的,并不想搭理她。可随意点开瞥一眼,王雅梦发来的消息是:"苏小姐,柳太太请你喝茶,不知道你礼拜六有没有空啊?"

苏妙露看得一头雾水,问道:"柳太太?哪个柳太太?我不认识啊。"

王雅梦回复得很快:"是柳东园的太太。"见苏妙露依旧没回话,她又更仔细地解释道:"你要不要搜一下松美医疗?有比较详细的介绍。"

苏妙露照做了,关键词输进去,跳出来一长串的页面。全是公司的介绍,还有领导参观的新闻。基于官网上的介绍,松美化工是以高端医疗产品为主的科技公司,涉及美容器械和私人保健,与全上海多家医院是长期合作关系。

她仍是懵懵懂懂的:"所以这个柳东园是在这家公司做的?"

王雅梦发来一个手舞足蹈的猫咪表情包:"应该说这就是他家的公司。"

苏妙露更茫然了:"那柳太太为什么要找我?"一明白柳太太的身价,苏妙露就更提不起兴致来见她。她觉得人与人的阶层就像是台阶,苏妙露到徐蓉蓉差了一级,王雅梦与徐蓉蓉兴许又差了一级,王雅梦到柳太太则差了三四级。那苏妙露与柳太太就是差了一层楼。台阶要一步一步走,一步跨到顶只会扭到脚。

她直接拒绝了,可王雅梦却很卖力地想促成这事,向她解释道:"柳太太其实是个很和气的人,你倒也不用太紧张。不管什么事,他们上下人脉都广,你去了总是有好处的。"

"既然他们这么厉害,那要我做什么?"

"柳东园还有两个儿子,大儿子闹离婚,小儿子在国外,最近刚回来,说不定要给你介绍对象呢!"

"怎么可能? 她又不是后妈,怎么会给儿子介绍我这种人?"

"许多事是说不准的,柳太太看了你的照片很喜欢。这么说吧,上次徐蓉蓉结婚,我也在,那条裙子你穿很好看。"

"噢,那我只期望她别抽我耳光了,估计你们那里都传遍了,我是勾引徐蓉蓉老公的狐狸精。"话虽如此,她倒确实动摇了,好奇心占了上风,她还确实没见过有钱人的太太,想长个见识。毕竟富太太不能像博物馆里的名家书画,大众可以买票参观。

王雅梦急忙宽慰道:"并没有这样的事,徐蓉蓉不至于到处说,而且柳太太本来也不喜欢她。以前徐先生想把徐蓉蓉介绍给柳太太的小儿子,柳太太一口回绝了。"

"比起这个,我倒是更好奇你,你和徐蓉蓉不是关系很好吗? 你应该知道我和她闹得不可开交了吧?"

本以为她会尴尬几分,不料她很自然地回道:"你们两个关系不好,不代表我不能分别和你们好,一码事归一码事。"

王雅梦又交代了些细节,就同苏妙露讲定了见柳太太的时间与地点:"到时候会有车去接你的,就开到你家门口,你的电话已经留给司机了。"

苏妙露咋舌,冥冥中魔棒一挥,金钱猝不及防就施展起魔力来了。

见面的前一天,苏妙露在衣柜前折腾了一阵,似乎没有一件衣服拿得出手。裙子一件件在床上铺满,苏妙露整个人躺上去,像是陷在五彩缤纷的云里。她望着天花板上的裂缝,忽然释然了,她再怎么掩饰,在柳太太面前都是穷酸鬼,倒不如坦荡点。她找了件普通的白衬衫与牛仔裤,很平静地睡下了。

第二天,苏妙露的跑鞋就踩在酒店的地毯上。兴许是觉得她不配,柳太太没在家里见她,而是找了喝下午茶的地方。餐厅在二十五层,靠窗的位子一低头,就有江景可看。

寒暄的话倒也省了,柳太太直截了当道:"听说徐先生的女儿上次结婚,你打扮得很漂亮。我发现你真人比照片好看。"

柳太太是个像绸缎一样的人,又轻又柔又贵,又冷得疏离。五十多岁的人,倒保养得很好,依稀可见年轻时瓜子脸的轮廓,只是面颊处的皮肉松了,整个人又瘦,总少不了一种憔悴感。她比苏妙露大约矮大半个头,可能还要轻上一些。

苏妙露笑笑,面无愧色,只把这话当恭维照单全收,说道:"是吗?谁拍的照片?那我真要谢谢他。"

"你倒还蛮好玩的。"柳太太到这时才请她坐下来,她们中间摆着一个三层的架子,放着点心和三明治,按英国式下午茶的规矩,这些食物或许有先后顺序。但苏妙露一向没规没矩,就直接挑顺眼的拿了。

柳太太看着她吃下一个三明治,慢条斯理地问道:"你喜欢的话让他们再添。"她对苏妙露也无所谓喜欢或不喜欢,上了年纪的太太总是乐意身边围着些年轻女子,但也不当真,态度更像是逗一只会说话的漂亮鹦鹉。

苏妙露摇头:"谢谢,不用了,我觉得不太好吃,太甜了,好腻。"

"我挺喜欢你的性格,不拘束,所以我也有件事想让你帮忙。先问一下,对我家里的情况,你了解多少?"

"我知道得不多,就知道你们家里很有钱,你有两个儿子,大儿子在闹离婚，小儿子刚从国外回来。"

"这就够了，很多事情知道多了，先入为主也没意思。是这样的，我的小儿子最近发誓说不结婚不谈恋爱了。"

苏妙露一怔，脱口而出道："他要当和尚了？"

"差不多，不过是当外国和尚的样子。他说好像要加入什么学会，等他在文件上签个字，就算正式成员，立誓不结婚了。"

"那他签了吗？"

"快要签了，这次回来就是通知我们一声，回去估计就真签了。"

"这应该没有什么法律效力吧？"

"可要退出总是很麻烦的。你不知道他这个人，倔得厉害，要是真的下定决心，就不太会变了。他要是真的十年二十年不结婚，那我也是担心的。"

"他是突然就想出家了吗，还是一直有这个念头？"

"确实是遇到了一点事，他有过一个女朋友，分手之后想不开，就自杀了。这对他的打击也很大。"

苏妙露道："柳太太，我是很同情你的遭遇的，可是这种事我也没办法，我又不是心理医生，也治不好这个问题。你们这么有钱，倒不如给他找一个好一点的咨询师，开导一下。"

"我儿子就是搞心理的，他是神经学的博士，所以把人都读得有点神经了。"柳太太的口气听着有些抱怨，但一个中国母亲对孩子的抱怨里逃不过炫耀的底色。这种富商家庭，孩子去国外拿个镀金的学历，已经不容易，学的还多是商界。像他这样一口气读成博士，并且是最顶尖的一类，已经是凤毛麟角了，值得当大熊猫保护。

"所以你到底想让我做什么呢？"

"就是你最常做的，和他谈个朋友，怎么谈不要紧，好好相处，让他缓过劲来就好。只要和你谈了朋友，单身一辈子这种话也就不必说了。"

苏妙露心里自嘲，话说得这么客气，结果还是让她做勾引人的事情。兴许还要感谢潘世杰，坐实她狐狸精的名声，反而当了活招牌，给她拉拢来生意。可她实在不想担这虚名，她又不是妓女，给了钱就去勾引男人。这小儿子她见都没见过，天知道是人是鬼，要是来了个瘾君子，她可就呼救无门了。

苏妙露犹豫几分，推辞道："那我可不行。你儿子出去见过世面，中国人、外国人都有，眼界高，估计是看不上我的。"

柳太太把头昂起来，带点笃定的神态说："这你不用担心，礼拜三稍稍打扮一下来吃饭，我会让司机去接你。他会喜欢你这样的性格的。你放松点就好。"

柳太太似乎完全信了这一番托词，全然未想过有苏妙露看不上他的可能。这也是自然，母亲看儿子基本是看不出缺点的，就算有缺点，也不过是一些不完善的优点。

苏妙露对小柳先生的学历很敬畏，但其他地方确实不抱希望。她再找不出借口，只能问道："那小柳先生叫什么？到时候我怎么称呼？中文名还是英文名？"

柳太太道："叫中文名就好，他叫兰京，柳兰京。"

苏妙露重复道："柳南京？是南京市的那个南京吗？"

柳太太摇头纠正道："不是，是兰京。"

"南卿？"

"是兰京。"

"兰清？"柳太太一重复，苏妙露反倒愈发茫然了，像是听外语听力，似是而非，模棱两可，她甚至隐约怀疑起这男人叫蓝鲸。之前传言上海人普通话不好，她还能梗着脖子不承认，这下可好，证据确凿，她和柳太太这幕真应该拍下来放在滑稽戏里演。

柳太太也是哭笑不得，只能用方言重复道："兰京，兰花的兰，北京的京。"

苏妙露急忙找补道："勿好意思啊，我耳朵不太好，听不清楚。"她面上带笑，私下里却腹诽，这儿子名字太文雅，再配上这个姓氏，完全像是个女孩。她眼前浮现出一个清瘦、单薄的年轻人样貌，或许还是单眼皮。

礼拜三苏妙露被接去一家粤菜馆，也是米其林三星，不过这家的名声要响亮许多，据说主厨是以前给香港马术俱乐部做菜的，许多富豪爱在这里请客。苏妙露原本是一辈子都不会来这种地方的，这下倒也沾了光。

她多少还是为这顿饭准备了一番，特意换上一条红色的吊带长裙，鞋子是尖头的，鞋跟倒不敢太高，以免对面可能有个矮子的心要伤透。侍者领着她进了一个包厢，里面的布置倒也古色古香，四周贴着淡黄色的墙纸，墙上挂着两幅水墨画，北面摆着一架屏风，是一排仙鹤朝着北飞。桌椅都是红木的，窗户还特意做成江南的格子窗。

柳太太已经到了，旁边还站着一个穿风衣的男人，便是柳兰京了。苏妙露抬头一瞥，费了些工夫才把眼珠子按回去。她也是能看山辨水的人。这柳兰京哪里是什么不通世事的书呆子？分明是个情场浪荡的大玩家。

瘦高个子，好皮相，窄脸、圆眼、高鼻子，最特别的是嘴巴，不是薄唇，而是微微带着些丰润，有一种欲言又止、似笑非笑的情态。他显然是知道自己好看的，脸上有一种悠然的气韵，那是被异性夸奖惯了、注视惯了才有的神采。他把一件巴宝莉的风衣敞开着，穿得浪浪荡荡。

苏妙露顿时觉得情况不妙，原本以为遇上的是小规模游击队，谁知道是全副武装的正规军。

柳兰京靠墙站着,嘴里嚼着口香糖,很漫不经心地投来一瞥,在她身上顿了顿,带点风流惫懒的神气就笑了。他完全不像是个看破红尘的人,眼角眉梢挑逗得很。如果他真要在庙里剃了头当和尚,那佛祖都该下道雷来劈他个用心不诚。

苏妙露上前与柳太太打招呼,柳太太也殷勤着为他们介绍:"这位是苏妙露小姐,是王雅梦的朋友,你还记得吧?就是上次你见过的小王,小时候她还来我们家玩过。"

柳兰京心不在焉地点点头,依旧嚼他的口香糖,柳太太继续道:"这位就是我儿子,他前几天刚回国,不多久就要去加拿大看他哥哥了。"言下之意,就是让苏妙露抓紧时机。

柳兰京一副漫不经心的劲头,举手投足又带点慵懒。一开口,说话的声音倒很温柔,轻声道:"苏小姐是第一次来吧?刚才看你一直在看这里的布置,你觉得怎么样?还好吗?"

苏妙露道:"挺好的,我觉得很有中国风味。"

柳兰京似笑非笑着,说道:"我倒是不太喜欢,一股子殖民地风味,好像什么元素是中国化的,就很卖力地堆积到一起。兴许外国人来了会喜欢,又或者我在国外再多待几年,回来倒也看得顺眼了。"

这话一出,难堪的倒是柳太太,毕竟地方是她订下的,柳兰京又是高中时就送出国的,十多年来都留在外面,含沙射影地说柳太太不关心他。她也确实是偏爱长子的,其中的种种内情是不便示人的。做母亲的自认是尽了一切义务,可对孩子来说又是另一番感受。柳兰京是个心思深沉的人,长大后见了面,对她的态度总是不冷不热的,客气到挑不出错来,但近乎是把自己当客人了。

苏妙露虽然不知内情，但多少也嗅到气氛古怪，便自觉出来打圆场，装作很随意的样子，问柳兰京："口香糖还有吗？我也想吃。"

柳兰京笑着把糖盒丢给她，道："你都吃了吧，不用还给我了。"

讨对方的东西吃，为的是一个有借有还的过程，方便无意间接触，拉近距离。可柳兰京根本不用她还，吃的还是糖，一颗颗界限分明，丝毫暧昧的余地都留不出。

初战不利，苏妙露假笑着接了糖盒，刚想要打开，包厢的门就被人推开了。进来的是一个年轻女人，与苏妙露差不多年纪，穿一件The Row的连衣裙，外搭一件羊毛西装外套，摩登女性的干练气质扑面而来，且这摩登里藏着贵气，一下子就把苏妙露的红裙衬托出愧色来。

苏妙露再一望桌上的四双碗筷，才明白柳太太的计划是两头下注，叫来两个风格各异的女人供儿子挑选。到底是富家公子，连勾引他的事也要竞争上岗。苏妙露面上挂着假笑，暗自气得倒抽冷气。

柳兰京眼尖，瞥见她脸上片刻的恍惚，便在旁边冷笑，似乎是笑她的天真，以为免费的晚餐会容易吃。

柳太太又为彼此介绍一番，把苏妙露说成王雅梦的密友，暗自替她抬了身价。而对面的那位叫许芊芊，名牌大学毕业，现在在普华永道工作，一样是朋友的朋友。

四人寒暄了一阵，主要是另两位说，苏妙露还在生闷气，柳兰京则是一副事不关己的态度。许芊芊活泼外向，滔滔不绝地聊着自己读书时的经历，连说了几件逸事，把气氛炒得活跃。但柳兰京并不看她，也不看苏妙露，只是托着腮似笑非笑，望着杯子里的茶愣神，偶尔敷衍几句。

包厢里的光是顶光，劈头盖脸照下来最是残酷，脸上有丝毫的沟壑都显露无遗。苏妙露望见柳太太眼睛下面是鼓起的,可能是玻尿酸注射。许芊芊的鼻翼旁边则是两道纹理,一伸伸到嘴角,她轻微有些龅牙,眼风还在往柳兰京身上飘。

三个女人都有意无意地围着一个男人转,柳兰京却还是不受用的样子,面上冷冷落落。苏妙露觉得他装腔作势,偷偷翻白眼。

柳太太忽然起身,说要出去看菜,显然是留他们三个独处。苏妙露与柳兰京对看一眼,倒也心照不宣。

柳兰京确实惹眼,个子不算太高,应该不到一米八,倒也差不了多少,好处是头小肩宽,四肢修长,动起来有一种舒展的气派。他懒懒地靠在扶手椅里,一只手搭在桌上,漫不经心地把玩一个筷架。筷架做成枫叶形状,他的手指就慢条斯理地在边缘一棱一棱划过去,昏黄的灯打下来,看着倒像是自己在同自己调情。

苏妙露不想第一个开口,也确实没什么话可说,索性打开手机装作检查消息的样子。

许芊芊便趁机迎了上去,很主动地问他一些工作上的事:"你最新发的一篇论文我很感兴趣,是说基底前脑区对睡眠压力的影响,就是有些地方看不太懂。听说你是这方面的专家,不知道你能不能帮我解释一下。"

柳兰京懒洋洋地抬起眼,笑道:"我是专家?不是啊,你高估我了,我也就是门外汉。而且神经科学这么无聊,又和你的专业无关,难为你感兴趣了。"这话便是暗示许芊芊有意投他所好,她却没听出弦外之音,反而解释道:"专业主要是为了工作,业余时间我一直对神经科学很感兴趣,也算是个人爱好。"

柳兰京笑道:"那不知道你对哪个分支比较感兴趣?"

许芊芊一本正经道:"光遗传,我最感兴趣的是光遗传学。"

"那太好了，我觉得我们的关系可以更进一步。"说着他从口袋里掏出一张名片，递过去，"我有个熟人就做这方面的研究。你既然对光遗传学感兴趣，那钙成像学也不得不学，正好我们学校下个月有讲座，你可以来学习一下。感兴趣的话，干脆来申请我们的研究生，实验室的仪器都很齐全，学界的大牛也有不少。"

"这，这就不麻烦了。"

苏妙露冷眼旁观着，感叹柳兰京狡猾得过头了，见许芊芊用粗浅的手段对付他，索性就装傻到底。许芊芊到底是学生气太足，完全不是柳兰京的对手。谈过太少恋爱，却知道太多技巧的人，总习惯纸上谈兵。恨不得初次见面就用上全部手段，比工作面试还气势汹汹。人际交往贵在自然，就算存着功利心，迎合的心意太急切，就像是在儿童游泳池里做深潜，认真得格格不入。

许芊芊碰了个软钉子，把名片收入手包，转向苏妙露，开口问道："苏小姐，是从事美术行业的吗？"

"不是啊，为什么这么问？"

许芊芊笑道："因为苏小姐的妆化得很好啊，不像我，基本就随便弄弄出门了。"

苏妙露笑笑，不搭腔，瞥了眼她那张精雕细琢过的脸，至少花了一小时化妆，只是颜色浅淡，没涂口红，不比苏妙露一张红唇娇艳。假装没化妆，是初次见面最忌讳的一招，赌的是天下的瞎子真的有这么多。

柳兰京弯眉垂眼，略一低头，还颇有些低眉顺眼状。苏妙露见他在偷笑，眼珠转着，不只不是个瞎子，还像个骗子。他盯着许芊芊，微笑道："原来许小姐没化妆啊，难怪了，看起来气色不好的样子，工作很辛苦吧？"

"还可以吧，谢谢关心。"

"没关系，一会儿我们早点吃晚饭，早点让你回去休息吧。是我们没考虑周到，这么贸然就把你约出来。"

"不要紧。"许芊芊忽然揉起了眼睛，对着柳兰京眨了两下眼，说道，"好像有睫毛掉进我眼睛里了，有点痛痛的，你能不能帮我吹一吹?"苏妙露在旁观战，心里暗道不妙。柳兰京是情场老手，这样粗浅的勾引把戏落在他身上，容易弄巧成拙。

果然，柳兰京微微一笑，搭着许芊芊的肩膀，略微凑近她道："没有吧，我看你的假睫毛嫁接得挺好的，没有哪根掉了啊。"

许芊芊面色白了又白，一时间噎得无话可说。苏妙露忍不住开腔道："你帮她吹一下也不要紧，眼睛舒不舒服，人家总是比你更清楚。"

柳兰京笑道："不是我不想帮忙，主要是这样不卫生，眼睛最娇贵了。不过我这里有眼药水，你不介意的话，我帮你点上。"

许芊芊忙不迭点头，原本推说眼睛痛，就是为了增加肢体接触，现在柳兰京主动为她点眼药水，自然是柔情难却。一双温暖的手搭在她额头上，眼药水又冰冰凉凉的，把她整个人一激，忽然回想起自己是仔细化了眼妆的。可一闭上眼，眼药水已经晕开眼线，洗去卧蚕，滚出两道黑色的泪痕，在她面颊上一往直前。

柳兰京还拿出纸巾，认真帮她擦拭，轻声细语道："眼药水别滴到衣服上。别担心，我用的是湿纸巾，擦在脸上不会痛的，反正你也没怎么化妆，稍微弄一下就好。你闭着眼睛，我帮你擦。"经他一番巧手，许芊芊的妆已经卸了大半，剩下的一些颜色残留在脸上，五彩缤纷，只能算作遗迹了。

许芊芊睁眼后，用手机镜头一照，神色大变，匆忙起身去洗手间洗脸补妆。洗手间的门刚一关上，苏妙露就忍不住对柳兰京发难，低声道："她主动讨好你，你就算不喜欢，也没必要捉弄她。"

柳兰京暧昧一笑，反问道："那你怎么不觉得，我支开她是为了和你独处？"

"谢了，小少爷，我受用不起。"

"你真的知道过来是做什么的吗？你了解自己的处境吗？"他似乎欲言又止，"我妈到底是怎么和你说的？"

"不是和你吃饭吗？"

柳兰京似乎气笑了，捏着鼻梁轻叹一口气，又上下打量起她来，像是班主任看向没指望的笨学生："苏小姐，你啊，算了，也对，你都长了这样的脸，我也不能指望你有多机灵。"

"谢谢表扬。"苏妙露抬起头回以假笑，继续看她的手机。可她刚一低头，就听见柳兰京出声道："你这样的姿势很好，先别动。"他一边说着，一边往一个小酒杯里倒了水，绕到苏妙露背后，把杯子放在她头上，让她顶着，"看你脖子细细的，稳定性倒很好"。

苏妙露确实不动，却不是顺从，而是一时间无从反应。比起羞辱，她更多的是让他的这股子疯劲唬住了，惊讶他竟然胡来到这种程度。

柳兰京还自顾自看表，说道："你能不能顶上一分钟，不让水洒出来啊？我和你赌二十块。"

苏妙露冷笑一声，直接把杯子从头上拿下来，朝着柳兰京就泼过去。这是她本月第二次泼人了，可谓驾轻就熟，直接泼在他脸上。可惜是个小杯子，本就装不了多少水，只是让他的面颊带点湿意。她还觉得不解气，直接在红酒杯里倒水，手刚抬起，就让柳兰京一把攥住了手腕。

他带点玩味的口气，说道："别泼了，你又不是洒水车。"

苏妙露松开杯子，从皮夹子里掏出一张纸币，塞到他手里，说道："五十块，不用找了。就当我赌输了。没想到你长得漂漂亮亮的，脑子有毛病,有空给自己看看。"

柳兰京笑笑,倒也收下了,掏出纸巾简单擦了脸,便又老姿势坐回位子上,像是全然无事发生过。又过了几分钟,许芊芊从洗手间出来,脸上的眼线一并擦去了,不去看柳兰京,只呆坐回自己的位子上。

等柳太太回来时,见他们三人各自看着自己的手机,场面冷冰冰的。她脸上不由得显出失望的神气,说道:"这里不行,定好的佛跳墙忽然说不能做了,一点规矩都不讲,下次换个地方请一顿吧。"

柳兰京淡淡道:"好啊,这是你的事,反正我很快就不在国内了。"听他的口气,像是对苏妙露毫无留恋的情绪,可苏妙露心里却有一种莫名的笃定。这是在情场上养成的第六感,一个习惯了让男人看的女人,心里清楚,哪些男人是用眼睛看她,哪些男人是在心里打量她。她刚才就是故意和柳兰京对着干的。

对新手,要让他觉得有机会和你恋爱。对老手,反倒要让他觉得没机会追到你。许芊芊输在不会看碟下菜。

苏妙露虽然有气性,但忍耐的功力她还是有一点的。更要紧的是,她想到了一个报复柳兰京的好法子。男女之事,可以耍的花招有许多,既然柳太太把她找来,她就是光明正大地公费恋爱,奉旨勾引,十八般武艺,大可以使出来。只要柳兰京上钩,就是他活该,让她骗财骗色,都算是天道循环。

苏妙露骨子里是个赌徒,她赌柳兰京对自己有兴趣,是故意想让她生气。他想测测她的底。他和柳太太的关系很疏离,所以也不会贸然接受母亲介绍来的女人。再说对他这样脂粉堆里打滚的老手,有脾气的总比没脾气的要有趣。他刚才被泼了水,没有当场发作,还很心平气和地把事情遮掩过去,应该是对她印象不坏。

可柳兰京又装作不爱搭理她,或许是故意等苏妙露服软,又或许是做给自己母亲看。苏妙露不愿多想,也一样不去多看他,一顿饭下来,只和许芊芊多说话。

饭后,柳兰京主动提出要送苏妙露,柳太太略带喜色,很自然地接话道:"那我让司机送许小姐。你慢慢开车,路上小心。"

苏妙露跟着柳兰京上了一辆白色奥迪。见她面带诧异,柳兰京调侃道:"怎么了,让你失望了,觉得我应该开一辆跑车吗?"

"我坐什么都无所谓,反正上海这路况,特斯拉也好,桑塔纳也好,都堵在路上。你要是愿意骑一辆自行车拉我回去,那我倒是真的感激不尽了。"苏妙露坐在副驾驶上,故意抬手,把一缕头发别在耳后,为的就是让柳兰京闻到她手腕上的香水味,若有若无着才撩人。

他果然点出,笑道:"你的香水很好闻,是为了我特意喷的吗?"

苏妙露坦白道:"是啊,想给你留个好印象。"

"那我真是受宠若惊了。"

"没关系,我对陌生人一向很友好。"苏妙露微笑,没错失柳兰京片刻的愕然与嘴边的笑意。她摸到些门路了,高手对高手,玩家对玩家,与其躲躲闪闪,不如真刀真枪地把招式亮出来。她稍稍把头抬起些,让窗外的灯光照亮她的脸,黑而幽深的眼睛,娟秀的鼻,欲言又止的嘴,她太知道自己好看的角度了。

柳兰京打量着她的侧脸,笑道:"你的珍珠耳环真不错,两百块不知道有没有? 看着挺价廉物美的。"这一句话便戳破了柳太太先前给苏妙露找补的一层面子。她是王雅梦的朋友,可没有王雅梦的家境,王雅梦一身都是香奈儿,倒确实找不出两百块的珠宝。

苏妙露让他揭了底,倒也不慌不忙,说道:"两百块估计是有的。不过多的也不能指望，毕竟我要是有那个闲钱，也不会晚上出来受你的气。"

"让你受气，那我真是不好意思。"柳兰京装模作样道，"可是我怎么觉得我才在受气，还被你泼了水。"

"我有做过这么粗鲁的事吗？我不记得了，对不住，我记性不好。听你妈妈说，你是看神经的专家，哪天说不定还要帮我看看。"苏妙露索性闭上眼睛耍无赖，她知道自己睫毛长。

柳兰京的笑声轻轻的，像一根羽毛在耳根拂动："我妈妈哪里找来你这样有趣的人啊？真是好运气。不知道她和你说了我什么。"

"她说，你要出家当和尚了，让我想想办法，这事情还有没有商量的余地。还说你是为情所困，因为前女友为你自杀了。"

"前女友自杀，然后要出家。在我妈心里，我就是这个形象？以后编写《烈男传》，可真应该把我放进去。"柳兰京笑出了声，声音里忽然透出一种少年人的爽朗气。

他无奈道："她真是待在家里闲出病来了，现代社会哪有人会为情自杀？我前女友活得好好的，她是开车的时候打电话和我吵架，结果撞树上了，在医院里待了半个月。现在人早没事了，之前还和我联系着呢。"

苏妙露偷偷睁开一只眼来瞄他："所以你要出家也是假的？"

"真冤枉，我什么时候说要出家？我可舍不得我的头发，本来搞科研的，头发就够受累了，别再拿出家咒我了。我只是和我妈说，我要加入一个学会，里面的人都是终身不婚的，也没有恋爱，都是独身主义者，一心一意工作。就这么简单。"

"你既然准备不结婚，不恋爱，那怎么和我调情了？"

"唉，我有什么办法呢？"正巧是一个红灯，车子稳稳停下来，柳兰京朝她捎来一个暧昧的眼风，微笑道，"调情就像是外语，学会了之后不多用用,技巧就生疏了。苏小姐善解人意,我想你还是能谅解的。"

苏妙露道:"你可别给我戴高帽子,我宁愿当世界上最无理取闹的人。"

柳兰京微微挑挑眉,问道:"看得出你受了很多不应该受的委屈。如果信任我,不妨说说看。"他这样柔情似水的口吻,如果换上一个没经验的,就要顺着他的话大吐苦水了。可苏妙露不上他的当,调情时说这种话,就近于缴械投降了。都是萍水相逢,出来找乐子,谁也没道理忍受另一个人的家长里短。他不过是想探她的底。

苏妙露道:"我的故事很无聊,没什么好说的。倒是你,你一直在国外生活,怎么中文这么好?"

"因为我在美国学中文啊,那中文自然好。"

"干吗去国外学中文?"苏妙露心里稍稍转了个弯,才明白不过是个玩笑。她厌烦他玩世不恭的态度,眼睛一横,嗔怪道:"好啊,你就拿我当傻子耍吧。"

柳兰京赔笑道:"我这人总有些怪里怪气的幽默感,你要谅解,毕竟我从小一个人在外读书。"

苏妙露道:"这次是真话了?"

"我原本以为我妈妈和你说过我的事,原来没有。我是高中就在美国读,大学在纽约大学读的应用数学,研究生和博士都在MIT(麻省理工学院)搞计算机,现在在新加坡南洋理工大学有个教职,做的是很俗套的机器学习。"

"可是你妈说你是搞神经科学的啊?"

"我妈这么说,你和那位许小姐就都信了? 可惜啊,我妈根本不在乎我。我做的是深度神经网络和贝叶斯推理,我妈大概听到一个神经,就以为我搞神经到发神经。虽然脑科学我也懂一点,不过主要是研究生的相关课程。你看吧,你们几个女人看着都很关心我,其实只是装得像而已。有空搜一下我的名字,学校官网上就有我的简历。"

苏妙露听出他的抱怨口吻,微微一笑,说道:"所以你是责怪我对你不关心了?要我给你道歉吗?可是我怕太关心你,你又觉得我对你有心机,连夜跑了。不过我确实不太了解你,我都不知道你几岁了?"

"三十一岁了,这个月生日。应该比你大六七岁的样子,你看着像是刚毕业。"

"那你太高看我了,我也二十七了,看着像是刚毕业,是因为又穷又一事无成,什么东西都没折腾出来,还把工作折腾没了。"

柳兰京道:"不要着急,二十七岁,人生刚开始,好事总是留在后面。"

苏妙露故意不看他,望着车窗外连绵的灯影,问道:"那认识你算好事吗?"

柳兰京意味深长地笑了:"这我说不好,要由你来说。"

苏妙露并不急着答他,只是对着光捏手指,她的指甲涂成深梅子红,衬得一双手泛出瓷一样的青白色,她似乎胡言乱语起来:"随便了,就这样吧,生活啊,真迷茫啊,希望啊,寻不到啊。"

柳兰京并不理睬她,只是笑。之后的路上他们再没有说过话,各自有一重心事在顾虑着,就这么静静的,倒不觉得尴尬,也不至于像在默哀。

老小区里不方便停车,柳兰京就把车停在对门口,把苏妙露放下来。她对自己的穷也没什么好掩饰的,反正柳兰京对她已经是占尽了优势,多一分、少一分倒也无所谓了。她没什么留恋就下了车,却忽然听到柳兰京道:"留个电话吧,以后我再联系你。"

苏妙露笑道:"你怎么搞得像是工作面试一样?"

柳兰京回答道："这对你来说不就是一份工作吗？拿钱和我谈恋爱，让我上当，除了五险一金，别的不都差不多？"

"我哪里敢让你上当？不被你骗就挺好了。"苏妙露敲敲玻璃窗，示意柳兰京把窗户摇上去。她从包里掏出一支唇笔，就把号码写在窗户玻璃上。柳兰京在驾驶位上同她挥手道别，一踩油门就开走了。苏妙露在街边站了一会儿，轻轻用鞋子踩地上的落叶。风一吹，头顶的树叶沙沙作响，她下意识往手包里一摸，柳兰京的糖盒忘了还。她把盒子握在手里，轻轻晃了晃，听着一颗糖孤零零的声音，倒有些怅然若失了。

第三章　赌注

柳兰京要了她的电话，却没有加她的微信，显然不是忘记了，是故意吊她胃口。苏妙露躺在床上辗转反侧，起先她还自信满满，觉得柳兰京准忍不过两天就会来联系她。可没想到，连着一礼拜，他都音讯全无，连带着柳太太那里也没了消息，她也不方便找王雅梦去问，就只能淹没在自己无端的揣测里，像是下楼梯时一脚踩空，整个人毫无着落。

正巧连着这几天，上海也缠缠绵绵下起了雨，空气里泛着一层潮气，衣服贴着皮肤，一举一动都显得束手束脚。天空不晴朗，人心也泛着阴沉。

苏妙露终于明白了，柳太太把她叫过去勾引儿子，其实是带着一层悲观的底色，心里多少已经料定了，柳兰京不太会受勾引，但还是抱着试试看的心态，往水里撒鱼饵。苏妙露就是这鱼饵，可她与面包虫的差别就在于她有满心的倔强。旁人为她安排了一种命运，她偏偏不顺从。她迫切地想征服柳兰京，想一扫前段时间积攒在身上的窝囊气。

可如果这事真的成了，她倒也真没想过要从他身上得到什么好处，结婚自然不可能，房子车子也没希望，至于名贵的衣服和包，寻常的男人也一样会送她。大获全胜真正的奖励其实是她的自尊心，还有柳太太许诺的一笔钱。

到了周五，一通陌生的电话打进来，苏妙露兴冲冲去接听，结果是先前接洽的公司人事，问她入职的事。因为公司里突然有人要离职，急着想找她补个缺，所以价钱上愿意再涨八百块，但要她下周立刻入职。

苏妙露咬着嘴唇道："这样吧，让我再考虑一下，周日之前给你回复，可以吗？"她把柳兰京的糖盒拿出来，最后一颗糖倒出来吃掉，盒子丢掉。她已经完全不指望柳兰京了。

到了周六晚上八点，她忽然接到一个陌生的号码。她那时正准备去洗澡，险些没接到，刚一接听，柳兰京含笑的声音就跳了出来："苏小姐，这么久不接电话，你可千万别把我当推销的。还记得我吧？"

苏妙露松了一口气，嘴上倒还呛他："你搞得这么神神秘秘的，反倒恶人先告状，真是没道理。"

"我这几天有一些事情在忙，耽搁了，也不知道该和你说什么。没想到你一直在等我电话，真是不好意思了。"

"你这鬼话和别人说去吧！还有我可能等你电话？我又不是八十年代的人，你别自作多情。我就是好奇你怎么不加我微信？国外不用吗？"

"国外用 WhatsApp 的多，这倒不是关键，关键在有些事我不习惯通过社交软件说，我是古板的人，有些话还是要在电话里说比较好。"

苏妙露故意道："噢？什么事一定要在电话里说？电话诈骗吗？你可别向我借钱。"

柳兰京连忙道："我错了，我错了，苏小姐，你放过我这一次吧，弄得我都不好意思约你了。"

苏妙露终究还是忍不住高兴，笑道："你约我？去哪里吃饭？"

"吃饭就不用了,我们吃过饭了,听说你以前在旅游公司做过,那你应该有加拿大的签证吧。那你跟着我去加拿大,看望我哥哥,怎么样?"

苏妙露一惊,诧异道:"怎么这么突然?我一点准备都没有。"

柳兰京在电话里轻轻地笑,清了清嗓子,说道:"留个惊喜不是很有趣?你就当给我个机会多了解你一下,好不好?"他说的是或许,而不是肯定,进与退都给自己留出尺度来。

苏妙露看透了他的把戏,自然也不顺着来,直说:"那我再考虑一下。"

柳兰京的声音里似乎透出点为难,道:"可是我要来了你的身份证号,机票我已经买了,你就当帮我个忙怎么样?明天下午两点,我去你家接你。"

苏妙露自然不信他,可也不愿意把话说绝,顿了顿,便问道:"那要去几天?"

"大概一个礼拜,不会太久,温哥华不算热,你注意保暖,带几件长袖。"说完,不等苏妙露回应,他就直接把电话挂断了,单方面宣布达成一致意见,这就是他所谓一定要在电话里说的话。

房间里没有开灯,苏妙露把手机丢到一边,闭上眼,在黑暗里无声无息地笑了。柳兰京好手段,但这种事就是势均力敌才有趣。

她不太喜欢柳兰京,他的彬彬有礼不过是习惯,骨子里独断专行得很,这件事就是个明证。而柳兰京也应该不喜欢她,就他和母亲的疏离劲来看,准是不会平白咬钩的。他心里也有一笔盘算,保不准他是另有图谋,拿苏妙露当个妓女,吃干抹净后不付钱。

所以这算不得邀请,算是挑衅,赌她敢不敢押上全部筹码来挑逗他。柔情蜜意是假,借机试探是真。柳兰京要征服她,既证明自己的决心,也炫耀自己无人能挡的魅力。他是庄家,就是输了,惹出事来,也自有一对好爸爸好妈妈来善后。

苏妙露只有自己当筹码，可还是要上桌。她的尊严薄得像一张纸，无数人的鞋印踩在上面，但到底还没有破。征服了柳兰京，她就在这纸上画出浮世绘来，艳且俗，却够她在表妹面前昂首挺胸。当狐狸精也要当成妲己，祸国殃民也是本事。这个世界笑贫不笑娼，慕强不济弱。

她微微叹气，下定了决心。这报酬够丰厚，足够她浪费一个工作机会去赌。输了，也不过坐实她放荡又自不量力的名声，钉死在家长里短的耻辱架上。

苏妙露托王雅梦要来了柳太太的联系方式，斟字酌句，同柳太太说了这事，问道："我应该去吗？"

柳太太道："他倒没同我说过这事，毕竟是大人了。不过有个人陪他出去走走也不错。那就麻烦你照顾了，苏小姐。"柳太太问了她银行账户，即刻给她转了十五万块，算是好处费。钱是按月结算的，如果她和柳兰京的交往能侥幸延续到下个月，便又有一笔钱打入。

这种近于包养的不劳而获，苏妙露是第一次体会到，还是从女人身上体会到的，她不由得想笑，可见偶像剧里的情节都是不可信的。豪门恶婆婆要赶人，哪里用得着给钱？决定权从来不在被选的那人身上。如果富家公子真的咬定青山不放松，宁可发疯发痴，断绝关系，一头撞死也要求个爱情，那世上也很少有不让步的父母。

可是天下哪有那么多情种？就算有，在富贵圈子里转一圈，也变得三心二意了。主动权在男人手里，他自然是慢条斯理地选，每个都招惹一下，乐得看女人为他争风吃醋，最好是争雄斗死绣颈断，才能衬托出他的卓尔不凡。多的是有钱少爷在情场里浪荡一圈，然后拍拍屁股走人，转身娶一位门当户对的小姐，继承家业，功德圆满。

所以柳太太对苏妙露丝毫担心也没有,就算柳兰京真的意乱情迷了,也不过是一时的事情。说到底,这件事无论怎样发展,对他们一家,是一点损失都没有的。

苏妙露倒是要有所牺牲,远的不说,近的,她就不得不打电话回绝那份工作。柳太太的钱确实好拿,但也不是长久之计,能不能挨到下个月也难说。柳兰京那里,态度又模棱两可,苏妙露也捉摸不透他的想法。主动权始终在他这里,他是在加拿大生活过的,又是去看他的亲哥哥,那里是他的主场,可谓占尽天时地利人和。

但苏妙露赌着一口气,偏偏不信这个邪。她跪在地上,一件一件地收拾着行李,把衣服叠整齐,像是在抚平自己的情绪。

她正走着神,忽然楼上传来极尖锐的电钻声,穿透力极强,好似往她脑袋上钻了个孔。她顿时火冒三丈,二楼这段时间在装修,全权委托给一个私人装修队。负责装修的一共就两人,没日没夜赶工期,早上七点十分准时准点敲榔头,比闹钟还灵,苏妙露赋闲在家,想睡懒觉都不行。

电钻还在继续响,苏妙露头痛欲裂,上楼就要和装修队理论。苏父急忙拦住她,说道:"算了,算了,邻里邻居的,别闹得不好看。"

"算他个头,晚上八点半了还在装修,早上七点就开始弄,这么紧赶慢赶的,忙着给自己修坟头啊?"苏妙露披上外套就往门外冲,气势汹汹上了二楼。

门敞开着,一个中年男人正蹲在台阶上吃盒饭,驼着背,面有风霜色。他瞥见苏妙露,带点卑微的神色笑笑。光这一笑,苏妙露就没了怒气,她是典型的吃软不吃硬品尝师,一旦看到比自己还弱的人,就有止不住的同情心。

苏妙露说道:"上海规定的装修时间是早上八点到晚上八点,你们这样吵到我休息了。”

中年男人赔笑脸，连连道歉，说道：“吵到你真是不好意思，很快就好了，我们也没办法。”

“就不能准时准点搞好吗？这样太扰民了。”

男人带着点卑躬屈膝的口吻道：“对不住，对不住，我们就两个人，工期要赶不上了。”苏妙露往门里一瞥，一个身材单薄的男孩正在用电钻，顶多不超过十九岁。她问道：“这是你儿子啊？”

“对，老家带出来的。读书也读不出来，还是带他来打工好了。”

苏妙露问道：“你儿子吃饭了吗？”

“快了，快了，最多十五分钟，弄好就吃了，不会吵你太久的。”

“快点吃饭吧，不然都要冷掉了。不行到我们家的微波炉热一热，冷饭吃了要胃痛的。”苏妙露站在楼道口叹气，抱着肩想，算了，谁都不容易，转身便往家里走。

苏妙露不敢和父母说柳兰京的事，生怕他们一不小心气死。她扯了个谎，说自己在国外的朋友要结婚，请她去喝喜酒，机票酒店钱对方已经包了，她就过去散个心。

她有七天的时间可以与柳兰京接触，七天够上帝创世了，可是苏妙露不是神，要让柳兰京倾心她并不比创世简单，结果如何，她确实听天由命了。

她记下了柳兰京的电话号码，在微信上搜他，确实能搜到，申请好友后他也很爽快地通过了，但彼此没有别的话可说，只是相互发了个晚安，有种公事公办的意味。当代独身男女见面后，第一要务就是互加微信，然后翻看彼此的朋友圈。赛博世界泛起层层迷雾，虚情假意里彼此问候。朋友圈里信息都是五分真，五分假，报喜不报忧，更有甚者，丧事喜办。

像是徐蓉蓉在度蜜月，连着发十多条朋友圈，把张牙舞爪的恩爱招呼到观者脸上。先是在欧洲逛了一圈，博物馆、画廊、商场连轴转，丈夫还准备爱马仕作为礼物。她还透露之后要去北海道滑雪，娇嗔味十足地抱怨道："真是不好意思，玩太久了，让他把年假都要休完了。还到处吃喝，胖了好多，搞不好回国后连西装都要重新定制了。"

徐蓉蓉结婚后也没有拉黑苏妙露，就是要敲锣打鼓地把这出戏演给她看。可惜苏妙露没兴致表演气急败坏，她虽然不愿意承认，但认识柳兰京确实让她笃定了许多。她随手点开照片，看着这对新人在罗马斗兽场的合影。太阳光顶头照下，他们的面孔都浮着一层不耐烦，却还要强颜欢笑。照片又特意修过，技巧却不好，皮肤像是涂了修改液一样白，五官模糊。潘世杰本就有些虚胖，便显得愈发浮肿，像是半个馒头在粥里泡发了。徐蓉蓉或许也是发现了这点，之后便只发风景照和自拍。

苏妙露看着冷笑，心里反倒有些怜悯了。她是从来不在朋友圈发自拍的人，她让太多人夸过漂亮了，对自己的外貌有理所当然的态度，就像天是蓝的，倒也不用再申明千遍。连合影时别人把她拍得千奇百怪，都不是很在乎。她的朋友圈内容乏善可陈，见不到多少照片，也不太说私事。外来人以为是神秘，其实她不过是懒。但是点开柳兰京的朋友圈一看，才知强中自有强中手。

他的朋友圈只有一条，四年前发的："微信不常看，但有事可留言。正式事件请走邮箱，紧急事件可打电话。"旁边留着邮箱，看后缀是新加坡南洋理工大学的账号。

第二天，柳兰京的车准时准点到，还是那辆奥迪，白天看着车身上脏得厉害，他似乎完全没有去保养。他解释道："这车我以前买的，就停在家里，他们记得了帮我打理一下，不记得了就停着。反正我也无所谓，能开就行。"

苏妙露说道:"看出来了,你这人倒是真的挺无所谓的。机票都买经济舱。"

"我这人很精刮的,抠门抠到骨子里了,你现在要后悔也来不及了。"

苏妙露摇摇头,不去理他。她已经感觉出来,在柳兰京的家庭里,他是不受宠的次子,否则不至于早早把他送出国,老大却是上大学后再留学的。但是再怎么没感情,也不至于亏待了柳兰京,他的寒酸做派,多少还是性格使然。她隐约觉得,柳兰京其实性格有点古怪,只是掩饰得很好。

他们在等飞机时没什么话可说,柳兰京看杂志回邮件,苏妙露看手机上的旅游攻略。好在有免费的爱情戏可以看,也不算太无聊。不远处有个男人似乎是为了送别女友,特意买了一张票,闯进登机口,与她说着话就搂在一起哭了起来。

柳兰京冷笑了一声,道:"之前都是哑巴吗?什么话之前不能说,一定要留到这种时候说。"

"你最好小声点,不然让人听见了,冲过来打你。"她觉得他是刻薄太过了,简直是轻视世间的一切真情实感。

上了飞机,柳兰京要了一杯咖啡,有一搭没一搭地同苏妙露闲聊。他们说话的声音都很轻,嘴贴近耳朵,几乎有股耳鬓厮磨的亲密劲了。他倒是很放松,苏妙露却摆出严阵以待的架势。男女间要手段征服彼此,说到底也就是三板斧:欲擒故纵、投其所好、以逸待劳。

许多人把戏演砸了,都是因为把三个技巧拎出来单打独斗,掌握不了尺度,都弄巧成拙。像是许芊芊刻意肢体接触的心思,对新手还算有趣,情场老手却是一眼能看穿的。有好感的姑且陪着演戏,没兴趣的就直接戳穿了。当然像柳兰京这样的,是性格较为恶劣的一种。初次见面,说到底是一个新鲜感，留下个深刻印象，方便下次见面时再续前缘。

这一关，苏妙露已经过了，接下来一周，就应该尽量投其所好。不少人以为男女相爱，贵在真诚，心急火燎地把心肝脾肺都袒露出来，以为遇到知己，其实只能吸引秃鹫。人不是不爱伪装，只是对方没有装到自己的心坎里。风月宝鉴里，人人都爱看粉红佳人的一面，骷髅白骨要暂且藏好些。

拿捏人的喜好，许多时候不能看表面。许芊芊一个劲儿地和他谈学术问题，他显然就不受用，没多少人敬业到下班后还爱和人谈工作。至于音乐、美术、电影一类，苏妙露也不懂，未必和他有共同语言。但她也不会不懂装懂，到时候他有高论发表时，她乖乖听课就好。

然而以上技巧，对柳兰京不过是纸上谈兵，苏妙露早就看穿，这人不按常理出牌。摸不透他喜欢什么，只知道他讨厌一样，那就是装腔作势。要么装得高明些，连他都察觉不了，要么就对他坦诚些，勾引也勾引得坦坦荡荡，才不至于被他当场戳穿。他急着探苏妙露的底，可他又对自己的事讳莫如深，算是有钱人的通病，又是另一重讨厌。

柳兰京道："听说你和你表妹关系处不好？"

苏妙露若无其事道："是啊，不只是处不好，简直是仇人了，不过你估计已经知道发生什么了，何必来问我。"

"不，我还真不知道。我不喜欢听二手故事。你亲自说比较好。"

苏妙露不知这话是真是假，但还是如实说了："她有个未婚夫，想在我面前炫耀一下，结果那男的看上我了，算他有眼光，整天和我偷偷聊天，结果他们一家反倒觉我勾引他。那就好，我就堂堂正正地勾引他，在婚礼酒席台上，穿得漂漂亮亮的，让他移不开眼。"

"出气了？舒服了？"柳兰京眯着眼笑她，他的笑里总有些冷眼看戏的疏离,很是倨傲。

苏妙露也认了,自嘲道:"舒服了,结果工作也丢了。"

"可是我听说你之前也换了好几份工作,还不是跳槽。别人是越换工作薪酬越高,你是越换越低。这是怎么回事?"

苏妙露倒也无所谓,问道:"你想听哪一段故事?有一次是领导让我无偿顶替离职同事工作,说这是磨砺我,让我不要太看重钱。我回他,让你坐我坐的位子好了,磨砺得更彻底。还有一次,客户给我发消息说:'你的胸看着好白,让我摸一下吧。'我回他:'你的鸟看着好小,让我弹一下吧。'"

柳兰京忍不住扶着额头窃笑,险些让咖啡呛到:"你真的太厉害了,我读博的时候,老板让我做点无偿的工作,我从来不推辞,只怕做不好。你就差把你的领导打进医院了。"

"那我也没办法,他们先犯浑的。"

柳兰京道:"你的人生是一个浪漫主义式的开头,现实主义的结局。你长得好,教育背景不错,有能力,还乐于反抗职场压迫,终于经过不懈的努力,让自己多次失业。不过你长得太美也是一个原因。"

苏妙露讥嘲道:"噢,你也信红颜祸水的一套?"

"我可不是这种伪君子。妲己不会亡殷,昭君出塞也不能安汉。"柳兰京斜睨了她一眼,继续道,"这个社会,男人就爱训诫漂亮的女人,搞得女人觉得漂亮是一种罪过,整个人神经兮兮的,那就方便他们下手了。"

苏妙露冷笑道:"那你是这样的男人吗?"

"这我不好说,但你显然是这样的女人,你已经神经兮兮了,既把美当作一种武器,又不想伤害任何人,整个人尴尬得很。你倒不如选中一条路走,要么就找一个喜欢的人,安于平凡生活下去;要么干脆往上爬,别人骂你也好,怎么样也好,最好选定一个有钱人,最好是八十岁,瘫痪在床,嫁给他,然后安心花他的钱,等他去死。"

"原来在你心里,我就这么不堪啊?"

柳兰京道:"没有什么不堪的,只是你挺一目了然的。我猜你是让男人骗过,骗得很惨,你自尊心又高,完全受不了打击,索性就玩男人报复。可是结果也没报复出什么花头来,完全就是你一个人自暴自弃。"

苏妙露哼了一声,别过脸去,说道:"我是自暴自弃了,竟然主动过来找骂。你还要说我多久啊?休息一下喝口水,也不至于噎死你吧。"

柳兰京耸耸肩,确实不吭声了,苏妙露听着头顶吹出的风声,莫名有些不自在,好像平白让他怜悯了。她带点委屈的口吻,问道:"你是不是看不起我啊?"

柳兰京笑笑:"那倒不至于,不过苏小姐,生气伤身体。有些事能忍就忍一下吧。就拿你表妹的事情来说,明明不是什么大事,如果那天你和她服个软,流几滴眼泪,卖个可怜,事情就是另一个结局了。"

苏妙露微微叹气,说道:"那你就当缘分吧,我不是这样的人,你还遇不到我。"她的眼珠一转,口气忽然蛮横起来,伸手去抓柳兰京的手臂,说道:"我和你说了这么多我的事情,你要是一件事不说,那可是过不去的。你也别想逃,我们在这飞机上还要待十来个小时,有本事你一头撞开玻璃跳下去,要不然就要坦白。"

柳兰京佯装不解道:"坦白什么?"

苏妙露道:"坦白你自己的事,随便什么都行,我想多了解你一点。那就说说,你上次心动是什么时候?"话一出口,苏妙露就觉得不妥,多少有些逾越了,他们还是一点关系都没有的人,这么一问,却像是乱吃飞醋了。

好在柳兰京应对得很自然,倒是一本正经回忆起来:"那应该是前年吧。"

"什么场合,是对谁心动啊?"

"我去大学里面试教职,是一对一面试,我排在后面,就在走廊里等着。我当时正在喝咖啡,紧张得要命,喝完之后想找垃圾桶,可是整条走廊都找不到,就出去找,遇到一个秃顶老头,小个子,鹰钩鼻,我以为他是清洁工,就让他帮忙扔一下垃圾。等我面试的时候,才发现,他就是系主任,之前面试的是另一个专业的,所以他不在里面。他算是我的主面试官。我当时就心跳加速了。"

苏妙露瞪他,却也藏不住笑:"你这不是心动,你这是心肌梗死。"她轻轻拍了一下柳兰京的肩膀,嘬着嘴,说道:"你不准耍赖,总是要和我说点什么的。你说完,我也就睡觉了,不烦你了。"

"其实我生活过得很无聊,没什么事情能和你说。你到底想听什么?"

"那我问你问题吧。你以前有多少个女朋友?"

"我为什么要记得这种事情? 大家高兴就恋爱,不高兴就分手,顺其自然就好,又不是我学生,我要数数人数,看有没有人逃课。"

"你既然是这心态,怎么就突然要不结婚不恋爱了?"

"没什么特别的,就是忽然间厌倦了。"

"你阳痿了?"

柳兰京单手扶着额,苦笑道:"这算人身攻击哦,我可以告你的,苏小姐。"

"告就告啊,你快点告我,请个律师,再出示证据证明是我诽谤你,医疗报告还不行,最好还生两个孩子,并让我当众给你道歉。这样也算皆大欢喜,你维护了名声,你妈也算放心了,我呢,也算完成了任务。"

这样的玩笑话,原本是要逗他笑的,柳兰京的神情却是淡淡的,不置可否,只放下桌板开始读书。苏妙露见他这反应,倒有些怅然若失,心里纳闷起来,觉得他们不像是一对漂亮男女在调情,倒像是一对相声搭档彩排了要出道。

柳兰京看的是断层解剖学的教材,苏妙露只瞥一眼封面就昏昏欲睡,难为他还一边在平板上记笔记。柳兰京读书,苏妙露则偷偷读他的侧脸,外面的光从他的鼻梁上踱过去。一个有这样端正直鼻的男人,通常是能归在正统英俊里的,可惜柳兰京恰恰不是,好也不好。他的眼珠不大,带些下三白,眸光冷冷飞上去,稍一眯,就像是捕猎时的猫科动物。

苏妙露迷迷糊糊睡着了,再醒来时飞机已经要降落了。空姐过来叫醒她,她揉了揉眼睛,柳兰京仍旧低着头在旁边看书,笔记密密麻麻写了几页。他靠着窗,她的身体则往外侧,中间有一道界限分明的鸿沟。

他似乎并不太在意她,可苏妙露发现身上多了一条毯子,显然是睡着时被特意盖上的。她的手在毯子下偷偷绞紧,心里的积分牌上多了一丝胜算。

下了飞机,在海关排队时,异国的面孔瞬间多了起来。棕金色的头发,凝固的白皮肤,蓝色的眼睛时隐时现,一种异国他乡的孤独感扑面而来,让苏妙露下意识地与柳兰京靠得近了些。

苏妙露其实挺喜欢机场,它是一方浓缩的小世界。西装革履、面无表情的商务人士,打扮入时、嚼着口香糖的留学生,还有拖家带口、手舞足蹈的游客,这些人像是一桌麻将牌,由一双手推倒,哗啦啦全搅混在一起。机场里喧闹、繁杂、混乱,可是这人来人往的气味是干净的,不像太热闹的火车站里,总是莫名混着一种方便面的气味。玻璃与金属搭出的疏离感,免税店里人头攒动,大屏幕上不间断放着广告,现代社会构建的一切幻象都实打实地拍打在脸上。

苏妙露猜柳兰京的哥哥会派人来接机,就特意掏出一副墨镜,对着玻璃理了理头发。柳兰京瞥她一眼,说道:"这墨镜不错,你戴着像是个名人了。"

苏妙露有些得意,笑着问道:"谁啊,该不会是哪个女明星吧?"

"不,瞎子阿炳。"柳兰京说完,快步甩开她走了。

没有人接机,柳兰京和其他游客一起在机场排队等出租车。他的行李只有一个双肩包,帮着司机把苏妙露的行李箱扛进后备厢。苏妙露见他驾轻就熟干体力活的样子,险些怀疑他这个教授是在警察学院教武术专业的。

坐上出租车,苏妙露想起,以前王小姐顺带提到过,柳家的大儿子在闹离婚。出租车司机是个中年白人,她便低声用中文问道:"我们现在是去看你哥哥吧?你哥哥是再婚了吗?"

柳兰京道:"是上一次离婚没离掉,他们已经折腾了三年。"

苏妙露诧异道:"三年了?他们在争什么啊?怎么拖这么久?是为了孩子的抚养权吗?"

柳兰京说道:"是也不是,主要还是钱的事。"他忽然神神秘秘一笑,问道:"以前有过一句话,暴发户买豪宅,真富豪打离婚官司。你知道为什么加拿大的华人富商能养活一大半的离婚律师吗?"

苏妙露很诚实地摇头,柳兰京便继续道:"因为他们该讲道理的时候讲感情,该讲感情的时候讲道理。结婚的时候让他们签婚前协议不愿意签,现在恨不得签对方的死亡确认书了。"

苏妙露道:"听你的口气,似乎一开始就不同意他们结婚。"

于是,柳兰京原原本本把故事说给她听。他的哥哥叫柳子桐,大嫂叫关筑,年龄相差了五岁,家族资产上则差了四五倍。关筑家里是搞房地产的,她本来在纽约大学做交流,先认识的是当时读大学的柳兰京。他们一起吃了顿饭,她并不十分看得起他,从他出手的气派和所学的专业上就知道他不是受器重的孩子。

关筑评价他,道:"有股子中产阶级气质。"这话对有钱人来说近于骂人了。

真正的继承人是不会学那些穷人扎堆,热火朝天,立刻能变现的专业的。要么是极尽风雅的一类,比如哲学和博物馆学,要么就是在各个专业间流窜,各有触及,但无须精通。毕竟将来是管人的,读大学主要是为了交际,还有别让手底下的人太轻易哄骗自己。

苏妙露打断他的叙述:"你怎么一点都不在乎,好像在说别人的事情?你是真的心态好,还是在朝我卖可怜?"

柳兰京微微一笑,说道:"你心里有答案,你觉得是什么就是什么。"

关筑虽然看不起柳兰京,但和他来往还是很密切,为的是接近他哥哥柳子桐。柳子桐当时在加拿大的大不列颠哥伦比亚大学读商务。他比弟弟大四岁,但中途休学转学,折腾了两三年。柳子桐平日里有三辆车,一辆车接一位女友,多少有点来者不拒。

柳兰京懒得掺和在他们中间,但一次柳子桐找过来,关筑与他还是见了面。几乎是一见钟情,他们迅速热恋,八个月后就结婚了。结婚时本来想请柳兰京,作为他们婚姻的丘比特,好好感谢一下。柳兰京却推托有事缺席,还很不客气地道:"你们能结婚,我是祝福的。但要说我看好你们的婚姻,那并没有。你们的相遇是缘分,以后不管是好还是坏,都与我无关。"

他这话弄得一对新人很难堪,更难堪的是一语成谶。结婚不到半年,这对夫妻就吵得天翻地覆。后面关筑怀孕了,生下一个儿子,他们的关系才算缓和许多。最后他们的婚姻维持了两年半就宣告破裂,之后就是旷日持久的离婚官司。足足打了三年,已经比他们结婚的时间要长了,中途换了三个律师。

财产分割主要的问题在房子上。他们婚后有一套估价九百万加币的豪宅,女方提供了三百万加币的古董家具。房子是柳家买的婚房,但当时就留了个心眼。这套房子写的是柳太太的名字,以五百加元过户给儿子。

决定离婚前,柳子桐先和关筑说要回上海一段时间处理工作,私底下却委托中介卖房子。为的就是先把房子处理掉,拿了钱,再按二十加元的价值处理夫妻共同财产。

但是关筑家本就是搞房地产的,在温哥华有人脉。有熟人见到她家的房子在挂牌,立刻通知了她。关筑连忙打电话给丈夫,柳子桐只含糊地推说是资金回笼有问题,需要现钱。

关筑也是精明人,不信这一套,挂断电话,就立刻把丈夫告上法庭,这下便是彻底撕破了脸。到这里还不算完,这对夫妻还有另一种默契,双双觉得对方出轨,雇了私家侦探寻找证据,只求把对方判为过错方。

可惜这事上抓不到破绽,他们又从赡养费上下手,只求证明自己是天底下最穷的一个。关筑说自己是家庭妇女,没有收入来源,尽管她的父亲每月给她十万加币零用钱,她却说是借的债务。柳子桐更了不起,说自己在家族企业工作,但是薪水只有五加币,其他的则是一问三不知。

苏妙露道:"这是为什么啊?"

柳兰京道:"离婚之后,富有的一方有责任付赡养费,而且赡养费的金额是法院决定的,理论上不富有的一方的生活状态要和离婚前持平,尤其是有孩子时。"

"难怪说国外离婚三次,富翁也要变成瘪三。"

"他们是当不了瘪三的，不过是在法庭上很乐意当瘪三。"

苏妙露又问道："那叫你过去做什么？"

柳兰京叹气，说道："弄到这地步，都要叫证人出庭了。我妈都当证人出庭了，他们都准备争取我。"

"那你站在哪一边？"

柳兰京冷笑一声："都给我滚蛋。我是去看我侄子的，他在电话里哭得很厉害。"他说话这么不客气也是少见，想来和他哥哥的关系并不好。

"他爸妈是不是都不想要他？"

柳兰京点头："对，男方觉得再结婚还会有小孩，女方觉得有孩子拖累再婚。不过一般是判给母亲的，但是我哥正在很努力少付赡养费。"

苏妙露叹气道："这又何必呢？"

柳兰京无可奈何地耸耸肩，并不回话。他耸肩时总有些自然天成的孩子气。苏妙露暗地里心动，想着如果不是第一次见面闹得那么剑拔弩张，她兴许已经爱上了他。

柳兰京所说的豪宅，苏妙露原本并不当一回事，可当真见了，却是目瞪口呆。把这栋房子缩小了做成模型当玩具卖，也能值不少钱。与其说是别墅，更近于庄园，温哥华西区一栋三层建筑，白墙棕瓦，掺杂灰调，巴洛克式风格，庄严肃穆，正门矗立三根大理石立柱。

柳子桐派来的司机在山脚下接了他们，车从铁门驶入，沿途经过的草坪整齐分成六块，最寻常的冬青里夹着星星点点的白色小花，苏妙露不认识，兴许是满天星。大门正前方有喷泉，喷泉旁有大理石雕像，是一个丘比特模样的天使，四五岁孩子的模样，大大展开的是鹰一样的翅膀，衣褶雕刻得精细，露出的胳膊也是肉肉软软的。他正托着腮坐在平台上，安然地把眼神投来，打量着来客。

苏妙露问道:"这就是他们要分的房子吗? 那怎么还能住在里面?"

柳兰京道:"因为女方表示她在加拿大没有其他住所,所以在离婚官司结束前还是可以住的。法院已经来估过价了,就算这套房子让火烧了,也是按照估价的价钱来划分。"

他们两个下了车,靠近门口有一株樱花树,似乎是冬樱,这样的天气里倒是开得正盛,一阵风过,花瓣像雪片一样落在肩头。柳兰京轻轻帮苏妙露拍掉肩上的花瓣,还摘了她头顶的一片花,他做得很顺手,似乎完全是绅士风度,苏妙露却是另一种感受,他的手碰到她的头发,好像他们不知不觉亲密了些。苏妙露带着一种不安的心情,偷偷去摸那大理石的栏杆,冰冰凉凉的,她却仍旧是恍然在梦中。

这房子太高,太华丽,莫名带给她一种眩晕感,像是爱丽丝梦游仙境,一脚跌入不知名地方的奇遇,是凶是吉都分辨不清了。

苏妙露问道:"你哥哥和嫂子都在里面,对吧?"

柳兰京点头:"应该都在。"

苏妙露略带不安道:"那我应该注意什么吗? 有什么应该说的,有什么不应该说的?"

柳兰京笑道:"这你不用担心,他们忙着吵架,肯定没空搭理你。还有我劝你把头发扎起来,别弄脏了,里面是个垃圾桶。"

苏妙露本以为柳兰京是在开玩笑,可推门进去才发现此言不虚。这豪宅完全是金玉其外,败絮其中,里面彻头彻尾一片狼藉。客厅的地上一层灰,家具几乎搬空了,仅剩一张沙发、一个矮柜,也用白布罩上。只有窗户边上带着流苏的窗帘,才勉强残留着当初装潢时的气派。

苏妙露诧异道:"你们家怎么了? 遭贼偷了?"

柳兰京压低声音对她道："不是我家，现在这里谁的家也不是了。我说了他们离婚闹得很难看，女方说要住在这里，男方说可以，那他一分钱都不会付，所以水电的钱、游泳池的维护、用人的工资，还有花园的维护钱都不给。女方都要自己掏钱，她也赌气，干脆就只在自己房间拉电线，只让钟点工打扫自己住的房间，别的都不管，反正她还可以回父母家。"

"弄成这样，大家都没事找事，有毛病吧？"

柳兰京笑笑："你倒也没说错。"听他的口气，似乎对他的哥嫂并没有太多好感。

房子里一个用人都没有，柳兰京领着苏妙露上二楼，在书房门前站定。书房的门紧闭着，可隔着厚厚的门，也能听到里面一男一女吵架的声音。

这里面的吵架简直是各地语言的大杂烩，男人用英语、普通话、上海话吵，女人就用粤语与英语回骂过去。难为他们彼此听得懂，不然还要在旁边找两个同声翻译。在一连串的戆度、十三点、弃星、孤寒和hypocrite（伪君子）、jerk（笨蛋）和bastard（浑蛋）中，柳兰京和苏妙露齐齐面露苦笑。

苏妙露凑在他耳边，低声道："我觉得还是你嫂子厉害点，骂人不带脏话。"

柳兰京道："那是，她好像以前选修过语言学，大概有天赋。"

书房里的人吵了一会儿，忽然声音停下来，像是中场休息一样，门突然被拉开，一个怒气冲冲的女人从书房里冲出来，差点撞到苏妙露身上。书房里面，一个高个子男人正撑在桌子上大口喘气。

他们吵得面红耳赤了，看到柳兰京，才忽然反应过来要体面。关筑低着头匆匆下了楼，冲去洗手间平复心情。柳兰京的哥哥柳子桐则走出来，略带尴尬地同弟弟打招呼："什么时候到的？"

柳兰京道："有一会儿了。"他也懒得理睬他的尴尬，只介绍道："这位是苏小姐，妈妈介绍过来的。"

因这一句话，柳子桐显然误会了苏妙露的家世，很热情地同她握手，说道："苏小姐好，我弟弟挺任性的，平时还要多靠你照顾了。"

苏妙露点点头："客气了。"

柳兰京的哥哥与他差了很多，微微发福，有一种让财富泡发的感觉，肌肉倒是很紧实，可就更显笨拙了。他们兄弟完全是两类人，可是细看之下，五官又有许多相似之处。一样的圆眼睛、厚嘴唇，可哥哥的五官排布紧的紧，松的松，两只眼睛凑得太近，嘴唇和鼻子之间又隔了半里路。他远不如柳兰京的比例远近得当。遗传这种事，总有些玄妙的因果在。

三人寒暄了一阵，整栋屋子只剩下四张椅子，还都在卧室里。他们索性把楼梯擦干净，一人一级，坐在台阶上，配着他们一身的好衣服，样子显得很滑稽。不多时，关筑也出来了，面带微笑，有种强打精神的活泼。她是典型的华侨打扮，一身套装，晒成小麦色，眼睛往细长处画，嘴唇涂成裸色。她与苏妙露拥抱了一下，也算是彼此认识了。

柳兰京见夫妻都到齐了，便问道："你们的儿子呢？"

柳子桐冷哼一声，说道："这不是我管的，你去问她。"

关筑抱着肩，也有点不耐烦道："有人照顾他，不用在意。"

柳兰京见她语气含糊，便知道有隐情，眯着眼盯着她问道："他在哪里？我现在就要看到他。"他见关筑不吭声，又转向柳子桐："嗯？你说呢？"

柳子桐说道："我们刚才就在说这个事情，她在俱乐部里留了很多账单，花钱大手大脚的，完全就是在报复我。我说了不会给她买单的，她竟然就把Joe留在那里了。"

关筑眼神闪躲了一下，解释道："他在俱乐部里，有人看着，出不了事。

再说了，也不是我花的钱，马术的辅导班、游泳的训练还有仪态的辅导，都是为了孩子。"

柳子桐怒道："那你在里面做水疗、吃饭、打高尔夫球、请私人游泳教练的钱呢？"

眼看他们又要吵起来，柳兰京拉着苏妙露转身就走，扭头朝柳子桐撂下一句话："车钥匙给我，地址给我，我去把他接回来。"

柳子桐想拦他，却也不好意思，只能在后面嚷道："你的钱不是我们家的钱啊？"

柳兰京头也不回道："那你的儿子算是谁的呢？"

柳兰京气得不轻，整张脸沉下去。他是个生气却不爱大吼大叫的人，面上一点表情都没有，说话的声音还是低低的。可越是这样越吓人，像是暴雨前一夜，气压低得惊人。苏妙露只差把车子的天窗打开，好让空气透进来一些。

一路上车况很好，柳兰京把车开得飞快，从窗户里吹进来的风像是刀子割脸。苏妙露坐在副驾驶位上抓紧安全带，慢慢做深呼吸。

柳兰京发觉了，故意问道："你是不是觉得我开得太快了？"

苏妙露道："是有一点。"

柳兰京就冷笑着踩油门，自然是故意的。苏妙露在心里骂他王八蛋，却也不敢当面和他吵，以免他一分神，一路载着他们开到西天极乐世界去。

忽然间，她对柳兰京的性格多了一丝感悟。他与其说是个怪人，倒不如说是别扭。或许是童年时就在外面的经历，让他习惯把情绪压抑着，又找不到人发泄，只能摆出玩世不恭的脸来，假作乖张。苏妙露对他算不上有好感，但也多少有些同情，像幼儿园老师对班上嘴最甜又最爱恶作剧捣乱的小朋友。

因为这个比喻，苏妙露不自觉地面露微笑，嘴角微微勾起。这一幕让柳兰京余光瞥见了，就问道："你在笑什么？要去俱乐部玩，你就这么高兴？"

苏妙露故意不回答道："你知道我在笑什么吗？"

柳兰京道："我不知道，我可不如你聪明。"风声太大，吹得他们说话都要抬高嗓子。

苏妙露道："我在笑我们要是现在出车祸撞死了，别人给我们办葬礼，说不定还以为我们是一对梁祝似的殉情情侣，给我们埋一块呢。"

柳兰京顿时会意，踩下离合器，放慢速度，似笑非笑道："对不起，刚才车开太快了，吓到你了，是我不好。"

他们去的是一家会员制俱乐部，名额固定。新会员要想加入，必须有旧会员的邀请。柳兰京把柳子桐的会员卡拿给工作人员看，才被允许入内。俱乐部有两栋大楼：北面是为孩子提供服务，有各类课程可供选择，后面有马场；南面是给家长准备的，底楼是自助餐厅，楼上分别有水疗馆、室内游泳池和室内高尔夫球馆。

工作人员为柳兰京把侄子带来，是个五岁的孩子，蹦蹦跳跳跑过来，嘴里叫着uncle（叔叔）。柳兰京一把将他抱起来，托在肩膀上。他大名叫柳志襄，英文名叫Joe，他似乎完全没受到父母离婚的影响，还是一只快活的人类幼崽，撒娇要吃蜂蜜松饼。

一并过来的还有先前的账单，显然柳兰京今天不把账结清，就不要指望离开了。账单是放在托盘里，由工作人员亲自拿来的。苏妙露只瞥了一眼，就看着这账单像是婚礼上新娘的裙摆，一路长长长下去。

柳兰京先是想用信用卡买单，但刚从钱包里掏出来，看一眼金额，还是转而用支票签单。这还是苏妙露第一次见到支票本，乍一看就是一本平淡无奇的小册子，可是填上金额，签了名，却忽然就完成了沉甸甸的财富流动。

苏妙露问他："这钱你就自己垫上了？"

柳兰京冷笑："怎么可能？那你可把我想得太慷慨了，我会拍回去让我爸妈把钱还给我的。"

这番话苏妙露起初没留神，细一思量，却又琢磨出了另一番味道。柳子桐把独生子不管不顾留在那里，显然是失职，而且他拖着不付钱也是难堪。这样的事，他自然不想让父母辈知道。柳兰京是个好叔叔不假，可是他急着去把侄子接回来，又垫付了账单，到时候就有理由第一个向父母通报这事，既博取了好名声，又拿回了钱，还隐约告了哥哥一状。

苏妙露看着柳兰京拉着侄子买点心，温柔微笑的样子，并不愿意把他想得太有心机，可是在盘根错节的豪门纠纷前，谁也不至于太简单。若是谁说能抵御钱的诱惑，那肯定是钱不够多。一个是乘飞机都坐经济舱的弟弟，一个是住豪宅、开豪车、离婚官司拖上几年的哥哥，反倒是不够优秀的那个受偏爱，就算不是贪心钱，感情上的偏差也要争上一争。

苏妙露忽然发觉自己对柳兰京的心态变了，虽说一对一时与他是对抗的，可是放在有别人的大环境下，她又下意识地觉得他们是同伙，莫名替他觉得委屈。

苏妙露出神的间隙，小侄子正好奇地打量她，又一扯柳兰京袖口，问道："这是你的女朋友吗？"

柳兰京微笑着，很自然地回答道："是啊。"

小侄子点点头，似有所悟，仰着头继续问道："那她也会像你上一个女朋友那样，用熨斗烫你的脸吗？"

第四章　兄弟

柳兰京笑着耸耸肩，便算是默认了。回去的路上，苏妙露忍不住探听他的情史，他只轻飘飘道："我运气很好，熨斗只擦到耳朵后面一点，也没留疤。至于原因，我也不太记得了，是去年的事情，好像是因为我回国前写了封信和她分手，但是邮政速度太慢，等她收到的时候，我都已经有新女友了。"

苏妙露道："光是寄信，就很混蛋啊，你这样心细的人难道会不知道邮政的速度？你不是应该烫脸，应该先烫你的良心。"

"可能吧。所以我吸取教训了，现在都发邮件和人分手。"依旧是轻描淡写的语气。

柳兰京直接把侄子带去了自己姨妈家，又给哥哥嫂子打了电话，说是在自己离开加拿大前，侄子都由他来照顾。那对父母倒也乐意当甩手掌柜，完全把柳兰京当一个全职家庭教师兼保姆用。

苏妙露为他鸣不平，说道："你越是帮忙照顾他，你的哥哥嫂子越是想把这责任丢给你。他们就什么都不管。这孩子早晚要知道他父母的事。"

柳兰京一摊手，说道："是啊，但有什么办法呢，毕竟是我侄子。小孩子知道父母离婚，亲眼看到父母吵架，不管是哪种体验，还是等他大一点再了解吧。"

柳兰京的姨妈姓白，一般叫她杰西卡，她的感情经历丰富，人生跌宕起伏，用她的话来说，浸猪笼两百次都不够。她父亲是医生，母亲是老师，结果她从初中起就不爱写作业，到高中总是逃课谈恋爱。同班的男生里有四五个给她写情书，她还每人回一封。老师想要开除她，她父母亲自过来求情，总算放她一马。姑且安分着读到高中毕业，她没有上大学，反而和男朋友私奔了，一起去日本打工。父母恨不得和她立刻断绝关系，却也心疼她在国外没有钱花。但那时日本正是经济腾飞期，反倒是她每个月往家里寄钱，一年的外汇够买一套房。

她原本想着在日本工作几年就和男友结婚，没想到男友先和一个广东女孩好了。她倒成了孤家寡人。后来她认识一个日本商人，对她很温柔，相处了一年，才发现是有妇之夫，对方也是过意不去，给了她一笔补偿费。

她拿着钱回了上海，买了一栋房子，又借了些钱，去广东做生意。在新的地方，她又有了新的恋爱，恋人比她小十一岁，是个医学院学生。男学生的父母不同意他们的关系，男学生就去加拿大读书，她丢掉手边所有的生意，也跟着一起。那一年，温哥华的房价还没被炒得高不可攀，她用手边的积蓄买了两套房，一套自住，一套投资。

又过了一年，因为政策利好，房子涨了一倍，但那个学生甩了她，和当地的一位华裔结婚了。她还是留在温哥华，靠炒房的钱又买了地皮，之后就靠租金过活，上海的房子托姐姐出租。后来经人介绍，她认识了一位香港的富商，聊得很投缘，不久就确定了恋爱关系。他们同居了十年，没有结婚。两年前，富商娶了一位二十四岁的妻子，她则从他的豪宅中搬走，住到现在这栋两层小楼中。她不喜欢家里有陌生人候着,所以宁愿房子和花园都小一些,每周叫钟点工上门打扫。她今年已经六十三岁了,仍旧期待下一场恋爱,定期参加社区的志愿者活动。

杰西卡是个小个子老太,身材干瘦,皱纹不多,但嘴边和眼角的笑纹尤其深。她不像寻常老太太爱穿深色衣服,而是穿一件玫红色的套装,戴着大而夸张的琉璃耳环。她与柳兰京的母亲虽然是亲姐妹,但多年来的经历天差地别,面貌上虽然还残留着些许相似,但气质已截然不同。柳太太保养得当,苍白、虚弱、易碎,是摆在柜里上了天价保险的瓷器。杰西卡则像是一个黄铜的工艺品,年岁磨损的痕迹久了,反而愈发显得光亮了。

柳兰京帮她们彼此介绍,刚说了名字,杰西卡就抱了抱苏妙露,抬头对柳兰京道:"你终于又交新女友了。"

柳兰京道:"不是新女友,是我妈妈雇来陪我的,她和你到底是姐妹,想的都一样,觉得我说不结婚是随口的玩笑话。"

杰西卡道:"是不是玩笑,我说了不算,你说了也不算。爱情这东西要是来了,你一点办法都没有。你们趁着年轻,就应该多恋爱。你看看我,恋爱才是永葆青春的最好方法。"

柳兰京不置可否,只是问道:"我的房间还在吗?"

杰西卡意味深长道:"别担心,房间里的布置都和以前一样,一点都没变。"

这话听起来很是温馨,当真见了却是另一番滋味。一推门,柳兰京的房间可谓一片狼藉。三个强盗抢过,再被抄家一次都不至于这么乱。被子丢在地上,抽屉基本都拉开,一只拖鞋在床底,一只拖鞋在椅子上。还有就是书、书、书。他房间里的书像是已经生儿育女,四代同堂了。桌上有书,床上有书,床底下倒是没有书,但是有一沓打印过的论文,柳兰京用扫把捞出来，捏在手里，抖了抖灰。苏妙露则给他找到三只不同花色的袜子、两条领带。

苏妙露抓住了他这把柄，自然不会太轻易放过他，调侃道："你这大知识分子怎么连房间都不会打扫啊？"

柳兰京倒也不恼，只心平气和道："因为我读的博士不是打扫卫生专业的。"说着，他就随手把桌面上摊开的书聚拢在一起，一本本叠在地上，分出三摞，用湿纸巾简单擦了擦灰，再把袜子、领带、被子、床单全丢去洗衣房，就算是大功告成了。

苏妙露在旁边看着，恨不得一把推开他，亲自上手帮忙。但转念一想，这都是妻子为丈夫、母亲为儿子要做的事，他们还不至于熟悉到这程度。她下意识存了这样大包大揽的心态，便是逾越了。退一万步讲，就算结婚了，她也没必要给他做家务，又不是上个世纪，女人唯一擅长的科目是家政课。

她心里清楚，自己是过来为柳兰京提供一切所谓爱情的幻想的。爱情是天空上飘着的一朵云，是男男女女你来我往的调情与暧昧，是红袖添香，是耳鬓厮磨。可这朵云切换到现实了，化作淅淅沥沥一场雨，就完全没意思了。一个男人不会爱上给他做家务的女人，要不然男大学生的梦中情人就是宿管阿姨。

杰西卡好客，把苏妙露也一并留下了。她的房间和柳兰京一样在一楼，不过分别在南北两端，中间还隔着一道楼梯。小侄子柳志襄的房间在二楼，靠近主卧，也是整栋房子里最冬暖夏凉的一间。趁着柳兰京收拾的时间，杰西卡就与苏妙露聊起了天。她也多少了解到柳兰京的一些过往。他是十几岁就被父母送出国了，一开始在加拿大读高中，就是由姨妈照顾着。加拿大的氛围比美国要平和许多，可是在外的华人与白种人终究有一层隔膜。许多时候,柳兰京在学校受了委屈,就低着头回来一言不发,餐具轻微的碰撞声盖过了叹息声。

读了大学,他却忽然开朗起来,在小圈子里成了个风云人物,光是在那里站着,就有许多女朋友拥上来。这也是自然的事,他人又年轻,长相也很体面,家庭背景上再怎么不受宠,也是有钱人家的二儿子。他受到了许多异性追捧,也逐渐心猿意马起来,女友大半年就换一次。可他也不算长成一个花花公子,至少在学业上狠下了一番力气。

常春藤出身,博士毕业,名字里终身都带有Dr,还在知名大学里有了教职,普通人家的孩子光占了一项都算是光宗耀祖。其实在富豪的圈子里,柳兰京也算是数一数二的了,有钱人孩子的学位通常沾着点水分,这都是心照不宣的事,只要能要到一封合适的推荐信,剩下的就多是手续问题。柳兰京这样咬牙切齿读书读出头来的,也确实不多。其实他的父母这两年来也觉得亏欠他,几次三番叫他回家过节,他都客客气气推辞了,态度不冷不热的。这次又忽然下定决心说要独身,也确实让他父母心惊胆战的。

杰西卡感叹道:"孩子太独立,有好也有坏。好处是不用家里人担心,坏处是想为他担心也没办法。"

苏妙露笑笑,说道:"每个家庭里的孩子和父母,相处各有各的不容易。谁当孩子都让父母担心过。"

杰西卡耸耸肩:"说得也是,我当年也闹腾过,我妈也是操碎了心,气死气活的,就怕我去要饭了。我这不也是没要饭。我不像闻青,就是兰京他妈妈,她比较乖,从小就听话。一代人有一代人的日子,我就不瞎操心了。他妈妈还好吗?"

"柳太太吗?我与她没怎么多接触,不过她看着气色不错。"

杰西卡瞥她一眼,多少也知道这是敷衍的话,就直截了当道:"气色总归是好的,她要是气色不好,那柳东园赚那么多钱管个什么用? 我是问她精神好不好,她这人也没什么爱好,一门心思扑在家庭上,闷都闷死了。上次见面就看她心情不太好的样子。"

"这我就不清楚了,我们是真的没什么接触。说实话,他们这样的家庭,我也是第一次接触,我也不知道为什么柳太太要找我过来。"

杰西卡笑道:"这简单啊,因为你好看啊,谁不喜欢长得好看的。我外甥是不想结婚,又不是眼睛瞎掉了。有个漂亮小姑娘多陪着他,可不就回心转意了? 就算没结果,高高兴兴相处几天也挺好的。别说男的,女的也喜欢好看的,至少我喜欢。要不然找个丑的做什么,摆在家里辟邪啊。"

苏妙露忍不住大笑出声,先前的积郁全都一扫而空。柳兰京也好,杰西卡也好,和他们相处总是带给她一种轻松感,甚至未必与钱相关,只是加诸周围的标准一瞬间消失了。没人再把她待价而沽了。她的穷、她的好看,都可以很自然地说出来,不再有背后的窃窃私语和意味深长的窥探了。

可她又怅然若失起来,她在这里毕竟是客人,待不了多久。就像是《聊斋》里进了狐仙洞府的凡人,一番好酒好菜招待后,一觉睡醒,还是要在荒郊野岭继续赶路。

"又在背后说我坏话啊。"柳兰京一阵风似的走下来,走起路来悄无声息的,也不知道他在后面站了多久,听到多少。

柳兰京抓了几块杰西卡为柳志襄准备的饼干,正要往嘴里塞。杰西卡就敲他的头,不准他和侄子抢一口吃的。柳兰京耸耸肩道:"别给小孩子吃太多甜的,我是大人了,无所谓的。"

他把盘子推到苏妙露面前,显然是要给她尝尝。她也不能推辞这好意,手刚伸过去,他却把盘子一端,拿着去给侄子,任她的手悬在半空,徒增尴尬。杰西卡从旁看着,也就笑道:"他就是小孩子脾气。"

苏妙露道:"别扭小孩脾气。"

聊了片刻的天,杰西卡下午要小睡片刻,就自己回了房间。苏妙露在客厅里逛了一圈,就穿过落地窗,去室外游泳池找小侄子柳志襄。这孩子先前说要游泳,兴致勃勃换上泳裤,戴泳帽,虽然杰西卡说他是游泳健将,但苏妙露总是不放心。

花园里种着月季,四季常开的品种,开得又艳又红,大雅大俗,很是合乎屋主人的性格。穿过花圃,苏妙露走到游泳池边上,定睛一看,就笑得前俯后仰。柳志襄穿着泳裤在泳池里游得畅快,柳兰京也跟着下了水,但完全不会游泳。他套了个救生圈站在水里,百无聊赖地用手拍着水。

柳志襄不太会说中文,就指着自家叔叔一个劲说boring(无聊),又怂恿着想让苏妙露下水。九月初的温哥华还算是夏天,气温是冷暖适宜,但苏妙露还是谨慎地披了件长袖。她站在水边摇头,用英语跌跌撞撞地解释说自己没带泳衣。

柳兰京见状,挥挥手让她走近,示意有话要说。苏妙露刚弯腰靠近他,就让他用水浇了个浑身湿透。

苏妙露见他笑得开心,就知道他是故意报复自己笑他不会游泳。她一赌气,索性连泳衣都不换,只把衬衫的袖子撩起,鞋一蹬,脱了袜子,就纵身跳进水里,一口气游了个来回。等她把头探出水面,就听到鼓掌声,柳志襄一个劲地夸她厉害。柳兰京则爬出泳池,也伸手把她拉了出来,说:"去冲个澡吧,你要是真的想游泳,我明天带你去买泳衣。你这样很容易得肺炎的。"

柳兰京领着苏妙露上楼,特意走在前面,不去看她。她湿了个彻底,下身倒还穿着裤子，但上身的衬衫贴着身体，完全是透明了，底下的内衣若隐若现。苏妙露是很自傲于身材的，她的胸大得气势汹汹，偏又搭配着平薄的肩背。她美得又俗又坦荡，道学家和知性女子都不齿于她的丰满，又忍不住多看上几眼。

她原本也不是故意勾引，只是让柳兰京一激，就偏要压过他一头，又听到柳志襄给她鼓掌，心里莫名得意。可等她从水里钻出来，一甩头，撞见柳兰京稍有呆愣的眼光，她便忍不住要笑。这是他自己招惹上的，倒也怪不得她。

柳兰京避而不去看她，苏妙露就故意要让他看，扭着腰上楼梯，到了二楼房间门口一转身，就扶着门框，坏笑道："我这么没吸引力，你连看都懒得看我？"他倒也镇定，立刻回嘴道："这话真没良心，我是怕你尴尬啊。"

"我要觉得尴尬，我就不跳游泳池了，直接跳海算了。而且刚才不是你用水弄湿我的衣服的？"

"我看你衣服挺厚的，没怎么多泼水弄湿，谁想到你这么厉害，直接就跳下来了。领教了，我下次不敢了。你就放过我这次吧。"

苏妙露倒也见好就收，换了话题问道："你为什么不会游泳啊？"

"因为我小时候在游泳池淹过，有点阴影。"

柳兰京把持着绅士风度不看她，可苏妙露可不在乎什么淑女礼仪，她大大方方地把他的身材评估了一番。他脱了衣服倒也没那么瘦，至少小腿和手臂都有运动的痕迹，从他平时走路也可见一斑。他不刻意留神，步子就飞快，有种气势汹汹的傲慢劲，本来该更像豹子一分，但他不算太高，也不算凶，所以顶多是豹猫。

柳兰京对上她的窥探眼光，倒也大方，抱着肩膀说道："没什么事，那我就先走了，麻烦苏小姐不要再看我屁股了，不然……"

苏妙露偏着头,笑着问道:"不然什么呢?"

"不然我会被你看得自信心膨胀,明天就辞职去当内衣模特了。"

"那你可真是太自信了,你练腹肌都只有薄薄一层,我见过的女生都比你线条明显。再练练吧,加油。"话音未落,苏妙露笑着把门一关,带着点恶作剧得逞的快意把他晾在外面。

门一关,房间里自成一派小天地,寂寞忽然又从四面八方涌上来。苏妙露的笑意黯淡了,这实在是太漂亮的一个房间。暖棕色调的布置,实木的家具,淡黄色的墙纸,雕花的床板,台灯上有个青铜驯鹿像装饰,上面挂着一面镏金框的镜子。可这终究不是她的家,杰西卡再和善,也不过是看在柳兰京的面子上,柳兰京则是因为他母亲。无论他和他哥哥之间有什么嫌隙,他都是故意把苏妙露搅和进来,想让柳太太知晓。除此之外,她的地位再高,也高不过一个漂亮的女伴,像是插在花瓶里的应季鲜花,摆在桌上做装饰,枯萎了就换新的。

时间过得飞快,她已经在这里待了三天,近一半的额度已经过去了,可是和柳兰京的关系并没有实质上的进展。局势似乎正往不利的一边倒。

她其实对柳兰京有些怨恨的态度,一直小心翼翼地掩饰着。一个漂亮男人与一个漂亮女人的命运是迥然不同的。男人的价值在钱、权、名,顺便留心着不要早早地阳痿,容貌不过是锦上添花的事,多一条退路。

可女人的脸却是一种标签,再大的成就介绍起来,也要顺便让人问一句长相如何,是否年轻。

说来也好笑,因为女人个个都知道漂亮,反倒造成了通货膨胀。她以前听说一个富豪找情人,前几年还只想找高个的美女,现在光是美人都不算数,还特意要个医生在旁把关,要没有整过容才好。他还托人给苏妙露带过话,说她的鼻子如果不是整的,那可以一万块一个月包养她。这就是去年的事，当时苏妙露气得骂人，说这老头要是在床上能坚持二十分钟，她倒贴钱。

可是此一时彼一时，苏妙露现在倒接下了柳太太的委托。钱是一方面，关键柳兰京确实长得好，她倒也能自欺欺人，假装自己占了便宜。

她其实已经对男人没什么兴致了。恋爱成了一种荒诞的把戏。从小到大，她所到之处，男人都是拥上来的，嘘寒问暖的劲头很足，哄着她捧着她，让她轻飘飘的，可是她后来才明白，他们不过是觉得她的美廉价，像是摆在百货商场的架子上。豆腐西施、麻油西施这一类女人，男人很赞赏，着眼点在前，而不是在后，买块豆腐、买点麻油就能搭话的女人，不是太见过世面，很方便就成为战利品。

苏妙露当过男人的战利品，所以她为了自尊心，宁愿败坏名声玩男人，也不要再让男人玩。为了这个，她就更恨柳兰京的浪荡，恨到咬牙切齿。因为她是近于自暴自弃，他倒是乐得在花间游戏。她和男人约会，吃饭调情收礼物，却不确定关系，维护岌岌可危的自尊。她心里清楚，这样过了三十岁，再不结婚，就难免让人戳着脊梁骨说是自作自受。市井居民长久以来的一个爱好就是揪出潜在的潘金莲，在道德的制高点对其大吐唾沫。她父母现在为她介绍公务员，再过两年估计连二婚男人也列入考虑之中。

据说柳兰京半年换一个女友，厉害的时候还有星期恋人。他过了三十岁，也照样有人前仆后继拥上来，现在光是突发奇想说要单身，就把母亲急得团团转。等哪天他玩够了要结婚，谁又不会赞叹一句浪子回头金不换？

说到底，男人的世界就是轻松些，有钱又聪明的漂亮男人更是人生一片坦途。苏妙露叹口气，不得不承认，她其实是嫉妒柳兰京的。不但嫉炉,还白日发梦。她冲了个澡,擦干头发,躺在床上想着,如果自己是他,大概早就找个门当户对的小姐结婚,连孩子都有两个了。

苏妙露暂时不愿去见柳兰京,玩若有似无的暧昧也是耗费精力的。她只想在床上躺着,百无聊赖地看着手机。忽然微信收到一条提示,她本以为是父母发来的,结果点开一看,竟然是徐蓉蓉。

像是运动场上裁判的一声枪响,苏妙露身上每一根神经都顿时戒备起来。她一下子从床上坐直,点开信息从头到尾读了一遍。徐蓉蓉至少发了两百字给她,可简单概括为一句话:她苏妙露不配。

徐蓉蓉先是表明已经知道苏妙露与柳兰京搞在一起。考虑到苏妙露现在刚失业,生活窘迫,急需从傻男人身上搞钱,她对这段关系很大方地表示支持。然后她宣称,自己曾追求过柳兰京的传言不实,她只是出于礼貌,与他吃过一次饭,当时现场还有父母陪同,之后便再没有来往。但是她慷慨地分享了几个关于柳家的传闻。一是柳太太对儿媳的要求极高,曾经为儿子相看过四位身价过千万的千金,却都不满意。二是柳兰京劣迹斑斑,曾经逼着前女友堕胎。最后她衷心劝告表姐,一定要记得拿柳兰京的体检报告,以免翻云覆雨时不慎染上艾滋。

苏妙露看到这里只觉得好笑,她同柳兰京交往,彼此都没当真,可在徐蓉蓉眼里,竟然到了谈婚论嫁的地步。她知道表妹是被激到了,几乎都能想象她气急败坏,又故作镇定,拿着手机,咬着指甲,字斟句酌的样子。倒也难为她在蜜月旅行还能抽出时间来生闷气。

苏妙露懒得同她吵,却很乐意再气她一气,就回复道:"太长,懒得看。"她点下发送,就暂且把徐蓉蓉抛开了,迅速发消息给王雅梦,问她是不是和徐蓉蓉说了什么。

苏妙露见柳太太的事情很秘密,应承下的也不是什么光彩事。按理外人不太容易得到消息，能让徐蓉蓉这么快知道，也就只有中间人王雅梦通风报信了。王雅梦心思细腻，看着不像是会乱嚼舌根的。如果她是故意把消息透给徐蓉蓉，动机就扑朔迷离起来。这件事对她毫无益处。事情要是闹得沸沸扬扬，柳太太追查起源头，轻轻松松就能找到她。就算她对柳兰京芳心暗许，想故意嫁祸给苏妙露，那也大不必用这么迂回的手段行事。她长相甜美，家世又好，大有机会接近柳兰京，起初也不用怂恿着苏妙露去见柳太太。

温哥华与中国有十几个小时时差，王雅梦的回复倒是及时。她很爽快地应下了："是啊，我和徐蓉蓉说了，你和小柳先生在谈恋爱。我还说你们现在正是关系打得火热的时候，她是不是都气死了？"

苏妙露问道："你为什么要这么做？"

王雅梦发了一个眼泪汪汪的猫咪表情，以示千般委屈："为你出气，不是很好吗？她和潘世杰对你确实太过分了，再怎么闹也是家里的事情，闹到你公司去，弄得你失业就不像样了。她既然觉得你想勾引她的丈夫高攀，你就干脆高攀一个给她看。"

苏妙露对她的疑心更重："你和她不是朋友吗？为什么忽然间帮我？"

"因为她让男人牵着鼻子走，还是这种德行的一个男人。还没结婚，她就会为了潘世杰和你闹翻，结了婚，哪一天潘世杰和我闹，她也肯定站在丈夫这边。我和她已经很难当朋友了。"

"你现在当着我的面，把徐蓉蓉说得一无是处，说不定当着她的面，又把我骂一顿。我可不太敢相信你。"

"这不要紧，日久见人心，我们以后还是有机会相处的。"

苏妙露又问道："那柳太太那里怎么办？徐蓉蓉是个大嘴巴，她一知道，肯定要到处说。到时候柳太太雇我的事闹得沸沸扬扬的，怎么办？"

王雅梦道："这你不用担心,现在徐蓉蓉在国外,一时半会儿也回不来。她总不见得没由头随便和人说这事,那不更加显得她嫉妒你?再说了,她是以为你和柳兰京谈恋爱,关柳太太什么事?小柳先生和你郎才女貌,年纪也合适,成与不成,传出去也不是坏事。"

苏妙露顿了顿,回过去四个字:"这可难说。"

王雅梦倒是乐观:"你还是不要多想了。你和小柳先生既然在国外,那就好好玩。小柳先生人不错的,别看他这样,小时候还挺爱哭的。你别弄哭他就好。我这里是凌晨五点,先不聊了,我要继续睡了。我不像你天生丽质,还是要好好保养的。"

王雅梦个子娇小,笑容甜甜,说起话来嗲声嗲气,城府却不浅。苏妙露觉得她是个云遮雾绕的人。自己多少得防备着她一点,可另外做一番细想,王雅梦也确实帮过自己,就算是为了自己的目的,拿她借力打力,苏妙露也没资格责怪她。毕竟非亲非故的,连朋友都算不上,谁都不是南丁格尔,存一点私心再正常不过。

苏妙露也懒得再多想,只起身去洗手间用冷水擦了一把脸。她刚把水龙头拧上,就发现下水很不畅,水管在堵,发出一种支气管病人咳嗽时常有的声音。她心里紧张,这个房间只有她在用,卸妆时还似乎顺手把隐形眼镜丢进了下水道,水管堵塞她是第一嫌疑人。杰西卡把房间借给她,她就是这样报答的?她心慌意乱着,想要用水冲下去,可反手一拧,反而把水龙头的把手给拧下来了。

苏妙露看着手里沉甸甸的金属把手,愣了愣,回过神来,急忙把把手装回去,又偷偷摸摸溜出房间,去敲柳兰京的门。

柳兰京似乎在看书,戴着一副细边眼镜,心平气和地审视她的慌乱,压低声音道:"怎么了,这么紧张?突然来例假了吗?我这里有卫生巾和卫生棉条,你要吗?"

苏妙露急忙道:"不是,我是来找你借工具箱的,我房间的水管堵了。"她稍稍回过神来,又忙追问道:"你为什么会有卫生巾啊?"

"因为你不是我带过来的第一个女孩子啊,我阿姨又绝经了,我以前遇到过这种事,还要开车出门买,所以就有备无患啊。"

柳兰京仍是一副无所谓的态度,领着苏妙露下楼,穿过客厅,绕到后面的一个杂物间,拉开柜门翻找起来,边找边说:"工具箱应该在这里,找不到的话,打电话叫人来修就好。我也不会修水管。"

"没事,没事,我会修。我家的厨房以前水管也一直堵,我帮我爸弄过一次。我知道国外人工贵,我能搞定。"

柳兰京从柜子底下扒拉出一个双层工具箱,吹去上面的一层灰,略显狐疑道:"你不要逞强啊,如果只是担心人工费,修水管的钱我们会负责的。你真的会修吗?"

苏妙露一把将工具箱夺过去,郑重道:"真的可以,不行头都割下来给你。"

柳兰京失笑:"那倒不用了,你的头安在你脖子上挺好的,我暂时不需要备用的头,等有需要了,会联系你的。"

苏妙露提了工具箱上楼,柳兰京就在后面亦步亦趋跟着。房门虚掩着,他斜斜倚靠着门框,抱着肩,好整以暇地看她忙碌。苏妙露找了个发圈,随意把头发往上面一揽,就跪在瓷砖上,撅着屁股,塌着腰,抬起头,一节节敲着水管。她这个姿势很不雅观,存心勾引还不至于到这种难堪的地步,柳兰京知道她是真的想解决这事。因为这一番认真,她倒显得可爱起来。

他用余光扫到衣柜的门开着,就随手替她关上了。没想到苏妙露听到动静，猛地一回头看见了，反而叫住他说："把柜子门开着，我想看里面的穿衣镜。你大概不信，我长这么大，没有在家里照过全身镜。"

柳兰京一愣，听她话里的语气也不像是玩笑，就说道："那你买一面镜子好了，也不用花多少钱。"

苏妙露道："买镜子是不贵，可是房子贵，我的房间就一点大，家具一摆就没什么地方了。就算全身镜放进去，照出来也永远只有半身。"

柳兰京道："那这事上我也帮不了你，也不能把这柜门拆了让你空运回家。拆了倒也可以，不过那就不用坐飞机了，你坐在门板上走海路漂回国吧，鲁滨孙差不多就是这样漂回去的。"

苏妙露笑笑，并不理睬他。听出他的油腔滑调里忽然多了一丝疲惫，她小心地拿捏住，却不太明白他的想法，似乎是厌倦和她调情了，却又不像是厌倦了她。

柳兰京对人生的许多方面始终持悲观态度，爱情就是一项。人在恋爱时，大脑会无规律放电，属于和癫痫一样的非自控行为，无论做多少罗曼蒂克的美化，也不过是交配欲望在作祟。恋爱尚且如此，婚姻就更可怜了，不过是戒指、后代、财产交换、合法性爱、生活琐事的集合体。柳兰京是下定了决心不结婚，也没心思去爱，苏妙露对于他属于调情搭子，和饭搭子可归作一类，看穿了彼此的虚情假意，相处起来倒也轻松。

她使花招挑逗他，他招架，一来一往都是程序化的，像是参加工作面试时，面试官的问题都在他的准备范围内，跳不出个大纲，对结果他也就很笃定。可要是面试官忽然问了他一个针尖上站多少天使的宗教命题，他也要慌乱。苏妙露倒不是天使，她是修水管女工，穿着睡衣，跪姿像是河马，无法催人生出丝毫的绮念。他只是莫名自伤起来，为她的谨小慎微。

她以为水管是她弄坏的，带点讨好的意味要修好，人生地不熟的，难免这样紧张。他当年到加拿大时只有十五岁，比这还过分，讨好人的姿态几乎有些可怜，跟在同学身后，帮忙跑腿把垃圾丢进垃圾桶。他稍稍走神，用一双新的已成熟的眼睛，窥见旧的未成年的无助。

柳兰京问道："你有看过《克卢妮·布朗》吗？里面的女主角也会修水管。"

苏妙露没心思应付他，只腾出一只手说道："给我一个扳手，我要把这里拆开，好像有东西卡在里面了。"她接过扳手，又是一阵鼓捣，过了一阵才道："没看过，名字也没听说过。"

"我还挺喜欢这片子的。"

她从水管里倒出一团棕黑色的纤维球，是上一位房客留下的假发。她如释重负地松了一口气，又带着点得意，一仰头，朝柳兰京抛了个媚眼，笑道："你看吧，我就说我能搞定。"

柳兰京望见她的笑脸，也是微微一笑，却莫名有些嫉妒。她比他更积极乐观，或许是一个比他更容易获得幸福的人。他等着她洗完手，才道："要看这部电影吗？楼下就有个小放映室。"

"现在有些累了，晚上再说吧。"

柳兰京也不勉强，带上门，穿过走廊，去了杰西卡的房间。他敲了敲房门，里面传出一个困倦的声音。杰西卡刚醒，还躺在床上。她年轻时喜欢一切西洋化的东西，忍不住要往外跑。上了年纪，反倒在精神上要认祖归宗了，把房间完全布置得中国化了。墙上挂着书画，床边摆着个螺钿的矮柜。于是在这个东方化的房间里，主人成了最不东方的一部分。

杰西卡很夸张地朝柳兰京眨眨眼，问道："你过来是突然想我了吧？"

柳兰京随意找了把椅子坐上，说："不是，是和你说苏小姐房间的事。

那间客房洗手池的水管堵了，上次我走的时候就和你说了，让你找人来修。现在快半年了，看样子完全没人来修过。"

杰西卡稍稍坐起身来，说道："孩子，你都快三十一岁了，我是你姨妈，看着你长大，稍微忘记点事情也很正常吧。你就不能顺便给我记着，打个电话叫人来修吗？"

柳兰京一摊手，轻快道："我也忘记了。"

杰西卡会意，笑道："那你怎么现在想起来，你的苏小姐不高兴啦？和你闹别扭了？"

"闹别扭倒没事，现在的问题是她给你把水管修好了。这下倒好，人家千里迢迢过来给你打白工，说出去还以为你缺钱雇人呢。"

"修好了？那她倒挺厉害的。我算是明白了，你这个小东西心疼了，觉得我亏待了人家，难怪这么急着来找我，在这里等着。"

"不管怎么样，你总要补偿她一下吧。"

"你真是人大心也大，开始教我做人了。明明我们家最不会做人的就是你。"

柳兰京耸耸肩，不置可否，只是跷着腿歪坐在椅子上，随手抓了一把果盘里的葡萄吃。杰西卡是习惯在午睡后吃点水果的。

杰西卡从床上起身，从椅子上抓了一件灰色羊绒衫，披在她湖蓝色的睡袍外面。从柳兰京这个角度，可以清楚看到她新长出的白发。比上次见面，她又老了许多，眼睛里或许还有鲜活的亮光，但人已经愈发干瘪了。柳兰京看着手里的葡萄，想象衰老就是从葡萄变成葡萄干的过程。

杰西卡问道："这位苏小姐，你既然不同她谈恋爱，那你把她带过来到底做什么？"

柳兰京回答道："我说了啊，给我妈交差。我要是不带上她，我妈准认为是人没选对,到时候十个八个给我介绍对象,我也吃不消。所以这位苏小姐就挺好的,她应付我,我应付我妈,大家应付过这件事,就天下太平了。"

"你和你妈还是关系不好啊,你父母也老了,你就担待着点,想看你结婚生孩子也是人之常情。"

柳兰京冷笑道:"小时候不管我,现在管我,想得美,以为我是期货啊,定期投钱就有收益。"

"所以你真的准备下半生都一个人过了?"

"是啊,也不是很奇怪吧,独身主义者现在到处都是。"

"奇怪是不奇怪,但是我怕你在赌气,你从小就是怕寂寞的人。读了大学后,虽然不在我身边,可是你每年都带不同的女朋友过来,你说你要收心结婚了,那我祝福你。可你说你之后再也不恋爱,独身一辈子了,我可不相信。"

"爱和不爱都是一瞬间的事,这你应该最有经验了。我就是一瞬间想通了,也不祸害别人了,一个人生活挺好的。"他低头笑了笑,"至少没人会嫌弃我房间太乱。"

杰西卡耸耸肩,说道:"好吧,你已经是成年人了,我只能尊重你的决定。不过我有个建议,如果你想要反悔的话,这位苏小姐看着很适合你。我可不是摆长辈的派头,这是经验之谈。"

"你知道吗?人变老的一个主要特点就是喜欢给别人做媒。姨妈,我看你就很符合。"他知道这话要挨骂,说完就一阵风似的出了门。杰西卡只能看着他的背影,无可奈何道:"真是长大了。"

柳兰京下楼时,正巧苏妙露出来还工具箱。客厅里摆着一架钢琴,她盯着问道:"你会弹琴吗?"

柳兰京笑笑:"会一点。"

苏妙露瞥见他笑里的一丝狡猾,自然不信,说道:"你说的一点那就是比一百分差一点的意思,当不了钢琴家,就是会一点。我可比你实在,我说不会,那是真的不会,一点也不会。"

柳兰京走到钢琴前,翻开琴盖,又调整了琴凳,坐上去对着苏妙露回首一笑,说道:"一点不会才好,我弹错了你也听不出来。想听什么曲子?"

"我说了我不懂,反正你弹的我都觉得好听。你选一首你喜欢的吧。"

柳兰京点头,便开始弹琴。苏妙露确实不知道是哪一首曲子,也确实觉得好听。她坐在沙发上,沉浸着用耳朵听,眼睛却更忙碌。手指在琴键上跳跃似的滑过,一串音符交替着流淌出来。鞋跟在门外交替着敲打地面,一串脚步声夹杂在琴声中。有个女人从门口进来,轻轻朝苏妙露点头,然后静心听柳兰京演奏。光是她那一副疏离又客套的笑容,就比她通身的装扮更显出身价不凡。

她比苏妙露矮小半个头,打扮是典型的Sloane Ranger,斯隆游侠风。棕色的羊皮平底鞋,看款式应该是古驰,红棕格纹的薄羊毛裙,长度过膝盖十厘米,纯色的立领衬衫必然是哈罗德百货所购,袖子挽到手肘处,外面搭着一件灰色的羊绒衫,不穿不披,而是把两个袖子在领口松松打个结,斗篷似的盖在背上。她的头发剪到肩膀处,发型简单,但光泽逼人,左侧头发别到耳后,露出珍珠耳环。

这是一切极端时髦分子所不屑的风格,稳重典雅,而近于乏味。但这身衣服本也不是给圈子之外的人所看的,她真正穿戴的不是羊绒、珍珠与羊皮底,而是可供养这一身气派的家世。她用余光扫见苏妙露一身仿真丝的裙子,眼神近于怜悯。

柳兰京的琴声止住了,他起身同那位小姐问好,为彼此介绍道:"这位是金善宝，金女士，她家就在附近。这位是苏妙露小姐，是我的朋友。"

金善宝客客气气同她握了手，露出手腕上的一只积家手表，苏妙露半年的工资正嘀嘀嗒嗒走着。金善宝笑道："苏小姐真是漂亮啊，哪里人啊？"

柳兰京替她答了："和我们一起的，也是上海的。你还记得王雅梦吗？她们是朋友。"

金善宝点头，似乎有所了然，便继续道："那苏小姐会打网球吗？明天要是有空，就过来玩一下吧。我本来是听说兰京回来了，想叫他过去玩。正巧你也在，那就一起，算上我和我丈夫，正好两男两女，都有个搭档。"

苏妙露不会打网球，正要拒绝，柳兰京却又替她应下了，说道："好啊，不过约在下午吧，我和她都起得晚，吃完brunch（早午餐）还要消化一下。"

金善宝咯咯发笑，笑声听起来像是某种小而机敏的鸟。她瞥向柳兰京，意味深长道："刚才听你在弹《哥德堡变奏曲》，你还喜欢古尔德啊。那正好，我刚到手一张他的唱片，你明天有空来听听。"她的眼睛一转，含着笑望向苏妙露，解释道："我和他小时候是一起长大的。他没有和你说过吗？真是过分，几年不见，怎么就见外了？"

柳兰京似笑非笑道："什么见外不见外的，现在见面了不就又熟了吗？你以前这么照顾我，我哪里舍得忘记你？"不知为何，这句甜腻腻的俏皮话，苏妙露却莫名听出一股讥嘲冷意。

柳兰京与金善宝显然发生过一段故事，不用说，苏妙露靠眼睛就能猜到，故事的前情都写在彼此脸上。他们算不上太亲热，也不是真陌生，有点别扭的劲头暗暗藏着，很难猜当初是不是谈过恋爱。但就算是初恋，也算不上好分好散。她意外地并不是很慌张。

金善宝小坐了片刻，同楼上的杰西卡打了个照面便离开了，柳兰京亲自去送她,回来就没了弹琴的兴致,直接拉着苏妙露要出门。苏妙露问他:"要去哪里?"

柳兰京道:"不是说了明天去打网球吗？给你买一身运动装和合适的鞋。"

"我不会打网球。"

"不要紧,他们也不怎么会打。我晚上教你一下,速成班就够应付了,只要知道基本规则。"

苏妙露弄不懂他为什么这么起劲,疑心他是对金善宝旧情未了,刻意找个由头去见她。她半开玩笑道:"我看《网球王子》自学可以吗?"

柳兰京也笑了,道:"不可以,你一晚上应该看不完。"

柳志襄听到楼下的动静,也高高兴兴下楼来,像一只兔子般跳到叔叔怀里,撒娇道:"我要吃泡芙。"

"这段时间不可以,牙医说你没有好好刷牙。"柳兰京蹲下身,目光平视着和他说话。他对孩子的态度倒比对女人温柔许多。

柳志襄噘着嘴,有点不高兴地跑开,绕到苏妙露身后,揪着她的衣摆和她咬耳朵:"你给我买泡芙,我告诉你我叔叔的一个秘密。"

苏妙露笑道:"你叔叔对我已经够神秘了,不需要更多秘密了。不过泡芙我会给你想办法的,小孩子要吃点东西的心愿还是要满足的。"她还有半截话藏在心里,这孩子的父母陷在离婚纠葛里,这几天也没有来看过他,他以后不管判给谁,都很难有一个幸福的童年。她希望以后他回忆起这段时间,尚且有值得高兴的事。

柳兰京开车带着苏妙露去商场,一路上风平浪静的,交谈的时候不多,许多话错过了时机就找不到由头说了。苏妙露虽然对金善宝好奇,却也不想贸然发问,急吼吼地探听柳兰京的情史,反而失了主动权。

都说温哥华无趣，但也没那么无趣。至少商场是大商场，玻璃幕墙，四层楼，一个精致的大笼子，门一关，笼住了现代人的衣食住行。

一楼照例充斥着一切认识或不认识的大品牌，顶光打得敞亮，店里一片雪白。苏妙露用余光扫见几个阿拉伯打扮的女人走进爱马仕。如果不是面前晃动的异族面孔太多，苏妙露几乎会以为自己没出国，大城市里的商场总有许多近似的地方。但转念一想，她在这里才是外来人，想到这里，她还是有些佩服柳兰京的，一个人在外面许多年都不回家，总有些孤苦无依的味道。无论平日里是怎样的声色犬马，总有一个晚上，一开门家里是静静的、冷清的。

柳兰京带她去看了泳衣，店员很自然地把他们想成男女朋友，优先推荐了情侣款。柳兰京谢绝了，却也没有多做解释，他很安然地找了店内的一个位子坐下，安心当他的买单机器。苏妙露见他这种百无聊赖的态度，反倒失去了与他针锋相对的兴致，报了尺码，只拿了一条连体的红色泳衣就走。

之后又去选了运动服和跑鞋，柳兰京说道："杰西卡有件旧的 Loro Piana（诺悠翙雅）羊绒衫，已经穿不下了，你如果不嫌弃，明天穿着过去吧，山上风大。"

苏妙露笑道："衣服不嫌弃我才对，我明天要是摔一跤，都不护头，不护脸，先护着衣服。"

柳兰京摇摇头，说道："那倒不至于，衣服再金贵也只是衣服，要靠人穿的。"

选完衣服，路过 Christian Louboutin（路铂廷）的门店，橱窗里摆着红底鞋，底子红得浩浩荡荡，尖头细跟，像一个花腔女高音唱出的调子，颤颤巍巍高上去。苏妙露想进去试试，柳兰京却带点嗤笑的样子拦住她："你们怎么都喜欢这种鞋?"

苏妙露理所当然道:"因为好看啊。"

"好看但不好穿吧,我是不建议你买,你知道穿它必须搭配什么吗?"

"珠宝和礼服?"

"司机和地毯,有时候还需要一个医生。我以前知道一位女士,丈夫是在华尔街工作的,她有许多正式场合需要穿这种红底鞋,有一次场地没安排好,她走了大概五百米的路,我看到她的脚都在流血了。穿了这些能不能当公主不好说,灰姑娘的姐姐肯定是能当的。"

"你看吧,痛是我们女人痛了,看是你们男的看了,一边说着好看,一边又觉得女人傻,好处倒是都让你们占了,没这个道理吧。"

柳兰京耸耸肩,坏笑道:"可是人就这样,占了便宜,还喜欢得寸进尺。你要是真的穿给我看,一边流着血,一边和我谈笑风生,那我肯定也是得意的。"

"可惜你今天没有这个得意的机会了。"于是苏妙露快步向前走了,走过两个店面,才反应过来,这反倒称了柳兰京的心意,她也就笑着摇摇头,专心致志地给柳志襄找起了甜品店。他出门前特意给她写了地址和店名,只吃这一家的泡芙。

苏妙露刚走到甜品店门口,果不其然又让柳兰京拦下了。他说道:"别这么宠着他,他这个年纪不应该吃太多零食。现在给他一个错误的观念,以后他会觉得想要什么都很容易。"

"你这个人真是龟毛。不要这么上纲上线,搞得好像现在同意给孩子吃个泡芙,十年后就要同意他嗑药了。这差得远了,你这叫什么什么滑坡。"

"滑坡谬误。"

"对,滑坡谬误,这两件事差得远着呢,只是吃个泡芙,不会天塌地裂的,别好像你小时候没有吃过糖,大家都是从孩子长大的,理解一下孩子吧。"

　　柳兰京朝着她一摊手:"你如果是孩子的母亲,我大概就要被说服了,可是你不是,你和我侄子甚至一点血缘关系都没有。"

　　"这话真刻薄。"

　　柳兰京语带恳切,解释道:"我是为你好。他的母亲要是知道你给他买泡芙,说不定会当场发作。她之前开除了一个从孩子三个月一直把他带大到一岁的育儿保姆,因为她发现保姆偷偷给小孩吃糖,她担心会过敏。"

　　苏妙露挑眉,反问道:"既然她这么关心孩子,为什么这几天都没来看过他儿子?"

　　"以前是以前,现在是现在。离婚官司打到现在,对双方都没有好处了,他们都想着庭外和解。所以监护权这事,双方都有点半推半就的,要到孩子的话,有一大笔抚养费,但是影响再婚,就看法院怎么判,一般都是判给妈妈的。所以我哥在想方设法压低价钱,他们在私下拉锯着,就看谁对小孩更不上心,谁就赢了。"

　　"都是自己的孩子,难道一点亲情都不顾及吗?"

　　柳兰京冷笑道:"如果我现在给你一百万,让你把生出来的第一个孩子给我,你愿意吗?"

　　苏妙露毫不犹豫道:"不愿意。"

　　"那给你一千万呢?"苏妙露一愣,片刻思索间,柳兰京继续追问道,"一个亿呢?"

　　苏妙露咬着嘴唇不吭声,柳兰京笑道:"你看,如果有什么感情能抵挡钱的诱惑,那只是钱没花到位而已。"

"这只是假设罢了。拿假设的事情当真理,就有点偏激了。"她忽然想到了什么,自顾自低头笑了,说道,"还好你打定主意不结婚,我也不会嫁给你,要不然我们这么不对付,肯定天天吵架。"

柳兰京笑笑,不置可否。苏妙露看他不搭腔,疑心这话让他受了些冒犯,她也觉得一时失言,急着翻篇,就拉着柳兰京陪她去看香水。

她故意让他挑,耍了个小花招,气味是最私密的东西,坦然让渡这权利也是种示好。就算分开了,过上个一年半载的,再闻到熟悉的味道,也会想到此时此刻的一抹香。而且香味近于人,性格各异,从他选的香,也能看出她在他心里是个什么形象。

"你是个浓艳的人,用清爽一点的味道会好些。"柳兰京选了个桂花香,她凑近闻味道,起初是茉莉交织着桂花的清甜,可贴近些,就是一股子庸脂俗粉的甜味,浓得气势汹汹,像是便宜洗发水的味道。

她冷笑,大概明白自己在柳兰京心里的模样了,倒也不能说不合适,她就是俗,还俗得坦坦荡荡。好在她虽然不贵,香水倒是不便宜,柳兰京为她买了单。

他们在上下楼层各逛了一圈,也有些饿了,准备找一家店面吃饭。商场里正经的不正经的餐馆有许多,各种档次都有,他们在一条过道上站定,左手边是连锁牛排店,右手边是兼具有机与健康,以蔬菜为特色的沙拉店。柳兰京在 Yelp 上看了评分,沙拉店的评价明显好于牛排店,乃是品位人士首选。

他双手插兜,把难题甩给苏妙露,说道:"你来选吧,我都可以。"

苏妙露自然不愿千里迢迢来吃草,她下辈子当头羊还来得及。但她也不愿意暴露得太彻底,典型的东方式审美里,男人总是偏爱小口吃肉,麻雀一样胃口的女人。柳兰京估计也不能免俗。

苏妙露一咬牙，强作笑颜，说道："那吃沙拉吧。这种绿色食品对身体比较好。"

柳兰京轻快道："好啊。"

"你觉得为难吗？"苏妙露原本想着有柳兰京陪自己一起受罪，心里还能好过些，没想到他表现得格外轻松，似乎正中下怀。

"不为难，一点都不为难。"柳兰京微笑着，领着苏妙露大跨步，往里走。

进了餐厅，柳兰京负责点单，苏妙露倒是当真无所谓了，不过是选一种草放在嘴里嚼。点单前，他问道："你吃胡萝卜吗？"

苏妙露问道："为什么这么问？"

"凭感觉，感觉你像是个很挑食的人。这个也不吃，那个也不吃，所以先问一下。你有什么过敏或者忌口的吗？"

苏妙露觉得莫名让他看低了，就梗着脖子道："这你放心好了，我总不会比你这个小少爷更挑剔的。我没什么忌口。"但她确实不爱吃胡萝卜。

两盘沙拉端上桌，青青翠翠，绿意盎然的。柳兰京的恺撒沙拉多少有些肉，苏妙露这里只有胡萝卜、三文鱼、南瓜与各类她认得不认得的菜，基本都是她不爱吃的。这甚至还是柳兰京的一番好意，毕竟这是店里的招牌，比他的那份要贵一倍的价格。

"看着应该挺好吃的。"苏妙露假笑，与柳兰京对视一眼，各自把菜叶子叉进嘴里嚼着，咔嚓咔嚓作响。

兴许是菜叶子与南瓜有奇效，添了些底气，苏妙露顿了顿，终究还是问出口："你和金小姐是什么关系？"

柳兰京道："在背后不用这么客气，叫她名字就好。取个这么俗气的名字,多叫几声也不碍事。你也别把她家太当一回事,现在国内才是个大市场,留在加拿大的,再富也是吃以前的底子,和遗老一样。她家也是费尽心思要回国内发展。"

"那你和金善宝是什么关系?"

"是我每天为她祈祷的关系。希望下雨天能落道雷正巧劈中她。"

"她不是说和你青梅竹马吗?"

柳兰京轻蔑道:"有感情的才叫青梅竹马,你和你的小学同学算是青梅竹马吗?"

"哦,看来你和金善宝闹得不愉快,怎么回事啊?"

柳兰京瞥了她一眼,神情多少冷下来些:"你和你表妹闹得也不愉快,不如先说说你自己的事?"

"好啊。我和我表妹的事我之前和你说过了,现在再和你说一次也可以。她家里比我家里有钱,而且有钱很多。你大概是不觉得,但如果不是她,我还不会认识你。她家从小对我家就很有优越感,喜欢施舍我一点不要的东西,像是旧衣服,又或者出去吃饭,剩菜都是我们打包回家的,我真的觉得很丢脸。我觉得她并没有比我强过多少,她父母也没有比我爸妈厉害多少。可是这种事口说无凭,她比我过得好又是实实在在的,她想要什么都有,我的房间里却连穿衣镜都不够放。我承认,我对她,又自卑又自傲,还很嫉妒,所以对她的事反应特别大,最后闹成这样不可开交。够坦白了吧?"

"谢谢你的坦白,但我没说听了你的事,我就一定要说我的事情。这又不是戒酒会,也不是有卖惨桥段的选秀节目,聊完往事抱头痛哭,我对你的心路历程没兴趣。"正巧他的手机在振动,柳兰京轻笑着起身,做了个休战的手势,截断一切话头,走到店外接电话。

趁着他去接电话的空隙,苏妙露咬牙切齿着,自然是不服气,恨不得往他的盘子里吐口水,但到底是不礼貌。她也就把盘子里的胡萝卜都拨到柳兰京这里,再若无其事地偷吃他的鸡肉。

柳兰京回到位子上,脸也阴沉沉的,显然不是聊得很开心。他低头,一言不发地吃着沙拉,忽然把胡萝卜片用叉子拨到一边,点着数起来。苏妙露一愣,没想到这世上除了她妈竟还会有人在餐桌上用这招。

柳兰京数完胡萝卜,直截了当道:"为什么多了八块胡萝卜?"

苏妙露答道:"你离开得太久,大胡萝卜生小胡萝卜了。"

柳兰京点头,似乎很是认同这个解释,便低着头慢条斯理地吃了,苏妙露盯住他看,他一抬头,目光点在一处,轻轻一碰,忍不住就都笑起来。吃完饭,苏妙露说要给杰西卡买些点心做谢礼。她去甜品店买了三明治,顺手拿了盒带给柳志襄的泡芙。柳兰京一眼看穿这浑水摸鱼的把戏,也就随她去了。

一盒泡芙有六个,苏妙露仔细思量,柳兰京说得也有道理,她索性吃了两个,又分了一个给柳兰京:"我知道你看到了,这个就拿来收买你了。"

柳兰京用两根手指捏着,眨眨眼道:"我不爱吃甜的,你吃吧。不过你吃了的话,晚饭的草就白吃了。"

"就是因为我晚饭吃了草,所以才应该有点奖励。"苏妙露不与他客气,笑着舔掉手指上的奶油。

柳志襄却不高兴了,瞥见盒子空了一半,就垮着脸说道:"这和说好的不一样,那我就不告诉你叔叔的秘密了。"

苏妙露说道:"我本来也不感兴趣。给你买了只是想让你高兴点,别难过了,乖,有的吃总比没的吃好。"

孩子气就是这样,她越是不想听,他反倒越想告诉她。他踮起脚来,贴着她耳朵说道："我叔叔房间的第二个抽屉里有很特别的东西。"

苏妙露第一反应是避孕套，苦笑着摇摇头，想着该找个机会提醒柳兰京在孩子面前注意些。

杰西卡的院子里有片空地，柳兰京用粉笔在地上画了标记线，充当网球场，又从仓库里扒拉出一对旧拍子和几个网球，横拉起一条床单当网。柳志襄又兴高采烈地出来看热闹了，于是连裁判也省了，只是他们小心着让他别乱跑，以免被球砸到。

柳兰京教了她基本的规则和发球的起手式，她学得很快，几轮下来倒也能打得有来有回。跑跑跳跳间，她面颊上泛着红晕，整个人热气腾腾，却又总是在笑，比初次见面时生动了许多，不再只是一幅画，由他母亲递过来让他挂在墙上。他回想起她餐厅里的一番话，并不像看起来那么无动于衷，不知所措的情绪也有些，说到底他也是个愤愤不平的人。

苏妙露对她表妹，他对他哥哥，不甘与不甘里，多少有些同病相怜的味道。论才论貌，柳子桐又有哪一点比得上他，却完全不缺父母的偏爱。从小到大，他们关起门来是一家，他倒成了外人。刚才吃饭时就是柳子桐打电话来，约他明天晚上见面。听他的口气有点喜气洋洋，显然又是女人的事。在一个女人身上摔跟头的男人，往往准备着换一个女人再摔跟头。

"你在发什么呆呢？"苏妙露发起一球，柳兰京急忙回神，打了回去。但球撞在床单上，这是个赛末球，如果落在网外，就是他得分，反之，让网拦住就是苏妙露获胜。

"我在想明天和金善宝见面，你也不用太清楚介绍自己，我会帮你说的，你只要说是和我一起的就好。"

苏妙露笑道："我和你才不是一起的，我是上海人，你是为富不仁。"中间拉的是床单，不是网，球陷在里面没越过去，落在柳兰京这边，他输了。

打完球,苏妙露热出一身汗,舒舒服服地在浴缸里泡着,想着明天还要见人,便姑且先睡了。可越是想着睡眠本身,越是没有困意,在床上翻来覆去,反倒觉得饿了。她坐起身来,听着肚子咕咕叫,觉得自己饿得理直气壮。只吃素,又运动,她可不是唐三藏,她是要吃肉的。想到买给杰西卡的三明治里是有培根和鸡肉的,她便蹑手蹑脚下了楼。

客厅的灯关着,但冰箱的灯亮着,把一身深蓝色的真丝睡衣照出海的波涛来,柳兰京站在冰箱前,已经先她一步,在吃三明治了。好在他只咬了一口,笑着掰下一半,递过去,说道:"别嫌弃,吃完早点睡吧。"

苏妙露接过三明治,瞧见柳兰京忽然东张西望起来,似乎在找东西。她问道:"你该不是在找你的眼镜吧?"

柳兰京点头:"你看到了吗?"

"你现在就戴着呢。"

柳兰京一摸,手指碰到镜片,轻轻噢了一声。

苏妙露笑他:"你这样的记性,怎么读博士的? 跟我外婆似的。"

"我记得我读博士之前,记忆力挺好的,不过残酷的博士生涯残酷地摧残了我的大脑。"柳兰京满不在乎,只是把眼镜如同墨镜一样,往额头上推。

他们就着些冷茶,坐在沙发上,分一个三明治。只开了一盏小灯,光打在脸上,虚虚实实的,苏妙露生出些恍惚。她忽然发现柳兰京变成了一个寻常的人。先前说他是寻常,多少有点托大的意思,这样的出身,这样的学历,这样的相貌,确是没有寻常的余地。可是落在实处,他也不过是个普通人,眼睛下面有淡淡的黑眼圈,不笑的时候带着些疲惫。小口小口吃东西,细嚼慢咽着,却也是边吃边看手机。

他似乎看到了什么想笑,正巧在喝茶,呛到咳嗽。苏妙露急忙给他拍背顺气,做得太自然了,反而没注意到这是第一次亲密接触,隔着睡衣,也能摸到体温。她的手在他背上停了停,才悻悻收回去。

苏妙露问他:"你在看什么,笑成这样?"

柳兰京道:"有人给我发了邮件,你看了也会想笑。"

"我不像你,我笑点很高的。"

柳兰京就带着点献宝的神色把手机拿给她。发件人邮箱用的是学校后缀,显然是他工作上的事。邮件前面一本正经地说了些官话,用的是英文,提醒他注意研究经费的申请截止日期,又提前了一次。末了,却附了一首中文小诗:

> 暑假是快乐的,
>
> 没有学生,没有工作,也没有薪水。
>
> 天上的星星如此闪烁,
>
> 有一半投身科研的人流出的悔恨泪水。
>
> 今年的经费申请截止日又提前了,
>
> 像我的发际线一样,
>
> 前移,前移。
>
> 快点写申请吧,我的同事,
>
> 秃头,退稿,研究经费与诺贝尔奖,
>
> 总有一项是属于我们的。

苏妙露读完也扑哧笑出声,问道:"这是谁发给你的?"

柳兰京道:"我系里的同事,也是中国人,不过人家已经是教授了。"他看了眼时间,又掐着手指算时差,推了下眼镜,说道:"我要今晚把申请写好,不然这周就没时间了,下周一就截止。那晚安了,你慢慢吃。"

他一抹嘴,噔噔噔就跑上楼,走到中途忽然停下回过头来,对她道:"我们好像忘了一件事。你答应要和我一起看电影的。"

"今天肯定不行了,明天再说吧,以后早晚能抽出空来的。"

"是吗?我也希望这样。"他含笑向她点头,背影逐渐隐没在黑暗里。

苏妙露忽然生出些惆怅。柳兰京并不是个太讨厌的人。如果他不是那么有钱,他们换一种方式认识,兴许还有些长久的可能。现在他们还是虚情假意多一些,暧昧调子里,谁都不敢当真。

好在这一丝怅惘也是淡淡的,她并不是十分喜欢他。万幸,万幸。

第五章　上流

第二天,柳兰京到十点半才醒,踢踢踏踏踩着拖鞋下楼。他打着哈欠吃早饭时,杰西卡正准备走。她和人有约。

柳兰京问道:"是上次那个约瑟夫吗?"

杰西卡眉飞色舞道:"不是啊,那个人我早忘记了。是木村先生啊,我和你说过,我以前的情人啊。他妻子过世了,他一个人过来散散心,我和他去吃午饭,晚上可能也不回来了。"

柳兰京不屑道:"旧情人有什么好见的。这么多年了,我看你日语也不会说了。"

杰西卡道:"他会说英文的,而且我和他也不用说太多话,有那个感觉就好了。你现在还年轻,我和你说啊,等你过了六十岁,还能碰上旧情人,比中彩票还难得。"

"那你和他约会的时候悠着点,别把他吓到心脏病突发,你自己也不要心脏病突发。"

"胡说八道。"杰西卡瞪他,留下一串笑声就走了。

柳兰京吃完早饭,处理些工作上的邮件,给一篇论文写了批注。看时间也差不多了，就去房间里叫苏妙露，她正在陪柳志襄玩乐高。

他敲敲门，说道："虽然不是太远，但是车子要爬山，还是早点出发好。"

一山更有一山高，说的是房子的位置，也是财富的积累。金家在温哥华的别墅就在高处，一个俯瞰众生的位置。这是金善宝结婚时的婚房，主要供家人度假和招待客人用，三层楼，共有十八间客房。

金家是典型又不典型的一家。父亲金横波六十三岁，一尊佛似的镇在家里。这个家庭是一个微缩版的太阳系，他是一个黯淡的太阳，光与热再稀薄，也是绝对的中心，掌管着公司与房产，所有人都围着他转。金横波结了三次婚，有一个儿子、两个女儿，第三任妻子姓赵，比金善宝大两岁。继母原本是他的秘书，不过是中人之姿，但待人处事极妥帖，哄得老头很舒心。

金善宝是大女儿，也是所有孩子中的老大，一个时刻准备接班的皇太女。她与父亲并不亲近，甚至有些怕他，今时今日，还和小时候一样，每次敲父亲书房的门，都要深呼吸几次，难得让父亲拍着肩膀称赞几句，她也能高兴大半天。然而这几年，金横波的年纪愈发大了，力不从心的地方愈发多了。他明知以后公司是女儿接管的，可又怕夺权，刻意刁难起她来，稍有不顺心，就把她骂得狗血淋头。金善宝会躲起来一个人哭，可是哭完了，还要微笑着出门。

老二金亦元爱胡闹，半年前在美国超速驾驶险些吃官司，好不容易花钱了事，又勾搭上了有夫之妇，金善宝好不容易才给他平息。每次她都气得头晕眼花，关上门，戳着额头来骂他："我和你要不是一个妈妈生的，妈走之前托我照顾你，我才懒得管你。"

金亦元就嬉皮笑脸道："你都管了我这么多次，也不差这一次了。"

三妹金喜玉是第二任妻子生的，与异母姐姐哥哥的关系不冷不热。她还在读书，金善宝对她也就是尽一个家长的义务，每学期看一下成绩单，问一些学校里的事，安排合适的实习。

金善宝今年已经三十二岁了，算是春秋正盛又焦头烂额的年纪，里里外外都离不开她。她是二十六岁结的婚，还没有孩子，毕竟太忙。这是她的意思，家里的事情她的丈夫是做不了主的。他是个可有可无的人，存在的意义大于一切。他叫路海山，是有钱人家的二儿子，不继承家产，但能继承人脉，性格软弱，好操控，大学学的是艺术。

他是金横波给女儿选的，像是老练的人事找候选人补缺，求的是一个稳妥。路海山很合适，也就只是合适。

金善宝那时候另有中意的人，但对方没有表示，她也就放弃了。她知道父亲不但能决定她的丈夫，还能决定他自己的继承人。

柳兰京比金善宝小一些，在她记忆里是个爱哭的小弟弟。不像是特别受器重的小孩，就叫个姨妈照看着。金善宝对他并不上心，但也姑且联络着。她当时的初恋是谭瑛，一个中产阶级家的独子，与她同岁，有些笨拙，有些书呆子，但就是格外讨她喜欢。他们牵手过，也约会过，但仅止于此，彼此的家教都严格。谭瑛读大学的第一学期，他们还常常在网上深夜畅谈，可圣诞节后他却不明原因地冷落起她来。她心高气傲，自然不会主动凑上去，渐渐地，也就真的没了往来。

也是那年圣诞，金善宝发现柳兰京暗恋自己。她偷偷看到他往垃圾桶里丢了一沓信纸，捡起来一看，竟然是写给自己的情书。谭瑛和柳兰京是很好的朋友，有时候她忍不住猜测，是不是谭瑛为了友情舍弃了爱情，才主动选择放弃。但这些都是旧事了，像是夹在书里的枫叶，干枯了，就算颜色依旧，也是脆弱的，一碰就碎。

她还是很满意她的生活的，如果她没发现丈夫出轨。

路海山出去逢场作戏，她是容忍的，也算他姑且有些用处。可他真心实意包情人，给人买包，租房，住酒店，说情话，她是绝不容许的。女方是个瑜伽教练，有着一份肤浅的美色和廉价的青春，在网上放健身视频，胸脯起起伏伏的。最可笑的是，金善宝有疑心是因为发现丈夫的身材突然变好了。已婚男人健身，不是出轨，就是得癌。她倒宁愿是后者。

她找了私家侦探去收集证据，没想到路海山自己发着烧，也要坐飞机去和情人约会。花了些钱不算，他竟然真心实意在恋爱。金善宝的第一反应是他也配？她牺牲了自己的爱情与他结婚，到头来，他竟然要当情圣。

离婚暂时不方便。她的财产一时间分割不清，父亲金横波最近身体也不好，临到要分家的关键时刻，她不想被别的事分心。她觉得继母这段时间在蠢蠢欲动，公司又有几个大项目。她暗地派人收集证据，确保离婚官司一打，优势都在自己这里。她做足了一切准备，确保离婚能离得干净利落，路海山从自己这里抠不出一分钱。等时机一到，她就离婚，律师都已经找好了。

可她还是气闷，不单是为了钱，还为了尊严。她是她父亲的翻版，在生活的小银河里要当太阳。路海山要面子，可他不知道，他的面子是金善宝赏他的，她愿意给，他才有面子。

金善宝准备找个男人出轨。她玩男人，就像别的家庭里男人玩女人，除了传出去不好听，基本上有恃无恐。她现在还有弟弟妹妹，真的闹大了，以后不好意思在他们面前端长辈架子。所以要一个口风紧，身份又不差的，小规模里让路海山难堪就行了。但别的方面也不能太差，毕竟是自己找乐子。

她忽然想起了柳兰京。正巧他回加拿大了,也正巧他长成了一个风流浪子,很适合做情人。金善宝有底气说服他,男人对初恋总是念念不忘的。

　　柳兰京的车比约定时间早到了五分钟,金善宝和路海山亲自在门口迎接他们。柳兰京先下的车,主动帮苏妙露拉车门,并小心地用手挡住车门框,以免她的头撞到。这派绅士风度里藏着点别有用心,柳兰京未必喜欢苏妙露,但苏妙露已经被当作他的人了,他更不喜欢她被人轻视。

　　金善宝依次为彼此介绍,说道:"兰京就不介绍了,这是苏小姐,兰京的朋友。这是我丈夫路海山,你们也可以叫他约瑟夫。"路海山三十岁出头,中等个子,微微发福,短发微微带卷,打理得参差分明。他整个人很讨喜,像是二十世纪八十年代画报上的圆脸绅士,脾气很好,会说笑话,站在金善宝这样一位带刻薄相的又瘦又高的妻子身边,像是经典搭配。

　　苏妙露在金家的豪宅前愣了半秒,就算先前有过经验,她对这样扑面而来的财富还是消化不良。金善宝眼尖,故意问道:"怎么了,你是不是也觉得外墙的颜色有点暗了? 我一直想重新粉刷一下。"

　　苏妙露道:"挺好的,很漂亮的房子。"

　　金善宝笑道:"你客气了,旧房子而已,住太久了,也没什么新鲜感。其实你要是想打高尔夫的话,下次可以去桑纳斯的那套房子,里面有高尔夫球场。"

　　"我不会打高尔夫。"

　　"也是,高尔夫太晒,国内还是以白为美的。对了,说到桑纳斯,芝加哥大学有个叫爱德华·桑纳斯的教授,之前一直想请他吃饭,不知怎么就抽不出时间。苏小姐,你知道他中文名叫什么吗?"

　　苏妙露听得云里雾里,柳兰京便代她答道:"叫夏含夷,冲这个译名,就知道他汉学功底卓越了。"

金善宝问道："你有和他打过交道吗？"

"我没有，不过我有个同事以前和他接触过，说人很好，不过我还是算了。一来我中文不一定有他好，二来外国人研究汉学，总带点东方主义的色彩。"

"那你可要小心点，严格来说，我也是外国人，入了加拿大籍的。"金善宝这话一出，大家都跟着笑。

房子里的网球场已经布置好了，用人又拿了两副新拍子给他们。各自换上运动服，苏妙露和柳兰京对金家夫妇，两男对两女，貌合神离对虚情假意，也算是公平公正。开局前，金善宝先笑道："今天是友谊赛，你们可不准玩得太认真，我好久没打了，手都生疏了。"

这自然也是自谦的话，当真玩起来，金善宝比谁都熟练，柳兰京也是个熟手，但依旧不改他漫不经心的调子，几次疏忽，反倒被她压着打。好在路海山实在是笨拙，好几次挡着金善宝失了球。苏妙露倒和柳兰京配合默契，几个来回，倒也追上了比分。最后打成平手，也算是坐实了友谊赛。

他们玩得微微发汗，倒也不至于气喘吁吁，精疲力尽。金家的别墅本就是着重会客社交的功能，自然敞开浴室，供他们简单梳洗。浴室是干湿分离的，单独分出三间，有一个独立的化妆间。苏妙露走到镜子前面，托盘里已经事先摆好了化妆巾与卸妆膏，椅子上有浴巾和浴袍，旁边还有一瓶香槟。

苏妙露没找到杯子，直接对瓶喝了一半，打了个酒嗝，醉醺醺地泡在热水里，昏昏欲睡。等她从浴缸里出来，香槟里的气泡已经少了许多，她有些丧气，原以为有钱人家的香槟能不同凡响些，看来也不过如此。

她提溜着酒瓶出了浴室，在楼上迎面遇到了柳兰京。他看着她醉眼迷离的，就忍不住要笑："怎么洗澡还喝酒啊？"

"我也不知道，浴室有瓶酒，我以为是给我喝的。不过没找到杯子。"

柳兰京拿过酒瓶看了看，说道："这酒不贵，应该是给你洗澡的。最近好像流行用香槟洗澡，说是玛丽莲·梦露的秘方，觉得对皮肤好，不过我觉得这么相信的人，要先洗洗脑子。"他忽然伸手摸了摸她的脸颊，一本正经道："你的脸摸着热热的，不要喝醉了。"

苏妙露笑道："香槟而已，没那么容易醉。我觉得这酒还蛮好喝的，也可能是我喝不出香槟好坏。"

柳兰京对着瓶口小小抿了一口，说道："我也觉得不错。你要是喜欢就喝完吧？反正她要借题发挥，总能找到由头的。"他把酒瓶塞回去时，握了一下她的手，似是无意。

会客室里，金善宝一见苏妙露拎着酒瓶，就诧异道："你该不会把香槟喝了吧？不好意思，是我没考虑周到，那是倒在浴缸里的。"

苏妙露笑笑，自顾自抽了把椅子坐下，跷着腿，不以为意道："我知道，玛丽莲·梦露的护肤法，不过我觉得酒比起倒在浴缸里，还是倒进我嘴里更好。我是个酒鬼，你可不要笑我。"

接话的倒是路海山，问道："你会喝威士忌吗？"

苏妙露道："爱喝，但是不懂。"

路海山便从酒柜里拿出一瓶山崎50，倒在杯里，放了冰，亲自端给苏妙露。苏妙露喝了一口，问道："这是第二版吗？"山崎50是天价酒，一共出了三版，前两版一共全球限量50支，第三版也才150支。前几年，一瓶第一版的山崎50在香港拍出了270万的高价。

路海山笑道:"苏小姐果然内行,不过第二版也要靠机缘,我这瓶是第三版,以后有了更好的,再请你来赏光。"

金善宝笑道:"苏小姐也是来得及时,难得有人陪他喝酒,就让他们多聊聊天,我们聊我们的。我一直记得你喜欢古尔德,我最近刚得来一张他的《哥德堡变奏曲》,是1955年的那版,你去我房间听听。"

柳兰京猜她是有话要和自己说,并不戳破,只像一尾鱼静静跟着她,游进了房间里。房间门关上,唱片放进唱片机里,钢琴声流淌出来。金善宝背对落地窗站着,周身镀上一层亮光。她戏剧性地昂起头,望向柳兰京,像是个悲情剧的女主角,在这自带的配乐里,嗓音沉痛道:"这么多年,你过得好吗? 我过得不好。"

"还可以,你怎么了?"柳兰京看着她,完全是莫名其妙,想着她过得不好与自己何干,只有保险公司才关心别人过得好不好。

"路海山出轨了,还是两个,一个是秘书,一个是瑜伽教练。他出轨第二个的时候,我还避孕失败了,我在考虑要不要留下这个孩子,我打电话给他,他说他在开会,其实他在和女人私会。我一边看着他在酒店的账单,一边预约医生去流产。"

柳兰京干巴巴道:"真不幸,不过这和我有什么关系呢? 你应该找个离婚律师及时分家产,和我说这种事,我也没办法。"

"我不能和他离婚,至少这一年不行,要保持名义上的夫妻关系。"

"所以,你想做什么?"

金善宝含情脉脉道:"你爱过我,是吗? 你现在也可以爱我,我允许你。"

"我没爱过你。"柳兰京干净利落地回答。

金善宝叹气,带点怜惜的口吻道:"别否认,我知道你的自尊心很强,可是那封信,那封长长的信我读过了,写得很美。如果你愿意,我们还是有机会的。我知道你这些年来一直避开我。"她微微一昂下巴,很有种公主下嫁的味道,"我现在可以接受你,不过可能要稍微委屈你一点,暂时不能公开。"

"我明白了,你是要和我出轨。"

"或者是不被世俗束缚的爱。"金善宝面上有些难堪。

柳兰京冷笑道:"你是把我当牛郎用啊,可牛郎出台至少还要开瓶酒,你是连钱都不想花。"

"这话太刻薄了,你对我有误会。"

"误会的是你。那信不是我写的,是谭瑛让我代笔的,他那时踢球手断了,他口述,我写。写到一半,我觉得太恶心了,就不给他写了。然后就吵架了,这件事就不了了之了,我顺手把废稿丢掉,仅此而已。"

"为什么你们吵架了?因为我吗?"

"是啊,因为你。谭瑛想追你,我劝他算了。我觉得你是个烂人,你弟弟在学校一直霸凌我,你拦着我不让我告状,请我吃点东西就想让我假装什么事都没发生过。你以为我不在乎?你以为这就是小孩子打闹?错了,我超在乎,而且我能记仇记一辈子。"

柳兰京歪着头,装模作样地做思索状,笑道:"让我想想,我当初骂你什么了?这么久了,我也想不起来了。哦,有了。我骂你冷酷无情,装腔作势,我劝他掂量一下,写情书你才不会看,说不定反手就扔到垃圾桶里,还不如写张二十万美元的支票放在信封里,你看了肯定愿意约会。我说错了吗?确实有点问题,现在通货膨胀比较厉害,估计要五十万的支票,你才愿意赏光了。"

"你怎么敢对我说这种话?"金善宝脸色煞白,气得嘴唇都在哆嗦。她对谭瑛是有过一段罗曼史的,她自认为很投入在其中。原本谭瑛就比柳兰京更穷,她愿意接受,就已经是屈尊降贵了。他们这样的感情,哪里轮得到柳兰京来指手画脚?当年谭瑛忽然和她疏离,难保不是柳兰京的一番话伤了他的自尊,他本就在家境的落差上很敏感。她也一向在这方面小心翼翼的,没料到全让不知情的人毁了。

"所以你是误会我爱上你了?我的品位可不至于如此。"柳兰京摸摸下巴,笑道,"好像有点尴尬呢。不过没事,反正我不尴尬。"

金善宝道:"谭瑛就在加拿大,上周刚到的,带着他的未婚妻一起。"

"哦,挺好啊。可是和我有什么关系,又和你有什么关系呢?顺便说一下,自信心过剩是一种心理障碍,找个合适的医生吧。"柳兰京带上门,便离开了,留下金善宝一个人在房间里,反复被一种幻想冲刷。

她听过谭瑛近年来的一些事,他毕业后回国创业,也搞得风生水起,不过到底也是中小企业,资历尚浅。如果他们当初在一起,一切便是另一番光景了,有她家族的人脉和他的能力,自然有很光明的前途等待着。更重要的是情感上的依偎,她也不至于像现在这样,待在自己的家里,却觉得漫无边际的孤独包围着自己。可是现在全来不及了,谭瑛就要结婚了,她已经探听到消息了,婚礼就是这两个月的事。

金善宝气恼,不单是为了谭瑛的事,更关键的是柳兰京羞辱了她一顿。他怎么敢?她像是走在路上被狗咬了一口,回嘴不回嘴,都丢了面子。

荒唐的是,她连生闷气的时间都不够,她父亲金横波打了一个电话过来,劈头盖脸就骂道:"你怎么做事的?为什么你和收购方私下见面没有告诉我?"

金善宝委屈道:"我上次和您说过这件事,而且这不是一次正式会面。"

"你什么时候说过这话？你不要自说自话！明天过来见我一趟，买最早的飞机票，我和你有好几件事要谈。你最近心思越来越野了。大事做不好，小事懒得做。我之前和你提过，你继母的房子那里排水设施有问题，你说会派人处理。都拖了一个月了，一点动静都没有。怎么了，我现在说话都不管用了？"

"对不起，这件事我真的忘记了，我立刻去给她处理。"

"不用了，我已经派人过去了，我告诉你，你继母怀孕了，已经一个多月了，以后她的事情你要关注些，孕妇出什么事都不是小事。你明天过来的时候记得带点礼物，她和我在一起。"

挂断电话，金善宝蒙了，这事她是丝毫不知情的。这段时间，她让路海山的出轨搅得心神不宁，在这样的大事上竟然迟钝了。她真正的对手一向是父亲，又要讨得他欢心，又要逼他放权。父亲老来得子，对继母的宠爱自然更甚从前，对他自己也是极大的振奋，觉得老当益壮，更不愿意放权了。她凭空竟多出一个竞争对手，落到腹背受敌的处境了。

金善宝一抹眼睛，站在镜子前理了头发，标标准准、虚虚假假地露出个微笑。她现在还没有资格哭，眼泪是胜利者才有余裕流的。柳兰京这条小狗便由着他去叫吧，暂时没空去管他。

柳兰京带上门出去了，他获得了一场不光彩的胜利，但这并不能洗刷金家姐弟留给他的耻辱回忆。柳兰京到加拿大读书的时候，金善宝已经十六岁，心智近于一个成年人了。她的弟弟则比柳兰京小一岁。刚开始，柳兰京的英语说得很糟糕，为此只能留一级，和金亦元当同学。

他青春期时瘦得可怜巴巴，苍白又沉默，穿着空空荡荡的衬衫，低着头，像个留短发的女学生。这样的形象在西方的校园文化里很不讨喜。

白人顶多是忽视他，像是跨过一道黯淡的影子。金亦元却带头欺负他，取了许多外号嘲笑他，叫他娘娘腔，藏起他的课本，让其他华人学生一起孤立他。金亦元喜欢看他强忍着不哭，眼眶却泛红的样子。很长一段时间，柳兰京都是哭着去上学。杰西卡是连哄带骗地把他弄上车，在学校对面停车，让他在车里哭完，再去上课。

等大了一点，柳兰京才学会反抗，但他又太瘦，金亦元轻轻松松揪着衣领把他抵在墙上。他们没有打架，至少在学校不能打架，会被开除的。柳兰京不再哭了，他直接找到金善宝，让她好好管教弟弟。

金善宝听完笑了，带点满不在乎的气韵，说道："我弟弟虽然有不对的地方，可是你难道不应该先反思自己吗？你肯定也有做得不对的地方。要不然他干吗只针对你，而且也没有别人站出来帮你？"

柳兰京无言以对，只有泪光在眼睛里闪烁。

又过了半年，情况稍有好转，一来柳兰京终于开始突飞猛进地发育了，体态面容上都有了成熟男人的雏形，二来谭瑛出现了，为了申请伦敦大学，谭瑛稳妥起见先读了一年预科，准备的时间就来加拿大陪他。谭瑛和柳兰京是远房亲戚，亲缘关系能追上四五代，谭家二十世纪八十年代就搬去了南京，谭瑛的父亲是医生，母亲是大学副教授。在国内时，两家并不往来，等出了国，正巧年轻一辈的年龄相仿，便让谭瑛一并借住在杰西卡家，好与柳兰京做个伴。

柳兰京和他玩得很好，算是他青春期最好的朋友，但谭瑛一向界限分明，住下的时候每个月都付房租。谭瑛比他大一岁，偶尔也会辅导他功课，闲暇时就结伴看冰球比赛。回忆起兄长的形象时，柳兰京最先想到的往往不是柳子桐，而是谭瑛。

谭瑛青春期时是个结巴，很标准的老实读书人模样。因为他一张嘴就会惹人嘲笑，所以愈发沉默寡言。但暗地里他是个狠下一番功夫的人，每天早上五点练习演讲，到了他们闹翻的那个月，他说话已经是个非常流畅的人。

金善宝和他第一次见面时，因为柳兰京的缘故，对谭瑛很不客气，说他的名字这么风雅，人却长得傻头傻脑。谭瑛想反驳，却说不出来，就结结巴巴道："你这样很过分啊，我是会生气的。"

金善宝冷笑一声："那真是令人惊叹。"

谭瑛张张嘴，说不出话来，就有些委屈地跑开了。临走前还撂下句话，道："你等着，我回家想好了再来找你说。"金善宝在后面听得哈哈大笑，没想到第二天谭瑛当真拿着篇稿子，对着金善宝念，结果又被反驳到结巴。简直傻得无可救药。

柳兰京本以为这两人没有可能，却不知道，爱与恨往往是一线之隔，一切情感真正的反面是漠不关心。

在柳兰京没留神的时候，谭瑛和金善宝恋爱了，他出门的时间越来越多，躲闪的神色也常见，整个人还总是魂不守舍的。柳兰京原本以为他是嗑药了，一逼问才知道，他是恋爱了。柳兰京咬牙切齿，很有一种自家的猪让白菜拐跑的憋闷感。

柳兰京持之以恒地说了金善宝许多坏话，终于换来谭瑛的一句："你是不是因为她弟弟的事，而对她有偏见？"

柳兰京语塞，明白恋爱中的傻子是听不进人劝的，只得撂下一句："你和她的家境差太多，她心里不一定看得起你，只不过对你有新鲜感，或者是多方下注。"

"那你呢？我和你家境差这么多，你在心里看不起我吗？"

柳兰京喃喃道："我不是这个意思。"

是与不是，都留下了许多隐患，柳兰京这才意识到，他自怜自哀的身世，在其他人心中已经是会触痛自尊的奢侈。谭瑛是一个很要强的人，柳兰京偏用家世拆散他的恋情，反倒让他审视起友情里的落差来。

终于在柳兰京帮忙代写情书时，他们吵得不可开交。柳兰京脱口而出道："她连我都看不起，怎么会看得起你？"

谭瑛道："是啊，连你都看不起，自然看不起我，反正你也是看不起我的。"

原本事情到此，还有可以回转的余地，但柳兰京气哭了，杰西卡发现后，自然问他原因。谭瑛与金善宝恋爱的事，对家长都是保密的，柳兰京赌气似的说了出去。杰西卡知道谭瑛的父母并不允许他恋爱，便把这事转告了。谭瑛父母自然着急上火，险些飞到加拿大来，让他专心学业，勒令他们立刻分手。

谭瑛恨透了柳兰京告密，觉得他不讲义气，之后他确实和金善宝分了手，但也不再和柳兰京往来了。他最后去了普林斯顿大学，学的是电子工程。整件事最大的赢家是金亦元，他向爸爸告发金善宝的这段恋情，说她和没出息的穷酸学生往来，让他姐姐被关了一个礼拜的禁闭，他则多赚了一个月的零花钱。

柳兰京收敛了情绪，回到会客室，路海山与苏妙露喝得正酣，路海山眯着眼，没头没尾地哼着一首小曲，苏妙露则起身玩飞镖。这块飞镖盘是刚找出来的，墙上没有钉子可挂，索性就靠着墙，搁在一方矮柜上，倾斜着摆。

苏妙露站开两米远，两指捏着飞镖，眯着眼比画起来，手腕一松，飞镖就插入红心，但不是正中，还要偏上一些。苏妙露回头，笑着朝他抛来一个含醉的媚眼，面颊上泛着玫瑰色的霞光。经酒精的催化，她整个人都活泼了不少。

"厉害啊。"路海山显然没料到她有这一手,急忙给她喝彩,又转向柳兰京,问道:"柳先生,你也要试试吗?"

柳兰京确实会玩飞镖,但没兴致在这里玩,总感觉让人看了猴戏,但耐不住他们催促,随手一掷,就正中红心。他看了一眼,对着苏妙露挑衅一笑,显然是有些得意的。

苏妙露道:"别高兴得太早,三局两胜啊。"

柳兰京也同意,各自把飞镖取下,又增加了些难度,纷纷退后到三米远的位置。好在会客室是两个房间打通的,很是宽敞。照例是苏妙露先来,她还装模作样朝着飞镖吹一口气,抬手一丢,就插在柳兰京原先的位置。飞镖靶是稍稍倾斜着摆放的,被先前的飞镖一撞,又斜了些,柳兰京再丢就偏了些准头,落在准星偏下的地方。

苏妙露吹了声口哨,笑道:"你可不要让我啊。"

柳兰京也得了些兴致,回道:"可是你说的,三局两胜,还有一次机会。"

依旧是女士优先,苏妙露的飞镖恰好落在柳兰京上一轮的位置,却也把飞镖盘的位置撞得更偏转些。柳兰京舔了下嘴唇,跃跃欲试起来,但还不等他准备好,金善宝已经站在他身后,鼓起掌来,说:"真是精彩,很好的娱乐。我在这里加个注好了,谁赢了,我就送他一件礼物,这样你们玩起来也比较有积极性。"她让人找来一只蓝珐琅镶珍珠的鸟鸣八音盒,小十万的古董,说道:"不喜欢的话,我可以再加一件礼物。"

她居高临下地说着这番话,带着点玩味的笑意,好像旧时代的老爷让戏子唱堂会,争一个赏赐。她脸上也不见丝毫凄切的痕迹,好像先前与柳兰京的一番话不过是午睡时做的一个梦,醒来就烟消云散了。柳兰京知道,自己羞辱了她,她就要加倍奉还。她看不起这间屋子里的所有人,他们要是愿意对她赔小心,尚且能礼貌敷衍下去,可一旦戳破了,谁都不好受。

他刚才骂了她一番又如何,说得再难听,也不敢当真撕破脸,现在还是要假笑着和她演一场亲亲热热的戏。说到底,她是真正的继承人。他是没指望的二儿子,财富的通讯录里一看,查无此人。

忽然,柳兰京失去了一切游戏的兴致,金善宝确实精于此道,能够用一句话就让他如鲠在喉。如果他赢了,就像是为这东西而卖力。而他输了,就是苏妙露收下,没办法回礼,说到底还是羞辱他。无论结果如何,他似乎都成了她一个恰到好处的余兴节目,可以在结束后领赏。

柳兰京轻轻叹了口气,瞥向苏妙露,她一望见他眼底的倦意,就猜到他要做些扫兴的事,却也来不及阻止。他直接把飞镖丢出去,脱了靶,钉在会客室的柜子上。他耸耸肩,很随意地说道:“哎呀,我输得很彻底了。”

金善宝道:“看来是苏小姐赢了,过来看看喜不喜欢这八音盒。”

苏妙露的笑意也黯淡了,一来柳兰京存心让她,反而失掉了比赛的趣味,二来也猜到了金善宝的用心。她只客客气气道:“不麻烦了,你们今天也把我招待得这么好,怎么好意思再拿礼物?再说从你们这里拿了东西,我也不好意思向柳兰京讨礼物了,不能因小失大啊。”

“我可真是个倒霉蛋,不是吗?”柳兰京揶揄着笑了,金家夫妇也跟着笑。他说话时,手很自然地搭在她腰上,其实没碰实,悬空了一些,但正面看不出破绽。

出了金善宝的家,在车上,柳兰京才问道:“你刚才为什么要那么说?”

苏妙露道:“因为我人好啊!”

柳兰京说道:“不管怎么样,还是谢谢你,也算帮了我的忙。刚才既然输给了你，那我也愿赌服输，你提一个要求，我能办到的都尽量满足。"

"那好吧，我问你一件你的私事吧，你不想说的地方可以不说，别再蒙混过关就好。"

"好啊，我记得的都会和你说。"

他们说话的声音都低低的，像是风吹动叶子的沙沙声，格外温柔起来。他们这几天都绷紧着，一个花招百出地勾引，一个全神贯注地抵挡，一来一往里都不敢暴露真心，这下在金善宝的领地里，却成了一队同盟军，有了些交情，反而松懈下来。

苏妙露道："那就说一下你和金善宝的事情，她本来不是对你挺亲切的吗？怎么忽然又这么不高兴了？"

柳兰京避重就轻地把和谭瑛绝交的往事说了一遍，自觉说得不好，便顿了顿，道："我知道我很幼稚，你悠着点嘲笑我。"

"没有，只觉得你有点可怜。"

"这样的话更不要说，我听了起鸡皮疙瘩。"

苏妙露一努嘴，说道："我其实也和我的好朋友绝交了，我也不知道算不算绝交，就是她单方面不再联系了。"

"为什么？"

"她问我借了二十五万块钱没有还，还把电话换了。"苏妙露说完，忍不住就笑了。她已经能把这事完全当笑话讲了。

柳兰京也跟着笑："别人和朋友绝交都是感情问题，你这是遇到诈骗了啊，快去报警才对。我觉得这笔钱对你来说也算是很大一笔。"

"不是很大一笔，是特别大一笔，我还找我爸妈借了一点，都不敢告诉他们。"苏妙露轻轻叹口气，"我也想过报警，不过怎么说呢，我觉得她不像是那种骗子，我怕真的报警了，连朋友都做不成。她是那种好学生，我们从小一起玩,她一直有很多主意,大学考去了名牌大学,和我说的创业计划也是有头有尾的,找了几个同学一起合伙。她借钱时还写了欠条,说一有进展立刻来联系我。"

"那她父母呢?"

"好像为了支持她创业,一起搬去浙江了,上海的房子就租出去了。"

柳兰京找补道:"基本可以确定,你朋友不是有意骗你,不过她应该是创业失败,没脸见你了。血本无归了,肯定不只有你一个债主。"

"我也这么想,可是有什么办法呢,我也联系不上她。你那个朋友呢?你们还有联系方式吗?"

"他也换了联系方式,不过我们有共同的熟人,而且算是远亲,我要找他还是容易的,他现在就在加拿大。"

"那你要不要试着去联系他? 反正也很巧。"

"不要。"柳兰京瓮声瓮气,近于赌气道,"为什么要我先开口啊,我又没有说错,当初是他先不理我的,要联系也是他主动来找我。"

"你怎么搞得和恋人冷战一样,你就不能稍微拿出一点哄女生的办法,哄哄他? 你明明还是挺在意这个朋友的,试试看吧,他至少没搞诈骗吧。"

柳兰京耸耸肩:"我主动去找他,好像我觉得自己做错了一样,挺没面子的。"

苏妙露知道他在等自己给他一个台阶下,见他难得坦诚,倒也可爱,就顺水推舟道:"你要是不去找他,以前的事不就白做了? 谭瑛现在还没结婚,要是金善宝抓住机会想和他再续前缘,怎么办? 那你真的要气死了,绝交也白绝交了,还不如和他联系一下,探个口风,再撬撬边。"

"你说得好像也有点道理,我考虑一下。不过你说得我好像什么坏人一样,有意破坏他们感情。那你还真是高看我了。要是真的情比金坚,哪里是我说几句话就可以拆散的。"

柳兰京回了房间,关上门,偷偷摸摸打开电脑,酝酿起措辞来。几年来,他一直偷偷关注着谭瑛,谭瑛各方面的账号和邮箱他都有掌握。柳兰京虽然有微信,可是平日也不用,贸然找谭瑛加好友容易被当成诈骗犯,自报家门又太低声下气。还是发邮件更符合他的风格,端正严肃。于是他拿出些工作邮件的派头,一本正经道:"Congratulations on your engage-ment.(恭喜你订婚了。)"

只打了这一句就停下,用英文似乎显得太装腔了,还是用中文好了。于是全部删除,改为"以前的事情都算了,反正大家也不是小孩子了,既然大家都在温哥华,那有空出来见一面,听说你也快要结婚了"。

细读之后又觉得不妥,太亲切,这不合适,还是正式些比较好。不清楚这类谦辞怎么用,他还特意搜索了一番,终于修修改改,写出一封字斟句酌、文辞秀丽的邮件:"拜启者,一日不见如隔三秋,旧日种种恍若云烟,今闻谭先生尚在加国,若有闲暇,不妨一见。"

半小时后,谭瑛的回复到了,可谓言简意赅:"你有我微信吗? 能微信联系吗? 你写的邮件我看不懂,能说人话吗?"

柳兰京读完,愤然回复道:"为什么这么多年过去了,我和你还是一点默契都没有?"

谭瑛答复他道:"别管这个了,有空吗? 我也在加拿大,出来见个面吧,也让你见见我未婚妻。你有微信吗?"

柳兰京和谭瑛约定了见面地点,谭瑛也同意把未婚妻一并带来,虽然过程与设想中完全不同,但柳兰京姑且也不去管了,心情大好地敲开苏妙露的房门,问道:"明天我去和谭瑛碰头,他的未婚妻也在,你要一起去吗?

四个人比较搭配,谁也不落单。"

苏妙露道:"我都可以啊,只要你不觉得奇怪就好。"

"这有什么奇怪的?"

"这种场合一般带去的都是女朋友,不是朋友。你要是再解释的话,说不定就越描越黑了。"苏妙露已经在这里待了四天,少不了要用个迫切些的招数。

柳兰京笑道:"那很简单,我说你是我女朋友就好了,下次再问起时,就说我们分手了。那你好好休息,我晚上和我哥出去吃饭。"苏妙露只能笑笑,一时间无话可说。柳兰京继续道:"对了,我给你做个心理测试,假设有人给你送礼物,你最希望是什么颜色的? 四选一,白色、红色、蓝色、绿色。"

苏妙露道:"红色吧,这说明什么吗?"

"这说明你是个喜欢红色的人。"柳兰京耸耸肩,带上门便出去了。

第六章　蛛网

柳兰京坐车是很习惯坐后排的,自动自觉把驾驶位上的人降格成司机,就算开车的是他亲哥也不例外。柳子桐瞧见他端坐的气派,略带抱怨道:"你就不能坐在副驾驶位上和我说说话吗?"

柳兰京道:"我坐在这里也可以和你说话。"

"可是你这样坐着,我好像给你开车的司机啊。"

"那一会儿换我开车,你坐在后排。"

"不要了,你开车太野了。我可受不了。给你当司机就当吧,谁让我是你哥呢。"柳子桐苦笑,光凭这样的表现,他似乎是个很称职的兄长,可在柳兰京心里却是另一回事。

哥哥是父母养在身边带大的,偏心的时候有许多。哥哥是公司内定的继承人,可不单是家产上的事,连柳兰京的毕业典礼,也因为哥哥生病,母亲为了照顾哥哥而缺席。柳兰京在新加坡工作,母亲说不方便探望,可是前两年为了柳子桐的离婚官司,半年里就飞来加拿大七八趟。

如果单是这样,柳兰京还能容忍,可哥哥从才到貌,丝毫没有胜过他的地方。他嫉妒得心头火暗烧。可是在柳子桐心里,他们却是兄友弟恭的典范。他天性中有一种安然的笨拙，恰巧克制住柳兰京那天生尖锐的狡黠，让他弟弟一点办法都没有。

柳子桐请的是意大利菜，很出名的一家店，还特意点了香槟，这样煞有介事，柳兰京便知道他是有话要说。酒斟在杯里，吃了点配牛油果和橄榄酱的牛肉塔塔，柳子桐终于开口了："我和关筑的事情，闹到现在也好几年了，打官司也累得要死，我看她最近也有要和解的想法。"

"挺好啊，终于要结束了，大家都松口气，你上次还把妈叫来加拿大，她身体也不好，早点解决早点安心。"柳兰京不喜欢牛油果，漫不经心地叉掉。

"因为终于能离掉了，我也不担心关筑再找私家侦探搞我了，我就和你说一件事，其实我现在在恋爱。"

"噢。"柳兰京连眉毛都懒得抬一下。

柳子桐诧异道："你就一点都不觉得意外吗？我和她认识已经有半年了，可是一点风声没透露，你是第一个知道的。"

"不需要别人告诉我，看你的表情就知道了，有时候看着手机就喜气洋洋的，要么就突然出去接电话。所以，你的新女友是谁？"

柳子桐抿了一口酒，笑道："果然是我弟弟，就是够了解我。她其实你也认识，小时候一起玩的，就是那个王雅梦，你还有印象吗？"

柳兰京犹豫片刻，才抬起头，若无其事道："王雅梦啊，没什么印象了。"这自然是句谎话，他也不怕柳子桐追问，很笃定地确信他哥没那么聪明。

前菜是沙拉，罗勒叶和布拉塔芝士，放了果醋调味，酸得惊人，像是把二十个吃醋女人的心拿出来榨汁了。柳兰京忍不住龇牙咧嘴，柳子桐瞥见，便笑道："你怎么不吃酸啊？小时候不是挺喜欢的吗？"

"小时候是小时候。"柳兰京皱眉，他不喜欢柳子桐总聊过去的事，口气轻飘飘的，好像他还是一个可以随意使唤的孩子。

柳子桐没多疑心，继续道："我今天找你，就是来参谋参谋，你说我和她到底适不适合。我不像你，还有这么多自由可以玩，我是一谈恋爱就要结婚的。你反正对女人的经验很足，之前说关筑和我不合适也说得对，所以我就指望你了。爸妈那里我都没说过。"

柳兰京淡淡道："那你说说，你们是怎么认识的？她哪里吸引到你了？"他的眼光瞟出去些，对面座位坐着一对亚裔情侣，看打扮是中国人。一样是亚裔，韩国男人喜欢穿黑白灰，女人的妆容则更光泽。日本男人留长发和胡子的多，女人则多在面颊上打腮红，有刘海。这对情侣看衣着和头发，家境普通，是特意为了重要事件才来这里吃饭，不是纪念日就是求婚。

"其实也是蛮巧合的，我回国那段时间，朋友请客吃饭，叫了七八个人一起热闹热闹，她也在，当时其实没什么大感觉，就觉得她很单纯，有点内向，脾气好，皮肤也不错，就互相加了微信，没什么大交流。后来过了一个礼拜，她突然给我发了一个猫咪敲门的视频，然后又撤回，说是发错人了，本来想发给她朋友的。然后我们就借着这个机会聊起来了。"

"她应该没发错，就是故意找个理由和你聊天，选的内容也是精心设计过的。小动物的视频，既可爱又轻松，不会让你反感，还会让你觉得她很可爱。"柳兰京还在关注着那对情侣，貌合神离的一对，女方显然不常来这种地方，兴致很高，男人却心不在焉的，一副欲言又止的样子。

"不是吧，应该没有人会想这么多吧，她怎么知道我一定会回复呢？要是我和你一样看过不回，不就亏了吗？你别总把她想得这么有心机，你先听我继续说下去，她真的挺好的，我和她大概聊了一个礼拜，也没有什么特别的话题，就说说电影、歌剧还有做菜的事，她好像挺擅长做菜的，一直有拍照片给我。"

"她要是真的喜欢做菜，就应该参加厨王争霸赛，或者去蓝带学习，而不是经常给你发照片。她只是想给你留下一个好印象。"

"我也不知道你哪里来的偏见，好像就是对她很不满意的样子，你是不是在外面捞女见得太多了，看谁都疑神疑鬼的？她其实对你印象还挺好的，说小时候和你一起玩，你们还一起吃点心了。你刚毕业那年也和她吃过饭，她还说你挺害羞的。你还记得吗？"

"记得，我觉得她很聪明，就是聪明得过头了。不恰当的话绝不多说一句，应该说的话绝不少说一句。"

柳子桐说道："这不是很好嘛，说明她情商高啊，确实，我和她相处的时候也觉得很舒服，也不是那种刻意讨好你的，但不像你这样硬邦邦的，有种如沐春风的感觉。她真的没什么心机，因为后来聊得正好，我们就约出来先见个面，第一次约会的时候她没来。"

"为什么？"柳兰京懒懒挑眉，欲擒故纵的把戏，到了这个年代还有人不清楚，真应该放进博物馆展示起来。

"那次约定的是九点，可是到了九点半也没有人来，我也有点生气，觉得摆谱也要有个分寸，结果她给我打了一个电话，让我再等五分钟。等她来的时候，手上还绑着纱布呢。她说原本是提前半小时过来的，结果太着急摔了一跤，又不想失约，就去包扎了一下，换了一身衣服。"

柳兰京冷笑道："摔一跤就要绑纱布，这么娇弱，那她半夜还能一个人上厕所吗？"

"你这话就太刻薄了。她都这样了，还特意来见我，是很上心了。"

"其实你根本不用问我，你和她合不合适，因为不管我说什么，你都在说她的好话,说明你就是喜欢她,既然喜欢,就没有合不合适了,很合适。"柳兰京别开眼神,另一桌上的那对情侣只剩一人了,男的似乎提出了分手,离席走人,女的则用手捂着眼睛,默默流泪。

柳兰京让侍应生加了一份甜点和香槟,送去那桌,一并送上的还有张留言卡。那女士收到甜品,起先还以为是误送上桌的,听到有先生为她买了单,她立刻抹了抹眼睛,四处张望起来。但柳兰京只是小心低着头,避开与她目光接触。

她吃着甜点,读着上面的留言:"我想一个晚上有一件值得高兴的事,就足够一个人不再流泪了。"她咬住勺子,顿时破涕为笑,急忙把纸片翻过来,是一张名片,上面写着Dr. Liu,还有邮箱与电话。

柳子桐看完全程,简直要起立鼓掌,感叹道:"你这手段确实厉害,不过你不是和苏小姐在恋爱? 这又勾搭上一个。放心,我不会和她说的。"

柳兰京冷淡道:"不要紧,我和苏小姐不是恋爱关系,而且她也联系不到我。"

"怎么会? 你不是把名片留下了?"

"这个名片上的电话和邮箱都是单独的,特意和日常生活切割开的,以前我想找人一夜情的时候用的,现在我早就没充话费了,说不定都停机了。我只是单纯想让她高兴一点,突然被这么甩掉,是很容易让人怀疑自己的,这种浪漫桥段能让她最快恢复。要是她一时想不开,就没意思了。"

"没想到你还挺温柔的。"柳子桐略微沉了沉脸,"不过你怎么能搞一夜情呢,太不像样了。坦白说,到底有过几次,有没有去医院检查过?"

"不好说,因为是我瞎编的。"确实与一夜情无关,这个号码只是涉及了他的一个秘密。

今晚他确实得意忘形了,面对哥哥时,他总有强烈的竞争欲,想证明自己是更知情解趣的男人，更足智多谋的儿子。

但柳子桐永远是一脸茫然，从不接招。他道："你怎么这样子啊，还像小孩一样，满嘴跑火车。"

"我劝你少训我两句。"柳兰京满不在乎耸耸肩，道，"今天吃饭你付钱，你再训我，我就挑贵的酒给你点上了。"

"既然我给你付了钱，那你倒给我个准信，我和她到底有没有希望？"

"其实你早就有了答案，只是来向我求一个肯定。那我能说什么呢？祝你们幸福吧。"

柳子桐不置可否，虽然面上没有显露太多，但让柳兰京说了一夜，他对王雅梦也确实暗自落了些怀疑。又像是为了打消这番怀疑，他回到家，就迫不及待地与王雅梦发起了视频会面。王雅梦在镜头前穿着居家服，不施粉黛，倒另有一种清透的秀丽，像是落在肩膀上小而白的梨花。

柳子桐比王雅梦年长十一岁，已经过了青春的鼎盛时期，人脉和体重都安然增长了。家庭和事业的种种事务里，他又不时生出力不从心之感，王雅梦的青春活力便对他成了一种滋养。她年轻，却不聒噪；单纯，却不笨拙。青涩的地方虽然有许多，但仍旧不失为一位好妻子、好继母的人选。

王雅梦笑着，说道："你耳朵红红的，刚才是喝了酒吧？我发现你一个特别的地方，别人喝酒都是脸红，你是耳朵红。"

柳子桐点头："对，我刚才和兰京吃了顿饭，正好说起怎么认识你的，他说你第一次发错信息其实是故意的。"

"他真的这么说？"王雅梦一愣，笑意暗淡了。

"是啊。"

"哎呀，被他看穿了，真是不好意思。"王雅梦用手挡着下半张脸，闭着眼笑,心里却在痛骂柳兰京,他实在碍事,明明她已经精挑细选,为他空降一位苏小姐过去,他竟然还有闲心管他哥哥的事。

但事已至此,也不知道柳兰京究竟和柳子桐说了什么,与其抵死不认,倒不如大大方方承认,往倾慕之情上引,以满足一个男人膨胀的自信心。她说道:"非常对不起,其实第一次见面的时候,我就挺关注你了,就觉得你很温柔,但又与众不同,不过那时候围着你的人太多,我怕突然接近你,会让你误会我别有用心,我想给你留个好印象,所以就一直在等你落单了,和你说话。"

"你太害羞了,这种场合你应该主动一点的。"柳子桐暗暗松了一口气,朝椅子上靠了靠。他并不在意女人对他用心计,只要心思落在他身上,钻营反而是一种用心良苦。

"这我也没办法啊,我性格比较内向,连主动联系你都是鼓足了很大的勇气,也不知道你喜欢什么,就想着小动物应该可以,就给你发了。假装发错了,这样你就算拒绝我了,也不会显得太尴尬,还能当朋友。"

"你其实不用在意这么多,我们的喜好挺相近的,再说我也不是我弟弟那种性格的人,他太刻薄了。"

"小柳先生啊,这我也说不好,毕竟接触的机会不多,不过我其实有点怕他,感觉他挺严厉的。"王雅梦眼睛朝下瞥,露出些闪躲的神色。这个问题她格外谨慎地回答,柳兰京毕竟是他的亲弟弟,一家人的事只有一家人才能说不是,她不能随意附和。

柳子桐感叹道:"兰京嘛,毕竟是弟弟,虽然快三十一岁了,可还是小孩子脾气,藏不住话,你也不要在意。我呢,也毕竟是哥哥,要多照顾些。"

"那你辛苦了,反　我这种独生子女是体会不到的。"王雅梦面上赔着笑,暗地里却是满腹的讥嘲。这世上就是这么不公平,柳兰京聪明绝顶,轻轻松松胜过柳子桐。可因为父母的偏爱，家里的财产丝毫轮不到他。不过要不是这样，她也就没有机会了。

王雅梦同柳子桐聊了一个多小时，才恋恋不舍地与他作别。临到最后，柳子桐说道："我的离婚案下周要开庭，孩子的抚养权可能是给我的。我和关筑不管发生了什么事，他毕竟都是我的儿子，如果我和你以后在一起，我还是希望你对他好一点。"

"我明白了，到时候让他叫我姐姐就好了。我自己也是有继母的，知道在孩子心里，母亲总是不能被取代的。我不敢说一定让他接纳我，但肯定会全心全意对他好。"王雅梦联想到自己，不自觉有些动情。

柳子桐见她一副情真意切的样子，自然受用，无不感慨道："我知道你是个好女孩，也不容易。我这里已经是晚上了，就先休息了。"

王雅梦笑着与他告别，屏幕暗下去，黑得毫无感情，像一面镜子，照出了她无表情的脸。房间外面响起开门、关门的声音，她的后妈回来了。这段时间，她的父亲又住院了，继母忙着照顾他，只有中午才得空回来休息。

她刚一到家，就殷勤着敲王雅梦的房门，轻声细语道："小梦，你吃饭了吗？阿姨给你买了点面条，你要吃吗？"

"我吃过了，下次放在外面就好。冷了我会自己热的。"应付柳子桐本就要处处谨慎，王雅梦压着一肚子的火，不耐烦道，"我下楼去抽根烟，很快回来。"

王雅梦会抽烟，只是轻易不让外人知道。她青春期是非常叛逆的性格，耳朵上打着六个洞，头发染成蓝色，一天抽一包烟。到她十六岁时，她父亲患了癌症，她的弟弟出生，父亲当年的靠山则坐了牢，整个家忽然变成一个硕大的空架子，四面漏风。千里搭凉棚，无不散的筵席。她知道不得不为自己早做考虑。于是她幡然醒悟，染回头发，洗掉文身，刻苦读书。

她的大学是在国外读的，正巧和徐蓉蓉成为同学，那时她已经改头换面，成了个甜姐，穿粉色白色的衣服，笑语盈盈的，同学们都说她是个好脾气的，从来不生气。她的气不过是闷在家里发，父亲的癌症是早期，手术之后还能工作，只是身体大不如前。

到她毕业时，家里的公司已经破产了，虽然瘦死的骆驼比马大，资产转移得早，日常的吃穿用度还是远胜常人，可在交际圈子里的地位却是一落千丈。她的弟弟刚三岁不到，就读的幼儿园差点把他开除，托了关系，好说歹说才留下。继母原本在公司挂个闲职，也不得不硬着头皮出去打零工。

王雅梦冷眼旁观着，只觉得活该。她的母亲当初就是因为婚变跳楼的，虽然之后找补，说她原本就患了抑郁症，但王雅梦只觉得是继母伙同父亲逼死了她。为这件事，继母和父亲也处处对她赔小心，许多年都没有再生孩子。原本她还能得过且过着，可是弟弟一出生，她就觉得这个家再没有容身之地了。

如果单纯是自己过日子，王雅梦是不用刻意找男人的。她的学历不错，工作也体面，在一家跨国制药公司的研发部工作，事不多，钱不少，过上自由的单身生活还是绰绰有余的。公司里也不乏追求者，但她想要更多，想要向上攀登，为的是一种荒唐的尊严。社交圈子其实早就吞噬了她。

她父亲一破产，曾经围在她身边的朋友大半都散了，也不直接与她绝交，只是冷冷淡淡，阴阳怪气，生怕她来找他们借钱。光是这样，倒也能忍，但生活水准的下降是切实的痛。她出门逛街，经过商场橱窗，第一次只用眼睛看着，手却不敢伸向钱包。她原本想搬出去住，可是公司附近的小区每一间都面目可憎。她的工资能租得起的房子又旧又小，保安跷着腿说闲话，门禁已经坏了，用一块砖头挡着门，有人在楼道口抽烟，一口痰飞了出去。

继母那边的情况也不好，她很久没出去工作了，再简单的事做起来也是手忙脚乱，又已经生疏于办公室政治，明里暗里让人针对，只打了三个月的工就逃回来了。她原本想给弟弟换个便宜些的幼儿园，可过去一看，回来就直摇头，没有一处是顺眼的。教室太破，还在用黑板上课，绘本不够多，老师的普通话带口音，下午吃的点心含糖量太高。

王雅梦这才明白过来，不是他们驯服了财富，是财富圈养了他们。她不是放不下钱，是放不下钱带来的位置。她必须不择手段地再爬上去。

于是，柳子桐是个合适的猎物。她之前也物色过几个男人，要么是空架子摆阔，要么是太狡猾。柳兰京就是后者，饭局上柳太太原本是想撮合两人的，王雅梦也努力了一番。她事先打听到柳兰京喜欢古典乐，就事先把钢琴家的照片当手机屏保。柳兰京看到了，却并没有开腔与她搭话。

王雅梦又试着主动些，给他看手机里自己和宠物的合影，为的是展示身材。她对自己的一双腿很自豪。柳兰京瞥了一眼，便道："好像拍到你的腿了，怪可怜的，腿上还有猫的抓痕，快点回去给宠物剪指甲。"

王雅梦笑笑，无言以对，心里指望着柳兰京出门掉下水道里淹死。这条路自然是堵死了，好在柳暗花明，弟弟不行，哥哥行。王雅梦经人介绍认识了柳子桐，这人傻得恰到好处。他正巧被离婚官司弄得心力交瘁，需要一个解语花来安慰。

第一次见面就迎上去，未免显得太急切了，所以王雅梦就要了个微信，之后再假装发错信息和他联系上。男女间交往就像做菜，火候要掌握好，太生的不行，太熟的不行，熟得恰到好处才行。所以她就有一搭没一搭地同他聊天，也并不急着回复，也不催着他那头回复。

就这么聊了一段时间,终于约出来见面了,这件事必须由柳子桐提。因此,初次见面他对她的态度懒懒的,显然并不觉得她有多出众,主要是觉得她性格讨喜。她务必要一次让他印象深刻,所以她把全部的筹码都押上了,弄破自己的手,演了一出戏。

　　如果是普通的约会,柳子桐已经经历过千百回,玩得再好也翻不出花样来,可这一次王雅梦受伤了,还是为了见他而受伤的,就足够在他心里加一点分量。她虽然手受伤了,可是脸上的妆容一点没花,还特意在眼睛下面涂了腮红,做楚楚可怜状。

　　柳子桐心疼道:"没事啊,其实你打个电话和我说一声就好了,不用一定再跑出来了。"

　　"我怕这样一说,你以为我是在找借口,就不约我出来了。"她原本是哭不出来的,但是猛地回忆起母亲自杀的场景,她跳楼时,王雅梦就在楼下玩,只听轰然一声,她的童年就戛然而止了。

　　王雅梦顿时泪流满面。柳子桐顿时就慌了,轻轻搂住她安慰。她趴在他肩头哭,心底却是冷笑,想着母亲曾经说过的话:"人生不是努力就有机会的,但是不努力连机会都没有。"

　　柳子桐果然上钩,这之后他们的感情日趋深厚。只是他不能在国内久待,还有和前妻的离婚案要处理,孩子也在加拿大。

　　和柳子桐恋爱后,王雅梦就成了家里的顶梁柱,吃穿用度都要从她手里拿。她也丝毫不客气,用钱报复她父亲和继母,他们想回到以前的生活就要靠她找男人。她要靠钱尽情羞辱他们,把钞票当作一张创可贴,贴在母亲死后她就流血不止的心上。现在一家人都要靠她养着,谁都要看她的脸色。

　　但一推门出去,她又何尝不是看别人的脸色行事。王雅梦恨透了她的继母,可现在又要处心积虑地给另一个孩子当继母。冥冥之中,她像是陷入一场因果报应中,如同一条蛇吞下自己的尾巴。

柳子桐出国后,他们便转为远程恋爱,一周有四五次视频见面。视频见面,背景都是自己家,因为时间放得宽松些,可以使的花招也多了。玩反差是前期最要紧的手段,务必让他感觉新鲜。王雅梦平日里给柳子桐留下个品位高雅的印象,在房间布置上就往天真可爱去。床上摆着玩偶抱枕,自己则穿着一套毛绒睡衣,还养了一只猫,名字叫豆包。

偶尔几次也有让他尝个鲜,她是抓紧了时机,洗完澡再打开摄像头的。热气熏得唇红齿白,眼神无辜,头发半干垂落在眼前,另有一派风情。又或者穿着吊带睡裙,盘着腿抱猫,猫跳下椅子去,她再起身去追,镜头一扫,掠过她的腿和锁骨,白得春意盎然。

她等了几分钟,再若无其事地回到摄像头前,问道:"猫没追到,算了。我们刚才说到哪里了?"

王雅梦知道自己是不算美的,但美不过是一种感觉,氛围到了,是投其所好也好,指鹿为马也罢,一念之间就觉得美了。

柳子桐已经是她的囊中物,拦在面前的反倒是柳兰京,所以王雅梦有意撮合柳兰京和苏妙露认识。如果他们的事成了,那柳兰京继承家业的机会就更小了,也是为柳子桐扫清障碍。再一个,柳兰京忙着恋爱,应该也就懒得管他哥哥的闲事。

谁知道柳兰京真的说到做到,要独身到底。苏小姐这样有手段、有风情的女人,她一个同性都多望两眼,柳兰京倒是正襟危坐当柳下惠。这家伙莫不是在国外出了意外,一蹶不振?

王雅梦叹口气,把烟头在垃圾桶上按灭,火光在她的眼睛里一跳,暗了下去。

柳兰京打了个喷嚏，嘟囔着："谁在背后骂我？"

苏妙露喝一口咖啡，随口呛他："你平时干多少坏事啊，这么多人骂你？"

柳兰京不多理睬，依旧低头去读他的论文。他昨天晚上突然收到邮件，有一份论文急着给出修改意见。他是老派作风，嫌弃手机屏幕太小，习惯打印出来写批注，就坐在咖啡馆里，一边等着谭瑛偕未婚妻前来，一边读论文。

苏妙露道："为什么你的教授当得这么无聊？"

柳兰京头也不抬道："你高估我了，我还不是教授，而且教授的工作就是这么无聊，就是发邮件、开会、讲课、写论文、改论文、发论文、读论文。"

柳兰京发邮件时，苏妙露穷极无聊，就随意抽了张柳兰京的论文纸，翻到反面空白处作画。她以前学过画，高考时甚至想考美院，父母极力劝阻才作罢。她的基本功还在，几笔勾勒出柳兰京的侧脸。

柳兰京伸长脖子偷瞄她，大言不惭道："不如本人英俊，鼻子还能画得高一些。"

苏妙露道："那是你的散光度数加深了，明明比你好看了不少。"

正说话间，一位衣着时髦的年轻小姐从后面走上前，轻拍柳兰京的肩膀，笑道："亲爱的，你不认识我了吗？"

柳兰京也是没防备地一愣，自上而下打量起面前人。二十五岁上下，瘦高个子，收窄的小瓜子脸，脖子修长，短发剪到齐下巴处，露出清晰得像纸页边一样的下颌线。穿一件真丝的荡领上衣，下身搭配一条斜裁长裙。她的眼睛并不是十分大，但笑起来自有一种文雅情态。

柳兰京一点头，说道："噢，我想起你来了。"

陌生女人歪着头，问道："那你还记得我的名字吗？我可记得你啊，柳兰京柳先生。"

柳兰京道："你现在的名字我确实不知道,不过我猜以后别人会叫你谭太太了。你让谭瑛那家伙快点过来,我实在是没空和他玩这种把戏。"

"他让我来找你,说一眼就能认出来,果然没说错,这里坐着的最好看的就是你。"短发女人一笑,便是摇头认输,温温柔柔走到旁边一桌,拍拍一个正用杂志挡着脸的男人。谭瑛起身,坐到柳兰京这一桌来,朝着苏妙露点头致意。他是个高个子男人,大眼长鼻,方下颌,不算好看,但有一种丈母娘最喜爱的端正长相,进可当公司老总,退可考公务员,是一望可知的老实人。他西装革履,一本正经地坐在柳兰京旁边,便是从头到尾的对照,更衬得柳兰京有些狡猾相。苏妙露一时间很难想象他们曾是意气相投的朋友。

久别重逢,柳兰京自上而下打量他一番,郑重道："你变了不少,胖了一些。"

谭瑛道："你倒是还和以前一样,说话真缺德,我最近有在健身。"他的手搭在那位短发女人肩膀上,介绍道："这位是林棋,我的未婚妻。棋子的棋。"

苏妙露分别与他们二人握手,说道："我叫苏妙露,是柳兰京的朋友。"

谭瑛点头,道："我明白了。你好,你好。"说着很用力地握住她的手。

苏妙露有些尴尬。柳兰京却转向她,说道："他这人一向这样,老实得有些傻乎乎,你看你这样子避嫌有什么意思呢。"他把椅子稍稍往苏妙露身边挪动,对谭瑛道："苏小姐是我的女朋友,这次我来看我哥,她就顺便一起跟着过来。"

林棋对谭瑛道："刚才的玩笑有些出格了,要是苏小姐误会了,就麻烦了。"

谭瑛却摆摆手,道:"不碍事,没有这么容易误会。他一看就是不喜欢你这个类型的。"

苏妙露听了脸色微变,林棋倒是若无其事,想来谭瑛平日不拘小节惯了,这番话也没什么恶意,倒是坐实了柳兰京对他的一番评价。

林棋是个知书达理的人,见谭瑛和柳兰京聊着往事,也插不上话,就和苏妙露聊天。苏妙露与她一问一答,才知道她的父亲是医院副院长,母亲在音乐学院当老师,大学是在加拿大读的,有个亲戚在温哥华,这次就是来访亲的。她现在在国内的美术馆工作。她和谭瑛是父母辈介绍认识的,最传统的相亲的法子,却在见面时一见如故。

见面的咖啡馆就开在商场里,谭瑛对林棋道:"那你顺便给柳兰京选个礼物吧。我记得再过两天,就是他生日。"

林棋急忙道:"柳先生喜欢什么我也不清楚,让苏小姐陪我一下吧。"苏妙露也不推辞,跟着她下楼去,为这对旧友找机会单独相处。

见她们走远,柳兰京举杯喝了一口咖啡,不咸不淡道:"你未婚妻脾气很好啊。"他莫名有些尴尬,这场景相比旧情人重逢也差不了多少。当初决裂时,幼稚归幼稚,在气头上,狠话都说过不少,现在回想起来总有些隐痛。

谭瑛道:"你的女朋友也很好,大美人啊,和你般配。"

"她看不上我的。"

"你这话就没意思了,你的事情我还是知道一点的,听说你这几年到处交女朋友。"

"就是因为这样,她才看不上我,不过是看在钱和我妈的面子上。算了,这件事说来话长,就这样吧,你过得还好吗?"

"还行,就那样,公司刚刚有些起色,我也能喘口气,处理一下个人事务,所以也算出来放个年假,到月底,我就和林棋办婚礼了,你到时候有空,我就给你发请柬。"

"嗯。"柳兰京把杯子里的咖啡一饮而尽,直截了当道,"你还记得金善宝吗?还有你们之间的那些事。"

谭瑛不自在起来,摩挲着下巴,说道:"噢,你要是想来和我道歉,倒也不需要了,我知道那时候你说的许多话都是无心的。"

"谁要和你道歉,你长得不美,想得倒是挺美的。我实话说了,让你和金善宝分手,这件事我现在也不觉得我有错。如果不小心伤到了你的自尊心,确实是我的不是,但别的就没有了。"

"那你又为什么要旧事重提?我都要结婚了。"

"就是因为你要结婚了,我才来提醒你,不要头脑发昏。我是昨天和金善宝见面的,她丈夫出轨了,搞得她整天发疯。她之前不知道为什么你和她分手,现在知道了,搞不好还要吃你的回头草。如果她去找你,你一定要把持住。"柳兰京犹豫了些,顾念彼此的面子,并没有提金善宝勾引他的事。

谭瑛颤声道:"她过得不好吗?"

柳兰京叹口气,两指搭住太阳穴道:"我和你说了这么多,你就提取到这么一个关键词?她背靠大树好乘凉,再不好也比你好,别眼巴巴送上门当傻子。"

"我知道了。"谭瑛猛地坐直,追问道,"等等,你是昨天见到她?那就是说,她现在也在这里?"

柳兰京一字一句道:"你有认真听我说话吗?"

"知道了,知道了。"谭瑛敷衍地摆摆手,说道,"我知道你的意思,我要结婚了,林棋也是个好女人,金善宝也是有夫之妇,我和她没机会了,可是我就是很关心她，毕竟，我们也是相识一场，我就是拿她当一个老朋友对待。"

柳兰京眼白朝上翻，冷笑道："你根本不是会说谎的人，我信你有鬼啊。你想着重温旧梦，小心她是用完就丢。"他还想继续，可谭瑛的电话却适时响起来，谭瑛本就懒得听他说教，便急忙起身，躲去一旁安静处接电话。

来电的是个陌生号码，接通后，有几秒的时间里，全无声音。他起先以为是电话出了问题，把音量调大，却听到了呼吸声。那么轻，却又支离破碎着，像是在哽咽。谭瑛想到了一个人，心猛地朝下一沉。

"别挂断，是我。"电话那一头，金善宝幽幽道。

谭瑛听到她的声音，顿时间千万种思绪决堤而出。他像是要溺毙的人，回忆的浪头一个接一个打过来，他挣扎着想探出头喘息，却被牵绊着向下沉。良久，他才问出一句："你好吗？"

金善宝说道："我想再听一听你的声音。听到你的声音，我就会好一些。"

"嗯，我在。"谭瑛的手心里出了汗，不是害怕，反倒是有些刺激。他骨子里是一个冒险主义人士。他忽然幻想到一种可能。

"我找到了我们第一次约会时我穿的那条裙子。真奇怪，我竟然还能穿得下。"

"那很好。"

"听说你要结婚了，是吗？"

谭瑛顿了顿，说道："是的，我和我的未婚妻都在温哥华。"

"那可惜了，我不在温哥华，要不然还能一起吃个饭。真是恭喜你了，你的未婚妻一定很优秀。"

"为什么这么说？我知道你在附近，有空见个面吧。"

"带着你未婚妻一起吗？我拒绝。"

"如果只是我们单独见一面呢？"

谭瑛还来不及反应，电话就被切断了，他依旧举着手机贴紧耳朵，怅然若失。商场里还是闹哄哄的，只有他耳边全无声响，热闹是别人的。他背上一阵冷一阵热，缓缓吐出一口气，才镇定情绪。过了几分钟，对面发来一个见面的时间和地址。

林棋和苏妙露已经回来了，谭瑛焦躁起来，远远盯着未婚妻的背影，担心她有看见自己接电话时片刻的失神。不过他对外一向是个有些木讷的人，这样倒也不足为奇。

谭瑛坐回位子上，林棋有片刻盯着他的脸，倒不起疑，只微笑道："这里的东西倒有不少，柳先生应该会喜欢。"

苏妙露一眨眼，嘻嘻笑道："你猜猜看啊，我给你买了什么礼物？你要是猜不对，我就自己私吞了。"

"那可不行，我生日怎么能便宜了你。"柳兰京玩笑着要去拿，苏妙露就撒娇般拍掉他的手。谭瑛仍有些愣神，林棋则暗暗掐着自己的手，兴许是一桌人都各怀心事，反而没人察觉她的反常。她竭力不去看向苏妙露，以免眼神中流露片刻的嫉恨。

柳兰京悻悻收回手，望向苏妙露，带着些笑，近于含情脉脉道："我有几次机会猜礼物啊?"他摆出这种无辜得近于撒娇的表情，几乎是无往不利。笑眯眯的，眼睛却像一道钩子，钩住心就往外搜。

苏妙露刻意错开眼神，不去看他，只说道："那就三次吧。"

柳兰京道："不用麻烦了，猜一次就够了，猜错了也好，送给林小姐，我就不费心给他们挑订婚礼物了。"他点起两根手指，装模作样道："让我来掐指一算,嗯,算到了,你送了我一支钢笔。"

林棋问道:"是怎么猜到的?"

柳兰京笑道:"心有灵犀嘛。"

苏妙露倒也配合,笑眯眯陪他演情深意重,从包里拿出包装好的礼盒送给他,是犀飞利的钢笔,"那提前祝你生日快乐了"。

柳兰京笑着收下了,只把礼物放在手边,右手却藏在桌下,偷偷握着苏妙露的手,指尖在她掌心画圈。苏妙露的心惊得要从喉咙里扑出来,抬眼去瞥柳兰京,却见他依旧微笑着,不动声色。她暗自冷笑一声,并不准备受这小伎俩的勾引。她握着柳兰京的食指,稍稍用力,猛地朝后一折。柳兰京吃痛,立刻把手撤了回来,很端庄地把手摆回了桌上。

谭瑛和林棋之后另有事要做,便只与柳兰京二人一起在咖啡馆吃了顿简餐。简餐倒也有从简的便利,说说笑笑间,气氛轻松,像是回到了学生时代。林棋是个话不多的人,却极善倾听,绝无咄咄逼人之感。苏妙露自觉对她生出好感,又联想起金善宝先前不可一世的嘴脸,倒也暗暗站在柳兰京这边,觉得拆散这对初恋也算不得坏事。

林棋对苏妙露倒也不是虚情假意,而是十二分之努力,强迫自己取悦她。林棋一向以绝对的道德要求自己。为先前的一件错事,她一向对人忍耐,凡事先找自己的责任。

她嫉妒苏妙露,自然是不对,光是想想就该抽自己一个耳光。恪守道德的人,处处小心,踏错一步就是前功尽弃。可心念一动,就像水面上浮着个橡皮球,压也压不下去。林棋的嘴一松,还是忍不住道:"其实我和柳先生有点缘分,我认识他的妈妈。"

她另外藏了半句话没出口,便是当初柳太太有意介绍他们相亲,只是柳兰京暂时不在国内,林棋母亲也不赞同,反倒让谭瑛抢了先。柳兰京在外的评价不好,是个让女人宠坏的浪荡子,错过了本不足惜。可林棋此刻亲眼见了,对他几乎是一见钟情。这下就悔不当初了,柳兰京举手投足间轻快潇洒,很容易就把谭瑛比了下去。人往往逃不脱这样的心态,错过的东西总比已经得到的要好。

柳兰京似有所觉察,意味深长道:"那你和谭瑛倒是有缘分,连我妈这种远房亲戚都认识你了,你是要嫁给他才对了。"

谭瑛从旁笑笑,似乎不以为意。他虽然面上木讷,但对林棋很是温柔体贴。她随口抱怨了一句不该穿新皮鞋出门,脚破皮了,他就立刻跑到商场的运动鞋专柜,为她买了双新鞋换上。

苏妙露感叹道:"老实人还是有老实的好,不比有的人只会嘴上调情。"

开车回去的路上,苏妙露照例还是坐副驾驶位,问道:"你是怎么猜到我给你买钢笔的,可别说什么心有灵犀的鬼话了。真的心有灵犀的话,我应该能猜到你银行卡的密码才对。"

柳兰京道:"其实就是简单的推理。你们既然要我猜,就是把礼物放在口袋或者包里,那就不会是大件,你之前也没有问过我喜好,所以不会买太私人化的东西,像是戒指什么的。你会买一件有点价格,但又不是贵到离谱的东西。而且这家商场我之前来过,我知道一层有些什么店,上档次的店就这么几家。几个条件结合一下,就是钢笔一类的文具了。"

苏妙露忍不住赞叹他的聪明细致,那张裱起来的博士毕业证倒不是凭空摆设,但她赌着气,不愿太轻易表扬柳兰京。这已经是第五天了,如果她还不能让他动心,那很快就要举白旗投降回家了。他们都是久经情场的人,忙着进攻与防守,技巧用得越多,真心就推得越远。

第七章 恶意

这天下午,杰西卡又要出门约会。她和旧情人进展神速。他独身了许多年,正忙着重温旧梦。杰西卡则惊喜地发现这么多年过去了,对方没有发福,头发也健在。基本可确定,她晚饭是不会回来吃的。关筑也来把儿子接走了,小侄子临别前特意吻了苏妙露,乖巧挥着手说下次再来玩。柳兰京站在苏妙露身边,目送着侄子上车,与她一起挥手道别。他们那恋恋不舍的劲头,看着倒更像是一对新婚夫妻,送儿子第一次出远门。

人全走光了,偌大的一栋别墅,忽然只剩下他们两人,风在空荡荡的房间里奔逃着。天气似乎转凉了些,也可能是离别的情绪作祟。柳兰京道:"既然只有我们两个人,那你晚上可以随意一点,反正我也挺了解你了,你再做什么,我都不会吃惊了。"

苏妙露笑道:"那好啊,你陪我喝酒吧。杰西卡昨天和我说,她有几瓶酒放着占地方,让我喝掉也无所谓。你能喝酒吗?"

柳兰京道:"只能喝一点点。"苏妙露自然不信他,问起柳兰京,他总说一点点。他手边的钱,只有一点点;弹钢琴,只会一点点;打网球,只会一点点。他的一点点酒量,大概是千杯不醉的量。

到了晚上，她特意小心着喝酒，不要让柳兰京灌醉。虽然这几天相处下来，他举止做派都算个绅士，但确实性格古怪，举止难以捉摸。苏妙露还是存着些戒心的。晚饭是电话送来的中餐，装在纸盒子里的。柳兰京原本劝她换一家，说温哥华的中餐没有一家能吃的。苏妙露不信这个邪，说这家是新开的。结果菜送过来一看，谁都没说对，这家馆子的菜不好吃也不难吃，就是西派。他们吃了左宗棠鸡、炸鱼饼、陈皮咕咾肉，还有幸运饼。烤得不错的三角形脆饼里，夹着有祝福语的纸条。

苏妙露看着自己的纸条，忍不住发笑，上面写道："Don't worry about money. The best things in your life are free.（不用担心钱。你生命中最美好的东西都是免费的。）"这样的心灵鸡汤她自然不信，出声调侃道："哪有什么东西是免费的？我吃这顿饭是需要付钱的。"

柳兰京道："那就说明这顿饭对你来说不够美好。"

苏妙露探出头来凑近他，问道："你拿到了什么签纸？"

柳兰京耸耸肩道："比你的那张还傻。"他拿给苏妙露看，上面写着："A beautiful, smart, and loving person will be coming into your life.（一位美丽、聪明、有爱的人将来到你的生命里。）"

"确实傻，那就喝一杯，敬这个傻傻的纸条。"苏妙露举杯，仰头一饮而尽，柳兰京也只能笑着奉陪。他把杯子喝空了，面颊上却不见丝毫红晕。苏妙露愈发觉得他的酒量深不可测，却还是想借着酒劲，套出些真心话。

她问道："你到底为什么突然不想结婚了？"

柳兰京道："不是突然，我一直不想结婚啊。恋爱总是很有趣，可是一旦到了谈婚论嫁就变得很麻烦，财产的分配，两个家庭的调和，还有生活中的琐事，太麻烦了。"

"得了吧，你们男人就是这样，什么便宜都要占，什么好处都想拿。恋爱了要结婚,结婚了又想恋爱。"

"你这句话里全是逻辑谬误。"柳兰京笑着,两根手指抵着太阳穴,垂下眼睛,带点无可奈何的神情。他戴着眼镜,略一抬眼,睫毛几乎扫到镜片上,说:"怎么说呢?婚姻的好处是有边际效应的,越是有钱的人,婚姻对他们的实用价值就显得越少。对普通人来说,结婚就意味着免费的性、稳定的家庭、子女的抚养和家务的分担,增加了抗风险的能力。但是对我来说,这些都是可以用钱买到的,反而是自由的时间和心情的平和显得更重要。"

苏妙露冷笑道:"听听这话,男人啊男人,便宜都让你占了不是?"

柳兰京又为自己斟了些酒,边喝边说道:"说得没错,我就是爱占便宜,不过至少不虚伪。你倒说说看,世界上有什么关系是绝对公平的?父母和孩子,丈夫和妻子,兄弟姐妹,永远都是得势的一方更得意,什么公平,骗骗傻子罢了。"

"你既然占了便宜,怎么还一副愤世嫉俗的样子?"

他抬头凝视着苏妙露,微微一笑,道:"因为我很自私,不但要占便宜,还要吃了亏的人心甘情愿爱上我。我想被人爱,却不敢爱别人。"

"哪有这样的冤大头?"苏妙露轻声说。

柳兰京咯咯发笑道:"反正这人不是你就好了。我知道你很讨厌我。"

"话也不要这么说。"她追着要解释,柳兰京却不理她,却忽然搭住她的肩膀,眨眨眼,用一种孩子气的口吻问道:"你喜欢小狗吗?"

"喜欢啊。"

"我也喜欢,不过我更喜欢长颈鹿。你看过长颈鹿宝宝吃叶子吗?就很可爱,嚼啊嚼的,看着就胃口很好。我也想养长颈鹿,可是我爸妈不让。为什么啊?可以养在阳台上,让哥哥搬出去就好了。"

"你喝醉了吗？怎么开始胡言乱语了？"

柳兰京摇摇头，只跌跌撞撞地躺倒在沙发上，眼镜都不摘，就闭着眼睡觉。狼来了喊了太多次，没想到这次是真的了，他好像醉得不轻，一眨眼就睡着了。

实在是觉得他诡计多端，她试探着上前，轻轻推了他，又叫他名字，都没有回应，他把手挡在眼睛前面遮光。"柳兰京，你还醒着吗？你醒着的话，就和我说一声你的银行卡密码，好不好？"想来是真的醉了，她一边说，一边温柔地为他摘下眼镜，拨开他落在鼻梁上的一缕乱发，"你皮肤真好啊。你得罪你前女友，她偷偷给你下雌激素了吗？"

他侧过身，继续睡，睫毛轻轻颤动。她坐在边上，摩挲着他的头发，低声道："你说我讨厌你，倒也没错。可也不要分场合，你现在这么乖，我还是很喜欢你的。"

他的鼻子虽高，可鼻梁细窄，侧过脸来太锐气，可正面看倒有一丝文质彬彬。面颊旁的一撮头发，随着呼吸飘开。她凝望着，心念一动，弯腰就吻了他的额头。这几天来的平衡太微妙，像是在跷跷板的两端来回跑，一个闪失，就连滚带爬摔下来。说是意气用事，也不得不认。她就是太容易心动，只一瞬间，昨日和明天都不顾及。

她的嘴唇刚撤开，他却忽然睁开眼，扶着沙发靠背坐起身，用一种茫然而无辜的眼神望定她，低声问道："你在做什么啊？"

她一吓，连退几步，支支吾吾解释道："给你个晚安吻，早点睡吧。"

他点点头，似乎很轻易就相信了，醉鬼就是这点好，又伸出手，很自然地牵过她的左手，在手背落下一吻，说："那你也早点休息。"

她一惊，疑心他是装醉，急忙把手收回，试探道："你是不是在借酒装疯？"

他暧昧一笑，近于玩笑般地抬手帮她把一缕乱发别过耳后，手指一路从发丝里顺下去，贴着她耳畔低声道："是又怎么样，你也拿我没办法。"

她让他摸得头皮发麻，咬着嘴唇把心一横，恍恍惚惚就全无顾忌了，直接按着柳兰京把他往沙发上推，心急火燎地要解他皮带。可她刚把衬衫从裤子里扯出来，他又推开她，背过身彻底睡死过去了，她趁乱弹他额头都没用。

苏妙露近乎气急败坏起来，柳兰京说到底就是个没心肝的老手。但凡是个女人，他一套把戏都能熟门熟路演出来。醉鬼的真心是见者有份的，明天酒醒，他估计早就不认账了。

"你还真是不怕我仙人跳呢。"她握着柳兰京的手，又去捏他的脸，上下揉搓一阵，红了一片，都不见醒，"男人就是这点好，什么时候喝醉了都不怕。"她凑近看到他有一根白发，也不客气，随手拔了，没拿捏好分寸，一并扯下几根黑发。他只皱了皱眉，依旧不醒。

"你就这么放心我？"她赌气般把手搭在了他的衬衣领口，自上而下，一颗颗解扣子，"即便我现在坐怀不乱，也没个贞节牌坊颁给我。我才不担这个虚名呢。"

柳兰京是在床上醒来的，他挣扎着起身下楼，看到餐桌上摆着水杯，就直接拿起来一口喝干，水还是温的。苏妙露似笑非笑地看着他，说道："我特意给你倒的水，也不说一声谢谢吗？"

"谢谢了，不过我头痛得厉害，你昨晚应该多让我喝水的。宿醉头疼就是因为水分流失了。"

"宿醉第二天，头疼不要紧，屁股疼就危险了。"苏妙露跷着腿，很是悠然地靠在沙发上问他，"你还记得昨天发生了什么吗？我们昨天可是一夜缠绵啊，看你的样子似乎是全不记得了。"

他瞥她一眼，有气无力道："有点基本常识吧，醉到不省人事的程度，血是没办法流到不该流的地方的。"

"不相信吗？我可是拍了视频的。"苏妙露拿出手机递给他，"你准备花多少钱从我这里买下来呢？"

柳兰京将信将疑，点开播放，视频里他正躺在沙发上睡觉，苏妙露解开他的衬衣扣子，想给他换睡衣。他却猛地睁开眼，抓着衬衣下摆不愿松手，还口齿不清地说不准抢。大概折腾了两三分钟，苏妙露终于哄他把睡衣穿上，又去房间拿了毯子。他却不愿意盖着毯子躺下，开始砸东西玩，把银餐具往玻璃杯里丢。

"挺好的，我在考虑要杀你灭口了。"

"别嘛，我是很好贿赂的，请我吃顿饭，我就把视频给你。"

"别给我了，你删了就好。"柳兰京一低头，后脑勺的头发全翘起来，苏妙露笑着为他指出来。他急急忙忙冲去洗手间，一番简单梳洗后，出来的又是人模狗样的一张皮。

"你的头发打理起来还真容易。"

"这个发型花了我五百刀，如果不方便打理，我就要拿这笔钱，买把枪杀了理发师。"柳兰京倒也不多顾忌了，当着苏妙露的面就脱下睡衣换衬衫。她偷瞄了一眼，他是真的白，像是牛奶浇了一遍。

他把睡衣叠好拿回房，走到楼梯一半，想起什么，回身对她道："你是不是还欠我一次？"

"欠你什么？"想到昨晚的疯话，她面上也一红，决心抵死不认。

"你答应我要一起看电影的。"

"哦，你说这事啊。不是在等你有空吗？那今天看怎么样？"

自然是好，房子里就有个小放映室。他的头疼一时半会儿好不了，也打不起精神来做事,就抱着条毯子与她坐在一处。屏幕亮起来,没想到是黑白片,片头字幕很陈旧,导演刘别谦的名字倒听说过。

苏妙露道:"你原来喜欢这种老片子啊。"

柳兰京闷声道:"我喜欢看黑白片,特效太多的电影晃眼睛。"这电影他显然已经看熟了,到一些俏皮话的地方,他是抢先微笑。她原本只把自己当陪客,嫌黑白片无聊,后面看得入神了,反倒忘记身边人了。

起先他们中间还隔着一条毯子,到杰西卡回来时,柳兰京已经靠在苏妙露肩上,毯子平铺开了,一人一个角搭着。她笑道:"看来你们也过了一个很美妙的晚上。"

柳兰京干笑两声,手指抵着太阳穴,头依旧在疼。苏妙露见状把毯子往他身上推了推,笑道:"昨晚确实很好。"

昨晚的柳兰京作为一个酒鬼,确实可爱。不发酒疯,也没有吐,胡言乱语完了就想睡觉。苏妙露连着去了他的房间几趟,起初只是为他拿睡衣和毯子,可是最后一次把衬衫放回房间,仔细叠好,她又觉出些别扭来。照顾得如此贴心,反倒像是夫妻间尽到的义务了。可他们的关系还远没有到这地步,七天的探亲时间所剩无几,她终究没有勾引得他心动。期限一到,一分别,想来以后就是各走各路了。

她忽然想起柳志襄同她说的悄悄话,柳兰京房间的第二个抽屉里有秘密。小孩子的话,并不是太可信,但她多少还是耐不住好奇,悄悄地走到书桌边,自上而下数,抽开第二个抽屉,只见里面堆满了卷筒纸。

倒还真是个意外。如果抽屉里放着钱乃至金条,她都不会太惊讶。可柳兰京何苦要这么多卫生纸?他就算肠胃不好,这点纸也够他用到脱水了。他就算是此时此刻出车祸,玻璃割破他动脉,用这点卫生纸估计也能堵住他的伤口,顺便把他包成木乃伊。

到下午,柳兰京信守承诺,愿意请她出去吃晚饭,也愿意由她挑餐馆。苏妙露本想着敲他竹杠,又好奇他的品位,就说道:"你选一家你喜欢的吧。"

柳兰京笑道:"你这么说的话,可就亏大了,我喜欢垃圾食品。"

"谁不喜欢呢? 我也喜欢,晚上就吃这个好了,也算提前给你庆生。"

于是柳兰京说到做到,真就带她去吃了达美乐比萨。柳兰京开的是他哥的跑车,停在餐厅附近的停车场,显得格格不入。快餐店里也不用精心打扮,苏妙露穿着球鞋就去了,和他的卫衣也算般配。

这次出门是最随意的一次,但彼此兴致都高,反倒最近于一场约会。进门前她看了眼时间,这已经是她在这里的最后一晚,明天这个时候她大概已经到国内机场了。无功而返,自然有淡淡的失落,却也不至于太恼火,她的怨愤早就让一丝柔情抚平了。

柳兰京点完单,等待的间隙里和苏妙露说道:"我读大学的时候喜欢吃这个,既好吃,离我住的地方又近,还总是搞优惠。有优惠的时候还能叠优惠,到了晚上九点还能再打折。所以我每周就选定一天,到了晚上九点去吃,吃完之后心满意足地回来。因为我每次都是一个人一声不吭地走出门,然后喜气洋洋地回来,又是固定的时间,搞得我室友差点以为我找毒贩接头了。"

"那后来呢?"

"后来终于有一天,他忍不住了,在我出门前拦住我,问我出去干什么。我说去弄好东西。他很紧张,说你是不是去弄摇头丸了。我说,这可比摇头丸好多了。他更害怕了,问我是不是去买海洛因。我说不是吸毒,我是享受一种廉价、肤浅,有时候一晚上可以有两次的快乐。他终于松一口气,说原来你是去嫖妓啊。"

苏妙露大笑出声，笑完后心里又有些哽着，像是喉咙里卡着根鱼骨头。她说道："你们男人就是这样，把嫖妓的事当作无所谓的东西。一方面要自己的妻子守身如玉，一方面又希望别的女人够放荡。说得难听点，就是下贱。"

"你的观点，我不支持也不反对，但是有一样，如果世界上的男人都下贱，那说明世界上的女人都是白痴，否则何苦爱上男人，生儿育女？要是将来人类文明毁灭了，男女两性谁都脱不了干系。"薯条和比萨摆在桌上，他很熟练地把番茄酱挤在饮料盖子上。

她举手投降，却不忘从柳兰京这里偷点薯条吃，嘴上说道："我是说不过你，你是大教授，在学校里净是练嘴皮子了。"

他倒也绅士，不忘把番茄酱推到她面前来，单手托着腮，只静静地看着她吃。她也顾不得吃相雅观了，他们本就是在快餐店约会，再说他对她本就是知根知底，装腔作势端架子反倒显得做作。

他递了张纸巾给她，柔声道："擦一下手，我有个小礼物给你，这几天也算是麻烦你了。"他从口袋里掏出一个蓝色的丝绒盒子，放在桌上，推过去，"打开看看，喜欢吗？"

苏妙露笑笑，心里并不当真，想着柳兰京这几天也没摆过阔，送的理应不是什么贵重礼物。她就欣然笑纳，很随意地打开盒子，猝不及防就让宝石的光在眼底一晃。她急忙关上盒子，想到这里是快餐店，人多眼杂的，不适合露富。盒子里是一对红宝石耳环，鸽血红浓得化不开，主石有半个指甲盖大小。

"之前问你喜欢什么颜色，你说喜欢红的。我想这个也确实比珍珠更适合你。火一样的性格就适合火一样的宝石。附赠的GRS证书在我这里，送礼物还带本说明书就太傻了，我就不一起给你了。"

她一时间心乱如麻，如果她对柳兰京是全然的虚情假意，也就大大方方把这礼物收下了。可坏就坏在她还存着一丝侥幸。男人愿意送贵重礼物，或许还是存着一丝好感的。

她偷瞄柳兰京的眼睛，临到最后，终于还是承认他的厉害了。昨晚鬼使神差的一吻，搅得她心烦意乱。他始终是游刃有余的，不急不躁，不慌不忙。混归混，刻薄归刻薄，他的优点也显而易见：幽默、博学、细心，还有红宝石在灯下闪着光。他抱着小孩说话时的语气又极近温柔，足以让一个善于幻想的女性构建出婚后一家三口的温馨场景。

柳兰京正微笑着望向她，快餐店昏黄朦胧的光照下来，称得上柔情似水了。这一望，苏妙露几乎要缴械投降了，可是话到嘴边，还是忍住了，不愿意对他袒露心迹。

她骨子里带点世俗的狡黠，凡事留个心眼，只愿意贪图小便宜，大便宜从不敢妄想。柳兰京这样的男人巴巴地送上门来，她不信他会这么容易动心，甚至忍不住开始胡思乱想，他是不是当真不行。

她琢磨着他说的话，又忽然想到一处破绽，问道："你家里不是很有钱吗？干什么要和别人合租？还吃打折的快餐，搞得惨兮兮的。"

柳兰京苦笑，说道："但家里的钱不是我的钱，我不像我哥，有底气理直气壮地找父母要钱，我那时总有些赌气，想证明自己不花家里的钱。"

"为什么啊？你和你爸爸关系不好吗？"

柳兰京反问道："你觉得我和我妈妈关系怎样呢？你有读过郑伯克段于鄢的故事吗？"

苏妙露噘起嘴，带点得意的神情道："这个我当然知道，我读书的时候学过，我还是语文课代表，说郑庄公和他弟弟争王位的事情，他妈妈偏心他弟弟。"

"是啊,武姜偏心共叔段,讨厌郑庄公,是因为生孩子的时候难产了。难产的母亲看到生下来的孩子,总是会下意识地回忆起难产的痛苦,很难不讨厌这个孩子。我妈生我的时候也难产了,更可怕。她的肠壁太薄,所以产道和会阴都撕裂了,子宫脱垂了。她是抢救之后才活下来的。但是也在医院里躺了很久,而且出院后有半年是要拄着拐杖走路的,许多事完全不能自理,还留下一身的疤。她病了很久,等差不多恢复的时候,我已经三岁了。我们对彼此都很陌生。"

他吸了一口可乐,用极寻常的口吻回忆着,像是在说别人的故事,苏妙露却听得心惊肉跳。她对双亲再不满,也是得到过足量的爱的,从未想过有母亲会这样怨恨亲生的孩子。

他继续道:"我妈大概本来想当个好母亲,可有一次她给我洗澡时,我看到她身上的疤痕,还有妊娠纹,吓得哭出来。她就抽了我一耳光,再后来就是保姆和爷爷奶奶照顾我了。初中我去的是寄宿学校,高中以后的事你都知道了。我妈因为身体弄成这样,我爸自然也不太愿意和她同房了,他在外面有几个女人,但是没有孩子。他大概也把责任推到我身上,如果不生我,他们大概还能当几年恩爱夫妻。我大概就是家里多出来的一个人。"

苏妙露一愣,满心的柔情像杯子里的冰块,熬不住融化成水淌出来。她眼神闪烁着,心念一动,一句话就很自然地从嘴边滑了出来:"就算你的父母不在意你,也是有人在意你的。"

柳兰京闻言,眼角一弯,略带讥嘲地笑出了声,说道:"不是吧,你还真喜欢上我了? 这样的鬼话,你竟然真信啊。真是好骗啊。"

他稍稍昂起头,带着些获胜的得意,说:"女人的母性泛滥是很危险的,看样子,你刚才就要因为怜惜爱上我了。可惜都是骗你的,我妈生我的时候顺利得不得了，我还早产了几天，所以她格外关心我，把我宠得无法无天。读书的时候，我总是闯祸，打架逃课，在厕所里丢鞭炮，我爸恨死我了，觉得我在国内被宠下去肯定完蛋，就把我送出国，我妈本来每隔几个月就来看我，我说不用了，她才不来。我哪有什么悲惨童年啊，都是为了骗你上床的。"

苏妙露又气又耻，面颊上一阵红一阵白地烧。她泪光一闪，瞪着他，刚要反驳又被他打断道："你大概觉得你和别的女人不一样，值得我另眼相看。确实不一样，别人还要我去追，就你是主动送上门的。要找个你这样的伴游，还要花不少钱。你既然免费，那不要白不要。我可以先睡了你，再履行我的承诺。"

他咬着吸管，嗤笑道："苏小姐，长个教训吧。你这人真的不聪明，感情用事，心气太高，手段又少，同情心又泛滥，稍微一点好就能打动你。如果是个男人，还能当个情圣，可惜是个漂亮女人，很轻松就能被人吃得骨头都不剩。有空多看看社会新闻吧，总能找到一个你的下场。昨天要是喝醉的是你，我说不定就把事情办了。"

苏妙露气得嘴唇发抖，站起来，抄起手边喝剩的可乐就泼在他脸上，然后夺门而出。她迎着风走了十来分钟，并不认识路，只是气昏了头，想着离柳兰京越远越好。温哥华的秋夜萧瑟得厉害，天一暗，暗得苍茫荒凉，路灯都是影影绰绰的。整条街上行人稀少，只是偶尔经过几个夜跑者。

苏妙露在冷风里一冻，打了个喷嚏，倒也清醒了。柳兰京再混蛋，也犯不着为了他和自己怄气。异国他乡的，她要是真出了事，柳兰京兴许还要拿她当谈资，说有个女人为他在国外失踪了。

她掏出手机，打开定位看地图，身上还有些零钱，想找最近的地铁站。

她并不指望柳兰京会出来找他，他这人上限和下限都惊人。她刚才哭了，眼睛下面一片湿润，风一吹，冰冰凉凉的。她想掏出纸巾擦眼泪，可是却意外摸到了口袋里的礼盒。

她打开盒子，红宝石在黯淡的夜色里是沉郁的颜色。她苦笑，柳兰京就是用这耳环给她估价了，她的尊严就值这些。她随手就把这盒子丢出去，气得胸口发闷。

盒子掉在地上开了口，耳环滚出来一只，沉甸甸的，没落得太远，就让一只手捡了起来，拍去上面的灰，小心翼翼地放回去，说道："生气归生气，倒也不用作践东西。好歹是花钱买的，你要是不想要的话，不如还给我。我还能凭发票退了呢。"

柳兰京微笑着，把耳环重新递还给她。他虽然擦过脸了，可是头发上的可乐还在滴滴答答往下淌，衬衫领口一片污渍。

"是啊，东西不能作践，我就可以作践，毕竟便宜，对吗？"

他不置可否："天冷了，虽然温哥华治安好，但是也要小心感冒。跟我回去吧。"

她一把拍掉他的手，嚷道："别玩这一套，给个耳光再给点糖，真当我好骗啊。闲得无聊，就拿别人寻开心。你不觉得你是个下贱东西吗？"

他歪着头，像是颇为认真地考虑了一下，说道："不觉得啊，我觉得我英俊潇洒，才华横溢，性格又好，实在是万里挑一的好情人。"

苏妙露彻底与他撕破脸，也就无所顾忌，开腔骂他："我竟然同情你，也是我傻。一个丫鬟，还敢同情你个少爷。不过你这少爷脾气找别人伺候去，我不奉陪了。你也别以为女人看上你是喜欢你这个人，你也配？你这人刻薄任性，自私自利，行事怪诞，为人孤僻。我要是你父母，也喜欢你哥哥，看不上你。你除了投胎好，简直一无是处。"

"你说得没错，我就是这样。"柳兰京垂下眼，双手插兜，笑了笑，"你的火气也发够了吧，可以和我回去了吧？明天还要赶早上的飞机，你还是早点休息吧。"

他们一路无言地开回了家，杰西卡一见苏妙露面上披霜带雪的，就猜他们是吵了架。苏妙露也懒得解释，杰西卡说到底是柳兰京的姨妈，又有什么可说的。她也不过是靠着柳兰京的面子借住下来，他们一家亲亲热热的，与她有什么干系？

柳兰京倒还笑眯眯的，只说道："苏小姐玩累了，让她早点休息吧。明天早饭不用等她了。"

苏妙露心力交瘁，洗完澡就往床上倒。房间的气息依旧是陌生的，这里终究不是她的家，这几天来的一切快乐都是缥缈的，只有今天的打击是切实的。她把脸埋进枕头里默默流泪。哭完，她给父母发消息报了平安，避重就轻，只说明天就能回家了。他们立刻回复，问她的航班，要去机场接她。

她忽然如释重负，想起了自己的房间，小小的，阴雨天泛着潮气的房间，连一面穿衣镜都展不开。房间里画着身高标记的墙，总是起褶皱的床单，面上有刮痕的书桌，还有她的生活，与柳兰京全无关系的生活。由着这王八蛋去闹吧，他们母子的事与她本就毫无关系，她已经为柳太太的报酬尽了一切努力。

她在床上躺平，长舒一口气，只想沉沉睡去，可越是这样，反倒越是全无睡意。只能开着手机，百无聊赖地翻开，正巧看到柳太太发来的一条消息，问她有没有睡。她原本不想理睬，到底还是收了钱，就说没有，问她有什么事。

柳太太回复她："你趁着柳兰京不在房间，帮我找找看，他房间里有没有药。"

苏妙露一惊,问道:"什么药?"她第一反应就是柳兰京嗑药,这反倒能解释他行事的反复无常。

柳太太刻意不答,只说道:"找到药瓶的话,把药名告诉我,然后不要对外声张。"这话一出,苏妙露更是紧张。一想到柳兰京是个瘾君子,先前的各种暧昧心意,顿时烟消云散。

柳兰京正在洗澡,杰西卡已经在卧室休息了。苏妙露望着浴室的灯,蹑手蹑脚地溜进他房间,好在也不是第一次了,翻找东西倒也轻车熟路。书桌有四个抽屉,正中间的一个放着护照、零钱等一堆杂物,右手边三个,自上而下分别是文具、纸巾和一沓有批注的论文。床头柜摆着几本书,抽屉里是内衣裤袜。她猜药瓶可能放在衣服里,就拉开衣柜,一件件衣服去摸衣兜,确实翻出来一个药瓶,但标签全是英文。她还来不及细看,就听到走廊响起脚步声,柳兰京回来了。

浴室在走廊尽头,苏妙露只要一出房门,柳兰京必然有察觉。情急之下,她只能躲进衣柜,蜷缩着拉上柜门。

衣柜门上有一条细缝,苏妙露听着开门声,满心忐忑地往外瞄,就见柳兰京裹着条浴巾,衣襟敞开,披着件睡衣就回来了。他弯腰在床头柜旁翻找着,浴巾一扯,苏妙露才发现他没穿内裤。她呼吸一滞,急忙闭上眼,想看又不敢看,只影影绰绰瞄见雪白的腰与手臂。她把心一横,睁开眼,却发现腰以下的部位让床尾挡住了,又不由得觉得惋惜。

柳兰京似乎并无察觉,躺在床上,跷起了腿,很悠闲地读起了书。苏妙露再不喜欢他的脾气,也要承认他戴眼镜的样子俊秀文雅。他读了五六分钟的书,手机铃响,他推了推眼镜,坐起身接电话,低声道:"对,是我。"他的神情瞬间温柔下来,起先苏妙露还以为他和旧情人通话,可接着却听他抱怨道："你还是第一句就问我哥,他挺好的,活蹦乱跳的。"苏妙露这才明白,对面是柳太太。

柳兰京起先的态度还带着些欣喜,可也不知柳太太说了什么,他逐渐失落消极起来,只偶尔敷衍地应上几声,接话道："你要是不相信,可以去问苏小姐,她也看到了,我哥和关筑闹得不可开交,为了赌气,不付钱,连孩子都不想管了。他们反正觉得趁年轻还能再有一个。"

又过了几分钟,他愈加烦躁起来,赌气般说道："你这么在意柳子桐,你干脆自己飞过来看他,也不用我给你报信。反正我说什么你都不相信。随你的便好了。你也不用装模作样管我了。我算什么啊。"说完气话,他又像是有些后悔,坐着咬起了指甲。

柳太太似乎并不哄他,反倒在火上浇油。柳兰京捏着手机,皱着眉,眼圈发红,神情愈发委屈。他故意咳嗽了一声,掩饰哽咽,气急败坏道："是是是,我就是个垃圾货色,刻薄任性,自私自利,行事怪诞,为人孤僻,你看不上我也正常,你们亲亲热热当一家人好了,管我做什么? 还有别的事吗? 没有我就挂了。"

柳兰京挂断电话,坐在床边,怔怔出神。苏妙露这才想起,算上时差,国内柳兰京的生日已经到了,显然柳太太并不记得这事。她又听到柳兰京复述了自己先前骂他的一番话,显然他是伤了心。还不等她生出歉意,就听到一声闷响,柳兰京倒在地毯上,抽搐起来。

这场面,苏妙露一时间也看呆了,咬住一节手指,生怕弄出响动。柳兰京趴在地毯上,一边抽搐着,勉强抓着床脚朝前爬了几步,抓开抽屉,慌乱中抱着头,像是挨打的狗一样蜷缩着颤抖。过了好一阵,她才反应过来,他在发癫痫。

她原本以为柳兰京说不结婚是吓唬父母的,好让他们对他多关心些。

现在想来并不完全是虚言，他的癫痫会遗传，不能有孩子。看他这么喜欢孩子的样子，这对他无疑是个重大的打击。而且癫痫发作时很难堪，以后结了婚，妻子必须从旁照顾着，爱意难保不被这样的场面一次次损耗。

柳兰京抖得太厉害了，吓得旁观者也心惊胆战。苏妙露之前没见过癫痫病人，只在滑稽故事里看过，里面的角色发癫痫时要找根胡萝卜塞在嘴里，以免咬到舌头。舞台上的演员也在抖，抖得越是丑态百现，台下的观众就鼓掌鼓得越发卖力，苏妙露也跟着父母一起笑。可她现在却只觉得害怕，忍不住要哭，柳兰京这么骄傲的人，竟然有这种病。

一瞬间，苏妙露就彻底原谅了他，甚至出于怜悯，开始为他先前的一切找理由。她太清楚自尊心是怎么折磨人的，又怕又怒又妒，看不上别人，也看不起自己。她又反应过来，柳兰京先前说的一番话应该并不是谎话。

他就是个难产出生的孩子，父母不爱他，又偏心远不如他的哥哥。他还得了癫痫，愈发在自惭形秽与怏怏不服里挣扎。他把苏妙露叫来，也不是为了情欲上的考量，只是以为她是柳太太的人，想让她做个见证，回去通报母亲，柳子桐有多不堪。为这一点百转千回的心思，苏妙露觉得他愈发可怜了。

苏妙露把柳兰京的药瓶掏出来，用手机搜上面的英文名，果然是癫痫药，吡仑帕奈。她把药名发给柳太太，说道："你让我找药，是不是想看柳兰京有没有癫痫？"

柳太太回她："对。"

"他有，我现在在他衣柜里，他现在就在发癫痫。"

"别出去，装作什么都不知道，他的自尊心受不了。"

"我知道。"苏妙露抱着膝盖，把脸埋进去。房间里的响动已经停了，柳兰京拿出抽屉里的纸巾粗暴地抹了把脸,又不耐烦地丢开。他把眼镜捡起来,扶着墙摇摇晃晃站起身,坐回床边重新看书。书页哗啦啦翻过一页,他抽着鼻子,哽咽起来。

她为他的眼泪惶恐起来,后悔先前骂他的一番话了。因为急着脱身,就用手机打了杰西卡客厅里的座机。楼下的电话铃响,柳兰京慌乱地一抹眼睛,踩着拖鞋下楼去接电话。苏妙露就趁机跳出衣柜,飞也似的逃回房间。她关上房门,不知为何手都在发抖。整个晚上,她整夜整夜做噩梦,连闹钟都叫不起来。

到最后反倒是柳兰京进房间来叫醒她,带着点无奈的口气,说道:"快起来,不然你要赶不上飞机了。"

苏妙露听到他的声音,恍惚以为是梦,却也是一惊,吓得从床上弹坐起来,一把推开他,慌乱道:"你进来做什么?"

柳兰京以为她是受了昨天一番伤害,厌弃他的无礼,就自觉朝后退了一步,解释道:"我刚才敲门,你听不到我才进来的。你快点起来,不然就算我开车送你,你也要来不及了。"

"你送我?"

"不是特意的,就是顺路。我也要去机场,昨天突然得到消息,东京有个研讨会改期了,我要提前一点去,方便在会前和几个同行碰个面。"

苏妙露临走前与杰西卡告别,她原本只想要握手,却被一把揽进怀抱里。杰西卡轻轻拍着她的背,说道:"以后来加拿大,有空可以来看看我。"

她点头,心里却明白不会再有这样的机会了。缺了柳兰京的引荐,她是没有资格再敲这里的门的。

柳兰京开车送她去机场,又是一路的沉默。柳兰京的行李很简单,只有一个双肩包丢在副驾驶,苏妙露也就只能坐在后座。她隔着车窗,望向山脚下枫叶浩浩荡荡的一片红,感到是一场大梦做到了头,终于到了黎明破晓的一刻。

机场里她郑重和他道了别,说道:"不管怎么说,这几天谢谢你照顾我了。我昨天说你的那些话,你不要放在心上。我这个人很多时候就是口不择言的。"

柳兰京耸耸肩,微笑道:"没关系,你也没说错,我就是这样的人。"

"我想我们不会再见面了。"她低头,低出些做贼心虚的味道,宁愿用眼神描摹地上瓷砖的花纹,也不敢抬头去看他。

"应该是的。"柳兰京两手插兜,单肩背着包,低声道,"你把我送你的耳环戴着,不然过海关的时候搞不好会被抽查,很麻烦的。"

苏妙露点头,神情仍是恹恹的,柳兰京以为她还在生气,脱口而出道:"反正以后也见不到了,你现在多看我一眼也不要紧吧。为什么总低着头?"

"你裤链没拉上。"

柳兰京慌了,急忙低头去看,又听到苏妙露在旁窃笑,原来是骗他的。他摇摇头,忍不住也跟着笑:"真是让我印象深刻的临别赠言,还有别的要说的吗?"

苏妙露抬头,眼神仍是落在他身上,轻轻一躲,只低声道:"生日快乐。"

"已经过了。"

"按照温哥华的时间还没有,要入乡随俗嘛。"

"我还不知道你的生日是哪一天?"

"2月31日。"苏妙露不等他反应过来,就拉着行李挥手告别。她一转身,泪光就在眼底闪动,她索性闭上眼,让睫毛去抹开那一点泪。柳兰京没有察觉,只是目送着她的背影消失在拐角处才离开。

第八章　追悔

　　在飞机上，苏妙露的邻座是个留学生打扮的女生。二十岁出头，素面朝天扎着个马尾，正一刻不停地在电脑上改文章，空姐送餐的时候，她才忙里偷闲瞥向苏妙露一眼，称赞道："你的耳环很好看。"

　　苏妙露笑道："谢谢，是我男朋友送的。"她闭上眼，至少她能在飞机落地前，享受这片刻的谎言。

　　她别过头去，下半张侧脸有些像谢秋，带着些倔强感的清秀单薄。只是谢秋是短发，至少在苏妙露的印象中是这样。

　　苏妙露和谢秋是十多年的朋友，初中是同班同学，高中是同校，大学至少在同一座城市。学生时代，谢秋是中年妈妈最喜欢在茶余饭后聊起的一个典范，身世兼具苦情与励志。她是单亲妈妈养大的。谢秋的生父起初是公务员，却迷上了赌博，把家里的钱败光了，后来逼着妻子找娘家借，不从就非打即骂。谢秋四岁时，他掉进河里淹死了，留下一屁股的债务和一个摇摇欲坠的家。谢秋的母亲年轻时生得秀丽，丧偶后也有不少人想再追求她。可是她为了女儿都拒绝了，一个人没日没夜地工作，到谢秋初三时，才把全部债务还清。

谢秋从小看着母亲操劳,也没有辜负她的苦心,求学生涯一路都是开绿灯,终于考上了排名前五的大学。故事到这里,也算是个苦尽甘来的好结尾,但这是说给外人听的,苏妙露是谢秋的朋友,便窥见了这个励志故事后面的一点荒凉。谢秋对她的母亲,不单是亲近那么简单。她既是真心实意地爱她,也常常忍不住轻视她。

谢母只有高中学历,人不是很聪明,又喜欢贪小便宜,在外常常受蒙骗。有时被人骗去几百块,更严重时让混混揩过油。谢秋被她气得默默流泪,却还要硬着头皮去帮她强出头。谢母又常以过来人身份,对女儿灌输些陈词滥调,如大学时就恋爱,二十五岁前生孩子最好,又或者二婚的男人也不错,人老实最重要。她甚至自创一套理论,坚持男人越丑越适合当丈夫,诱惑少,又容易有成就,电视上高官、巨商大多顶着一张潦草敷衍的脸。

谢秋起初懒得理睬她,直到有一次,谢母拿着她的八字去城隍庙算姻缘,她忍不住回呛道:"你的经验要是真的有用,也不会过成这样了。"

所谓"爱"这一字,嘴上说来似乎很简单,不是爱,就是不爱。可是落实到生活里,从来不是黑白分明。爱自己的母亲,未必喜欢她;喜欢她,也未必尊敬她。谢秋就是在这样矛盾的心理中长出了野心,急着在大学毕业后借钱创业。她既想让母亲过好日子,又迫切要证明自己的能力。

名牌大学的王牌专业毕业,同学间联手,合伙创业,专注新兴领域。谢秋的创业计划乍一看前途灿烂,但苏妙露当初就抱有怀疑。她太急了,急切总是容易有闪失。不过她还是慷慨解囊了。谢秋原本要二十万,苏妙露拼拼凑凑给了她二十五万。谢秋保证,公司一有收益,她就立刻还钱。然后她就离开上海,音讯全无了。

谢秋携款失踪后,苏妙露发过许多信息给她,都不见回复。但谭瑛和柳兰京的和好，对她终究是一种鼓励，她决心再尝试一次。飞机上有网络，苏妙露就发了一条微信给她："你还认我这个朋友吗？钱的事情我们可以再商量，你能来见我一面吗？至少让我知道你怎么样了。"

留言发出去，苏妙露仔细思量，又觉得不妥，似乎把话说得太豁达了。她又急忙补上一句，说道："当然了，你能还钱最好了。我现在还是挺需要那笔钱的。"

苏妙露下了飞机，她父亲特意请了一天假来接机。她推着行李走出来，远远望见那张沉默而略显憨厚的脸，心里莫名一松，像是忽然间脚踩到了实地。回家后苏妙露倒时差埋头就睡，一两个小时后昏昏沉沉起来洗澡，客厅里父亲在准备晚饭，忽然叫住她，说道："你这个周末有空吗？和你阿姨他们吃个饭，赔礼道歉一下。然后让你姨夫想想办法，给你找份工作。"

苏妙露顿时有些蒙，说道："什么？我又没有错，为什么要去道歉？再说我的工作就是被他们搅和掉的，你凭什么觉得他们会帮我？我不去。"

"可是也没有别的办法了，你毕业后也没找到什么特别好的工作，这次又和老板吵起来了，就算去了新单位，到时候人事打电话给你以前的领导，肯定不会说你什么好话。所以你姨母家肯定得打点一下，反正到时候你也不用尴尬，我们和你一起上门，也带着礼物，他们好歹也是要个面子的。"

"不用了。"苏妙露冷冷道，"我有工作了，现在是他们一家要给我个面子才对。"

"你做什么工作啊？我怎么一点都不知道？"

"我这次去加拿大不是见朋友，是陪一个有钱的少爷去的，他们家给了我钱。"

苏父怒道："你怎么这么作践自己？我们虽然不算有钱，可是饭还吃得起，你怎么能这么丢人现眼？"

"丢人现眼？我和他在一起，至少有什么说什么，我不高兴了，随时能翻脸。你们倒好，和姨母一家在一起，跟个用人似的。他们当面看不起你，你敢说一句不是吗？我这个叫作践，那你们这叫什么？"

苏父怒极，抬手抽了她一耳光。苏妙露没有避，脸微微偏了偏，一时间倒也不觉得痛，心头飘荡着无序的茫然。她是第一次挨打，没有哭，只是眼睛发酸。她轻轻说道："我今天不吃晚饭了，这段时间我也搬出去住。"

她刚从外面回来，行李箱里的东西还没有收拾，十分适合离家出走。她简单拿了些钱与证件，拎着箱子就离开了。她叫了辆出租车，随意找了十公里外的一家旅馆，开了间房住下了。她呆呆地在床边坐着，忽然有了实感，一行泪从脸颊上滑过。

她身心俱疲，趴在床上小睡片刻，随手点开手机，发现有条通知。本以为是父母发来的，结果是谢秋半小时前的回复："你现在在哪里？我立刻去找你。"

苏妙露把那条回复反复读了几遍，才确定谢秋是要来找她。她只能含糊道："我现在在外面，我和我爸吵架了。"

谢秋回她："我知道，你要我过去陪你吗？"

苏妙露忽然觉得心头的堤坝一松，委屈的潮水漫出来，一边哭，一边给她发了个定位。

许久的朋友再见面，总容易生出一种近乡情怯的情绪来，旧日的一丝熟稔感已经似断非断了，找不到可聊的话题，多少会有些尴尬。苏妙露许多次设想过再见谢秋的场景，却没料到是这样，她抱着谢秋，趴在谢秋肩头哭了一阵。

她哭了一阵，倒也清醒过来，擦着眼睛问道："你为什么过来了？"

谢秋道："你不是给我发了消息，要见一面吗？我就打电话到你家去，你妈接的，说你不在家，不知道什么时候回来，听声音就有点不对劲，我就来找你了。对了，之前借你的钱，现在还给你。"

二十五万的债务，谢秋还了二十八万，另外三万直接给的现金，她说道："就当是我和你赔罪的钱吧，毕竟借了你的钱，好几年都没音讯，搞得和诈骗犯一样。"

苏妙露满脸泪痕笑了，打量着谢秋，她比上次见面时憔悴了许多，眉头紧锁不开，整个人像是上海的梅雨天，总有种郁气难散的憋闷感。苏妙露不愿说自己的事，便小心翼翼道："你公司现在很忙吗？"

"我的公司早就倒闭了。我的同学兼合伙人还拿着账本跑出国了，留下一屁股烂账给我。我这两年几乎都是忙着找人和还钱，和过街老鼠似的，所以也不敢主动联系你。"

苏妙露一惊，急忙道："那你现在债务还清了吗？如果你急着用钱，就不要先还给我，我现在手头还不紧。"

"没事，我把债还清了。我上个月拿到一百五十六万的现金。这笔钱你就收下吧，多出来的三万，你就当利息吧。"

苏妙露愈发紧张，一把抓过她的手，问道："你怎么忽然有这么多钱？你不要做什么违法乱纪的事情啊，你没有抢银行吧？"

"要是有抢银行的缜密计划和执行力，我创业也不至于失败啊。"

"你也没有制毒贩毒吧？"

"没有。"

"那你这钱哪里来的？"

"我妈给我的。我外公留给她的房子拆迁了,拆到三套,卖掉一套,也就把我欠的钱还清了,剩下两套打算收租金。"

苏妙露仔细瞥着谢秋的神情,道:"那也挺好。"

"是挺好的,就是我的自尊心死了。"谢秋苦笑道,"很荒唐吧,我拼尽全力读书,用尽手段找出路,想尽办法就想让我妈过好日子。结果她什么都不用做,却让我过上好日子了。"

"许多事情还真是难以预料啊。"

谢秋长长叹出一口气,说道:"是啊,我小时候总以为成功最要紧的是努力,现在反而觉得最要紧的是运气。"

苏妙露心中雪亮,明白如今的处境,谢秋有许多不甘心的地方,但也不知道怎么安慰她,就揽着她的肩膀,刻意逗她高兴,软着嗓子撒娇道:"我们出去吃饭吧,正好我也没吃晚饭。"

"好啊,出去吃,你接下来准备出去租房子吗?"

"估计是这样了。"苏妙露叹口气,说道,"我爸刚才打了我,他们估计很生气了。我也不想回去,说实话,我觉得我没错。"

"到底发生了什么事?"

苏妙露犹豫片刻,忍不住还是和盘托出,从潘世杰刻意泼的脏水,到徐蓉蓉一家的饭局争吵,再到与柳兰京的温哥华之旅,最后落在父亲的一记耳光上。她喃喃道:"我真的做错什么了吗?"

"按道理,你是没有错的。潘世杰请你吃饭,出于礼貌,你是要去的,他和你调情,你不理睬他,已经是表明态度了。你表妹一家指责你,你回击,说得这么不客气,确实不合适,但是他们也让你丢了工作,错还是在他们。至于那个有钱少爷,他单身,你也单身,发生什么都正常,再说你们也没发生什么。他妈妈雇用你,也没让你做什么有失尊严的事,实际上就是想调查调查他儿子，你不过是拿钱谈个公费恋爱，顺便做私家侦探的活。"

"那我爸爸怎么这么生气？他从来没打过我。"

"有些话我就直说了，叔叔他没那么看得起你。他是你爸，也是个男人。之前听了那么多风言风语，他估计也有些信了。你和一个男人出去这么多天，他肯定是把事情往最坏的方面去想。"

"那我应该怎么办？"

"不怎么办，过好自己的生活最重要，先出去吃饭。顺便和我说一下，那个有钱少爷长得怎么样。"

苏妙露做沉痛状，说道："挺好的，不过可能不太行。"

苏妙露与谢秋吃饭时，收到了柳太太的消息，约她明天再见一面。她咬着嘴唇胡思乱想，觉得柳太太应该不至于这么神通广大，知道她私下里诽谤柳兰京阳痿。再联系柳兰京听到这话时一副无可奈何的脸，苏妙露忍不住面露微笑。

谢秋见苏妙露放下手机，对着盘子痴痴发笑，便问道："你不至于吧，吃个牛排就高兴成这样子。你多久没吃肉了？"

柳太太这次约苏妙露在一间画廊碰面。私人场馆，平时不是办展览的时候，并不对外开放。大门是锁上的，苏妙露由一位年轻秘书从偏门带了进去。画廊里空旷，她站在门口，远远就看到柳太太在一幅油画前站着。柳太太赏画的神情似乎很专注，苏妙露不便打扰她，就悄声走过去，也抬头学她的样子，细细打量面前的画。

半晌，柳太太问她："这幅画你看出什么了吗？"

画是抽象风格，白色的背景上，红色颜料狂轰滥炸，苏妙露完全看不懂，只能如实答道："我觉得这幅画像是桌布上洒了一瓶番茄酱，晒干，就裱起来当画了。"

柳太太微微一笑,指着旁边落地窗的窗帘问道:"那你觉得这个窗帘是现在米色的好,还是多加一点灰调子的好?"

"灰色的好,耐脏。"苏妙露说完,倒也反应过来,脱口而出道,"你要买下这里吗?"

"不用。"柳太太淡淡道,"这里就是我的。"她挥手叫来旁边候着的秘书,说道:"把窗帘改成米灰色,换上去之前先拍照给我看一下。"

苏妙露在旁险些龇牙咧嘴,原来柳太太问她意见,不过是帮着排除个错误答案。她也不便发作,依旧赔着笑脸,毕恭毕敬等柳太太发落。

"你和柳兰京也相处过一段时间了,你对他有什么看法呢?"

"哪方面的看法?"

"都可以。你想到什么就说什么吧。"她这点循循善诱的口吻,多少像是领导找下属谈心,面上说要知无不言,但心里还是想听些好话。苏妙露想着,要小心些作答,但为了柳兰京,有些不好听的话她忍不住,还是要说清楚。母子关系落到这境地,多少有些可悲,心意都要靠中间人传达。

她略一沉吟,道:"柳先生很可爱,但是性格有很多古怪的地方。他似乎很怕和人亲近,至少对我这样,稍微和我关系好一点,就立刻翻脸,要划清界限。我不知道他在害怕什么,但他很需要你的爱。"

"他和你说了什么吗?"

"没有,但是他接完你的电话就发癫痫了,然后一个人躲起来哭。"

"随他去吧,反正都是大人了。"柳太太微微叹口气,说道,"你见到他哥哥了吧,气色怎么样? 人还好吧?"

苏妙露别开眼神,勉强微笑道:"挺好的,就是和关小姐一直在吵架,没什么空照顾儿子。"她踌躇片刻,继续道:"柳太太,之前您给我的那些钱,我不好意思收,还是还给您吧。"

"哦,为什么? 拿了钱觉得受侮辱,还是觉得太少?"

"不是的,我就是觉得不好意思。能认识柳先生就挺好的,拿了钱反而有些奇怪,再说我也没帮到你什么。无功不受禄,还是算了。"

柳太太淡淡道:"我明白了,你喜欢上我儿子了。"

苏妙露一惊,忙着否认却又开不了口,心底一片朦胧,最后只能实话实说:"喜欢是喜欢,但同情更多一点,我也不知道自己有没有资格同情他。"

"他应该也挺喜欢你的,毕竟他以前的女朋友,没有一个会觉得他可怜。他在你面前至少示弱过,那就是有点意思的。"柳太太的眼珠悠悠地转过来,带点审视的姿态,"他有送给你什么礼物吗?"

苏妙露点头,从包里拿出那个丝绒盒子,打开给她看:"这我也不能收,一并还给你们。"

"留着吧,他一看就很喜欢你。"苏妙露微微一愣,柳太太见状便笑了,"苏小姐,我们家虽然有点钱,但是也不是冤大头。衣食住行,穿的戴的,只有我们不敢接的,没有别人不敢送的。尤其是兰京,他的脾气你也知道,喝咖啡都要让人请。他的那辆车也是因为有关系打折才买的,好几次劝他换辆新的,也不肯。他给你买的宝石是门店里的,如果是成色好的鸽血红,算上品牌的钱,三四十万还是有的。"

"还是不要了,我和柳先生没往来了。"

"他既然送给你礼物,你喜欢,收下了就是你的。我只是有点意外,他既然送了你东西,你也不讨厌他,那怎么听你的口气好像完全没指望一样? 吵架了?"

"算是吧,他不太看得起我,骂了我一顿,我要说不在意也不可能。"

"他骂你什么了?"

苏妙露面上带点窘,压低声音道:"他说我是伴游,不花钱睡一觉很划算。"

"那他就不是在骂你,是在骂我。他脾气就是这样怪,一生气就不知好歹,见人就咬。"柳太太叹口气,继续道,"所以他说再也不结婚,到底是不是认真的?"

"我觉得是认真的。"

"好了,我明白了。总之,这段时间也麻烦你了,你和我们家的事情也就到此为止了。你应该也知道,有些事不该乱说,我也就不提醒你了。那就到这里,你可以走了。"

苏妙露由秘书领着从偏门离开。柳太太彻底同她划清界限了,这次连司机都不负责送她回家。她打开手机搜索最近的地铁站,却看到了潘世杰的微信通知。他客客气气道:"你回国了吗? 不知道有空能不能吃个饭? 我知道我们之前有点误会。"

苏妙露冷笑着打字:"没有误会。你现在结婚了,我要和你避嫌,要不然闹起来反倒说我的不是。"

"对不起,对不起,是我不好。这样吧,我请你吃个饭,把你表妹也叫出来,大家聚一聚。"

"你到底有什么事?"

"没什么事情,就是听说你和柳东园的二儿子出去玩了。怎么样,相处得还好吧?"

苏妙露沉下脸,一琢磨,她刚答应柳太太不把事情往外说,一转脸就又多了一个知情人,显然是王雅梦告诉徐蓉蓉,徐蓉蓉再告诉他的。潘世杰这人,习惯了见风使舵,觉得苏妙露攀上了高枝,自然眼巴巴要凑过来。

她懒得理睬,回复道:"没空,在外面有点事。"说着,她把画廊的定位发过去,潘世杰应该能弄清这是谁的地方。她也算是借着柳太太狐假虎威了一把。

　　潘世杰这头得了苏妙露的回复,心急火燎把那地址一搜,搜出来是个私人画廊,记在柳东园太太名下。他又喜又怕,既觉得有机会顺着苏妙露的线攀上柳家,又怕苏妙露趁机告他的黑状。思前想后,他决定找徐蓉蓉打个先锋,让她去找苏妙露道歉,顺便探探虚实。

　　潘世杰的蜜月并不畅快,像是陷在早高峰的交通堵塞里,淤积着许多烦躁。他和徐蓉蓉是适合的夫妻,彼此择偶范围里能选到的最优解。徐蓉蓉和他家境相当,岳父以后也能帮衬些,岳母身体健康,以后生了孩子也能帮忙带。而且她也不算有手段,不管是婚内偷腥,还是离婚分财产,他都能占据主动。

　　他的如意算盘打得啪啪响,只比较了条件,婚前的交往并不多,没想到婚后一相处,就生出许多嫌隙。

　　蜜月的一周里,他们就吵了四五次架。他们在欧洲旅游,潘世杰喜欢格调,不爱往人多的景点去,徐蓉蓉却格外爱往热闹的地方钻。她还一个劲地拍照,拍完了还强迫他放在朋友圈里。他很不情愿,以前他不愿意放徐蓉蓉的照片,就是觉得她拿不出手。再把洋溢着傻气的合影一放,完全是败坏他在客户中的形象。为这个他们就大吵了一架,第二天气氛稍有些缓和,钱包又在巴黎被偷了,闹得鸡飞狗跳。好不容易回了国,却凭空损失了五百欧元,都觉得是对方的责任。

　　潘世杰憋着一肚子气回国,也只能宽慰自己。妻子的作用不是恋爱,是料理家务,抚育子女,照顾老人。等以后有机会了,再找一两个红颜知己,大可以弥补感情上的空缺。

得过且过也能过,至少徐蓉蓉工作清闲,一早就能下班料理家事。保姆是雇了一个的,可总要个人看着。妻子当管家最好,不必多花一分钱。潘世杰回到家就有热饭热菜招待着,他心底倒也开阔些,顺手给了徐蓉蓉一个拥抱,笑道:"宝贝,你今天又煮什么好吃的?"

徐蓉蓉一指餐桌道:"今天吃外卖,三杯鸡。"

潘世杰笑脸一僵:"怎么又做这个菜?上周不是刚吃过吗?"

"别怪我,你去问她啊。"她没好气一指旁边的保姆,看保姆那不情不愿的脸,显然已经让她训过一顿了,"真是傻得要死,我昨天让她把三文鱼拿出来解冻,煎一下。她倒好,拿来当菜场的草鱼煎,全烧焦了,根本没法吃。也不知道哪里找来的人,不会的话可以和我说啊。事情不会做,嘴总是长着的。"

"那确实是她不好,你为了这个家就稍微忍耐一下。现在合适的保姆也不好找。"潘世杰搂着她赔笑脸,"对了,你这个周末应该挺闲吧?出去吃个饭吧。"

"我们两个吃饭吗?"

"不是,把你的表姐苏妙露叫上吧。她已经回国了,上次你不是说她和柳兰京勾搭上了吗?人的际遇就是这样的,哪里知道谁什么时候就发迹了。她现在势头足,我们也不能得罪她。"

"什么叫我得罪她?是她得罪我。她都把我妈气到昏过去了,我愿意认她当我表姐已经很给面子了。"

"话虽这么说,但你也有不对的地方,我那时候就劝你手下留情,你偏不听,现在好了,事情弄得不可收拾了,还不是你的责任?"

徐蓉蓉瞪眼过去,嚷道:"什么叫我的责任?我做什么了,我那时候就和你说,稍微教训一下她就可以了,是你说要让她失业的,还说不要紧,反正她也没机会翻身了。再说不是你勾三搭四，怎么会有这种事？苍蝇也不叮无缝的蛋。"

"我不也是为了让你高兴吗？要不然照你的脾气，还要再闹下去。你就是一点都不大气，为一点小事揪着不放，我在婚礼上多看了苏妙露一眼，你就要发火，也是够闲的。"

徐蓉蓉冷哼一声，说道："是啊，我以前还担心她看上你了，现在倒是多虑了，人家连柳兰京都爱搭不理的，眼里哪有你啊？"

"你说这话就没意思了，你以前不也拼了命去巴结柳兰京？自己上阵不算，一家人都上阵了，各种给他们家送礼物。别说理你了，就连回礼也没有。现在苏妙露轻轻松松的，什么都没做，不也和柳兰京好上了？"

"我和她又不一样，我是正经人，为的是结婚，她是去当情人的。当别人情人有什么难的？我要是放下身段，我也行。"

"你还别看不起当情人的，你还真不一定行。要是他们真的成了，苏妙露想办法怀个孕，生个小孩出来，到时候说不定真的能结婚。我看她的手段很厉害。"

"你要是真的这么看中苏妙露，那和我离婚好了，反正我也不想过了。"徐蓉蓉气急了，一把将他推开，跑到客厅沙发上趴着就要哭。

潘世杰仍不解气，只朝着她嚷道："你好好记清楚，当初可不是我急着要你和我结婚的，是你们家急着找我的。说句不好听的话，就算离婚了，我要再婚还是轻轻松松的。你再要找一个像我这样的，就很困难了。学历也好，长相也好，你都挺普通的。"

徐蓉蓉并不理睬他，只把脸埋在手心里，呜呜呜就在哭。潘世杰让她的眼泪一浇，倒也忍不住心软，又怕她找父母告状，只得放下身段去哄她。

他不顾她的挣扎，只往怀里一搂，轻轻拍着她的背，安抚道："好了，好了,你也别赌气了,我们现在结婚了,就是一家人了,也算是一荣俱荣,一损俱损的关系。我也没让你做什么丢脸的事,就是让你把苏妙露约出来吃个饭。你要是真的不乐意,那我就和你一起去。到时候丢脸的话,我来说,你只顾着吃饭就好了。"

潘世杰又说了许多软话,徐蓉蓉才勉强同意约苏妙露出来吃饭。她不情不愿地给苏妙露留言,发送前潘世杰还亲自看过,改得更言辞恳切了些。就这样足足等了大半天,才等来苏妙露一条敷衍的回复:"没空,以后再说。"

徐蓉蓉气得把手机往床上一摔。她的眼睛瞪得大大的,轻轻一眨,眼泪就滚落下来。她哽咽道:"我失业了,你知不知道? 你根本不关心我,你只想着把她约出来吃饭。"

潘世杰听了倒也一愣,并不急着安慰她,自有一番缜密的盘算。徐蓉蓉失业,家庭自然是少了一笔收入,但她的薪水原本就不多,倒不如当个家庭主妇划算些。一来,可以尽快让她生个孩子,趁她父母还健康,能帮忙照顾,家用上他少给一些就好,她的钱不够花,自然会找父母要。二来,她既然靠他养着,以后他在外面找女人,她也就没资格闹了,能获得不少自由。这么一想,倒不算是个坏消息。

潘世杰打定主意,便把妻子往怀里一搂,说道:"失业也不算什么坏事,你家境这么好,留在家里当全职太太就好,我肯定会养你的。这可比出去上班要轻松多了。你就好好休息吧。"

徐蓉蓉一愣,说道:"我以为你会生气的。这样你一个人养家,会不会太辛苦了?"

"没事的,小傻瓜。"潘世杰轻轻摸着她的头,笑道,"照顾你我怎么都不嫌累的,大不了我再努力一点就好,你照顾大后方就行了。"

徐蓉蓉靠在丈夫怀里,片刻的幸福里藏着不安,他的许诺里有多少诚意,她也说不清。至少这一刻,她从潘世杰的衣领上闻到了陌生的香水味。

第二天,保姆受不了窝囊气提出辞职。徐蓉蓉也爽快让她走,本以为很快能招来个新人。但潘世杰左右挑眼,说找不到合适的人,让她先把家务担起来。她多少明白过来他的打算,可后悔当家庭主妇也来不及了。

柳兰京脱下风衣,挂在衣架上,看着顶多只能放三四件外套的小衣柜,不由得叹口气。他这次来日本开会,是论文被录用,受邀做个口头汇报。为了省钱,他和参会的同事住一间房。房间是对方订的,柳兰京到了才发现是无烟客房。

与柳兰京同住的是莫雪涛,之前在邮件里写诗的就是他,系里出了名的老好人。他今年三十五岁,已经是副教授了,在学术界,青年才俊四个字,前三个他肯定是够格的。只可惜,他这张脸,左看右看,和俊是毫无关系了。他是个单眼皮的秃头,光是秃也就算了,他还有一米八五的个子,可谓秃得出类拔萃。去年他大彻大悟,彻底放弃仅剩的一点头发,剃了一个干净利落的光头。虽说看着清爽了一些,但搭配他的五官,莫名有一种黑社会的凶悍气质。有几次坐前排的学生都在悄悄议论,说他一低头,头顶的反光就亮得人睁不开眼。

柳兰京和莫雪涛是借东西借出来的深厚情谊。教师办公室总是文具最缺,学生也好,老师也好,总是做事就顺手把笔拿走了。柳兰京入职晚,等反应过来时,已经被顺走了三盒笔。不过柿子管软的捏,柳兰京就往莫教授桌前跑,聊上几句,顺手牵羊。莫教授虽然有察觉,却也不点破。他过意不去,就经常请莫教授吃饭,就此熟悉起来。

酒店在十二楼,十楼有室内温泉。莫雪涛泡完温泉,穿着浴衣回房间,拿着饮料递给柳兰京道:"草莓牛奶,你喝吗?我刚才看到好多人在买,应该挺好喝的。"

柳兰京忙着审稿,头也不抬道:"不用了,你知道我的情况,不能摄入太多糖。"

他点头,也不再多说什么。所有的同事里,只有他见识过柳兰京癫痫发作,因为是在空教室里,他立刻把门反锁,拉上窗帘。等柳兰京能起身后再扶他出去,也没有多声张,对外只说是中暑。他对这事处理得很平淡,之后相处时的态度也照旧,柳兰京心下感激,之后与他的交情日渐深厚,乃至于后来给他介绍了女朋友。

莫雪涛很谅解他的忙碌,起身收拾起房间来,把地上的拖鞋归整齐,还顺手烧热水,给柳兰京泡了一杯咖啡,又拿出一只橘子,剥了皮,还仔仔细细把上面的白筋也剔了。

柳兰京这头刚做完事,就一把抓过橘子,塞到嘴里就吃了,一边嚼着,一边含糊不清道:"你真是贴心,你平时也是这么照顾宋小姐的吗?"

莫雪涛一张凶悍的脸上,泛起淡淡的羞涩,温柔道:"她平时工作很忙,我都没什么机会照顾她。"

莫雪涛的女朋友是律师宋凝,已经交往了快三年,终于到了谈婚论嫁的阶段。宋凝的导师以前是柳东园的法律顾问,连带着宋凝也处理过一些公司事务。宋凝是先认识柳兰京,再由柳兰京认识莫雪涛,四舍五入一下,柳兰京也算是他们的媒人,因此也就对他们的事格外上心。

柳兰京道:"你是不是准备见家长了?上次我就听小宋说,准备找个时间带你回家吃饭。"

莫雪涛略显尴尬:"是差不多了,但是我准备买好假发再上门。"

柳兰京强忍住一声笑,一本正经道:"不用这样。聪明的脑袋不长毛,秃头这事,可大可小,正所谓情人眼里出潘安,反正在宋凝眼里,你是天底下最可爱的一个光头,她父母应该能谅解。"

酒店八楼是自助餐厅,可以凭房卡入内,但是用餐时间总是人满为患,柳兰京不喜欢排队,也绝不花钱叫酒店服务,宁愿下楼去便利店买便当。他在货架前面挑选着,身边经过一位年轻的日本母亲,正牵着一个十岁男孩的手,应该是她的儿子。母子两人低声说笑,拿了一盒牛奶去结账。柳兰京望着他们的背影,莫名有些羡慕,他上次和母亲一起出门购物,似乎是十多年前的事了。

柳兰京走出便利店时,接到了谭瑛的电话。他只能一手拿购物袋,一手拿手机,找了个僻静处接电话:"喂,是我,有什么事吗?"

谭瑛道:"你现在在哪里啊?我刚才去找了你阿姨,她说你前天就走了。我之前和你说的结婚请柬已经写好了,你留一个地址,我让他们寄给你。"

"我现在在东京开会,你寄回国内就好,我一会儿把我家里的地址发给你。"

"那苏小姐的那份呢?我没有她的联系方式,她的请柬是你给她吗?"

柳兰京顿了顿,说道:"对,你一起给我好了,她的请柬我会转交给她。"

他挂断电话,没料想到有这个转折,原本已经下定决心,再也不见苏妙露,可婚礼的请柬只要一给出,注定就要再见面。当时随口的一个称呼,反倒成了冥冥中的一根线,又把他们牵了起来。当然,他也能把事情掩过去,不把请柬给苏妙露,再随便找个理由,独自参加婚礼就是,也不是什么难事。去与不去,见与不见,都在他一念之间。主动权完全在他手里,他反倒拿捏不定了。

分别前夜的那通电话来得莫名其妙,他当时就起了疑心,回房间拉开衣柜一看,立刻就闻到了香水味,还是他给她挑的桂花。衬衫是挂起来的,还折了一个角,显然她刚才就躲在里面。

在机场,她那么小心翼翼的,就更是明证了。她同情他,同情一个病人,自是健康人的慷慨。他对她又算什么呢?是指甲刮过玻璃时的一道噪声吗?是尖锐难堪又短暂的人生插曲。

谭瑛去柳兰京姨母家,不过个哄骗林棋的幌子,实际上他是去见金善宝一面。那天通了电话后,他们又私下聊过几次,终于约定了一个时间碰面。

谭瑛是个老实人。这一点,认识他的男女老少几乎都达成了共识。在外面,他一向是个循规蹈矩到有些笨拙的人。学校里是好学生,作弊的事从来没有,一路读到研究生。出了社会是好公民,红灯从来不闯,做生意也遵纪守法,就算把合伙人排挤出决策圈,也都以为是对方的不是。

每每别人当着他的面说他老实时,他会装出一副不太高兴的样子,反驳道:"怎么听着像是说我傻,其实还好吧?"

这么一来,就更加坐实了他老实的评价。他暗地里是十分高兴的。在这个世界上,只有老实人才是最占便宜的。像柳兰京这样把聪明外露,是外人看一眼就要防备的。

谭瑛扮演老实人,是得天独厚的。他生来就有一种笨拙样,过去说话还有些结巴。他第一次知道老实人的好处,还是在读初中的时候。有成绩比他好的同学抢了他的竞赛名额,他一时气不过,和他推搡起来,大家脸上都负了伤。是他先动的手,可老师们不约而同地站在他这头,不为其他,只因为他是个听话又老实的孩子,对方却看着孤僻又倔强。

自此之后,他就知道了老实人的好。到了加拿大,在柳兰京家寄人篱下，他一面愤愤不平，一面装作感激样。但凡有家务，他都抢着来，可每次都拖拖拉拉做了许久，有一次还险些弄坏洗碗机。杰西卡便知道他是个好心的笨孩子，凡事都不让他动手，宁愿差使柳兰京。

能和林棋订婚，也是他当老实人的回报。他们是相亲认识的，单说条件，林棋配他也是绰绰有余，她还有个当支行信贷主任的亲戚，谭瑛的公司正好有一笔贷款要批。林棋的父母原本是有些搭架子的，可架不住谭瑛是个老实人，每周末风雨无阻上门看望他们，带的礼物虽然便宜，却也是一份心意，偶尔帮着解决些水管堵塞问题。

这样的老实人，林家觉得能轻易拿捏住，算是潜力股，便很爽快地同意他们结婚。谭瑛抓着林棋的手，以一个老实人该有的诚恳，道："爸，妈，你们别担心，她能嫁给我是我的福气，我一定会好好照顾她的。"

当然背过身来，谭瑛作为一个老实人，自然是要吃点亏的。他便在酒桌上声泪俱下道："林棋有心脏病，以后可能没有孩子。她父母等订婚后才告诉我这件事。"

周围人纷纷感叹道："那你是不容易的，吃了个闷亏。"

谭瑛摇摇头道："一家人的事，怎么能叫吃亏呢？我以后要照顾她，没办法，谁让我那么爱她呢。"

因为谭瑛是个老实人，他与初恋金善宝见面，自然也是问心无愧的。若是柳兰京这样的浪子，反倒不行了，多笑一下，都有暗度陈仓的嫌疑。

临了，他都会补上一句："他肯定是对你有点误会，我知道你不是这样的人。你干脆找个机会和他好好聊一下吧。"因他这么说了，金善宝更是不会再和柳兰京见面，她一向心高气傲惯了。

他们约在公园见面，谭瑛远远望见了金善宝，她的背影还是回忆里一道含情脉脉的风光，可是她转过身来，似乎变成了另一个人。谭瑛隐约有些失望。他记忆里的金善宝是明媚开朗的性格，略有些娇纵，也是一首轻快小调。可不知经历了什么，眼前的她成了一首二胡曲，沉郁忧愁。她有些显老了。

这样的久别重逢，在想象中已经上演了许多次，可落到现实中，难免显得尴尬。谭瑛一时间连手都不会摆，就插在衣兜里，笑着朝金善宝一点头，说道："你等了很久吧？不好意思，你请我吃饭吧。"

金善宝用含笑的眼睛望向他，调侃道："好啊，我请你吃饭当然可以了。"

谭瑛急忙抱歉道："对不起，我一时没反应过来。我是说我请你吃饭吧。"他是故意把话说差的，以显出自己一贯的笨拙。

"你怎么这么紧张了？以前都敢当面骂我，现在连话都不会说了。我这么多年也没变成老妖精吧，怎么把你吓成这样子？"

"没有，你很美，你还是很美，就是我胖了。早知道要见你，我就提前减个肥。"

"你怎么都开公司了，还是傻乎乎的？"金善宝低头一笑，"不过这样也好，我身边的人里，也只有你对我最实在了。"

谭瑛挠挠头，没有说话，只是憨憨地冲她点头一笑。他们的相处一贯是这样的，所以一般人都不知道当初是他主动接近金善宝。谭瑛出国时已经快二十岁了，自认为不是小孩子，找个富家千金恋爱是多大的便利，他也不是不知晓。金善宝见多识广，他自知不可能在外貌上打动她，便剑走偏锋，当一个能哄得她笑的傻子，连她随口的气话，他也假意当真。

金善宝感叹道："我们也有快十多年没见了。"

谭瑛接口道："算上今天，是十二年多五个月。"

"难为你还记得这么清楚。"

"没事，我算术一直比较好，对数字挺敏感。"

"你怎么还是这副傻样，"金善宝摇头苦笑道，"夸你你都不懂。你这样做生意，还不被人吃干抹净？"

"还可以吧，我和我同学合作开公司，也没什么钩心斗角的，可能因为现在规模比较小。"

"你可别再说这样的傻话了，再说下去，我就给你注资了。"

"啊？"谭瑛装作听不太懂的样子，其实等的就是这句话。金善宝既然来找他，婚姻上肯定不算幸福，好在她身后背靠家族企业，出来放纵一下也不碍事。如果他们再续前缘，能让她投资他的公司，自然是件一本万利的买卖。

他是个最在意实惠的人，和林棋结婚是实惠，和金善宝出轨也是实惠，两种实惠并行不悖，才是利益最大化。

"其实我来见你就是为了一件事，你当初是不是听了柳兰京的话和我分手？他到底把我说得多不堪啊。"

谭瑛道："其实不是他，是你爸爸。你弟弟告状之后，你爸爸知道了我们的事情，就私下见了我一面。他虽然没有说什么难听的话，但也是很看不起我。我那时候也是年轻，脸皮薄，确实受不了。他说你们家光是每年游艇俱乐部、高尔夫俱乐部、马术会的会员费加起来就有一百五十万，让我赚到了一百万一年再来找你。"

金善宝一愣："他真的这么说了？"

"对，他也劝我早点和你分手，这样彼此还能留个好印象，不然你跟我在一起，他断了你的经济来源，我们一起过苦日子，早晚会撕破脸，想再见面就困难了。"

金善宝骇然，指甲抠进手心里，倒也不觉得痛了。她本该料到的，父亲何止毁了她这一次爱情。

金横波对她的强势是一以贯之的,她是第一个孩子,父亲也就格外严苛。考试得了A-,就罚晚上不准吃饭;陪同学出去玩没有报备,就关在书房禁足两天。至于她的朋友,无论男女,父亲都要一一过目,稍有不合意的,就迫使她断交。

金善宝觉得自己的青春期很压抑,对外,她要摆出大小姐的架子,广交人脉,许多人同她交好,却没有多少人与她亲近。对内,她作为父亲的女儿处处受限制,作为弟弟的姐姐,又要帮他料理大小事宜。

她对金亦元的溺爱是有私心的。她是刻意放纵弟弟,让他往纨绔子弟的方面发展。毕竟他是男孩,父亲下意识里拿他当继承人,只有他是真的不成器,金善宝才能候补上位。也就是在那时,她与柳兰京彼此得罪,又认识了谭瑛。

谭瑛并不算格外出类拔萃,但和他在一起很轻松,是一次小规模的叛逆。和他在一起不用顾及任何家庭因素,她愿意生气就生气,愿意胡闹就胡闹,吵架也是由着性子吵。

但今时不同往日,现在她长大了,爸爸老了,家庭这个微型宇宙的重心开始往她身上移。她一个眼神甩过去,谁都要给她几分面子。就算面上她是个恪守规矩的人,但规矩早已经管不住她,只要她愿意,别说一个谭瑛,就是当着路海山的面找十个男人,他也不敢吭一声。只是考虑到离婚官司,稍微悠着点不坏。她偏要旧情复燃,好好气一气她父亲。

金善宝道:"你也是这么想我的? 你也觉得我是这样一个人?"

谭瑛道:"我觉得他说得挺有道理的。我好像很了解你,又好像不了解你。"

金善宝冷笑起来:"我觉得你在装傻,难怪你能和柳兰京当朋友? 大概背地里都在骂我呢。"

谭瑛慌了，急忙搭在她的肩膀上安抚着，结结巴巴道："我，我没有这个意思，以前我都是替你说话。"

"冤枉你就冤枉你了，你不是也冤枉我了？我才不管你。你这人怎么还是这样子，一紧张就结巴。"金善宝把下巴一昂，少女时那股娇滴滴的媚气又显出来了，整个人活泛了不少。公园旁边有个冰激凌店，她要吃，谭瑛连忙跑去给她买，还记得她的口味，只吃香草味的，但要在顶上撒一些巧克力碎。

金善宝接过冰激凌，说道："你还记得我的喜好啊。"她舔了两口，轻快道："你也不要太得意，我也记得你的。你喜欢吃牛肉，吃辣的，但不吃酸的，不爱吃罗勒叶。水果的话，喜欢桃子和枇杷，樱桃吃多了会流鼻血。"

"现在已经不会流鼻血了。"

"那你倒是长大了。"金善宝装模作样一点头，谭瑛望着她，两人便一同笑出声。曾经吹拂着他们的一阵风，此刻似乎又吹回来了。他们吃着冰激凌，并肩走着，聊起了许多过去的事。谭瑛有聊到林棋，金善宝却闭口不谈自己的婚姻。谭瑛多少也看透了她的处境，直截了当道："结婚好像并不让你快乐。"

金善宝苦笑道："婚姻确实是有些闷的，有时甚至要压抑自己的许多感情，你要好好经营。如果单纯是苦闷倒也算了。你千万不要搞得像我这样，丈夫花着我的钱去找女人，账单还寄到我家里来。真好笑，我怎么变成这么可怜的一个人了。"

"你准备离婚吗?"

"为什么问这个?"金善宝眼睛里透出片刻落寞，"我们家是一团糟，你又不是不知道，现在我不能和我爸爸对着干。这种话我也只能和你说。"

"你以后要是有什么委屈,尽管和我说。"

"今天就这样吧,你也该走了,今天就到这里了,要不然你的未婚妻也要等急了。"

临别前,金善宝抱了他,他们都说这是朋友间的拥抱,心里却清楚朋友并不用这样刻意拥抱。松开时,金善宝忍不住笑了,一种志得意满的笑容。她再找上谭瑛,是有不甘心的成分,她的东西,她可以选择不要,但旁人没资格替她丢。她就是要把他再夺回来,对过去的自己做一次补偿,也像是间接地打败了爸爸,顺便作践一下柳兰京。

但她走后,却没料到,谭瑛唇边的笑意更深了。

谭瑛回来时,林棋正在沙发上看电视。他拿出给林棋的礼物,是和金善宝分别后在街边买的,一顶黑色的羊绒帽子。他原本想送给金善宝,但又觉得这样未免企图心太过。

这帽子果然不称她,帽檐太大,林棋的五官压不住,要金善宝那样略方的下颌才有气势。林棋装作很喜欢的样子,道:"真好看,谢谢你,你对我真好。"

谭瑛挠挠头,故意道:"你喜欢就好,我还担心我审美不好,选的你不喜欢。我本来想选粉红色,但店员说不好看。我就给你拿了这个。"

他以一种旁观者的态度想着,他们间的礼貌客套,就像是一对蹩脚的演员在舞台上排戏。好在他们也够努力,彼此都心知肚明,也不说破。以后恩爱夫妻演得多了,人人见了都要鼓掌。世俗的美满婚姻不就是这样?真正相爱的人反而不该当夫妻。

第九章　高攀

柳兰京回到房间时，莫雪涛正在改文档，他受邀给朋友翻译的一本贝叶斯算法的教辅写序。他是个做事妥帖的人，这样的人情工作也做得细致妥帖。柳兰京不便打扰他，就坐在床边等着，眼睛直勾勾地望过去。

莫雪涛让他望得毛骨悚然，忍不住回头问道："你有什么事要和我说吗？"

"不是什么大事，只是随口一问，我的一个朋友。真的是我的一个朋友，不是我。他向我求助了一些事，我也没有把握，所以来问一下你的意见。"

"是学术方面的问题吗？"

"不是，是感情问题。"

"那我也不擅长这个。不过你先说吧。"

"源于同情的感情能长久吗？他不想被人同情，却不讨厌被同情。无条件地包容总是很舒服的，不过像信用卡一样，太容易透支了。我朋友意外认识了一位小姐，因为一些事分别时闹得很僵，不过有个意外的机会能再见一面。该见面吗？还是说太尴尬了？"

莫雪涛正色道："我的建议是你去见她一面，把不确定的东西弄清楚，把未知变为已知，也是贯彻了科研精神。"

"我可没说是我哦。"

莫雪涛微微一笑，从桌上的论文纸中抽出一张，转到反面，露出柳兰京的一张肖像，就是当初苏妙露随手画的一幅，正面是废弃的论文，他却舍不得丢掉。莫雪涛道："我想你应该还没有自恋到画自己的地步。就我来看，画得很不错。"

柳兰京认下，也轻快耸耸肩，道："其实是很无聊的事，远没有你想象中那么浪漫。"

"我可什么都没说。"

"但我觉得你对我有误解，把我想得太好了。也可能你把这个世界想太好了，所以总能看到好的一面。"

"那你看到的坏的一面是什么？"

"人不过是激素的奴隶，活在大脑构建的笼子里。刺激癫痫病人的尾状核，他会爱上医生。明明是一种单纯的生理反应，却为其赋予神圣的价值。这大概是人类为了适应群体生活付出的代价。"

"听起来你像是虚无主义者，为了避免失去的痛苦，而拒绝承认一切事情的价值。我看你之前一直在约会，还以为你很喜欢和人接触。"

"这大概是最可悲的事，我还挺怕寂寞的，爱情的把戏对我来说很困难，可调情的技巧又太容易学了。"柳兰京拽着莫雪涛出房间。走廊上，有个女游客正在等电梯，二十来岁，拖着行李箱讲电话，是中国人。他凑在莫雪涛耳边，低声道："我和她一起搭电梯，出酒店前，我就能要到她的联系方式。"

五分钟后，柳兰京回到房间里，手里拿着一张名片，手背上写了一个邮箱地址,末尾还用眼线笔画了个小爱心。他却百无聊赖地随手把名片丢掉,去洗手间洗手。

莫雪涛不算太赞同,道:"这可算是有毒的男性气质。你总想证明自己魅力无穷,只会让生活更空虚。"

"或许是吧。说实话,我还真有点嫉妒你。你人太好了,所以只要简单做自己就可以了。你不理解,做自己是不够的。其实女人有好嫁风,男人也有好娶风,工作体面,长相周正,心理健康,家庭圆满。结婚,生孩子,明年准备生日和纪念日,安心等退休,永远走在正途上。"

"你总是把别人的生活想得太简单了。"莫雪涛摇摇头,转身就要往外走,柳兰京拦住他,道:"你还没回答我的问题呢?"

"你早就有答案了,不是吗?犹豫不决就是一种答案。好了,让我一下,我要去泡温泉。"

苏妙露躺在床上,红宝石的耳环托在手里,灯下一闪,浓得像是一腔化不开的血。柳太太当初给的钱已经还回去了,但她坚持这宝石要还就该还给柳兰京本人。苏妙露找人偷偷估价过,二十五万打底,确实太贵重了。于理,她确实不该收;为情,她又有许多舍不得。这一抹红,像是柳兰京心头一点鲜亮的痕迹,证明他动心过。

女人要贵重的礼物,未必是贪钱,多少是求一个证据。爱你的人未必舍得买贵重礼物,但不爱的,一定不舍得。

苏妙露戴起耳环,在镜子里摆姿势,黑发上的波浪卷拨到肩膀上,笑意还未展开,就黯淡了。她的房间太小,穿衣镜拉不开。她很清醒,明白和柳兰京是毫无指望的。荒诞的是,他如果没那么有钱,苏妙露或许会放手一搏。可他富有到这种程度,她反倒也不抱任何幻想了。

温哥华的回忆不过是一场梦,她依旧过她的老日子,从家里搬出来,一边找工作,一边找房子,白天给公司投简历,准备面试,下午和中介出去看房。她没在外面住过,不知道上海的房租已经贵到这地步了,她正犹豫着要不要与人合租。

苏妙露把耳环放回盒子,塞到柜子底下,决心不去想柳兰京。正这么想着,她的手机却响了,一看来电显示,是"普通话等级考试"。这是她给柳兰京取的外号。她总叫他柳先生,并不是出于尊敬,实在是舌头容易打结。

她莫名有一丝侥幸,做了个深呼吸,才接电话:"喂,是我。你该不会打错电话了吧?"

"没有,就是找你。"柳兰京依旧客客气气道,"你现在在忙吗? 方便说话吗?"

"不忙,我在家。你现在在东京吗?"

"对,明天后天都有会。你现在找到工作了吗?"

苏妙露忍不住呛他:"你打个跨国长途来就是为了嘲笑我失业吗? 不至于吧? 我还饿不死,劳你费心了。"

"我不是这个意思。谭瑛请你参加他的婚礼,连着办两天一夜,你如果有工作,我怕你吃不消。如果你不想去,我就代你回绝他。"

"不啊,我当然要去。有吃有喝,还能见世面,为什么不去?"她忽然想到什么,咯咯发笑,"我看是你不想让我去吧? 怎么了,见到我尴尬啊?"

"这又没什么可尴尬的,你想多了。我以前和同学谈过恋爱,分手后还一起做课题呢。我和你什么关系都没有,没必要尴尬。"

"那你在紧张什么?"

"我不紧张,是你在紧张。我是星期五的飞机,请柬送到我家里,到时候我再拿来给你。"

苏妙露原本想说不必麻烦了,同城快递也很方便,可转念一想,能多见柳兰京一面,又有何不可,就默认了。她说道:"那等你回国了,再联系我吧。你最近忙吗?"

"不忙,只是有些寂寞。"

苏妙露笑道:"够了啊,柳先生,别拿那套骗小姑娘的技巧骗我。我不吃这套的。"

柳兰京不置可否,只是淡淡道:"那你早点休息吧。"

挂断电话,苏妙露坐在椅子上,带点失魂落魄。她像是个要戒烟的人,每每下定决心,就又被勾着抽一根,心里知道有害处,却还是忍不住。她只能给谢秋发消息诉苦,问道:"你说一个亿到底是多少钱?"

谢秋的回复倒很快,直截了当道:"你赚二十万一年,那就要五百年才能赚回一个亿,不含税。"

"上亿身家也不全是流动资金吧,应该是固定资产比较多。"

"你还在找补吗?我倒不是怀疑你,就是真的很不可思议。有钱到这种程度的男人竟然还单身,特别像网络诈骗,你知道吗?我妈看《社会与法》,虹口警方一天能抓到五个迪拜王子。他真的没有让你给他打钱?"

"这些钱主要是他们家的,和他也没关系,不过我还是觉得像是一场梦,他刚才打电话给我了,我差点以为是幻觉。"

"别为个男人魂牵梦绕的,不值得。听你描述,他就很不可靠。你还是正经找工作比较好,我给我当猎头的同学也推了简历。"

"最近好像是市场淡季,我这里都没什么回应。我觉得是不是应该找一天去烧香,去普陀山,你要一起吗?"

谢秋总是这样一个正经人,一板一眼,忌讳一切感情用事。苏妙露本想着她会拒绝,不料她爽快回道:"好,我也觉得要迷信一次,家里最近不太平,我妈妈可能要给我找个后爸了。"

"这么突然?"

"是啊,按道理说,我是不应该有什么意见的,毕竟是她的感情问题,可是我总觉得他们的年龄差距太大了,差了十二岁。"

"男方六十多岁,确实是有点老,不过要是身体不错,也可以接受。"

"不是,我是说对方比我妈小十二岁,只有三十八岁。而且他是我妈拿到拆迁补偿后认识的,我怀疑他别有用心是合情合理的。"

"那他人怎么样?人好的话,其实也不要紧。"

"很不怎么样,说话做事很油腻,比大庆油田开出来的油都多,好好利用的话,能让全国人民用上半年。"

"那你妈是什么态度呢?"

"你又不是不知道,她是个十三点的人,一下子有了钱,更加不得了。"谢秋发完这句话,长久得不到苏妙露的回复,以为她也是无话可说。其实苏妙露多少是觉得,她用这话形容亲生母亲太刻薄了些。

谢秋也是千百种无奈,只能化作一声叹息。她的母亲在客厅里打着电话,已经快四十分钟了,甜言蜜语都没有说尽。谢母的新情人叫王小年,是房产中介。谢母手里的两套房,一套准备租出去,就是王小年帮忙跑前跑后。

谢秋第一眼就对他没有好感。三十多岁,梳个油头,面上带点狡猾的笑,很油腔滑调。他起先对谢母的态度很敷衍,后来听她说起拆迁的事,便眼前一亮,态度顿时殷勤不少。谢秋原本只当是中介惯常的见风使舵,可这之后,王小年就每天和谢母打两三个电话。

起先聊的还不过是房子的事,渐渐熟悉了,就开始约出来吃饭。他很讨得谢母的欢心，每次回来谢母都喜气洋洋的。她也愈发注意打扮了，新烫了一个头发，谢秋说像是泰迪狗的屁股，谢母就冷哼一声道："小王说蛮好的，你懂什么啊，自己就灰头土脸的。"

谢秋叹气，听到外面的说话声止了，就起身去倒水。谢母的脸上还挂着淡淡的微笑，说道："明天小王请我吃午饭，我就不回来了。"谢秋点头，谢母又继续道："小王这个人还蛮有志气的，他说准备积攒一点人脉了，以后自己去开店，一年就能赚上一百万。"

"这世界上没有来钱这么快的事。"谢秋一阵警惕，"他该不会要找你借钱吧？"

谢母瞪她："你怎么这么不会说话？小王有计划，那是他有上进心。"

"那他具体的计划是什么？他准备几年内完成？每一步的可行性是多少？他说得出来吗？"

"你干吗揪着他不放？一点情商都没有，难怪你自己名校毕业，创业都不成功，闹到现在工作都没找。别人说的高分低能，就是说你这样的。"

谢秋的脸往下一沉，低着头就回房间去。谢母仍不放过她，追着道："你不要不耐烦啊，我还有蛮多要和你说的都很有道理的话。你以后在公司和同事打交道用得到的。"

"说完了吗？说完了，你就让我走。"

谢秋不理睬她，甩上门，从里面直接反锁了。外面谢母又开始眉飞色舞地讲起电话来，这次是和裁缝聊，她有几件衣服尺寸要改，可是价钱没谈拢，就听见她骂道："你寻死啊，我上辈子欠你的是吗？帮帮忙，好吗？这么多年老客户了，和我计较这点钱……我发财了？放屁，你听谁说的？瞎讲……老李这个死人，我下次见到了，骂他一家门。"

谢秋站在书桌前，长长叹了一口气，手机倒有了新消息，点开一看是苏妙露："我搜了一下，普陀山都是做生意的去，家庭关系的话还是去龙华寺拜，我们后天一起去。"

　　学术会议提早半天结束了。一散会，柳兰京就买了一张当天最早的机票，又直接叫了出租车，回酒店收拾行李。三个小时后，他就在全日空的头等舱里了。

　　他不比他哥，吃穿用度极尽奢华着来。他没有太多物欲，只是拿钱买自由，一种选择的自由。从东京坐飞机回国，不过两三个钟头，特意买一张头等舱，总有些肉疼。可好处是能在家里过夜，隔天一早就能去找苏妙露，比说好的提早一天。

　　他在武康路有套房子，新式里弄的三楼，三室两厅，少见的五米层高，配一个小阳台，里里外外都能看风景。其实也就是金玉其外，老房子不能好好装修，天气一差，夏暖冬凉的，又太潮。这是柳子桐从急着出国的熟人手里买下来的，又折价给了他。就算这样，他也卖不出合适的价钱，还倒贴钱买了新家具。

　　好在这条路名气响，租还是很方便，正巧宋凝律师喜欢，只进来看了一圈就说要租。他不是没说过问题，她也认了。为了浪漫情调，总是要忍受些不便的。虽然是熟人，可她上赶着要当冤大头，那他也只能有钱不赚王八蛋，一个月两万租给她，顺手卖个人情给莫雪涛。

　　柳兰京在机场给宋凝打了个电话，说道："我今晚要回去了，你如果把我家弄得一塌糊涂，现在还有时间补救。"柳兰京对她还算了解，不止一次抓住她在沙发上吃薯片，搞得缝隙里全是碎屑。他虽然自己不擅长打扫卫生，但对贴身之物的整洁还是很在意的。

　　等柳兰京叩门时，宋凝已经把房子收拾妥当了，连带着自己都顺便化了个淡妆。她穿着一件深色皮衣，下身是西裤，一刀齐的短发，气质干练。她是长鼻薄唇，面容上带点英气的长相，不喜欢的人就觉得男相。她见面的第一句话便是："莫雪涛呢？他不是和你一起开会的吗？"

柳兰京耸耸肩，笑道："他在日本不愿意回来，说不定是看上个日本女友了，你快点打电话找他兴师问罪去。"

"得了吧，你肯定又把他一个人丢在日本，自己回来了。"

"他太慢了，我本来要捎他的，问他能不能二十分钟收拾好东西。他说来不及，那我也没办法。"柳兰京的眼睛在客厅桌面上扫着，"有我的包裹吗？"

"前天有拿到一份。你是为这个回来的吗？难怪这么急。"宋凝从柜子里拿出一份快递，柳兰京当着她的面拆开，里面是小礼盒，放着两张烫金的婚礼请柬。

柳兰京打开看名字，抽出苏妙露的那份拿走。宋凝忍不住调侃道："这位苏小姐是你的新朋友？那我是不是应该把房子让出来了？"

"你本来就应该让出来，这是我家。"

"我交房租了。"

"那我把房租还给你，你准备今晚就搬出去吗？"

"我最近加班加得和狗一样，就算要搬，这段时间也没空。你就大人有大量，别让我露宿街头了。"

"放心，是我求你才对，签了合同就是你的地方。我就睡一个晚上，睡次卧了。你要是不同意，我只能拖着行李去睡大街。要是担心的话，就和莫教授报备一下。还有，这块地毯脏了，你记得送去干洗。"

柳兰京把包往椅子上一丢，就去次卧拿换洗的衣服。房子里有两个卫生间，柳兰京借给熟人，就是为了方便自己偶尔回来暂住。他的书房与次卧的卫生间,宋凝平时帮着打扫,但从不使用。他冲了个加急澡,出来时,宋凝正和莫雪涛视频聊天。

电脑屏幕里,莫雪涛的头顶闪着光。原来莫雪涛在日本多留了半天,就是为宋凝买礼物,除了寻常的化妆品,他还特意挑了个八音盒。宋凝喜气洋洋的,旁若无人地和莫雪涛说着情话,柳兰京在后面听着,直倒胃口,心里泛着酸,索性回房间睡觉。

第二天,柳兰京起了个早,和上班的宋凝一起出的门。宋凝开车去公司,柳兰京就理所当然地搭她的便车去找苏妙露。他料想苏妙露没有工作,这时间应该还待在家里。可他却扑了个空,敲门没有人应答。

他百无聊赖地在楼道里晃悠,反而撞见了楼上装修的工人,一对风尘仆仆的父子。父亲大约四十岁,见他站在苏妙露家门口,便搭讪道:"你找谁? 是苏小姐吗?"

柳兰京一愣,便点头道:"是的,不过她不在家,请问你知道她去哪里了吗?"

对方答道:"苏小姐前几天就不在家里住了,好像搬出去了。你打她电话问问吧。"

"这样啊。那我去找她吧,谢谢你了。"柳兰京转身欲走,却忽然想到些事,脚步顿了顿,问道,"顺便问一下,你和苏小姐很熟吗?"

"还行,也不是太熟,就是苏小姐人很好,我们晚上干活干得晚了,盒饭冷掉了,她会帮我们热一热。"

柳兰京抿嘴笑了笑,多少有些意外,她对他不假辞色,对工人倒是客气。欺上而不凌下,这正是他要找的人。一个有道德的人能为他偏私,才是爱的血证。他站在楼道口给苏妙露打了个电话,说道:"喂,是我,我有事就不回去了,我让人把请柬送到你家里吧,你现在在家吗?"

苏妙露那头闹哄哄的,吊着嗓子道:"我不在家,我在龙华寺上香,你先等一等再送,我去你家拿就好,给我个地址。"

"好,我一会儿有事,等结束了再和你联系,你慢慢上香吧。"

惊喜也好,惊吓也罢,他故意不说,就是想打她个措手不及。他把车停在家里,不愿回去和父母碰头,索性就叫了出租车去龙华寺。出租车司机接了这笔大单子,误以为他是游客,倒还殷切地向他推荐旅游景点。柳兰京望向窗外,一笑了之。今年秋天来得晚,桂花还没谢,风里泛着淡淡的甜香。他小时候家门口就有桂花树,这味道莫名让他安心。

龙华寺人头攒动,柳兰京站在山门的龙华匾额下,又给苏妙露打了个电话,这次倒是通了。他问道:"你现在在哪里啊?我回上海了。"

苏妙露道:"我在龙华寺上香啊,现在不在家,要不我们明天见个面?"

"不用了,今天就能见到,我已经在龙华寺门口了。你在哪里?我去找你。"

"你在门口等一下吧,我去找你。"苏妙露的声音似有片刻慌乱,又听到身边有个女人在低声说,"你写的是他吗?"

柳兰京听了便起疑,又觉得带些好玩。龙华寺都是阿姨、妈妈常来的地方,她特意跑来上香,总是有些深切的祈愿要达成,而且似乎与他有关。他回想起来,小时候倒也陪着母亲来过一次,罗汉堂边有棵大树,可以挂许愿的牌子,想来苏妙露就是写了愿望挂上去,不愿让他看到。

既然如此,他就更想要看了,循着记忆快步去找,果然见一棵参天大树,枝丫上密密麻麻用红线挂着牌子。再一瞥旁边的价目表,小时候只要五块钱一块木牌,现在已经涨到了二十五块。

柳兰京也不知该怎么找,就双手插兜绕着树转圈,心里比画着苏妙露的身高,找差不多位置的木牌。新挂上去的木牌应该颜色鲜亮些,他优先在外圈看,果然找到了苏妙露许的愿。他倒也不是认识她的字,只是写得实在太明显了,"希望柳二的癫痫能好转,早日与家人和解"。

他笑笑,自然是觉得傻气,信万物有灵也就算了,竟然还信二十五块钱买来的庇佑。这心愿多少也太廉价。但他还是甘心花了二十五块冤枉钱,写上"你做我的家人就好了",挂在苏妙露的愿望旁。

柳兰京脚程快,走回山门口时,正好与苏妙露碰了个照面。她身边还跟着个朋友,差不多年纪的短发女孩,朴素的斯文相。苏妙露为彼此介绍,说谢秋是她最好的朋友,而柳兰京是上次请她去温哥华的那人。柳兰京客客气气同谢秋握手,猜她就是苏妙露提过的借钱创业的朋友,看她们相处毫无芥蒂的样子,钱应该是还清了。

苏妙露新剪了一个刘海,看着更稚气些,颇有焕然一新之感。但她多少有些窘,只穿了件冲锋衣,对着他笑笑,问道:"还好吗?"

"什么还好吗? 你问我还好吗,还是你的刘海还好吗?"

"刘海。"

他凑近,一本正经地打量起她来,道:"挺好的,像个饭团上的海苔片。"

"别人都说好,就你要唱对台戏。夸我一句漂亮,对你来说这么难吗?"

"不难,可是没意思。夸你漂亮的人太多了,你记不住的。"

"你说的话,我就能记住。"

"你的优点远不止你的外貌,下次想到些好的再夸你。"他自认为这话说得很真诚,余光却瞥见谢秋在旁直翻白眼,一副胃口倒尽的样子。

坐地铁回去要耽搁几个钟头,柳兰京特意叫了出租车挨个送回去。他坐副驾驶位,苏妙露虽然和谢秋坐一起,但谢秋实在是个内向的人,并不爱多说话。沉默的空隙里，便留下柳兰京与苏妙露有一搭没一搭地聊着天。他道："你怎么突然想到去龙华寺了？是给人许愿祈福吗？"

苏妙露道："只是随便去散散心。最近找工作实在不顺利。"谢秋扭头望过来，她便偷偷摆了摆手，示意不要声张。

"如果是单纯来散心，走这么远可不划算，你应该一早就出发了。不过许愿的话也没什么意思，里面挂牌子的那棵树，工作人员会定期把牌子拿走丢掉，方便后来人再挂上去。"

"我知道啊，但是心诚则灵。"

"许了什么愿？"

"希望买彩票能中五百万。"

柳兰京淡淡道："不错，说不定会实现的。"

送完谢秋，出租车开到苏妙露小区对门口，就让他们下了车。苏妙露站在树边，倏忽一笑，说道："你上次也是把车停在这里，让我下来的。"

柳兰京笑笑："我倒不记得了，没想到你还记得。你要是不想走路，下次我就开进去。"

"你有话要对我说，是吧？要不然按你这个抠门样，才舍不得叫出租车回来。"

"我不着急，倒是觉得你有话要对我说。女士优先，你先请。"

"我和你应该保持距离，划清界限。参加完婚礼后，我们就不应该再联系了。我不是对你有意见，只是觉得我们的差距太大，一些小事你可能不在意，对我却是翻天覆地的影响。我也应该回归正常的生活了。你觉得呢？"

"这段话你是不是想了很久啊？"

"别冷嘲热讽我。"

他仍是似笑非笑的样子，一只手插在衣兜里："要是我拒绝呢？要是我不想和你划清界限，反而想和你更亲近些呢？"

"别来这套，我可不信你。你不过是觉得得不到的东西最好。你之前都那么骂我了，我也没那么贱。"

"你是需要我道歉吗？"苏妙露狐疑地瞥了他一眼，又确有期盼。他转而笑道："我不会道歉的，你也骂过我，而且我觉得你说得很对，我们就是这样的关系了，不用太客气。"

"你这人怎么这个样子，不听人说话。"

"明天我会送花来，你什么时候在家？"

"你有没有听到我说话啊？"

"那我明天上午十点过来，然后还能请你吃个饭。"

"我不住在这里，我和我爸妈吵架了，现在搬出去了。送过来你也找不到我。"她瞥见地上有块小石子，气冲冲一戳，道，"你看见那石头没有，你再这样装傻，我就拿那个丢你。"

"好啊，那你丢我吧。丢完之后记得和我说一声，你现在住在哪里。"

苏妙露气得扭头就走，柳兰京就一路跟在后面，隔着几步路，也不追上去，时不时看向街外，抬手给她叫了辆出租车。她也只能停下，他帮着拉开车门，并不上去，也不走，等着她说地址。她无奈，还是如实说了，暗地里给自己找了个借口。要是不先敷衍他，他四处折腾打听，把事情闹大，又是一桩麻烦事。

第二天，柳兰京果然带着花来见她。一大捧花束，捧在胸前把他整张脸都挡住了。苏妙露只是扫了一眼，就冷笑道："你想讨好我，就只有这些手段吗？那我真对你失望，俗气死了。"

"确实挺俗，最近发挥不好，等我明天想想还有没有别的花招。"他牵着她的手去把花束的丝带拉开，里面还藏着小礼物，挨个打开，都是她之前想要的化妆品和首饰。

"你怎么知道我喜欢这些？"

"只要有手机号，百分之八十的社交账号都能搜出来。你应该更注意些信息安全。"

她把礼物丢在床上，不耐烦道："你是不是吃错药了？为什么突然对我这么上心？之前在国外大家都是玩玩的，你不是很清楚吗？"

"重要的不是这个，是你无路可走了。我说过了，你是纯良人装骗子，把自己的路都走窄了。你没在我身上占什么便宜，却和家里闹翻了，工作也没有，以后准备怎么办呢？"

"和你有什么关系？"

"既然你说对我没感情，那你就应该好好利用我，从我身上捞点好处再走，现在我才是主动送上门的。"

"我没兴趣，也信不过你，你这人比狐狸都精，比扒皮都扒皮。我也不想一直猜你的想法，真的很累，我就想正常些和你相处。"

柳兰京歪着头，笑道："那证明你对我有感情，不是吗？正常谈恋爱，不就是正常相处吗？你现在拒绝我，其实是担心真的陷进去，到时候分手，你就全完了，是不是啊？"苏妙露让他噎得无言以对，瞪着他，正僵持着，又有电话过来。

是潘世杰打来的，他在那头的声音小心翼翼的，说要请她吃饭，徐蓉蓉并不到场，是有一些误会要澄清。柳兰京也不避嫌，就凑在旁边听了全程，劝她别拒绝："你表妹夫请你吃饭啊，那算上我一起好了。别说你不想出一口恶气，之前来找我，不就是为了这个吗？"

苏妙露犹豫了，在沉默的片刻间想起了父亲给她的那一耳光。她笑道:"好啊,吃饭的地方我来定吧。"

最后地方是柳兰京挑的,选了西班牙菜,去的是个小馆子。价钱不算贵,网上风评却不错,算是价廉物美了。另外,店里还有一架钢琴,不时有人现场演奏。

潘世杰是西装革履来的,却没理头发。他抱怨了一路,这家店不起眼,店里一个人都没有。他看了菜单,却愈发不屑,便说道:"也不用给我省钱,随便点吧,挑喜欢吃的就可以。"他见苏妙露不答,问道:"你还记得我们上次吃的米其林三星吗?"

苏妙露头也不抬道:"不记得了,我吃饭只记得和谁吃的,不记得吃过什么。"

"那你上次和柳兰京在一起,他请你吃过什么? 应该不会太差吧?"

"没什么,就是沙拉和快餐。"

潘世杰道:"那他估计是在试探你,看你是不是为了钱接近他的。你去这种廉价的地方,应该没有表现得不开心吧?"

"说不定他就是常去这种地方的人。他挺穷酸的,不比你出手大方。"

潘世杰摇头笑笑,抿一口汤,道:"我知道你对我有意见,之前很多事情也是你误会了。因为有你表妹在,我一直没找到机会澄清。现在我正式和你说一下,你失业的事和我一点关系都没有,我知道之后也很惊讶,还特意去问了。那个小领导确实人品很差,不过你也不应该和他吵。"

"随便你怎么说,反正我也不能去找他对质了。"

"其实你也算是因祸得福了,不然你也不会认识柳先生。听说你们相处得很好?"

苏妙露不置可否,只是偏过头去,望着餐馆另一角。有人在钢琴前弹着柴可夫斯基,她指了指,问道:"你觉得他弹得怎么样?"

"作为业余爱好者，还算不错了，只能这么说，中国的家长太喜欢让小孩子学钢琴了，自以为是培养高品位，其实只是让这项乐器沦为庸俗。"他拿手往弹钢琴的人身上一指，道，"这个人你看他年纪不大，可如果要以音乐做事业，肯定是没指望了。如果是过来挣外快的，那也挺可怜的，看着也快三十了，还要为一点钱四处奔波。"

她嗤笑一声："那柳兰京也会弹钢琴，我觉得他弹得也不过如此。"

"那可不一样，有钱人不过是把音乐当陶冶情操的方式，不用太认真学。"

"听你的口气，好像和他很熟？"

"自然不比你们熟悉，但还是见过几面的。我和他哥哥柳子桐打交道的时候更多，他挺有礼貌的，不过还是很有距离感，如果能多个场合，拉近些关系就好了。"

"你到底有什么事要和我说？我知道你不会随随便便请我出来吃饭。"

潘世杰毕恭毕敬地递出一张名片，摆在苏妙露面前："我知道，以前我和你是有一点误会。不过怎么说呢，现在我和你表妹结婚了，大家都是一家人了。其实也不是什么大事，你应该有柳兰京的电话吧？他换了个手机，我存的是旧号码，现在有点联系不上他了。你有他现在的号码吧，能不能给我一下？"

"就这事吗？"

"还有你没有和柳先生说什么吧？例如我和你的事情，我不希望他有什么误会。"

"我和你之间有什么值得误会的事吗？"

潘世杰松了一口气道："那就好，我也就随口说说。对了，听说你刚失业了,找到工作没有?正巧我有个朋友的公司现在招秘书,你要不要去试一试?只要面试过了就可以,薪水还不错。"

苏妙露不理睬,只是道:"你去和弹琴的人说一声,能不能换一首曲子?"

有求于人,潘世杰自然责无旁贷地去了,站在钢琴边上,居高临下道:"麻烦你能不能换一首曲子?这首曲子我都听腻了,我想听《蓝色的多瑙河》。"

弹琴的男人停下演奏,微笑道:"不好意思,演奏的曲目都是固定的,不能随意更换,而且我不想弹这么落俗的曲子。"

"我花钱点首曲子不行吗?"

"真的不行。"

"得了吧,你不会弹其实可以直说,这种小地方,我本来也不期望听到什么好的演奏。"

"那请问我是哪里弹得不好呢?我自认为还不错,还请多指教。"

"你自己觉得呢?节奏、感情全不到位,只会机械地演奏。"

弹琴男人打量了他片刻,笑道:"你是不会弹琴,还是说单纯对我有意见?"

潘世杰一皱眉,不耐烦道:"你有没有听过顾客是上帝啊?真不怕我投诉你啊?本事一点点,脾气倒不小。"

"其实原本换一首曲子很简单,但是你刚才跟我说话那么大声,我想是个人都有点脾气吧。"

潘世杰更不悦,眼看就要闹起来,苏妙露立刻过去把他劝回来,道:"算了,别和他吵。"

他不情不愿地坐回去,还不肯罢休,便把气撒在菜品上。他用叉子翻来覆去地戳一块肉，皱着眉道："这里的伊比利亚火腿不行，没有我以前在米其林吃的那种有橡木香气，也不知道是什么劣质货。"正巧服务生送上甜点，是冰激凌球。他看了又是一阵挑剔："这个抹茶冰激凌一看就不行，是不是就是哈根达斯啊？这个档次太一般了。"

苏妙露沉默不语，望着他的眼神只剩怜悯。

"其实哈根达斯在国外卖得也不贵，也就是国内炒作得厉害。其实你和柳先生交往，我也有点担心，你都没有出去见过世面，红酒啊，音乐啊，艺术品啊，你都不懂，和他没什么共同话题，很难长久的。其实我也不是占你便宜，我们大可以互惠互利，我帮你开开小课，教你一点和上面人应酬的技巧。"

"不用了，我没兴趣讨好他什么。其实柳二是个脾气很古怪的人，我介绍你们认识，你也抓不住机会。"

"这你放心好了，我肯定比你有经验。"说着，他挥手叫来侍应生，说菜品有问题，想要找老板，又是弹钢琴的男人走过来，很客气地问道："请问你有什么不满意的地方？"

"说实话，哪里都不满意。菜单上说的手工抹茶，我怎么吃出一股工业糖精的味道，感觉就是把超市货装了个盘。"

弹琴的男人笑道："这样啊，真不好意思。这不是我的店，不过我朋友是老板，我一会儿去问问他。"说着他就从口袋里掏出名片，递过去，慢条斯理道："我的电话号码一直没换过，你要找我可以直接打电话。等你联系，或者有什么事可以现在当面说。"

潘世杰一眼瞥见名片上的名字，呛了一声，急忙道歉，站起来要同他握手，柳兰京却依旧把手插在兜里，道："你是苏小姐的亲戚，我本来想好好招待你，不过你好像对今天的安排并不满意，看来是我的问题，还是说你对我有意见?"

"没有,挺好的,感谢款待。是我,是我最近感冒了,尝不出味道,人也有点恍惚,对不住。"

"还有件事,不是店里没人,是我特意清场了。你要是喜欢热闹,下次也提前说。"

"怎么不早说,我真是受宠若惊。"潘世杰又痛又怨地望着苏妙露,嘴唇哆嗦着。她哼笑一声,道:"说了给你机会也把握不住。"

柳兰京假笑道:"潘先生要是没什么事,要不先走吧,我和她再聊聊天。"潘世杰忙不迭走了,人还没出门口,柳兰京就让人把盘子撤了,大大方方坐在苏妙露旁边,从她盘子里又叉芦笋吃:"怎么样,出气了吗? 怎么看着还是闷闷不乐?"

苏妙露摇头叹了口气,道:"没有想象中那么开心,反而觉得累。我还是那个我,他见了我却像见了亲妈一样。你还是那个你,如果你不是你爸的儿子,只是个弹琴的,那今天这气就白受了。"

"这个世界就是这样,所有人都在台阶上,往上走,看不到头,往下走,也看不到头。有人走在中途就累了,有人喜欢踩着后面的人往上爬。你很温柔。不单是我这么说,我上次找你,你家楼上的装修工人也这么说。我知道,你讨厌我是因为觉得我仗势欺人了。"

"也算不上,你也有你不容易的地方。"

柳兰京忽然笑了,拿手帕擦了擦嘴角,道:"你是因为发现我有病,才这么想的吧? 倒不用这么心软,我的病和我的为人是两方面的事。"

"你怎么知道?"

"为什么你觉得能瞒过我? 下次还是别躲在衣柜里了,那是我的地盘,我小时候一遇到事就躲进去哭,你占了我的地方,苏小姐。"

苏妙露一怔。还没等她回话，柳兰京已经握着她的右手，手指在她手心里画了个爱心。她迟疑片刻，这才回忆过来，柳兰京喝醉那夜，她百无聊赖着，也是在他手里画爱心。她问道："你那次没喝醉？"

"我这个情况能喝酒？"

"你知道我亲了你？"苏妙露尴尬地摸了摸脸，反思起自己的迟钝。癫痫病人不能喝酒，他就是站在干岸上看她热闹。

"当然了。"

"那你为什么不戳破？"

"因为我在考虑要不要顺水推舟。你是我喜欢的类型，但我不想碰我妈介绍来的人。后来我想还是算了，比起和你发生什么，惹你生气更有趣。我真的很好奇你的底线在哪里，为了搞定我能容忍到什么程度。"

苏妙露怒极反笑，把手指骨节捏得嘎吱作响。难怪他酒醒后对她的态度变得天翻地覆，原来是知道她动心了。他不戳破，只是端坐着看猴戏，故意惹她生气，再哄回来，和他今天戏耍潘世杰并没有什么差别。

她气得面颊发红，他倒调侃道："我今天真是出门烧香了，你竟然舍不得打我。"话音未落，一杯水已经泼在他脸上。柳兰京倒不动气，掏出手帕抹了把脸，笑道："你真是把我当花，定期要浇个水。"

"你心里只有自己。"

"我就算心里装着全世界，诺贝尔和平奖也不会颁给我。"

苏妙露起身就走，柳兰京拉着她的手去拦。她用力也甩不脱，捏着他小手指就反折，他吃痛，却也依旧不松手，说："我觉得我还是有机会的。"

"我觉得你有病，你给我适可而止吧，我已经和你划清界限了，你还要怎么样？我知道从一开始你就看不起我，叫我去温哥华，就是通过我告你哥哥的状。你后面再怎么颠三倒四，拿我寻开心，我都忍耐了，但是我的忍耐是有限度的,你到底想做什么?"

"我想要你爱我。"

苏妙露冷笑一声,说道:"我已经爱上你了,你满意了吗?你不是早就知道了吗?你赢了,可以滚了。把我要得团团转,羞辱我,看着我为你担心,这样真的好玩吗?你个大型不可回收垃圾,垃圾分类的时候,怎么没把你处理掉?"

"我现在说对不起,还来得及吗?我确实有很多做得不对的地方,但我没有故意玩弄你的感情。我对你确实不好,但我对自己也不好。我这样的人,我自己也没有办法。"他抬起眼睛,又摆出那种无往不利的孩子气神色,微微带点脆弱。

"别来烦我,我已经够烦了。"苏妙露冷哼了一声,别过头不去看他。

"再给我个机会怎么样?"

苏妙露冷笑,抱着肩说道:"你从这里跳下去,我就考虑一下。"

"没问题,你不生气就好。"柳兰京轻快起身。他们本就坐在靠窗的位置,他踩着椅子跨出去一条腿,窗一推,就翻了出去。这里不过是二楼,但苏妙露还是慌了,她本就是随口一说,急忙把头探出去看,好在外面有个空调架子,柳兰京手攀在上面,已经稳稳落了地,正扭头冲着她笑。

其实趁着这个机会,她原本可以走的,但她骨子里早就明白自己走不脱了。穿过后门,他们一路跑到一条巷子里,柳兰京冷不防就把苏妙露往怀里一拽,扭头飞快地吻了她。他的吻很轻,像是一阵风吹开月桂的香。苏妙露却觉得像是一双手把她往后一推,整个人向无所适从里跌去。

她刚心惊胆战地闭上眼,他却又松开手,好整以暇地整了整衣服,眨眨眼睛,讨好道:"这样可以原谅我吗?"他睫毛上还是湿漉漉的,乍一看倒像是泪痕未干。

"不可以。"苏妙露揪过他的衣领，气势汹汹地回吻过去，分开后又嫌恶地呸了一声，"我信不过你，而且我脾气不好，不能忍你。"

"这倒未必，我们可以相处着看看，就看你愿不愿意？"多少是猜到他后半截话，苏妙露虽然并不决定答应他，却还是忍不住心口一软。只听他道："你愿不愿意和我一起学数学？"

"啊？"

柳兰京正色道："我是认真的，不管怎么说，我也算是知识分子，有一技傍身。先学数学，再学统计，你感兴趣的话，顺便教Python。我算过了，我的假期还有七十三天，如果按照一天六小时的进度给你上课，到假期结束，你肯定能学有所成，哥大的统计学研究生基本全是中国人，教的内容不比本科难多少，面试、笔试都不难，就算是你，努力一下也能进去。如果赶不上秋季申请，找工作时也算个技能。"

"你说这话有点煞风景啊。"

"煞风景吗？你再认真想想呢？"柳兰京眯着眼睨她。

"我还要每天找你上课吗？不对，在哪里上课啊？你家吗？你是让我搬过来和你住吗？"

"房租就不要你的，我吃东西很随便的，你不喜欢就自己花钱开小灶，还有就是我当老师很严格的。"

"为什么？你不觉得进度快了一点吗？"

"你知道大小原则吗？就是同一运动群中，运动单位更小的神经元发放早于更大的神经元。刺激越大，被激活的运动单位也越大。当肌肉收缩幅度变大时，要产生显著效果的运动单位也变大。我觉得这个模式可以应用在生活中，遭遇过大风浪的婚姻关系在日常生活中更不容易崩溃。换而言之，看过彼此最不堪一面的情侣不容易分手。"柳兰京轻轻叹出一口气,微笑道,"我知道你已经看过我最糟的一面了,所以我觉得我们有机会。"

这胜利来得突兀,若是放在十天前,她自然要昂首挺胸走出去,把他的告白镶在项链上戴出去炫耀。可现在她只觉得累,倦怠感一浪一浪涌上来,把她围得众叛亲离,平白无故又伸出爱的橄榄枝来,尽是患得患失。

柳兰京轻轻搂着她,由着她伏在胸口哭了一阵。半晌后,才道:"好了,好了,不是让你别哭,但就不能换个好地方吗? 一定要在垃圾桶边上哭吗?"

第十章　漩涡

苏家父母这一头，在苏妙露走后原本是焦心的。尤其是苏母，好端端的女儿回来的日子，她特意买了女儿喜欢的菜，可一回家，女儿竟然不见了。苏母忍不住就要和丈夫吵，苏父阴沉着脸，一言不发。苏母听清楚前因后果，又气又怨，是争着要出门找人的。"你真的是要死，我辛辛苦苦把女儿养大，你是一点都不放在心上，是吗？说打就打，长这么大，我动过她一个手指头吗？多大点事就动手。她要出去，你也不拦着点。现在这么晚了，她在外面不知道钱有没有带够，饭吃了没有。"

苏父依旧坐在沙发上不吭声，苏母气急，伸手去推他时，他忽然抬头吼道："吵什么吵！要找你自己出去找。"

苏母被这一吼，倒也愣住了。她印象里丈夫一贯是个可以随意揉搓的泥人，却不知为何今天竟然生出了气性。其实苏父发了一通火，心里原也有些没底，可见妻子静默着不出声，心中便极为得意。他是窝囊了一辈子的人，家里家外都当惯老好人，心里多少也是不情愿的，知道徐家一向看不起自己，连带着妻子和女儿都不重视他。

这一层事实不戳破时，他尚且可以自欺欺人，说一些吃亏是福的话。

可是女儿竟然赤裸裸地把鄙夷甩在他脸上，一点面子也不留，他也是一时气急，毕竟压抑得久了，连他自己都不知道他竟然有勇气挥出一耳光。事情到了这地步，他也索性破罐子破摔了，仗着道理在自己这头，抵死不低头。女儿犯了错，做父亲的教训她天经地义。

苏妙露离家出走时，他还有些慌，怕妻子和自己吵，没想到她也被吓得六神无主。他心里倒是安定下来，手机上的新闻翻过一条，说道："你也别急了，她这么大个人了，会和男人搞在一起，出去住几天也无所谓。"

好在后来谢秋私下里打电话来，说苏妙露住在宾馆里，她从旁陪着，并不会出什么事，苏家父母也算彻底放下心来。之后几天，苏母犹豫着想给谢秋打电话，问出苏妙露的住处，私底下去看望她。苏父劝道："你还是先等一等吧，你过去找她，没有房卡，怎么进去？还是要让她知道的，那有什么意思。"

苏母不应声，望着丈夫腆着肚子在沙发上说风凉话，面前的茶几上堆着一堆瓜子壳。她整夜地担心到睡不着，身边的呼噜声却照旧。她忽然一阵心寒，她一向觉得自己是低嫁的，年轻时的相貌不比姐姐差，日子却过得天差地别，她便更由着性子在家里颐指气使。她以前觉得丈夫最大的好处就是老实，可忽然间，老实也不那么老实了。其实这骇人的转变并非没有端倪，早在二十多年前，他就打过她一次。

苏母默默思索着，忽然听到敲门声，以为是女儿想通回来了。她快步冲过去开门，却见到徐蓉蓉站在门口。她冷淡道："哦，你怎么来了啊。"

叫徐蓉蓉去说和，原本是苏母的主意，毕竟亲亲眷眷，闹得再难堪也要扫同一家的坟。苏妙露上次把徐太太气得够呛，苏母都不好意思替女儿说话，虽说是亲姐妹，可嫁人就成了两家人。她只能找徐蓉蓉，让她帮着吹点枕头风，再找机会一起吃个饭，强压着苏妙露道歉，这事便算过去了。可没想到闹成这样，苏母心心念念以女儿为重，倒也搁置下了这事。

徐蓉蓉问道："表姐在家吗？我有事找她。"

苏妙露离家出走的事，没有对外声张，徐蓉蓉并不知情。她原本就失业在家，料理着家务做主妇，却急匆匆接到潘世杰的一个电话，说今天与苏妙露吃饭，得罪了柳兰京，让她帮着去赔不是，探探口风。徐蓉蓉原本不想去的，一向看不起这个表姐，又鄙夷她靠男人上位的手段，可她失业在家，手心朝上找丈夫要钱，不得不低头，还是硬着头皮来了。

苏母也是一愣，原本以为她是来看热闹的，反应过来才掩饰道："你表姐出去了，这几天不在家。"

徐蓉蓉说道："不是啊，我老公说今天刚和她吃过饭。她是不是不想见我？我知道我和她是有点误会，可是她也要给我一个机会解释的。"说着，她便径直往屋里走，探查了一遍卧室，才确信苏妙露当真不在家。她问道："表姐是和柳兰京出去了吗？"

苏母问道："柳兰京是谁？"

徐蓉蓉诧异道："就是她的新男友啊，她没和你们说吗？"她正要详细解释着，就听到敲门声起。她站得离门口更近些，便转身去开门，只见苏妙露站在外面，身后跟着柳兰京。

这对表姐妹见了彼此都有些恍然，不约而同回想起上次分别闹得不欢而散，面上都尴尬，一时间不知如何寒暄，就彼此点点头。柳兰京倒是看热闹不嫌事多，笑着挥挥手说道："徐小姐，真巧，我今天刚和你丈夫吃过饭。"

苏妙露进屋，说道："爸，妈，我回来拿一点衣服。"

苏父从沙发上起身，问道："这位先生是？"他莫名有些慌，觉得事情又在脱出他掌控，朝不可预知处发展。

柳兰京笑眯眯道："阿姨叔叔好，我叫柳兰京，这是我的名片，这位徐小姐应该认识我，倒不如让她介绍更方便点。徐小姐还记得我吗？"

徐蓉蓉回以假笑，勉强道："这位柳先生家住徐汇的新鸿基，他是家里的老二，之前在国外，最近好像回国工作了。"话说到这地步，苏家父母已经脸色大变，只差握着他的手说："失敬，失敬。"

柳兰京双手插兜，微微一笑道："并不是回国工作了，我是特意回来见一下苏小姐。我们在交往了，之前她陪我去加拿大探亲了。听说苏先生有点事情误会了，所以我特意过来解释一下，再陪她拿点东西。"

苏母这才反应过来，问道："拿东西，你们是要出去吗？"

苏妙露避开母亲眼神，点点头，说道："我接下来要和他一起住一段时间。"

苏父急急插出一句话，问道："你们是准备同居了吗？"

"差不多是这个意思，苏小姐会搬去我家里住一段时间，一会儿她把具体地址给你们。"柳兰京双手插兜，仍旧带点玩世不恭的笑意，很不把这当一回事。

苏父继续道："你们现在到底算什么情况，准备结婚吗？"

柳兰京道："我暂时没有这个想法，可能以后也不会结婚。"

"那你算是什么意思？那我就直截了当说了，我也不知道你家里什么情况，但看你这样子应该和我们不是一个层面的人。我也不清楚你看上露露什么，但你要是动了什么歪心思，说实话，我们是拿你一点办法都没有的。"

"确实是这样，但我现在也不可能对你们保证什么。"

"那你怎么对得起她？"

柳兰京笑笑，道："我是个什么样的人，苏小姐自有决断。而且就算我们以后分手了,她的下一任男友如果因为这种事看不起她,那就说明这个男人不行,档次太低,本来也就不合适。我也确实弄不懂你们急着把她往低看是什么意思,好像她找个有人样的男人凑合一下就能结婚了。"

"对我爸妈说话客气点。"苏妙露猫在后面捏他肩膀。

柳兰京吃痛,扭头对她抱怨道:"那你也对我客气点。我对我自己的爸妈,这番话也是照样说的,今天已经很客气了。"他耸耸肩,轻快道:"天下无不是的父母,这句话我觉得应该改一改,天下到处有不是的父母,因为当了父母,有错也不想认。"

苏父听出他的指桑骂槐,脸上很是挂不住。他原本是个处处赔小心的人,忍气吞声惯了,这次突然间发了一通火,便不想收敛了。他冷冰冰道:"你这种颠三倒四,说话没轻没重的性格,我怎么放心你和我女儿在一起?你们两个在一起,我是绝对反对的。"

柳兰京一挑眉,仍是微笑道:"我知道你反对,这个时候发脾气不就是要证明你是个有主意的人吗?我知道了,你女儿倒霉的时候你没主意,现在主意这么大,给谁看啊?"

苏父哑口无言,嘴唇一哆嗦,颓然倒在椅子上。苏妙露急忙上前安抚道:"爸,我知道我不成熟的地方有很多,但这次我想清楚了,我和他在一起并不是为了钱,也并不是为了结婚,就是单纯想在一起。至于以后的事,不管怎么样,我都有准备了。"

苏父摆摆手,扭过头不愿理她。苏母冲回房间,拿了一沓钱,塞到苏妙露手里,嘱咐道:"你既然已经下定决心了,我也没什么好说的。这些钱你拿着,不够再找妈妈要。不管他有没有钱,出门在外,你还是要自力更生,早点找份工作,有事要和我说。"

柳兰京抱着肩撇嘴,无可奈何道:"我虽然不是什么正人君子,可也不至于把她吃了，就是在一起住一段时间，不至于搞得像是再不见面吧。同居是件很小的事情啊。"

徐蓉蓉呛他，冷笑道："主要是对你不放心，你就算做什么事情对不起她，我们也没办法追究你。你以前不是还让你女友打胎了吗？谁知道你有多出格。"

柳兰京失笑道："谁和你说的这件事？我自己都不知道，该不会是王雅梦吧？"他垂下眼，面上掠过片刻黯然，他的癫痫会遗传，按理不能有孩子，所以他格外小心着避孕。人生就是这么滑稽，他格外喜欢孩子，却不能有；柳子桐有了孩子，却又不放在心上。

徐蓉蓉点头："你怎么知道？"

"我和她的故事可多着呢，能说好久。下次有机会再聊吧。"他撂下这句话，就拉着苏妙露一起走了。

出了门，苏妙露并不快乐，反而生出一种和家里断绝的痛苦来，柳兰京却兴高采烈地对她道："今天是个值得庆祝的日子。我请你吃饭吧，选哪家店你来定。"苏妙露弄不懂他的喜怒无常，可机会难得，还是趁机敲了他一顿法国菜。

来到不用预约能选到的最好的一家店。白桌布，银烛台，柳兰京的眼珠颜色不深，一抬眼，蜡烛的光在他眼里摇曳，苏妙露望着，倒也有灼灼之感。他忙着逗她高兴，说了许多俏皮话，仍不见她笑，只能道："这么好的晚上，这么好的菜，你就别为无关紧要的人难过了。"

苏妙露哭笑不得道："这是我爸，怎么是无关紧要的人？"

"他可没把你当女儿，无非是觉得你的名声坏了，让他抬不起头来。也不想想，他为你做了什么？"他轻蔑一笑，道，"越是无能的人，当了父母越是虚伪，想从小孩身上获得尊重。"

"别这么说我爸爸。"她顿了顿，苦笑道，"我知道他有许多问题，可是我到底还是记得他好的那面。你弄不懂我，就像我弄不懂你，我觉得你妈对你还是不错的。"

"那就当是我小心眼吧。我更在意那些缺失的地方，为什么不能更公平？为什么不能更在意我？我不是被偏爱的话，我宁愿什么都不要。你实话说，我比我哥优秀不少吧？我爸妈难道不知道吗？他们不愿承认罢了。"

"是啊，可是那又怎么样？这东西不是考试成绩，不是不好的人就不配被爱。"

"就是应该这样。这个世界弱肉强食，废物躲在温柔乡里只会更一无是处。连他本科毕业他们都能特意抽时间过去，我的博士毕业典礼，竟然没有一个人来。我到底差在哪里？"

她轻轻握住他的手，说："或许有误会。"

柳兰京反问道："那你们家有误会吗？你爸妈有多爱你呢？你家只有唯一一套房，看来你注定要成为别人的妻子，才能有个家。你爸生气无非是怕你给我当情人，如果有了名分，他应该很乐意看你当我的金丝雀。"

苏妙露静了半晌，回忆起来，柳兰京从进门后眼神就变了，原来是看破了这一点，端起了势在必得的架子。

苏妙露道："不会是情人，也不会是金丝雀。不管别人怎么说，不管你怎么掩饰，我都认为你骨子里是个很严肃的人，对待感情很认真。谈这么多次恋爱，只是因为你的心理不健康，你对这个世界好像有很多怨气。"

"因为我被骗了。我接受的教育是弱肉强食，赢家通吃。我以为我是更优秀的那个，才会被送出国。我爸妈也不是什么好人，好人赚不到那些钱，结果他们忽然要我学着我哥，当个厚道人。"

"你这样子特别像偶像剧里那种恶毒男配,怨天尤人,满嘴谎话,一肚子歪理。"

"那你完了,和男主角在一起的自强不息的好女人才能当女主角,你和我混一起,连主要配角都混不上,海报上都没你的脸。"

苏妙露被逗笑了,但还是道:"知道你不爱听,可我还是要说,世界从来都不公平,你已经是富有人家的小儿子,长相不赖的留洋博士,如果连这点不平等都不能忍受,那我又算什么呢?"

柳兰京皱了皱眉,绝不是赞同的神情,却也没反驳她,只是闷声吃赠送的餐前面包。

"你很喜欢这个面包吗?"

"我喜欢白送上门的,比如餐前面包、贵宾室的纸巾。"他刻意顿了顿,她则抢先笑起来,刚要调侃他小气,他又接话道,"还有你。"

笑意还残留在嘴边,苏妙露回过神,眉头已经皱起,抬手就要拿红酒泼他。他却抢先举高杯子,一口喝掉,说:"这酒很贵,不要拿来给我浇水。"

"你的舌头要是长在嘴里不舒服,就切下来炒盘菜。"她的手移到酱汁边上,假装要泼他,把他一吓,却只是虚晃一招,"说实话,你的小伎俩我已经看烦了。你每次被戳中心事都这样发疯,故意气气我,是吗?想看我能忍你多久?我只觉得你可怜。"

"那你再多可怜我一下,倒也不碍事。给我一百块。"

"为什么?"

他把下巴略昂起,捎带得意道:"因为我的吻技值得这么多。"

接下来一切都像是偷情,陌生的房子,陌生的床,床头台灯只开一盏,朦胧的影子投在墙上,外衣甩在椅背上。

他忽然半跪在她面前,拢着她的手,极郑重道:"你现在还是能后悔的,因为你还不清楚我到底是一个什么样的人。你太爱感情用事了。"

"我最讨厌别人说我感情用事。"

她的食指点在他喉结上,再往下移,勾住衬衫领口,一拉,他顺势贴过来。

穿衣服时他忽然想起什么,道:"刚才吃饭的地方钢琴伴奏太糟了,不如我弹得好。我家里有钢琴,你想听什么曲子我都可以弹。"

"那我也只知道《蓝色的多瑙河》。"

"可以啊。"

她笑道:"你不是不弹落俗的曲子吗?"

"有的人不值得,你值得。"他偏了偏头,明示要一个吻。

徐蓉蓉垂头丧气回了家,一开门,潘世杰倒是迫不及待迎上来,问道:"怎么样了,你见到你表姐了吗?"

徐蓉蓉横他一眼,说道:"见到了,还见到柳兰京了。他们一起回去的。"

"那我的事,你有帮忙说吗? 柳兰京什么态度啊?"

徐蓉蓉原本想嘲笑他自作多情,柳兰京忙着与苏妙露浓情蜜意,完全忘了他这一号人物。可转念一想,倒不如给自己挣些功劳,让他不敢轻慢自己。她说道:"柳兰京当然还是那样子,好一顿嘲笑你,苏妙露也帮腔,你肯定得罪他了。我有什么办法呢,谁让你是我老公,我只能低声下气给人道歉,好说歹说,他们也就说算了,反正他们嘴上是说没关系,至于心里怎么想的,我不知道。"

"真是我的好贤内助,亲亲好老婆。"潘世杰捧着脸,亲了她一下,"那你说我要不要明天过去再赔礼道歉一下?"

"不用了，苏妙露和柳兰京都搬出去住了。你也见不到他们，既然他们说不当一回事，那你就让这事过去吧，也不用再强调了。反正我看他们打得火热，以后你要接近柳家，还有很多机会。再说，我以前的同学王雅梦，她好像也有人脉，不行还能问问她。"

"那你帮我多看着点。这个大客户我还是用得到的。"潘世杰忽然想到什么，扑哧一笑，贴在徐蓉蓉耳边，低声道，"你说苏妙露怎么就勾搭上了柳兰京，是不是因为那种事放得开？"

徐蓉蓉敷衍地笑了笑，便回卧室去了。她虽然看不上苏妙露，可也不屑于背地里编派她。拿苏妙露当个靶子，她也算是看透了潘世杰的两副面孔。他对人是明码标价的，有用处时就鞍前马后，伏小做低的，没用处了，就一脚踢开，为自己铺路。之前，他为了讨好她，自证清白，随手就让苏妙露失业了。难保以后，他不会为了哄柳兰京和苏妙露，再拿她开刀。

苏妙露离家出走的前因后果她已经全打听清楚了。按往常，表姐遭殃，徐蓉蓉应该是幸灾乐祸多一些。可如今，她也提不起这个兴致来。她的烦心事只多不少。

她失业不过几天，潘世杰对她的态度已经是天翻地覆，连着几天都是彻夜不归，也不见解释。昨晚他说加班，并不回家吃晚饭，她打电话过去，接电话的却是个女人，只娇滴滴道："伊森啊，他现在不在，一会儿等他回来，我会和他说的。"

徐蓉蓉的满腔怒气，忍到十点半潘世杰回来后尽数发作，劈头盖脸质问道："为什么你的电话是个女人接的？"

潘世杰不耐烦道："女人有什么奇怪的，这个世界上不是男的就是女的，我又不是没有女同事。我人不在，她给我接个电话很正常，都以为像你这么闲啊。"

潘世杰推开她,径直往床上倒,趴在床上有气无力道:"我累了,你别来烦我。有这个时间,想想明天做什么菜吃。"

徐蓉蓉坐在床边,没有开灯,窗帘缝隙里隐隐约约透出几缕外面的光。潘世杰已经睡着了,轻轻打起了鼾。她则默默地流着泪,不敢哭得太大声,生怕吵醒了他,又是一阵吵。她在外面摆出有恃无恐的底气,回到家里却是心虚。她结婚之前就想离婚了,但没有人站在她这边。

要说后悔,她在婚礼上就后悔了。苏妙露一闹场,徐蓉蓉见到潘世杰魂不守舍的样子,心里顿时山崩地裂了。酒席后就哭着说不结婚了,父母急忙劝她,用冷毛巾给她擦脸,连哄带骗,总算让婚礼继续。她多少也明白,他们家对她的婚姻是有野心的,想着靠潘世杰一飞冲天,朝上飞一个阶级。他们不是搭伙过日子,是搭伙往上攀。

她只能耐着性子演一个幸福新娘,但和潘世杰的蜜月也是一肚子气。她和父母抱怨,他们也只是木然地笑着,劝道:"结婚了嘛,彼此都要包容一点,不要耍小孩子脾气。"

后来她失业了,待在家里当家庭主妇,和父亲抱怨。他更加不轻不重地说道:"你说小潘待你不好,那你也要想想自己的问题,他辛辛苦苦回家,看到家里这样子,是要生气的。"

"那我也能出去工作啊。"

"你上班也挣不了多少钱,让小潘养着也挺好。你现在不要急,等以后有了孩子就稳定了。"

她气急了,说道:"那他要是出轨怎么办?我要是想离婚怎么办?我和他过不下去了。"

父亲立刻沉下脸,让她想清楚,结婚一个月就离婚,传出去是耻辱,而且离婚就意味着舍弃现在的婚房、私家车和每月一万的零花钱。她原本以为父亲是吓唬她的，可是现在知道了苏妙露的遭遇，不由得把这话当真了。原来再窝囊的父亲，心里都容不下忤逆的子女。

徐蓉蓉把自己关在卧室里，来回踱步，忧心忡忡，一时间竟不知身边有谁可依靠。忽然手机上多了条提示，她定睛一看，竟然是王雅梦联系她："蓉蓉，明天有空吗？一起出去玩吧，正好柳太太缺个人打牌，你来的话，我开车来接你。"

王雅梦原本没想带徐蓉蓉见柳太太，这是一步险棋，稍有不慎，就败坏了她在柳太太心目中的好印象。可实在是柳兰京逼上门来，她不得不先下手为强。

这天是周六，她醒的时候已经临近中午，她昨天晚上加班，回家的时候已经是十一点了。洗了个澡就昏沉沉往床上一倒，庆幸第二天是周末。她起来的时候，家里的帮佣阿姨还在打扫卫生。继母虽说做的是家庭主妇，但推托说照顾孩子辛苦，她体力不支，便雇了一个阿姨来帮忙，料理孩子以外的一切家务。

本地的阿姨在劳务市场最紧俏，脾气好，做事干净利落，可谓有价无市，要熟人介绍才能找到称心合意的。继母想雇一个，可是她长长久久拘束在家里，人脉自然不广，还是王雅梦帮着找来一位瞿阿姨，做事爽快，人又不爱多嘴，一家人都很满意。但瞿阿姨的要价不低，一个月九千，基本抵得上一个上海应届生的工资，有时候继母没拿到家用，还是王雅梦帮着付的钱。

她原本不想计较这点钱，毕竟这两年来，父亲不时要住院，弟弟要上早教班，她光是帮着补贴家里就花去三百多万。往往是前脚拿到钱，后脚就花在家里了，有时还要卖掉自己的名牌包套现金。

可她到了饭厅，刚一落座，就发现面前摆着一碗稀粥。她隐隐有些不悦,问道:"怎么又喝粥啊?"

瞿阿姨在旁正准备午饭,随口道:"喝粥清爽啊,你妈妈说你昨晚睡得晚,要吃得清淡一点。"

王雅梦脸一沉,她最忌讳别人叫她继母为妈妈。她强忍着不发作,说道:"那她吃了什么?"

"虾仁大馄饨。"

王雅梦心下了然,阴恻恻一笑,说道:"噢,她有馄饨吃,我就只能喝粥,倒难为你还要做两份饭。"瞿阿姨惯会看脸色,听出她暗含嘲讽意,低着头不吭声。

王雅梦瞥她一眼,继续道:"阿姨,有些事你可能不知道,我也不知道我后妈和你说了什么,但你是明眼人,这个家里只有我在赚钱,说到底每次拿钱回来的就我一个人。就是我后妈,有的时候还要找我拿钱。"

瞿阿姨嗫嚅道:"你后妈她也不是这个意思。"

"不是最好。"她把碗往桌上一放,说道,"我不喝粥,你帮着把吐司机拿出去,给我烤两片面包再夹个鸡蛋。"

瞿阿姨讷讷,连忙低着头照办。等继母到家时,王雅梦正抱肩坐在沙发上,一言不发。瞿阿姨匆忙使了个眼色,继母当即会意,小心翼翼地朝着王雅梦赔不是:"小梦啊,你怎么生气了? 是不是阿姨又哪里做得不对,惹你不高兴了?"

王雅梦冷哼一声,并不理睬,只径直回房间去。她到了房间,却见到同父异母的弟弟正趴在床底下找东西。她对继母虽然全无好感,但对弟弟多少还是怜爱的,蹲下身问道:"你在找什么啊?"

弟弟从床下钻出来,望着她大大方方道:"我在找钱啊。"他笑着朝她一摊手,展示手心里的两块钱硬币。

王雅梦故意逗他，笑道："你很有钱啊，这钱给姐姐好不好？"

弟弟忙把手一缩，紧紧攥住拳头，藏在身后，说道："不可以，姐姐最有钱了。只有我问姐姐要钱，姐姐不可以拿我的钱。"

王雅梦脸色微变，问道："这些话是谁教你说的？是你妈妈吗？"弟弟抓着钱直摇头，不说话。王雅梦伸手摸摸他的头，带点诱骗口吻道："你和我说，是不是你妈妈说的？你只要告诉我，我就请你吃点心，买玩具给你，好不好？"

"我不要玩具，我要平板的密码。"

"好啊，如果你告诉我，我就把我的平板借给你玩一个钟头。"继母担心电子产品伤眼，千方百计不让儿子玩平板，但王雅梦并不操这份心，她供着他上学已经是仁至义尽了。

弟弟重重一点头，说道："是妈妈说的，妈妈还说，姐姐有个男朋友很有钱，姐姐想要什么就给她什么。我想要什么东西，也可以和姐姐说，以后姐姐的东西都是我的东西。"

王雅梦强忍住怒气，继续道："那妈妈最近有没有给你买过什么东西啊？"

"妈妈又给我买衣服了，说别的小孩子有，我也要有，不然会被人看不起，可是一点都不好看。"弟弟把照片拿出来给她看，是一套阿玛尼的童装，算上鞋也要一万五。难怪这个月继母问她拿了两次家用，她真是花别人的钱毫不手软。

王雅梦不屑于和小孩子动气，温柔地拍拍弟弟的肩膀，说道："好了，这件事你不要告诉你妈妈，一会儿等你妈妈走了，到我房间来打游戏。现在先出去吧。"

弟弟走后，王雅梦反锁了房门，手里原本捏着化妆用的刷子，一动怒，就掰断了。她冷着脸往垃圾桶里一丢,只恨不得把她的继母也打包丢进去。她最近患了偏头痛的毛病,一动气就痛得更厉害。她趴在床上小憩了片刻,刚有些缓和,就接到了小刘的电话。

小刘是柳子桐的助理,帮他处理大大小小的琐事。平日里,不是亲近的人,要联系柳子桐都是由小刘代为传达。王雅梦对小刘有些提防,疑心他是柳兰京的人,因为他的工作就是柳兰京介绍的。柳兰京在他哥哥身边安插了眼线,也只有当事人没察觉。像是这次,柳子桐回温哥华处理离婚官司,走得很突然,前脚后脚,柳兰京就去找他了,前后不超过三天。

柳兰京虽然对家里的钱不上心,但对父母的宠爱还是想争一争的。这点心思王雅梦很能理解,钱倒是其次,有本事的人总是赌一口气。她觉得他总想找个机会,等柳子桐犯个大错。可她又不能把这点猜测说出来,柳子桐对这个弟弟很信任,她担不起挑拨离间的罪名。她只能私下里想办法,让柳兰京不至于威胁到他哥哥。

小刘给王雅梦传了个口信,说离婚官司结束了,孩子判给父亲,柳子桐正在处理后续的文件,这两天就能带儿子回国了,让王雅梦事先有个准备,到时候要带孩子见见她。

王雅梦会意,成败只在此一举,只要柳志襄认她这个继母,她与柳子桐的关系也算是确定了,再加上连日来她与柳太太打着交道,虽然不是太亲近,但也不至于有明显的生疏,也算是少了一个大阻力。她顿时心情大好,忙着安排与柳子桐的约会,便暂且不去找继母的不自在。

可临到晚饭时,王雅梦忽然接到了柳太太的电话,起初还是随意寒暄几句,忽然柳太太话锋一转,问道:"小王,你最近是不是手头不太宽裕?怎么在一个劲儿地往外卖包和首饰。"

王雅梦一惊,就知道事情穿帮了。她父亲虽然几年前就申请了企业破产,但是企业账户与个人账户一向是分开的,借着破产私下转移资产的大有人在,申请破产不过是把坏账留给银行。外人猜不到她父亲的个人账户有多少,王家破产后吃穿用度不减,在外人眼里依旧是阔的。可这不过是王雅梦为了维持富家小姐身份,苦苦支撑的空架子。破产后,她父亲没有多少积蓄,又一病不起整日住院,今时今日,房子都卖了两套套现。

她这么做倒不只是虚荣,是另有深一层的打算。社交圈里跟红顶白,一旦她承认家里颓败了,先前结交的人脉也就断了,雪中送炭的自然不会有,不落井下石就是万幸。只要她头上顶着一层虚名在,瘦死的骆驼比马大,社交圈的大门就还是对她敞开的,她也是这样结识柳子桐的。一旦他们结了婚,柳家的资金和人脉一到账,她家就还有机会东山再起。

越是在这紧要关头,她就越不能有闪失,要表现出一副与柳子桐门当户对的样子,表现得不争不抢不贪图,顶着自由恋爱的名义结合。所以她变卖东西时格外小心,找的都是熟人,宁愿在价钱上要得低些,也不愿意声张出去。

可就是这样,柳太太还是知道了,王雅梦咬紧后槽牙,定了定心,若无其事道:"是啊,我爸最近都不给我发零花钱了,我想买辆新车,就只能旧的不去,新的不来了。"

柳太太追问道:"那怎么连房子都卖了?"

"是这样的,我爸确实手头有点紧,他想给我买一套婚房先预备着。我原本的意思是不用买太好的,不过他倒是老人家脾气,觉得这种房子一定要不惜血本,住得舒服,结婚以后才能长长久久的。这样一弄,预算就有点超支了。"

"这样啊,你爸倒是疼你。"柳太太轻声笑笑,似乎并不完全相信,"你明天有空吗? 出来陪我喝个茶吧,我叫一个朋友,你也叫一个朋友,正好四个人，打牌搓麻将都方便。"

王雅梦说道："好的，那要不要我把苏小姐叫出来？"

"她就不用了，她现在和老二打得火热，没有这个空。再说，看她那样子，估计也不会打桥牌。"

"那我叫我大学同学吧，也是您认识的，叫徐蓉蓉，她桥牌玩得挺好的。"话出口时，王雅梦心底已经落实了一层盘算。柳太太知道她家的情况，肯定是有人告密。柳子桐显然不是，他没有这样的城府，大不了直接分手就好。她一向处事小心，少有得罪人，唯一有动机要闹她的只有柳兰京。

不过她也不慌，柳兰京与苏妙露成了一对，她的计划就能继续下去。她已经摸透柳兰京的性格了，他自命清高，对许多谣言是不屑于解释的，对父母又很叛逆。徐蓉蓉一向与苏妙露不对付，又清楚她的许多私事，把这个大喇叭带去柳太太面前一番诋毁，柳太太难免不生疑心。柳兰京倒不会信，反倒会觉得苏妙露受了委屈，与她愈发亲近。母子二人只要对苏妙露的态度有分歧，便会愈发生疏。到最后闹得凶了，柳兰京就要赌气一走了之，跑得远远的，去国外过他的小日子。

柳子桐除了对王雅梦的一番痴情，剩下的处处不如他弟弟，她绝不能给柳兰京丝毫夺家产的机会。所以她乐得当这个红娘，撮合柳兰京和苏妙露这对鸳鸯比翼双飞，飞得越远越好。

王雅梦先给徐蓉蓉发了邀请，又给柳子桐留言说了些情话，还找了几个新的下家出手她的包和首饰。几方料理妥当后，她才出房间准备吃饭，走到餐厅却不见有人出来，菜倒是热的。她蹑手蹑脚去继母房间，听到里面隐约有说话声，便贴在房门上听。

她依稀听到继母在说："是的，她确实脾气有点怪，最近越来越不对劲了。不过怎么说呢，当别人后妈的总要有点心理准备。这么多年也忍下来了，不在乎一时半会儿的。"

王雅梦怒极反笑，头又一阵阵开始痛。她扶着额头，强忍着敲了门，见到瞿阿姨低着头从房间里出来，然后是继母不尴不尬地冲着她笑，绞着手，客套道："怎么了，小梦，是要叫我吃饭吗？我马上来。"

王雅梦笑道："先不急，阿姨，你现在手里的钱够花吗？我爸爸这个月有给你家用吗？"

继母小心翼翼道："还没给，不过你不用担心，我这里钱还是够的，我也没有乱花。"

"那就是还有点紧张。没事的，阿姨。我这里还有一万块，你先拿着救个急，给弟弟买点吃的补充补充营养也好。"王雅梦从信封里拿出一沓现钞，作势要递过去，手却猛地一扬，钞票纷纷扬扬，撒得整个房间都是。

继母惊愕，望着脚边的纸钞，不知该做何种反应。王雅梦抱着肩，似笑非笑道："阿姨，你把钱捡一下，捡起来了才是你的。"

继母泪光盈盈的，眼圈一阵红，咬着嘴唇一声不吭，终于还是跪在地板上，一张张把钱捡起来。王雅梦冷冷瞥她，居高临下道："实在是麻烦你了，不过当别人继母，就是有点难，你要做好准备。"

"你听到了？我不是这个意思。"

"那是什么意思？"王雅梦冷笑道，"这个月做完，下个月就别让瞿阿姨来了，我雇她来是让她干活的，不是来背后说我闲话的。"

"你到底想怎么样？"

"不怎么样。你要知道，既然你是找我拿钱，就弄清楚自己的位置。真这么有骨气，就自己去挣钱。你之前是靠我爸养着的，现在是靠我养。你大概觉得我现在靠在男人身上来钱很方便。那我告诉你，是很方便，出去坐台赚钱也这么方便！别人家让女儿从男人身上捞钱，至少还觉得丢脸，你倒好，还一个劲儿地乱花钱，觉得很光荣啊。"

"我不是这个意思……我不知道，我以为，你和你那个男朋友挺好的。"

"我懒得听你废话，但你接下来别再找我要钱了，我只管付我爸的医药费和家里的日常开销。你要找我爸告状就去吧，看他愿意给你多少钱，别到时候又低声下气来找我要钱养儿子。"

王雅梦彻彻底底发了一通火，甩上门，站在走廊里却毫无得胜者的快意。她静静地望着书房的方向愣神，书房的门锁着，但她不用看就会回忆起书房的窗户。她的母亲就是从那里跳下去的，一头砸下去，轰然一声，一个人的粉身碎骨，她的万劫不复。

王雅梦不愿多回忆，她的头又开始痛了，鼻子底下忽然一热，伸手去摸，是在流鼻血。继母急急忙忙来挽她，她不耐烦地甩开，抽了几张纸巾堵住，就回卧室去了。

到第二天，她的脸色依旧不好，强撑着喝了点咖啡提神，又亲自开车去接徐蓉蓉。车是柳子桐送的礼物，一辆红色的敞篷宝马。徐蓉蓉坐上车，神色往复杂中去，笑了笑，说道："这车是新买的吗？看着不错，你倒是和柳太太关系不错，之前没听你提过。"

王雅梦瞧出她心里泛酸，也就赔小心，客客气气道："也不算很熟，就是我爸爸的关系，柳太太以前找不到牌搭子，就把我算上。正巧今天你也在，那就一起玩好了，混混就熟了。柳太太喜欢打桥牌，会的人比会打麻将的人少，所以身边能找到的搭档不多。"

徐蓉蓉说道："我桥牌也打得一般，很久不玩，规则也忘记了。"

王雅梦压低声音，笑道："不要紧，柳太太其实也玩得不好。她主要是子女不在身边，有点寂寞，你就陪着她打发打发时间。"

徐蓉蓉冷哼一声，阴阳怪气道："柳兰京不是回来了吗？算上我表姐，他们才是一家人，怎么让我这个外人陪？"

"柳兰京根本不受器重，你又不是不知道，柳太太也不一定想见他。至于你表姐，那就更是了，柳太太哪里看得起她，根本不当一回事，顶多就觉得是个清白的普通人家的小女孩，和他儿子玩玩恋爱游戏，没有结果的。"

"苏妙露清白？她算得上什么啊，除了好看，一点用处都没有。你大概还不知道，她的第一任男朋友还去嫖了，直接抓去派出所了，天知道她有没有得什么病。"

王雅梦笑笑，含糊道："这种事是你们家的事，我不知道，也不敢乱说。你也不要在柳太太面前乱说，要是给你表姐留个坏印象，把她和柳兰京的感情说砸了，那问题就大了。"

徐蓉蓉不置可否，抱着肩，别过头，望向车窗外，脸上的神情很是气不平。王雅梦不动声色地笑了。

车停在一家私人会所，柳太太是会员，王雅梦就报她的名字进了包厢。包厢里还有一位邓太太，瞧见她们就一拍柳太太的肩膀，热热闹闹地笑道："哎哟，今天又多了一个小姑娘。小王，快点介绍一下。"

王雅梦把徐蓉蓉领到面前，说道："这是徐蓉蓉，她是我大学同学。柳太太应该知道的，苏小姐就是她表姐。"

徐蓉蓉细声打了个招呼。柳太太稍一领首，算是会意，示意徐蓉蓉坐到她对面。王雅梦用余光偷瞄，一桌人的表情都精彩纷呈。邓太太喜欢扮猪吃老虎，见谁都是笑眯眯的，还格外喜欢保媒拉纤。看着胸无城府，实际上是搞垮了上一任邓太太才挤上这个位子，丈夫比她大二十岁，为了有个孩子不惜人工受孕。

但徐蓉蓉对她没提防，被她拉着手说家常，就完完全全把底子都交代了。邓太太显然对她没兴趣，却还装模作样道："怎么结婚结得这么早啊？要不然我这里还有几个不错的男孩子可以介绍给你。"

柳太太笑着呛她，道："你不要又胡说八道，小心她当真了，明天找上你。"面上仍是那副波澜不惊的样子。其实柳兰京和他妈妈长得很像，修长的眉与眼，总带着一副冷冷审视的味道。她转向王雅梦，问道："你家里的事情料理妥当了吗？"

王雅梦佯装不知，问道："哪件事啊？"

柳太太道："你爸爸不是病了吗？现在情况怎么样了？还在住院吗？家里的开销是你一个人在支撑吗？"

徐蓉蓉也是一愣，接话道："哎，伯父病了啊，什么时候的事情？你怎么没有和我说？"

王雅梦撑住笑脸，说道："没什么，不是什么大毛病，就是开个小刀，住几天院，现在情况也稳定了，我继母在照顾着。其实不住院也可以，可怎么说呢，她急着要在我爸面前表示一下，那我也不好意思说什么。"

"这样啊。"柳太太意味深长地瞥了她一眼，说道，"那就好，我之前还听说你爸得了肺癌，要动手术，那真是吓了我一跳。我想也不会啊，你这么孝顺的一个女孩子，怎么会自己爸爸都病成这样了还不管，还出来陪我打牌，那肯定不是了，你哪会这么没良心？现在听到你说没事了，那就好。"她的话说完，众人便开始叫牌，这次是王雅梦坐庄。

王雅梦神色微变，手偷偷抓着衣服，险些拽下扣子。原来柳太太全明白了，是变着法子骂她，让她知难而退。她只能勉强笑着，望着手里的牌，说道："我觉得今天运气不错。"

徐蓉蓉突然开腔道："不过有的谣传也不能不信。就比如我表姐苏妙露,她之前谈的第二任男友,别人都说他脾气不好,就她不相信,觉得是瞎说的,结果谈恋爱以后果然打起来了。"

邓太太问道:"是谁打谁啊?"

"好像是男的先打她的,不过她也还手了,直接拿刀把对方逼到阳台上,邻居看到吓了一跳,直接报警了,都抓去派出所批评了一下,然后就分手了。"

邓太太笑出声,说道:"怎么这么好玩?你表姐还有什么故事可以讲一讲的。"

徐蓉蓉顿时来了兴致,说道:"那是有很多故事,她谈恋爱谈了很多次,不愿意确定关系,每一次都闹得很难看。第一次,她本来都要和男的结婚了,结果男朋友嫖娼被抓了。她就直接冲到他家里,往他的电脑里浇水。还有一次男的劈腿,她就直接把他的电话写在网上,打广告说能办证。总之,什么奇奇怪怪的办法她能想出来,可就是不愿意选男人的时候稍微花点心思。"最后一句话溜出嘴边,她觉得不妙,小心翼翼地用余光扫在柳太太脸上。柳太太仍是一言不发。

到算分时,柳太太小胜了几分,王雅梦这一局牌打得心神不宁,分数最差。之后又玩了几轮,徐蓉蓉还是一刻不停地说苏妙露的坏话,柳太太仍是不动声色,似乎全然不挂怀。

只是临到结束前,徐蓉蓉起身去洗手间。柳太太忽然开口,对着王雅梦说道:"这个徐小姐怎么吵吵嚷嚷的,拿我这里当地铁站啊,什么话都来说几句。我最看不上这种背后说人闲话的。你下次注意点,不要什么人都带过来。"

王雅梦急忙道:"对不起,她是我以前的同学,我也没想到会变成这样。可能她和苏小姐有点积怨吧。"

柳太太道:"那也是她们之间的事。不过说起苏小姐,倒还要谢谢你的介绍,她人还行,主要是傻。"

"傻?"

"这个社会,傻是个大优点,聪明人反而容易坏事。一个人太聪明,就容易自作聪明,说不该说的话,做不该做的事。你说对吗?"柳太太淡淡抛出一瞥,对王雅梦撂下一句,"你爸爸既然身体不好,那你还是多陪陪他,以后就不用出来陪我了。这段时间倒也麻烦你了。"

王雅梦是个聪明人,自不多纠缠,面上的礼貌维持着,客客气气点头称是。牌一打完,就带着徐蓉蓉离开。她失魂落魄地回了家,阿姨在厨房做饭,弟弟在房间里哭,继母又在房间里打电话,乱哄哄的一个家。她原本顺顺当当嫁入柳家的希望破灭了,柳太太显然是看不上她,可期望的就只有柳子桐的坚持了。

事已至此,她不得不走出一步险棋,以退为进。她斟酌着给柳子桐发了一条信息,言简意赅道:"子桐,我们还是分手吧。"然后不等回复,就直接拉黑了他。

王雅梦走后,柳太太也推说累了,谢绝了邓太太之后的邀请。她没有在会所多停留,由司机送着回自己家吃的晚餐。今天晚上,她丈夫柳东园不回家吃饭,有个应酬他脱不开身。柳太太也就乐得自在。

婚姻到了他们这时节,情感上的激荡自然是少了,多少沦为公司里老板和员工的关系。柳太太家里家外帮丈夫打点着,一个月拿五十万块的家用。家里佣人和厨子的钱、菜钱、寻常的送礼打点,还有偶尔的家具添补都算在里面。房子的水电和物业,还有司机的薪水是另结的。有时候有大开支,则要让丈夫跟前报账,至于她的零花钱,则是每年一拿,偶尔到了逢年过节、结婚纪念日再另外送礼物。她自然也有小金库,但平日是不去动的。

柳东园在外和人打交道时,多少会和她报备,倒不是出于感情上的忠诚,而是期许着她能帮忙。有时候男人和男人结交不上,太太和太太之间反倒有交情。做生意,终究是绕不开丝丝缕缕的关系网。

柳东园常说,他的生意离不开她的打点。柳太太只是笑,算不上多受用。许多时候,她让另一群太太簇拥着,听着她们的笑声,只觉得荒唐,弄不清楚自己有什么用处。这样的事,谁又不能做呢?她曾经是外国语学院的高才生,曾经的同学现在已经在外交部当处长,预备明年升副司。读书时,对方的成绩还不如她。

柳太太舒舒服服泡了个澡,惬意地想着,今晚柳东园要是不回来,她就有理由睡次卧了。她睡得浅,半夜容易让他的呼噜声吵醒,可没根没据分床睡,多少显得貌合神离。越是没感情的夫妻越要注意明面上的客套。她平时没理由开口,可现在就能借口柳东园喝酒了要睡得舒服些,自己独占一张床,反正不管哪个房间,床是一样铺的,被褥也一样换。

柳太太正戴上老花镜,准备看几页书再睡,就听到房间外面用人的通报声,说柳东园回来了。她叹口气,觉得他回来得不是时候,再晚一些,她睡熟了也就人事不知了。

果然,柳东园喝得不多,反而问道:"你怎么一个人睡客房啊?"

柳太太说道:"我怕你喝多了,不舒服,要是你回来的时候我睡了也不方便,还不如你一个人睡卧室。"

柳东园笑道:"老夫老妻了,哪里还计较这个? 没事,没事,搬回来一起睡。"

柳太太也不便把话说透,就随口岔开话题,道:"今天弄得还挺晚的。"

柳东园叹口气,说道:"没办法啊,有些酒不得不喝,明天让营养师来一趟，我这两天胃里不太舒服。"

"你要不要检查一下身体？"

"过几天吧，这两天比较忙。"柳东园坐在床沿，低头仔仔细细地在手机上打字，他不习惯用键盘，小拇指翘起，竖起一根食指，一个字母一个字母地敲。

他忽然停下，说道："对了，赵局长那里的礼还是要送的，这事你稍微上点心，我昨天收到的海鲜，你要不就给他们送去？"

柳东园投资了郊区的一片高尔夫球场，原本是个势头不错的项目，区政府也都入股了，高尔夫球场的会员费都开始收了，没想到半年前市政府下政策，为了保护水源，本地不允许修建高尔夫球场。这个项目只能停工，双方就打起官司来，一直僵持了半年。正巧最近调来个新局长，这桩官司落在他手里，柳东园便想探探他的口风。

柳太太凝神细想，说道："上次送过赵局长了，不是没成吗？怎么说都没收，我估计他这个人就是这个做派，不好硬来的。"

"我本来也是这么想，可是今天吃饭的时候，我听老沈那边的意思，他们的礼已经送出去了。哪里是不收啊，赵局长就是看人收的，所以你还是要想个办法，把东西给他。别人不给，我不给，倒无所谓；别人给了，我就不得不给。不过你注意点，不要送太贵了，超过一万的都有点说不清。"

"好，这个我明白。"

柳太太继续道："老二前两天回来了，你知道吗？宋律师和我说的，老二偷偷回来了，据说接下来到学校开学前都不走了，现在住在浦东那套房子里。"

"他怎么又这个样子，回家都不说一声，一声不吭来，一声不吭走，搞得好像和我们很生分的样子。"

"以前的事不知道,不过这次倒是有理由的。他是特意为人家小姑娘回来的,就是我上次介绍的那个,姓苏。"

柳东园停下动作,多少有些诧异,问道:"怎么这么快? 之前他不是说不谈恋爱不结婚的吗?"

柳太太笑笑,自有一位母亲胜券在握的笃定,说道:"我就和你说吧,他不是认真的,就是吃醋,觉得我们太关心老大的感情问题了,刻意搞点事情出来,吸引一下注意力。"

"三十多岁的人了,怎么还吃哥哥的醋,和小孩子一样? 对了,子桐的离婚官司怎么样了? 闹了这么多年,终于结束了。"

"是不容易,听律师那边的意思,孩子已经判给我们了,现在就是一些手续上的事。"

柳东园长舒一口气,说道:"那就好,你和老大也交代一下,钱的事情基本就这样了,多给一点也无所谓,关键是拿到抚养权,早点把事情了结就好了。孩子那里也不容易,老大的第一个孩子,我们的第一个孙子,结果搞成这样。"

"反正现在也离了,离了就好了。至少他那个病,也不是什么大问题,读写障碍而已,多找几个好老师教一下就好。"柳志襄的读写障碍是四岁时查出来的,那时候已经开始识字了,学得比同龄人慢很多,原本以为是晚熟,可带去一检查发现是读写障碍。这之后他们对儿子的态度就愈发微妙了。

柳东园道:"今年还是要去寺里烧香拜一拜的,很多事情说不清。女方既然不想要孩子,就别和关筑闹太僵,大家都是一个圈子里的,低头不见抬头见,谁也说不清楚以后的事。"

"小孩妈妈那里肯定是没办法了,离婚离个两三年,怎么可能不闹僵?

我现在是担心另一件事，老大好像有新的女朋友了。"

"新女朋友？哪个啊？我认识吗？"

"你认识的，王雅梦，就是王宏涛的女儿，小时候还和老二一起玩过，你还抱过她。"

柳东园回忆了一阵，眼前依稀有个模糊的身影，一个沉稳又带点木讷的男人。他说道："噢，那个王宏涛啊，就是以前给书记开车的司机，后来做生意的那个。不过前两年不是破产了吗？那他女儿年纪蛮小的，才二十出头吧。"

柳太太道："是啊，年纪虽然小，不过蛮有心机。我看老大被她吃得死死的，有点问题。"

"好，等老大回来了，我帮着敲打敲打。这样吧，等我忙过了这几天，一家人一起吃个饭吧，也好久没有聚一聚了。老大也要有点危机感了，不要觉得以后一切都是他的，就心思不放在正事上，老二好歹也是靠自己在外面打拼的。"

"对了，你昨天的螃蟹是谁给你的？明显比其他人送来的档次要好。"

"我手下一个区域经理，姓张，人挺活络的，就是太活络了。老顾是他的顶头上司，他倒好，直接越过老顾给我送礼。老顾知道了，今天和我好一阵抱怨，差点要现开销。"

"老顾毕竟是陪你打江山的老臣了，这个人搞这种事情肯定是有想法的。那你准备怎么办，这个人要留下吗？"

柳东园沉了沉脸，说道："先留着，他能力还是有的，明升暗降比较好，老顾他们那批老员工仗着当初有功劳，都有点人浮于事，也要给他们收收骨头。"

柳东园自顾自做完了自己的事，便熄灯睡下了，只片刻就听到鼾声。

这一点柳太太还是佩服他的,八风不动的一个人,也是气概。她被这么一搅和,倒是失眠了,心里盘算着给局长送礼的事。这位赵局长似乎是湖北人,思绪轻轻一转,倒也有了个主意。

柳太太一夜没安睡,第二天倒是起得早,吃过早饭就把家里湖北籍的用人都叫了来,嘱咐了一件事,托他们去问问现在在赵局长家做工的保姆是谁,先问出来的一个,自然有奖赏。人际的关系网像是水下的暗涌,藏在无声息的地方。老乡与老乡之间有关系网,保姆与保姆之间也有关系网,这是她鞭长莫及的。

只半天,家里打扫卫生的沈阿姨就给了她一个结果,现在赵局长家有个姓刘的阿姨在做工,也是湖北籍,说是老乡之间好亲近。赵局长有个女儿,妻子刚怀二胎,平日里的家务活都是刘阿姨负责,白天九点到晚上六点。

柳太太说道:"那你帮忙和这位刘阿姨说一下,你有个熟人今天要送螃蟹给赵局长,趁人不多的时候让她帮着开个门,其他事都不用做。要是她愿意帮这个忙,我也会好好谢谢她的。"

刘阿姨那头给了回复,说是下午三点来送,家里没有其他人。柳太太便把这事托给了手下的一个伶俐人,不只是螃蟹,还添了些孕妇可用的护肤品、女儿可用的化妆品和一个求来的给婴儿的平安符,一并送了过去。如果单是礼品,赵局长还能退回来,可算上平安符,基于一些迷信,终究是不方便推托的。

料理完赵局长,柳太太一点家里的螃蟹,还有十只,就拨了一半准备送给柳兰京。她挥挥手叫来沈阿姨,说道:"阿姨,这个螃蟹,麻烦你帮我送一下给老二,地址我一会儿给你。你到时候叫个出租车去,路蛮远的,这个蟹拖不起。别赶上晚高峰。"

第十一章　藏娇

柳兰京的房子在一个不太出名的楼盘，为的是清静。好地方熟人也多，他下楼散个步就要和不少人打招呼，其实多半也不过是点头之交，一样少不了寒暄，笑着挥手挥到手都酸了。

房子在他进来前就有专人打扫过，但过了一夜，他还是不满意，第二天他打电话叫物业管家雇几个人再来除灰。当天来了一车的人，连瓷砖缝都用牙刷刷干净。苏妙露从旁看着，有种受宠若惊之感，柳兰京倒是习以为常。

房子是大平层，不算保姆房，就是三个房间五个洗手间，一正两副三个厅，第二偏厅原本是酒吧，柳兰京改成了藏书室。酒柜改成书柜，但一些功能还保留着，柳兰京收藏有一些古籍，要控制湿度保存。

苏妙露好奇道："为什么你哥哥的婚房、你这套房子还有上次金小姐的房子，洗手间都这么多？你们有钱人特别需要上厕所吗？"

柳兰京道："如果是生意人，其实住在家里的时间不多，这些房子的会客功能比居住功能重要，如果有客人来，不能让他们等洗手间。"

说是同居，其实旖旎色彩并不多。一条走廊苏妙露住头，柳兰京住尾,各有独立卫生间。苏妙露的次卧有个两进的更衣室,她一拉门进去,外面的梳妆台有一面镜子,再朝里走,斜放着一面穿衣镜,是鎏金古董货。柳兰京的品位是喜旧不喜新。左手边第一个柜门拉开,也内藏着一面镜子,镜影里叠着镜影,她望着自己层层叠叠的脸,忽然觉得陌生。

吃饭时苏妙露直接从走廊出去,柳兰京的房间连着阳台,穿过去也能到餐厅。余下的时间他们互不干涉,有事了再去敲对方的房门。

柳兰京不喜欢家里有外人,保姆是星期一、三、五上门打扫,琐碎活是他们亲自来的。他当室友还算可靠,至少会把自己的衣服放进洗衣机,也知道会褪色要单独分开,只是技巧上极为生疏。他也会做菜,但显然不常做,家里连围裙都没有。第一天做饭时,为了防止油溅到衣服上,只能轻装上阵,柳兰京穿工字背心与西装裤,苏妙露穿吊带裙,站在离锅半米远的位置炒鸡蛋,场面介于荒诞与情色之间。做饭毕竟是麻烦事,后几天还是让阿姨做完饭再走。

一天的大部分时间,苏妙露都看不到柳兰京,房子实在太大,当真要找他,还要一个个房间开门听脚步声。但她意外发现他也会犯天下男人都会犯的错,上完洗手间忘了把马桶盖翻下。

若说当情人,柳兰京就不过如此了。他过往的情史一片狼藉,可相处起来又像是个完全不需要女人的。

他有一个十四岁少年常见的任性和敏感,却少了应有的活力。因此,他在冷漠一事上颇具匠人精神。他的冷是一种生而有之的天赋,无须刻意为之,就能轻松营造出七年之痒,热情耗尽,不孕不育的夫妻氛围。

同居的第一天,他就疏于调情,也懒于说情话,打着哈欠说早安,便自觉是足量的体恤了。然后就是自顾自做事,除了讲课,并不与苏妙露说多余的话,兴致好时他会弹琴,苏妙露在旁听着,偶尔听他聊几句乐理常识。

到晚上，他依偎着她时，一样带着漫不经心。

苏妙露忍不住抱怨道："你怎么不多说点甜言蜜语啊。"

"一个男人要是对你千依百顺，无限浪漫，满肚子情话，只能证明一点，这家伙压根没心思用在正事上。"他正靠在床上看书，几乎是个手不释卷的人。

"对，不像你，做什么都这么勤奋，当屎壳郎你都是推粪球推得最勤快的。"

"那倒不一定，我不是喜欢工作，我是喜欢赚钱，喜欢出人头地，证明自己的价值。我奇怪的是你为什么不喜欢这样，总喜欢在别人身上找自己的价值。"他伸手捏她的脸，感叹道，"女人啊女人，你不觉得被驯养得太听话了吗？"

她故意侧过身，往他面前贴，用上身挡住光。他连眼睛都懒得抬，并不理睬，只向外挪了挪，完全没放在心上。她是捉摸不透他的脾气，有时候无心的一句话就让他勃然大怒，但多数时候还是很开得起玩笑的。

第二天吃过饭，他竟然真的在看一部屎壳郎的纪录片，还强拉着苏妙露一起，啧啧称奇道："还别说，屎壳郎真的对生态平衡很重要。真当了屎壳郎，我确实要努力点推粪球。"

于是就当真拿他没办法。她对感情总像是潜水，一个猛子扎进去，便不管不顾只往深处去，所以先前几次正经恋爱都分得格外狼狈。毕竟人就是贱，她不求名分，一门心思索爱，总像是另有所图，难免把男人吓得落荒而逃。

可柳兰京恰好也是不结婚的人，他们凑成一对，相处时虽然冷淡，倒很舒服。但说到底还是在赌，赌他到底有没有长性。要不然等假期过去，他直接飞回新加坡教书，大可以一年半载不回来，放任她自己枯萎。

治癫痫的药他还是每天在吃，其实只能减少发作的频率。他的生活方式是跟着他的病来的，不能受大刺激，不看特效多的电影，不能用闪光灯，泛生酮饮食。

吃早午饭，把牛排煎熟后夹在吐司里当三明治吃，配班尼迪克蛋。有时候连煎肉都省了。三点前他会再吃水果、酸奶和坚果，运动一个半小时后，不吃晚饭。他坚持这样的间歇性断食有助于健康，并找出一篇耶鲁的研究佐证。苏妙露跟着他健康了三天，终于成功在嘴里长出十多个口腔溃疡。

柳兰京也诧异，牙医似的打着灯，检查她的嘴，感叹道："真是厉害，我第一次见到一个人能在嘴里长这么多溃疡的。你还能吃饭吗？"

苏妙露翻着白眼踹他，有气无力地躺倒在沙发上，她连说话都会痛。

虽是这样，但她还是要上数学课，柳兰京大言不惭道："我知道长溃疡，你的嘴很痛，我也知道学数学，你的头很痛，我给你出个主意。你头痛的时候，就去吃东西，嘴痛的时候就去做题。人的注意力只能放在一件事上，一个地方痛了，另一个地方就不痛了。"

苏妙露在双重意义上都无话可说，险些把眼珠子瞪出来。柳兰京是不是好情人尚且无定论，倒确实是个好老师。

苏妙露原本想耍赖逃过数学课，柳兰京问她一切问题，她都说不会，连二元一次方程都摇头。她想逼得他知难而退，不料他笑着说道："我从你会的地方开始教，就算要手把手教你九九乘法表，我也有耐心。"

苏妙露只得举手投降，从微积分开始温习高数。柳兰京手边各类教科书都有一本，直接翻开对着书讲课，讲解深入浅出，语气循循善诱，考虑到苏妙露说话不方便，就让她点头示意。一旦苏妙露点头，就当场做十道课后习题，柳兰京亲自批改，把错题解析透彻了，才开始讲下一章的内容。

苏妙露这才对柳兰京大学教师的身份有了切实体会,他能一口气上三个钟头的课,中途只喝几次水。第七天,就已经讲到傅立叶变换了。

午饭后他会看邮件,回邮件,但不会主动给别人发,以免在假期给学生制造无谓的压力。他也要开网络会议,就充分秉承人模狗样原则。摄像头只拍上半身,所以他上身是衬衫领带,下面就穿着平脚裤,跷着腿踩人字拖,一本正经地对着摄像头说话。苏妙露撞见了,就从房间里溜出去,不敢笑得太大声。

又有一次,他在会上发言,面无表情地做长篇大论:"现在很多人有点算力依赖,不加节制地叠数据,让计算机处理。一旦没有处理好,就觉得是算力问题。对数据的呈现不足为奇,关键是对数据的演化。还是要多观察,善于总结。复杂系统内的因果关系可以从多个维度分析,还是需要多关注随附性。"

苏妙露在旁看着,不由对他更添些钦佩,却见他忽然低头在纸上写了几笔,本以为是在演算,没想到他在镜头外对着她把纸一竖,写道:"我会紧张的,你出去啊。"

等摄像头关掉,他长叹一口气,脸往下一垮。苏妙露追问原因。他道:"有学生怀孕休学了,估计两三年里不会再回来了。真是的,过几年也不急。你不生孩子,世界不会灭亡。可是你博士期间生孩子,你的学术生涯全完了。"

"如果她是你女朋友呢?"

"那算了,生吧,生完孩子就跑不了了。"

苏妙露一愣,痛骂他道:"你怎么能这么无耻呢?"

"人就是自私的,至少我能承认我的自私,我不虚伪。"

"那要是换成我呢? 你会希望我生孩子,还是先专注事业?"

"别担心这个问题,我不会生孩子的,癫痫会遗传的。"他顿了顿,忽然笑道,"顺带一提,你现在根本没事业,先给我卖力点读书吧。"

当天晚上,柳兰京叩开苏妙露的房门,睡衣开了前两个扣,笑容可掬道:"睡前想的最后一件事能加深记忆,你现在在想什么呢?"

苏妙露一阵心猿意马,笑道:"没想什么,你觉得我应该想什么呢?"她只穿着睡裙,故意斜靠门框,把左腿往前一探。

"你应该想着数学。我给你出道题,你现在给我答案。用拉格朗日定理做,很简单的。不用算出答案,说一下解题思路就好了。"

苏妙露磕磕巴巴说了答案,柳兰京神色怜悯地一摇头,说道:"你说错了,好好想错在哪里,我明天早上再来问你。晚安,好好休息。"

这一番折腾,自然是睡不安稳了。苏妙露彻夜点着灯翻书,一口气做了十五道题全对,翻来覆去也没想透自己错在哪里。第二天早上,她耷拉着眼睛问柳兰京,他倒是神清气爽,笑道:"你没错,是我骗你的。你昨天晚上为了想答案连夜看书了吧? 这样不是很好? 保持这种积极性,进步会很快的。今天晚上我再来找你。"

连着折腾了几天,苏妙露睡不安稳,嘴里的溃疡就更严重了,吃饭说话都不方便,柳兰京倒有办法,把维生素C片碾成粉末,用棉签点在她伤口上。他满口推说不会痛,可真动手时,苏妙露才知道受了骗,火辣辣地痛,又叫不出声,挣扎着想扭头,柳兰京却单手掐住她下巴,掰开下颌,拇指抵住牙齿。苏妙露不得已把舌头卷起来,不然总舔到他手指。

惊涛骇浪痛了一阵,她忽然觉得嘴里一麻,倒确实好了些,可是眼睛里都蓄了泪,亮闪闪的,让他好一阵笑话。

"你哭了。真没想到我第三次让你哭是这种场合。"他的手指被含得湿漉漉的,抽了张纸巾擦干净,"不过谢谢你,这么痛都没有咬我。你想吃什么吗？"

苏妙露不理睬，气得抓过靠垫丢他。柳兰京只嬉皮笑脸着闪开，轻飘飘躲到沙发边上，抓着她的脚踝，就往面前一拽，笑道："你看，这不是很管用吗？你都有力气生我气了。"

正打闹间，便有人来敲门。柳兰京起身去开门，是沈阿姨来送螃蟹。柳兰京记得她是家里的用人，便问道："是我妈让送的吗？"

"是的，你妈妈说这礼拜六，你哥哥要回来，让你一起回去吃个饭。"

"谢谢啦，麻烦你和我妈说一声，我带着女朋友一起回去，多加她的一份。"说着，柳兰京又从钱包里拿出一沓钱塞到她手里，"叫出租车从我家里过来也不便宜，下次和我妈说寄个快递就好了。"

沈阿姨急忙推辞道："你妈妈会给的。"

"她给和我给是不一样的。跑这一趟麻烦你了。没事，我不会和我妈说的。"柳兰京坚持要给，她也推托不得，收下后连声道谢着走了。

人走了，蟹还是留下了，在水槽里优哉游哉吐着泡泡，瞧见人来，还会张牙舞爪挥钳子。苏妙露想吃蟹，可是一嘴的伤口，就巴巴地望着柳兰京。

"现在还没到吃蟹的季节，至少还有半个月，都没什么肉的。"

"是哦，原来你们也吃螃蟹啊，我还以为你妈妈会给你送特别的食材。"

"我们也就是普通人家，家里有什么就吃什么，你还指望我妈克隆个霸王龙给我吃啊。"

苏妙露笑他拿乔，回嘴道："对，对，你们家是普通人家，就像我也不过是普通美丽。"

"你不信就算了，做生意没什么了不起的，商再大也大不过一个官。"

苏妙露吵着要吃蟹，柳兰京抵不过她的软磨硬泡，只能从柜子底下找出一套蟹八件，动手给她剔蟹肉，装在一个小碗里，拿来炒芦笋。刚一下锅，整间屋子里都飘散出一种亮堂堂的香气，连带着柳兰京浸润在这味道里，都显得慈眉善目了。

苏妙露随口道："没想到你还会这一手，我以为你只会吃，不会剥。"

"我不太爱吃蟹。小时候，也有人送螃蟹给我爸爸，我去看，然后被蟹夹到了手，哭了很久，就不敢吃了。我妈为了哄我，就不让我看到蟹壳，让保姆把蟹肉剥出来放在碗里喂我。"

"你妈妈还是很爱你的。"

柳兰京斜她一眼，继续道："我还没说完，然后我哥看到了，也吵着要。我妈还是亲手剥给他的，我哥那时候都很大了，没病没痛的，就是懒。我妈确实爱我，可更爱我哥。要是没有他倒好了，我就能假装什么都不知道，可不行，偏爱就是偏爱。"

苏妙露握着他的手，轻轻靠在他肩上，低声道："你还是一个人去吧，你确实该和家人聚一聚了。我去的话，可能会让你父母不高兴。"

"你为什么要在意这个，你该不会怕我妈吧？"

"怕啊，怕到恨不得连夜找个地洞钻进去。"苏妙露哭笑不得，轻轻一点柳兰京的额头，"但我更怕你错过这个机会。我和你再怎么好，也不能代替家人和你的感情，我希望你有机会还是能和他们亲近点。"

"如果我不想和他们亲近呢？"

"那我也不能逼着你，我只想让你高兴。你是成年人了，你会对自己的事情负责的。反正你做什么，我都会陪着你。"

"那我还真是受宠若惊，该给你磕个响头。"柳兰京笑着，手搭在那只疼的膝盖上，摩挲了一阵。

事后苏妙露甩下柳兰京去洗澡。她还没有完全习惯柳兰京的房子，每次走进浴室，总有种受宠若惊的感觉。以大理石做主基调，配以黄铜装饰，一种庄严圣洁的美。她显然不是第一个被带来的女人，靠墙摆着半人高的架子两排，摆满了没拆封的护肤和洗涤用品，有一半的牌子她并不认识。

与浴室格格不入的是她的衣服。内裤皱巴巴，胸罩松松垮垮，睡衣一百块一套穿了三年。她赤裸着站在镜子前，柔和的光把她的身体烘托得像是古希腊的女神像。

她忽然笑了笑，想着自己不穿衣服反倒与柳兰京更般配些。即使面上不动声色，她还是明白他们的差距，难免患得患失。这倒是之前不曾有的感受，不单是因他富有，更是因他心思深沉，像是隔着重重迷雾与她相见，总让她看不真切。

洗完澡涂眼霜时，苏妙露忽然发现眼底多出了一条细纹，不明显，但像是瓷器上的裂痕，一种全盘紧碎的暗示。她是自矜于美貌的，可就是美得太习惯了，反而患得患失，疑心自己的美貌黯淡后，就像是舞台上的灯熄灭了，只剩一团面貌模糊的乏味。

各回各的家，各找各的妈，这话虽俗气，用在他们身上倒也算恰如其分。柳兰京一清早就开车把苏妙露送了回去。

临别时苏妙露忽然调侃道："我说不定是该和你回去的。我还指望着你妈对我说偶像剧里的那句经典台词呢！就是那句，我要给你多少钱，你才愿意离开我儿子？"

"所以你的理想价位是多少呢？"

"不多，一千万就好。"

柳兰京笑道："做你的春秋大梦吧,一千万,我妈还不如直接把钱给我呢,还没有中间商赚差价。她给我八百万,别说和你分手了,我就是搬去北极和北极熊结婚都可以。"

"你不能抢人生意,搞恶性竞争。那我也可以放低要求,分期付款也行,分五个月给我,我一个月要两百万。"

"那我可以不要现金,等价商品授予也可以,房子跑车都可以。"

"我们这梦中的一千万还分得挺起劲啊。"苏妙露下车,绕到前面的车门边,窗户摇开着。她伸手轻轻摸了摸柳兰京的脸颊,低声同他道别。

见她走远,他又莫名伤感起来。其实家里绝不会干涉他的恋情,倒不是出于开明,还是不在乎居多些。他原本就在国外工作,不参与公司事务,只要能正常结婚,父母就算了结了一桩心事,尽到一切的责任,最好把他打发出国,也算是给哥哥接班扫除了隐患。

柳兰京到家的时候,哥哥柳子桐已经在了,他似乎是直接从机场过来的,风尘仆仆的。侄子在花园里荡秋千。柳兰京简单同父母寒暄几句,就跑去花园里给侄子推秋千。

小孩子看到他一下子就扑在他怀里,似乎又长大了些,柳兰京觉得抱他愈发吃力了,就笑着揉他的头发。他一向很喜欢孩子,也想要个自己的孩子,可这话从他嘴里说出口总有些可笑,毕竟他是个不愿意结婚的癫痫病人。

柳兰京在花园待了一阵,柳子桐就拉着他到一边说话,看神情似乎要向他征求一些建议。他压低声音道:"王雅梦不知道为什么突然和我分手了。"

柳兰京笑道:"这是好事啊,下一个更好。"

"你不要这样说风凉话啊,我是真的很难过。她为什么突然就提出分手了,而且做得这么果断,直接把我拉黑了,我打她电话也不接。"

"可能被外星人劫持了吧,你想开点。"

"你个小王八蛋,给我认真一点。"柳子桐用手肘戳他,又气又笑道,"你说我要不要去她家找她? 我本来收到消息立刻想去的,可是又怕尴尬。"

柳兰京淡淡道:"不会尴尬的,她巴不得你去呢。你还没看出来吗? 所谓的分手,不过是她在欲擒故纵。"

"怎么会? 我之前和她聊得挺好的,她为什么要这么做?"

柳兰京斜他一眼,似笑非笑道:"你去问妈啊,别问我。你大概还不知道,王雅梦家里不但破产了,还沦落到变卖东西撑场面了。妈肯定找她谈过话了,所以她要么是真的和你拗断了,要么就是逼你做个选择,老妈和老婆,你选一个。"

柳子桐皱眉:"怎么突然会闹成这样,妈之前不是对她印象还不错吗?"

"能交往的印象不错和当她儿媳是两种标准。好了,你别来烦我了,有问题找妈去啊,我又管不上你恋爱的事情。"柳兰京摆摆手,目送柳子桐径直去客厅找柳太太,微微叹口气。

他透过落地窗看向屋内,柳子桐正和母亲吵得面红耳赤,显然没达成共识,可不多时,他们又和好了,母亲拿了点水果给他吃,又凑在一起说说笑笑。这终究是柳兰京求而不得的,他眼光受刺痛,顿时收了回去。

他把侄子从秋千上抱下来,柔声道:"起风了,我们还是进去吧。"

到晚饭时,难得一家五口都聚齐着,菜色也上了心,是特意把酒店的厨子请到家里来做菜。柳东园和柳太太见到孙辈都很高兴,一个劲问柳志襄在加拿大的经历,又让他在这里多住上几天。柳志襄反而有些怕生,吵着要坐到柳兰京身边吃饭。柳兰京轻轻摸了摸他的头发，嘱咐说他吃完了可以先去玩。

柳太太道："家里的椅子给小孩子坐是不是太高了？你们看他的腿都没碰到地，明天换一批新的好了。"

柳东园插话道："不只是椅子，家具什么的也要当心，别磕着碰着。还有玩具有没有一起带回来？没有就给他买，我刚才看他一个人在外面，怪孤单的。"

柳兰京瘪着嘴想，原来我不是人啊。

柳子桐笑道："你们倒也不用这么宠着他，我是觉得他以后要回国的话，基础教育要跟上，还是要多找几个家庭教师，现在可以先看起来了。上海有哪些马术俱乐部，我倒是没注意过，他在温哥华还挺喜欢骑马的。"

柳兰京不咸不淡道："你有空多陪陪他，比什么都重要。读书的事不着急，双生子爬梯试验罢了。"

柳子桐并不懂他说的术语，也不以为意，只是对着儿子说道："你以后有不懂的地方多问问你的叔叔，他可是个博士啊。"这话并没有恶意，可柳兰京听着多少有些讥嘲意味。柳志襄也不理睬，只笑着冲叔叔做个鬼脸，说了句"吃饱了"，就跳下椅子，一溜烟跑上楼了。

柳太太叫保姆上楼看护柳志襄，桌上端上一盘松鼠鳜鱼，她又先夹了一筷子给柳子桐，连声道："趁热吃，我记得你喜欢吃这个，在国外吃不到吧？"

柳兰京阴阳怪气道："我哥这么大的人，你还担心他吃不饱啊。"

"是啊，让弟弟多吃点。"柳子桐扭头望向弟弟，随口道，"你怎么看着又瘦了。"

还不等柳兰京回话，柳太太就代为答道："你弟弟就是忧思太重，喜欢胡思乱想，别人有的，他也要有，看到我给你夹菜了，他就不高兴。喏，给你也夹了，这么大个人了，我还要管你吃饭问题。"柳太太给柳兰京也夹了一筷子菜，一桌人都笑，柳兰京无奈，只得跟着赔笑脸。

柳东园把筷子一撂，很随意地说道："对了，既然你们都在，我正巧公司里有一件事，想问问你们的意见。就随便说说，想到什么说什么。"

柳兰京把眼睛一翻，撇撇嘴，带点不屑的口吻道："不用了，爸，你有事就问哥哥好了，公司的事情我也不懂。我饿了，能先吃饭吗？"

柳东园这神情，他再熟悉不过了，小时候抽查功课就是这般态度，若无其事地在餐桌上问数学题。柳东园此举无非是试探他们，他这个年纪，旁人看起来是该功成身退了，他却觉得自己老当益壮。名义上已经定下了继承人，心底却隐隐约约看不顺眼，总想着要挑些错处来，证明不是他不愿意放权，实在是放不掉。柳子桐是个老实人，被这样几下磋磨着，愈发觉得自己行事青涩，大事小事都要禀报，不敢擅作主张。柳兰京旁观者清，就懒得奉陪这把戏。

柳东园面带不悦道："老二，你不要这么不耐烦，家里又不是缺你这口饭吃，等我把话说完。现在是这样的，公司里有个老顾，是搞技术出身的，跟着我这么多年，也算是个老人了。他手下姓张的区域经理，和他闹得很不对付，前几天偷偷和我私下举报，说老顾用公司的钱搞小金库，大概有十多张发票，钱花了，可东西没有入库，大约有七八万。你们说这事该怎么处理？"

柳子桐道："我觉得肯定是要去查的，如果是真的，那老顾肯定要处理掉。如果不想伤老员工的心，就多给一点赔偿金。我的想法是树个典型，让以后的人不敢再胡来。还有那个姓张的，要好好奖励一下，对公司很忠心。"

"兰京,你怎么看呢?"

柳兰京不理睬父亲,只是偏过头道:"我要吃饭,汤能上了吗?"

柳太太帮着打圆场,哄道:"听话一点,就随便说说你的意见,说完就让你吃饭。"

"那个姓张的发票给你看的是什么时候的,不是最近的吧?"

"不是,是五年前的。"

柳兰京面无表情道:"那这个姓张的肯定不能留,要立刻处理掉他。第一,他越级举报到你这里,肯定是有野心的,而且不按规矩来。今天他敢越级举报老顾,明天就敢举报你。第二,这个发票既然是五六年前的,那他是怎么拿到的,他肯定和财务、仓库打点过了。一个普通员工就能这么翻旧账,太危险了。那个财务也不能留。第三,五六年前的发票他都找出来了,为了报复老顾,肯定下了一番功夫。睚眦必报的人很危险,不知道哪里就得罪了他,这种人留不住的。"

柳东园不由得赞叹道:"没想到你不在生意场上混,倒是很会看人嘛。这一点上你一直都比你哥强。"

柳太太喝着汤,不置可否,暗地里觉得好笑。这场面每隔几年都要重演一次,柳兰京对他父亲就像是一块太烫的肉,柳东园既想要吞进嘴里,又怕受伤,忍不住要吐出来。上一次还是柳兰京大学与研究生的间隔年,试探着把他叫回来,插进研发部门学习。他的能力太强,性格又太阴损,吓得柳东园心头一震。

现在公司的神经影像软件包就是他当年主导研发的,改进了算法,让偶极子定位精确了不少,还申请了专利。现在公司里的骨干工程师也是他介绍来的,大学里的同学,好说歹说才把人挖来,果然出力不少。但他中途差点做了个局,想把对手送去坐牢。好在有人通风报信,柳东园才把他劝下来。儿子一上马就心狠手辣到这地步，少不得让他心有余悸，终究还是打发他去继续深造。

果然，漂泊多年丝毫没改柳兰京的脾气，他继续道："不管在哪里，人心都是一样的，包括在这个家里。我就直说了，你是不是让姓顾的抓住把柄了？这么多年的老人，就算没帮你做过什么私事，肯定也听过什么风声，既然混技术岗，估计也不是什么懂人情世故的，肯定是哪里做得不对，让你不开心了。你又不好意思发作，正好这个姓张的可以用，你就故意把他留着，让他给你找老顾的把柄，等找到之后，你再去卖个人情，然后把姓张的一脚踢开，一举两得。

"如果真是这样，倒不如做彻底些。你把那个姓张的明升暗降，调他去个得罪人的位子给你挡雷，最好让他和姓顾的关系闹得更僵。姓顾的家里有没有什么亲戚要找工作？你看看能不能把他弄到公司来，让他去当采购，到时候肯定能抓他个把柄，再捅给姓张的，让姓张的去闹，放他们互咬。最后你再做好人，把事情压下去，收买人心。最后让他们各退一步，让姓顾的早点退休，姓张的打发去开荒。"

柳东园闻言，脸色阴了阴，虽没有在明面上发作，却毫不客气道："子桐，你看看，你弟弟就是聪明，不过可惜了，他很多时候就坏在这聪明劲上，太由着性子来，反而危险。得饶人处且饶人啊，你千万不要学他。公司整天这么斗，人心是要斗散的，家里也是一样。"

柳子桐讷讷，柳兰京只是扭头转向一边，说道："可以上菜了吧，我饿了。"

柳太太暗地里与丈夫对视一眼，都不作声。柳子桐不是聪明人的秉性，当父母的比谁都看得清楚。他是长子，偏爱自然是有的，但内定他接班，却不是徇私，他们也是暗地里商量了很久。柳兰京多疑善妒，错就错在不是独子,性格又偏激,谋算又深。

当年定遗嘱时,柳东园长叹一口气道:"还是让老二在国外好好读书,少回来吧。老大接了班,老二还能过得好。可老二接了班,他会怎么对哥哥,不好说。"

晚饭后,柳太太另有话和柳子桐说,柳东园则上楼去找孙子,留下柳兰京落了单,一个人跷着腿在客厅吃葡萄,葡萄很甜,可吃多了他也觉得反胃,却又停不下来,生怕嘴上一停下,父母就要拉着他一番训诫,他无话可说,只想把嘴留出来接吻。

一只猫悄无声息地贴着他过来,带着打量的目光瞧他,这是柳太太平日养着逗趣的宠物。柳兰京也只见过一两次,半蹲下身,招招手叫它过来,问道:"要吃点葡萄吗?"

柳子桐从旁瞥见,立刻嚷道:"你别给它吃葡萄,有毒的。"

猫听到动静一吓,就受惊似的要逃。柳兰京原本抱着它,让它挣扎时一抓,就抓伤了手心。柳兰京苦笑,想着这个家里连猫都不待见他。他胡乱地把手在裤子上蹭了血,对母亲抱怨道:"你的猫抓了我。"

柳太太道:"噢,我忘记给它剪指甲了,明天送去宠物店剪一下。不过它挺乖的啊,怎么就抓你不抓别人?"她又凑近柳子桐,关切道:"一会儿和你儿子说一下,先别和猫玩,小孩子皮肤嫩,还容易过敏。"

其实这猫任谁都抓,玩得没分寸了,连她腿上都有抓痕。她不对小儿子言明,只是怕他觉得这猫养不熟,日后借故要送走。可听在柳兰京耳朵里,就是全然的漠不关心。

他耸耸肩,把受伤的手背在身后,说道:"既然你们没什么事找我,那我就先回去了。"

苏妙露上楼时,正巧遇到楼上装修的那对父子,儿子与父亲一人抬一边,搬东西上楼。儿子忽然说了个笑话,逗得父亲哈哈大笑,笑骂道:"你不要再说了,笑了就没力气了,我要搬不上去了。"

他们见了苏妙露,便点头朝她问好,一侧身,让她先行。苏妙露也不由得欢欣些,忍不住联想到柳兰京,便期望他回到家里也能同父母这样肆意说笑。

苏妙露之前回家从没有窘迫过,总是迫不及待把门叩得应天响,可上一次离家闹得乱哄哄的,她站在门边就有些犹豫了,缓了缓,才把钥匙插进去一转。

父母倒是都在家,做着与她离家前无多少差别的家务活。母亲在厨房里切菜,父亲在客厅拖地,见她回来了,也是淡淡应了声,说道:"噢,你来了啊,过来搭把手,把洗衣机里的衣服晾一下。"

苏妙露忙不迭去做了,先前这样的场景只让她觉得乏味,现在却莫名安心,像是下楼梯时总是踩到最后一节台阶,感到脚踏实地的稳妥。晚餐前,苏母拉着苏妙露的手,与她去卧室说私房话。苏妙露莫名觉得母亲的神色有异,一副欲言又止的神情,只当她是担心自己,便宽慰道:"我和柳兰京相处得挺好的。"

苏母点头,说道:"我知道,我也觉得他不错。其实这样的男人反而可靠,什么都试过了,最坏也就是这样。真的找老实人,其实也不老实,就像你爸一样,只是没经历过大风大浪。出了事,指不定会弄成什么样。"

苏妙露听出她话里颇有不平意,便问道:"你是不是又和我爸吵架了?"

"我才不和他吵,有什么能吵的,这么多年了,该说的话早就说完了。"她又给了苏妙露几千块钱,送了她几样压箱底的纯金首饰,便出去吃饭了。

餐桌上，苏父的兴致很高，特意开了一瓶白酒小酌，苏母也陪着喝了几杯。苏父见苏妙露愿意回家来，便明白先前的风波已经过去了，他那一耳光反倒让他打出了家庭的地位，这几天妻子都不再唠叨他了。另一方面，因为徐家对他的态度恭敬了许多，让他知道柳兰京身份不凡，虽然那晚让柳兰京呛了一顿，但说出去也是脸上有光，暗暗得意。

苏父便问道："露露啊，你现在这个男朋友，家里到底有多少钱，你心里有没有一个准?"

"不知道，他没有主动说，我也没问过，不过他在武康路有栋几千万的房子。他自己也不住，就租给朋友，算是变相地看房子。"

苏父琢磨了片刻，便道："确实是蛮有钱，那我看你们结婚基本是没什么希望了，不过他出手应该也不会小气。要是他送你什么礼物，你也不要摆架子装清高说不要，就拿着。反正你和他在一起又没个结果，也是要拿一点青春补偿费的。"

苏母把手往桌上一拍，斥责道："你说的这叫什么话? 真拿你女儿当捞金的。她和小柳谈恋爱就是恋爱，有没有钱都无所谓，关键是她高兴，她要是不开心了，那小柳再有钱，也要和他分开。"

苏父得了个没趣，摸摸鼻子找补道："我也就是随口说说，你这么激动做什么? 我嘛，就是看柳先生都把女儿约出去了，现在还同居，那基本上不是个正经要过日子的。我这也是两手准备。"

"谈恋爱是露露自己的事，她自己会处理的。我现在有一件事要说，你们都好好听着，这件事我本来想等露露结婚了再说，但我觉得现在说了比较好。"

苏妙露插嘴道："该不会我不是你们亲生的吧?"

苏母道:"你胡说什么啊,你不是我生的,哪里会把你养这么大? 我是说,我要离婚了,这日子我过不下去了。钱多分一点少分一点,我无所谓,我爸妈给我留了一套房子,等离婚了我就搬出去住。日子怎么过都是过。"

苏父急了,语无伦次地骂她发神经。苏母瞪他一眼,仰头又喝了小半杯酒,面颊红红的,清了清嗓子,继续道:"我不是现在想离婚,我是早就想了。我当初和你结婚,也不图钱,就是图你人老实,对我好。谁想到你是假老实,竟然打我。"

苏妙露蒙了,她父亲窝囊,在家在外都是唯唯诺诺的一个人,就算心里对妻子不服气,也顶多背后埋怨几句,不至于动手打人。她疑心母亲是记错了,可转念一想,父亲不也才打过她? 他究竟是怎样一个人,确实无从定论。

苏母声泪俱下道:"那时露露刚出生,所以不记得事。可是我记得清清楚楚,那时候我坐月子,我爸在生病,我妈要照顾他,就让你妈妈来照顾我坐月子。可你妈做的那叫什么事,人就过来了一个礼拜,就抱抱小孩,哄一哄,然后就自己出去打麻将了。小孩哭得嗓子都哑了,她都不管。"

"也不是不管,她不是给你做饭了吗?"

"她做的饭那叫人能吃的! 山药炖排骨汤,山药的皮都没有去掉,肉也没有出水,混浊浊的。煮条鱼,连鳞片都不刮。"苏妙露对奶奶的印象很模糊,只记得她与母亲的关系素来不好,对自己也冷淡。奶奶在她初中时就过世了,父亲当时哭得呼天抢地,母亲却连葬礼都是不情不愿去的,原来是有这样一层委屈在。

苏母说着便哽咽了:"你妈妈这样子,你也和个死人一样,让她给女儿换块尿布,她就一拖再拖,等我去看的时候,身上都捂出痱子了。我和你妈吵起来，你还拉偏架。你给说说，当着女儿的面说说，你做什么了？"

苏父不敢去看苏妙露，只低着头，眼神闪躲，嗫嚅道："我就推了你妈一下，也不是存心的。"

苏母冷笑一声，说道："哼，推了我一下，你说得真是轻巧，我头上都缝了两针。我当时就不想和你过了，要不是女儿还小，我不想她是单亲家庭的，再加上你一个劲地立保证书，还去我爸妈那里卖可怜，我早就和你离婚了。"

"都这么多年过去了，你记仇也不用记一辈子，我不是和你道歉了吗？你还想我怎么样？"

"以前的事可以不提，那你之前打了露露怎么算？我们家从来没有打小孩的说法，她也没做什么伤天害理的事，你说动手就动手。我还不清楚你是什么脾气啊？你就是觉得她说你的话驳了你的面子，让你觉得塌台了。"

"她自己都不在意了，你操什么心？"苏父眼色扫过去，见妻子不像是往日说气话的神色，多少有些慌，连声道，"算了，算了，就当我错了，好不好啦？你别瞎闹了。难得露露回来一趟，别闹得不开心。"

"我不和你闹，我想得很清楚了，我和你过不下去了。以前露露高考后，我就想和你离婚了，后来她和男朋友要结婚，我就想等一等，再后来分手，我想等她安定下来，可是这次我看她也长大了，可以过好日子了。我等不下去了。"

"什么叫等不下去了，搞得我好像很讨人嫌一样。"

苏父急忙拍拍苏妙露，说道："露露，你去劝劝你妈，她脑子不太清醒了。哪有这么大年纪了提离婚的，说出去别人都笑死了。就是你男朋友听了也不同意。"

苏妙露低着头不吭声。她听了母亲的话，第一反应是荒唐，年纪这么大了，还要无端闹出些事来。可转念一想，她就感到羞愧了，连带着也理解了柳太太。她对母亲的印象很单调，一个发福的中年女人，体重逐日增长，嗓门也日渐变大，不是窝在卧室里织毛衣，就是窝在厨房里做菜，黯淡的一抹影子。

可她无端想起一件小事来。几年前她买了一条裙子，做工不错，就是尺码太大。她原本要改小点，母亲见了也喜欢，就连哄带骗硬是要过去自己穿了，颇有些得意地配着衣服，大半天都在穿衣镜前流连。

母亲的那点雀跃，苏妙露至今记忆犹新，顿时醒悟过来，母亲在成为她的母亲前，也一样是别人的女儿，也有荒唐的权利，谁也不是平白无故就要承担责任的。她不该把母亲只局限成一个母亲，她有她的自由要去寻。

柳太太和柳兰京也是同样的道理。对柳兰京而言，他只有这样一位母亲，讨要母亲的爱是天经地义的。可对柳太太来说，她也是柳子桐的母亲，也有当母亲之外的身份。成为柳兰京的母亲，多少毁了她的一些人生。她在母亲之外的身份，有资格讨厌他。清官难断家务事，难就难在这里，谁又当真是个恶人，都有一腔委屈可以诉说。

她抬起头来，忽然长久地打量起她的母亲。母亲为了今天这个场合，特意打扮了一番，穿了一件丝绸的衬衫，并不好看，但多了些鲜活气。她的头发也是上个月染黑的，和她稀疏的眉毛一对比，黑得不近人情。鬓角处又生出几根白发。苏妙露想，妈妈老了，她就算当真过上自己想过的生活，还能过多少年呢。

苏妙露顿了顿，说道："柳兰京同不同意是他的事，我同不同意是我的事，离不离婚是我妈的事。如果她真的觉得离婚了比较开心，我站在她这边。"

苏父不吭声,跌坐在椅子上,像是个遭废黜的皇帝,同时遭遇双重背叛。他的嘴唇动了动,想要斥责她们的不可理喻,却又说不出话来,只能颓然地挥挥手,说道:"随便你们高兴好了。我不管你。"

原本这也是他管不到的事,苏母回房间收拾东西,和苏妙露约定了时间,让她到时候叫车来帮着搬家。她早就料到丈夫不会同意离婚的事,便先从分居开始,分开的时间久了,不离也是要离的。

苏妙露想着要给父母留些时间独处,便也没有多留。苏母送她到门口,抓着她的手,殷切道:"你和小柳不成功也不要紧,没事,我给你找了五个相亲对象,你要见面随时可以,我女儿这么好看,要结婚总是可以的。"

"你自己要离婚了,反而催着我结婚。"

"那总是不一样的,你就算要离婚,也要先结一次才好,不然别人会觉得你奇怪。"她的语气里带点真诚,说出的话却很荒唐。苏妙露印象里,她总是这么一个人,常常受到眼界的局限,做出许多怪事,可归根结底也是源于爱。

苏妙露无可奈何道:"妈,你先管好你自己吧。我不想结婚,也不急着和柳兰京结婚。我只是想单纯爱着他。结婚了也可以离婚,但爱是最奢侈的。"

苏妙露心事重重地回了柳兰京家,原本以为柳兰京会在自己家里过一夜。可用钥匙开门时,门却没有上锁。她推门一看,整个人便愣住了。

古时候抄家,打仗时逃难,家里遭了强盗,都不至于这么乱。客厅里散落了一地的碎片,柜子上的花瓶碎了,酒柜也翻倒了,里面成套的镏金水晶酒具,只剩一个杯子还完好。天鹅绒的沙发上破了个口子,天价的音响里浇了水,手工地毯上酒污水渍,深深浅浅,洇出画来。柳兰京席地坐着,在一团废墟里抽着烟,背后是一面古董屏风,暗色的背景映衬得他脸颊愈发苍白。

苏妙露缓了缓神,才大致明白发生了什么事。柳兰京又发癫痫了,他大概挣扎着想回卧室去,可是撞翻了酒柜,里面的东西全碎了,他竭力让自己离碎片远一些,就往沙发的地方爬。等有些力气后,就抓着沙发扶手,一点一点爬起来。

她见过柳兰京是怎样在发病后勉强自己的,像是不会游泳的人在游泳池滑倒了,指甲抠着瓷砖也要站起身。至于音响是怎么倒霉的,她也说不准,看样子是柳兰京自暴自弃了,眼看家里弄得一团糟,索性继续糟蹋他的家。反正是他的钱,他也不在乎。

苏妙露把地上的碎片踢开些,坐在柳兰京身边,若无其事道:"我还不知道你会抽烟呢。"

柳兰京道:"读研究生时学会的,后来戒掉了,不过压力大时还是会抽的。"

"为什么要戒烟?"

"怕死。"

苏妙露笑笑,飞快地一伸手,把烟从柳兰京嘴里抢过去,叼在自己嘴里,悠悠吐出一口烟,并不说话。柳兰京带点感激的眼神,赞许了她此刻的沉默,他们无言地并肩坐了一会儿。苏妙露温柔地摸着他的手,仔细检查伤口,他的左手心里有一道细长的刮痕。她轻轻握住,问道:"怎么弄伤的?"

柳兰京苦笑道:"我被我妈养的猫亲了一口,就留下这样一个吻痕。"

苏妙露捧着他的脸,在他面颊上也轻轻落下一吻,笑道:"我也亲了你,怎么就没有印子?"

"那是你亲得不够用力。这样才对。"柳兰京扳过她的肩膀，以一种近于狂乱的热情吻她，手指搅在她的头发里，眼睛微微飘着，露出一种茫然的期盼。苏妙露闭上眼不去看他，放任他把自己抱到沙发上。她的手上夹着烟，依旧在烧，手指一松，就落在茶几上，实木的桌面上烧出一个白印。她懒得去替柳兰京心疼。

他的手从领口顺进去，像是弹琴滑指，自上而下一溜，就溜下去了，细细密密捎来一阵痒。他的吻又带着啃咬，热的吐息摧枯拉朽烧下来。一个浪打过来，就此天地不知了。

结束后，他们依旧不离那沙发，他枕在她腿上，她仔细摩挲着他的头发。她说不清有多喜欢柳兰京，但确实喜欢这样，他像孩子一样依偎着索取她的安慰。施爱比被爱，更让她快乐。

她当初也有过一个正经男友，在银行工作，人很斯文，请客送礼都大方，她爸妈都希望他们结婚，不过她还是和他提分手了。

没别的理由，只是无聊。没有她，换了别人他也会过得很好，所以是不是她也不重要吧。她天性爱自找麻烦，骨子里喜欢照顾人。她的尊严在这种时刻是格外鲜明的，有个人是迫切需要着她的，一整个她，倒也无关乎她的美。

柳兰京忽然站起身，走到客厅的一幅画面前。这是朋友送给他的一幅胶网画，画的是宇宙，旁边题了一行小字，写道："月亮能维修，太阳可回收。"

柳兰京冷笑，便用记号笔画去那行字，改成"人心能维修，家人可回收"。苏妙露上前，从后面轻轻抱住他。

第十二章　惊变

后面连着两天，客厅没有收拾，三餐都是叫外卖，苏妙露穿着柳兰京的衬衫，他架着她的脚踝帮着涂指甲油。酒红色，没干透的时候，她故意抬脚去踢他坐着的摇椅，一下又一下。

保洁阿姨来打扫时，注视他们的眼神都带点意味深长。苏妙露也有些不好意思，笑着躲进卧室里不管事，留下柳兰京一个人，摸着下巴，徒劳地解释是喝醉了。

苏妙露听着外面吸尘器的声音，把脸埋进鹅绒被里，像落在厚厚的云里，心里却隐约有些不安。富贵滋养人，富贵也驯化人，她在柳兰京家住了不到半个月，再回自己家时已经不适应了。纱窗上全是灰，房间小得逼仄，淋浴器的把手上结着一层棕红色的铁锈，像是人脸上长出的疣。她恍惚间觉得这房子不能住人，可是她也在里面住了许多年。

她提醒自己千万谨慎些，柳兰京的钱是他的，她再怎么爱他，这财富也不是她的，能享受他的好是一种运气，但绝不该心安理得。

保洁走后，柳兰京回房间继续给她上课，苏妙露这两天新鲜感过去了，心不在焉起来，十道题错了一半。柳兰京给她讲解，她就嬉皮笑脸混过去,道:"你啊,还是放过我吧,我就不是读书这块料,大学毕业后就没怎么看过书了。"

柳兰京沉下脸,一本正经地用秀丽笔在她脸上画了个王八,正色道:"你给我长个教训,下次不准再说这种话。我是很认真的。"

"有多认真?"苏妙露仍是不以为意,往他怀里一倒。

柳兰京推开她,压住她的肩膀,迫使她仰头看着自己,说道:"我不知道你经历过什么,但我能猜到你这种长相的女人,肯定是受到了许多误导。周围人都告诉你,只要有脸就够了,日子也能过得不错。他们没有一个在意你的能力,也根本不尊重你,但是你要看得起你自己。靠山山倒,靠人人跑,靠脸你很快就老。你现在已经比我认识你的时候老了。"

"真的?"

"我现在就能看到你的泪沟,不开玩笑。人都会老,我也比你认识的时候老了,我一天找了三次眼镜。"

"你那是老年痴呆前兆,别把我算上。"苏妙露神色一顿,问道,"别人看不起我,那你看得起吗?"

"你要再这么浑浑噩噩的,我是真的会看不起你的。别人怎么说不重要,你爸妈的意见你也根本不用听,他们自己混得不怎么样,传授的也不过是些混日子的经验。但是我的意见你要听着,我说你可以,你就可以。你人不傻,只是太迷茫,多读书,多接触外面,眼界开了,自然就能清楚自己想要什么。"

"你还是第一个和我说这种话的男友。"

柳兰京冷笑一声,说道:"你之前的男友是什么身份? 我是什么人? 拿他们和我相提并论,不合适吧。"捎带些赌气,他又拿笔在她左眼上画了个圈,继续道:"你最好认真点,接下来你做错一道题,我就给你画一道,我可不管这个印子能不能洗掉。"

苏妙露顶着一脸的涂鸦上了大半天课,抬头往镜子里一望,又好气又好笑。她洗脸时正巧手机铃声响,手忙脚乱着手机差点掉进水里,好不容易抓住了,定睛一看,是谢秋的来电。

谢秋寒暄了几句问她好,又问她现在是不是还同柳兰京在一起。听她的口气,像是欲言又止,苏妙露猜她有求于自己,却又不敢主动问,怕伤了她自尊。

她正犹豫着,谢秋却道:"你现在倒是过得不错,认识了柳兰京这样一个人。很多事情真是意料不到,我读书这么多年,反而比不过你这样。"

这话太泛酸了,苏妙露有些不自在,口气生硬道:"什么叫我这样的?我又不是在他身上捞金,傍大款,他的归他的,我的归我的,分手的话,我一样带不走的。"

"那你对他多留个心眼,我总觉得他这个人城府很深,不是看起来那么简单的。你对着他本来就在弱势,真出了事很吃亏的。"

"你到底有什么事?"

谢秋吞吞吐吐道:"没什么,就是想问问你和你父母怎么样了?之前吵得很凶的样子,现在好点了吗?"

苏妙露道:"好点了,你要是没什么事的话,就先挂了吧。"

谢秋挂断电话,无可奈何地叹了口气,她其实是想让苏妙露帮着找工作,可是开不了这个口。

谢秋不爱麻烦别人,从小到大,凡事都是靠自己,也是靠自己跌了个大跟头。如果她和苏妙露不熟悉,倒也能拉下脸来求她。可她先前就找苏妙露借了钱,勉强还上,现在又要求她找工作,这么麻烦她,生怕让她看不起。再一个,面上虽说是托苏妙露帮忙,其实是找柳兰京帮忙。谢秋不喜欢柳兰京,生怕苏妙露和他分手后,他借着这笔人情债为难她。

谢秋格外珍惜与苏妙露的友谊,小心着为她着想,可话一出口,却像在埋怨她。为了这点自尊心,谢秋自己都看不起自己。之前还夸下海口,找猎头帮苏妙露介绍工作,这下倒是连自己的出路都没着落。她近期投出去几十份简历,参加了十多场面试,却没一个公司愿意招募她。她的优势、劣势都是一目了然。优势都写在简历上,名校毕业绩点高,英文流畅,还会法语,各类实习也多。但她看着又不像是个好员工。第一,她有创业经历,大公司第一轮就要筛掉这样的人,生怕她心不定,到时拿着公司的人脉再创业,不愿安心当个螺丝钉。第二,她是个未婚未育的女性,前车之鉴太多了,一不小心女员工入职后就结婚生孩子,休上半年产假,一点办法都没有。她又专挑竞争激烈的高薪工作,不到两万月薪的,连看都不愿意看,于是愈发希望渺茫。

昨天面试时,女面试官直截了当地问她:"你说你现在没有男朋友,五年内不会结婚生孩子,这有什么证据吗?怎么保证?"

谢秋被问得怔住了,口不择言道:"那你们想让我怎么证明?去医院上个节育环吗?"

"倒也不是这个意思,主要是你也快三十岁了,想法一天一个样,就算今天真的不想生孩子,说不定再过一年你就特别想生孩子,见到人就想结婚。这以前也是有的。"

谢秋急了,说道:"你真的很不专业,退一步说,我愿不愿意结婚,这是我的私事。在国外,你问这种问题我是可以告你的。你们又不是妇产科医院,不关心我的业务能力,不关心我的职业素养,整天关心我生不生孩子做什么!"

"既然你说是私事,那就是说你有可能在入职五年内生孩子?"

谢秋气得无话可说,抓过包夺门而出,找了个就近的商城,躲在厕所里偷偷哭了一阵。回去后还要装得若无其事,对母亲说道:"这家公司没我想象得那么好,薪酬给得不如上一家高,我再等等别的回音。"

"你也不要这么挑,看得过去就好了,大不了骑驴找马。先找份工作,至少有社保。"谢母正忙着拌馄饨馅,头也不抬。之前谢秋说要吃馄饨,她暗自记下,嘴上抱怨麻烦,实际却一大早就去买菜。下馄饨的汤在炉子上炖着,咕嘟咕嘟冒着泡,散发出一种温热的肉的香气。

谢母把馄饨汤倒出来,放上蛋皮和紫菜。这是谢秋从小到大看惯了的步骤,她读书时每次考试成绩不错,母亲就会煮馄饨吃。围裙换了许多件,连带着母亲的背影也从瘦瘦窄窄逐年往横向里拉扯。

谢母有时候会欣慰道:"你真是挺乖的,不用我操心,连吃的方面也很简单。"

谢秋从小是个让人放心的孩子,这句话是她的奖状,也是她的牌匾,注定要扛着过一辈子。她每次吃着馄饨,都会暗下决心,以后让母亲过上好日子。她原本满心以为,只要够勤奋,大学毕业就是坦途,可现在不单要靠母亲的钱还债,连找份合意的工作都困难。她像是失足落在河里的人,越是挣扎着要上岸,越是被水流推着漂得越远。

谢母把馄饨端上来,她自己则和从前一样,端坐着看谢秋吃。谢秋心里一酸,不敢声张,一滴泪落在汤碗里。

谢母诧异道:"你的眼睛怎么在掉眼泪啊?"

谢秋低着头,含糊道:"热气熏的。"

"那你慢点吃啊,又没人和你抢。"谢母笑笑,继续道,"对了,小秋啊,妈妈和你说件事,就是那个小王啊,他可能要来我们家一趟。"

谢秋猛地一抬头,像是周身的刺都扬起来了,戒备道:"你还在和他谈恋爱啊？他来我们家做什么，看房子吗？"

谢母让女儿盯得有些窘，小心翼翼道："就是吃个饭，小场面，你也一起陪着，你们就见过一次，也要好好认识一下。"

"你这是什么意思？你要和他结婚啊，急着让我叫他后爹？"

"小姑娘话也不要说得这么难听，你和他熟悉一下也不是什么坏事。我看你对他好像有点误会。"

"什么误会？他就是心术不正，刚见面的时候他对你一副爱搭不理的样子，等你说拆迁有了房子，他才热情起来，没多久就忙着给你买礼物，请你吃饭，各种讨好你。他不就贪图你的房子吗？难不成家里缺一个妈，想着把你供回去啊？"谢秋一急，赌气的话就溜出口了。她自己也觉得不妥，但没机会道歉了，话赶话的，她母亲也真的动气了。

谢母嚷道："你怎么这样子说话啊。你真是一点都不体谅妈妈，你这个死人爹，脚一蹬就断气了，钱没留下来，债倒是一堆，我为了你辛辛苦苦，这么多年都不改嫁。我现在好不容易运气来了，有个人可以靠一靠，你就这么挑三拣四。我算是明白了，你开口就是房子，闭口也是房子，你其实才最挂念我的房子。你不要觉得我只有一个女儿，我就一定把房子留给你，我现在有钱了，以后谁对我好，我的钱就给谁。大不了没人养老，以后住养老院里去。"

"你自己看着办吧，真要这么想，我无话可说。"谢秋把碗一推，愤而离席。

她把自己反锁在房里生闷气，咬着嘴唇，呆坐在书桌前，心底两种情绪交替着。她很是不信任王小年，可是又不得不顾及母亲的心情。她不由得开始反思，是否在潜意识里不愿意母亲再婚。她是发自内心希望母亲幸福的，既然不能在经济上让她快乐，至少应该在感情上让她幸福。

她多少改变了些主意，想着就算王小年是为了钱接近母亲，但他想得到的钱没到手，就要把戏演全套，继续尽心尽力让母亲高兴，那也不一定是坏事。只要她小心点母亲和王小年的接触，让他别碰到钱和房产。

到了晚饭时，谢秋就与母亲和解了，倒也没有谁与谁道歉的话可说。只是母亲叫她出来吃晚饭，说做了她喜欢吃的排骨。她就乖乖从房间出来，装作无意间问王小年是哪天来家里吃饭。

谢母睨了她一眼，笑着给她夹了菜，说道："这才是我的乖宝贝。"

到正式见面那天，谢秋见了王小年，还是隐约觉得不舒服，像是根似有似无的骨头卡在喉咙里。虽然先前见过一面，可那时留下的印象不深，就记得他的中介做派，待人接物很热情，但多少有些装腔作势。穿着的西装又是皱巴巴的。这一次他特意打扮过，头发梳成三七开的油头，换了一身皮夹克，自觉很潇洒，谢秋看了却觉得像是抗战片里的汉奸。

王小年还给她带了礼物，一支阿玛尼的口红，热销的一抹梅子红。谢秋本就气色差，涂了愈发显得苍白。她讪笑着收下了，不只因为讨厌这个颜色，也讨厌王小年不知分寸。异性间不是男女朋友，最不该送口红，落在嘴唇上的心意，总有些暧昧。

谢母见了，冲他一笑，略带娇嗔道："你怎么只给她送东西，把我给忘记了？"

王小年赔笑道："因为还没问姐姐你喜欢什么，要是送了你不喜欢的就不好了。"

"哎哟，这么费心思做什么？搞得别人以为我很霸道，一定问你要东西。"谢母笑着一拍他的肩膀，又故意去拧他胳膊上的肉，笑闹成一团。谢秋第一次见母亲撒娇，一时间不太适应，眼睛里像是溅了柠檬汁。母亲的身份总像是庙里供着的观音像，散发着圣洁的光，忽然间回归了肉体凡胎，信徒撞见了有种毛骨悚然之感。

王小年在谢家小坐了片刻，小小的眼珠像耗子一样转得灵活，像是职业病犯了，正在给他们家估价。他问道："你们既然拆迁拆了几套房子，少说也有几千万，怎么还住在这里啊？"

谢母道："虽然是老房子，但也住习惯了。拆迁的房子卖了一套，钱就收利息了，剩下的租出去也是一笔收入。"

王小年道："放在银行里吃利息多可惜啊，也是一大笔钱了，要买点理财产品才好。我有几个朋友做这个，下次让他们推荐几个产品好了，包赚钱。"

谢秋冷冷打断道："不麻烦了，搞金融的朋友，我也认识，还是复旦经济学院的，他们的建议就是存银行。我妈年纪大了，这样最稳妥，要不然容易被人骗。"

晚饭不在家里吃，特意在附近的酒店订了个包厢。谢母前一天亲自去点的菜，龙虾和鲍鱼都不吝惜地上了。谢秋从没有恋爱过，见母亲红光满面的样子，才惊觉爱情有如此起死回生的魔力。

一顿饭，谢母就紧贴着王小年说悄悄话，又热络地互相夹菜，谢秋在旁就自顾自吃饭，连偶尔在手机上看消息，她母亲都懒得唠叨了。谢母全情投入，王小年却有些心猿意马，一个意味深长的窥探眼神，时不时甩到谢秋脸上。

等菜上到点心时，王小年清了清嗓子，终于开口道："是这样的，小秋啊，听你妈妈说，你好像对我有点误会。既然我们今天有这个机会，那不妨好好讲清楚。心里藏着掖着，总是不好。"

"没什么误会，就是有些事不太清楚。你要是愿意今天说开，那就太好了。就一个，你对我妈妈到底是不是认真的？你们是准备结婚还是就这样了？”

“小秋，怎么这么没大没小地说话？”谢母急忙从旁阻止，可阻止得不太急切，多少也想从他嘴里求个保证。

王小年眼珠转了转，敷衍笑笑，说道：“这件事我还要问姐姐的看法，姐姐肯定是在意你的。毕竟你现在还在家里住，也没有男朋友，要是我和姐姐在一起了，你是搬出来好，还是留下来好？”

谢秋道：“如果你担心这个，那很好办。你和我妈结婚，签个婚前协议，她的钱归她的，你要是胡来，就一分钱也分不到。至于我，等工作稳定了，我就搬出去，或者干脆让我妈给我在公司附近买一套房，付个首付。我就实话和你说了，我妈现在拆迁得了几套房子，这你也是知道的，她肯定是比你有钱的，说难听点，和她在一起，你可以少奋斗半辈子。我总要提防着你骗她的钱。”

“这话就不好听了，什么叫怕我骗她的钱，你不也是想着你妈的钱？现在上海的房价涨到什么地步了？按道理是男方给房子的，你让你妈付了首付，到时候你一结婚，嫁出去的女儿泼出去的水，都变成别人的了。说得不好听点，到时候我和姐姐才是一家人，你是外人了，谁提防谁还说不准。”

谢秋气得嘴唇发白，眼眶发红，她扭头看向母亲求一个公道。而谢母对上她的眼神，只是含糊地笑笑，避重就轻道：“先吃菜，菜都凉了，今天这么好的气氛干吗吵架呢。小王，你也是的，和小孩子争什么争，她又不懂事。”

谢秋一阵委屈，手攥紧桌布，头一别，险些落下泪。她恨不得立刻夺门而出，又怕让王小年看了笑话，觉得她怕了他。她挺直背，若无其事地盛了一碗汤，低头默默喝着，可睫毛一颤，眼泪就滴在碗里。

正巧服务员进包厢来上水果,没察觉出气氛有异,对着谢母寒暄道:"陪女儿和女婿出来吃饭啊。"

谢母闻言,脸色一变,厉声道:"你怎么说话的?哪只眼睛看到这是我的女婿?看不来人,就快点配副眼镜去。"

服务员低着头,怯怯道:"这样啊,我就是看年龄差不多。"

谢母一挥手,不耐烦地赶她出去。之后三人又各怀心事地吃了些水果,就各自离开了。谢秋先回家,谢母与王小年又去外面吃了夜宵,到晚上九点才春风满面地回了家。

谢母到家时,谢秋正在为明天的面试准备衣服,她想穿得干练些,就把西装裤一条条拿出来试,有几条明显小了,腰上的拉链拉不到头。谢母撞见了,嗤笑一声道:"你现在怎么这么胖了,穿这件衣服不好看,我像你这么年轻的时候,比你现在瘦多了。"

谢秋回嘴道:"你现在也不怎么瘦啊。"

谢母伸手往她头上一拍,嚷道:"我这还不是为了你,黄脸婆,黄脸婆,就是这么熬出来的,再说了,我现在闲下来,要变好看那是很容易的,底子在。又不像你,你长得真是像你爸爸,眼睛不大,鼻子又塌,瘦下来也不好看。"她像是为了证实所言不虚,兴冲冲地回卧室拿以前的相册,可她再出来时,谢秋已经回了卧室,反锁上了门。

谢秋把房间里的镜子用衣服盖上,不敢去看自己的脸。她其实并不像母亲说得这样不堪。她是内双的长眼睛,细而婉约的眉毛,瘦窄的瓜子脸,修长的脖子,说话又轻声细语的,有股清隽的书卷气。

只是她从小在母亲的阴影下长大,母亲虽美,却没有品位,从小用粉红的雪纺和蕾丝装点她,又让她剪女子监狱一样的短发,还总是对她冷嘲热讽。有一次,谢秋私自买了一条膝盖以上的连衣裙,母亲见了,把眼睛一横,讥嘲道:"你穿这样像是路上的野鸡。"自此之后,除非万不得已,谢秋都只穿长裤了。

成年后,谢秋逐渐醒悟过来,母亲总是会嫉妒自己的女儿。成为母亲,就是让渡了女人的部分天性化作母性,用母性浇灌一个婴儿长成。而女儿终有一日会长成女人,有着母亲已逝去的青春,这像是继承,又像是寄生。谢秋虽然感激母亲,却不想再受她种种的压制,母亲每每在外貌上贬低她,她就在智力上回击。母亲再美也没受过高等教育,她则在名牌大学都拿奖学金。

这样的相处方式,她从母女关系一路沿用到交友上。苏妙露美艳绝伦,谢秋在她旁边一向是陪衬,可她不是个聪明人,谢秋多少还是能挽回些优越感。可忽然间,谢秋生活里的双重平衡都被打破了,创业失败后,她的聪明才智变得一文不值,苏妙露有了柳兰京,她母亲则有了钱。谢秋像是一脚踩空摔进深渊里,摔得太深,连呼救的回音都听不到了。

第二天,谢母一大早就出门了,谢秋原本不在意,可等她面试回来,才发现客厅里摆着七八个购物袋,谢母笑盈盈地坐在沙发上讲电话,整个人香气扑鼻。挂断电话,谢母便向她炫耀上午去美容院办了卡,她一口气冲了五万块在里面,又顺便做了个头发。

谢秋知道她是让昨天服务员的一番话刺激到了,却也不想违心哄她,就只淡淡道:"这种美容院没什么大用处的,你要真的想去皱纹,还不如去整容拉皮。"

她自以为说了很中肯的意见,可在谢母听来却是一番嘲弄,当天晚上,她就忍不住对王小年抱怨道:"你说说看,她说的这叫什么话,哪里有催着让我去整容的。她以为自己有多好看啊。"

王小年连忙哄她:"你把女儿照顾得太好,她比较任性嘛,还和小孩子一样,看我不顺眼就拿你撒气。"

他们在一家点心铺子吃夜宵,一碗酒酿圆子端上来,里面撒了桂花。谢母觉得桂花的味道太冲,之前说了一次,王小年就记下了,用筷子仔仔细细地给她挑出来。谢母瞧见了,心底甜滋滋的,又忍不住胡思乱想起来,低头笑了笑。

王小年问道:"你在想什么啊? 笑得这么开心。"

谢母原本不想说,不是什么能摆上台面的话,可转念一想,既然以后他是要当女儿继父的人,这也就是夫妻间的私房话,没必要藏着掖着。她就笑道:"我在想啊,你说小秋这样子给我们捣乱,是不是老处女心态? 她就只会傻读书,长这么大一次恋爱都没有谈过,所以对男人有点害怕,总觉得别人要害她。她要是谈个恋爱,说不定人也就正常一点了。"

王小年点头,接着她的话继续道:"那要多给她留心点,多介绍几个男的让她认识认识。"

谢母搂着他,软着嗓子撒娇道:"你个死人,我哪里认识那么多男人,当然是你留心了。"她攀着他的胳膊,像是一条蛇紧紧缠着猎物。王小年身上起了一层鸡皮疙瘩,也只能继续摆笑脸。他的余光扫见她的脖子,层层叠叠起了褶皱,像是蛤蟆的皮。

他想起了她面颊上的老年斑,忍不住有些反胃,又不愿让她看出端倪,便借口道:"今天这家店的东西似乎不太干净,我有点不舒服,下次换一家。"

谢母急切道:"那你要不要紧,肚子痛不痛? 也是,外面的菜总是不干净的,还是吃家里煮的东西放心。小年轻,一点都不会照顾自己,这样吧,我给你煮个汤,你以后带去中午喝。"

"那好啊,不过现在不急,烧饭毕竟蛮辛苦的,你刚去美容院弄得漂漂亮亮的,脸上碰到油烟又白弄了。反正姐姐你的心意,我都是明白的。"这番话自然是托词,王小年担心的是她把两人的关系闹大,让公司的同事有所察觉。和客户私下联系,是违反规定的。

谢母道:"我看你那个单位也就这样,你之前说想自己开店,计划都弄得蛮好,就差钱了。干脆我给你一笔钱,就当投资好了。"

"先不急,你女儿现在对我有意见,你的钱也是她在管,你一下子给我花这么多钱,她肯定不同意。"他定了定神,又再次确认道,"我看你们家,就只有你和你女儿,两个人怪辛苦的。平时都没个男的帮衬帮衬吗?"

谢母一向觉得自己委屈,连忙诉苦道:"要不怎么说我命苦呢?也没个什么兄弟、儿子的。平时家里就我和小秋,连个男的亲戚都没有,什么事都要自己上手,苦是苦的来。"

吃完夜宵,谢母主动去拉王小年的手,他没有抗拒,心底却另有一层盘算。他回想起昨天吃饭时,他从谢秋的位子后面经过,见她低着头,后颈雪白一片。

谢秋新的一次面试结果尚可,对方人事打来电话,约她下个礼拜再去终面。顺利的话,当场就能定下来,薪水和福利倒也不错。她躺在床上,心里轻飘飘的,倒也算是了却了一桩事。

这几天,王小年不间断地给谢秋送礼物,又借着谢母的手给她,让她推辞不得。谢母也有意无意地朝谢秋使眼色,暗示她给王小年回礼,缓和下关系。谢秋原本不愿松口,可次数多了,也有些过意不去,就买了几条领带回礼。

王小年收了领带,还煞有其事地打了个电话,特意来感谢她。谢母从旁听着,也是喜上眉梢,说道:"你看吧,你就是小心眼,你之前把小王说得这么坏,人家不还是没计较啊。人家小王在我这里一直有说你的好话,讲你读书多,人也文静。"

谢秋不置可否,起初不愿理睬,可听得多了,倒也忍不住有些动摇。又过了几天,到王小年第二次与谢秋吃饭,她的态度已经缓和了许多。席间有一盘樟茶鸭子,谢母随口提了句谢秋喜欢吃,王小年就迫不及待地给谢秋夹了一筷子。

谢秋原本最不爱别人给她夹菜,觉得是一种矫饰的热情,可见谢母正在兴头上,不愿扫她的兴,也就低头把菜吃了。

谢母见状,一拍手说道:"你看,小王待你多好啊,肉最多的一块夹给你了。"

谢秋说道:"我有一件事想和你们说,我接下来准备搬出去,我手边的工作基本上稳了,但离家里比较远,我在公司附近租个房子,这样也方便点。"

谢母听罢,皱着眉一言不发。王小年倒是蹿出来反对道:"你有这个打算倒是好的,但也不用这么急,先和你妈妈商量一下,她也关心你。你一个小姑娘在外面总是不安全的。"

谢秋原本以为王小年巴不得她搬出住,听他这一番话,倒不由得反思起自己来,觉得早前对他的偏见太多。他虽然与母亲年龄差距极大,但顶多是个油滑市侩的人,不至于有太多坏心思。可这顿饭后,谢母就小心翼翼地和谢秋谈投资的事,说想把手边的房子卖出去一套,套出现金给王小年开店。

谢秋冷笑道:"我当为什么这几天他对我的态度这么好?原来是在这里等着我,我说了我不会同意的,平时给他花点小钱无所谓,但是一两百万的肯定不行。他要是骗了你的钱怎么办?"

"什么骗不骗的,他都说了会写借条的,而且他开个店,我也算是入股人,这是投资啊。"

"投资的话,就让他把详细的计划书拿出来,还有借条上身份证前后的照片都要有,再去找律师公证。要是他把所有的手续都办齐了,让我看过,律师也看过,那我就同意了。"

谢母多少有些恼了,说道:"你怎么这样不近人情? 你自己创业失败了,所以就见不得别人好了,是不是? 你怎么这么不关心你妈,我真是养了你一个白眼狼。"

谢秋愣了愣,一抬头眼眶发红,哽咽道:"你觉得我创业是为了谁? 我毕业以后找一份工作,再怎么样也饿不死,是你在我耳边,每天说你以后全靠我养老,我一定要赚大钱才能回报你。我为了你差点连最好的朋友都绝交,去外地起早贪黑拉投资,两年多的时间,没好好睡过一次觉,你竟然说我对不起你,我不在意你? 原来你就是这么想我的。"

谢秋用袖子胡乱抹着眼睛,原本只是默默落泪,可越哭越委屈,索性抽泣着逃回房间,反锁上门。

第二天晚上,王小年照例再来约谢母出去吃夜宵。他上门时却扑了个空,谢秋开的门。她解释道:"我妈出去给我买药了,我有点发烧,你要找她的话,先等一等。"

她原是准备送客的,不过给王小年找个台阶下。但他不会意,反倒自顾自在客厅坐下,说道:"那我在这里等着就好。"

谢秋原本就懒得应付他。她这场病病得很突然,昨天吵完架就病倒了,像是身体知道她要搬走了,强留她再多待几天。她烧得昏昏沉沉的,苍白的一张脸上泛着红晕,说话的声音愈发轻了。王小年跷着腿在沙发上看她,说道:"你是准备这个礼拜就要搬出去了?"

谢秋猛地戒备起来，问道："是啊，怎么了？"

"没什么，就是问问，我知道你不太喜欢我，但是也不用这么急，其实我觉得我们还有很多话题可以谈。听说你不同意你妈给我注资？"

"没有不同意。只是你没有一个合适的计划方案。"谢秋抱着肩，冷淡道，"你要是愿意找律师公证，一切都按手续来，让我一一看过，我也不是不同意。我妈耳根子软，也没见过多少世面，现在手里又拿着一大笔钱，我总是要小心她被人骗。"

王小年伸出手指摸了摸下巴，说道："这件事我们以后再说吧，你先去给我倒杯茶，再怎么说我也是你家的客人，这点礼貌你还是要有的。要不然这么多年书可就白读了。"

谢秋隐忍着不发作，去厨房烧水，又在柜子里找茶叶，准备早些打发了王小年。谢秋虽然年轻，但毕竟在外面跑过一圈，喝酒拉投资的事也做过不少，见识过不少借着酒意半真半假打量她的眼神。她疑心王小年来者不善，多少存了点戒心，但想着他毕竟是妈妈的男友，应该也做不出出格的事。

王小年望着谢秋的背影，只觉得袅袅婷婷。片刻之间，他就彻底下定决心。他原本是没有这个计划的，但正巧现在只有他们两个，便生出一种天时地利人和都有的喜悦感。

他把这个家看作一个螺蛳，薄薄的一层，要吃，就要把里面的肉吃得一干二净。一两百万自然是喂不饱他的，拆迁下来的钱他要都吃进肚子里。近来政策有变，后面的人拆了也分不到那么多房子了，只能灰溜溜地搬去郊区。谢家是赶上了末班车。

一开始他看上的就是谢秋，只有搞定了女儿，所有钱才都是他的。可惜她不上套，不得已只能把眼光往下放。可这几天他与谢母相处下来，便明白这是一个极保守的家庭。他暗自猜想,只要谢秋出了点意外,半推半就兴许就从了。就算不从,为了以后的名声考虑,也不会把事情闹大。

谢秋给王小年泡了杯热茶,放在他面前时,王小年一把拽住她手腕,急切道:"你是对我有意思的,对不对?"

谢秋大惊失色,拼了命要把手腕往回缩。可王小年看着精瘦,力气却不小,连带着摸了几下手背,才不情不愿松开手。

谢秋痛骂他不要脸,他仍是不慌不乱,只竖起一根手指轻轻嘘了一声,压低声音,道:"你小声一点,这里都是你的邻居,吵吵嚷嚷的,对你不好。你如果不是喜欢我,为什么现在不穿胸罩?我都看到了,你就是要勾引我。"

谢秋又气又羞,急忙抓过一件外套披在身上。王小年站起身来,贴近她,仍是一个劲说道:"我有许多话要和你说,你一定要听我说完,我本来也不敢想,但是我觉得你对我也是有点意思的,如果不是喜欢我,你为什么要给我送这么多东西。"

"那是我妈要我送的,和我没有关系。"

"你还给我送领带,那不就是故意要牵着我,管着我吗?"

"你不要胡说八道。"

"你不要狡辩了,你就算明面上不看我,心里也是对我有意思的,要不然怎么处处和我对着干?别人家的女儿从来没有这样的。我知道你在吃醋,觉得我和你妈妈不般配。我知道你害羞,你妈妈说你还没有交过男朋友。"

谢秋只觉得他在胡搅蛮缠,把手一扬,就让他快滚。王小年自然不依不饶,抓着她的手腕就往后一拽,拉得她跌倒在沙发上,笑嘻嘻搓着手贴近她,说道:"没事,你不要怕你妈,等我们生米煮成熟饭,她总归是要同意的。反正等她老了,只有你一个孩子,她的房子也好,钱也好,早晚都是你的。"

谢秋脑中一片空白,像是相机的闪光灯一闪,要给她的耻辱留念。她再怎么不同异性接触,也知道要发生什么。原来他虎视眈眈的人是自己,想强占她来夺取她母亲的钱。她的手摸索到茶几上的一个烟灰缸,抄在手里,猛地往王小年头上一砸。

苏妙露接到谢秋电话时,刚洗完澡,正在厨房切哈密瓜。柳兰京在客厅听到她手机铃声,随意瞥了一眼,对她喊道:"谢秋打电话给你。"

苏妙露道:"你先帮我接一下,我现在忙着呢。"

柳兰京接通了电话,却长久听不到声音,心下古怪,就问道:"喂,是我,苏妙露现在忙着。你那里信号好吗?"

"让她来接一下电话。"是谢秋的声音,但像是从一个极幽深的井里传来的。

柳兰京心知不妙,肯定是出了大事,立刻挥手把苏妙露叫来,使了个眼色,把手机递过去。苏妙露起先还不以为意,却听了一句,笑容即刻收敛了,只沉声道:"没事的,我立刻过去。"

她挂断电话,怔了怔,忽然间暴出一声冷笑,睡衣都不换,抄着水果刀就去玄关换鞋,要往门外冲。柳兰京急忙拦住她,问道:"怎么了?"

苏妙露道:"有个王八蛋想强奸她,被她打了头,不知道死了没有。没死的话,我要去宰了他。"

柳兰京怕苏妙露闹出事了,好说歹说,终于跟着她一起去了。等他们到谢秋家,倒不用苏妙露出场,已经彻底闹成一团了。

谢母买药回来,见房门从里面反锁,顿觉不妙,一阵拍门后,谢秋一脸失魂落魄地开了门,手里抄着个烟灰缸。卧室里王小年正在鬼吼鬼叫,把门撞得震天响。门口还抵着一把椅子。

谢母蒙了,抓着女儿的肩膀叫嚷道:"怎么了,你好端端地干吗把人关起来?"

谢秋流着鼻血,头发乱蓬蓬的,面上一道红印子,手腕也有瘀青。她顿了顿,才面无表情地说道:"他刚才要对我胡来,我用烟灰缸打晕了他。我怕他醒过来闹事,就把他锁在房间里,拿走他的手机。让他冷静一下比较好,我们也冷静一下,想想对策。"

"什么叫冷静一下?快点把他放出来啊,你又不能关他一辈子!什么事总是可以商量的。"谢母急急推开谢秋,冲过去一把拉开椅子,用钥匙开了门,放出王小年。

王小年走出来时,穿着房产中介所的工作服,原本白衬衫是掖在裤子里的,可现在下摆拉出来了,扣子也绷开两颗。

谢母瞪着他,梗着脖子问道:"刚才小秋说你要把她那个了,是不是真的?"

王小年眼神闪烁,说道:"也不是这样说,你女儿没把话说清楚,又穿件睡衣,看着好像要勾引我一样,谁知道她不是这个意思,那早点说好了,干吗打人?"

谢母原本还怀疑这桩事有误会的可能在,见了他这种反应,只觉得羞愧难当。她并非不知道王小年圆滑世故有心计,无利不起早。但她为女儿奉献了大半生,又让女儿看不起了大半辈子,临到老忽然有了钱,便想着随心所欲一番,花钱买个乐子也好。可现在事情闹成这样,惹出大祸来,恰恰印证了谢秋对她的偏见。谢母发了疯一样冲出去扭打王小年,若有若无的一丝心虚,尽数成了怒气。

谢母热辣辣地给了他一耳光,骂道:"你什么东西啊!癞蛤蟆想吃天鹅肉,配得上我女儿吗?你想都不要想,给我现在立刻滚出去,我再也不要看见你。"

王小年原先还由着她打,可见她打了五六分钟都不见停,连哭带闹也觉得烦,就一抬手把她推开,不耐烦道:"你现在要我走了,难了。我凭什么走啊,你女儿现在打了我,还不给我叫救护车,就把我关在房子里。我现在头痛得要死,肯定是重伤。你们要是不给我补偿费,我就立刻去报警,让你女儿坐牢。就算不坐牢,只要拘留个几天,那也完了。"他撩起头发展示伤口,脑袋后面鼓起一个肿块,倒没有流血。

谢秋道:"去就去!当我怕你啊!你想强奸我,我这是正当防卫。"

"你说强奸就强奸啊,看你长得这样子,说我看上你还不一定有人信,反正也没做到底,你又没证据。"王小年抓着她的手腕,作势要把她往外拽,"你既然不怕,那立刻和我去派出所立案。"

谢母有些慌了,急急把他的手拉开,面孔倒还板得紧紧的,声音已经软下来,问道:"你想要多少钱?钱不多的话,还好商量。"

"我要的也不多,三百万,反正你们手边两套房,卖掉一套就有钱了。算是我精神损失费。"

谢秋怒道:"你真是狮子大开口。我一分钱也不会给。你也就是轻伤,你要验伤我也不怕,现在就走,立刻去医院做鉴定。"谢秋拿起电话就要报警,谢母却一把拦住她,摇摇头,说道:"算了吧,要是真的去派出所,你人生就有个污点了,以后怎么办啊。"

"他这是敲诈我们啊!你不要怕他,他这是强奸未遂啊,就算打官司我也不怕。看他现在胡搅蛮缠这个劲,我就知道他没事。"

"可是强奸说出来多难听啊,要是去派出所,事情闹大了,你也不能做人了。就算是未遂,别人不知道啊,都以为你被那个了,还怎么结婚?"

王小年从旁冷笑道："到底还是你妈拎得清，年纪大的人有经验。你不要嘴一张，觉得打官司很方便。我告诉你，我去派出所说和你是男女朋友关系，谁不相信啊。男女朋友的话，这种事就很寻常了。你不是还收了我的东西吗？"

谢秋恨透他强词夺理，急着要驳回去，可谢母却抓着袖子从旁劝她，多一事不如少一事。谢秋又气又急，因还在病中，心神激荡之下，眼前一黑，就直接昏了过去。谢母慌慌张张把她扶到床上，一边叫着她的名字，一边忙用热毛巾擦脸，谢秋才勉强缓过劲来。

王小年双手插兜，在一旁冷笑道："我劝你们还是别把事情闹大了，到时候还没落个好。我大不了换个地方上班好了，又没什么。还有啊，我告诉你，我在道上也是认识人的，你也不是不知道。你们两个女人家的，别到时候把我惹急了，弄得不好收场。"

谢母愣在原地不动作，显然被他的三言两语唬住了。王小年见了就暗自偷笑。他一早料定她不过是个没见识的中年妇女，谢秋又让她母亲牵绊着，这个家里缺一个能下决断的人，她们在他眼里就不过是一盘菜，他动动嘴，就可以吃得连骨头渣都不剩。

王小年把西装往身上一披，说道："这样吧，现在事情发生得比较突然，我也知道。我给你们两天想想清楚好了。我劝你们想开点，你女儿反正早晚要结婚的，与其和别人结婚，跟着我也是不错的。试试看嘛，大不了先谈恋爱不结婚。"

他一推门往外走，迎面就撞见了苏妙露。苏妙露听到了他后半句话，冷笑道："我看你早晚要死，与其等明天，我看今天也一样。"

她作势就要踹他，柳兰京急忙拦下，把她拉到一边。他故意拦住王小年的去路，关上门，微笑道："所以你的意思是，你想和谢秋结婚，所以强奸了她,而且你不怕她们报警。"

"反正要报警我也不吃亏。"王小年见他们是意料之外的救兵,一时间弄不清底细,多少有些紧张。他从头到尾仔细打量他们一番,便定了定心,觉得也不足为惧。苏妙露是个高个子女人,可到底是个年轻女人,要面子,不至于当真撕破脸和他动手。柳兰京是个瘦高个子的书生脸,文质彬彬的体面人,兴许有些聪明劲,但胆量绝对不够。

最关键的是他事先打听过,谢家没什么旁支的亲戚,少有的几个老弱病残,也没什么显贵身份,看年纪他们应该是谢秋的朋友。清官难断家务事,外面人再有本事,处理这样的事,也是束手束脚的。终归还是要由谢母说了算。

柳兰京道:"那好,我们立刻报警,你既然觉得道理在你这里,是她打伤你,你就去见警察,说说清楚。"他作势就要拿出手机打电话,还不等王小年阻拦,谢母却先把他按住了。

谢母抓着他的手,泪眼婆娑道:"我知道你们都是小秋的朋友,可是你们不能胡来啊,事情要是闹大了,她要是坐牢怎么办? 就是不坐牢,说出去也难听啊。"

苏妙露急急拍开谢母的手,冷着脸道:"阿姨,你最好别添乱,这事你就是越帮越忙。你要是能搞定这事,那这事一开始就不会发生。"

谢母心头一虚,反倒是动了真怒,回嘴道:"小苏啊,平时阿姨待你还是不错的,你怎么这样子说话。你和谢秋是这么多年的朋友,你不能由着性子来,要多为她考虑啊。"

"现在最不为我考虑的是你。我是受害者,别搞得好像是我的错。事情闹成这样子,都是你的错,你就别添乱了。"谢秋从房间里出来,虽然对着母亲说话,却不愿意看她。她说话气若游丝,苏妙露听着一阵心酸。

谢秋勉强对她笑笑，握着她的手说道："苏妙露是我的朋友，她的意见就是我的意见，报警吧。"

柳兰京会意，继续拨电话报警。王小年眼见局面不受掌控，顿时就慌了，抬手打掉柳兰京的手机，嘴里骂道："小白脸，你算什么东西？这里又不是你说了算！"

柳兰京不理睬他，只弯腰想把手机捡起来。王小年抬腿朝他背后一踹，就是故意趁着他没留神时动手，想着先把唯一的男人处理掉，余下这一屋子都是女人。

柳兰京踉跄了几步，撞在后面的餐桌上，恰巧桌上有杯热水，翻下来浇在他身上。他吃痛，悄悄抽了一口气，似乎是烫到了。谢秋急忙去搀扶，王小年瞧见了便是嗤笑，很不拿他当回事，一个豆腐雕出来的少爷。

可还不等他完全笑出声，背上便是一阵痛，痛得整个人都麻了，手攥成拳头转身正要去打，右肩又是剧痛，腿一软，就蜷缩着倒在地上，抱着头自下而上去望，原来苏妙露抄了个榔头冲出来。这类地痞流氓她见识过不少，不过是欺软怕硬的东西，再好的金玉良言他们也听不得劲，倒不如真刀真枪见点血，他们立马就知道了夹着尾巴做人。

苏妙露见王小年倒在地上，仍不解气，抬腿便去踩他裆部。王小年趁机抓她脚踝，往身边一扯，想着拉到她摔倒再去夺她的榔头。苏妙露果然站立不稳，摔跌下来，王小年趁机抬腿，猛踹她的脸。她却不躲，只是抓紧榔头，又朝着他膝盖处猛敲一下。

王小年左腿麻痛不能动弹，挣扎之下就要去扯苏妙露的头发，狠狠往后一拽，腾出一只手要打她耳光。苏妙露却急急往他两腿之间一抓，又捏又拧，王小年惨叫一声，仰面倒地，痛得眼前雪白一片，带着哭腔求饶，手也不自觉松开。连柳兰京在旁边看着，都忍不住两腿夹紧。

苏妙露仍不解气，只反手抽他耳光，骂道："你个瘪三，算什么东西，敢来这里闹。道上兄弟是吗？法治社会还玩这套，你倒带一个给我看看。我不打得他立刻从良，我就跟你姓。"

她摇摇晃晃站起身，左边鼻子流着血，嘴角也有瘀青，一缕头发还让王小年扯落了攥在手里。这狼狈的样子落在柳兰京眼里，却另有一番气概，很是器宇轩昂。她把榔头塞给谢秋，转身面向柳兰京，问道："你没事吧？"

柳兰京哭笑不得，道："你还真是让我见了世面。"

"不客气。"苏妙露往地上啐了一口血唾沫，说道，"你也算是长见识了。"她转身就往厨房去，谢秋本以为她要清洗伤口，不料她却抓着热水壶气势汹汹地杀出来，一报还一报，便是把开水往王小年身上浇，嘴里还念道："癞蛤蟆下锅前总是要烫一烫的，不然太脏。"

柳兰京扭头朝谢秋使眼色，转身去拦，从后面抱住苏妙露，带点哄骗诱劝的口吻说道："我知道你生气，但不要这样，事情闹大了反而对我们不利。你乖啊，听话，接下来我来处理好了，一定让你满意。"谢秋上前，从她手里接下热水壶，立刻放回厨房，又扶着苏妙露回房间处理伤口。

房门一关上，柳兰京就笑着蹲到王小年身前。他倒也不担心他偷袭，都是男人，自然知道有些地方受了伤，一时半会儿是站不起身的。柳兰京从钱包里掏出两百块，塞到他手里，不声不响，只是微笑。

王小年误以为他要讲和，生出些底气，梗着脖子道："两百块，你当打发要饭的啊！我看你穿得也不错，应该也有点钱，那至少要这个数。"他伸出一只手，扬了扬，说道："二十万块，给我现金，要不然我立马去验伤，到派出所去让你女朋友留个案底。"

"同一招你还要玩两次啊！"柳兰京笑着摇摇头，说道，"这钱不是给你的封口费，是让你打车和买车票的，我让你这周五前走人，五年内不要回来，我不想看到你。如果你要报警就去吧，我不是怕你，只是怕麻烦，懒得花心思让你坐牢，所以对你手下留情。"

"你什么意思？不要以为能吓到我。"

"我想要你完蛋，很方便。明面上的办法有很多，不是明面上的也可以。但我希望你自觉点，趁着我今天心情好，你早点滚吧。"柳兰京站起身，拍了拍衣服下摆。

"你谁啊你？这么装模作样的，大家都是小老百姓，你唬谁呢！"

柳兰京笑道："这种事谁知道呢？我还是让律师和你谈吧。"

宋凝二十分钟后就开车赶到了，车上还跟着两个黑衣保镖。没有多余的话，保镖只把王小年架到门外去谈。谈了五分钟，王小年就面无人色地回来了。他搓搓手，讪笑着想同柳兰京握手，柳兰京只冷笑着斜了他一眼。

其实宋凝的律所主要做资本市场，并不管民事诉讼。但毕竟律师身份摆着，虚张声势是够的，更狠辣的手段倒也有，可真要大操大弄摆平个混混，柳兰京也觉得有失身份。

他忽然想到一件往事。几年前，外省市有个老板要招女婿，找了个名校的博士生。体体面面结了婚，生了个儿子，没几年女婿就开始在家里打人，于是就要离婚。孩子和财产分起来都难办，生出许多龃龉。女婿手里掌握了些公司的私账，拿来要挟丈人。丈人让步，赔了套别墅，女婿就风风光光离了婚。又过了半年，女婿去外地出差，遇到了暴徒，两条腿被打断了。人生总是有许多意外的。聪明人就算不知道意外何时发生，也要避开些容易让自己惹上意外的人。

王小年与谢母现场达成了和解协议，不再追究今晚发生的事。王小年在闸北有一套五十平方米的老公房,他同意立刻挂牌出售,从中拿出十万交给谢秋作为赔偿费。他签了一份借条,按下手印,表明自己借了谢秋三百万。谢秋只要再见到他,可以立刻索要欠款。他还留下身份证的复印件和手持身份证的照片,签下文件,表示自己完全自愿,绝对知情。

柳兰京在外面同王小年交涉,房间里的谢秋倒是全不在乎,她只是趴在苏妙露的怀里哭。她原本不想哭,兀自支撑些尊严,不想让自己沦落成受害者的位置,所以她急着让苏妙露先坐下,要给她的伤口擦碘酒,自欺欺人般想把自己的事假装成她的事。

苏妙露坐在谢秋一片狼藉的床上,随口道:"要我把你妈妈叫来吗?你们再聊聊。"

"我和她没什么能再聊的了。"这话脱口而出,谢秋自己也反应不过来,手里捏着棉签,一仰头,满脸都是泪。一旦开了个口子,满腔的心酸委屈,就再也止不住了。谢秋抱着苏妙露失声痛哭,苏妙露就轻轻拍着她的背安抚。

谢秋的伤心不只在王小年上,更是觉得遭受了母亲的背叛。母亲想要再找一个情人是人之常情,就算识人不明也不能怪她,可她竟然真的动了不报警的想法,软弱妥协到可怜可憎。谢秋小时候觉得自己倚靠母亲,长大了又觉得母亲该倚靠她,可这样一个晚上过去,她才发现原来谁也靠不住谁。

谢秋说要搬出去住,想让苏妙露帮忙。苏妙露满口应下,又小心翼翼道:"你要不要我陪着住几天? 柳兰京那里我可以搬出来。"

"让我一个人待会就好。还有一件事可能要麻烦你,我原本有个工作面试在明天,但肯定不能去了。能不能麻烦你帮我看看,有没有合适的工作。"

苏妙露点头,又沉默着抱了她一会儿。谢秋低声道:"之前打电话时和你说了些不该说的话,你不要在意,是我心态不好。"

"哪有的事啊,我早就不记得了。你别瞎想。"

王小年走后,谢秋强迫谢母删除了王小年的一切联络手段,以免日后他仗着谢母怕事,再纠缠攀咬上来。宋凝和柳兰京都持肯定态度,谢母虽有意见,却也无从置喙。她对女儿有些畏惧了,不完全是因为心虚。

苏妙露正贴在柳兰京耳边,低声说话,谢秋从旁瞥她一眼,欲言又止,有些话终究还是没对苏妙露坦白。先前柳兰京让王小年踹了一脚,谢秋看到是柳兰京故意朝后退了几步,他像是故意示弱,看苏妙露愿不愿意为他出头。他心思狡狯到这地步,苏妙露似乎并无察觉。

不过事已至此,说出来也未必有人信,谢秋不愿把情况弄得更复杂,只淡淡叹口气,郑重谢过他们赶来帮忙。

折腾了一整夜,离开谢家时,天已经蒙蒙亮了,五六点钟光景,整个城市也是将醒未醒的,不时有车轮碾过井盖的声音。宋凝开车先离开了。柳兰京与苏妙露就近找了家早饭摊吃馄饨。对上班族来说,时间还早了一些,他们挤在一群早锻炼的老人和学生中,显得很扎眼,尤其苏妙露一只眼睛已经乌青了。

店里一共五张桌子,他们坐在最外面,每每有客人从外面进来,注意到他们,目光总要在苏妙露脸上多停留,又略以责备的眼光看向柳兰京。有个大爷还煞有其事地上前,拍拍柳兰京的肩膀,语重心长道:"不管闹什么感情纠纷,也不能打人啊。"

柳兰京点头,只能闷声接下这黑锅,低头喝馄饨汤。人走后,苏妙露在旁尴尬笑笑,低声道:"你会不会觉得我刚才那样太粗鲁?"

"是挺粗鲁的,不过很有安全感,以后别人欺负我,你也帮我去打架。"

他是当真觉得这经历不错，不花钱看了戏，又知道她在意自己。他这一生，最讨厌两类人，蠢材和孬种。可往往这两类人又并作一类，在传统的家庭中滋生。家庭这个沼泽里，道理讲不清，敢撕破脸来闹，也是一种气概。

"好啊。"苏妙露高高兴兴笑了，又侧过头去，同他咬耳朵，"你觉不觉得这里的馄饨不好吃啊？味精放了好多。"

"怪不得我一直想喝水。"

"你真的完全不像有钱人家的小孩，我看你吃东西不挑剔，平时花钱也挺节省的，坐飞机还搭经济舱。"

"那你觉得有钱人应该是什么样子的？"

"我也不知道，大概就是花钱不用看价格吧，买各种奢侈品。"

柳兰京认真道："首先，我们家不属于有钱人，只是略有薄产，不敢夸海口。不过从我身边的人来看，财富只是一个附加值，有钱不会让你更聪明、更有道德或者性格更好，你该是什么样子就是什么样子，钱只是放大你性格的一个部分。最后，我买东西本来也不看价格，只是我不会买不想买的东西。"

"那你最近买的一样东西是什么？"

"家里的卫生纸，你让我买的。"

苏妙露笑着捏他的手："那个不算，换个问法，你最近买的最贵的东西是什么？"

"应该是书吧，最近拍到清刻本，也不贵，就四五十万。说实话，我也不看，摆着看看能不能升值。"

"那礼物呢？你买过最贵的礼物是什么？"苏妙露点点头，只当在听传奇故事。

"应该是一幅齐白石仿石涛的画，也不是我买的，是我去拍卖行拍下来的，我爸要拿来送人，送给谁我就不方便说了。"

"所以你不是不会花钱啊。你为什么就不肯多花一点钱给自己，给身边的人？听说你连喝咖啡都要让人请，不怕被打吗？"

通过这段时间相处，她发现饮食和男女，分开了谈，他都是很节制的。他吝啬也一样吝啬在自己头上。吃穿用度都不算讲究，天生不善享受。连带着初见那件潇洒的风衣，他后来解释说，也不过是风衣实用，春秋雨季都耐穿。之所以没系腰带，是因为腰带扣坏了。这样守着他的钱过活，总像是在屏一口气。

"我现在很讨人厌吗？"他单手托腮，笑道，"我这么讨厌，你还是和我在一起了，那我更有风度些，你大概就爱得死去活来了。"

"想得美，你再抠门下去，我也要跑了。住在那种房子里，为了省停车费，陪你多走半小时的路，我可不要再来一次了。"

"那你跑吧，等你真跑了，我再试试花钱挽留你。"

自然是玩笑话，她也浑不在意，依旧低头吃馄饨，喝了两口汤，说道："其实今天谢秋的事情挺感谢你的，但是有一件事要麻烦你。谢秋想让我帮忙介绍工作，可是我自己都没工作，说到底还是想找你求个人情。"

柳兰京笑道："这也不是什么大事，你怎么这么客气了？"

"因为我看你一直在国外，国内也没什么人脉，要介绍工作，肯定要向你爸爸或者哥哥帮忙，我看你也不想欠别人人情。"

"那你可就太小看我了，我这样的人，是别人上赶着要卖我个人情，我还要挑挑拣拣才对。别的不说，就说你的表妹和表妹夫。我和你打个赌，这个礼拜他们肯定还会来找你，到时候就让他们去办这事好了。要是我说对了，你可要记得亲我一下。"

第十三章 宠物

徐蓉蓉最近无端想起猫的事。她读大学时，一起玩的姐妹圈子里流行养布偶猫。她原本对宠物没兴趣，但为了有话题聊，也加入其中。她们一切都要从优选购，买猫也要是名品猫，血统纯正，最好父母是赛级的。有一位女同学选中了一只布偶猫，光订金就一万，要排队等半年。小猫生出来后教养到四个月，打完疫苗再绝育了给她。

徐蓉蓉听了感叹道："这么小就要绝育啊。"

对方解释道："趁着第一次发情前绝育比较好。"

徐蓉蓉忍不住问了个傻问题，说道："要是这些猫不愿意怎么办？"

对方笑了，显然觉得她天真，便道："没有愿不愿意的，要不然养来做什么，宠物没得选。"

徐蓉蓉惊觉自己也落到了这个无从选择的境地。她失业后，父母都不鼓励她再工作，劝她安心在家当主妇。说是主妇，其实要操持的家务也不多。保姆虽然没叫，可父母还是贴钱请了钟点工，一礼拜上门三次，她只需要买菜扫地，潘世杰不常回家吃晚饭，她连做饭的次数都不多，往往是去附近的商场吃饭，顺便逛进口超市。

原本她还想着要节省点，或者攒下一笔钱搞投资，让周围人刮目相看。可坚持了不到一个礼拜，她就抵挡不住了，闲来无事就在网上购物，多的时候一天拆十五个快递。花钱真是舒服啊，尤其是别人的钱。这渐渐成了她发泄情绪的方式，每每在潘世杰那里受了气，就狠狠地刷他的卡。

潘世杰面上虽然慷慨，实则精刮透顶，给了她一张信用卡的副卡，不用看账单，她每次一消费，他第一时间就有短信提醒。平日里不声不响，可一旦徐蓉蓉盘问他女人的事，他就冷不防地反问她："今天买了什么，怎么花了几千块？"

徐蓉蓉每每被噎得无言以对，潘世杰就笑道："越是不会挣钱的人，越是会花钱啊。"

潘世杰心情不好时，回家就少不了对她一顿数落。如果徐蓉蓉回答去了美容院，或者买衣服，他就笑话她，已经这个样子了，花再多钱捯饬也于事无补，而且花的是他的钱，一点也不体谅他工作的辛苦。有时他直接骂道："你这身衣服真难看，你本来肚子上就有肉，还要买包腰的，弄得气都喘不过来，肚子上的肉一层一层的。你不要烫这个样子的头发了，看着比我都老。"又或者说："什么美容院、健身房，难道你以前没去过吗？对别人是有用的，对你也就这样了，主要是你懒，意志不坚定，什么都做不好。白白给人骗钱了，骗的还是我的钱。"

徐蓉蓉气不过，回他一句道："什么叫你的钱，我现在用的是我自己的积蓄。"

潘世杰哼哼笑了两声，说道："你有什么钱，我还不知道你，花的比赚的多，攒下来的钱都是你爸妈补贴的。你花的是你爸妈的钱。"

他这样嫌弃她，在外人面前却又表现得千依百顺，说情愿让她在家里休息,搂着她笑道:"她也是没吃过苦的,要好好宠着。上班多辛苦啊,还是我养着吧。"

徐蓉蓉再要抱怨他,听着也像是娇嗔了。再加上她的账单,潘世杰会拿给她父母看,她父母也觉得难堪,连声赔小心。她说的话便更加无足轻重了,像一只家养的宠物猫,有口说不出,斥责的话出来也就是喵喵两声,像在撒娇。叫得凶了,反而要惹人烦。

她也清楚自己的地位,惶惶不安。焦虑无从排解,就只能继续买东西。成套的化妆品摆了半个房间,基本都没拆封过。虽然暗地里下决心要自立,可几天后潘世杰给她家用,她还是照拿不误。

因为她不用上班,多出大把时间,就往父母家跑得勤了。原本父母见她回来还是高兴的,可是次数多了,每每听她回来诉苦,就有些厌烦,觉得她在维持家庭上不够用心,使大小姐脾气。

徐太太刚吃过午饭,徐蓉蓉就到了。她暗地里烦女儿来得不是时候,打扰了她午睡,但明面上也不方便发作,就催促着家里的保姆赶紧洗水果。

徐蓉蓉吃着水果,风风火火冲到徐太太身边,一开口就是问她要钱。她理直气壮道:"妈,你有没有五十万?借给我五十万,我想投资。"

徐太太大惊失色,说道:"投资?你要投资什么啊?"

徐蓉蓉道:"我要炒股,这钱就当是我向你借的,我整天不上班,你是不知道潘世杰对我有多差,完全看不起我。我要挣一笔钱,让他刮目相看。"

"真的,蓉蓉啊,不是妈妈说你,你没这个能力的,你就乖乖待在家里,吃吃喝喝,有空出去玩玩就好了,别的事情你就不要掺和了。炒股票赚钱肯定不行,你没这个脑子,也没这个能力。"

"你为什么说得我好像一个废物一样,我的人生难道就这样了吗?"

"这样不是也挺好的吗?有个人可以依靠,多少人羡慕也羡慕不来,又不用上班,还有保姆照顾着,生一个小孩还能陪陪你。"

"为什么我这一辈子都要靠他,那他要是有一天和我离婚怎么办?"

"那你就要努力了,平时不要惹他生气,也别任性,要听话,听小潘的话,听爸爸妈妈的话。"

"他要是在外面有女人了呢?我上次打电话过去,是一个女人接的,我在他裤子里还找到安全套的包装,已经拆开了。"类似的话,徐蓉蓉不是第一次说了,起先徐太太听着还心疼,可一看小夫妻关上门照旧过日子,就明白徐蓉蓉说归说,是不至于离婚的,徐太太也就愈发不放在心上了。

徐太太避重就轻道:"那你就忍一忍吧,男人嘛,出去玩很正常,只要别在你身边玩,不和你离婚,日子都能过下去。"

"什么叫日子能过下去,怎么过啊?"

"你就算要离婚,也要缓过这一段时间,你现在反正也找不到更好的,一离婚,行情就更差了,再要找个差不多的就难了。而且你爸爸和老潘有点交情,他真的做出格了,也能帮忙说上话。"

"说到底还是为了我爸的生意,对吧?不想得罪他们家,所以就一定要牺牲我,是不是?"这番话戳到徐太太的心虚处,她心底蹿起无名火。毕竟这桩婚姻里低声下气的也只不只是她一个人,她却总是抓着这一点不放,闹得人头疼。

徐太太不耐烦道:"什么叫牺牲?说得这么难听干什么。当初订婚时,也是问过你的,你自己同意的,我们也没逼过你。"

"那他勾搭苏妙露的时候,我还说不结婚了,你们为什么不听我意见了,一定要让我结婚?"

"这不是没勾搭上嘛,你表姐又看不上他。"

徐蓉蓉哼出一声,冷笑道:"终于说实话了,她看不上的男人才轮到我,我就这么差劲吗?"

徐太太见她当真生气了,忙着安抚,轻声细语哄劝道:"我不是这个意思,我是你妈,不管我做什么,我都是希望你幸福快乐,不要太辛苦。你看你现在失业了,待在家里,找我们,找你丈夫拿钱,多少人有这个机会啊,你要好好珍惜。"

"可是我不幸福啊,只是你们觉得我幸福而已。为什么我觉得我现在好像个妓女一样,为了钱和我不喜欢的男人睡觉。而你们就像个老鸨一样,逼着我回去。"

徐太太见她软硬不吃,终于也发了脾气,厉声斥责道:"你真是越来越不像话了,说的叫什么话。就算是妓女,你给自己老公卖笑,也比给外面的男人卖笑要好。"徐蓉蓉低着头,一声不吭,只吧嗒吧嗒落眼泪。徐太太叹口气,继续道:"你也不要难过。女人嘛,总是要吃点亏的。你就找点事情做,别一直想着这件事,也别和他吵。反正他在外面怎么玩,还是要回家睡觉的。你抓紧机会,和他生个孩子,在家里的地位就稳固了。"

徐蓉蓉眼圈红红地离开了父母家。她开车回家时经过一座桥,想着倒不如冲下护栏,一了百了算了。这个念头一闪而过,她自己也心惊胆战,把车停在路边,趴在方向盘上大口喘气。事已至此,她最怨恨的反倒是苏妙露。一想到她,就咬牙切齿。如果不是苏妙露在婚礼上闹一场,她和潘世杰还能应付一段时间。最可气的是,原本她处处不如自己,可忽然傍上个柳兰京,就高人一等了。

徐蓉蓉又想起了笼子里的猫,跟了不同的主人,命运就天差地别。她可不是猫,一辈子就这么完了,不就是男人嘛,早晚她能找到更好的。潘世杰出去找女人,她也能找男人。来日方长,她还年轻呢。

当天晚上,潘世杰难得回家早了,一进门就对徐蓉蓉和颜悦色的,夸她的衣服好看。她被他弄得不知所措,问道:"你今天怎么这么奇怪?"

他面带歉意道:"刚才我爸打电话给我,说你回家和你爸妈哭过了。我想是我这段时间太忙了,没空照顾你,你就有情绪。那是我不好,不过你也有不对,我们之间的事情为什么要去告状呢? 弄得双方父母都很担心。"

"我没有去告状,就是正好说到伤心的地方。"

潘世杰上前搂着她,亲昵道:"我知道,你这段时间也寂寞了,一个人在家,难免会胡思乱想。有时候我工作太忙,就没空哄你开心了。"

徐蓉蓉推开他的怀抱,只走到一边,冷淡道:"我要的只是你的尊重。"

"我挺尊重你的啊,你看,你待在家里当个全职太太,我也没说什么。"

徐蓉蓉摇摇头,不愿与他多纠缠,已经猜到他有所求,就直截了当道:"你有什么事要我去找苏妙露,就直说吧。"

"话也不要说得这么生硬,都是为了我们这个家。柳兰京有个亲戚姓谭,开了家软件公司,也算有点身价。最近要结婚了,听说婚礼办得很大,不少有头有脸的人都会出席。我就是想让你有空和你表姐说说看,帮我弄一张邀请函。"

"这件事我就算去求了,对方也不一定理我们。"

"你先做了再说,想想办法嘛,事在人为。成功了我肯定会给你奖励,这样吧,我下个月去法国出差,到时候给你带个包好了,款式和品牌你来挑就好。"

话说到这地步,徐蓉蓉也无从拒绝他,就算是场面上的努力,也要先应付着。她不愿直接找苏妙露低头,就试探着给王雅梦发了消息,想向她要柳兰京的联系方式。

王雅梦没有明着给出态度,而是先问了前因后果。徐蓉蓉懒得隐瞒,就直接同她说了。她原本不抱太多希望,不料王雅梦直接爽快道:"你要个联系方式也没用,他不理你就没办法。柳兰京这个人脾气很怪的。这样吧,我正好知道他后天要去游艇俱乐部,你也一起来好了,当面和他说。正好他哥哥也在,我也帮你撬边,他估计也就不好拒绝了。"

这倒是意外之喜,徐蓉蓉连声道谢,可缓过神来又琢磨出古怪,弄不清楚王雅梦算是什么身份,竟然能帮着说话。等到了见面那天,徐蓉蓉远远地一望,王雅梦和柳子桐正手牵着手,在说悄悄话。她这才明白自己的老同学才是个狠角色,不声不响已经把柳子桐收为囊中物了。

徐蓉蓉同他们寒暄了一阵,柳兰京才拉着苏妙露姗姗来迟。徐蓉蓉碍于面子,还是客客气气同表姐打了个招呼,可细看她的脸,却大吃一惊。苏妙露左眼底下一片乌青,嘴角也有些肿,虽然粉底遮着,可隐隐约约还是透出来。徐蓉蓉第一反应就是朝柳兰京脸上去看,正巧对上他的眼睛,让他察觉了。

柳兰京倒是不以为意,笑道:"你是不是在看我脸上有没有伤?你以为我打了你表姐?那真是高估我了,我要是敢打她,现在已经躺在医院里要人喂饭了。"

苏妙露解释道:"我这是撞门上了,不是被他打的。"

徐蓉蓉将信将疑,想不明白什么样的门能把她砸成这德行,鼻子没事,眼睛青了。但她也不便多追问,只能点点头含糊过去。好在今天的主角也不是她,柳家一对兄弟的目光齐刷刷地落在王雅梦身上。哥哥眼底的自然是浓情蜜意,弟弟则少不了冷嘲热讽。

王雅梦能和柳子桐复合,她的心机谋算自不可缺,但冥冥中也是缘分天注定,让他们在最恰当的时候相遇了。那天王雅梦单方面和柳子桐分手,知道他一定割舍不下,要找自己问个清楚。她面上断得干净利落,私下里处处漏线索给他,找两人的共同朋友诉苦,说自己父亲得了癌,正在医院里,病房号和医院地址都说得一清二楚。家里的保姆她也事先嘱咐过了,只要有一位姓柳的先生打电话来,一定要说她不在家,去医院了。

王雅梦也确实去医院看望父亲了,一天两次,但刻意避开继母在的时候。她父亲王宏涛的病已经到了晚期,癌细胞开始向肝脏扩散。医生说保守估计也就两三年的寿命。王雅梦拼命想嫁给柳子桐捞钱,不单是为了父亲,但多少也是为了他。父亲的病已经没指望了,可多活一日是一日,还是要花钱吊着他的命。

说到底,她对家人的态度已经彻底陷入了扭曲,她想让他们在精神上痛苦,又舍不得他们在肉体上难过。一旦她父亲死了,她继母再带着弟弟改嫁,她就真的只剩下孤家寡人了。她花了一半的人生憎恨他们,又彼此折磨,要是忽然间他们彻底在她生活里隐去了,她也是空落落的。

王雅梦到父亲病房时,王宏涛刚结束一次化疗,闭着眼睛,奄奄一息的,像是睡着了,又像是昏迷了。她心目中的父亲和眼前的病人是天差地别的两种形象。她记忆里最幸福的时候是五六岁时,那时父亲还在给书记当司机,不算太忙,母亲也还活着。一家人去公园玩,父亲给她买了气球,她手一松,气球飞上天卡在树枝上。父亲原本想给她买一个新的,可她哭着要原来的那个。父亲就真的爬上树,帮她把气球拿回来了。她记得父亲的背影,记得他在围观人的掌声中慢慢爬下树,亲手把气球的线塞到她手里,笑着说:"这次别弄丢了。"

可是记忆中父亲宽阔的肩与背却像是山一样轰然倒塌了,塌陷成眼前的这个病人。瘦骨嶙峋,眉毛、头发全掉了,光秃秃的一张皮上开了个口子，是嘴微微张着，像是要呻吟。王雅梦眼眶一热，捂着脸跑出了病房。她不愿在病人面前哭，也不想让父亲觉得她有多心疼他。

王雅梦扶着墙落了几滴泪，忽然有人拍拍她的肩膀，递上一张纸巾。她扭头去看，柳子桐冲她笑了笑，一把将她揽入怀抱，说道："我知道，我都知道。为了家人，你也是不容易。以后你的家人也是我的家人。"

王雅梦不知该解释什么，柳子桐似乎是把她当成一个卖身葬父的烈女。似乎是误会了，又似乎不是。这本就是她的最后一招，用家里的窘境换取他的怜惜。一个男人对女人最炙热的感情里往往有怜惜。他只要生出想保护她的英雄气概，就能容忍她先前的一切心机。她确实是要养家的，在这一点上倒也不算骗他。

她趴在他怀里抽抽搭搭道："我们家这个情况，我不是有意要骗你的，实在是我继母，她存心要摆阔，又乱花我的钱，趁我不注意，还把家里的东西拿去卖。我又不能和她吵，她让我为我弟弟多考虑。现在你妈妈又误会我了，我家里也待不下去，两头不能做人。我该怎么办？我们还能不能在一起？"

柳子桐拍着背哄她，说道："没事，有我在，我来处理就好。"

王雅梦并不完全信他，但也借机痛痛快快哭了一场，然后他开车载着她去吃了法餐，他们就算是正式复合了。

这件事上柳子桐是先斩后奏的，柳太太不知道，柳兰京更不知道。他一瞧见王雅梦，就成了辆老式火车，头顶要冒气。结果反倒是苏妙露两边当说客，又同王雅梦寒暄，又拉着柳兰京说说笑笑，以免他当场发作。

原本这一天也就平平稳稳过去了，柳兰京顶多也就是赌气不和哥哥说话。可没想到苏妙露晕船，坐在游艇上兜了一圈风，竟然犯恶心，冲去卫生间吐了。柳兰京虽然担心她，可也不能去女厕所，就甩了个眼色让徐蓉蓉跟着去看看。徐蓉蓉虽然不情愿,但毕竟有求于他,只能垂头丧气去了。

徐蓉蓉一走,留下柳家兄弟和王雅梦,三双眼睛相互错开,气氛顿时尴尬起来。柳子桐一时沉不住气,主动开腔道:"兰京,你之前好像对我女朋友有点误会,正好今天大家都在,有什么事情不如大家说开。"

柳兰京冷冷一笑,说道:"没什么误会,反正是你的女朋友,你高兴就好。只是觉得很佩服,精通一门手艺,一般称得上是大家。外面有艺术家、文学家、数学家,这都不稀奇,王小姐精通以自由恋爱而结婚的手段,是传统手艺在当代发扬光大,得叫婚恋学家。"

柳子桐皱眉道:"你不要这么阴阳怪气的,有想法就说,别动不动就对她甩脸。小梦很不容易,爸爸在医院里,继母又不工作,全都是她一个人在努力。你又没养过家,根本不知道她的辛苦。"

"世界上过得困难的人多着呢,你是准备定点扶贫吗?"

"你这话就有点过分了,我怎么说也是你哥哥。说难听点,你之前交了那么多女朋友,我哪一次反对过你? 现在这个苏小姐,我不是对她也客客气气的?"

柳兰京原本斜靠在坐垫上,听了这话,坐直起身,脸一沉,就阴恻恻道:"你这话什么意思? 你对苏妙露有意见?"

"意见是没有,但我看你们这样也不是正经过日子。她现在和你住在一起,也不结婚,也不确定关系,那算是什么说法呢。你在国外受教育,思想开放很正常,可是不要白白耽误人家青春。她眼睛这样子,一看就是你们吵架了。她脾气再不好,你也不应该动手。"

"你太高看我了,就是真动手,我还不一定打得过她。我和她现在挺好的,以后的事以后再说。"

"什么以后再说？你这样随随便便和她相处，她要是不乐意呢？小心以后闹起来不好收拾。你也三十多岁了，别和小孩子一样过一天算一天。如果你真的想和她定下来，就说清楚，正经过日子吧。"

柳兰京怒极反笑，竟然以极慢的拍子鼓起掌来，讥嘲道："厉害啊，柳子桐，你离婚官司才结束多久啊，就开始给我传授人生经验了。什么叫不是正经过日子？说到底你就是觉得我低你一等。反正我就这么一个人，不如你会做人。你的女友也比我的女友厉害。至于你们要结婚，要过日子，和我也没关系。你的大婚恋学家只要过得了爸妈这一关，到时候我第一个给你们包红包。"

柳兰京愤然起身往外走，门一拉开，却见到苏妙露和徐蓉蓉站在走廊上，神情尴尬，也不知听去多少。柳兰京见苏妙露眼神闪躲，愈加恼火，抓着她的手就往外走，还不忘扭头对徐蓉蓉说道："徐小姐今天没开车吧，要我送你一程吗？"

这话就是逼着徐蓉蓉做抉择，要是留下继续和老同学亲亲热热，就别指望柳兰京帮忙了。徐蓉蓉一咬牙，还是跟着走了。

到车上，徐蓉蓉坐副驾驶，苏妙露有气无力地靠在后座上。她刚才吐得都泛酸水了，徐蓉蓉也是一惊，感叹她是天生的穷命。游艇并不颠，只是风浪大，太阳晒，她连这样都受不住，只让人觉得没见过世面。

可这在柳兰京看来却是心疼。本来他就对游艇没兴致，是苏妙露一时兴起说要来看看，顺便让他们兄弟见个面，现在闹成这样，他以后也没兴致来，下次换个花样玩就好了。从来只有东西配不上人，没有人配不上东西。

苏妙露靠在后座上，虚虚开口道："怎么了，又和你哥哥吵架了？"刚才的一番话，她和徐蓉蓉在门口还是听了大半。

"干你什么事？不舒服就好好躺着。"柳兰京极不耐烦，可话出口又觉得语气太生硬，就放柔调子道，"你还难受吗？难受的话就别说话。"

苏妙露闭上眼睛，不言语。徐蓉蓉急忙插话道："柳先生，我有一件事想麻烦你，不知道你方不方便？"

"什么事？你先说说看。"

"其实也不是什么大事，正巧我男人听说你有个亲戚要结婚了，我们也想跟着去祝贺一下，不知道柳先生还能不能要几张请柬。"

柳兰京淡淡道："这倒确实不是什么难事，不过我也有件事可能要麻烦你。是这样的，我有个朋友，学历不错，但是社会阅历不够，最近想找一份合适的工作，可是一时间没有门路，正巧你先生在金融行业，不知道能不能帮忙留心着。"

徐蓉蓉急忙道："那肯定是没问题的。"

她的如意算盘原本打得响亮，想着柳兰京这样的人欠她一个人情，以后总是有用的。可等柳兰京把简历发给她一看，才发现要找工作的是谢秋，苏妙露的朋友。他这个泥鳅一样的人，结果让他们自家人帮自家人，搞自产自销。徐蓉蓉吃了闷亏，只能暗自怄气。

她另外一件好事也败在柳兰京手上。游艇俱乐部是提供午餐的，听说还是法国米其林的主厨，名声在外。徐蓉蓉期待了一整晚，原本想着能拍几张照装点门面，可全被柳兰京搅黄了。她只能回到家里，生着闷气，吃着叉烧饭，看综艺。

唯一能给她少许慰藉的就是苏妙露的处境。她脸上带着伤，又遭到柳子桐轻蔑，柳兰京对她也很不客气。光是苏妙露的忍气吞声，就够她得意大半天了。

柳兰京为人狡猾，做事倒是干净利落。请柬第二天下午就送到了，两位新人分别叫谭瑛和林棋。徐蓉蓉一概不认识,想着是名人,网络上肯定有痕迹,就把新郎的名字输入搜索栏。搜出来的谭瑛这几年势头很好,算得上青年才俊,公司已经到第三轮融资了。公司官网上还附上他的照片,西装革履,是个一望可知的正经人。

同柳家兄弟比,他长得粗枝大叶了些,一种轮廓化的英俊,五官经不起细瞧。这种长相倒也有个好处,显得人端正,看着不苟言笑,也没有花花肠子,不是三心二意的人。这一点上,新娘还是有福气的。

谭瑛是在金善宝床上醒来的。下了床,他背过身穿衣服,衬衫扣子自下而上扣起来,最上面的一颗正好遮住吻痕。千不该万不该,他还是踏出了这一步。事情沦落到这地步,他倒莫名有些安心,想着再坏还能坏到哪里去。

他并没有多少良心上的不安,只是觉得造化弄人。最合适的妻子永远不是最难忘的爱人。他喜欢上林棋,愿意与她结婚,一切都是最传统的中国式的婚姻故事的走向。林棋是他母亲介绍来的女孩,先天上就省去了婆媳纠纷的麻烦。

相亲时他第一次见到林棋,他就认定她会是个好妻子。贤良淑德,她算是占尽了,对父母孝顺,对孩子有耐心。又有留学的背景,思想上不至于太保守,和他也有许多话题聊。她的工作又是在美术馆,学艺术,品位高雅,介绍起来也很体面,对以后的孩子也有好影响。她闲暇时在家,也就是读书、看电影、做瑜伽。她有个叔父在银行,领导的侄女比起女儿,关系不近不疏,不会眼高于顶,却也有余力帮衬他一把。

除了太无聊,林棋几乎是个没缺点的妻子,又或者说好妻子的本分就是别太有趣。从认识到订婚,他们没有吵过一次嘴。

金善宝则是林棋的反面，用中国式的道德评价，她就是个悍妇。凶悍，强势，自私，咬定猎物不松口，简直是头母狼。这次他们越轨，说到底还是她主动的。

　　上次在加拿大分别后，他们各自都有家庭事务要处理，按理说应该就此别过，划清界限，可谭瑛回国后，金善宝却主动来找他。她明明有他的私人号码，却故意把电话打到他公司，秘书接的电话，问她是哪位。

　　金善宝也毫不避讳，直接道："我姓金，直接和他说我叫格瑞斯，他知道我是谁。告诉他我现在在文华东方，让他有空了找我午餐时间面谈。"

　　这话说得模棱两可，既像是商业洽谈，又像是情人私会。秘书转告时，谭瑛吓出一身冷汗，偷偷感叹金善宝胆子太大。不过她一向是这样的人，加拿大十六岁就有合法驾照。她十六岁生日才过了一个月，就敢带着谭瑛和弟弟金亦元去飙车。谭瑛坐在她的车上，装作很害怕的样子。可回去时，他还是照样坐她的副驾驶。

　　谭瑛看着是个循规蹈矩的男人，可实际上格外喜欢冒险，要不然也不至于去创业。他的性情与柳兰京恰好是对着来的。柳兰京表面上放浪不羁，骨子里却是老派人，对一切带风险的事宜敬而远之。

　　谭瑛则永远担心生活是一潭死水。说到底，他是个中体西用的人。在西方受的教育，享尽了自由的好处，自然割舍不下。可东方式的家庭他也不愿舍弃，有父母亲戚帮衬着总是安心。于是，他也有了一个西方式的爱人和东方化的妻子。

　　挂断电话，他装作很犹豫的样子，其实是迫不及待与金善宝见面。

　　真见了面，金善宝明知故问道："你怎么真敢过来啊？"他就一本正经道："我和你问心无愧。只要抵挡住诱惑，我们就是光明正大的朋友。我未婚妻也能理解。"老实人说这番话就格外有说服力。

他们在酒店附近吃了晚餐,金善宝主动给谭瑛看了一张照片,问道:"你觉得她长得怎么样?"

是个年轻女人的自拍,头发梳成马尾,胸部鼓鼓地裹在健身服里,皮肤晒成小麦色,笑容甜美。谭瑛并不认识她,就坦诚道:"挺好看的。"

"她是我丈夫的出轨对象。"金善宝不高兴道。

谭瑛嗯了一声,平淡道:"你是问我这个女人好不好看,又不是问我你老公的出轨对象好不好看。我说了实话给你听,你又干吗不高兴?"

金善宝让他逗得又气又笑,继续问道:"那现在你知道她是我丈夫的出轨对象了,你觉得她好不好看?"

"好看。如果不好看,你丈夫也不会和她在一起。"

"你就不会说一点我爱听的,就是故意让我不自在,我上辈子肯定哪里对不起你了。"

"可是我不太会说这种话啊,你是知道的。我这个人,就蛮那个,不太会哄你高兴。"

"那我和你未婚妻,谁更好看呢?这件事你觉得我应该在乎吗?"金善宝含着笑抬起眼来望他,显得咄咄逼人起来。谭瑛不由得百感交集,前几次见面他还遗憾她的气韵黯淡了,现在她重新恢复了活力,他又有些招架不住了。

谭瑛很认真地凝视着她,说:"还是你好看,你比较大气。"

金善宝似乎觉得他不会说谎,很有些得意地一昂头,回道:"那是自然,我是什么身份。"

"你这次过来到底什么事?"

她避重就轻道:"也没什么,就是我父亲的事情,他之前大概是身体的原因,脾气特别暴躁,把我连着骂了好几次。这段时间,人稍微好一些了,脾气也就缓和了。"

这是明面上的原因，另有一层是，她找到了继母产检的医院，买通了医生，查到这一胎是女儿。老来得子自然是喜事，但儿子、女儿总是有差别的。如果当真是个儿子，保不准父亲一时糊涂，就要在继承权上做变动。无端少了一场风浪，金善宝也就大松了一口气。

谭瑛知道她没说实话，也懒得追问，只感叹道："你爸爸确实脾气不好，对谁都一副看不起的样子。"

"怎么了？以前的事还放不下吗？"

"不是放不下，只是如果……"谭瑛没有继续说下去，有些事，他们都心知肚明。如果他们当初没有因误会被拆散，兴许现在已经是一对夫妻了，为了孩子、家庭、事业、年底的度假安排，说一些很琐碎的话。

晚餐后，谭瑛送金善宝回酒店。路上无端一阵风起，金善宝在前面走着，吹得长发飞扬，裙摆飘荡，落在谭瑛眼里，有一种捉摸不定的诱惑力。

谭瑛一路把金善宝送回房间，她请他进去坐坐。他犹豫了片刻，低下头，前一只脚已经踩在地板上，后脚却还留在外面，灯光把皮鞋头照得锃亮。他长长地叹出一口气，把前脚撤了回来，与金善宝隔开些距离，彬彬有礼地同她道别。

金善宝也不强留，只微笑着关上了房门，嘱咐他路上小心。谭瑛站在走廊里，望着地毯的花纹一路向外延伸，心底反倒空荡荡的。这一层套房住的人不多，暂时没有人经过，谭瑛就带着点赌气，抱着膝盖蹲坐在走廊上。

他隐约有些期待，可对这期待的结果也只有一种朦胧的预见。等待的过程是最美妙的，一切都悬而未决。终于，门开了，金善宝见他没走也是微微一愣，神情从容，伸手把他拉进了房间。

谭瑛等进了房间才发现，金善宝住的是个双人间，可谓早有预谋。他也没有多少受蒙骗的不满，只是无奈摇摇头，清楚自己是走不掉了。金善宝的手骨节凸起，有些像男人，握手时很有力。她一把攥住他的手，也紧紧抓住他的心。

第二天醒来，穿上衣服，他们各自占据一边的床，拿着手机处理公事。谭瑛这头有十多个电话和四十条微信，看着唬人，但他已经习惯了，重要的事不算多，大多可以摆在后天的工作会上一并处理掉。有两个人事调动，要和别人商量一下。剩下的就是家里的事。他和林棋虽然有婚房，但还没有正式结婚，按照迷信，就没有正式住在一起。他彻夜未归也就没有报备。林棋也没有起疑，只是发来四五张花束的照片，让他选一个颜色，婚礼时摆在桌上。

谭瑛回她道："按照你喜欢的就好。要不然就全甩给婚庆公司好了，他们比较专业。反正我也不懂这个。"不懂、不会，这是老实人最好用的一个借口，尽管把事情甩给那些懂的会的人就好。

在订婚前劈腿，虽然有些出格，但他心里并没有多少波澜。结婚前，男人无论怎么玩，名声上总有可回转的余地，不少人就吃浪子回头这一套。可一旦结婚，不管男女，都不得不收敛。原本再普通的菜，限量供应后就格外可口了。

于是，结婚前一本正经的人，越是临近婚期，反而玩得越疯。谭瑛认识的一位工程师，只谈了一次恋爱就订婚了。结婚前一个月去泰国，染上艾滋才回来。

谭瑛当初听了这故事觉得不可思议，现在却有点感同身受。结婚并不是一蹴而就的过程，而是一种缓慢的精神上的挤压。见家长、请吃饭、买婚房、装修、选婚庆公司、确定宾客名单，光这些还只是大的，细小处的折磨更多。婚纱照拍得脸显胖，该不该换一家？请柬上谁的名字在前？布置现场的应季鲜花不够了怎么办？派对的甜点里有芒果蛋糕，有客人过敏，要不要更换？

林棋这样好的脾气，有几次都险些红脸，谭瑛也忍着脾气安抚她，才有惊无险地度过这些波折。如果单是为了爱情结婚，婚礼是可有可无的。可他们的婚礼是为了结婚而结婚，起到宣告天下的作用，不得不忍耐爱情在婚姻中的磨损。谭瑛对林棋还能忍耐，可对丈母娘林太太已经是忍无可忍了。他又不想同长辈吵，只能尽量避开她。上海最让人厌烦的三样——天气、房价、丈母娘，他终于全领教过了。

谭瑛躺在床上叹气，自言自语道："结婚真的太烦人了。说真的，我都不想结了。"

金善宝不耐烦道："那你别结啊，又没人逼你。"

"我也就是说说啊。"

"别在我面前说这种废话，我懒得听，我又不是你老婆，我们现在叫出轨，说得难听叫狗男女。我高兴过了，你也可以滚了。"她在床上伸了个懒腰，顿时觉得轻松不少。她算是明白了丈夫为什么要出轨，对象好坏不重要。那一丝背德的刺激感，把精神绷到最紧张处再松开，整个人神清气爽。

谭瑛苦笑着摇摇头，觉得她说话未免太直白，可就是这种硬邦邦的傲气让他觉得鲜活有趣。说到底，是他太喜欢冒险了。他总是怀念手心微微冒汗的感觉。他问道："就这么结束了吗？"

"你还想要怎么样？说实话，你昨天也就那样。下次再看情况吧。"

谭瑛听着有些悻悻，面子上不太挂得住。

"我就要搭明天的飞机走了。"她起身披上外套，踱步到阳台，俯瞰江景。今天的空气不算好，天色是一种死寂的白，但就是这样隔着毛玻璃的风光也是不少人一生的奢望。

"那就再不见面了？我会想你的。"

"这要看你，我们家的发展重心准备移回国内了，我在香港也有房子，以后见面的机会有很多，就是不知道你想不想再见我。"

谭瑛忽然带着挑衅的眼光看向她，问道："我要是给你发婚礼请柬，你敢不敢过来？"

"我可不上你这个当，去这种场合惹事，我没那么闲。"

"还是说你怕了？"

"你结婚那段时间我也真有事，我要去开会，没空陪你闹。我弟弟倒是挺闲的，让他替我去。你不怕柳兰京气死，就发请柬吧。"

林棋为了婚礼现场的布置，特意请了一天的假。收到谭瑛消息时，她正在和婚庆公司讨论酒水单的安排。谭瑛对鲜花没有特别的要求，只是说遇到了以前在加拿大的朋友，也想请来参加婚礼。林棋自然不反对，就让他立刻把名字发来，方便加印请柬。

谭瑛回复道："金亦元先生，你就这么写好了。要是这两天能印出来，我就直接把请柬带给他，也就不用寄了。"

林棋对金家的事完全陌生，自然不知其中别有隐情，只当金亦元和柳兰京一样，是谭瑛儿时的伙伴。实则金亦元是金善宝的弟弟，出了名的纨绔子弟，和柳兰京又有许多纠葛，彼此互看不顺眼。请金亦元来参加婚礼，只是金善宝的权宜之计。她自己不能出席，一来柳兰京在现场，见了她兴许当众就翻脸。再一个，她的离婚官司还在收集证据的阶段，不宜有公开的动作。让弟弟代她出席，既能给谭瑛留个印象，送一份贺礼，又能让柳兰京硌硬一阵。

林棋收到了谭瑛的回复，马上就把事情操办起来。因为他们的宾客名单已经变动过四五次，请柬和姓名牌都要重新印制，座位甚至也要重新安排。林棋有些过意不去，就和婚礼的设计师客客气气道："不好意思，宾客名单我们还要改一下。"

　　她是个好脾气的，周围人对此一向达成共识。只是她的善解人意多少是出于无奈，这点内情也不便示人，她家里有许多纠缠不清的往事不能提。

　　林棋早产，先天心脏就比常人弱。她的父亲当年又是有些出息的，像是一切自认为有出息的男人一样，他在外面有个情人。为这事，家里狠狠闹了一阵，后来还是拗断了。可母亲对她不是没有怨气，她是儿子就好了，再不济，是个健康的孩子也行。

　　小时候，她虽然不知自己错在哪里，但察言观色惯了，只要见母亲脸色不对，就眼泪汪汪去道歉，唯恐母亲生气。这点顺从的惯性一路延续到如今，中间虽偶有反抗，也是往事龌龊不复提。

　　其实林棋对如今的生活是有怨言的。她是纽约大学毕业的，就算不是热门专业，也不至于回美术馆混日子。原本她不想回国，母亲就又劝又闹道："你身体又不好，待在家里，多照顾照顾我，不是很好吗？你真的出去了，和白眼狼有什么差别？你难道忘记以前做了什么错事吗？"

　　林棋愣了愣，还是半推半就着同意了。为了过去的那件事，她不得不完全压抑自己的性格，讨好母亲。

　　先是工作，然后是婚姻，林棋都是按照她的安排一步步走得很顺利。美术馆里同事家境都不错，平日里也不见什么钩心斗角。偶尔有人来设展，林棋就帮忙安排着，就这样认识了谭瑛的母亲谭太太。谭太太是给柳太太来打样的，也就是柳兰京的母亲。柳太太名下有个画廊，准备办几个展览，就想找专业人士问一些意见。林棋帮着给了些建议，两位太太对她印象都不错。

因为她是个标准的好女儿，总是很轻易讨得母亲们的欢心。两位太太都有儿子，不过柳太太的儿子不在国内，就让谭太太捷足先登了。约好时间相亲，她和谭瑛见了一面，彼此的印象都不错。谈了大半年，事情就算定下来了。

林棋并不是特别迫切着想结婚，只是母亲说她应该结婚。谭瑛长相周正，学历优越，还开了一家软件公司，最关键的是人老实好拿捏。她找不到拒绝的理由，也就半推半就地从了。

于是，她很顺利地接受了妻子这个位置。布置新房，安排婚礼的大小事宜，照顾两位老人，她都一手操办。谭瑛虽然没有说钱的事，但她还是尽一位妻子的本分，货比三家，处处为他省钱。可到了后期，美术馆也有展览要办，她分身乏术，不能两头兼顾，婚礼上的许多事只能交给她母亲去办。

林太太为人算计，审美又老派，一接手就和谭瑛生出许多矛盾。比如，林太太不喜欢婚礼现场的莫兰迪配色，觉得不够敞亮，一定要加入大红色的鲜花。谭瑛只私下抱怨，觉得是乡下土财主结婚。又比如，林太太不希望谭瑛的老同学坐得离主桌太近，觉得里面大多是些不成器的。谭瑛就觉得太势利眼。再比如，林太太对芒果过敏，要把所有的芒果点心都撤走。可是酒店那头订金都付了，而且谭瑛最喜欢芒果，亲自选的甜点。

其实林太太是有意为之，想杀杀谭瑛的锐气。原本她觉得谭瑛是个老实人，可订婚后才发现，他脾气不小，很有装老实的嫌疑。再要后悔也来不及了，只能赶快给他个下马威。可她这样就把林棋夹在中间两头受气。

谭瑛烦躁之下，索性对林棋说道："你干脆辞职好了，反正你的工作也就是充门面的。现在安心准备婚礼，比什么都重要。大不了结婚后我再给你找份新工作。"

这话对她太轻视，林棋听得咬牙切齿，险些和他吵起来。好在她还是忍住了，勉强装出个笑脸。

林棋对母亲是有很复杂的情绪在的。她觉得母亲可怜又可恨，却也割舍不了。中国式的家庭，似乎是羞愧于说爱的。说得少了，渐渐感情也就淡薄了。连她自己也不能肯定，母女之间有多少感情依存。至少她听命于母亲，不是出于爱，而是问心有愧。

当初林棋在柳兰京和谭瑛里选一位相亲，有且只能选一位，虽然彼时柳兰京和谭瑛还没和好，但毕竟是远亲，不能两头都占。光看照片，林棋对柳兰京更感兴趣，论家境也是他更好，但他要过两个月才回国。林太太的意思是即刻下手，拿下谭瑛。人与人的缘分等不起两个月，再一个，柳太太深不可测，柳兰京放浪形骸，情史太丰富。林棋说到底也就是小家碧玉，难免降不住他。

林棋提出了异议，愿意等一等，她喜欢柳兰京这样的性格。可林太太扫了她一眼，她也就不敢开口了。无论何时，林棋回忆起母亲，最清晰的印象就是母亲的眼神。一种冷淡的审视目光，打量着别人，像是仔仔细细地寻找着破绽。看起来精明狡猾，其实处处透着小家子气。

交往后，林棋和谭瑛相处和睦，原本她以为自己早就放下了柳兰京。可在温哥华，正式见了第一面，她却有些恍惚，好像在梦中早已见了千百遍。柳兰京比她想象中更俊秀，举手投足间有一种潇洒的气概。林棋这时再想后悔已经来不及了。

人对未来的设想，总是选取如果中最好的一个结果。林棋也不能免俗,她想着,如果她和柳兰京相亲,顺利恋爱,会不会就有了挥别昨日的勇气?

但如果终究只是如果,负责婚纱的人给林棋发了条消息来,说她母亲否定了她选的那款婚纱,另外订了一套俗气却保守的样式,问她知不知道这件事。林棋急忙给林太太打电话,问道:"婚纱怎么改了? 我之前选的款式不是这样的。"

林太太仍是四平八稳的口气,说道:"这一件比较好,你选的那件太暴露了,太容易走光了。"

"我觉得还可以啊,这样比较好看。"

"这种事情你要听我的,结婚就结一次,弄得不好,你以后要被亲家看不起的。"

"不会看不起我的,他们不在意这种事。"

"你怎么连这点小事都不听我的话? 我真是命苦啊,到时候人家看不起你,觉得你没有家教,我们也丢脸。你怎么就一点也不为我考虑,我就你一个小孩啊。"

"够了,别念了,就按你的来吧。"

林棋挂断电话,通知对方按照她母亲的意思来。她叹了口气,连如果都不敢再设想了。如果那时候柳兰京在国内,又能怎样呢? 她也只敢偷偷地想,就算她和柳兰京在一起,大概也不会这么顺利结婚,至少她母亲是不太会同意的。

缘分的事情就是这么荒唐,算错了时机,站在他身边的人就成了苏妙露。林棋对苏妙露不熟悉,但对她印象不坏,觉得她美丽又洒脱。林棋不敢太用力地嫉妒,生怕一不小心就怨恨起苏妙露来。

林棋原本准备放下柳兰京,可林太太却反倒主动起来,晚饭前又给女儿打了一个电话,说道:"你现在有机会,多把小柳叫过来,尽量和他熟悉熟悉,虽然他和谭瑛是亲戚,可这到底是谭瑛的关系,等你和他熟悉了,就是你的人脉,以后肯定用得到。柳太太那里,我也邀请过了,她虽然不准备过来,可是礼已经给你备下了,这个态度就很明确了,还是愿意赏我们这个光的。那你也要抓紧机会,尽量和他们成一家人。"

"我不明白。"

"你不管明不明白,照我说的去做。现在这样子最实惠。你和谭瑛结婚,谭瑛家也不是特别有钱,我们家也能把持住,柳家也不要放松,努力一下,说不定以后能挤到上面一个圈子去。总之,你想个由头,把柳兰京叫过来,先应酬一下。"

林棋只得照做,私下里倒也有些庆幸,毕竟能再见柳兰京一面。她便打了个电话过去,一接通就听到柳兰京在咳嗽,急忙问道:"你身体还好吗? 怎么听你的声音像是得了伤风?"

柳兰京道:"不要紧,就是小毛病,喝点热水就好。你有什么事吗?"

"也没什么大事,就是本来想着既然请你当伴郎,最好能提前几天来彩排。但既然你生病了,那估计也不方便,还是多休息吧。"

"没事的,我没有这么娇贵,反正你们彩排的时间定下来后,和我说一声就好了。我一定赶过去。"柳兰京正说着话,背景里就亮起苏妙露的声音,叫着:"小少爷,汤好了,你过来喝一口吧。"

林棋没有忍住,微微叹了口气。柳兰京在电话里听得很清楚,不禁隐隐皱眉。他故作轻佻道:"既然你要结婚了,那以后我们也算是亲戚了,不知道林小姐觉得我是个怎样的人啊?"

"柳先生很好啊,风趣幽默,长得又好,人也很专情。"

"是嘛,那就好。我还担心你觉得我是一个三心二意,没有分寸的家伙呢。"

柳兰京患了重感冒，一大半是咎由自取。他那天在游艇上就穿得单薄，回来后鼻子发塞。柳子桐似乎也有些后悔，特意给他送来古尔德的唱片赔罪。柳兰京还在和哥哥怄气，就说家里没有唱片机，柳子桐就回复说给他订了一台，这两天就运回国，还邀他过几天出去吃饭。这下柳兰京彻底发作，险些在家里摔东西。

苏妙露搂着他哄道："你到底是不高兴你哥和王雅梦在一起，还是不高兴你哥？"

柳兰京瓮声瓮气道："都不高兴，反正我和他的事情，没你想的那么简单。我都弄不懂他是真的粗心，还是故意给我脸色。你还记得我不会游泳吗？就是因为小时候他带我去游泳池，他一个人去玩，把我忘记了，结果我在游泳池溺水了。虽然后来没事，但我对水有阴影。他也从头到尾没有跟我道歉过，他就觉得他得到的一切都是应该的。去他妈的。"

"先等等，他妈也是你妈。"

柳兰京耸耸肩，倒也勉强笑了，说道："如果可以，我真想换个妈。"

苏妙露了解他家庭生活中的隐痛，也就不再追问，只同柳兰京东拉西扯，说些闲话哄他高兴。柳兰京勉强笑笑，穿着单衣出去散步，回来时还不忘打包了海鲜粥给她。

他当天晚上还有个在线会议，照例下身短裤，上身西装，入夜后风凉，他也就在腿上盖条毯子。会议是美国时间，一口气开到凌晨。第二天，柳兰京说话就带鼻音，到下午开始流鼻涕，等聊完林棋的电话，他已经躺在床上看书，任由苏妙露把排骨冬瓜汤端到房间来。

柳兰京平日里就任性，病起来更是极尽娇气，吃喝都要服侍，好似瘫痪在床。苏妙露给他在床上摆了小桌板，汤碗摆在中间，勺子塞到他手里,旁边的小碗里是切好的梨。她听柳兰京说话的语气,隐约猜到是林棋,便随口问道:"林小姐找你什么事?"

"也不是什么要紧事,就是请我去当伴郎,需要提前几天去参加彩排。我同意了,你到时候有空就和我一起去吧。"苏妙露点头答应。柳兰京顿了顿,继续道:"我觉得林棋挺喜欢我的。你有这种感觉吗?"

"你真是自信心过剩,看到漂亮女孩子对你温柔点,就觉得她对你有意思。人家明明是因为你是谭瑛的朋友才对你好的。照你这么说,我觉得她也挺喜欢我的,反正我也挺喜欢她的。"

柳兰京不置可否,只低头喝了口汤,匆匆道:"这汤有点淡了,还是说我嘴里没味道。"

"估计都有点,生病了就想吃自己最喜欢吃的。你想吃什么菜,我尽量给你做。"

"达美乐。这里没有的话,汉堡王也行。"

苏妙露挑眉,假笑道:"亲爱的,我再给你一次回答这个问题的机会。你敢说垃圾食品,我就弄死你。好了,你想吃什么?"

"那吃鱼吧。我以前吃过一次家里的厨子做的刀鱼,挺好吃的。"苏妙露点头,觉得柳兰京喜欢吃鱼是很自然的事,毕竟他是个猫样的人。柳兰京继续道:"好像是按照《随园食单》上的做法,用快刀切鱼片,挑出刺,用文火,拿火腿、鸡汤、笋汤煨。挺麻烦的样子,不行就算了。"

苏妙露生平最听不得"算了"两字,顿时生出一股豪气,当即答应下来。话说出口容易,做起来却有诸多麻烦。首要的一件就是食材,长江刀鱼是三月上市,一入秋,市面上早就不卖了。苏妙露只能联系柳兰京开餐馆的朋友,托他四处去打听,才找到一处养殖刀鱼的地方。上万块钱买了八条鱼。对方还嘱咐道,过了清明,鱼肉就老了,刺也更多,煮起来更要小心火候。

买来了鱼，拔刺又是一重艰难。刀鱼本就刺多，拔刺太久，鱼肉捏在手里变温，肉质就更差。苏妙露就摆了一脸盆冰水在旁边，鱼肉浸在水里挑刺。弄完一条鱼，她手指捞出来，已经冻得通红，涩得发痛。

处理完鱼，苏妙露又买了两批材料。第一次先用市面上常见的火腿，加上冷冻的生鸡与笋炖汤，试了味，弄清楚三者的比例，才正式用金华火腿和土鸡熬汤。煮完汤的鸡肉捞出来，片下肉，另外煮了一碗鸡丝粥，自己吃了。

苏妙露把刀鱼端给柳兰京，他瞥了眼她的手，低声道："都冻得像萝卜了，我也就随口说一句，你倒也不用这样。"他夹了一筷子鱼肉，嚼了嚼，隐隐皱眉，说道："肉太老了，现在果然不是吃刀鱼的时候。"话正说着，他却忽然眼眶一红，一滴泪落在碗里。

他从青春期就在外漂泊，最是敏感多疑的年纪，又有癫痫，稍不留神就丑态百出，有几次爬起来时裤子都是湿的。他要一个人躲在洗手间偷偷换衣服，隔间偶尔传出大麻的臭味。学校的男厕所没有热水，冷得手指发痛，就像他的青春期，持续一生的隐痛已经留下了。他尽力不去想他的家人，以免要太用力地去恨他们。大学时，意大利室友倒在床上咳嗽，虚弱时想吃家里做的炖菜。他冷漠地听着，把书又翻过一页，想着他母亲从没给他做过饭。

苏妙露印象里，柳兰京是个冷淡性格，就不敢想，只当他是热气熏了眼睛，随口调笑道："不至于吧，难吃到哭了吗？"

"没，只是睫毛落在眼睛里。"柳兰京随意一抹眼睛，轻飘飘把话题带过去，"你要不要帮我吹一吹眼睛？"

苏妙露笑他惯会卖可怜，这么大的人连这点事都要帮忙，却又把持不住他睁大眼睛撒娇,弯腰凑近,扶起他的下巴,嘴对准他的眼睛正要吹气,就见他眼底掠过一丝笑意,手一抬,勾住她的脖子往下揽,反客为主,捏着下巴,吻了她的额头。

"都病了还想着胡来。"苏妙露笑着作势要打他,同他闹了一阵,柳兰京半真半假着讨饶,示意她坐到床边来,轻轻说道:"你也不用再给我做饭了,感冒的时候嘴里没什么味道。过来陪我躺一会儿就好。"他掀开毯子的一角。

苏妙露有些迟疑,柳兰京又补上一句,说道:"只是躺一会儿,什么都不会做的。"

苏妙露躺上去,这床舒服到把她吓了一跳,忍不住给柳兰京取了个豌豆公主的外号。不过他本就注意这方面,兴许有些神经衰弱,平时无论到多晚,他都不和苏妙露同床,宁愿大半夜穿着短裤横穿一条走廊,兴许也是他感冒的一个原因。

这倒是苏妙露第一次和他躺在一起。他们是颠倒的姻缘,先装作恋爱,再恋爱。先把有碍睡眠的事做完了,再同床共枕。

其实也没什么,床很宽,睡两个人绰绰有余,中间隔着些距离,不必肉贴着肉,也就没什么暧昧可言。柳兰京倚在苏妙露怀里,起先只是假寐,可闭着眼睛,头一搭,呼吸声就平缓下来了。苏妙露能感觉到他上半身压在怀里的重量,沉甸甸的,倒也安心。

她仔细帮他把毯子边缘掖好,有种小时候玩过家家的味道,她最喜欢当护士,给玩偶病人一个个上绷带。她天性喜欢照顾人,只是异性容易自作多情,同性又常有戒备心,柳兰京是唯一一个看穿她这一点,并大大方方利用的。苏妙露像照顾小猫小狗似的料理他,他嘴上不说,心里倒很受用。

苏妙露随手揉柳兰京的头发。他的发梢打卷,后脑勺的地方全翘起来。她也不提醒他,以免他当真买枪去杀理发师。她很喜欢这样偷看柳兰京,一个私人珍藏的角度,难得让他比自己矮上一头,又看得真切。他鼻梁上有颗小痣,不细看倒发现不了,痣长在这位置据说是主财的。

和衣躺了一晚上,苏妙露第二天起床时很卖力地吸了吸鼻子,清了清嗓子,柳兰京睡在旁边把毯子拉过头,拖住她的手,睡眼蒙眬道:"你要是没什么事的话,陪我多睡一会儿好了。"

苏妙露掰开他的手指,笑道:"想得美,昨天就说了,我今天要去见我妈。她可比你重要多了。"

苏母已经从家里搬出去快十天了,苏妙露放心不下,每隔几天便上门看望。这一次她还带上了柳兰京做鱼剩下的鸡肉和火腿。苏母原本以为她特意做了饭带过来,喜上眉梢。可一听苏妙露解释,她就直摇头,笑着数落道:"你真的太积极了,和小柳八字没一撇呢,就开始做老婆活了。"

苏妙露不解道:"什么叫老婆活?"

苏母道:"像这种给男的特意做菜、补衣服、钉扣子、买西装的事情都是老婆会做,再不然就是准备要结婚的。你们这样不清不楚,那算什么啊?"

苏妙露脱口而出道:"算我爱他啊,还算什么啊。"

苏母摇摇头,让这一句爱灼痛了。她一生中前三十年后三十年,"爱"这个字都无用武之地。夫妻之间是应该,母女之间是责任,事情都是做下的,可嘴上要说爱,总有种小题大做的感觉。她忍不住替苏妙露害羞。

苏母从家里搬走后,两边都落了个清净。苏父一个人占着整套房子,没人再催着他洗碗拖地,他也是浑身轻松。但苏妙露去看望过他,家里也好,人也好,都已经是一片狼藉。他只端坐在一地的瓜子壳里看电视,厨房里有苍蝇在飞。

苏母新住的地方小了,好处是方便打扫。她按着自己的习惯,早上扫灰尘,晚上拖地,又花大价钱从网上新购置了一批骨瓷的碗、两条花裙子。她花自己的钱,由着心意来,倒也不用担心有人数落她败家了。

苏妙露原本以为母亲说离婚是一时的意气,但照目前的架势看,夫妻双方分居得心安理得,再过上几个月,没人挽回,就是真的要离了。

苏妙露试探道:"妈,你现在一个人过得挺好啊。没什么缺的吗? 也不觉得寂寞吗?"

苏母道:"挺好的啊,这段时间我真的难得睡个好觉,以前你爸这个呼噜啊,我和睡在火车站一样,这几天我是三十多年来难得睡这么好。"她忽然站起身,回到房间拿了个快递箱出来,兴冲冲道:"你给我染头发吧,我前几天去理发店看了一下,染个头发贵得要死,没有五六百块拿不下来,那我在自己家里弄好了,网上真方便,什么都有得买。"

苏妙露暗自发笑,以前自己染头发,母亲总唠叨这东西容易致癌,现在轮到她了,倒是不计较了。做长辈的,总是有自成一派的标准。苏母规规矩矩地在凳子上坐好,苏妙露戴上手套,把染剂调匀,自下而上地抹在她头发上。这架势有些像小时候母亲给她梳辫子,只是位置做了调换。

如果不是细看,她没想到母亲已经有这么多白发了。也不是第一次染了,许多都是半截发,发根是白的,底下才有一点点黑。头顶的头发也稀疏了许多。苏妙露记得,母亲年轻时是个以头发为豪的人,脑后梳个乌油油的大辫子,两只手都拢不起来。

染完头发,苏母很得意地去浴室洗头。苏妙露愣愣地站着,低头看手套上斑斑驳驳的黑色染剂,有种不真切的惶然,好像母亲牵着手接她放学,还是昨天的事。父母的衰老,总发生在一瞬间。把同样的日子重复千百遍,却忽然抽出其中的一天,把惊天的变化塞进去。再一回首,原来自己也长大了,到了要支撑一个家的年纪。

苏妙露原本想着母亲洗头要耽搁些时间,自己便先离开了。可还不等她开口,就听到浴室传出一记重响,紧接着是一声惨叫。

苏母在浴室摔了一跤,左边小腿骨折,救护车送去了医院。上了年纪的人最怕骨折,医生建议最少也要住院一周。苏妙露这头手忙脚乱刚挂完号,正为了床位的事忧心,柳兰京的电话打来,问清了前因后果,很爽快地表示住私人医院方便,还亲自开着车来接。

住的是独立病房,近于宾馆单间的配置,配有小冰箱和折叠床。病号饭有三种模式可选,儿童餐有冰激凌。苏母的主治医师据说原先是公立三甲医院的医生,拍了片子后,安排她打石膏住院。他的医嘱是再多住一周,等情况稳定再回家休养,一周复查一次,两个月后来拆石膏。

苏母垂着头不作声,担心治疗费用太高。柳兰京解释道:"不用你付钱,安心养病就好。"

话虽如此,柳兰京走后,苏母还是偷偷拉着苏妙露,低声道:"这说到底看病花的还是小柳的钱,你这就是欠了他一个人情了。"

"我何止欠了他这一个人情,之前就麻烦过他了。他还送了我不少礼物,我都不知道该怎么处理。"

"唉,还能怎么办呢,就先收下吧。你们现在关系好着,他也不计较什么,就怕以后闹翻了,他一样样东西都问你要回去。"

苏母虽然和丈夫闹分居,但她住院的事,苏妙露还是第一时间通知了父亲,想着让他来探病陪床,也方便缓和两人关系。

苏父得了消息,倒也是匆匆忙忙赶来了,面上显出焦虑,嘴里倒是少不了抱怨,干巴巴数落道:"你看看你,这么大个人了,走路都不当心,这下好了,摔了一跤摔成这样子,倒给人添麻烦。"

苏母把眼睛朝天花板一翻,冷哼一声,道:"我又没让你过来,我在这里挺好的,就是麻烦人,也是麻烦医生、护士,又碍不着你。你要是特意来说这样的话,那早点走好了。"

两人一来一往呛了几句,苏父坐不住,便抢先走了,苏妙露起身去送他,他倒又偷偷摸摸塞给她一千块钱,说道:"医药费不够的话,你就问我拿,我知道你这个人一向存不住什么钱。"

苏妙露没要,道:"你把这钱给我妈,她会高兴的。我现在不缺钱。"

第二天苏父照旧来,还带了保温杯,里面是自己煮的菜。盖子掀开来,是一小碟白灼虾、一碗冬瓜排骨汤和一盘炒青菜。苏妙露帮衬着夸了父亲几句,说道:"妈,你看,你最喜欢吃虾,我爸特意给你去买的。"

苏母用挑剔的眼光一扫,筷子一拨,说道:"你看这虾,虾线都没去掉。还有这个排骨汤,你真是你爸的好女儿,两个人都只会煮这个汤,你爸比你还不如,永远不会把冬瓜皮刮掉。"她用勺子搅了搅汤,混浊浊的,像是泛着一层雾,"你看这汤这么脏,让我怎么喝啊。"

苏父撇撇嘴,说道:"我这么多年都是这么做的菜,你以前怎么不说?"

"我说了,你也要听啊。就是你这这么多年都不改进,所以我才和你过不下去。"话说到这地步,自然又是闹得不欢而散。苏妙露从旁看着,也觉得尴尬,不知该不该叫父亲明天再来了。

苏父隔了一天再来,这次也没有带饭,直接从外面买了一碗烂糊面,苏母吃得倒是香,这一关勉强算是过去了。可一顿饭吃完,两人互望着忍不住要说话,话不投机,三两下又要吵起来。苏父索性出去买了一包瓜子,眼睛盯着手机,嘴上咔嚓咔嚓嗑着瓜子,也算是探病。苏母是有午睡习惯的,听着他的响动,忍得青筋直冒,不耐烦地挥挥手,打发他早点回家。苏父倒也如蒙大赦,一溜烟走了,地上还留下几片瓜子壳。

苏母抓着苏妙露的手,感叹道:"这生病啊,最能看出一个人的品性,你哪天病倒了,让小柳帮着照顾你,你就知道他对你是不是真心的。"

嘴上虽然抱怨得多了,但之后两天苏父不来探望,苏母倒也等得有些心焦,催着苏妙露给家里捎个电话,以防苏父在家里也磕着碰着病倒了。一通电话打过去,苏父中气十足地回答以后不来医院了,反正苏母也不情愿见他,以后各过各的。背景音里喧嚣嘈杂,又夹杂有笑声。苏妙露特地回家打听了一番,找几个相熟的邻居一问才知,苏父这几天已经和一位姓余的老太太打得火热了,两人去KTV唱歌,一坐能坐一下午,唱到天色黑了,再一起去吃晚饭。

苏妙露把这些事转告给苏母听了,有半晌,她没有说话,神情怅然。